Die andere Seite des Mondes

Rosemarie Mehrle

Die andere Seite des Mondes

*Bibliografische Information der Deutschen Nationalbibliothek: Die
Deutsche Nationalbibliothek verzeichnet diese Publikation in der
Deutschen Nationalbibliografie; detaillierte bibliografische Daten
sind im Internet über dnb.dnb.de abrufbar.*

© 2024 Rosemarie Mehrle
Verlag:
BoD · Books on Demand GmbH, In de Tarpen 42,
22848 Norderstedt
Druck:
Libri Plureos GmbH, Friedensallee 273, 22763 Hamburg
ISBN: 978-3-8370-4165-1

Vor dem Hintergrund der Geschichte Südafrikas, seiner Mythen und Sangomas erzählt der Roman die außergewöhnlichen Leben außergewöhnlicher Menschen, die ihre Heimat verließen, um in der Fremde das Glück zu suchen.

In einer Zeitreise durch geschichtliche und industriegeschichtliche Ereignisse im Deutschland der siebziger Jahre und der folgenden Jahrzehnte, erzählt die Protagonistin nicht nur das Leben eines jungen Mannes aus einer pfälzischen Familie, sondern auch die Stimmung und Ereignisse der Zeit des Neubeginns eines Landes, das der völligen Zerstörung nahe gewesen war. Von seinem Schweizer Arbeitgeber nach Südafrika entsandt, begegnet er auf der Schiffsreise in sein neues Leben einer weißen Südafrikanerin. Mit ihr, der Tochter einer wohlhabenden Familie, deren Vorfahren zu den ersten englischen Siedlern in Südafrika zählen, findet er das Glück seines Lebens und nimmt unmittelbar teil am Schicksal Südafrikas, an dessen wechselvoller Geschichte und Entwicklung zu einem Land, das zu seiner Heimat wird. Mit Unternehmergeist und Tatkraft gelangt er in Johannesburg zu Wohlstand und Ansehen und findet am Ende eines weiten Weges in afrikanischer Erde seine letzte Ruhestätte.

„Unser Dasein ruht auf dem Unbegreiflichen und wird in einer Dimension abgestimmt, die nur durch das Medium der Fantasie erleuchtet werden kann." Mit diesem Zitat Friedrich Schlegels soll es der Beurteilung der Leser überlassen bleiben, ob dem Auswanderer die Flucht vor einem Dämon seiner Familie gelungen ist, dessen unheilvolles Wirken aus den Geschehnissen des Romans geschlossen werden könnte.

Prolog I

William   Cornwall im Jahr 1860

Sanfter Nieselregen fällt vom mit grauen Wolken verhangenen Himmel, aus dem die Sonne für alle Zeiten vertrieben zu sein scheint. Seit Tagen unterwegs fühlt sich William, ein kräftiger, mittelgroßer Mann Anfang zwanzig, in einem Zustand fortschreitender Verwahrlosung, als er sich zum wiederholten Mal missmutig über die mager gewordenen Wangen streicht. Doch nicht nur die borstigen Stoppeln auf seiner von Wind und Kälte geröteter Haut bedürfen der Zähmung, sondern auch die wilden Locken seines kräftigen Haares hätten längst einen ordentlichen Schnitt verdient, zeigt ihm der morgendliche Blick in den halbblinden Spiegel der schäbigen Herberge, in der er die letzten Tage verbracht hat. Trotz aller offensichtlichen Mängel gut frequentiert, stellt sie den Gästen nur einen einzigen Waschraum zur Verfügung, der zudem nur sporadisch gereinigt wird. So demonstrieren Schimmelpilze nicht nur in den Ecken des schmalen, langen Raumes ungeniert ihr Wohlbefinden mit grauen, hässlichen Krusten, sondern sie haben ihren Triumphzug auch auf den abgestoßenen Rändern und zwischen den jetzt von einem gräulichen Krakelee verzierten Kanten und Ecken der ehemals weißen Waschbecken fortgesetzt.

William meidet das Betreten des Raums, zu dem ein blau umrandetes gelb emailliertes Schild mit harschen Worten den Zutritt mit Schuhen verbietet, wann immer es möglich ist. Die unangenehmen Gerüche, mit denen ihn sein Körper an die längst überfällige Grundreinigung erinnern will, sind leichter zu ertragen als die trostlose Enge der Kabinen, deren bis zur Decke gefliesten Wände längst den ursprünglichen Glanz verloren haben. Doch wenn es sich wirklich nicht mehr länger vermeiden lässt, ignoriert er das Verbot in gleicher Weise wie die Offerte des ohnehin fragwürdigen Genusses der Dusche.

Überraschenderweise teilt nicht jede der abgerissenen Gestalten, die in der Herberge Unterschlupf gefunden haben, seine Empfindlichkeiten, wie an den Spuren auf den abgewohnten grauen Kacheln unschwer feststellbar ist. Kaum sind diese geputzt und noch feucht von dem desolaten Lappen, der über sie hinweggehuscht ist, berauben die Abdrücke nackter Füße sie wieder der Unschuld.

Und erst das Ungeziefer! Sein Blick fällt voll Abscheu auf seine kräftigen Arme, deren raue Haut mit den Bissmalen der Bettwanzen übersät sind, die die Menschen Nacht für Nacht peinigen. Hätte er die Wahl, zöge er eine Übernachtung im Freien dem elenden Bett in der Herberge vor, wenn von den zwielichtigen Gestalten des Hafengebietes nicht weit gefährlichere Gefahren drohen würden. Die Menschen sind arm, abgerissen und kennen kein Pardon, wenn man ihnen die Gelegenheit verschafft, sich durch Raub oder Mord ein fremdes Vermögen anzueignen.

Während der vergangenen Tage war der Wettstreit der Trostlosigkeit seiner Stimmung und der des Wetters, das seit seiner Ankunft in Southampton herrscht, unentschieden geblieben und für das Wachsen der Zweifel an seiner Entscheidung, die Heimat zu verlassen, ein guter Nährboden.

Doch immer ist es dem sanften Schlag der Wellen an die Kaimauer, dem Rauschen des Windes, der sie zum Tanzen bringt und dem freiheitsschwangeren Duft von Schlick und Meerwasser bislang gelungen, die Dämonen zu vertreiben und ihm seine Zuversicht zurückzugeben. Nur noch eine Nacht, und er wird England verlassen und in der großen offenen Freiheit der See den Problemen und dem schlechten Wetter seines Heimatlandes auf Nimmerwiedersehen den Rücken kehren.

Als seine Eltern sich widerwillig eingestehen mussten, dass sie von Monat zu Monat gebrechlicher wurden, hatten sie die Mühle in Cornwall dem ältesten und die familieneigene Farm dem zweitgeborenen Sohn übertragen, während William, das jüngste der vier Geschwister, sich mit einer Geldsumme zufriedengeben musste, die zur Gründung einer selbstständigen Existenz bei weitem nicht reichte. So boten sich ihm gerade einmal zwei Möglichkeiten: entweder sich auf einem der Höfe der großen Grundherren als Knecht zu verdingen oder sich nach Arbeit als Tagelöhner in einer der Fabriken der größeren Städte umzusehen. Am nächsten lag Truro, Cornwalls Hauptstadt, wo der Abbau von Zinn und Kupfer zahllosen Menschen zu Lohn und Brot verhalf, so die Legende.

Die erste Option lag von Anfang an außerhalb seines Vorstellungsvermögens. Die Arbeit als Knecht würde den sozialen Abstieg selbst aus der kleinbürgerlichen Welt bedeuten, in der er aufgewachsen war. In dem ärmsten Teil Englands in diesem letzten Jahrzehnt des 19. Jahrhunderts waren seine Zukunftsperspektiven somit alles andere als rosig. Also hatte er sich vor Wochen auf den Weg gemacht, um in der Stadt sein Glück zu versuchen.

Doch dort angekommen, sah er sich schnell mit der traurigen Wahrheit konfrontiert, dass die Zeiten sich geändert hatten. Der Bergbau, die Grundlage des Wohlstands der Stadt, hatte seine Bedeutung weitgehend verloren, und anstelle einer florierenden Industrie sah er sich dem tristen Anblick arbeitslos gewordener Bergleute ausgesetzt, die auf der Suche nach einem Auskommen durch die Straßen hasteten. Andere, welche die Hoffnung auf ein besseres Leben offensichtlich aufgegeben und sich für die Auswanderung entschieden hatten, trugen ihr Hab und Gut auf dem Rücken und warteten mit müden Augen, bis sie einen Platz auf einem der Auswandererschiffe ergattern konnten.

Angesichts der bedrückenden Verhältnisse in den Straßen wuchs in William schließlich die Überzeugung, dass es in England für Menschen seiner Herkunft keine Zukunft geben konnte und er sein Glück auf einem anderen Kontinent suchen musste. Und siehe da, kaum hatte er den Entschluss gefasst, die gewonnene Erkenntnis Realität werden zu lassen, schmolz seine schlechte Laune dahin wie Schnee in der Sonne.

Doch wohin sollte er seine Schritte lenken? Guter Rat war teuer. Für einen jungen, kräftigen Mann ohne den Ballast einer Familie gab es zwar vielversprechende Optionen, doch es war schwer, die richtige Wahl zu treffen. Seine Unschlüssigkeit hielt an, bis in einem Pub in der Kenween-Street, mitten im Herzen Truros, ein hochgewachsener, braungebrannter Mann seinen Weg kreuzte, der, kaum dass er das Pup betreten hatte, mit seinen Erzählungen die Menschen in seinen Bann zog. Er habe Holland, sein Heimatland verlassen, sein Glück in Java gefunden, der Gewürzinsel im indischen Ozean, von der er in den buntesten Farben wahre Wunderdinge berichtete.

Am Anfang fragte sich William, ob es sich bei dem Holländer um einen der Agenten handeln könnte, einen jener Verführer, die im Auftrag einer im Hintergrund wirkenden Macht junge Menschen in die Fremde lockten. Sie zogen über die Insel, um gesunde, kräftige Männer für das Soldatenleben zu akquirieren und schilderten ihnen das Leben beim Militär in den schönsten Farben. Vorsicht war geboten! Zu Hause munkelte man, dass die geschulten Verführer nur allzu gut wüssten, dass die Kinder armer Leute oder leer ausgehende Hoferben nur schwerlich ein auskömmliches Einkommen in der Heimat erzielen können und verzweifelt nach einem Ausweg aus dieser Misere suchen. Den Agenten winke nach erfolgreicher Mission eine satte Prämie, die bedauernswerten Opfer aber erwarte statt des aufregenden Soldatenlebens und des versprochenen Paradieses in der Fremde unbarmherziger Drill, manchmal der Tod oder bestenfalls unwirtliche Landschaften, die urbar gemacht werden wollten.

Doch je länger er dem Holländer zuhörte, umso mehr seiner Bedenken lösten sich in Luft auf.

„Es ist immer gutes Wetter, die Tage sind angenehm warm, haben nichts von der nebligen Feuchte Englands. Dort sind die Nächte kühl und meist sternenklar, selbst in den Bergen sinkt die Temperatur nie unter den Gefrierpunkt, kurz, das Leben ist ein ewiges Fest." Er hielt einen Augenblick inne und William sah in seinen Augen die Sehnsucht glimmen.

„Als Mann lebst du in diesem Land wie ein Gott. Nicht nur die Landschaft ist traumhaft schön, die Natur schenkt den Menschen alles, was sie zu einem guten Leben benötigen: genügend Wasser, Fisch, Fleisch, Reis, Gemüse, Kaffee, exotische Früchte und schöne Frauen, alles im Überfluss. Und, wie schon in der Bibel steht, sind Wein, Brot und Wasser Grundelemente des Lebens."

Bei all den überschwänglichen Worten kamen William plötzlich die Kommentare des Pastors zu den im Land kursierenden Negativgerüchten in den Sinn: „Der Wind mag sie wehen, wohin er will, den meisten gefällt es in der Fremde besser als in der Heimat." Dann hatte der alte Mann seine Worte mit einem Psalm ergänzt: „Der Herr wird auf diesem Berg ein Festmahl geben mit feinsten Weinen". Hatten die Erfahrungen seiner seelsorgerischen Tätigkeit den Geistlichen gelehrt, dass es in England kein gutes Leben für junge Menschen seines Schlages geben konnte? Wollte er, der weit herumgekommen war, bevor er Pastor wurde, ihn ermuntern, seine Wege in die Ferne zu lenken?

„In Batavia findet ein Mann all das, was sein Herz sonst noch erfreut. Mit dem Handel von Kaffee, Tabak und Reis ist gutes Geld zu verdienen, wenn man zwei Voraussetzungen erfüllt, nämlich über einen guten Leumund und über eine gute Gesundheit verfügt. Und in der letztgenannten Voraussetzung liegt die einzige Gefahr: das Klima in den Niederungen der Kolonie ist von einer schwülen, leichtlebigen Weichheit, die einem Mann, der sich dem Laster hingibt, die Kraft rauben kann. Verführungen gibt es viele und die Frauen sind bereitwillig und schön, aber anstrengend", erklärte der Holländer weiter.

Dann hatte er mit blumigen Worten ein Bild der herrlichen Landschaft beschrieben, die Sanftheit des warmen Sandes, die weißen Kämme der Wellen, die schneeweißen Korallen und die schlanken Palmen inmitten eines Meeres aus farbenprächtigen Blumen.

„Wohin man auch schaut, dort ist das Paradies."

So verführerisch die Geschichten aus Java auch klangen, die Insel, seit Jahrhunderten niederländischer Kolonialbesitz, ist seit dem Konkurs der ostindischen Company unmittelbar den Direktiven des Mutterlandes unterstellt und William ist sich sicher, für einen Engländer, selbst wenn er alle Voraussetzungen erfüllen kann, ist dort kein Blumentopf zu gewinnen. So sehr er sich auch bemühen würde, es kann nur zu einem Platz in der zweiten Reihe reichen, was berufliche Erfolge betrifft. Doch diese Gedanken behielt er für sich, schob andere Bedenken in den Vordergrund:

„Die Sundainseln liegen wie ein Spiegelei in der Pfanne auf einem beständig glimmenden Feuer inmitten eines vulkanübersäten Gebietes, ständig der Gefahr ausgesetzt, dass eines der gefährlichen Monster ausbrechen kann."

Der Holländer entkräftete seinen Einwurf mit einem verächtlichen Abwinken seiner erstaunlich gepflegten Hände und deutete mit seinem Zeigefinger auf einen Punkt der Landkarte:

„Warum sollten ausgerechnet die Menschen, die ihr ganzes Leben hier verbringen, wie Lemminge auf das angeblich unausweichliche Verderben warten? Entweder glauben sie nicht an die Gefahr, hat sich der Krakatau doch wenige Jahre zuvor selbst zerstört, oder aber sie ignorieren sie, weil vielleicht die Vorteile die angebliche Bedrohung überwiegen. Braucht es nicht Feuer und Wasser, um Reis genießbar zu machen? Zugegeben, die schrecklichen Folgen der Katastrophe sind noch heute sichtbar und es hat auch unzählige Tote gegeben, doch das ist Vergangenheit. Nach menschlichem Ermessen kann von dem Vulkan künftig keine Bedrohung mehr ausgehen."

Als sie sich schließlich trennten, war es William, als hätte sich die Welt verändert, und er fuhr nach Hause, um seine Familie mit seinem Vorhaben zu konfrontieren. Wie zu erwarten war, machte sich seine Mutter zum Sprachrohr der Familie.

„Wir können uns deine seltsamen Gedankengänge nur damit erklären, dass in deinen Adern das Blut jener Kelten fließt, die im Laufe der Jahrhunderte in dieser Ecke Englands eine Heimat gefunden haben." Mit diesen Worten traf sie Williams wunden Punkt, und sie wusste es. Dunkelhaarig und von kräftiger Statur, schien er andere genetische Stammesmerkmale in sich zu tragen als der Rest der Familie, was ihn in seiner Kindheit ständigen Hänseleien nicht nur seiner blonden Brüder ausgesetzt und eine Wunde hinterlassen hatte, die nie ganz ausheilte.

So gelang es ihm auch an diesem Tag nur mühsam, ihre Worte kommentarlos zu ignorieren. Er rührte die Suppe nicht an, die sie vor ihn hinstellte, warf einen verächtlichen Blick auf den schweigenden Vater, der die Bewältigung jedes Konflikts am liebsten seiner Frau überließ. Mit ihm, den nur der Hof, die Mühle und die Interessen der Erben des mageren Imperiums interessierten, zu diskutieren, war ein sinnloses Unterfangen.

Er stand auf, um die Küche zu verlassen, und schleuderte im Hinausgehen in den Raum: „Was ist so unverständlich an meinem Vorhaben? Ich habe die ewige Schufterei, den ständigen, erfolglosen Kampf um ein besseres Leben so satt, einmal muss man einen Schlussstrich ziehen, sich vom Althergebrachten befreien." Von da an stand sein Plan fest, wenn es auch ein anderer war als der, den der Holländer ihm einzureden versucht hatte. Doch bis zum heutigen Tag verursacht ihm die Fassungslosigkeit in den Augen seiner Mutter ein schlechtes Gewissen.

Er will sein Glück auf dem afrikanischen Kontinent versuchen: Am Kap der guten Hoffnung, ein Name, der in Williams Augen für sich allein schon Programm ist, in einer Region, die zu einer der treuesten Kolonien der Königin zählt, vor allem, nachdem sich die Buren in den Norden und Nordosten Südafrikas zurückgezogen hatten, wird seine Zukunft liegen.

Kurze Zeit später kapitulierte seine Familie und der Weg in ein neues Leben war frei.

Von Southampton aus schipperte er auf einem kleinen Segler nach Liverpool, um nahe den Bassins der Hafenstadt auf eines der neuartigen Dampfschiffe umzusteigen, das ihn zum Abenteuer seines Lebens bringen soll: in die Kolonien der Königin.

Bei seiner Ankunft hatte trotz der frühen Stunde am Hafen bereits rege Bautätigkeit auf dem Areal geherrscht, das gerade in eine Art „Festung" zur Ergänzung und Ertüchtigung des nahegelegenen Hafens von Portsmouth, dem wichtigsten Kriegshafen Englands, umgebaut wird.

So dringen auch an diesem Tag aus dem Innern des riesigen Maschinenparks dröhnender Lärm und laute Kommandorufe der Vorarbeiter durch den grauen Schleier des Regens. Die Baumaßnahmen, bereits in weit fortgeschrittenem Stadium, verseuchen die Stadt zwar mit Lärm und Schmutz, doch weder in den Pubs noch den Straßen sind Klagen zu hören, im Gegenteil. Sie bringen viele Menschen in Lohn und Brot und niemand stört sich daran.

Ein starker Wind kommt auf, raubt ihm für einen Moment den Atem, fegt Salz und Sand in seine Augen und peitscht Strähnen nassen Haares an seine Stirn, sodass er schließlich resigniert und Zuflucht hinter einem Mauervorsprung sucht. Dort stemmt er sich an einer vor einem schäbigen Bauwagen stehenden, ölbefleckten Bank dem Wind entgegen und schnappt nach Luft.

Er bleibt nicht lange allein. Ein Schwarm betrunkener Matrosen stürmt auf die Bank zu, drängelt sich auf deren Sitzfläche zusammen, um sich vor der kalten Feuchte des ablandigen Windes zu schützen, ohne sich an der öligen Schmiere zu stören, und gerät in Streit. William versucht sich hinter dem Bauwagen in Sicherheit zu bringen, der bedenklich im Sturm schwankt. Doch bevor es zur Eskalation des Streits kommen kann, wird der Aggressivste der Männer, ein Bär mit dem Gang einer gereizten Katze, von einem Hafenarbeiter mit schütterem Haar, zerknittertem Gesicht, kühlen Augen und einem Lächeln scharf wie ein Schwert, zurechtgewiesen. Die Männer schleichen sich murrend von dannen. Endlich wieder allein, verfolgt William fasziniert das rege Treiben auf den Decks der Segler, die der Wind an den Pfählen vor den Kais rüttelt, als wolle er sie von den Fesseln der Seile befreien. Die Drei- und Viermaster, Windjammer der Royal Navy, alles Segler der neuen Generation, sind gestern von der großen Flottenparade zu Ehren der Königin in den schützenden Hafen zurückgekehrt. Die hölzernen Bäuche der früheren Generationen sind durch auf Hochglanz getrimmte, stählerne Rümpfe ersetzt, deren glänzende Pracht er wohl nicht mehr zu sehen bekommen wird, denn es gelingt der Sonne nicht einmal für kurze Zeit, sich durch den grauen Himmel zu kämpfen. Doch so prachtvoll die Schiffe bei gutem Wetter wohl aussehen, er hat sich für seine Fahrt in die Zukunft nicht für einen Segler, sondern für ein Dampfschiff entschieden.

William hat sich die Entscheidung nicht leicht gemacht. Zwei entscheidende Punkte hatten schließlich den Ausschlag für seine Wahl gegeben: Zum Ersten kamen in Zeiten guten Windes Dampfschiffe zwar langsamer voran als die Windjammer, doch Dieselmotoren fahren auch bei völliger Windstille und erreichen das Ziel somit sicherer. Zum Zweiten verfügt nicht jeder der Segelschiffskapitäne über die nautischen Fähigkeiten jenes legendären deutschen Kapitäns, der sechsundsechzig Mal erfolgreich Kap Horn umrundete und lediglich ein einziges Schiff im Sturm verlor, was ihm für alle Zeiten den Namen „Düwel von Hamborg" eingebracht hatte, ein Name, der für William genauso schwer auszusprechen ist wie ‚Hilgendorf', des Kapitäns eigentlicher Name.

Ob ihm der Klabautermann zürnen wird? Vielleicht sieht der Kobold in den nicht mehr einzig von der Laune der Natur abhängigen Schiffen, in dem lärmenden Dröhnen der Kolben und Motore, eine Demonstration seiner Machtlosigkeit, weil sein eigenes Rumoren und Klopfen nicht mehr zu hören ist. Alles ist möglich auf hoher See, glaubt man den Erzählungen der Seeleute.

Dann wird die Dünung stärker. Ein plötzlicher Windstoß peitscht sie gegen den Kai, ein Schwall Seewasser ergießt sich über Williams

Jacke aus Pferdeleder, die er wohlweislich über seinen dicken Sweater gezogen hat.

Immer mehr der hohen, sich vor dem Kai aufbäumenden Wellen brechen herein, scheuchen bei jedem ihrer Versuche, die Mauer zu überwinden, Möwen auf, die sich mit grellklagendem Geschrei in den Himmel werfen.

Selbst als die klamme Feuchte beginnt, seine Glieder zum Zittern zu bringen und er trotz seiner Kleidung fröstelt, vermag er sich nicht vom Anblick des tobenden Wassers zu trennen und harrt aus. Doch als erste Schatten den Strand fluten und der Abend dämmert, erwacht eine schmerzhafte Sehnsucht nach heimatlicher Wärme in seinem Innern, die seine Gedanken in die gemütliche Küche seines Elternhauses wandern lässt. Plötzlich glaubt er in seinem Körper einen Hauch des Wohlbehagens der Kindheit nach der Rückkehr aus eisiger Kälte in die Fürsorge der warmen Stube zu fühlen. Und wieder fragt er sich: Ist seine Entscheidung wirklich die richtige gewesen?

Welch sinnlose Fragen – verweist er die Unsicherheit in die Schranken. Das Ticket für die Passage auf einem der Frachtschiffe, die Zuckerrohr und andere exotische Güter vom afrikanischen Kontinent nach Europa transportieren, ist längst gekauft, und er wird hoffentlich morgen in einer der Kabinen den Weg nach Übersee antreten.

Die bescheidenen Mittel seines Erbteils erlauben es ihm glücklicherweise, sich eine der armseligen Kajüten leisten zu können, sodass Hoffnung besteht, die sechswöchige Überfahrt in einem vergleichsweise komfortablen Zustand hinter sich zu bringen. Dass William auf dem Schiff in eine Zweiklassengesellschaft von Passagieren geraten wird, ist er sich von Anfang an bewusst. Auswanderungswilligen mit geringeren Mitteln werden die frisch entladenen Fahrträume zum Schlaf- und Aufenthaltsraum für viele Wochen und verschaffen gleichzeitig mit dieser Metamorphose den Reedereien ein erkleckliches Zubrot.

Immer wieder kommt es bei der Löschung der Ladung, der Aufnahme des Proviants und der Abfertigung der Papiere zu Schwierigkeiten und damit zu Verzögerungen der Abfahrt, sodass das Schiff eine zweite oder gar dritte Nacht im Hafen liegen muss. Da der genaue Zeitpunkt des Ablegens deshalb erst kurze Zeit vorher bekannt gegeben wird und das Betreten der Schiffe erst am Tag der Abfahrt erlaubt ist, müssen sich die Passagiere für eine weitere Nacht ein Quartier besorgen. Viele ohne Erfolg, die Bedauernswerten müssen sich notgedrungen auf dem harten Boden des Kais und seinem angrenzenden Areal ein Lager suchen, wo sie sich mit Planen vor der Nässe und mit ihren Mänteln vor der Kälte schützen.

Zum ersten Mal dankbar, dass ihm ein solches Schicksal nicht blühen kann, macht er sich auf den Rückweg zu seiner Herberge, wo ihm sein Schlafplatz sicher ist.

Tatsächlich trifft auch William dieses Los, doch es gelingt ihm, für seine letzte Nacht einen Platz in einem von einem deutschen Emigranten gebauten akzeptablen Haus zu ergattern. Die Hafenbehörde Liverpools hatte bei der eigentlich als Hafen für Handelswaren und Schiffe gedachten Anlage den Bau stadteigener Auswandererheime verschlafen. Gute Schlafplätze waren so Mangelware und gar ein Platz in dem meist vollbelegten Haus, ein seltener Glücksfall.

Am nächsten Morgen hat der Regen aufgehört und der Wind sich gelegt, der Himmel ist von einem blassblauen Weiß. Ein gutes Omen?

„Die Natur ist nicht für uns Menschen gemacht," denkt er laut vor sich hin. „Was bedeutet es schon, wenn sie sich heute von einer guten Seite zeigt. Morgen schon kann sie uns eine andere demonstrieren, wenn es ihr danach ist. Vielleicht will sie nur in Sicherheit wiegen. Man wird es sehen, wenn wir auf offener See sind."

Am Hafen angekommen, ist die Ladung tatsächlich gelöscht, sind alle Arbeiten erledigt und das Betreten des Frachters ist freigegeben. Als William das Deck betritt, stolpert er durch einen schmalen Trampelpfad zwischen nachlässig zusammengefalteten Persenningen, die streng nach Imprägniermittel riechen, kann sich gerade noch an der Reling festhalten, um nicht zu stürzen, registriert, dass es sich bei dem Schiff zwar um keinen der berüchtigten Seelenverkäufer handelt, es aber nachlässig gewartet ist. Seepocken und Meereskrebse, die man zu entfernen versäumt hat, besiedeln den Rumpf, die hölzernen Teile haben längst einen Anstrich verdient. Allem Anschein nach ist die Mannschaft vorwiegend aus unerfahrenen Schiffsjungen zusammengewürfelt, die offensichtlich mit den übertragenen Aufgaben überfordert sind und nach dem Motto: Wer unentdeckt bleiben will, muss vorsichtig sein, mit scheuem Blick den Passagieren aus dem Weg zu gehen versuchen. Ob sie keine Fragen beantworten sollen? Zunehmend nervöser werdend, fühlt er, wie sich in seinem Schädel Kopfschmerzen auszubreiten beginnen. Erst als der kräftige Seemannsbass eines älteren Bootsmanns über das Deck schallt und es keine der seltsamen Gestalten wagt, die knappen Anweisungen nicht zu befolgen, legt sich Williams Unruhe. Der gewiefte Fahrensmann scheint die Lage unter Kontrolle zu haben.

Schließlich ist es soweit, das Schiff legt ab.

Es dauert nicht lange und es stellt sich heraus, dass die Überfahrt selbst für die Kajütenbewohner kein reines Vergnügen werden wird. Schmutzige Unterwäsche, ungewaschene Socken und desolate Waschgelegenheiten kreieren im Verlauf der Reise eine Komposition aus den verschiedenartigsten Düften, die schon wenige Tage nach dem Ablegen verspricht, sie zu einem Albtraum werden zu lassen. Und tatsächlich wird der Albtraum umso bedrückender, je weiter sich das Schiff vom Festland entfernt. Um den Gerüchen zu entfliehen, sucht William, selbst wenn es draußen kalt und stürmisch ist, das Deck auf. Wenn aber über dem Meer tobende Stürme riesige Brecher über die glatten Bohlen treiben, das Schiff sich auf die Seite legt und sich ächzend wie ein altes Pferd mühsam wieder aufrichtet, ist auch den Kajütenpassagieren der Aufenthalt im Freien strengstens verboten. Das durch die undichten Türen eindringende Wasser verwandelt dann die engen Gelasse in Konservendosen und hinterlässt beim Zurückziehen eine langanhaltende Feuchte. Sie zeichnet auf die

Bettlaken graue Stockflecken und lässt in den Ecken der Kajüten den Schimmel fröhliche Urstände feiern.

Bis zu den Frachträumen dringt das gierige Wasser nicht vor, doch dort schleudert das in den Monsterwellen torkelnde Schiff die Menschen mitsamt ihrer Habe von einer Ecke zur anderen, und angsterfülltes Schreien übertönt nicht selten das Heulen des Windes.

Den Unterdeckpassagieren ist es auch bei ruhiger See nur mit besonderer Erlaubnis und nur in kleinen Gruppen gestattet, das Deck zu betreten. Katastrophale hygienische Verhältnisse führen so zu Krankheiten, die manch hoffnungsvoll begonnene Reise vorzeitig beendet. Dann werden in den Stunden, in denen sich kaum ein Passagier auf Deck aufhält, in Tücher gehüllte Opfer verstohlen über Bord geworfen, und es dauert nicht lange, bis sich graue Schatten unter der Wasseroberfläche der Leiche annehmen. Die schweren Ketten, die man an den Tüchern befestigt, um den Körper am Wiederauftauchen zu hindern, stellen kein Hindernis für Haie dar, hat William, der Frühaufsteher ist, im fahlen Licht des Morgengrauens mit Schaudern beobachtet.

Nach endlos scheinenden Wochen erreichen sie das Kap der Guten Hoffnung, welches sie mit heißen Temperaturen empfängt und den Augen ein überwältigendes Bild bietet: Über schroffen, nahezu vegetationslosen Felswänden taucht im flimmernden Licht das von einer großen weißen Wolke eingehüllte Haupt des Tafelberg- und Löwenkopfmassives auf. Ein gewaltiger Mastenwald von Überseern verdeckt die Sicht auf die Stadt, auf den Rahen machen sich Matrosen, klein wie Spielzeugfiguren, an unzähligen Segeln zu schaffen.

Durch die starke Brandung kann sich der Frachter der Küste nur auf ein paar Meilen nähern. Als das Niedrigwasser des Felsenstrandes nahezu erreicht ist und der von heftigen Böen aus dem Meer an den Fuß der Felsen getriebene helle Sand zum Greifen nahe erscheint, kündigt das dunkle Getöse der Sirene das baldige Anlanden des Schiffes an. Kurz danach erreicht der Hafenmeister in einem kleinen Boot die dem Meer zugewandte Seite des Frachters. Noch während der kräftige, sonnengebräunte Mann strengen Blickes die Ladung auf verbotene Einfuhr fremder Waren kontrolliert, nähern sich Lastboote mit Proviant für die Weiterreise nach Java, und die Matrosen nehmen die frische Fracht in Empfang.

William und ein paar andere Passagiere wollen den Aufenthalt nutzen, um sich die Stadt anzusehen. Man hievt sie mithilfe der Schaufel des Schiffskrans in Boote und setzt sie an Land ab.

Kaum hat er die ersten Schritte auf festen Boden gesetzt, fühlt William nur noch Glück. England hat ihn an seinem letzten Tag mit grauen, verregneten Stunden verabschiedet, und jetzt, da er afrikanische Erde betritt, begrüßt ihn seine neue Heimat mit Sonne und blauem Himmel. Das blasse Blau, unter dem er das Schiff in England zum ersten Mal betreten hatte, war tatsächlich ein gutes Omen gewesen – nichts kann mehr schiefgehen, ist er nun überzeugt.

In der Stadt angekommen, bietet sich den staunenden Augen der Ankömmlinge ein ungewohntes Bild. Ungepflasterte, ungewöhnlich breite und sich im rechten Winkel kreuzende Straßen sind mit prachtvollen Kaufläden und bescheidenen Tavernen wie von bunten Perlen gesäumt, zwischen ihnen gepflegte Häuser mit flachen Dächern.

„Ingwerbier, Gin und Grog trinkt man hier wohl im Stehen", weist einer der Landgänger nach einem Blick durch die Fensterscheiben des in bunten Farben bemalten Bistros hin: „Hier gibt es nirgendwo Stühle und Tische."

Doch die kleinen Geschäfte und Tavernen sind wegen der nachmittäglichen Hitze geschlossen, viele der Fensterläden zugeklappt. So sind sie frühzeitig zurück an Bord und wenig später setzt der Frachter seine Reise fort. Die nächste Anlegestelle ist Port Natal, wo William das Schiff verlassen wird.

Im Hafen von Port Natal angekommen, befällt ihn ein Gefühl, als sei er in einen Schmelztiegel der Rassen geraten. Xhosa, Zulu, Afrikaner, Engländer, Mischlinge, Inder und Chinesen, seinen Augen bietet sich ein Bild, als wäre es von einem genialen Maler komponiert. Fasziniert setzt er sich auf einen Stein am Straßenrand, um den Anblick des bunten Treibens für eine Weile zu genießen, dann pöbelt ihn ein Bettler in zerlumpten Kleidern an, streckt ihm die schmutzige Hand mit einer aggressiven Bewegung entgegen und er verlässt hastig seinen unbequemen Sitz, um sich in der Nähe des Hafens auf die Suche nach einer Bleibe für die nächsten Tage zu machen. Er findet sie schnell, lässt seine Habseligkeiten in der Unterkunft zurück und gibt der dekolletierten, nachlässig gekleideten Inhaberin, einer hellhäutigen Frau mit aufgedunsenen Gesichtszügen und schwammigem Körper, ein gutes Trinkgeld, damit sie ein Auge auf sein Gepäck haben wird. Sie verspricht es und zwingt ein Lächeln auf die rotgemalten wulstigen Lippen.

„Hier wird sich Arbeit für Sie finden lassen, wenn Ihnen die Mittel knapp werden sollten", glaubt sie ihm Mut zusprechen zu müssen. „Der Hafen ist immerhin der bedeutendste Umschlagplatz für Mangan und allerlei Erze."

Er nickt zustimmend. Sie kann schließlich nicht wissen, dass er ihren Zuspruch nicht braucht. Er hat schon bei seinen ersten Schritten auf afrikanischer Erde beschlossen, seine Zukunft in die Hand des Schicksals zu legen. Es wird ihm den Weg zu dem Ort zeigen, der für ihn bestimmt ist. Und hier und jetzt ist die Gelegenheit gekommen, ihm dazu die Möglichkeit zu verschaffen, fühlt er mit untrüglicher Gewissheit.

Er leiht sich ein Pferd, das kluge Augen und einen Körper hat, der Kraft und Ausdauer verspricht. Wenig später macht er sich auf den Weg, die Gegend zu erkunden. Das Pferd enttäuscht ihn nicht. Etwas in die Jahre gekommen ist es nicht besonders flink, zeigt sich jedoch genügsam und willig – gerade richtig für einen Mann wie ihn, für dessen Pläne es auf Schnelligkeit nicht ankommt.

Sein Ritt führt ihn zuerst durch offenes, hügeliges Land, über weite Flächen mit guten, gesunden Weiden, auf denen fette Rinder und Schafe grasen. Und als er seinem Pferd eine Ruhepause gönnt, verwehrt ihm weit und breit niemand den Aufenthalt. Ein mitleidiges Lächeln tritt auf sein Gesicht, als er an seinen Bruder denkt, der jetzt die Ländereien bewirtschaftet und fremdes Vieh niemals auf den Weiden geduldet hätte. Zu sehr war er auf deren karge Erträge angewiesen. Zudem herrscht in Cornwall das strenge Verbot, ein Pferd auf fremde Wiesen zu führen, wenn der Eigentümer dieses nicht ausdrücklich erlaubt.

Dann durchreitet er eine Landschaft mit einer schwarzen Erde, die vor Fruchtbarkeit strotzt. Das Klima ist angenehm, rundum Felder mit Kartoffeln, den verschiedensten Gemüsen und Obstplantagen mit Alleen voll üppiger Pracht, wie er sie noch nie zu Gesicht bekommen hat. Ein wirklicher Garten Eden, fährt ihm unwillkürlich durch den Kopf, angesichts dessen, was hier in Hülle und Fülle gedeiht und nach der Zeit der Reife eine reiche Ernte bescheren wird. Vereinzelt stören großzügige, mit Stroh eingedeckte Häuser das satte Grün. Der würzige Duft von gebranntem Mais sowie der wohlvertrauter beißende Geruch von flüssigem Teer steigt ihm in die Nase. Auch in der Heimat hat man die Wunden der Schafe nach der Schur mit einer schwarzen Teerpaste bestrichen.

Dann durchreitet er weite Flächen, wo man Mispelbäume, weiße Limonen, und, wie er später erfahren wird, indisches Korn, Pattayas, ja sogar Tabak anbaut und sich großzügige Gärten um stattliche Höfe irgendwo in der zaunlosen Weite eines Landes verlieren, von dem er noch nicht weiß, ob er in ihm den Himmel oder seine Hölle finden wird.

Dann ändert sich das Bild der Landschaft und deren Fauna. Jetzt wartet sie mit imposanten Schluchten auf, mit Flüssen, deren Ufer bewachsen sind mit Wäldern aus Assagai, Eisen-Nies- und sogar afrikanischem Sandelholz und Tambodiholz. Pflanzen, deren Namen er noch nie gehört hat und dem zerfledderten ‚Lexikon der Bäume fremder Länder' entnimmt, das er stets mit sich führt.

Schließlich erreicht er Pietermaritzburg und beim Anblick des sauberen Städtchens trifft ihn wie ein Blitz die Erkenntnis: Das Schicksal hat seine Wahl getroffen: Nicht in Port Natal, hier, in dieser Gegend, soll er seine Zelte aufschlagen.

Er bringt das Pferd zurück, das sich sichtlich freut, heil den heimischen Stall erreicht zu haben. Er streicht ihm ein letztes Mal über die Nüstern und steckt ihm eine von der Straße aufgelesene Karotte zwischen die gelben, gebleckten Zähne, die ihn in fataler Weise an ein Mitglied des englischen Königshauses erinnern, wenn ihm auch nicht mehr einfällt, an welches. Schnell findet er eine passende Mitfahrgelegenheit in einer unbequemen Kutsche, in der nur die durch die Anzahl der mitreisenden Personen entstandene Enge einen gewissen Halt auf den holprigen Wegen bietet. Zwar mit schmerzenden Gliedern, jedoch unbeschadet, erreicht er wieder Pietermaritzburg.

Er hat einiges über das Städtchen, das nach einem der ehemaligen Gouverneure und Kommandanten Moritz benannt ist, gelesen. In Form eines Viereckes mit eng beieinanderstehenden Häusern bebaut und in sechshundert entwaldete Grundstücke aufgeteilt, sind noch nicht alle freien Flächen bepflanzt, manche erst eingesät, aber alle von Palisadenwänden eingezäunt. Den Grund hierfür wird er noch erfragen, doch jetzt muss er sich als Erstes nach Arbeit umsehen.

Er findet sie in einer der Mühlen am Fluss und ist zufrieden, denn der Betrieb unterscheidet sich nur wenig von dem aus der alten Heimat gewohnten, sodass er sich nach kurzer Zeit die Anerkennung seines Chefs erwirbt.

So vergehen die ersten Monate in seiner neuen Heimat in ruhigem, ereignislosem Gang. Bis es sich herumzusprechen beginnt, dass in den Schwemmböden des Blyde-Rivers, dem flussnahen Pilgrims Rest, im Wasser eines von den Bergen kommenden Baches beachtliche Mengen an Gold gefunden werden und dass Schürfer aus allen Richtungen dort ihr Glück versuchen.

Die Zeitungen sind voll von Berichten und Anweisungen für Goldsucher. Derjenige, der Gold finden will, müsse lernen, den Fluss zu lesen. Man finde es an Stellen, wo sich die Strömung verlangsame;

bevorzugt also in den Innenkurven, an steinigen Plätzen und hinter großen Steinen. Dort lege man Pfannen mit einem Sieb hinein, fülle sie mit Sand und kleinen Steinen und versenke sie, nehme sie vollgespült wieder heraus und schwenke sie dann unter Wasser im Kreis. Lagerten sich schwere Mineralien am oberen Rand ab, die Steinchen aber blieben am Boden, sei die Wahrscheinlichkeit groß, dass an dieser Stelle Gold zu finden ist.

Dann, so lautet die Empfehlung weiter, baue man dort einen kleinen Damm, lege eine mit einer Matte ausgekleidete Rinne darauf, schaufele Sand und Steine hinein, lasse das Wasser des Flusses die Rinne entlanglaufen und den Sand hinausspülen. „Nach dem Ausspülen der von Sand und kleinen Steinchen befreiten Matte bleibt das begehrte Metall zurück", behauptet der Schreiber des Berichtes.

Jetzt erwacht in William die Abenteuerlust und er beginnt sich mit dem Thema zu beschäftigen. Das Goldwaschen soll sich als ziemlich mühsames Unterfangen erweisen, glaubt man den Berichten.

Er macht die Probe aufs Exempel, besorgt sich eine Pfanne mit dem passenden Sieb und schwenkt unter den neugierigen Blicken seines Chefs Sand und Steinchen an der Tränke im Hof der Mühle. Entnervt und mit Blasen an den Fingern gibt er nach einer Stunde auf. Er muss einen anderen Weg finden, um an dem Goldrausch partizipieren zu können.

Schließlich schießt ihm ein Gedanke durch den Kopf, der nicht mehr weichen will. Wo sich so viele Menschen niederlassen, nach einiger Zeit wieder verschwinden und neuen Goldsuchern Platz machen, gibt es wachsenden Bedarf an Einkaufsmöglichkeiten. Der Gedanke wird zur Idee, die immer stärker auf Umsetzung drängt.

Er, William aus Cornwall, wird einen Laden bauen. Eine einfache, zweckmäßig eingerichtete Hütte mit groben Wänden aus Holz und einem Wellblechdach, wo es das Nötigste, was ein Schürfer zum Arbeiten und Leben braucht, zu kaufen gibt. Es muss sich nur noch eine Lösung für den Transport der Pfannen, Siebe, Schuhe und Kleidung, der haltbaren Lebensmittel und des Wellblechs für das Dach des Ladens finden. Doch da ist guter Rat teuer. In Gedanken versunken geht er in den Stall, in dem der Müllermeister seine Ochsen untergebracht hat. Er wirft dem ältesten der Tiere eine Gabel voll Heu vor das von einem weißen Haarkranz gesäumte Maul. Er mag das Tier. Die Kastration und sein fortgeschrittenes Alter haben es ruhig und duldsam werden lassen, doch seine Tage waren gezählt. Im selben Augenblick tritt der Müller vor die Tür, sieht William und tritt an dessen Seite. „Man könnte den Eindruck gewinnen, du willst den Ochsen kaufen. Da kämest du gerade recht, ich werde mich verkleinern und zwei von ihnen, die ältesten, abstoßen."

Das ist die Lösung! Wie Schuppen fällt es William von den Augen. Wenn er die Ochsen günstig erwerben kann, muss er sich nur noch einen Planwagen besorgen und der Transport ist gesichert. Er schildert dem Müllermeister sein Vorhaben, und der Mann teilt erstaunlicherweise seinen Enthusiasmus:

„Wäre ich zwanzig Jahre jünger, würde ich dich begleiten." Wenig später ist der Handel abgeschlossen.

Als wolle ihn das Schicksal unter allen Umständen auf den Weg schicken, wird auf einer der großen Farmen ein Planwagen angeboten, der sich für das Fahren mit seinem Ochsengespann eignet. Nach kurzer Zeit beherrscht er das Lenken der Zugtiere mit der langstieligen Peitsche der Capbauern, als sei er einer der ihren. Mit seinem restlichen Geld kauft er zusammen, was er für sein neues Leben am Blyde River gebrauchen kann.

Eigentlich hatte er geplant, sich vor dem endgültigen Abschied aus der Zivilisation eine Schifffahrt nach Kapstadt zu spendieren. Der Zeitungsbericht über das Mount Nelson Hotel, der ihm nach seiner Ankunft in Port Natal im Etablissement der schlampigen Pensionswirtin in die Hände gefallen war, war ihm seit jenem Tag nicht mehr aus dem Sinn gegangen. Die schönen Bilder des prächtigen Gartens mitsamt seinem Marmorwasserbecken, auf dessen breitem Rand bronzene Frösche in der Sonne badeten, hatten ihn so fasziniert, dass er den Gedanken nicht mehr losgeworden war, sich in dem hochgelobten Haus einzumieten – wenn er sich einmal leisten kann.

Bislang war es nur bei süßen Tagträumen geblieben, in denen er im Schatten der Jacarandabäume ein Ginger-Ale schlürft, die Produkte der hochgelobten Küche genießt und in der großzügigen Lobby eine Zigarre raucht.

Angesichts seiner aktuellen finanziellen Lage muss er das Vorhaben auf einen späteren Zeitpunkt verschieben. Allzu viel ist von seinen Ersparnissen nicht mehr übergeblieben, so verbringt er seine letzten Stunden in Port Natal und gibt sich mit einem Glas Trianon-Wein, einer gehörigen Portion Waldducker, dem Fleisch einer Antilopenart, und einem Orangensoufflé zufrieden.

Zurück in Pietermaritzburg, zwängt er zwischen das Sammelsurium seiner Ladung noch ein paar Ballen Heu als Notration für die Ochsen. Nicht an jedem Abend der tagelangen Reise wird sich eine Weide finden lassen, auf der sich die Tiere das Futter selbst suchen können, zumal auch für sie der Treck kein Zuckerschlecken und die schwere Last an ihren ohnehin altersbedingt reduzierten Kräften zehren wird.

Nach ein paar wenig erfolgreichen Versuchen hat er schnell gelernt, dass das Lenken von Ochsengespannen, die keine Trense tragen, einfacher ist, wenn ein Mann vorausläuft. Der Müllermeister rät ihm zu einem Begleiter. William sieht die Notwendigkeit ein und macht sich auf die Suche.

Sein Blick fällt auf eine Gruppe junger, kräftiger Dunkelhäutiger, die am Straßenrand nach Arbeit Ausschau halten. Seine Wahl fällt auf einen kleinen, drahtigen Mann, der seiner wortlosen Einladung ebenso wortlos mit einem vorsichtigen Lächeln folgt. „Es muss wohl eine Hottentotte sein", denkt er, „ein Mitglied der San", so viel hat er in den Wochen seines Hiersein bereits gelernt. „Die San gehören zu den Ureinwohnern und sind mit der Natur des Landes bestens vertraut", hatte ihm sein Chef erklärt, eine Eigenschaft, die nur von Vorteil für sein Vorhaben sein konnte.

Am frühen Morgen des nächsten Tages macht sich das ungleiche Paar auf den Weg.

Im Verlauf der Reise erweist sich Williams Entscheidung, ausgerechnet den kleinwüchsigen Hottentotte als Begleiter auszuwählen, immer mehr als Glücksfall, je länger sie miteinander unterwegs sind. Der Mann verfügt tatsächlich über bewundernswerte Kenntnisse und Fähigkeiten. Nicht nur, dass er die Plätze findet, an denen für die erschöpften Ochsen geeignetes Futter wächst, er vermag in der Farbe des Sandes und des mageren Bewuchses der steinigen Erde zu lesen, wo sich Wasser finden lässt. Dem staunenden Weißen demonstriert er, dass man die saftigen Früchte der Hottentottenfeige, deren Blüte William an die der Mittagsblume seiner Heimat erinnert, essen kann. Sie werden zu einer willkommenen Abwechslung in der ansonsten eintönigen Speisenfolge aus Trockenfleisch, Äpfeln und Trockenbrot. Wenn William aber die Lust auf einen Braten aus frischem Fleisch überfällt, gelingt es dem Erben von Fahrtensuchern, Jägern und Überlebenskünstlern, die das Land als Erste bewohnten, in kürzester Zeit einen Buschhasen zu erlegen. In Windeseile zieht er ihm das Fell ab und bald brutzelt das magere Tier über dem Feuer und wird zum köstlichen Genuss.

Tagsüber quält sich das ungewöhnliche Gespann durch Gebiete mit Elefanten, Hyänen, unendlich vielen Antilopen und Löwen. Nachts entfachen sie Feuer, um sich die Raubtiere vom Leib zu halten, die ihnen gefährlich nahekommen und die nur die Flammen des Feuers auf Abstand halten.

Seitdem William eines Nachts die goldenen, erstaunlich sanften Augen eines Löwen so gebannt in die Flammen hatte starren sehen, als warte er nur darauf, dass es ihm den Weg zu dem präsentierten Leckerbissen freigeben würde, ist bis zum Abend ständig eine solch große Menge an Holz gesammelt, dass das Feuer bis zum Morgen unmöglich ausgehen kann. Auch trägt er von da an sein Gewehr stets nahe am Körper, selbst dann, wenn er sich zum Schlafen niederlegt und der lediglich mit einem Messer bewaffnete Hottentotte Wache hält.

Bereits nach den ersten Tagen beweist sich, dass ein mehr als siebenstündiges Tagespensum unmöglich zu bewältigen ist. Nach den Anstrengungen der stundenlangen, holprigen Fahrt sinken Mensch und Tier vor Einbruch der Dunkelheit erschöpft auf ihr Lager. So dauert die Fahrt länger als William ursprünglich veranschlagt hatte.

Als sie endlich am Ziel angekommen sind und der Hottentotte sich wieder auf den Heimweg gemacht hat, entschließt sich William entgegen seiner ursprünglichen Absicht, als Erstes sein Glück mit der Goldschwemmerei zu versuchen, um seine Finanzen aufzubessern. Doch es dauert nur wenige Tage, bis William das Goldschwemmen und -schwenken noch anstrengender findet, wie es sich beim Probeschwenken in der Mühle angedeutet hatte. Das nasse Gemisch aus Stein und Sand in den Pfannen verschafft ihm in kürzester Zeit nicht nur einen veritablen Muskelkater, sondern auch einen unerträglich schmerzenden Rücken und mit Blasen und Schwielen übersäte Hände. Zu allem Überfluss bleibt seine Ausbeute mehr als mager.

So wechselt seine anfänglich euphorische Stimmung in eine zornig-depressive, und wie eine fauchende Katze, die man aus dem Haus treibt, fällt ihn plötzliches Heimweh nach seiner Familie, den rauen Winden seiner alten Heimat und den aufmunternden Worten seiner Freunde an. Nur die Briefe, die er in regelmäßigen Abständen nach Cornwall schickt, helfen ihm dann aus der Misere.

Doch seiner Familie verrät er nichts von seinem Seelenzustand und den aufkommenden Zweifeln, die ihn nachts plagen. Das Geschreibsel wird erst sechs Wochen später Cornwall erreichen. Bis dahin kann sich längst alles wieder zum Guten gewendet haben, tröstet er sich, die Hände ins schmerzende Kreuz gestützt und zwingt sich wieder an die Arbeit, fest entschlossen, sie nach einer Anstandspflicht niederzulegen. Er ist nicht hierhergekommen, um Gold zu schürfen, sondern um einen Laden zu betreiben, und die Aussicht auf ein florierendes Geschäft erscheint ihm wie das Helle am Ende eines Tunnels, als Licht der Hoffnung in der Wirrnis seiner negativen Gefühle.

Auch Bilder aus der Vergangenheit helfen ihm, dem Loch seiner depressiven Stimmung zu entkommen. Er erinnert sich an das immer wieder einbrechende Wasser in den unterhalb der Mündung des Flusses Severn an der schmalsten und tiefsten Stelle errichteten Tunnel, das nicht nur einmal die Arbeit vieler Wochen zunichtemachte. Und doch verbindet heute das von der Great-Western-Railway gebaute zweigleisige Bauwerk, das kurz vor seiner Auswanderung fertiggestellt wurde, den Westen Englands mit Südwales. Was beklagt er sich also über das Wasser des Blyde-Rivers, das ihm lediglich seinen vermeintlichen Anteil am Gold aus den Bergen beharrlich verweigert, ihm aber keinen Schaden zufügt? Es wird sich eine Lösung finden und alles zu einem guten Ende kommen.

„Und merkwürdig, den meisten gefiel es in der Fremde besser als in der Heimat", fällt ihm bei diesen Gedanken ein Relikt aus seinem früheren Leben ein, jener schicksalsträchtige Satz des Pastors, der den Entschluss, die Heimat zu verlassen, in ihm hatte reifen lassen.

So schreibt er in einem seiner Briefe in die Heimat und hofft, dass seine Enttäuschung nicht zwischen den Zeilen zu lesen ist: „Ich gehe oft in die Berge, das Land ist von einer wilden, ungebändigten Schönheit, doch will man sie erkunden, birgt das Abenteuer vielerlei Gefahren. Man muss sich vor wilden Tieren, Löwen, Elefanten und Hyänen hüten. Für mich aber gilt: wann immer es möglich ist, entferne ich mich von den lauten Diggern, die in ihrer Freizeit nur eines im Sinn haben: Sich einen Rausch anzutrinken oder sich mit zweifelhaften Frauenzimmern herumzutreiben, die auf irgendeine Weise den Weg in die Claims gefunden haben, und es sind nicht nur Schwarzhäutige unter den willigen Damen.

Ich bete oft für Euch und auch für mich. Ob ich aber hier in Pilgrams Rest für immer bleiben werde, weiß ich derzeit nicht. Für Claims, 47 x 47 m große Steinfelder, deren Grenzen man mit Steckstiften markiert, erhält man eine Schürferlaubnis, wenn man sie beim

Goldcommissioner registrieren lässt. Sie gilt nicht am Tag des Herrn, auch nicht von Sonnenuntergang bis Sonnenaufgang. Man nimmt es damit sehr genau.

Vielleicht kehre ich nach Pietermaritzburg zurück, wenn ich nicht doch noch das Glück habe, eine größere Menge Goldes zu finden und meine Sorgen für immer loszuwerden. Noch habe ich die Hoffnung nicht gänzlich aufgegeben. Es geht die Legende, dass ein Digger hinter einem Felsen ein Nugget von sagenhaften elf Kilogramm gefunden hat."

Wieder einige Monate später hat er sich zwar an das Leben in Pilgrims Rest gewöhnt, geht jedoch in jeder freien Minute zum Fischen an den nahen Blyde River. Wenn er die Meute der Goldschürfer nicht mehr erträgt, wandert er in durch die steinigen Ausläufer der Drakensberge, kühlt seine Füße in den klaren Sprudeln des von den Bergen kommenden Wassers, bis sein Kopf wieder frei ist.

„Den Plan, hier meinen Laden zu bauen und zu betreiben, habe ich aufgegeben, meine Anschaffungen verkauft", schreibt er nach Hause. „Mit den Neuankömmlingen, die ihr Glück versuchen wollen, wächst auch die Zahl der unangenehmeren Zeitgenossen. Sie sind wie eine sich ausbreitende Seuche, der man nichts entgegenzusetzen hat. Verlorene Seelen, magere Gestalten in abgerissener Kleidung betrinken sich Abend für Abend in einer der zahlreichen schäbigen Hütten, die wie Pilze aus dem Boden schießen, führen zotige Reden, um dann torkelnd ein armseliges Bettenlager aufzusuchen. Inzwischen gibt es hier mehr als tausend Diggers, über dreitausend Claims. Das Gedränge wird dichter und die Goldgräber der ersten Stunde verlassen die Gegend, um Neuland zu erkunden, unter ihnen auch mein einziger Freund. Als Alex, die Schubkarre, war er bekannt, weil er sein Werkzeug, sein ganzes Hab und Gut, in einer Karre mit sich führte. Vor einigen Tagen ist auch er gegangen, angeblich zum Kap. Ich vermute, dass er Glück hatte und eine so gute Ausbeute machte, dass er sich das Aufhören leisten konnte. Ihm gönne ich seinen Fund, er ist ein verschwiegener, anständiger Mensch, auf den man sich verlassen konnte. Jetzt werde ich ihn wohl niemals wiedersehen, in diesem riesigen Land verliert man sich leicht aus den Augen. Doch nun zu mir: Ich habe sowohl an Muskelkraft als auch an Selbstsicherheit gewonnen, worüber ich sehr froh bin. Vater würde zufrieden mit mir sein, wenn er mich sehen könnte. Wie war doch seine Rede? Man muss sich einer Aufgabe vollständig widmen, wenn man Erfolg haben will, und er hat recht gehabt. Ich für mich weiß jetzt, die Suche nach Gold ist nicht meine Berufung, wahrscheinlich ist das einer der Gründe, warum mein Erfolg ausgeblieben ist. Für mein Leben gilt künftig: Schuster, bleib bei deinen Leisten. Ich werde die Stätte meiner Niederlage verlassen."

Er legt den Federkiel für einen Moment zur Seite und atmet tief durch, fühlt Erleichterung und erinnert sich plötzlich an das Zitat eines deutschen Dichterfürsten, dessen Kenntnis er seiner verflossenen Freundin, einer Theaterschauspielerin, zu verdanken hat: „Wie nur dem Kopf nicht alle Hoffnung schwindet, der immerfort in schalem Zeuge klebt, mit gieriger Hand nach Schätzen gräbt und froh ist, wenn er Regenwürmer findet."

Das Mädchen, das ihn eine Zeit lang nicht nur in die Künste der Dichterwelt, sondern auch in die der Liebe einführte, hatte seine für gewöhnlich mageren literarischen Kenntnisse mit Goethes Faust, den sie für eine ihrer Rollen übte, erheblich erweitert. Die Erinnerung an die gemeinsamen musischen Stunden treibt ein Lächeln in sein Gesicht. Er fragt sich aber heute wie damals, wenn er missbilligend sein Konterfei im Spiegel betrachtet, was die attraktive, selbstsichere junge Frau an seinem Aussehen Begehrenswertes gefunden haben kann.

Seit den Tagen jener verflossenen Liebe hat sich wenig an ihm verändert. Halblanges, früher von seiner Mutter mehr recht als schlecht geschnittenes Haar hängt ihm strähnig bis in die Augen, sein Gesicht, von Wind und Wetter gebräunt, ist kantig, seine Ohren zu groß und seine untersetzte Gestalt nicht nach der neuesten Mode gekleidet. Ein typischer Bursche vom Land eben. Man legt seine Herkunft nicht einfach ab, nur weil man sein Heimatland verlässt, beweist sich an seiner Person.

Die junge Frau hatte ihm nach ein paar Wochen einer heißen Affäre den Laufpass gegeben und er war der festen Überzeugung, dass er seine Unfähigkeit, sie zu halten, ein Leben lang bereuen würde. Ein Irrtum, wie sich herausgestellt hat. Inzwischen ist der Schmerz der Trennung überwunden, die Zeit heilt alle Wunden. Was wohl aus ihr geworden ist? Ob sie ihre großen Ziele erreicht hat und sich die Träume erfüllt haben, die sich mit seiner Person nicht verwirklichen ließen, wie sie, seiner Meinung nach zu Recht, der Überzeugung war? Er jedenfalls hat seine innere Klagemauer niedergerissen.

Er nimmt den Kiel wieder auf und setzt seinen Brief fort: „Ich möchte ein gutes Leben mit gutem Auskommen erwerben, nicht Reichtum, der mir Überfluss und vielleicht Macht über Menschen verschafft. Ich will mein Pferd auf einer saftigen Wiese grasen lassen und nicht ständig mein Revier verteidigen müssen, wie das Alphatier der Hyänen, das ständig seine Stärke beweisen muss, um nicht als Rudeloberhaupt abgelöst zu werden. Ich sehne mich nach einem bescheidenen Häuschen, nach einer Familie, der ich vertrauen kann und die mir vertraut, nach einem kleinen Laden, jedoch in einer wohnlichen Umgebung. Die Suche nach Gold ist eine im höchsten Maße unwirtschaftliche Beschäftigung. Es wird unter Tausenden aufgeteilt, kann aber nur einmal geerntet werden. Die wenigsten haben das Glück, auf einem Claim eine solch große Menge zu finden, dass sie zu einem reichen Mann werden.

Zudem finde ich, dass es an der Zeit ist, sesshaft zu werden, an der Zeit, in die Zivilisation zurückzukehren. Mit dem Erlös der Utensilien, die ich für den Laden in Pilgrims Rest angeschafft hatte und die ich samt Wagen und Ochsen gewinnbringend verkaufte, kann ich in Pietermaritzburg wiederbeschaffen, was sich die Kundschaft wünscht und was sich in der „Zivilisation" gut verkaufen lässt.

Meinen Ritt nach Port Natal habe ich genau geplant: Zu Pferd, mit sechs Gleichgesinnten, die ebenfalls die Nase von Pilgrims Rest gestrichen voll haben. Wir reiten bis Maputo in Mosambik und schiffen uns im Hafen der Stadt nach Port Natal ein. Von Port Natal aus ist es dann nur noch ein Katzensprung nach Pietermaritzburg.

Als er seinen Brief beendet hat, verschließt er ihn sorgfältig und fragt sich, wieso ihm das Geschriebene aus der Feder geflossen ist, ohne dass er sich seine Worte überlegen musste. Hat ihm eine geheime Macht in seinem Unterbewusstsein die rechten Worte in den Mund gelegt, um seine Familie zu beruhigen? Oder hat sich seine Persönlichkeit zum Positiven verändert und ist der banale Grund dafür einfach die Tatsache, dass sein Scheitern die Muskeln seines Gehirns sich strecken und agiler werden ließ, weil sein Verstand sich anstrengen musste, eine Lösung seiner Probleme zu finden? Dann wäre sein erfolgloses Suchen nach Gold und die Unfähigkeit, sich unter rauen Gesellen einen Platz zu erobern, in Wirklichkeit keine Niederlage, sondern hätte ihm zum Erwachsenwerden verholfen. Die Zukunft wird ihm die Frage beantworten.

Zügig beginnt er mit dem Abbruch seiner Zelte und kramt seine Habseligkeiten zusammen. Ein paar Tage später verlässt er mit seinen Weggefährten die Gefilde der Goldsucher, wirft einen letzten Blick auf die verbissenen Gesichter der Schürfer und macht sich auf den langen und beschwerlichen Weg über die Berge zum Indischen Ozean.

Wilde Geschichten ranken sich um die steilen Hänge der Pässe, um die zerklüfteten Schluchten der Drakensberge, die vor ihnen liegen. Die Route, auf der hinter jedem Felsvorsprung Gefahr lauern kann und wo die Luft voller fremder Geräusche ist, wird die Männer vor große Herausforderungen stellen, hat man sie gewarnt. Doch sie sind überzeugt, sie werden alle Schwierigkeiten bewältigen. Gott wird seine schützende Hand über sie halten, wenn sie nur fest genug auf ihn vertrauen.

Anfänglich sieht es auch danach aus.

Sie bezwingen mit heilen Gliedern die fünfzehn Meilen lange Strecke über den Robbers Pass, die in Höhen führt, in denen die dünne Luft ihre Lungen schmerzen lässt. Zum Glück bleibt ihnen das Erlebnis eines der berüchtigten Raubüberfälle erspart, die immer öfter auf Goldtransporte nach Lydenburg verübt werden. Auch den Long Tom Pass erreichen sie ohne unliebsame Ereignisse und glauben, das Schlimmste geschafft zu haben. Doch auf der Spitze angekommen, bietet sich ihren Augen eine Passstrecke, die schon beim ersten Augenschein erkennen lässt, dass deren Gefährlichkeit das Leben der Männer und der Pferde ernsthaft in Gefahr bringen kann. Es entbrennt eine heftige Diskussion unter den Reitern. Sollen sie ihren Weg fortsetzen oder besser das Vorhaben aufgeben?

William starrt auf den felsigen Boden, scharrt mit den Füßen in einer Kuhle, in der Sandkörner in der Sonne gleißen und unscheinbare winzige Käfer seinen Schuhen auszuweichen versuchen. Er meldet sich erst zu Wort, als die Fünf sich einig waren, umzukehren.

„Mein Entschluss steht fest. Ich setze den Weg fort, mit oder ohne euch." Aus den Augen seiner Begleiter schlägt ihm blankes Unverständnis entgegen. Er muss ihnen eine Erklärung liefern, wenn er sie nicht in Unfrieden ziehen lassen will. „Ich weiß, wir haben bei unserem Aufbruch beschlossen, dass wir alle Entscheidungen gemeinsam treffen werden, um aus der Sache heil herauszukommen, doch ich kann nicht anders." Er zögert eine kleine Weile und sucht nach den richtigen Worten. Dann räuspert er sich und beginnt ruhig, aber bestimmt zu reden: „Bei meinem ersten Erkundungsritt, kurz nach meiner Ankunft im Land, ist mir eine Hütte mit verwahrlostem Garten aufgefallen. Dort rankten Brombeerstauden um wilde, offensichtlich lange nicht beschnittene Obstbäume. Von den Bäumen und ihren kleinen Früchten war deshalb kaum noch etwas zu sehen. Ich traute mich nicht, mich der Hütte zu nähern. Doch als ich meinen Ritt beendet hatte, erfuhr ich in der Pension, dass in der Hütte ein Wahrsager lebe, der sich regen Zuspruchs erfreue. Natürlich machte mich das neugierig, obwohl es nach den Regeln unserer Religion verboten ist, einen Blick in die Zukunft zu werfen. Lange habe ich mit mir gekämpft, ob ich mich darüber hinwegsetzen solle. Doch an meinem vorletzten Tag in Pietermaritzburg setzte ich mich über meine Bedenken hinweg, bat Gott um Verzeihung und machte mich auf den Weg zum Kral. Dort angekommen, wurde ich an einem klapprigen, verrosteten Türchen von einer jungen Frau erwartet, deren, so kann ich unumwunden gestehen, faltenlose, milchschokoladenfarbene Haut, straffe, notdürftig bedeckte Brüste und kurzer Rock mich für einen Augenblick verwirrten. Ich riss mich zusammen, eingedenk der Möglichkeit, dass sie wohl eine der Ehefrauen des Wahrsagers war. Sie lief mir mit wiegenden Hüften zu der Hütte voraus. An deren Aussehen hatte sich nichts verändert seit meinem letzten Besuch. Das windschiefe Gebilde aus grauem, verwittertem Holz ließ nicht darauf schließen, dass mir hier die Wahrheit über meine Zukunft offenbart werden würde. Die Frau bedeutete mir mit einer einladenden Geste einzutreten, und ich gelangte durch die niedrige Öffnung in das im Dunkeln liegende Innere der Hütte, wo auf einem trockenen Ast, der von einer Seite zur anderen reichte, eine ausgestopfte Eule saß. Säcke mit getrockneten Reptilien lagerten in einer Ecke des überfüllten Raumes, und der Duft getrockneter Kräuter mischte sich mit dem der toten Tiere zu einem undefinierbaren Gemisch.

Da drang die krächzende Stimme eines Mannes aus dem Hintergrund und ihr Ton klang wie eine versteckte Drohung, sodass mir war, als gehöre sie zu einem Wesen aus der Unterwelt, als sie sagte: „Was willst du von mir, Weißer? Wer hat dich geschickt?" Das Herz klopfte mir bis zum Halse, mein Puls jagte auf sonderbare Weise, als ich zögerlich antwortete: „Ich möchte erfahren, ob ich mein Glück am Blyde River finden werde und wie mein Leben in der Zukunft aussehen wird." Seine Augen leuchteten plötzlich auf wie glühende Kohlen, und ich nahm gerade noch wahr, dass der Mann ein Räucherstäbchen in einem Schädel anzündete, der von einem Affen stammen musste, fordernd die Hand ausstreckte, in die ich ein paar Geldstücke legte, die schnell in seinem dunklen, vor Schmutz starrenden Kittel verschwanden. Dann hörte ich noch ein leises, unverständliches Murmeln, und von da an weiß ich nichts mehr, auch nicht, wie lange der seltsame Zustand angedauert hat." William schwieg eine Weile, bis ihn seine Kameraden fortzufahren drängten.

„Als seine Stimme wieder in mein Bewusstsein drang, war sie monoton und eindringlich: „Du wirst das Glück finden, nicht da, wo du es jetzt suchst, und anders, als du denkst. Die Geister meines Landes werden dir wohlgesonnen sein, unser Land wird dich beschenken, solange du sein Volk und seine Sitten achtest. Lass dich nicht von deinem Weg abbringen, von nichts und niemanden." Dann bedeutete er mir mit einer herablassenden Handbewegung, die Hütte zu verlassen.

Während William redet, verwandeln sich die sonnengegerbten Männergesichter seiner Weggefährten in faszinierte Kindergesichter, und als er schweigt, ist ihm plötzlich, als hätte sich mit einem Ruck ein Schleier von seinen Gedanken gezogen, der den wahren Grund seines Entschlusses, dem Blyde River den Rücken zu kehren, bislang verborgen hatte.

„Ich habe nicht weiter über die Worte des Alten nachgedacht, doch anscheinend haben sie sich in mein Gedächtnis eingeprägt, aus dem sie sich auf diesem Ritt emporgekämpft haben. Jetzt erst habe ich deren Sinn erkannt und weiß, dass ich zurückkehren muss, koste es, was es wolle. Deshalb werde ich den Ritt auch ohne euch fortsetzen."

Seine Begleiter versuchen noch einmal, ihn zur Umkehr zu bewegen, vergeblich. Dann besteigen sie mit betretenen Mienen und offensichtlich schlechtem Gewissen die Pferde, um ohne ihn zum Blyde River zurückzukehren.

Sein einsamer Weg bedarf vom ersten Augenblick an größter Aufmerksamkeit. Dichte Nebelschwaden hüllen das Massiv des Passes ein. Aufzusitzen ist in diesem Terrain keine Option. Er geht zu Fuß, um den steinigen, kurvenreichen Pfad nicht zu verfehlen. Extrem steile Stellen wechseln sich mit gefährlichen Spitzkehren ab und machen den Blick voraus nahezu unmöglich. Er hat das Zählen der Stoßgebete, die er dankbar zum Himmel schickt, wenn ihn hinter der nächsten Kehre keine unliebsame Überraschung erwartet, längst aufgegeben. So kommt er nur langsam, aber stetig voran.

Doch manchmal droht ihn die Angst zu überwältigen. Vor allem dann, wenn seine Hände verkrampfen, ihn die Blasen an seinen Fersen unerträglich quälen, er sie neu verbinden muss und der Anblick der nässenden Wunde ihm Sorgen bereitet. Dann glaubt er im nebeligen Dunst wie eine Fata Morgana zwischen den Felsen eine winkende Gestalt zu erkennen. Und plötzlich klingen ihm die Worte des Medizinmannes in den Ohren und seine Zuversicht kehrt zurück.

„Ohne den Besuch in der Hütte des Medizinmannes hätte ich wohl den Rest meines Lebens in der Wellblechhütte meines Ladens zugebracht, gelegentlich nach Gold gesucht und darauf gewartet, dass mich das Glück doch noch zu einem reichen Mann machen würde. Es ist die Weissagung des Alten, die mich erwachsen werden ließ", wird er später seinen Kindern erzählen.

Nach endlosen einsamen Stunden hellt sich der Himmel auf, und der Nebel verflüchtigt sich. Doch auch jetzt zwingt ihn das unwirtliche Felsenmeer, schaurig schön, mit gezackten Spitzen und aufgebrochenen Steinschichten, die in der stechenden Sonne einmal wie Gold, ein anderes Mal wie Silber glänzen, abzusitzen und den Wallach am Zügel zu führen. An den gefährlichsten Stellen finden seine Finger nur Halt in den Rissen und Spalten der Wand und beginnen zu bluten, sein Mund fühlt sich an, als sei er voller Gesteinsmehl. Was wohl mit ihm geschieht, wenn dem trittsicheren Pferd ein Fehltritt unterläuft, es sich mitsamt seinem Reiter hilflos auf der Erde wälzt, bevor es ihn in seiner Panik mit in den Abgrund reißt? Sein und des Pferdes Ende wären besiegelt und in der unendlichen Weite dieses Landes bliebe sein Schicksal auf ewig ungeklärt. Über sich die nahezu senkrechten Felsen, unter sich das Nichts, geht ihm ein gruseliger Gedanke nicht mehr aus dem Sinn: Sein Körper und der Kadaver des Pferdes würden zu einem gefundenen Fressen für Adler und sonstiges Raubgetier. Doch Gott hat ihn schließlich an diesen Ort geführt, weshalb sollte er ihm ein solches Schicksal zugedacht haben? Er würde sein Ziel ohne

Schaden zu nehmen erreichen, das musste einfach der göttliche Plan sein, beschwichtigt er seine Ängste.

Als er nach endlosen Stunden das Hochplateau erreicht, bietet sich ihm ein atemberaubender Anblick. Im orangefarbenen Licht der untergehenden Sonne liegt ihm eine hügelige Landschaft mit sanft geschwungenen Wiesen zu Füßen. Sanfte Weite zieht sich vom Fuß der Felsengruppe aus bis hin zum blaukristallenen Ozean, dessen glitzernde Schönheit am Horizont im Nichts verschwindet. Eine zentnerschwere Last fällt von ihm ab. Zum ersten Mal nach langer Zeit dringt das Gekreische von Vögeln, der Duft von Blüten über sonnenüberfluteter Landschaft wieder in sein Bewusstsein, und alle Strapazen sind mit einem Schlag vergessen.

Vorsichtig steigt er vom Pferd, nimmt die Satteltaschen ab und kramt nach dem letzten Päckchen Trockenbrot. Er hat den ersten Teil des Weges geschafft und sich eine kurze Rast verdient, bevor er den Abstieg wagen wird.

Ein Falke kreist am Himmel, beobachtet sein Tun und schwingt sich verärgert mit lautem Ti, ti, ti hoch in die Luft, als das Wesen zwischen den Felsen auch noch den letzten Krümel verzehrt, der auf seine Hose gefallen ist.

Als aus den entferntesten Winkeln des Tales die Schatten kriechen, die in Kürze die Landschaft und die Konturen der Felswände verschlucken werden, packt William seine Sachen zusammen. Es ist höchste Zeit weiterzugehen.

Der Abstieg braucht die Konkurrenz des Aufstiegs nicht zu scheuen, was dessen Schwierigkeitsgrad betrifft, die Gefahr eines Sturzes ins Nichts ist auch hier allgegenwärtig.

Doch auch dieses Mal bleibt ihm das Glück gewogen. Sein Pferd und er quälen sich über dornenbewachsene Hänge mit stachelbewehrten Gewächsen, deren Namen er nicht kennt, die ihm Gesicht und Hände zerkratzen und auf die Haut seines Pferdes blutige Spuren zeichnen.

Doch sie überstehen den steilen Abstieg ohne größere Blessuren und erreichen schließlich wohlbehalten Maputo, wo sich ein vertrauenswürdiger Käufer für sein treues Pferd findet.

Dann besteigt er ein Schiff nach Port Natal und erreicht wenige Tage später Pietermaritzburg. Bei seiner Ankunft betrachtet er die Stadt mit neuen Augen. Sie ist nicht seine Heimat, aber es sieht danach aus, als ob sie ihm Heimat werden könne.

Prolog II

Franz I. Waging am See / München um 1900

Als Franz die graue Nüchternheit der Räume der Rekrutierungsstelle der Kavallerie verlässt, in der er sich freiwillig zu den Cheveaux-Legern, den leichten Reitern des Königs, gemeldet hat, schlägt die Turmuhr des neuen Rathauses, das kurz vor seiner Fertigstellung steht, zwölfmal.

Ein Zentner Steine ist ihm vom Herzen gefallen, seit er weiß, dass er endgültig hinter sich lassen kann, was es in den letzten Monaten hatte bluten lassen. Ein neues Leben kann beginnen, jetzt, da er schwarz auf weiß in Händen hält, dass er in das in Augsburg stationierte leichte Reiterregiment aufgenommen ist, das vom Volk liebevoll Schwoleger oder kurz Schwolis genannt wird. Eine Aufnahme in das Prestigeregiment ist in der Regel dem Adel, allenfalls dem Großbürgertum vorbehalten, ist die landläufige Meinung, und auch er hatte bis vor wenigen Minuten wenig Hoffnung, dass man für ihn eine Ausnahme machen würde. Ob es an seiner Größe, seinem Aussehen gelegen hat, oder daran, dass er wie sein Vater, dem er angeblich wie aus dem Gesicht geschnitten ist, ein guter Reiter ist? Seit Franz denken kann, werden auf dem Hof zwei Pferde gehalten, eines für die Arbeit und ein zweites, das auch zum Reiten taugt. Er liebte diese Pferde. ‚Pferdeflüsterer' scherzt seine Mutter, wenn er wieder einmal mit einer Tasche voller Äpfel im Stall verschwindet, angeblich, um die Hufe zu kontrollieren, die Äpfel in die Futterkrippe schüttet und dann zärtlich die Hälse der Tiere beklopft und mit ihnen spricht. Er wird seine Lieblinge vermissen, mehr als alles andere, wenn er geht.

Der Prüfer hatte ihn ausgiebig examiniert, besonders was seine Reitkünste betrifft. Was auch immer es gewesen ist, dass ihm die Tür zu dem begehrten Regiment geöffnet hat, vielleicht die Hand Gottes, eine andere Substanz, oder sonst Unerforschliches, ob vielleicht ein Krieg bevorsteht, für den man dringend Kanonenfutter braucht, sein Leben jedenfalls hat jetzt eine Richtung eingeschlagen, die einem Menschen seiner Gesellschaftsschicht eine bessere Zukunft verspricht.

Im vorletzten Jahrzehnt des 19. Jahrhunderts als Zweitgeborener auf dem Hof zur Welt gekommen, den seit Generationen seine Familie bewirtschaftet, ist sich Franz von Kindheitstagen an bewusst, dass sein älterer Bruder als Hoferbe die Landwirtschaft übernehmen wird. Er hat dieses Vorrecht nie infrage gestellt. Er würde sich einen anderen Weg zum Erfolg suchen müssen und auch finden, daran hat er keine Zweifel.

„Erfolg stellt sich selten von selbst ein, man muss etwas dafür tun, versuchen, sein Schicksal zu kontrollieren und Fehler möglichst vermeiden, stets an der eigenen Entwicklung arbeiten, seine Leistungen optimieren", hat man den Kindern der Familie so lange eingebläut, bis diese Maxime ihnen in Fleisch und Blut übergegangen ist. Und wenn sich trotz aller Bemühungen ein befriedigendes Ergebnis nicht einstellt und man nicht als Tagelöhner sein Dasein fristen will, wenn nicht die eigene Unzulänglichkeit der Grund für den Misserfolg ist, muss man dem Lauf des Schicksals eine andere Richtung geben und sich ein geeigneteres Ziel suchen. So hat er sich für den Beruf des Müllers entschieden, der, technisch begabt wie er ist, seinen Neigungen entspricht. Der Erbausgleichsbetrag, der ihm versprochen war, würde ihm irgendwann zu einer eigenen Mühle verhelfen, war der Plan, bis alles anders kam und er die Weichen neu stellen musste.

Heute nun hat der Zug in sein anderes Leben Fahrt aufgenommen und Franz ist sicher, dass der nun eingeschlagene Weg der richtige ist, auch wenn das Soldatenleben kein Zuckerschlecken werden wird, vor allem nicht während der Ausbildungszeit beim bayerischen Heer, wie man ihm deutlich zu verstehen gegeben hat.

Was soll's? Die Sonne scheint warm und kraftvoll vom Himmel, ein leichter Wind trägt den Hauch des Frühlings heran und, so düngt ihm, flüstert ihm zu, dass alles, was kommen kann, besser sein wird, als ein erbärmliches Leben auf jenem Hof am See zu verbringen: Dem Hof seiner Kindheit und Jugend.

Hier in München, der blühenden Landeshauptstadt, der Braumetropole, der Stadt der Kunst und Behördensitze, erinnert nichts an die Schmach der Niederlage jenes verhängnisvollen Abends, dessen Bilder ihn noch gestern bis in seine Träume verfolgten. In ihnen taucht er immer wieder mit gleichförmigen Schlägen die Ruder in das im Mondlicht gleißende Silber des nächtlichen Sees: Das Ächzen des alten Kahns, mit dem er über das Wasser in eine verheißungsvolle Zukunft gleitet, wie er glaubt, klingt ihm wie Schalmeien in den Ohren, wartet doch auf der anderen Seite seine heimliche Geliebte auf dem stattlichen Hof eines verwitweten Bauern voller Sehnsucht auf ihn.

Doch statt einer schönen Frau in einem warmen Bett im Obergeschoss des Hofes, der nur wenige Meter vom Ufer entfernt liegt, hat ihn auf halbem Weg ins vermeintliche Paradies eine dunkle Gestalt auf einer von Wind und Wetter ausgelaugten Holzbank erwartet. Den Schal fröstelnd um die Schultern geschlungen, offenbart ihm die Frau mit hartem Gesicht, dass sie schwanger sei mit seinem Kind, nichts von ihm wissen will und es zur Pflege auf den Hof seiner Eltern geben wird.

„Glaub' ja nicht, dass ich das Balg, das ich in mir trage, großziehen werde. Und dass du es weißt, eine Heirat mit dir kommt für mich niemals infrage. Auch werde ich nicht zu einer Engelsmacherin gehen, wie du es vielleicht von mir erwartest. Du wirst für dein Kind sorgen, wenn es auf der Welt ist. Ich jedenfalls werde mich damit nicht belasten. Sieh zu, was du mit ihm anstellst, du hast vollkommen freie Hand", zischt sie ihm selbst in seinem Albtraum mit eisiger Stimme entgegen. Und wie in der Realität geschehen, offenbart sich ihm im Traum die wahre Natur der Frau, deren einziges Bestreben es ist, nicht als Magd, sondern als Hofbäuerin in das stattliche Anwesen einzuziehen. Franz war nur der Leckerbissen auf dem Weg dorthin.

Er hatte sich ins Boot geschleppt und es war kurz nach Mitternacht, als er sich auf sein Bett warf und zu schlafen versuchte. Doch die Stunden bis zum Morgengrauen verstrichen in quälender Trägheit, und er hatte nicht die geringste Ahnung, wie er seinen Eltern beibringen sollte, dass er Vater werden wird. Vater von einem Kind, das er hasst, bevor es geboren ist und das bei seinen Großeltern, seinen Eltern, aufwachsen muss. Sie werden sich um das Balg kümmern, wenn es ihm gelingt, die richtigen Worte zu finden, beruhigte er sich schließlich und fiel erst gegen Morgen in einen unruhigen Schlaf.

Als er mit zerschlagenen Gliedern und den Spuren der unruhigen Nacht im Gesicht am Frühstückstisch erschien, hatte er den Eltern reinen Wein eingeschenkt und wird nie das Bild seines Vaters vergessen, wie er aufstand, die Küche verließ, vor der Tür in der hohlen Hand seine Pfeife anzündete und eine Weile regungslos in die Ferne starrte, während seine Mutter frisch gemolkene Milch aus dem Stall holte, als wäre nichts geschehen. Wortlos richtete sie das Frühstück, stellte eine Tasse mit Milch auf seinen Platz, wohlwissend, dass Franz schon den bloßen Geruch der vom fetten Rahm gelblich gefärbten Flüssigkeit hasst. Es ist wohl so, dass eine langjährige Ehe die Partner in die Lage versetzt, sich durch Gedankenübertragung zu verständigen. Als hätten sie sich abgesprochen, fällten seine Eltern noch während des Frühstücks das Urteil über seine Pläne, töteten mit wenigen Worten seinen Traum von der eigenen Mühle. Sein Erbteil würde den Kosten der Pflege und Erziehung seines unehelichen Kindes zum Opfer fallen. Er aber müsste sich eine Stelle in einer Mühle suchen.

Doch der Zenit der Karriere eines Müllergesellen bestand in dem Recht, die Säcke zuzubinden und den gewöhnlichen Gesellen zuzuweisen, statt sie wie diese über steile Treppen die Stockwerke hochschleppen zu müssen und am Abend über und über von Mehlstaub bepudert zu sein. Der hatte die unangenehme Eigenschaft, mit Schweiß eine innige Verbindung einzugehen, der sich zum Ende eines

Arbeitstages in eine juckende, harte Kruste verwandelt, die unter flie-
ßendem Wasser selbst mit einer Wurzelbürste nur schwer zu entfernen war. Eine wenig verlockende Zukunftsperspektive!

So war ein Entschluss schnell gefasst: Er würde die Gegend mitsamt
dem Hof so schnell wie möglich verlassen, um sein Glück in einem der
Regimenter des Prinzregenten zu suchen. Zwei Tage später hatte er
sein Vorhaben in die Tat umgesetzt und den Acht-Uhr Zug nach München gerade noch rechtzeitig erreicht.

Jetzt, den Bescheid in Händen, ist er gewiss, dass ihn von nun an
nichts und niemand noch aufhalten kann.

Er steckt das Papier, sorgfältig gefaltet, in seine Jackentasche, schlendert zum Marienplatz, wo ihn das Münchner Kindl vom Turm grüßt,
als wolle es ihm kundtun, dass er genügend Zeit für einen Stadtbum-
mel habe, selbst wenn er den Hauptbahnhof noch bei Tageslicht erreichen will. Betrachtet man sich die armseligen Gestalten, die auf
dem Platz darauf warten, dass ihre Arbeitskraft für einen Hungerlohn
von gerade einmal zwei Mark gebraucht wird, erscheint es besser,
wenn man bei Anbruch der Nacht nicht allein durch die Straßen läuft.
Nicht alle Gaslaternen sind elektrifiziert und den Straßen verleihen
die wenigen nur spärliches Licht.

Doch noch schweben am ansonsten wolkenlosen Himmel zarte Wölkchen wie kleine weiße Schäfchen auf blauer Weide, die ein leichter
Wind entschwinden lässt, so schnell wie sie gekommen sind. Sein
Magen verlangt nach einer Brotzeit. Wie immer, wenn er sich in München aufhält, entschließt er sich für einen Besuch im Donisl.

Er schlendert durch das Brienner Quartier zum Café Luitpold. Dort
angekommen studiert er die Speisekarte, deren Inhalt er zwar nicht
lesen kann, da sie in gestochen scharfer Schrift in Französisch abge-
fasst ist, dafür versteht er die exorbitanten Preise umso besser. Er
entflieht dem Anblick des unerreichbaren Gourmettempels und dem
lärmenden Dröhnen der Baumaschinen, deren schwere Motoren nahezu an jeder Ecke das Trommelfell quälen. Die Mörtelweiber aber,

in schäbigen, vom Kalk zerfressenen Blusen und dicken unförmigen Röcken, die bei einem Stundenlohn von zweiundzwanzig Pfennigen den ganzen Tag über schwere Lasten zu noblen Villenneubauten schleppen, scheint weder der Krach der Baumaschinen, noch der Lärm des Verkehrs in den Straßen zu stören, in denen es von Droschken, Fiakern, Pferdeomnibussen und Trambahnen wimmelt.

Im Donisl angekommen, bestellt er sich als Erstes einen Krug Dunkelbier aus den Braukesseln der Pschorrbrauerei, dann Kronfleisch aus dem Zwerchfell des Ochsen, Semmelknödel und eine Portion in Spiralen geschnittenen Rettich. Trotz der vielen Gäste wird das Essen zügig serviert.

„Die Stadt ist in den letzten Jahren rasant gewachsen, fast sechshunderttausend Menschen leben inzwischen hier", erzählt ihm die Bedienung mit stolzgeschwellter Brust, wohl weil sie sich zu den Beneidenswerten zählen darf, die in Lohn und Brot stehen. Sie selbst lebe in einem der Neubauviertel in Haidhausen, „wo man fließend Wasser hat", und liefert anschließend auch die Erklärung: „Der Kalkputz sondert so viel Feuchtigkeit ab, dass es von den Wänden läuft". Dann eilt sie zum nächsten Tisch.

Am Tisch nebenan hat ein älterer Herr mit blassem Gesicht, kleinen, wimperlosen Augen hinter dicken Brillengläsern seinen Hut abgelegt, Platz genommen und sich Franz zugewendet: „Ich habe das Gespräch verfolgt. Die arme Frau hat keine Ahnung, welche Folgen eine nasse Wohnung für die Gesundheit haben kann, sonst würde sie das Problem nicht auf die leichte Schulter nehmen. Für diese einfältigen Menschen ist wichtig, dass die Geißeln der Menschheit, Cholera und Typhus, sich in der Stadt auf dem Rückzug befinden, seit die Trink- und Abwasserversorgung geregelt ist, was man vom Leben in den Dörfern nicht unbedingt behaupten kann."

„Allerdings, aber das Problem ist dort nicht ganz so brennend. Ein Glück, dass von Pettenkofer unseren Prinzregenten überzeugen konnte, dass eine strikte Trennung von Wasser und Abwasser

Seuchen verhindern hilft, bei den Menschenmassen, welche offensichtlich die Stadt bevölkern", erwidert Franz nachdenklich.

„Die Frau versuchte zu rechtfertigen, weshalb sie ein Leben außerhalb des Zentrums der Stadt gewählt und dem Wohnen in einem der neuen Viertel den Vorzug gegeben hat. Im Zentrum ist die Wohnungsnot groß, die Mieten so teuer, dass sich eine Familie mit mittlerem Einkommen nur eine Miete für enge Kammern von weniger als zweihundert Quadratfuß gerade noch leisten kann, eine Familie aus der unteren Schicht der Bevölkerung sich mit etwas mehr als der Hälfte begnügen muss, selbst wenn die Zahl der Kinder noch so groß ist."

Franz schüttelt verwundert den Kopf: „Ist Wohnraum wirklich so knapp in einer derart noblen Stadt?"

„In München gibt es alles, nur nicht für alle. Es ist nicht so, dass es keine Wohnungen gäbe, nur stehen viele leer. Früher Mietwohnungen begüterter Beamter sind sie heute zum Vermieten zu groß und zu teuer. Die ehemaligen Bewohner haben sich längst eigene Villen in den Randgebieten gebaut und die Eigentümer scheuen die Kosten einer zeitgemäßen Aufteilung. Sie vermieten lieber die Zimmer an sogenannte Schlafgänger, jene bedauernswerten Menschen, die, obwohl wildfremd, sich ein Zimmer und ein Bett teilen müssen. Wenn der eine tagsüber arbeitet, schläft in dem Bett ein Nachtarbeiter und umgekehrt."

Die Kellnerin tritt an den Tisch, räumt fachgerecht Franz' Teller ab und kommentiert die blitzblank gegessene Tellerscheibe mit den Worten: „Ihnen hat es wohl geschmeckt."

„Ja, obwohl es ja heißt: Wer in München gut essen will, muss nach Augsburg fahren. Bringen Sie mir bitte noch ein Bier."

Sie stemmt die Fäuste in die drallen Hüften, mustert ihn missbilligend von oben bis unten, greift den geleerten Krug, trägt ihn zurück zur Theke, holt einen neuen und knallt ihn so heftig auf den Tisch, dass er überschwappt und eine Bierpfütze auf dem blank gescheuerten Holz hinterlässt. Offensichtlich hat er die Ehre des Gasthauses und damit wohl auch die ihre verletzt.

Er zwinkert seinem Tischnachbar belustigt zu, trinkt seinen Krug leer, zahlt und versucht sie mit einem guten Trinkgeld zu versöhnen, ohne Erfolg. Beim Verlassen des Gastraums erklingt das Donisl-Lied: „Das Donisl macht jetzt auf und alles eilt herbei im Lauf", und der Ohrwurm verfolgt ihn bis in die Neuheuser Straße, in der vor wenigen Wochen eine Hamburger Kaufmannsfamilie ein Modegeschäft, den Oberpollinger, eröffnet hat. Auf seinem Weg begleitet ihn ein Potpourri der Gerüche. Noch immer ein unangenehmes Gemisch der Dünste aus Metzgereien, Holzöfen und Abfällen, war es mit dem Gestank, dem man sich bei seinen früheren Aufenthalten ausgesetzt sah, nicht zu vergleichen, erinnert er sich seiner wenigen Besuche der Stadt. Damals war die Luft noch vom Geruch der Fäkalien geschwängert. Seit die Hinterlassenschaften der Menschen in einem unterirdischen Abwassersystem, das stetig erweitert wird, verschwunden sind, ist dies weitgehend Geschichte.

Nachdem er nach kurzer Suche in den exquisiten gläsernen Hallen des Bekleidungshauses einen zwar eleganten, aber bodenständigen und figurbetonten Anzug aus blaugrauer feiner Schurwolle mit kaufentscheidenden dekorativen Knöpfen an Ärmeln und Revers für den zivilen Teil seines Lebens erworben hat, schlendert er mit sich zufrieden zur Marienkirche, tritt durch ein offenstehendes Portal und kniet vor der mit Kerzen beleuchteten Nische der Gottesmutter nieder. Maria trägt das blausilberne Gewand der Madonnenfigur seiner Mutter, die sie jedes Jahr pünktlich zu Beginn des Marienmonats aus dem Schrank hervorholt, in eine Schale stellt, die sie mit frischem Vergissmeinnicht füllt, damit sie mit dem Blau der zierlichen Blüten den Saum des Mantels schmücken.

Nach einem kurzen Gebet verlässt er die Kirche wieder, und noch immer beben seine Nerven vor freudiger Erregung, kann er sein Glück kaum fassen.

Auf einer Platane am Straßenrand tiriliert eine Amsel und bei ihrem Gesang kehrt endlich die friedvolle Ruhe, die er sich von seinem Kirchenbesuch erhofft hat, in sein Inneres ein. Wenig später sitzt er wieder im Zug nach Waging.

Einen Monat später beginnt seine Grundausbildung, nach deren Ende wird sein Regiment zu einem Manöver in die Pfalz abkommandiert.

Verstohlen wandern die Blicke der Soldaten zu den kichernden Mädchen, die mit neugierigen Blicken das Ereignis verfolgen, als die stattlichen jungen Männer auf dem Weg zu ihrem Ziel nahe Kaiserslautern an ihnen vorbeireiten. In den Waffenröcken des Regiments gekleidet, karminroter Brustbesatz auf hellgrünem Grund, auf dem Kopf die Pickelhaube, lassen sie das Herz so mancher jungen Frau höher schlagen. Franz aber registriert weder das allgegenwärtige Interesse noch die Landschaft. Noch wiegt die herbe Enttäuschung seiner ersten Liebe in seinem Gepäck schwerer als der Inhalt seiner Satteltaschen, noch steht die Schärfe der Schneide des Säbels an seiner Hüfte der Schärfe des Schmerzes in seinem Herzen nur wenig nach.

Für ihn wird es keine romantische Liebe mehr geben, so ist sein Plan. An die Frau, mit der er sein Leben einmal verbringen will, legt er künftig andere Maßstäbe an, getreu seinem neuen Motto „Wer nichts erheiratet und nichts ererbt, bleibt ein armer Teufel, bis er stirbt". Für ihn soll fortan nur die erste Alternative in Frage kommen.

Tatsächlich findet er auf dem Hof eines gutsituierten Bauern ein Mädchen, das ihm den Weg in eine rosige Zukunft öffnet und ihm die Pfalz zur zweiten Heimat werden lässt.

Als die Zeit in seinem Regiment vorüber ist, wird ihm ein Becher aus Zinn überreicht. Mit eingraviertem Namen und den Namen des Regiments, sowie des Datums seiner Entlassung auf dem breiten Rand, sind Korpus und Deckel mit feinziselierten Blättern und Blüten verziert. Inmitten der Aufschrift: Bayern und Pfalz, Gott erhalt's, prangt das Wappen des Bayernkönigs, auf dem Griff des Pokals die Krone und über ihr der bayerische Löwe.

Er wird den Becher aufbewahren und, wenn die Zeit gekommen ist, an einen seiner männlichen Nachkommen weitergeben.

Armageddon Wolfstein 2017

Dorothea tritt durch die gläserne Tür des Pflegeheims, die mit den Abdrücken von Fingern und Handballen übersät ist. Es ist früher Nachmittag, die Essenzeit vorüber und in der Diele hinter der Tür vertreiben sich ein paar Bewohner des Heims die Zeit und starren ihr mit einfältigem Lächeln neugierig entgegen. Eine Mixtur aus Essensdünsten, Desinfektionsmittel und Alte Leute-Gerüchen steigt ihr in die Nase. Sie hält die Luft an, bis sie das Treppenhaus erreicht, das durch aufgestellte Fenster gut durchlüftet ist.

Zum Zimmer ihrer Tante Therese am Ende des langen Flures im zweiten Obergeschoss, gibt es einen bequemeren Weg mit dem Fahrstuhl. Doch Dorothea meidet die Enge des metalllenen Kastens, seit sie ihn einmal benutzt hat. Es schien, als verspräche der Käfig heute schon den Verlust von Freiheit durch die Verweigerung des Dienstes des Körpers oder der geistigen Fähigkeiten in mehr oder weniger ferner Zukunft.

Oben angekommen, lässt sie wie bei jedem der Besuche die gleichmäßige Art der Aneinanderreihung der schmucklosen Türen an eine Kette mit glanzlos gewordenen Perlen denken. Sinnbild des Lebens der Bewohner des Hauses, die wie alte, von der Sonne ihres Glanzes beraubte Preziosen jeglichen Wertes verlustig gegangen sind.

Vor dem Zimmer Thereses zögert sie einen Augenblick vor Anspannung. Als sie sich beruhigt hat, tritt sie ein und nähert sich behutsam dem dicht neben dem Fenster stehenden hochbeinigen Krankenbett, an dem ein weißes, längsseitig angebrachtes Gitter das Herausfallen der Greisin verhindern soll. Auf einer schmalen Fensterbank vor dem aufgeklappten Fenster fristet eine Trockenblume ein staubiges Dasein. Der Blick fällt auf das gegenüberliegende Haus, dessen Fensteröffnungen in seiner grauen Fassade mit dichten Vorhängen aus gelblichem Leinen verhängt sind. Welch' trostlosem Ausblick die Frau ausgesetzt ist, die in einem Naturparadies zu leben gewohnt war.

Ihre Tante schläft tief und fest und liegt, kaum sichtbar und zusammengekrümmt wie ein Embryo, stocksteif in Kissen und Decken mit verwaschenen grauen Bezügen. Dorothea zieht vorsichtig einen Zipfel der Decke von ihrem Gesicht und streicht das schlohweiße Haar über der Stirn glatt. Die Abenddämmerung lässt die dünne Haut über den hohen Jochbeinen bläulich schimmern. Gekleidet ist sie in einen schwarzen, langärmeligen Pullover aus einer glänzenden Kunstfaser. Über die Bettdecke ist eine blau-grau karierte Fleecedecke mit verschlissenem Rand gezogen, deren Schäbigkeit zu der Qualität des Pullovers passt, den sie noch nie an der alten Frau gesehen hat. Noch liegt eine Ahnung der bis ins hohe Alter vorhanden gewesenen Schönheit in den Zügen Thereses, doch an der spitzgewordenen Nase und den tiefen Augenringen ist deutlich erkennbar, dass sie die letzte Phase eines langen Lebens erreicht hat und das Ende naht.

Die Luft im Zimmer ist verbraucht. Dorothea öffnet das Fenster einen Spalt und frische Luft dringt in den Raum und kühlt ihre Hände, die glitschig sind von Schweiß.

Welch' ein Segen, dass sie offensichtlich nicht mehr realisiert, was aus ihr, der einst stolzen Frau geworden ist, die schöne Dinge liebte und jetzt inmitten all der Trivialitäten, die sie zeitlebens verabscheute, ein armseliges Dasein fristet: Durch Alter und Schicksal aus dem auf den Schlettwiesen mit ihrer Händearbeit geschaffenen Paradies vertrieben und in ein Gefängnis verbannt, aus dem sie nur noch der Tod entlässt.

„Ich erwarte den Tod", waren die Worte der Hundertjährigen gewesen, als noch keine schmerzbefreienden Drogen ihren Geist betäubten. Doch Dorothea bezweifelte schon damals den Wahrheitsgehalt dieser Aussage. Nachdenklich blickt Dorothea auf die mageren Hände und die mühsam atmende Brust der alten Frau und berührt vorsichtig den abgemagerten Arm. Immer wieder stellt sie sich die Frage, ob der Tod sich so beharrlich weigert, in das Zimmer einzutreten, vor dem er seit Wochen Quartier bezogen hat, weil sich die Aspirantin mit alterskrummen Fingern und den kümmerlichen Resten ihrer verbliebenen Kraft doch noch an das sinnentraubte Leben klammert, oder ob deren Todeswunsch als eine Art Strafe Gottes so lange Zeit nicht erfüllt wird. Sie fragt sich auch, ob es Fluch oder Segen ist, wenn der Geist dem Körper eines Menschen in jene andere Welt vorausgeht, an deren Existenz man in gesunden Tagen glaubt, die dem einen Himmel oder Hölle, dem anderen einfach ein „Nichts" bedeutet. Ein „Nichts", in dem man, ohne Spuren zu hinterlassen, verschwindet, wenn man das Schlachtfeld aus Angst und Schmerzen verlässt, auf dem der Mensch am Ende seines Lebens mit seinem Gegner, dem Tod, zu kämpfen hat. Erschöpft von den eigenen Fragen setzt sie sich auf den Stuhl neben dem Bett. Im selben Augenblick dringt aus den Lippen der Greisin ein unverständliches Quengeln, das unvermittelt in einen lauten Schrei übergeht. Sie öffnet die Augen, scheint Dorothea nicht zu erkennen, blickt sie an, als wäre sie eine Fremde.

Dorothea steht auf, beugt sich über sie und flüstert ihr in der festen Überzeugung, dass die Schwerhörige sie nicht verstehen kann, ins Ohr: „Ich bin es." Doch sie täuscht sich. Dem vertrauten Klang und den dunklen Vokalen ihres Namens ist es offenbar gelungen, die fast undurchdringliche Watte der Degeneration des Gehörs zu durchdringen, welche dem Schall den Zugang vom Mittelohr zum Innenohr verwehrt. Jetzt tritt ein zaghaftes Lächeln in die verhärmten Züge.

Dorothea ist verblüfft. Ob das Erinnerungsvermögen der Dementen für einen kurzen Augenblick zurückgekehrt ist? „Erinnerungen verschwinden wohl nie endgültig, sie sind wie Bäume, die man aus ihrem Heimatboden gerissen hat", erinnert sie sich der Worte eines bekannten Malers, der in seinen Bildern das diffuse Licht der Sonne des Südens meisterhaft einzufangen verstand und es auf Papier gebannt hatte. Bilder aus jenem Afrika, in dem ihre Tante im Haus ihres Sohnes Franz schöne Wochen verleben durfte, dem Sohn, dem sie den Vornamen seines aus Bayern in die Pfalz eingewanderten Großvaters gegeben hat.

„Du Liebe, schön, dass du mich besuchst", flüstert die Greisin aus zahnlosem Mund, dem man das Gebiss entnommen und nicht mehr eingesetzt hat, als es zu groß geworden ist. Dann wird der eben noch klare Blick wieder verschwommen und die Augen werden wie farbloses Glas. Die Lider schließen sich.

Dorothea schiebt mit der freien Hand den verschlissenen, mit blauem Kunstleder bezogenen Sessel wieder näher an das Bett und betrachtet das Überbleibsel des bewegten Lebens, welches das ihre über lange Zeit begleitet hat und darin eine maßgebliche Rolle noch heute spielt, wenn auch in gänzlich veränderter Form. Sie hat Therese gerne besucht, erinnert sich seltsamerweise an viele der Besuche, hat aber selten in Wolfstein übernachtet. Während einer der Gelegenheiten, bei denen sie eine ganze Woche in Wolfstein verbrachte, hatten sie und ihre Tante nach Anbruch der Dämmerung sich auf der kleinen, dem Esszimmer angeschlossenen Terrasse hinter dem Haus über Sterbehilfe unterhalten. Auch zu diesem Thema hatte Therese in gesunden Tagen sich eigene Regeln geschaffen. „Ich habe für mich Vorsorge getroffen und werde meinen Tod selbst in die Hand nehmen. Schließlich muss man sich immer bewusst sein, dass das Phänomen des Todes mit gewisser Regelmäßigkeit in jedes Leben tritt". Dorothea hatte dem nichts entgegenzusetzen gehabt.

Angelockt vom Licht einer kleinen Kerzenleuchte, die auf der rechteckigen Glasplatte eines zu einem Tischchen umgewandelten, gusseisernen Gestell einer alten Nähmaschine morbiden Glanz in die Nacht verströmte, schwirrten bald erste Insekten heran, taumelten in den brennenden Docht der Kerze und verschmorten, andere drehten rechtzeitig ab und verschwanden im Dunkel. Die leichte Brise nahm an Kraft zu und ließ sie frösteln. So löschten sie die Kerze und gingen ins Haus.

Soweit die Theorie, erkennt Dorothea heute, die Praxis sieht anders aus. Selbst wenn es gelänge, das todbringende Mittel zu besorgen und ins Heim zu schmuggeln: Jetzt, da der Zeitpunkt gekommen ist, wäre die Patientin zu schwach, sich die tödliche Dosis selbst in den

Mund zu legen. Und wer sollte es sonst an ihrer Stelle tun? Jeder, der sich nicht strafbar machen will, hat nicht den Mut zu der barmherzigen Tat.

Schwirren, taumeln und verlöschen, das ist wohl Sinnbild eines jeden Lebens, denkt Dorothea in Erinnerung der Bilder jenes Abends. Ob das Leben einer Fahrt mit dem Zug gleicht, in dem man Orte passiert, mit Menschen und in Geschehnissen eine Zeit lang lebt und sie dann hinter sich lässt, bis man am Ziel angekommen ist?

Sie erinnert sich an ein Gespräch mit einem Pfleger, einem fetten, schwammigen Mann mit tätowierten Armen, der an jenem Tag für die Versorgung der Tante verantwortlich war. Er hatte berichtet, dass man begonnen habe, die Leiden der Kranken mit Morphiumpflaster zu lindern. Ein Akt der Barmherzigkeit, ist Dorothea überzeugt, die die Versorgung wehrloser, alter Frauen durch männliche Pfleger als einen Akt der Respektlosigkeit ansieht.

Vielleicht versetzt das Morphium die Kranke in einen tröstlichen Rausch, einen Rausch, in dem man auf Blumenwiesen und in flatternden Kleidern tanzt, glaubt man den Erzählungen eines ihrer Bekannten, der in Brasilien an Ayahuasca-Sitzungen teilgenommen hat. In den buntesten Farben schilderte er die mannigfaltigen Reaktionen, die Rauschmittel in Menschen auszulösen vermögen.

„In einem solchen Rausch offenbaren sich dir die Seelen der Pflanzen", schwor er Stein und Bein, „gewähren dir die Ahnen einen Blick in die Zukunft und erklären die Geschehnisse der Vergangenheit." Sie hatte sich ein Lächeln kaum verkneifen können, doch plötzlich schien es, als blicke irgendetwas in seinem Blick tief in sie hinein, und Dorotheas Lächeln verkroch sich erschrocken.

Vielleicht bewirkt das mit Opiaten getränkte Pflaster in Körper und Geist Thereses Ähnliches. Die Züge des bleichen Gesichtes jedenfalls wirken jetzt entspannt, beinahe heiter, so, als ob sie etwas Schönes zu sehen bekäme.

Vielleicht wird sie im Drogenrausch mit bunten Bildern aus den vielen Jahren ihres Lebens belohnt, das sie allen Arten von Blumen, den Himbeeren, Erdbeeren, Mirabellen-, Kirsch-, Apfel-, Walnuss- und Mammutbäumen gewidmet hat. Seit die Kräfte sie verließen, vergeht vieles ungenutzt im Gras. Kaum einer interessiert sich für das mühsame Ernten der überreichen Fülle der Natur, die wachsen lässt, wenn es ihr passt, nicht, wie man es braucht, und die keine marktrelevanten Erwägungen kennt.

Dorothea wendet sich nachdenklich ab und verlässt leise das Zimmer. Ob der heutige Besuch der Letzte an dem trostlosen Krankenbett war? Niemand kann es wissen. Zu oft schon hat sie sich verabschiedet. Für immer, wie sie dachte, und noch immer vegetiert die alte Frau in der Trostlosigkeit der letzten Station ihres Lebens dahin.

Sie durchquert den langen Flur. Alte mit stumpfen Gesichtern und solche, in die ein nicht mehr weichen wollendes Lächeln geschrieben ist, beobachten den Rückzug der Fremden in die Welt, der sie nicht mehr angehören, in eine Welt, in der die künftigen Ereignisse bereits eingeschrieben sind und auf den passenden Moment warten, sich zu ereignen.

Ein alter Herr steht erstaunlich flott auf, verfolgt sie mit seinem Rollator bis zur Eingangstür mit den Worten:

„Man muss bloß dasitzen. Es gibt kein Rad, das man drehen, keinen Hebel, den man ziehen muss." Hat sie nicht ähnliches kürzlich in einem Buch gelesen, das man ihr zum Geburtstag schenkte? Dorothea schüttelt den Kopf, sie kann sich nicht erinnern, in welchem.

In einer der Toiletten in der Nähe des Aufzugs rauscht das Wasser der Spülung, als wolle es sie mit einem Tusch verabschieden. Die Heimleiterin überreicht ihr einen an Thereses Betreuerin adressierten Umschlag mit einem Brief, sorgfältig in einer Technik gefaltet, wie sie Büro- oder Behördenmitarbeiter beherrschen. Dorothea war einmal eine von ihnen, doch sie beherrscht sie bis heute nicht, so sehr sie sich auch bemüht.

Sie steckt den unverschlossenen Brief in ein Fach der Designertasche von Joop, die sie seit Jahren nicht mehr aus den Händen legt, neben das Notizbuch, das inzwischen fast vollgeschrieben ist mit Notizen, die sie über das pralle Leben ihres Cousins niedergeschrieben hat. Mittig auf dem blauen Umschlag klebt ein Zettel mit dem Namen „Franz". Sie wird ihm ihre Notizen vorlesen, wenn er wieder in Deutschland ist.

Metamorphosen

Hanna Wolfstein 1960

Nach erfolgreichem Abschluss seines Studiums, das Ingenieurdiplom druckfrisch in der Tasche, will Franz am ersten Wochentag des neuen Monats seine Arbeit bei Porsche, dem renommierten Sportwagenhersteller in Zuffenhausen, antreten und ist fest entschlossen, die letzten Tage seiner Freiheit in vollen Zügen zu genießen.

Wie in jeder seiner Semesterferien zieht er auch in diesen letzten die Gesellschaft seiner Wolfsteiner Freunde der seiner Familie vor. Doch bevor er sich dieses Wochenende dem süßen Leben hingeben kann, muss er ein seiner Mutter gegebenes Versprechen erfüllen, die ihm den Wagen unter einer Bedingung zur Verfügung stellt, wann immer er ihn benötigt: ihn in einem akzeptablen Zustand zurückzugeben.

Unglücklicherweise ist Franz wieder einmal zu spät aufgewacht. Die Sonne hat bereits ein Stück ihres Weges hinter sich gebracht, als er seine Arbeit beginnt. Nur noch ein Teil der Karosserie des Borgwards steht im barmherzigen Schatten der an der Wassergasse liegenden Seite des Hauses. Von Minute zu Minute aggressiver werdend, demonstriert sie ihre Kraft, flutet grell durch die Windschutzscheibe, hinter deren Glas Franz mit Akribie das Armaturenbrett von Zigarettenasche zu befreien versucht. Eine Viertelstunde später liegt das Wohnhaus komplett in der Sonne und wirft keinerlei Schatten mehr. Franz zwängt sich aus dem Wagen, reckt seufzend die schmerzenden Glieder, wischt sich die feuchte Stirn, schlurft unlustig zur Garage, nimmt eine der grauen Schiebermützen seines Bruders vom Haken und zieht den Schirm bis weit über seine Augen.

Die Welt ist voller Widersprüche, selbst die Lauter: Man sehnt sich nach Sonne und scheut die Arbeit, wenn sie scheint, und mindestens einmal im Jahr überflutet der Fluss die schmale Gasse entlang des Mühlengebäudes. Doch dieses Jahr begnügt er sich mit dem von schmalen Häuschen gesäumten Bett. Unter dem Steg aber, der von der Gasse über die Ringstraße zu den Gärten seiner Eltern führt, zeigt sie ein wildes Gesicht. Das vom Ballast seines langen Weges durch ein hölzernes Gatter befreite Wasser drängt unter das Mühlengebäude, wirbelt und tobt ungestüm in die Staustufe am Ablass, wie das an die Mühle angrenzende Gelände im Städtchen benannt wird.

Franz greift die Flasche Sprudelwasser von der unteren Stufe der abgetretenen, von den schwappenden, dunkelgrünen Zungen des Flusses glitschig geschliffenen Treppe. Er trinkt begierig den gutgekühlten Inhalt zur Hälfte aus, tritt einen Schritt zurück und begutachtet mit kritischem Blick sein Werk. Er ist unzufrieden. Noch immer kleben punktförmige, hässliche Reste des mit Vogelexkrementen vermischten Staubs auf den Scheiben und auf der Karosserie: Hinterlassenschaften der Armada von Spatzen, die Tag für Tag um das Mühlengebäude zeterndes Palaver veranstalten. Flüchtig denkt er darüber nach, die Reinigung noch einmal zu wiederholen, denn er gibt ungern ein Vorhaben mit lediglich mäßigem Erfolg auf. Heute jedoch bleibt ihm keine Zeit mehr für einen neuen Versuch: Zum einen hat er zu lange geschlafen und zum anderen eine Stunde mit Kaffeetrinken vertrödelt, obwohl ein Treffen mit Hanna, seiner Verlobten, um elf Uhr verabredet ist. Franz unterdrückt den Impuls, sie anzurufen und um Verlängerung zu bitten. Man soll ein Fass nicht zum Überlaufen bringen: Zu viele Verspätungen hat er ihr im Laufe der ohnehin schwierigen Beziehung zugemutet.

Er wischt ein weiteres Mal, jetzt mithilfe eines Fensterreinigungssprays über das Glas, erneut nur mit mäßigem Erfolg. Das Fahrzeug muss einer Intensivreinigung unterzogen werden, daran führt kein Weg vorbei, doch dafür steht er in den wenigen verbleibenden Tagen seines Aufenthaltes nicht zur Verfügung.

Unzufrieden entleert er das Schmutzwasser in die Lauter, wirft den Lappen in den Eimer zurück, läuft ins Haus, wäscht sich die Hände, das Gesicht, und die Unzufriedenheit und der Ärger über die lästigen Spatzen ist bereits verflogen, als er wenig später in seinem dunkelblauen BMW 700, einem zweisitzigen, erst seit kurzem auf dem Markt befindlichen Cabriolet hinter dem Lenkrad sitzt. Wiederum eine knappe Viertelstunde später steht er vor der Theke der elterlichen Bäckerei seiner Freundin, wo drei offensichtlich frisch kreierte Torten hinter dem auf Hochglanz polierten Glas des Kühlteils der Theke auf Kunden warten. Die Scheiben aus einfachem Glas glänzen so unverschämt streifenfrei im Sonnenlicht, als wollten sie ihm sein Versagen vor Augen führen, denkt er ärgerlich, doch das hübsche Gesicht seiner Freundin bringt ihn endgültig auf andere Gedanken.

„Na, hast du den gestrigen Abend gut überstanden?" legt er all seinen Charme in ein entwaffnendes Lächeln und kennt die Antwort schon im Voraus.

Sie verzieht das Gesicht: „Ich schon, meine Mutter weniger. Sie hat Stunden auf mich gewartet und war nicht gerade begeistert, dass ich dermaßen spät in der Nacht nach Hause gekommen bin. Ich glaube, sie ist ganz froh, wenn du wieder verschwunden bist: „Was willst du von dem sprunghaften Schluri, lass' ihn laufen, er bringt dir kein Glück", hat sie mir entgegengeschleudert, als ich mich leise ins Haus geschlichen habe, in der Hoffnung, sie würde mein Kommen nicht bemerken."

„Und du?" fragt Franz mit ironischem Lächeln. „Wie steht es mit dir? Werden dir meine täglichen Besuche nächste Woche fehlen?"

„Das kann man so sehen oder so", antwortet sie mit der üblichen Zurückhaltung, die ihn immer wieder zum Spötteln herausfordert. Sie hält die Hand auf, er versteht die Geste und zahlt das knusprige Kümmelbrötchen, das er sich aus einem der geflochtenen Körbe hinter der Theke gegriffen hat. Er verfolgt das leise Klimpern der Münzen in der Kasse und betrachtet mit Wohlgefallen die braungebrannten Beine Hannas, deren Füße in sonnenblumengelben Sandalen stecken. Sie ist wahrhaftig ein Juwel unter den Töchtern des Dorfes. Kein Wunder, dass die Eltern die einzige Tochter in der heimischen

Bäckerei wie in einem Tresor zu hüten versuchen, denkt Franz. Er weiß nur allzu gut, dass sie sich für die junge, hübsche Frau einen Mann aus dem Dorf als Ehepartner wünschen, einen, der sie nicht in die Fremde entführen will, einen, für den auch eine Fernbeziehung eine Option darstellen kann und der die Kostbarkeit im Tresor der elterlichen Hege und Pflege belässt. Er aber kann und wird eine solche Erwartung niemals erfüllen. Er hat Hanna niemals falsche Versprechungen gemacht und vom Beginn der Beziehung an unmissverständlich erklärt, dass diese nur eine Chance haben kann, wenn sie ihm folgt, wo immer er auch Arbeit findet.

Hanna beobachtet seine Mimik und fragt sich, ob Franz ermessen kann, wie sehr ihr Herz an dem kleinen Ort hängt, in dem sie geboren ist, an der elterlichen Bäckerei, an den Verwandten und Freunden, und ob er das Ausmaß des Dilemmas seiner Verlobten ahnt, das Ausmaß der Konflikt ihrer Gefühle überhaupt kennt. Ob er weiß, dass er nur noch ein grauer Schatten in ihren Gedanken ist, wenn er wieder zum Studium in der Ferne verschwunden und der erste Abschiedsschmerz überwunden ist, dass sie sich in einem Wechselbad der Gefühle befindet, seit sie sich in ihn verliebt hat. Ein Leben an der Seite eines Mannes seines Charakters wird ein buntes, ereignisreiches und unstetes Leben werden, so viel ist sicher. Doch kann dessen Vielfalt für all die liebgewordenen Bequemlichkeiten entschädigen, mit denen die gewohnte Umgebung punktet?

Manchmal fühlt sie sich wie in eine Zeitmaschine geraten. Trotz der Rotation ihrer Gefühle war es ihm gelungen, sie zu einer Verlobung zu bewegen. Wie, bleibt ihr bis zum heutigen Tag ein Rätsel. Bereits einen Tag nach dem wenig spektakulären Ereignis hatte Hanna eine wachsende Nervosität befallen, war sie sich plötzlich nicht mehr sicher, ob sie ihn wirklich liebt oder aus Schwäche nur seinem Verlangen gefolgt war. Danach jedenfalls fühlte sie sich, als habe sie den Sprung über ein tosendes Wasser tief unten in einer zerklüfteten Schlucht gewagt, ohne aber schwimmen zu können. Ob er eine Ahnung von der Wankelmütigkeit ihrer Gefühle hat? Sein Selbstwertgefühl jedenfalls ließ nicht darauf schließen.

Anders die Eltern. Der Klatsch beginnt sich im Dorf zu verbreiten wie Nebenschwaden auf den Feldern zu Herbstbeginn. Für die Menschen, von denen kaum einer regelmäßig eine Zeitschrift bezieht, bieten die Gerüchte über die seltsame Verlobung des Paares und deren Höhen und Tiefen interessanten Gesprächsstoff im Einerlei des vom Kampf um das tägliche Brot geprägten Alltags. Und: „Du hast dich mit einem Vagabunden eingelassen," war die ständige Klage ihres Vaters.

Da stoppt Franz' Stimme die Passage durch ihre Denkschleife und er kneift sie in die zarte Haut der rechten Wange, sodass sie leise aufschreit: „Du hast doch hoffentlich heute Zeit, oder? Wir müssen die Tage bis zu meiner Abreise nutzen. Also, bitte keine Widerrede."

„Gut, aber erst gegen Abend, tagsüber muss ich meiner Mutter unter die Arme greifen und du weißt ja, dass sie nicht viel von den Fahrten mit dir in deinem schnellen Schlitten hält." Franz verzieht spöttisch die Mundwinkel, geht aber nicht auf ihre Bemerkung ein, sondern antwortet mit stoischer Ruhe:

„Ich habe mich nachher im Gasthaus ‚Krone' verabredet. So gegen zwanzig Uhr bin ich wieder zurück" und verabschiedet sich mit einem besitzergreifenden Kuss. Durch das Schaufenster winkt er noch einmal zurück, steigt in seinen Wagen und ist gleich darauf ihren Blicken entschwunden.

Hanna kann sich das Lachen nicht verkneifen. Das Gasthaus scheint zu einem zweiten Wohnzimmer der männlichen Mitglieder seiner Familie geworden zu sein, nachdem jetzt auch der Sohn in die Fußstapfen des Vaters tritt. Glaubt man den Gerüchten in Wolfstein, die bis nach Hirschhorn gedrungen sind, wohl in der gespannten Erwartung, sie zu einem Kommentar zu bewegen, soll es keinen Abend geben, an dem der Vater dem Gasthaus nicht einen Besuch abstattet. „Und der Wirt füllt die Gläser nach, kaum dass sie geleert sind. Dabei ist die finanzielle Situation der Stadtmühle nicht die beste", flüstert man hinter vorgehaltener Hand. Seine Meinung offen zu äußern, wagt kaum einer. Man könnte sich Ärger mit dem Bürgermeister einhandeln, der sein Amt in Personalunion mit dem als Mühlenbesitzer, seinem eigentlichen Beruf, voll Tatkraft und Verve ausübt. So zumindest ist die einhellige Meinung im Städtchen.

Dass ausgerechnet sie sich in einen Mann verlieben musste, dem Wesenszüge eigen sind, die zu dem Charakter der eigenen Familie passen wie das Feuer zu Wasser, ist fast ein Wunder zu nennen. Zuhause geht man zeitig zu Bett, weil man am frühen Morgen wieder in der Backstube und im Laden stehen muss. Ein Gasthaus besucht man allenfalls am Sonntag zum Mittagessen, isst dort auf dreigeteilten Tellern von der preiswerteren Mittagskarte, meist Schnitzel, Bratkartoffeln, Karotten- und Erbsen-Gemüse, doch so wenig, wie sie sich bis dahin Gedanken gemacht hat, ob die Rückseite des Mondes von irgendeiner Stelle der Erde aus sichtbar ist, so wenig hat sie im ersten Rausch der Liebe die Unterschiedlichkeit ihrer Charaktere interessiert. Jetzt muss sie entweder mit den Konsequenzen leben oder aber einen Schlussstrich unter die Beziehung ziehen. Was soll sie tun? Die Rückseite des Mondes ist von keinem Platz der Erde aus zu sehen, wenn man es sich auch noch so sehr wünscht, die Zukunft ihrer Beziehung liegt im Dunkel.

Bevor sie erneut in ihre Gedankenspirale geraten kann, tritt der nächste Kunde vor die Theke und sie wendet sich wieder der Arbeit zu.

Als Franz gegen neunzehn Uhr im ersten Geschoss des Hauses sein Bett verlässt, in das er leicht angesäuselt am Ende des feuchtfröhlichen Nachmittags gesunken war, zieht er sich einen der handgestrickten Pullover über, die seine Mutter mit Leidenschaft strickt, putzt sich sorgfältig die Zähne, begutachtet seine Schuhe und poliert sie in der Diele auf. Dann verabschiedet er sich mit einem lässigen Klaps auf Thereses Rücken.

Sie pariert den Schlag mit zur Gewohnheit gewordenen Ermahnungen und setzt hinzu: „Vergiss deine guten Vorsätze nicht, du wolltest heute eigentlich nicht lange ausgehen – und fahre nicht zu schnell." Auch er antwortet mit inzwischen zur Gewohnheit gewordenen Worten: „Ja, ja, mir wird schon nichts passieren", und ist im nächsten

Augenblick auch schon verschwunden. Therese tritt ans Fenster des Esszimmers, das zur Straße zeigt, die nach Kaiserslautern führt. Sie sieht, wie er geschickt seinen Wagen aus der Garage manövriert, erkennt am Aufheulen des Motors, dass er kräftig auf das Gaspedal tritt, und verfolgt ihn mit den Blicken, bis die an der Enggasse abknickende Kurve Sohn und Wagen ihren Augen und Ohren entzieht und sie in einem Gefühl der Ohnmacht zurücklässt.

Ob jede Art von Gefühlen zum Alter Ego eines Menschen werden, sich seinen Lebensabschnitten anpassen, wie Ehepaare, die sich einmal begehrten, irgendwann einmal zu einer Zweckgemeinschaft mutierten? Oder wie man manchen Jugendfreundschaften wie einem zu klein gewordenen Pullover entwächst oder wie aus nachbarlichen Freunden Feinde werden, wenn ein Kontakt oder ein Konflikt zu lange und zu eng besteht? War sie nicht einst felsenfest überzeugt gewesen, dass sie als Mutter ein Leben lang Einfluss auf die Kinder hätte und dass jahrzehntelange Fürsorge für alle Zeiten mit Dankbarkeit und Gehorsam entgolten würden?

„Die Wahrheit greift an wie ein erbarmungsloser Psychopath. Zurück bleibt ein Haufen Irrtümer", hatte sie einmal gelesen. Für Therese war es vor allem jener, zu glauben, die tiefe Verbundenheit bliebe zeitlebens in der Intensität der Kindheit bestehen. Heute weiß sie, die Erziehung von Kindern bleibt ein Experiment, dessen Ausgang ungewiss ist. Franz und sein Zwillingsbruder hatten mit der Abnabelung vom elterlichen Einfluss zeitig begonnen. Sie als deren Mutter hatte „das Erwachsenwerden als Verrat am Elternhaus" frühzeitig akzeptieren gelernt.

Nachdem Franz Hanna in Hirschhorn abgeholt hat, parkt er, in Kaiserslautern angekommen, das Cabrio an einer geschützten Stelle, schließt das Verdeck, überzeugt sich ein zweites Mal, dass der Wagen auch tatsächlich verschlossen ist und hakt die junge Frau unter: „Ich schlage vor, wir statten heute der Broadway Bar einen Besuch ab, einverstanden?" Gleich darauf stehen sie vor dem gutbesuchten Etablissement.

Seit das „Off-Limit" für die in der Stadt stationierten amerikanischen Soldaten aufgehoben worden ist und die Bar von einem neuen Wirt geführt wird, verkehrt ein besseres Publikum in dem ehemals wegen zahlreicher Skandale geschlossenen Lokal und ist auch Deutschen ein beliebter Treffpunkt geworden.

An der Garderobe zieht Hanna das blaue Tuch vom Kopf, das sie als Schutz gegen den Fahrtwind umgebunden hat, kramt geistesabwesend in dem krokodilledernen Täschchen nach dem Haustürschlüssel, findet ihn und verstaut ihn zusammen mit dem zusammengefalteten Seidentuch in einer der Innentaschen der Tasche, beides Geschenke der Eltern. Dann fährt sie sich mit den Fingern durch die halblangen, blonden Locken und sie betreten das schummrige Innere der Bar, wo bereits reges Treiben herrscht.

Eine Dreimannkapelle spielt einen sentimentalen Blues. Rotierende Lichter werden in beständiger Abfolge an die Decke katapultiert, fallen wie taumelnd herab, tauchen den Raum in ein zartblaues Licht, dann in sanftes Orange. Eine Bar in Kaiserslautern, inmitten von Restruinen einer zerbombten Stadt, verwandelt sich für die Nacht in ein Vergnügungsviertel Manhattans, das keinen Bombenkrieg erleben musste.

Ein etwa zwanzig Jahre alter Mann, von der Taille bis zum Fuß in eine rot-weiß gestreifte Hose gekleidet und einem blauen, mit weißen Sternen bedruckten Oberteil, weist ihnen Plätze an einem Vierertisch zu.

„Sie tragen das Sternenbanner der Amis am Leib, bei der Anzahl der Streifen und der Sterne allerdings hapert es etwas in der Ausführung", spöttelt Franz und bestellt zwei Glas Macallan. Offensichtlich haben die Sticheleien den Kellner an einer empfindlichen Stelle getroffen, denn die Getränke werden gleich darauf mit einem betont lässigen Schups vor sie hingestellt. Als der Sternenbannerrotweißgestreifte verschwunden ist, nippt Franz an dem sich nach oben verjüngenden, mit der Gravur des Emblems der Whiskeydestillerie dekorierten gläsernen Becher, verzieht genüsslich die Lippen und demonstriert mit offensichtlichem Stolz seine Sachkunde:

„Man schmeckt ganz deutlich die Gerste. Trink doch endlich!" Und als Hanna zögert: „Man verwendet hier die Sorte Golden Promise und lagert den Whiskey in Fässern aus amerikanischer und europäischer Eiche. Schmeckst du den Hauch von Sherry und Rauch, das Malz, die frische Hefe? Fine Oak Line eben."

Sie nippt an dem scharfen Getränk, schwenkt das Glas und als die bunten Kreise des Deckenlichts sich in dem Gold des Whiskeys spiegeln, erwidert sie mit spöttischem Unterton in der Stimme: „Na ja, aber ob man auf den Rauchton nicht verzichten könnte? In deinem bislang üblichen Repertoire war das Highlight des guten Geschmacks eines Whiskeys blühende Johannisbeere und Calvados." Seine Leidenschaft, sie überzeugen zu wollen, geht ihr auf die Nerven und weckt ihren Widerspruchsgeist.

Doch Franz lässt sich nicht bremsen und überhört die Ironie der Worte. Er greift nach dem bereitgelegten Notizbuch, in dem er seit Monaten akribisch die Beurteilung jedes getrunkenen Whiskeys notiert, hält den Bleistift im Mund „wie ein aufgezäumtes Pferd die Trense", denkt Hanna und der Vergleich zaubert ein amüsiertes Lächeln in das Gesicht. Er bemerkt ihr Mienenspiel, legt den Bleistift zur Seite, registriert, dass sie das Farbenspiel im Inhalt des Whiskeyglases weit mehr interessiert als der Whiskey selbst.

„Was man schmeckt, hängt viel von den Geschmacksknospen ab. Wen die Natur nicht ausreichend mit ihnen gesegnet hat, dem fehlt es nicht nur an Geschmack, sondern auch an Fantasie beim Genuss."

Hanna blickt ihm in die Augen wie eine geduldige Mutter einem aufsässigen Kind, enthält sich jedoch jedes weiteren Kommentars, denkt: „Ob er tatsächlich meint, was er sagt, oder ob seine Weisheiten zu dem Bild des Menschen gehören, um den zu werden er sich bemüht?" Er ist ein Pedant in all seinem Tun und manchmal bewundert sie die Akribie, mit der er angefangene Tätigkeiten zu Ende bringt, im privaten Bereich aber kann seine Beharrlichkeit nervtötend sein.

Franz drückt ihr einen Kuss auf die whiskeyfeuchten Lippen. Hanna gehört zu den wenigen Menschen, die ihm selten auf die Nerven gehen. Er kann ihr nicht böse sein.

Mit einer Ausnahme: Die gemeinsamen Autofahrten! Wenn er aus den Augenwinkeln registrierte, wie seine Beifahrerin den Griff der Tür ängstlich umklammerte und den eigenen Bremsfuß auf die Fußmatte presste, ihn in nörgelndem Ton „Fahr langsam, überhol nicht und brems' doch nicht so plötzlich", maßregelte, hatte es ihn jedes Mal eine gehörige Portion Selbstbeherrschung gekostet, die Höflichkeit zu wahren.

Schließlich hatte er einen Weg gefunden, ihr das Lamentieren abzugewöhnen. Als sie wieder mit einer der üblichen Tiraden begann, ließ er absichtlich das Heck des Wagens ausbrechen und trat, um wieder Herr über das Fahrzeug zu werden, beim Beschleunigen so kräftig das Gaspedal, dass das Prasseln von Sand und Schotter unter dem Bodenblech des Wagens sie in eine Art Schockstarre versetzte. Von da an gehörte Kritik der Vergangenheit an.

Mitten in der Reflexion des überwundenen Autofahrendilemmas betreten zwei der Freunde die Bar und setzen sich gutgelaunt an ihren Tisch.

Dieser Abend wird nicht so früh enden, wie ursprünglich geplant, weiß Hanna aus Erfahrung, sondern zu einer langen Nacht werden. Prinzipien sind die Rettung vor dieser seltsamen Welt, aber dafür gedacht, aufgegeben zu werden. Diese angelesene Weisheit muss man für sich akzeptieren, wenn man an der Seite eines Mannes, wie Franz einer war, leben will.

Zwischen Nacht und Tag

In den Wohnräumen der Stadtmühle erlöschen um elf Uhr die Lichter, Therese und Hans gehen zu Bett.

Eine gute Stunde später schreckt Therese lautes Hämmern und kräftiges Klatschen auf Holz, gefolgt von heftigem Rütteln am Messingknauf der Eingangstür aus dem Schlaf. Sie ist schweißgebadet. Das Hämmern an der Tür fügt sich in die Bilder des Traumes wie in die Szene eines Horrorfilms ein, an dessen Inhalt sie sich nicht erinnern kann. Es muss etwas Schlimmes passiert sein, denkt sie, springt hastig aus dem Bett und tritt zum Fenster. Das Städtchen liegt noch im Dunkeln, nur eine Straßenlaterne streut spärliches Licht über den Gehweg bis in das Schlafzimmer und lässt den leichten Nieselregen leuchten wie Eiskristalle. Der laute Schlag der alten Standuhr zur vollen Stunde zeigt an, dass es noch mitten in der Nacht ist.

Hastig greift sie den königsblauen Morgenrock vom Haken, ein Versöhnungsgeschenk ihres Mannes, als er wieder einmal über die Stränge geschlagen hat, verpasst dem seelenruhig Weiterschlafenden einen Stoß in die Seite, zögert einen Augenblick, wartet aber sein Aufwachen nicht ab, rennt die Treppe hinunter und öffnet vorsichtig die schwere Tür. Dort empfängt sie die ernste Miene eines trotz der ungewöhnlichen Stunde in korrekter Uniform gekleideten Beamten der örtlichen Polizeiwache und das grelle Blinken des Blaulichts des einzigen Streifenwagens der Stadt verschafft sich Zugang ins Innere des Hauses. Einem Menetekel gleich, klingt das Krächzen eines Rabenvogels unheilverheißend durch die Nacht, und Thereses Kehle wird trocken, verkrampft sich, wird eng. In ihrer Familie gilt ein krächzender Rabe seit jeher als Unglücksbote, und der Gedanke lässt sie in Panik geraten. Nur mühsam gewinnt sie die Fassung wieder, schafft es jedoch nicht, Herrin über ihre heisere Stimme zu werden, als sie fragt: „Franz hatte einen Unfall, vermute ich richtig?"

Der Polizist legt beruhigend die Hand auf ihren Arm, bemüht sich um einen gelassenen Ton: „Ja, er hatte einen Unfall, doch keine Verletzungen davongetragen. Auch seiner Beifahrerin geht es gut, sie jedoch befindet sich mit gebrochenem Bein im Krankenhaus. Euer Sohn muss an der Unfallstelle abgeholt werden. Sein Cabrio ist in der Leitplanke gelandet und wird wohl ein Totalschaden sein. Und – er hat einiges an Alkohol im Blut."

Er wartet, bis sie seine Worte verinnerlicht hat, bevor er fortfährt: „Den Führerschein ist er wohl für einige Zeit los."

Für einen kurzen Moment schießt es ihr durch den Kopf, was Franz wohl ohne den grauen Lappen, wie man in seinen Kreisen die Fahrerlaubnis zu nennen pflegt, bei seinem neuen Arbeitgeber ausrichten will. Sie ist Bedingung des Arbeitsvertrages, den er vor wenigen Tagen unterschrieben hat. Doch die Lösung dieses Problems ist im Augenblick zweitrangig, sie schiebt den Gedanken hastig zur Seite.

Der Polizist drückt ihr zum Abschied mitfühlend die Hand und setzt zum Gehen an. Seine Hand fühlt sich fest und verlässlich an, man kann seiner Aussage sicher vertrauen, denkt Therese beruhigt und registriert dankbar, dass er sich noch einmal umwendet, um die Tür zu schließen, die sie beizuziehen versäumt hat: Sie fällt mit lautem Knall ins Schloss. Vom seitlichen Fenster aus sieht sie ihn in sein Fahrzeug steigen, das Blaulicht erlischt, und gleich darauf hat die Dunkelheit ihn und den Streifenwagen verschluckt.

Auf halber Treppe sucht Therese kraftlos Halt an der Wand. Ihre Wange wird feucht, sie weint ein paar stumme Tränen und schleppt sich dann mühsam die restlichen Stufen empor. Statt stumme Tränen zu weinen, hätte sie auch laut schreien können! Der starr wie ein Stück Holz im Bett liegende Ehemann wacht nicht einmal auf, als sie ihm die Bettdecke wegzuziehen versucht. Keuchend vor innerer Erschöpfung setzt sie sich auf den Rand ihres Bettes, bis sie die Fassung zurückgewinnt.

Es hilft nichts, sie muss sich allein auf den Weg machen, das wird ihr unnötige Diskussionen ersparen. Der Alkoholpegel ihres Mannes ist noch viel zu hoch, um den Wagen selbst fahren zu können. Sie greift die auf dem Garderobenständer zum Lüften aufgehängten Kleider vom Vortag, zieht sich an, und bis sie fertig angekleidet ist, ist das Gefühl der Angst einem der Wut gewichen.

Es ist inzwischen fünf Uhr, keine gute Zeit, um als Frau allein durch die Dunkelheit zu fahren. Ob sie Franz warten lassen soll, bis sein Vater aufwacht, um ihm genügend Zeit zur Besinnung zu verschaffen? Vielleicht könnte ihm eine Zwangspause zur Reflektion seines unbesonnenen Verhaltens verhelfen und sein Selbstbewusstsein zurechtstutzen.

Ob Mütter ihre eigenen Kinder aus Liebe falsch oder zu nachsichtig beurteilen, weil sie dazu neigen, geliebte Menschen so zu sehen, wie sie sie sich wünschen? Wenn ja, sollte auch sie sich besser an dem Zitat Dostojewskis orientieren: „Einen Menschen lieben, heißt ihn so zu sehen, wie Gott ihn gewollt hat." Ob sie künftig dieser Forderung gerecht werden wird? Franz demonstriert seine Überlegenheit besonders gerne seiner Mutter, insbesondere dann, wenn es ihm gelingt, sie in einen Hinterhalt der Argumente zu locken.

Doch dann besinnt sie sich, verlässt das Haus und steigt in den vor der Garage stehenden Wagen, dessen Scheiben sich sofort mit der Feuchtigkeit ihres Atems beschlagen. Eine Person aus der engeren Familie hat wohl den eigentlich für solche Fälle vorgesehenen Lappen wieder einmal verschlampt, sodass sie die glatte Seide des Schals zweckentfremden muss, den sie umgelegt hat. Ihre Stimmung verschlechtert sich weiter.

Schon von Weitem sieht sie am Unfallort, von dem sich die wenigen Schaulustigen bereits verzogen haben, Franz, eine Zigarette zwischen den Lippen, in lässiger Haltung am Wrack des Wagens lehnen. Die Zigarette soll wohl als Revanche gedacht sein, denn er weiß, dass sie es hasst, ihn rauchen zu sehen, denkt sie unwillkürlich. Sie irrt sich nicht. Tatsächlich hat sie sich für seinen Geschmack und entgegen seinen Erwartungen mit dem Abholen zu lange Zeit gelassen, was ihn unnötig lange in der nasskalten Nacht auszuharren zwang. Gerade noch rechtzeitig besinnt er sich, schluckt den Zigarettenrauch hinunter, wirft die halb gerauchte Zigarette zu Boden und löscht sie mit einem Tritt im nassen Gras aus. Am Ausdruck ihres blassen Gesichts hinter der Windschutzscheibe kann er ihre Gefühle ablesen. Die Erfahrung hat ihn gelehrt, dass er ihr keine Zeit für Vorwürfe lassen darf. So überfällt er sie mit einem Wortschwall kaum, dass sie aus dem Auto gestiegen ist. „Sie haben meinen Führerschein beschlagnahmt. Dabei habe ich die Promillegrenze sicher nur knapp erreicht. Der Teufel möge sie holen, diese Polizisten, sie wissen nicht, wie sie mir damit schaden können. Angeblich hätte ich 1,3 Promille im Blut."

Nervös knickt er einen dünnen Zweig von einem dornigen Strauch am Straßenrand und biegt ihn zwischen Daumen und Zeigefinger, der Zweig zerbricht, sein Daumen blutet und Franz wirft den Zweig dem Zigarettenstummel hinterher. Er umwickelt den Finger mit seinem weißen Taschentuch, versenkt die Hände tief in die Taschen seines Jacketts und wartet auf eine Antwort. Doch er wartet vergeblich. Ob die rigide Schweigsamkeit ein Zeichen des Überkochens der Emotionen ist, die sie nur noch mühsam beherrscht? Nach weiteren wortleeren Minuten findet sie endlich die Sprache wieder, ihr Blick aber ist kalt wie Eis: „Du hast dir in letzter Zeit eine Menge Sprüche angewöhnt, die ich nicht mag. Schreib dir hinter die Ohren: ‚Selbst der Gerechte wird ungerecht, wenn er selbstgerecht wird,' und merk dir das Zitat gut für die Zukunft. Nicht die Polizisten sind an deiner Misere schuld, sondern deine Trinkerei und mangelnde Selbstbeherrschung. Ich habe dich oft genug gewarnt."

Franz versucht die Situation zu entschärfen, sucht ihren Blick und fragt schließlich in besänftigendem Ton: „Meine Stelle bei Porsche kann ich wohl vergessen, was meinst du?" Sie erwidert seinen Blick nicht und richtet die Augen zum mit Sternen übersäten Himmel, als wäre dort die Antwort auf seine Frage zu finden. Dann antwortet sie, scheinbar desinteressiert: „Die Zukunft besteht nicht selten darauf, sich in eine nicht vorhersehbare Richtung zu entwickeln, sie kümmert sich wenig um Dinge, die man selbst für wichtig hält." Und nach einer bedeutungsvollen Pause: „Warte einfach ab, und wenn es tatsächlich so kommen sollte, hast du diese Entwicklung ganz allein dir zuzuschreiben und du bist es auch, der eine Lösung finden muss. Du kannst von Glück sagen, dass Hanna nichts Schlimmeres geschehen ist."

Franz scharrt mit der Spitze seines Schuhs ein paar welke Blätter zur Seite. „Am geschicktesten nehme ich am Vormittag Kontakt mit dem Personalbüro auf, damit ich schnellstmöglich Gewissheit erhalte."

„Wie du meinst, doch jetzt steig' ein, den Wagen lassen wir abschleppen, von ihm ist sowieso kaum noch etwas zu gebrauchen. Ich hoffe, du prägst dir das Bild der lädierten Karosserie gut in dein Gedächtnis ein."

Franz nimmt schweigend neben seiner Mutter Platz, schlägt die Beine übereinander, rutscht tief in den Beifahrersitz. Je mehr seine eigene Wut verraucht, umso mehr dämmert ihm, welche Suppe er sich eingebrockt hat.

Inzwischen sind Wolken aufgezogen, der Himmel zeigt jetzt ein düsteres Bild. Auf weiten Kilometern der unbeleuchteten Straße wachsen Bäume bis dicht an den Rand, verdunkeln sie und lassen die Mittellinie kaum noch sichtbar werden. Zu allem Überfluss beginnt Regen herunterzuprasseln, wird immer dichter und die Sicht zunehmend schlechter, je näher sie Wolfstein kommen. Wo der Wald hinter die Wiesen des Flusstals reicht, hat der Wind die Fahrbahnbegrenzung mit Erde zugeweht oder sie ist von Schlamm bedeckt, Teile der Markierung sind in den durchfeuchteten Sandboden abgesackt, sodass das Fahren auf der richtigen Spur streckenweise einem Vabanquespiel gleicht. Franz traut sich nicht, seine Mutter wegen der völlig unangepassten Fahrweise zu kritisieren. Weder der Zustand der Fahrbahn noch das unaufhörliche Trommeln auf den Scheiben und die schlechte Sicht scheinen sie zu berühren. Sie fährt mit stoischer Ruhe und immer in derselben Geschwindigkeit durch die Nacht, als habe sie von den Gefahren des Aquaplaning noch nie etwas vernommen. Er hält den Atem an, als sie selbst in der scharfen Kurve hinter Sulzbach die Geschwindigkeit nicht drosselt, und wagt noch immer nicht, Einhalt zu gebieten. Ein falsches Wort kann den Pfropf auf seinem Schlot zur Explosion bringen, so gut kennt er sie. Die demonstrierte Gelassenheit ist nur ein Indiz für einen in ihrem Innern brodelnden Vulkan.

Schließlich erreichen sie unversehrt das noch immer schlafende Haus. Im Schlafzimmer angekommen, muss Therese feststellen, dass ihr laut schnarchender Mann von dem Drama nichts mitbekommen hat. Sie lässt ihn weiterschlafen.

Franz aber kann lange keine Ruhe finden und fällt erst gegen Morgen in einen unruhigen Schlaf. Und wie immer, wenn er lange keine Ruhe finden konnte, prägt seinen Schlaf ein immer wiederkehrender Alptraum, der aus den verhängnisvollen Ereignissen eines Tages seiner Kindheit resultiert.

„Nach dem Essen soll man nicht toben, war der ausdrückliche Befehl ihres Vaters nach fast jedem Mittag- und Abendessen, so auch an dem Tag, an dem das Lieblingsessen der drei Brüder auf den Tisch gekommen war.

Dampfnudeln! Er sieht im Traum die glänzenden weißen Kugeln, als stünden sie vor ihm, riecht den köstlichen Duft des brutzelnden Butter-Ölgemischs in der Pfanne, in der die rundgeformten Hefeteile eine knusprige Kruste ansetzen. Er schmeckt den noch warmen Vanillepudding, den die Kinder zu den Dampfnudeln essen, und empfindet auf Zunge und Gaumen das Wohlbehagen von damals nach. Dann aber enden die angenehmen Teile des Traums. Vor seinen Augen erscheint das Bild jener Ereignisse, welche das schreckliche Drama ausgelöst haben, das in der Nacht folgte.

Die Zwillinge hatten sich über das Verbot des Vaters hinweggesetzt und mit Dieter, dem jüngeren Bruder, auf den Säcken in der Mühle wild herumgeturnt.

Schon am frühen Abend begann der Kleine über Bauchschmerzen zu klagen, die sich einige Zeit später im Krankenhaus als Begleiterscheinung eines tödlich verlaufenden Darmverschlusses herausgestellt hatte.

Ob sie durch das verbotene Toben die Schuld an seinem Tod getragen haben? Bis heute wissen die Eltern nichts über die Vorgeschichte jener Nacht. Doch seit jenen Stunden flüstert ihm seitdem sein Unterbewusstsein zu: Schuld! Schuld! Er weiß, es wird ihn im Schlaf plagen, solange er lebt.

Den Schlafanzug von Schweiß durchnässt, erwacht er und setzt sich auf den Rand seines Bettes. Ein Blick aus dem Fenster beweist, dass sich der Regen verzogen hat. Die quälenden Bilder des Traums verblassen und schaffen Platz für die aktuellen Probleme des Alltags. Er wird seine Vorhaben fürs Erste ad acta legen müssen, wenn er die Stelle bei Porsche nicht bekommt. Den blauen Porsche, den er sich von seinem ersten Jahresgehalt hatte kaufen wollen, die Leica, die er schon lange im Auge hat, den teuren Skiaufenthalt in der Schweiz, den er für die Weihnachtstage einplante. Er fasst den Entschluss, gleich morgen persönlich in Zuffenhausen vorzusprechen, um sein Dilemma zu schildern. Es muss ihm gelingen, die Kündigung abzuwenden. Erschöpft legt er sich noch einmal auf sein Bett und schläft tatsächlich ein zweites Mal ein.

Und wieder träumt er. Diesmal von einem Mann, der in verblüffender Weise seinem Bruder Karl ähnelt und in einem nagelneuen roten Porsche auf ihn zugefahren kommt, ihm ein Glas mit Whiskey aus dem Seitenfenster herausreicht, dessen Inhalt nach Pfirsich duftet. Doch, ehe er trinken kann, fällt das Glas zu Boden und der Whiskey breitet sich auf dem Blech des Sportwagens aus wie frisches Blut, färbt den Beton der Straße dunkel wie geronnenes.

Als er ein zweites Mal aufwacht, sieht er bei einem Blick auf den Wecker, dass es neun Uhr ist, und auch die Vernunft kehrt aus ihrer Pause zurück: Siedend heiß fällt ihm ein, dass eine Fahrt nach Zuffenhausen unmöglich ist, da er weder im Besitz eines Führerscheins noch eines Wagens ist und das Abschleppen des Wracks auf Regelung wartet. Statt einer persönlichen Vorsprache wird er sich wohl oder übel mit diversen Telefongesprächen begnügen müssen.

Als ihm Tage später der Postbote einen Brief in einem gelben, unheilverkündenden Umschlag zustellt, dessen Empfang er quittieren soll, liegt eine quälend lange Woche voller nutzloser Spekulationen hinter ihm. Er geht ins Freie, setzt sich auf die Steinbank unter dem Fenster des Esszimmers und zögert, den Brief zu öffnen, dessen Inhalt er ahnt, beobachtet stattdessen den kleinen Vogel, der sich in den überdachten Vorraum des Eingangs verirrt hat. Immer wieder stößt er sich rotfarbene Köpfchen an, verwechselt das Bild der Bäume in den Scheiben des Fensters und den Himmel mit der Realität. Franz hilft ihm vorsichtig, den Weg in die Freiheit zu finden.

Dann erst öffnet er den Umschlag, beginnt zu lesen, was er schon weiß: Ohne Fremdeinwirkung, infolge überhöhter Geschwindigkeit und mit über 1,3 Promille Alkohol im Blut ist er von der Straße abgekommen. Er legt das Schreiben zur Seite. Ohne weiterzulesen, weiß er auch so, dass sein höchstpersönliches Waterloo eingetreten ist und er den Führerschein für eine Weile los sein wird. Den Weg nach Zuffenhausen kann er sich sparen.

Für einen Augenblick packt ihn Ratlosigkeit. Doch dann besinnt er sich. Hat man den Studierenden auf der Ingenieurschule nicht eingetrichtert, dass Selbstkontrolle die Währung der Erfolgreichen ist und dass es immer einen weiteren Weg gibt, wenn der erste in die Irre führt?

Seinem geplanten technischen Studium hatte er eine Lehre in einer renommierten Auto- und Porschewerkstatt in Kaiserslautern als Automechaniker vorangestellt. Soll dies alles vergebens gewesen sein? Nein, von nun an gilt das Gesetz des Handelns, jetzt geht es um seine Zukunft. Zum Glück hat er seine zweite Wahl, die versprochene Stelle, bei einem weltweit agierenden Unternehmen in Mannheim noch nicht abgesagt.

Die Gesellschaft hat sich in kurzer Zeit zum Marktführer im Motorenbau gemausert, ist führend in der Konstruktion von Dampfturbinen und hat kürzlich die größte ferngesteuerte Gasturbine der Welt gebaut. Jetzt ist sie mit Krupp als Partner in das Geschäft des Kernreaktorbaus eingestiegen. Der unterschriftsreife Arbeitsvertrag in der Schublade seines Schreibtisches verspricht also gute Chancen auf einen späteren Wechsel ins Ausland, den er sich so sehr wünscht.

Bevor er von Porsche die unerwartete Zusage bekommen hatte, beschäftigte er sich ausführlich mit der Vita der beiden Firmeneigentümer. Sie hatten sich angeblich anfänglich vorgenommen, nie so groß zu werden, dass sie den Einfluss auf das Unternehmen mit Aktionären und Aufsichtsratsmitgliedern teilen müssten. Doch es war anders gekommen als geplant. Ungeachtet vielfältiger Krisen war es einem fähigen Management gelungen, das Unternehmen zu einer Größe zu führen, die längst nicht mehr der eigentlichen Intention der Gründungsgesellschafter entsprach. Zuletzt, so erzählt man sich, hätten sie sich als Fremde im eigenen Unternehmen gefühlt und folglich die Konsequenzen gezogen. Statt am Firmensitz verbringen sie jetzt ihre Tage in einem luxuriösen Domizil hoch über dem Luganer See. Ihre Sprösslinge hatten es zum Bedauern der Väter abgelehnt, die Nachfolge im Unternehmen anzutreten. Vielleicht lag die Entscheidung, den Ruhestand in der Schweiz zu verbringen, tatsächlich in dieser Enttäuschung begründet, obwohl einer der beiden Männer in einer Gazette gänzlich andere Motive ausführte: „Sie kennen mich als Mann, der schon immer nach dem Motto gelebt hat: ‚Unsere Umgebung spiegelt wider, was wir sind'. Mich zog es mein ganzes Leben lang in die Berge, sie sind kantig, ehrlich und verzeihen keine Fehler. Die Schweiz ist der richtige Ort für meine alten Tage. Sie bewahrt vor Neiddebatten einer weniger erfolgreichen Spezies, die jene Früchte ernten möchte, die andere gesät haben, ohne sich selbst die Hände schmutzig machen zu müssen. Oft unter dem Vorwand, die Welt retten zu wollen, malen sie die angeblich durch ausbeuterisches Unternehmertum hervorgerufene Apokalypse in grellen Farben an die Wand, fühlen sich von den Lebensentwürfen anderer provoziert, treiben ständig eine andere Kuh durchs Dorf. Währenddessen holen Länder mit Milliarden hungriger Menschen die Industrialisierung nach und lehren alten Industrienationen, unter ihnen Deutschland, das Fürchten.

Auf die Frage eines Journalisten, ob er nicht das Entstehen einer Zweiklassengesellschaft befürchtet, erwiderte er: „Sie wissen, ich helfe gerne, wenn jemand unverschuldet in Not gerät oder krank wird, doch Faulheit und mangelnde Eigeninitiative unterstütze ich nicht, vor allem nicht mit meinen Steuergeldern. Viele meiner Arbeitnehmer ahnen nicht, mit welchen Schwierigkeiten ein erfolgreicher Unternehmer zu kämpfen hat, um Krisen zu meistern. Man kann diesen Kampf vielleicht mit einem Rennen im Hamsterrad beschreiben. Oder wie es die Rote Königin aus Alice im Wunderland erklärt: ‚Du musst so schnell rennen, wie du kannst, wenn du am gleichen Fleck stehen bleiben willst.' Konfrontiert mit ständig steigenden Lohnforderungen, oft mit mangelnder Rücksicht auf den Zustand des Unternehmens, sieht man sich stetig dem Vorwurf ausgesetzt, man bediene die Aktionäre bevorzugt. Ob man bewusst übersieht, dass dieses „Bedienen" auch der Sicherung des Lebensstandards vieler Kleinaktionäre im Ruhestand dient, die sich den Preis einer risikobehafteten Investition vom Mund absparen und denen sich ein Unternehmer deshalb verpflichtet sehen muss? Und muss der Staat tatsächlich einmal eingreifen, um Arbeitsplätze zu retten, verkennt die gerne wiederholte Floskel, die Sanierung der Unternehmen sei aus Steuermitteln erfolgt, dass an nicht wenigen Großunternehmen der Staat, sprich, der Steuerzahler, beteiligt ist, der sich in guten Zeiten damit ein beachtliches Zubrot verdient hat."

Franz hatten die Ausführungen des Unternehmers beeindruckt. Ein Zitat aus der Abschiedsrede eines der Gesellschafter ging ihm nicht aus dem Sinn: „Das Leben ist wie ein Flug, man fliegt an Freundschaften vorbei, lässt Verwandtschaften zurück. Manche vermisst man doch, aber es fehlt die Kraft, sie wiederzugewinnen."

Jetzt las man nur noch gelegentlich eine kurze Notiz über den Seniorchef in der Zeitung und wenn, entfachte er mit seinen Äußerungen meist einen Sturm der Entrüstung: „Ich gelange mehr und mehr zu der Überzeugung, dass sich das Land der Fleißigen und Denker zu einem Schlachtfeld der verschiedensten Überzeugungen und Strömungen entwickelt, dass der Kampf um die Deutungshoheit zum Untergang des Wohlstands im Land führen muss."

Dem vorläufig letzten Interview, das sich in den Medien vom Sturm zum Orkan entwickelte, setzte er lakonisch entgegen: „Das größte Privileg des Geldes ist: Es verschafft die Unabhängigkeit vom herrschenden Zeitgeist und ein angstfreies Leben."

Bevor er sich jedoch davon überzeugen konnte, ob sich das Bild des untergehenden Schlachtfelds tatsächlich erfüllen würde, ereilte den Mann, der sich in der ganzen Welt und auch die Welt selbst bewegt hat, in seinem Paradies ein schneller und unerwarteter Tod.

Wie würde sein eigenes Leben verlaufen, ob es ihm die Gelegenheit bieten wird, in die Höhen des oberen Managements aufzusteigen und ob er dann sein altes Leben wie auf einer Zugfahrt hinter sich lassen wird? Ein riesiger Gedanke, vielleicht auch eine unterschwellige, vermessene Hoffnung, aber zu elektrisierend, um verworfen zu werden. Die Sterne für eine erfolgreiche Karriere stehen gut, denkt er, als er den Vertrag unterschreibt.

Die erste Fahrt zu Franz neuem Arbeitsplatz, die er, der Not gehorchend, mit seiner Mutter am Steuer hinter sich bringen muss, dauert länger als erwartet. Ein Stau nach dem anderen, der erste auf der Autobahn bei Grünstadt, weitere nahe Mannheim, der sich bis in die Innenstadt fortsetzt, lassen ihn sein Ziel zu spät erreichen und in ihm das dumpfe Gefühl entstehen, dass die Verspätung ein schlechtes Omen für den Beginn seines Arbeitslebens sein könnte.

Als er endlich das große, nüchterne Nachkriegsgebäude erreicht, in dem die Firma residiert, hat sein künftiger Chef offensichtlich bereits auf ihn gewartet und hegt, seinem Gesichtsausdruck nachzuschließen, keine freundlichen Gefühle. Anstelle der erwarteten höflichen Begrüßung begrüßt er Franz mit einer Art Gardinenpredigt und wehrt dessen Versuche, sein Zuspätkommen zu rechtfertigen, mit missbilligendem Blick über die dunklen Ränder der runden Brille und mit nicht enden wollendem Redefluss ab. Seltsamerweise erinnert ihn das Gehabe des wohlbeleibten Mannes in unangenehmer Weise an seinen Vater, und eine leise Aggressivität steigt in ihm auf, als dieser sein Feuerzeug zückt, ihm eine Flamme entlockt und nach dem Zigarillo greift, das auf einem Holzschächtelchen gerichtet ist.

„Ob es zu seiner Strategie gehört, erst nach der Peitsche das Zuckerbrot zu reichen"? Franz, der mit regungsloser Miene kommentarlos zuhört und zunehmend gelangweilt, dem beleibten Mann dabei zusieht, wie dieser der Flamme seine ganze Aufmerksamkeit zuwendet und Franz' Anwesenheit vergessen zu haben scheint. Die Hoffnung, dass sein Gegenüber irgendwann ein Ende finden und dann das Zuckerbrot reichen wird, erweist sich als eine trügerische. Das Feuerzeug hat kaum noch Gas, die Flamme erlischt, doch das Lamento geht weiter. Am Schluss weiß Franz nur eines: Hier wird er auf keinen Fall bleiben, da konnte das Zuckerbrot noch so süß ausfallen.

Endlich schaut sein Gegenüber über den Rand seiner Brille und blickt Franz durchdringend an. Dieser strafft den Rücken, nickt mit undurchdringlicher Miene und entfernt beiläufig eine Fluse von seinem grauen Jackett, das er mit Geld seiner Großeltern vor ein paar Tagen bei einem Herrenausstatter in Kaiserslautern erworben hat, als er zu reden beginnt:

„Es war nett, sie kennenzulernen, bitte geben Sie mir meine Papiere zurück."

Plötzlich ist es seltsam still in dem mit einem mächtigen Schreibtisch ausgestatteten Raum und das Blatt wendet sich: „Sie scherzen, oder? Vergessen wir das Ganze. Schließlich konnten Sie nicht wissen, dass am Montag der Berufsverkehr am stärksten ist. Kann ich davon ausgehen, dass Sie nach Mannheim umziehen? Dann wird es sicherlich gelingen, pünktlich zu sein. Stellen, wie diese eine ist, sind nicht allzu oft zu besetzen, Sie wissen ja, wir engagieren uns künftig im Kernkraftwerksbau, der Zukunftstechnik der Welt, Kenntnisse auf diesem Gebiet sind auch für ihr Weiterkommen von Nutzen."

„Das war es also, das Zuckerbrot! Jetzt rechnet er damit, dass ich den Rückzieher mache, denkt vielleicht, dass ich einer jener willigen Arbeitssklaven bin, die sich im Laufe des Berufslebens einen Panzer aus Anpassungsbereitschaft zulegen, um die Entmündigung ihres Willens ertragen zu können."

Seine Gedanken überschlagen sich.

In einem Punkt teilt er die Meinung seines Gegenübers: Ähnliche interessante Stellen waren rar. In puncto Pünktlichkeit von Kreativpersonal aber sind beider Vorstellungen so unterschiedlicher Natur, dass eine Zusammenarbeit sich schwierig gestalten würde.

Er ignoriert das breite Lächeln, das wie festgefroren im Gesicht des Mannes hängt, als er sagt: „Statt den Griffel um die vorgegebene Zeit aufzunehmen und auch abzulegen, ist es in meinen Augen wichtiger, eine Arbeit ohne Rücksicht auf die Uhr und gewissenhaft zu verrichten. Unter diesen Umständen und unter solcher Leitung ist es mir nicht möglich, innovative Ideen zu kreieren."

Er nimmt die Kündigung nicht zurück, auch wenn er nicht weiß, wie er die Absage seiner Mutter beibringen soll, die sich bereits auf dem Heimweg befindet. Er muss versuchen, sie glauben zu lassen, dass die Staus auf der Autobahn das geplante Wirken einer höheren Macht gewesen waren. Selbst sie, eine Frau, die viele als nüchterne Geschäftsfrau schätzen, zeigt sich gelegentlich für solche Mythen empfänglich. Zum Glück hat er ein drittes Pfund in der Hand, mit dem er wuchern kann, die Zusage von Escher-Wyss in Zürich. Mit einem letzten freundlichen Blick in die konsternierten Augen des verblüfften Managers verlässt er mit geradem Rücken dessen Reich. Ein spöttisches Lächeln schickt er in sein Unterbewusstsein zurück.

Wenige Tage später betritt er den 1. Klasse Abteilwagen des Trans-European-Expresses, der ihn nach Zürich bringen soll. Für alle Wagons des Zuges ist eine Sitzplatzreservierung erforderlich, obwohl, soweit das Auge reicht, gähnende Leere herrscht. Das Abteil mit dem für ihn vorgesehenen Platz ist angenehm klimatisiert und er der einzige Passagier im Abteil. Zufrieden, dass er keinen Platz im Großraumwagen reserviert hat, wie seine Mutter vorgeschlagen hatte, verstaut er als Erstes die Fahrkarte und den gelben Beleg über die Zahlung des TEE-Zuschlags wieder in der Tasche seines Jacketts. Ein letzter hastiger Passagier hievt seinen Rollkoffer in den Wagen, bemerkt seinen Irrtum und verlässt ihn wieder in Richtung Großraumwagen. Franz atmet erleichtert auf: Das Schlimmste ist geschafft. Jetzt stören nur noch die Stimmen vorbeihastender Reisender und die monotonen Lautsprecherdurchsagen auf den Bahnsteigen die friedvolle Ruhe.

Nachdem er am frühen Morgen von der Stadtmühle aus zum Bahnhof gerannt war, den Bummelzug nach Kaiserslautern bestiegen hatte, den Zug nach München gerade noch erreichte, von wo aus der TEE Bavaria pünktlich nach Zürich starten sollte, war seine Müdigkeit erst einmal verflogen. Jetzt, da er seinem Körper Ruhe gönnen kann, beginnen seine Gedanken Karussell zu fahren und er beginnt zu rechnen. Er addiert den voraussichtlichen Zeitaufwand, den er von der Stadtmühle bis zum Zentrum Zürichs benötigen wird, vergleicht ihn mit dem Aufwand einer Fahrt mit dem Auto und kommt zum Ergebnis, dass er mit diesem sein Ziel, selbst unter ungünstigen Umständen, um einiges früher erreichen würde. Ganz zu schweigen von den Mühen des Kofferschleppens, die ihm die Fahrt mit dem Auto erspart.

Eine 1. Klasse Fahrt in klimatisierten Abteilen hat für den, der es sich leisten kann, unstreitig nicht unbeachtliche Vorteile. Doch wer kommt schon in diesen Genuss? Er denkt an die Arbeiter, die aus entlegenen Gegenden der Pfalz für Hin- und Rückfahrt eine tägliche Fahrt von über einhundert Kilometern in Kauf nehmen, um durch ihrer Hände Arbeit in den Fabriken am Rhein ihre Familie zu ernähren und sich mit einem Platz im Großraumwagen zufriedengeben müssen. Für jene Pendler, die es vorziehen, anstelle der Benutzung des Zuges von Wolfstein nach Ludwigshafen, des frühen Aufstehens am sehr zeitigen Morgen und des späten Heimkommens am Abend, sich zu Fahrgemeinschaften zu verabreden, ist und bleibt das Auto ein Segen. Das Zugfahren ist gewohnter Luxus für Stadtbewohner, aber Zeitverschwendung für Landeier, wenn sie gar als Schichtarbeiter ihr tägliches Brot verdienen müssen.

Ein greller Pfiff unterbricht seinen Gedankenfluss und setzt den rotbeigen Triebwagen in Bewegung. Bald ist nur noch das gleichmäßige Rattern der Räder zu hören. Die zurückkehrende Müdigkeit lässt Franz in einen Zustand der Entschleunigung sinken, der eigentlich seinem Leben in einer Weise fremd ist, wie ein Leben auf einem anderen Planeten. Soll er während der stundenlangen Fahrt den in den vergangenen Tagen versäumten Schlaf nachholen, oder sich lieber die Zeit im Speisewagen oder dem Barwagen vertreiben? Sogar über einen Telefonwagen verfügt der Zug.

Kritisch mustert er das braune Kunstleder der Polsterung, drapiert seinen Mantel sorgfältig auf dem freien Sitz, hievt seinen Koffer vom Linoleum des Fußbodens in die Gepäckablage, welcher der Zahn der Zeit in gleicher Weise zugesetzt hat, wie der Tapete, mit der man vor langer Zeit die Wände verkleidete. Die elfenbeinfarbenen Hartfaserplatten der Decke wirken neu und die Vorhänge an den Fenstern wie frisch gewaschen.

Dann sucht er die am anderen Ende des Abteils untergebrachte Toilette auf, wäscht sich die Hände, glättet sein Haar mit nassen Fingern, kontrolliert die sorgfältig geschnittenen Nägel. Wieder an seinem Platz angelangt, zieht er die Vorhänge zurück. Ein liebevolles Lächeln tritt in sein Gesicht, als er sich die teuren Schuhe von den Füßen zieht, die er sich für das Vorstellungsgespräch gekauft hat. ‚An den Schuhen erkennt man den Charakter eines Menschen', ist das Credo seines Vaters.

Er stellt die auf Hochglanz polierten Slipper in den Schatten der Fensterbank, um sie vor zu starker Sonneneinstrahlung zu schützen und legt die Beine hoch. Dann verliert sich sein Blick in den Wiesen, deren saftiges Grün nur von vereinzelt stehenden Gehöften mit rostbraunen Fensterläden unterbrochen wird. In den Kronen der Bäume flirrt die Sonne, schneebedeckte Berge wachsen im Hintergrund in den Himmel. Die grauen Schatten der Nadelbäume auf weißen Schneeflächen wirken wie wandernde Finger auf einem weißen Tuch im Vorbeigleiten des Zuges. Frauen in Kittelschürzen vor hölzernen Scheunen erinnern ihn an seine Oma, die er selten ohne eine dieser Schürzen gesehen hat. Dann schläft er ein.

Als er wieder erwacht, schleicht sich die Dämmerung in das Abteil, das Deckenlicht schaltet sich ein, bemüht sich, sie zur Seite zu drängen.

Franz rekapituliert die vergangenen Wochen, in denen er so viel erlebt hat, als hätte er sich auf einer Reise mit ständig wechselnder Kulisse befunden. Seine Verlobte hat die Verlobung gelöst, da sie ihm die Schuld an der Knieverletzung gibt, die nicht heilen will, sein Auto ist nicht zu reparieren und seine Mutter ist noch immer ernsthaft verärgert. „Beweise mir erst einmal, dass du in der Lage bist, dein eigenes Geld für einen fahrbaren Untersatz zu verdienen. Deinen Führerschein bist du ja vorerst los."

Er aber hatte längst eine andere Lösung gefunden, um auf schnellerem Weg zu einem neuen Fahrzeug zu gelangen und sich mit der Wende seines Schicksals abgefunden. Der verpatzten Chance in Zuffenhausen bis in alle Ewigkeit nachzutrauern, ergibt keinen Sinn, auch nicht mit dem Schicksal zu hadern, wenn man den fiktiven Fortgang der Geschichte nie erfahren kann. In Zürich, wo das Drehbuch seines Werdegangs noch ungelesen ist und ungeöffnet vor ihm liegt, wird er seine Erfüllung finden. Weder Mannheim noch Zuffenhausen werden jemals wieder eine Rolle in seinem Leben spielen, ist der Erkenntnisgewinn aus den Ereignissen der letzten Wochen. In der Schweiz wird er sein altes Leben hinter sich lassen und sich auf den Weg zu neuen Galaxien machen. Dem Bewerbungsgespräch, von dem vielleicht seine Zukunft abhängt, sieht er ohne die geringste

Aufregung entgegen. Dass er die Stelle erhalten wird, ist so sicher, wie das Fahren im Zug, ist er überzeugt.

Später wird er aus einem Bericht des Handelsblatts, das er abonnieren wird, als er sein eigenes Geld verdient, erfahren, dass er einem Trugschluss unterlegen war, was die Sicherheit des Zugfahrens betraf. Überhöhte Geschwindigkeit des TEE Bavaria hatte zum Tod von dreißig Menschen und schweren Verletzungen von über vierzig weiteren Personen geführt. Als Folge des schrecklichen Unglücks stattete man fortan alle Fenster mit Verbundglas aus und montierte die Möblierung der Speisewagen fest auf dem Boden, Triebwagen wurden durch Diesellokomotiven ersetzt, um gefährliche Geschwindigkeiten unmöglich zu machen.

Sicherheit ist nirgendwo, nicht im Leben, nicht im Auto, nicht in der Bahn, mit dem Auto aber kommt man schneller ans Ziel.

Eva   Zürich

Der dumpfe Klang des Motors des roten Alfa Romeos, den er unverzüglich kaufte, als man ihm endlich seinen Führerschein wiedergab,
schmeichelt seinen Ohren wie der Klang von Schalmeien. Seine Großeltern waren in die Bresche gesprungen und hatten ihm heimlich
sechzehnhundert Mark zugesteckt, als er ihnen seine Misere schilderte.

Mit einem kraftvollen Grollen heult der Wagen ein letztes Mal auf,
als er in einer der Parkbuchten des Escher-Wyss Areals in Zürich mit
elegantem Schwung zum Stehen kommt.

Franz stellt den Rückspiegel in die richtige Position, richtet sorgfältig
den Knoten seiner schwarzgepunkteten, blauen Krawatte zurecht,
zieht einen Kamm aus braunem Horn aus der Aktentasche und fährt
sich vorsichtig durch das sorgfältig gescheitelte Haar. Nachdem er
den Kamm wieder an seinem angestammten Platz verstaut, mit einem Taschentuch in der Farbe seiner Krawatte sorgfältig die Abdrücke entfernt hat, die seine Finger auf dem blanken Metallschloss der
Tasche hinterlassen haben, verlässt er den Wagen, hält einen Augenblick inne und bewundert die klare Schönheit des im neoklassizistischen Stil gebauten Direktionsgebäudes am Ende eines gepflegten,
mit von Bäumen begleiteten Natursteinwegen durchzogenen Rasens.

Ob sich die visionären Gedankengänge des mit zahlreichen Preisen
ausgezeichneten Architekten in den Gehirnen seiner Nutzer fortgesetzt oder übertragen haben? Warum sollte ein Gedankenpotential,
einmal in die Welt gesetzt, nicht zu Erkenntnisgewinnen eines anderen Menschengehirns führen, wenn es sich der Schöpfung eines Ge-
nies bedienen kann? Auch ein Forscher baut in einer Art fortwähren-
der Evolution auf Erarbeitetes seiner Vorgänger auf, macht deren Erkenntnisse zu seinen eigenen und hält sie in Weiterentwicklungen
auch dann noch am Leben, wenn der Urheber des Gedankens längst
vom Angesicht der Erde verschwunden ist. Die Reise geht weiter, nie

ist etwas fertig, alles befindet sich in kontinuierlicher Veränderung und schafft Möglichkeiten zur Verbesserung.

Die letzten Wochen zählen in jeder Hinsicht zu den aufregendsten seines bisherigen Lebens. Selbst er, der das Risiko nicht scheut, wenn Augenmaß, Gefühl und Wissen ein gutes Resultat eines Wagnisses prognostizieren, kann sich eines Gefühls der Erleichterung nicht erwehren. Mit dem heutigen Tag scheint alles zu einem guten Ende gekommen zu sein.

Beschwingten Schrittes eilt er zum Eingang des Verwaltungsgebäudes und gelangt durch die in erstaunlicher Geschwindigkeit sich öffnende Glastür ins Foyer. Dort meldet er sein Kommen an und erreicht wenig später das vierte Obergeschoss, wo sich sein neues Büro befinden soll.

An einer der Türen ist sein Namensschild angebracht. Sie führt in einen hellen Raum mit einem Schreibtisch und zwei Regalen mit Aktenordnern, in denen vermutlich Projektpläne untergebracht sind. Das also ist sein künftiges Domizil für die wachen Stunden seiner Tage! Niemand ist anwesend. Er zögert einen Augenblick, lässt sich auf den Schreibtischsessel fallen, wirft einen Blick durch das Fenster, das auf den Parkplatz zeigt, prüft durch kräftiges Wippen die Tauglichkeit des mit einem blauen Stoff bezogenen Sitzmöbels, fährt mit der Handfläche über das Glas des Romeo Rega Schreibtisches, dessen Marke er an dem doppelten R der Signatur erkennt. Das Glas weist kein Staubkörnchen auf. Sein neuer Arbeitsplatz entspricht seinen Vorstellungen, er wird sich hier wohlfühlen.

Am zweiten Morgen seiner neuen Tätigkeit fällt ihm eine attraktive Frau hinter dem Empfangstresen ins Auge, die an seinem ersten Arbeitstag wohl einen freien Tag genommen hatte, sonst hätte er sie niemals übersehen. Kaum jünger als Hanna, mit schwarzem, halblangem Haar und perfekt geschminkt, ist sie der totale Kontrast zu seiner ehemaligen Verlobten, die Make-up verabscheut und auf ein natürliches Erscheinungsbild Wert legt. Ihr Name ist Eva.

Von wohlproportionierter, zierlicher Figur und Augen in einem Blau, das an die zarten Blütenblätter junger Veilchen erinnert, trippelt sie auf hohen Stöckelabsätzen geschäftig und zuvorkommend hinter dem Empfang hin und her.

Sie ist in einen grasgrünen, engen Overall gekleidet, dessen bis zur Taille reichender Reißverschluss gerade so weit geöffnet ist, dass ein Hauch des Ansatzes einer gebräunten Brust zu sehen ist. Er startet einen Versuch und wirft ihr einen Blick zu, der ein gewisses Interesse ahnen lässt. Sie ignoriert ihn beflissentlich, doch wenig später registriert er aus den Augenwinkeln, dass sie ihm mit den Augen folgt, als er betont langsam zum Aufzug schlendert.

Er wird sein Glück bei ihr versuchen, spätestens am übernächsten Tag. Dann hebt sich der Paternoster und als Letztes sieht er zierliche Füße in hochhackigen Schuhen hinter dem Empfangstresen.

Am vierten Tag setzt er seinen Entschluss in die Tat um und stellt im Laufe des amüsanten Orientierungsgesprächs fest, dass sie keinen Ring am Finger trägt. Wenn ihn nicht alles täuscht, ist der Weg für ein näheres Kennenlernen frei.

Am fünften Tag, einem Freitag, fragt er sie, ob sie ihm vielleicht die schönen Seiten ihrer Heimat zeigen wolle. Zu seiner Überraschung ziert sie sich nicht, sondern schenkt ihm ein selbstbewusstes Lächeln, dem keinerlei Verlegenheit anzumerken ist, und nimmt seine Einladung an. Sie verabreden sich für den nächsten Tag, einen Samstag, zu einer Fahrt mit dem Glacier-Express, planen eine Übernachtung ein und wollen in Zermatt starten.

In aller Frühe verlassen sie Zürich, nicht lange, und das Blau des Zürichsees leuchtet ihnen wie ein strahlendes Auge entgegen. „Dort, in der Mitte des Sees, siehst du zwei Inseln? Lützelau und Infenau. Und bald erreichen wir die Churfirstenberge, zweitausend Meter hoch, mit dem Walensee zu Füßen."

Eva hat die Sonnenbrille aufgesetzt, ein Modell mit riesigen Gläsern, deren zartes Blau ihr dunkles Haar noch dunkler wirken lässt als es ohnehin schon ist. Ein kleiner, kaum wahrnehmbarer Stich durchzuckt ihn, als er den Schriftzug auf dem Etui liest, dem sie die Brille entnommen hat. Es ist eine Porschebrille.

Am Ende des Bergpanoramas biegen sie in Richtung Bad Ragaz ab und fahren nach Süden in Richtung Chur.

„Vielleicht haben wir morgen noch Zeit, die Stadt zu besichtigen, oder wir besuchen Liechtenstein, es liegt ja nicht weit von hier. Wir werden sehen."

„Du unterschätzt die Schwierigkeiten der Strecke. Das schaffen wir niemals."

Als sie schließlich den Bahnhof Zermatts erreichen, erfahren sie, dass die Strecke wegen eines Lawinenabgangs gesperrt und eine Fahrt mit dem Zug an diesem Tag nicht mehr möglich ist.

Franz bemerkt die Enttäuschung in Evas Gesicht. Ob sie wohl damit rechnet, dass die Übernachtung ins Wasser fallen wird? Er wird sie auf die Probe stellen, selbst wenn er sich eine Abfuhr einhandelt. Sie sitzt mit gebeugtem Kopf über der Straßenkarte, doch ihren nervösen Fingern ist anzusehen, dass sie auf ein klärendes Wort wartet. Er lässt sie in der Ungewissheit schmoren. Mit spitzbübischem Grinsen um die Lippen sagt er nach einer kleinen Pause:

„Da müssen wir uns etwas anderes einfallen lassen, schade aber auch", und als er die Erleichterung in Evas Augen bemerkt, fährt er fort: „Hast du einen Vorschlag parat, was wir uns heute und morgen ansehen sollten?"

„Und ob, schließlich kenne ich die Schönheiten meiner Heimat", erwidert Eva wie aus der Pistole geschossen. „Wenn unsere Fahrt beendet ist, wirst du mich als die beste Fremdenführerin ansehen, die dir je begegnet ist. Dein Einverständnis vorausgesetzt, besuchen wir als Erstes Chur, das wir ja auch mit dem Glacier-Express durchfahren hätten."

„Na, dann mal los." Er ergreift ihre Hand und drückt einen Kuss auf die Fingerspitzen, dann gibt er Gas und der Alfa schnurrt durch die engen Straßen wie eine rote Raubkatze. Holzverschindelte Häuser mit kleinen Fenstern und roten Fensterläden, Pappelwäldchen und düstere Nadelbäume gleiten vorüber und verschwinden in der schneeschwangeren Luft so schnell, dass man sie kaum wahrnehmen kann.

„Wir könnten auch Kloster Einsiedel einen Besuch abstatten, der Fußweg dorthin ist allerdings fünf Kilometer lang", schlägt Eva mit einem Lächeln vor, das die Ernsthaftigkeit des Vorschlags ad absurdum führt.

Franz nimmt für eine Sekunde die Finger vom Steuer und wehrt mit erhobenen Händen ab: „Nein, das ist für einen Tag ein zu gedrängtes Programm. Ich schlage vor, wir widmen uns bevorzugt Chur, wenn wir schon mal dort sind. Doch bis wir ankommen, ist die Mittagszeit lange vorüber, wenn es nicht gar Abend wird."

Während der Fahrt beginnt Eva zu dozieren: „Chur war Fürstbischofssitz vom 5. bis zum 16. Jahrhundert. Dann schloss sich die Stadt der Reformation an. Von da an gehörte sie zur eidgenössischen Verbindung und blieb dessen Hauptstadt bis ins 19. Jahrhundert." Dem Klang ihrer Stimme ist anzuhören, dass die Arbeit als selbsternannte Fremdenführerin ihr Freude bereitet, und wieder einmal bestätigte sich für Franz, dass der größte Vorteil für alle entsteht, wenn jeder bekommt, was er sich wünscht. Sie will ihm ihre Kenntnisse beweisen, er ihre Gegenwart genießen. Sie beide sind zufrieden.

Als sie am späten Nachmittag Kloster Disentis erreichen, entschließen sie sich zu einem kleinen Imbiss, und die Besichtigung der Benediktinerabtei auf den nächsten Vormittag zu verschieben. Franz hat von dem Kloster noch nie etwas gehört, „aber dies wird sich gewaltig ändern", droht Eva scherzend, hebt lachend das Glas Wein und prostete ihm zu.

Am nächsten Tag macht sie die Drohung wahr.

„Das Kloster wurde von einem Mönch namens Sigisbert gegründet, vor immerhin 1500 Jahren. Ein reicher Mann namens Platitus war wahrscheinlich der 1. Abt, der einst über die Mönche das Regiment führte, es waren damals fast hundert, glaube ich. Auch heute beherbergt es noch eine größere Anzahl der Gottesmänner, wenn auch längst nicht mehr so viele wie damals."

Seiner Erinnerung nach hat Franz noch nie einen touristischen Vortrag mit solch visueller Aufmerksamkeit verfolgt und konstatiert verwundert, dass er sich in keiner Weise langweilt, wie es bei ähnlichen Gelegenheiten in seinen jungen Jahren der Fall gewesen ist. Ob es an der anmutigen Bewegung liegt, mit der Eva sich ab und zu das glänzende Haar zurückstreicht, oder daran, wie sie den Kugelschreiber zückt, in ihrem Notizbuch blättert? Als sie plötzlich verstummt und mit kritischem Blick seine Aufmerksamkeit prüft, senkt er verlegen die Augen und sucht nach Worten: „Du kennst dich ja gut aus," fällt ihm schließlich ein und er schämt sich ein wenig.

Sie setzt ein Pokerface auf, tut so, als bemerke sie seine selbstverschuldete Übertölpelung nicht: „Ja, ich habe mich in der Schule sehr für Geschichte, insbesondere die der Klöster und Burgen, interessiert. Dort, in der Nische, steht der schönste Renaissancealtar der Schweiz. Das Muttergottesbild stammt aus dem 17. Jahrhundert, ist nach einer Vorlage Dürers gemalt und wurde von einem Bruder des damaligen Abtes Christian gestiftet."

„Was du nicht alles weißt!" Ob seine frühere Verlobte nur halb so viel von Kaiserslautern und Wolfstein kennt, wie Eva vom Kloster und von Chur? Er glaubt es nicht. Aber war sein eigenes geschichtliches Interesse in seiner Jugend nicht ähnlich dürftig?

„Ich für meinen Teil war in meinen jungen Jahren an profaneren Genüssen interessiert als an der Historie meiner Heimat. Vielleicht sollte ich das Versäumte bei Gelegenheit einmal nachholen, doch ob es mich wirklich interessiert? Mein Interesse erstreckt sich wohl auf andere Bereiche, wie sich schon früh herausgestellt hat."

„Und es spricht sich schon jetzt in der Firma herum, dass dort auch deine Begabungen liegen. Aber ist es nicht so, dass Neigungen zu dir kommen, nicht du zu ihnen und Teil deines Lebens sind, ohne dass du wesentlichen Einfluss nehmen kannst?" antwortet Eva.

„Glaubt man den Worten meiner Mutter, hat sich mein Interesse für Technik und Geschäfte schon in früher Kindheit angedeutet, als ich mir einen Klingelbeutel bastelte und in der katholischen Kirche von Grado damit während des Gottesdienstes Geld für Süßigkeiten einsammeln wollte. So, das ist die Erzählung meiner Mutter, aber was tratscht man denn in der Firma über mich?"

Eva bricht in Lachen aus: „In schwierigen Verhandlungen hättest du stets entweder ein Ass im Ärmel oder einen Plan B in der Hinterhand, wenn deine erste Strategie nicht von Erfolg gekrönt war. Doch jetzt weiter in unserem Exkurs", hebt sie mahnend die zierliche, gepflegte Hand.

Sie nimmt sich erneut das Büchlein mit den Notizen vor und kratzt mit dem rot lackierten Nagel des Zeigefingers einen weißen Fleck von seinem Einband, bevor sie es aufschlägt.

„Ich habe mich natürlich etwas vorbereitet: Einhundertachtzig Schüler bleiben bis zur Matura in der Klosterschule, vierzig im angeschlossenen Internat", beginnt sie aus ihren Aufzeichnungen vorzulesen.

„Die Ärmsten, wie gut ich mit ihnen mitfühlen kann, immerhin habe auch ich sechs Jahre in einem Internat im Schwarzwald verbracht. Obwohl, wenn ich es mir recht überlege, eigentlich war es eine gute Zeit, wenn auch meine Noten und die meines Bruders nicht die besten waren. Zum Abitur oder zur Matura, wie ihr sagt, hätte es wohl gerade gereicht, doch meine Oma, die unser Internat finanzierte, hatte meiner Familie den Geldhahn zugedreht und die Geschäfte meines Vaters in seiner Mühle laufen schon lange nicht mehr sonderlich gut."

Er schweigt einen Augenblick, denkt an seine Mutter, die versucht, das elterliche Unternehmen mit vielerlei Aktivitäten am Leben zu erhalten, an seinen Zwillingsbruder, der den Müllerberuf erlernt hat, seinen Vater, der das Trinken wohl zu seinem Hobby und den allabendlichen Stammtisch im Schankraum der „Krone" zu seinem zweiten Wohnzimmer erkoren hat, beides mit negativen Folgen für das Geschäft. Laut sagt er: „Hilfe, wenn Not am Mann ist, kommt oft von meinen Großeltern, auch den Borgward Isabella, den meine Mutter fährt, haben sie spendiert." Er winkt ab, wirft den Kopf in den Nacken und sie versteht seine Geste als Aufforderung, das Thema zu wechseln.

„Na, zum Ingenieur hat es ja gereicht, immerhin." Eva lächelt ihn mitfühlend an und wieder einmal stellt er fest, dass sie entzückende Grübchen hat. Dann lenkt sie seine Aufmerksamkeit auf die aus hellem Granit gefertigten Böden des Klosters, zeigt dann auf die Säulen des Kirchenschiffs, die sich als gewendelt behauene Pfeiler beeindruckend hoch zur Decke recken.

„Ein Wunder der Steinmetzkunst," entfährt es seinen Lippen, selbst einem Laien wie ihm fällt die Kunstfertigkeit der Arbeit ins Auge.

Mit tadelndem Blick dreht er sich nach einer Gruppe von Schülern um, die sich in schlampigen Anoraks, engen Jeans und schmutzigen Schuhen, ungeniert plappernd und kichernd nähern und keinerlei Interesse am Anblick der altehrwürdigen Mauern erkennen lassen. Ihr Verhalten ist ihm aus seiner eigenen Jugend nicht fremd, heute stört es ihn. Hat er sich so verändert? Er blickt an sich hinunter. Selbst in der Freizeit bevorzugt er korrekte Kleidung. Selbst an einem Tag wie heute ist er sorgfältig gekleidet, trägt zur leicht ausgestellten, olivbraunen Bundfaltenhose braune Lederschuhe in der Farbe seines Lederblousons. Er hat ihn kürzlich gegen eine vom vielen Tragen abgenutzte Jacke ausgetauscht, ein Geschenk seiner Mutter zum Studienbeginn in Bingen, aus der er sich genauso herausgewachsen fühlte wie aus seinem bisherigen Leben. Ein Hemd mit Button-Down-Kragen in einem kleingemusterten Karostoff soll für belebende Frische in dem erdfarbenen Ensemble sorgen. Bunte Baumwollshirts, wie sie die unbekümmerten Schüler tragen, und auch bei Männern seines Alters in Mode gekommen sind, entsprechen nicht seinem Geschmack. Als seine Großmutter ihn vor kurzem als Stenz bezeichnete, hatte er das verliehene Prädikat als Kompliment betrachtet, sich jedoch eines Besseren belehren lassen: das Kompliment hat einen unangenehmen Beigeschmack.

Eva, im mokkafarbigen Hosenanzug mit Schlaghosen, unter dem Blazer eine grasgrüne, langärmelige Hemdbluse mit Tupfen in der Farbe des Anzugs, an den Füßen Plateausohlenschuhe im annähernd gleichen Grün, offensichtlich ihrer Lieblingsfarbe, scheint sich am Lärm der Jugendlichen nicht zu stören. Jedenfalls fährt sie unbeeindruckt fort: „Ja, ein typisches Merkmal der Barockzeit, ganz anders in der vorausgehenden Zeit der Renaissance, die ja in Florenz ihre Wurzeln hat. Die gedrehten Säulen sollen übrigens dem Tempel Salomons an der Klagemauer nachempfunden sein."

Dann sind die Schüler verschwunden, nur der Sand ihrer Schuhe markiert noch den Weg, den sie genommen haben, und Franz kann sich wieder auf Evas Vortrag konzentrieren.

Eva sind seine missbilligenden Blicke nicht entgangen. „Wirst du dich deinen Kindern gegenüber auch so kritisch verhalten? Dann Gnade ihnen Gott."

Sie steckt das Notizbüchlein in die Jackentasche und verschränkt abwartend die Finger. Dem durchdringenden Blick ihrer blauen Augen setzt er ein entschuldigendes Lächeln entgegen. Sie erwidert es, doch das Lächeln erscheint ihm vordergründig. Stellt sie ihn auf die Probe, um zu testen, ob er vielleicht ein geeigneter Vater ihrer Kinder werden könnte? Es sieht fast danach aus. Aus langjähriger Erfahrung hat er gelernt, dass man Antworten auf momentan nicht zu klärende Fragen nur durch Ignorieren und Gegenfragen vermeiden kann.

„Was weißt du von Descartes?"

Sie schaut ihn verwundert an und er sieht, dass ihm die Ablenkung gelungen ist. Eva löst ihre Finger, zieht das Notizbuch wieder hervor und setzt den Vortrag fort, als würde sie geradezu brennen, ihm ihre Kenntnisse zu präsentieren: „Vielleicht kennst du seine These: Gefühl ist Erkenntnissubstanz, solange ich denke, existiere ich."

„Ja, davon habe ich schon einmal etwas gelesen, hatte jedoch keine Ahnung, wer sie aufgestellt hat, geschweige denn, in welcher Zeit ihre Wurzeln liegen", antwortet Franz, der erste geistige Ermüdungserscheinungen verspürt, es aber als peinlich erachtet, wenn man ihm sein Desinteresse anmerken kann. Doch er hätte am liebsten die Besichtigung mit seiner Filmkamera aufgenommen und den auf Zelluloid gebannten Kunstgenuss zu einem späteren Zeitpunkt auf seinem Projektor, auf dem er jederzeit die Stopptaste drücken kann, in verträgliche Dosen aufgeteilt.

Als technikaffiner Mensch sieht Franz sich selbst als ein nüchtern denkendes Individuum, über die Wesenszüge seiner Begleiterin jedoch hat er sich noch kein abschließendes Urteil gebildet. Hier, in der strengen, klösterlichen Atmosphäre des ehrfurchtgebietenden Gebäudes, zeigt sie sich als strenge Lehrmeisterin, stellt unablässig Fakten dar und lässt sich auch von seiner zunehmend gequälter werdenden Miene nicht abbringen. Ob sie gerade einen Kampf der Geschlechter führen und sie ihm demonstrieren will, dass sie ihm intellektuell ebenbürtig ist, auch wenn sie ihm, was die Tätigkeiten in ihrer gemeinsamen Arbeitswelt betrifft, karrieremäßig nie das Wasser reichen können wird? Oder hat er eine Emanze an seiner Seite, die den Mann als Werkzeug zur Erfüllung ihrer Triebe benötigt und kinderlos bleiben will? Oder ist sie eine Kulturemanze, deren Interesse allein den schönen Künsten gilt, die Yoga oder sonstige sportliche Aktivitäten im Zeitplan hat und einen Mann als Finanzier vielfältiger Hobbys sucht? Oder ist sie doch eine Frau, die heiraten und Kinder bekommen will und den passenden Partner sucht? Er hat keine Ahnung, zu welcher Gattung er Eva zählen soll. Seit der gelösten Verlobung mit Hanna zweifelt er an seiner Kompetenz, was Frauen betrifft. Auf jeden Fall ist er derzeit weder der Richtige für das eine noch das andere.

Er unterbricht das leise Vorsichhinpfeifen, mit dem er seinen Gedankenausflug zu kaschieren versucht, und mit dem verzweifelten Versuch, ihr sein ungebrochenes Interesse an dem komplizierten Vortrag zu beweisen zwingt er ein Lächeln ins Gesicht. Doch dieses bleibt unerwidert. Stattdessen steigt die Spannung in ihrem Gesicht weiter an. Ob sie etwa in seinen Gedanken gelesen hat? Es ist an der Zeit, der Sache ein Ende zu bereiten, wenn die Harmonie der Tage nicht nachhaltig gestört bleiben soll. Doch da schlägt Eva auch schon das Notizbüchlein zu, zuckt mit den Schultern und strebt dem Ausgang des Klosters entgegen. Er holt sie ein, ergreift nach wenigen Schritten schweigenden Seite an Seite Gehens ihre Hand und drückt sie so kräftig, dass sie einen kleinen Schrei ausstößt und sich mit einem Ruck zu befreien versucht. Vergeblich.

Am Himmel aber ist es der Sonne gelungen, die Wolkenbarriere zu durchbrechen. Das Blau klärt sich auf und sie machen sich auf den Weg nach Chur. In der Stadt angekommen, hat die frostige Stimmung Evas an Kälte verloren. So schlendern sie einträchtig durch die Grabenstraße, vorbei an schönen Häusern wohlhabender Bürger, dann an kleinen bescheidenen, die sich verschämt in deren Schatten ducken, bleiben vor dem Eckhaus der Grabenstraße stehen, das offensichtlich für die Ewigkeit gedacht, aus massigen, graufarbenen Steinbrocken errichtet ist.

„Mein Freund, die Zeiten der Vergangenheit sind uns ein Buch mit sieben Siegeln. Was ihr den Geist der Zeiten heißt, das ist im Grund der Herren eigner Geist, in dem die Zeiten sich bespiegeln. Angesichts dieser mächtigen Mauern fällt mir dieses Zitat aus Faust ein." Doch wiederum findet Eva kein verbindliches Wort.

Er aber lässt sich von der gekränkten Schweigsamkeit nicht beirren und fährt fort: „Doch nun genug Kultur, jetzt denken wir einmal an unser leibliches Wohl."

Damit scheint das Eis gebrochen, sie belässt ihm ihre Hand und sie suchen sich eine Unterkunft für die Nacht. Wie selbstverständlich buchen sie ein Doppelzimmer und machen sich erst am späten Abend des nächsten Tages auf den Heimweg.

Auf der Fahrt beobachtet Eva den Mann an ihrer Seite. Nicht mehr blutjung, mit sorgfältig rasierten Wangen und einem Körper, der einen Bauchansatz vermuten lässt, weil ihm die Hose beim Sitzen um die Taille spannt, sieht er dennoch aus wie ein Junge, dem der heimatliche Garten zu klein geworden ist und der jetzt die Welt erforschen will. Trotz der Anstrengungen des gestrigen Tages und der kaum weniger strapaziösen Nacht, trotz seines mehr als reichlichen Alkoholkonsums, wirkt er frisch und munter und blickt voller Interesse in die vorbeifliegende Landschaft. Eine beunruhigende Feststellung, denn selbst bei wohlwollender Betrachtung kann sie Ähnliches von sich nicht behaupten. Das zerknitterte Gesicht, das ihr am Morgen im Spiegel entgegensah, hätte sie am liebsten hinter einem Schleier verborgen. Während das Wasser in der Kaffeemaschine des Hotelzimmers das Kaffeepulver durchtränkte, das braune Nass köstlich duftend in die Kanne sickerte und das Zimmer parfümierte, hatte sie mit Schminke versucht, die Spuren der gestrigen Ereignisse und alkoholischen Genüsse zu beseitigen. Das Ergebnis war alles andere als befriedigend, muss sie sich eingestehen – und würde am liebsten in Trübsal versinken.

Bereits bei der ersten Begegnung im Foyer der Firma glaubte sie, in den Augen von Franz Neugier auf die Welt zu erkennen. Ist es diese Art von Neugier, die als Schlüssel zur ewigen Jugend dienen kann? Fehlt es ihr an diesem Schlüssel? Waren die Spuren der Nacht der Fingerzeig, dass es an der Zeit war, unter die Haube zu kommen? Wie das Spiel wohl für sie steht? Ein gutes Blatt sieht anders aus, denkt sie, aber ein Ass verbleibt zumindest, sie muss es nur ausspielen: Sie arbeiten im selben Haus, und ist sie ausgeschlafen, sieht sie noch immer verdammt gut aus, weiß sie nur allzu gut.

Von dieser Fahrt an treffen sie sich, wenn ihm sein umfangreiches Arbeitspensum Zeit dazu lässt.

Kurze Zeit vor Franz' Einstellung hatte sein Arbeitgeber den Etat von Franz' Abteilung für Büroausstattungen, Sekretärinnen und modernste Technik mit der unmissverständlichen Vorgabe erhöht, dass sich die Kosten der Maßnahme durch das Akquirieren entsprechender Aufträge schnellstmöglich amortisieren müssen. Die Arbeit an Entwicklung und Vertrieb einer neuen Generation von Hochdruckschaufeln und Dampfturbinenanlagen stellt ihn zudem vor immense Herausforderungen und fordert seinen vollen Einsatz, um den Anforderungen gerecht zu werden. So ist der Erfolgsdruck enorm. Während der nächsten Wochen versteht er es, sich zügig in das ihm zugewiesene Arbeitsgebiet einzuarbeiten, mit seinem unmittelbaren Vorgesetzten ein gutes Einvernehmen herzustellen, den Mund zu halten, wenn eine Diskussion sinnlos erscheint, seinen Blick zu schärfen für Probleme und Haken bei den ihm zugewiesenen Kalkulationen der Angebote für den neu zu erschließenden südafrikanischen Markt. So dauert es nicht lange und sein Ansehen in der Firma wächst.

Und je länger er in der Firma arbeitet, umso auffälliger erweisen sich seine profunden Kenntnisse und ausgeklügelten Verkaufsstrategien als seine herausragenden Talente.

Mit erstaunlicher Geduld lässt er dem Mitteilungsbedürfnis bezüglich der Sorgen und Nöte seiner potenziellen Geschäftspartner freien Lauf und unterbricht sie nicht, solange er ein Redebedürfnis erkennt. Genug Argumente in der Hinterhand, nutzt er geschickt eine Pause, um punktgenau die verwertbaren herauszufiltern, und geht scheinbar auf die Einwände seiner Vertragspartner ein. Nach dem oberflächlichen Studium bergeweiser Unterlagen unterschreibt die überwiegende Zahl seiner Kunden den Vertrag geradezu erleichtert, präsentiert Bankunterlagen, die ihre Zahlungsfähigkeit beweisen in der festen Überzeugung, bei einem kompetenten Mann Gehör gefunden zu haben, obwohl nur ein paar unwesentliche Änderungen, sozusagen ehrenhalber, in das Vertragswerk eingefügt werden.

So hätte sich sein beruflicher Werdegang zur allgemeinen und zu seiner Zufriedenheit entwickelt, wenn sein mangelhaftes Schulenglisch ihm nicht zunehmend zum Problem zu werden drohte. Es muss sich schnellstmöglich eine Lösung finden lassen. Nur welche?

Die Casa Ferlin, ein stadtbekanntes italienisches Restaurant, in das er Eva bei einem ersten Treffen eingeladen hatte, kommt ihm in den Sinn. Deutlich erkennbar war es nicht der erste Besuch seiner Begleiterin in der Casa, einem Lokal mit Stil, in dem das Tragen einer Krawatte für Männer Pflicht ist, dennoch die Welt nicht untergeht, wenn man sich mit den Messern vertan hat. Erstaunt beobachtete Franz, wie sie mit der Geübtheit der Empfangsdame eines weltweit agierenden Konzerns charmant die Begrüßung des Kellners erwiderte, der sie mit zuvorkommender Höflichkeit durch dichtgedrängt stehende Tische zu dem für sie reservierten Platz lotste und Franz zum Schatten des Duos degradierte. Es war unübersehbar, dass die natürliche Grazie der jungen Frau Aufsehen erregte und selbst gutgekleidete, gerade noch eifrig parlierende Menschen die Gespräche unterbrechen ließ: Nicht nur die Blicke der männlichen Gäste folgten dem tänzelnden Gang der attraktiven Frau. Bis zu jenem Abend hatte er in Eva nur ein temporäres Amüsement gesehen, was sich grundlegend änderte. Seit jenem denkwürdigen Erlebnis sah die Welt anders aus und er seine Begleiterin mit anderen Augen, so als hätte man in einem Projektor ein Bild ausgewechselt. Warum ist ihm das nicht früher eingefallen? Eva mit ihrer offenkundigen Erfahrung in gesellschaftlichen Konventionen ist in der Lage, ihm den Ausweg aus seinem Dilemma zu weisen, die Casa der richtige Rahmen für seine Zwecke. Doch ein Besuch bei dem Edelitaliener ist teuer und um seine Finanzen steht es zum Monatsende nicht gerade zum Besten, ist der Wermutstropfen in seinen Überlegungen.

Zaudern und kleinliches Rechnen liegt zwar in der Natur des Menschen, hat aber noch selten zu Fortschritten verholfen, wischt er seine Bedenken vom Tisch und bucht stattdessen einen solchen in der Casa Ferlin. Unerwarteterweise fühlt er sich sogleich wie ein Kind, das man am Morgen des Heiligen Abends zwingt, bis zur Bescherung auf seine Geschenke zu warten. Ob er sich verliebt hat? Oder warum sonst schwirren in seinem Kopf die Gedanken wie Fliegen umher, die nach einem Fluchtweg suchen.

Dann ist es endlich soweit. Die hausgemachten Ravioli, für die das Restaurant berühmt ist, die Evas mit Ricotta und Spinat gefüllt, Franz mit einer pikanten Kalbfleischfarce, schmecken köstlich. Leise klingt in einer verspiegelten Ecke des Raums der Wohlklang einer Melodie von Schubert, auf dem schwarz lackierten Flügel glänzt das Bild der Lüster eines prachtvollen Kronleuchters, reich behangen mit tropfenförmigen Gläsern aus Muranoglas und erinnert ihn an den eigentlichen Grund ihres Treffens in dem luxuriösen Etablissement. Zeit, zur Sache zu kommen: „Weißt du, was mich an meiner Arbeit stört?" Fragt er mit in Falten gezogener Stirn.

Sie lässt sich nicht stören, pickt einen letzten Rest Ravioli vom Teller, sieht, dass er sich die Wange reibt, wie es seine Gewohnheit ist, wenn er unzufrieden mit etwas ist und wartet geduldig ab.

Da fährt er auch schon fort: „Mein läppisches Schulenglisch wird langsam zum Problem. Zu oft muss ich den Assistenten der Geschäftsleitung um Hilfe bitten, wenn es sich um die Klärung komplizierter wirtschaftlicher Fragen handelt. Er hilft mir zwar bereitwillig, doch ich bin mir keineswegs sicher, ob er meine Vorstellungen wirklich nachdrücklich vertritt, wenn sie von den seinen abweichen. Zu seinen Gunsten nehme ich an, manche meiner Gedankengänge versteht er lediglich nicht. Für mich zählt er zu der Sorte Mensch, die möglichst pünktlich Feierabend machen wollen, ihren Kindern beim Fangenspielen in der Wohnung zuschauen, ihre gutbürgerliche Behausung lieben und es sich am liebsten abends zwischen den Sofakissen, mit Pantoffeln an den Füßen, gemütlich machen. Es muss sich etwas ändern, ich weiß nur nicht, wie ich es anstellen soll."

„Was er sich wohl vom Leben verspricht, sind seine Erwartungen überhaupt kompatibel mit den meinen", fragt sich Eva währenddessen. „Habe ich selbst eine konkrete Vorstellung, von dem, was ich vom Leben erwarte"? Wenn sie ehrlich gegen sich selbst sein will, muss sie diese Frage verneinen. Laut antwortet sie: „Zürich hat eine ausgezeichnete Sprachenlernschule, die Berlitz School. Vielleicht bieten sie auch Schnellkurse an, man müsste sich erkundigen."

„Du bist ein Schatz. Gleich morgen werde ich mich informieren. Doch jetzt lass uns das Dessert bestellen. Wollen wir noch ein Schlückchen trinken und wenn, was?"

Es ist eine rhetorische Frage, denn inzwischen mit ihren Vorlieben vertraut, hat er gelernt, dass sie nach einem guten Essen ein Gläschen Rotwein liebt, die Auswahl jedoch gerne ihm überlässt. Eva nickt zustimmend und so bestellt er einen trockenen Visanto Chianti Classico.

„Zum Dessert?" Den fragenden Blick des Kellners beantwortet Franz mit einem amüsierten Lächeln. Was so mancher für eine geschmackliche Sünde hält, ist für Eva der Gipfel des Wohlgeschmacks und bewahrt sie angeblich vor Verdauungsbeschwerden jeglicher Art. Er hat sich nach den Whiskeyerfahrungen mit Hanna angewöhnt, Frauen niemals in geschmacklichen Fragen zu widersprechen, so wählt er für sich das Gleiche.

Kurze Zeit später wird ihm sein Wein zu Apfelküchlein mit sahniger Vanillesauce serviert, der Evas zu einer Süßmostcreme, die sie ihm beim ersten Besuch in dem Feinschmeckertempel als die Nachspeise mit dem angeblich geringsten Kaloriengehalt aller angebotenen Süßspeisen angepriesen hatte. Doch damals wie heute trotzte er ihren Überredungsversuchen und bleibt seinen geliebten Apfelküchlein treu.

Franz seufzt vor Wohlbehagen, die Apfelküchlein sind fluffig wie eine goldfarbene Wolke, und der Wein funkelt mit der Süßmostcreme um die Wette.

Als auch der letzte Bissen seiner Küchlein verzehrt ist, wischt er sich mit der kräftig gestärkten, noch immer blütenweißen Serviette den Mund, begutachtet mit schiefem Lächeln die spärlichen Spuren, die seine Lippen auf dem weißen Leinen hinterlassen, faltet die Serviette sorgfältig zusammen und platziert sie akkurat neben seinem Teller.

Ob sein Bedürfnis, die Stoffservietten möglichst schonend zu behandeln, mit dem Bild zusammenhängt, das sich aus den Tiefen seines Unterbewusstseins immer dann ans Tageslicht kämpft, wenn er mit dem Anblick verschmutzter weißer Wäsche konfrontiert wird? Das Bild seiner Mutter erscheint vor seinen Augen, wie sie Waschhelferinnen mit vom heißen Dampf hochroten Wangen und Armen zwischen den dampfenden Kesseln des großzügigen Waschraums im Untergeschoss des Wohngebäudes der Mühle hin und her dirigierte. Zwei Tage dauerte der wöchentliche Marathon des Wäschekochens in dem großen kupfernen Kessel, der seit Generationen die schmutzige Wäsche der Familie in sich aufnimmt, das kräfteraubende Schrubben auf einem fast mannshohen Waschbrett, bis endlich eine Waschmaschine die Arbeit erleichterte. Damals wie heute folgt der Waschorgie mehrstündiges Bügeln, dann das sorgfältige Wegräumen von Servietten, Bettwäsche und der verschiedensten Bekleidungsstücke in die Schränke.

Er jedenfalls hasst nichts mehr, als ein Stück Stoff ohne Not mit Saucenresten zu malträtieren oder gar die Serviette auf dem Tellerrand abzulegen und zu riskieren, dass sie mit Essensresten in Berührung kommt. Verwundert über die Beharrlichkeit seines Erinnerungsvermögens zieht er eine Augenbraue nach oben und versucht das Bild der Waschzuber, Wäscherinnen und Waschbretter seiner wenig glamourösen deutschen Heimat aus seinen Gedanken zu verdrängen. Es gelingt ihm nach einem Blick in die blitzenden Augen Evas, in denen das dringende Bedürfnis nach einem Espresso erkennbar ist. Er erfüllt den Wunsch.

Nach dem Espresso verlangt er nach der Rechnung, wirft einen kurzen Blick auf die Endsumme, überschlägt das Budget, das ihm für die letzten Tage des Monats noch zur Verfügung steht, und die Erleichterung ist ihm anzusehen. Als ihm sein Gehalt endlich erlaubte, die Welt aus der sicheren Distanz eines regelmäßigen Einkommens zu betrachten, so auch die mageren Gehälter des Bedienungspersonals, hat er sich angewöhnt, ein für seine Verhältnisse großzügig bemessenes Trinkgeld zu spendieren. Irgendwann zahlte es sich aus, wenn man sich nicht knausrig zeigt, ist er der festen Überzeugung.

Als sie das Restaurant verlassen, fühlt sich die Luft wie frisch gewaschen an. Eva stellt sich auf die Zehenspitzen und küsst ihn auf den Mund. „Ich bewundere deine Großzügigkeit, bleib immer so, wie du heute bist." Franz lächelt, es hat geregnet, die drückende Hitze des Tages ist gewichen, und seine gute Stimmung sucht einen Fanal. Soll er sie fragen, ob sie bereit für eine feste Beziehung ist? Sie könnte die Frage missverstehen, er will noch nicht vom Läuten der Hochzeitsglocken sprechen und verschiebt die Frage. Das Verhältnis steckt noch zu tief in den Kinderschuhen. Ein alter Hund trottet eine Weile schwanzwedelnd hinter ihnen her, die Zunge hängt ihm aus der Schnauze. Ob es der Geruch der Casa-Küche ist, der ihn anlockt? Franz verscheucht ihn mit einer Handbewegung.

Am nächsten Tag meldet er sich zu einem in zwei Tagen beginnenden Kurs für Wirtschaftsenglisch an. Glücklicherweise lenkt ihn an der Lehrerin, einer Frau mit stämmigen Beinen und kantigem Gesicht, das aschblonde Haar zu einem Knoten geschlungen, Tag für Tag in demselben Hosenanzug, der die ausladenden Hüften betont, kein Jota ab. So trägt der Kurs binnen kurzem reiche Früchte, und sein Englisch verbessert sich in so beachtlicher Geschwindigkeit, als hätte er einen Crashkurs absolviert. Tatsächlich geht es nach dem Ende des Kurses mit seiner Karriere unaufhörlich bergauf.

Von einer unscheinbaren, aber sehr versierten Angestellten der Firma lässt er sich in die geheimnisvollen Wege der Betriebsabläufe einweisen und lernt sie innerhalb kürzester Zeit beherrschen, was ihn lediglich ein nettes Lächeln, anerkennende Worte und eine Einladung in die Betriebskantine kostet. Gleichzeitig bildet er sein mageres studentisches Wissen über Kostenkalkulationen mithilfe eines Meisters weiter, der seit langem dem Unternehmen angehört. Der gebürtige Schweizer schmilzt wie Eis in der Sonne unter seinen lobenden Worten und hilft ihm fortan, wo er nur kann. Er selbst aber zieht daraus Lehren fürs Lebe: Wer an die Spitze eines Unternehmens gelangen und erfolgreich sein will, muss sich ein Netzwerk wohlgesonnener Mitarbeiter schaffen und der verdienten Leistung eines jeden Achtung zollen. Nicht zuletzt dank der Qualität der Angebote, für die er verantwortlich zeichnet, verkauft seine Firma in weniger als zwei Jahren zehn Turbinen nach Südafrika. Ein riesiger Schritt in die wichtigsten Märkte des afrikanischen Kontinents ist damit geglückt.

Dann kommt ihm der Zufall zu Hilfe. Nach erfolgreichem Abschluss der Verträge ist absehbar, dass für den Bau der ersten Anlage ein längerer Aufenthalt eines mit der Sache vertrauten Ingenieurs am Ort des Geschehens unverzichtbar ist. Für die Aufgabe ist der Assistent der Geschäftsleitung vorgesehen, der jedoch einen längeren Auslandsaufenthalt mit Rücksicht auf seine Familie kategorisch ablehnt. Franz sieht sich seinem Ziel nähergekommen und schreibt einem Freund in Deutschland:

„Für Menschen, die sich mit einmal erworbenem Erfolg auf Dauer zufriedengeben, hat das Leben seinen Sinn verloren, ohne dass sie sich dessen bewusst sind, für mich ist das die Chance meines Lebens. Südafrika, einen schöneren Auslandsaufenthalt kann ich mir nicht vorstellen."

Als Junge hat er sich keinen der Reisefilme des Filmpioniers und Großwildjägers Hans Schomburgk entgehen lassen und die in seinem bekanntesten Werk „Wild und Wilde im Herzen Afrikas" niedergeschriebenen Erlebnisse verschlungen. Eigentlich als Tierfänger für zoologische Gärten ins Land gekommen, hatte sich der Abenteurer als aufmerksamer Beobachter der Wildnis und Buchautor schnell einen Namen gemacht, den fortschreitenden Wandel Afrikas auf Zelluloid gebannt und den afrikanischen Kontinent zu Franz' Traumziel werden lassen.

Und jetzt soll sich ihm, einem unwichtigen Jungingenieur, geboren in einem ebenso unwichtigen Städtchen der Pfalz, in Kürze der Traum seines Lebens erfüllen, sollen sich die Knoten der Fesseln lösen, die ihn noch immer mit seiner Heimat und der Monotonie eines Lebens auf dem europäischen Kontinent verbinden. Nur ein Quäntchen Glück braucht es noch, dann wird es ihm gelingen, seine Vorgesetzten davon zu überzeugen, dass nur er der richtige Mann für Afrika ist.

Und das Glück bleibt ihm treu: Nach einer Woche hält er die Unterlagen für seinen Auslandsaufenthalt und den Entwurf seines neuen Arbeitsvertrags, der keine Wünsche offenlässt, in Händen.

Der Wermutstropfen im sonst so süßen Getränk aber ist Eva, der er seinen Erfolg noch nicht zu erzählen gewagt hat. Gestern noch überzeugt, dass die junge Frau zu seinem wichtigsten Projekt werden könnte, durchlebt er nun das Erodieren seiner Bedeutsamkeit, kaum dass er das unterschriebene Papier in Händen hält. Schweren Herzens kündigt er seinen Besuch an und wagt sich am nächsten Abend in die Höhle der Löwin.

Als er mit betretenem Gesicht Evas Wohnung betritt und sie die Flasche Veuve Clicquot entdeckt, die er in der Hand hält, sieht er am Blick ihrer Augen, dass sie bereits ahnt, dass sich etwas ereignet haben muss, von dem Franz nicht weiß, wie er es präsentieren soll.

Er küsst sie zaghaft, befreit dann die Flasche aus der platinfarbenen Kühlmanschette, öffnet sie und gießt das noch erstaunlich gut gekühlte Getränk in zwei der Sektschalen, die auf dem kleinen Barwagen immer bereitstehen. Dann stößt er mit ihr an und zieht nach dem ersten Schluck den unterschriebenen Vertrag aus der Tasche. Einen kurzen Augenblick scheint sie vom prickelnden Aufsteigen der Bläschen so gefesselt zu sein, dass das Schriftstück sie nicht interessiert. Doch wenig später verraten ihre Augen die negativen Emotionen, die sie mit Macht überfallen haben, als sie seine Unterschrift unter dem Vertrag erkennt. Sie beherrscht sich, zwingt sich ein Lächeln ins Gesicht.

Tatsächlich ist sie tief enttäuscht. Zwar hat er sie über den Inhalt seiner Visionen nie getäuscht, hat sie zu Beginn ihres Verhältnisses in seine Zukunftspläne eingeweiht, und wenn er diese jetzt realisieren will, ist seine Entscheidung nur konsequent. Doch dass er den Vertrag vor seiner Unterschrift nicht mit ihr besprochen hat, kränkt und verletzt sie. Ist sie enttäuscht, weil sie dies als Indiz ansieht, dass sie keine große Rolle in seinem Leben spielt, oder ist es eher die Tatsache, dass er als Heiratskandidat nicht mehr zur Verfügung stehen wird, obwohl sie selbst noch nicht weiß, ob sie ihn überhaupt hätte heiraten wollen? Sie weiß es nicht, nur eines ist gewiss: Die Tausende von Kilometern, die sie trennen, werden ihre noch junge Liebe töten, da macht sie sich keinerlei Illusionen.

Inzwischen hat Franz es sich auf dem zierlichen Sofa, auf dem er am liebsten sitzt, wenn er Eva besucht, bequem gemacht, die Schuhe ausgezogen und genießt die Wärme des Holzbodens unter seinen Füßen, der sich anfühlt wie der Rücken einer Katze. Der seltsame Vergleich bringt ein Lächeln in sein ernstes Gesicht und verschafft ihm neue Zuversicht. Es wird ihm gelingen, Eva zu versöhnen. Er rückt seinen Körper in eine bequeme Haltung, beugt sich vor, stützt die Ellenbogen auf die Knie, sodass seine Augen den ihren ganz nah kommen. Er muss endlich den Sprung ins kalte Wasser wagen und die Frage stellen, deren Konsequenzen er seit Tagen abgewogen hat. Nur sie kann den gordischen Knoten lösen und Evas Stimmung mit einem Schlag verbessern. Er räuspert sich, zieht die Widerstrebende an sich:

„Könntest du dir vorstellen, dass du mich begleitest, oder ist dir ein derartiges Wagnis zu riskant?"

Doch ihre Reaktion war eine andere als die, die er erwartet hat. Es war, als ob ihr Körper sich unter seiner Frage duckte, als ob ihr vor der eigenen Antwort bange sei. Er versucht ihr Mut zuzusprechen: „Du musst keine Rücksicht auf meine Befindlichkeiten nehmen, es geht hier schließlich um deine Zukunft."

In Evas Kopf jagen sich die Gedanken. Ein Glück, dass er von ihren Gefühlen keine Ahnung hat, dass er nicht ahnt, wie sehr es in ihr brodelt. Sie reißt sich zusammen, setzt mühsam ein nichtssagendes Lächeln auf, schiebt die Hände unter die Oberschenkel, sonst eine der Angewohnheiten, aus den Fingern die Kälte zu vertreiben. Sie strafft die Schultern, und Franz erkennt im selben Augenblick, dass sie mit ihrer Selbstbeherrschung nahezu am Ende ist. Und schon brechen die Worte auch schon fontänengleich aus ihrem Mund:

„In diesem Punkt kann ich dir nur zustimmen. Wir kennen uns eine zu kurze Zeit, um eine für meine Zukunft so weitreichende Entscheidung Hals über Kopf zu treffen. Immerhin verlöre ich meinen Arbeitsplatz.

Sie versucht sich zu beruhigen, zieht die Hände wieder unter den Oberschenkeln hervor, wippt nervös mit den langen Beinen, schlägt sie übereinander und das Wippen verlagert sich auf ihren Kopf, der unaufhörlich zu nicken beginnt, als wolle er die Worte des Mundes bestätigen.

Beschwichtigend streicht er ihr über das Haar: „Du musst dich nicht heute entscheiden, auch ich will, das wirst du verstehen, keine vorzeitigen Konsequenzen ziehen, was unsere Beziehung betrifft. Wer weiß schon, was das Leben für Pläne mit uns hat und ob ich meiner neuen Aufgabe gerecht werden kann? Aber wir bleiben in Verbindung, selbst wenn du mich nicht begleiten willst." Er beobachtet ihre Reaktion, doch jetzt zeigt ihr hübsches Gesicht keinerlei Regung mehr.

Zögerlich erhebt er sich. „Es ist Zeit zu gehen. Unser Personalchef hat mich für heute Abend zu einem Gespräch einbestellt", greift nach seinem Autoschlüssel und drückt einen Kuss auf ihren Scheitel. Der aus dem Haar aufsteigende Duft ist betörend, noch immer weiß er nicht, welches Shampoo sie verwendet. Sie hütet dessen Namen wie ein Geheimnis. Ob er den Duft je vergessen kann?

Eva hält ihn nicht zurück, hört, wie er die Tür hinter sich schließt, leise, langsam und nachdrücklich. Bevor es der Traurigkeit gelingt, die Oberhand im Streit der Gefühle zu gewinnen, schaltet sich die

Vernunft ein und sammelt Argumente: Mag sie ihn wirklich so sehr, dass sich ein gemeinsames Leben nicht irgendwann in ein Korsett für sie verwandeln wird, ihm aber alle Freiheiten belässt? Ein Leben in Südafrika fordert Gefolgschaft. Sie ist dort ohne eigenes Einkommen und von ihm abhängig. In eine solche Situation, so hat sie sich schon als Teenager geschworen, darf sie niemals geraten.

„Du kennst dich und deinen Eigensinn", findet die Vernunft ein letztes Argument und weist der Wehmut endgültig die Tür. Eine Beziehung auf einer solchen Basis hat keinerlei Zukunft.

Mit einem Mal war es, als falle eine Last von ihren Schultern, als wüchse ein zwiespältiges Gefühl von Dankbarkeit und Erleichterung aus dem Meer der Traurigkeit. Durch die bevorstehende Trennung muss sie niemals erfahren, ob sie dem Mann an ihrer Seite vielleicht überdrüssig wird oder gar er ihr, weil er Gewohnheiten zu entwickeln beginnt, die sie stören. Die Trennung verschafft ihrem Leben die Gelegenheit, die gemeinsam verbrachte Zeit der Liebe in seinen Annalen zu verewigen. Geschichtsklitterung oder Retusche, zurück bleibt ein schönes Gemälde, sie aber kann einen neuen Lebensabschnitt beginnen.

Nachdem Franz das Gespräch mit seinem Vorgesetzten beendet hat, schreibt er in einem Brief an Uli, seinen besten Freund und, wie er sich sicher ist: heimlichen Verehrer Hannas: „Eva wird mich nicht nach Johannesburg begleiten, bin ich mir sicher. Noch weiß ich nicht, ob diese Weigerung Gutes oder Schlechtes zur Folge haben wird, empfinde jedoch eine gewisse Erleichterung, denke ich an meine Erlebnisse mit Hanna zurück. Wäre sie mir in die Schweiz gefolgt, hätte ich Eva nie kennengelernt, und war die Begegnung mit ihr nicht das Beste, was mir widerfahren konnte?" Er reflektiert das Geschriebene für eine kleine Weile und spürt seinen Gefühlen nach. Ob seine Trennung von Hanna Uli etwa Chancen bei seiner ehemaligen Verlobten eröffnet hat? Ein schiefes Lächeln tritt in sein Gesicht. Er schämt sich, dass er sich diese Frage überhaupt stellt und merkt wenig später, dass der letzte Rest Wehmut über die Trennung von Eva bereits erloschen ist, als er den Brief in den Briefkasten steckt.

Nachdem die Reisevorbereitungen abgeschlossen sind, will er sich zum Abschied von Europa ein paar Tage Ferien am Luganer See gönnen und sich in ein kleines Hotel mitten in einem malerischen Dörfchen am Fuße des Monte Brè einmieten. Urbanes Leben unter Fischern, ein Quartier in seinen schmalen Gassen und alten Gemäuern, untereinander verbunden durch unzählige Treppen, versprechen Entspannung und Genuss, so hatte er sich den Kurztrip jedenfalls vorgestellt. Doch seine Erwartungen werden enttäuscht. Vor einem halben Jahrhundert von Mantegazzi komponiert, dröhnt zu jeder Tages- und Nachtzeit aus den Bars, Osterias und Enotecas Gandrias der gleichnamige Marsch, sodass er nicht nur der Musik, sondern dem ganzen Dorf überdrüssig ist, als Uli und Hanna ohne Vorankündigung in Zürich eintreffen.

Hannas Frage, ob sie ihn auf seinen Kurzurlaub in der Schweiz begleiten dürfe, hatte in Uli zwiespältige emotionale Reaktionen ausgelöst. Es stellte sich ihm die Frage, was wohl der Zweck des Vorhabens sein könnte. Ob ihr etwa nicht bekannt ist, dass Franz die Trennung längst verkraftet hat und bereits in einem anderen Revier jagt, fragte er sich. Dann ist es wohl besser, sie bildet sich schnellstmöglich ein eigenes Urteil über den Stand der angeblich auch für sie beendeten Beziehung. Bei diesem Fazit seiner Überlegungen angekommen, willigte er in ihre Begleitung ein.

Im Foyer des Escher-Wyss- Gebäudes in Zürich angekommen, werden sie von einer distanziert-freundlichen Empfangsdame begrüßt. Beim Anblick der eloquenten, sehr gutaussehenden jungen Frau durchfährt es Hanna wie ein Blitz aus heiterem Himmel: Sie steht ihrer Nachfolgerin gegenüber.

Ob sie auf der Stelle kehrt machen soll, ist ihr erster Gedanke. Dann aber überwindet sie den Fluchtreflex, sammelt alle Kräfte zu einem tapferen Lächeln. Die junge Frau, die sich ihnen als „Eva" vorstellt, trägt am allerwenigsten Schuld am Scheitern der Verlobung. Sie wird ihr mit Freundlichkeit entgegenkommen.

Uli lässt Hanna nicht aus den Augen, registriert mitleidig ihr angestrengtes Bemühen, Haltung zu bewahren. Auch er hat die Neue, die selbst schon bald die Verflossene sein wird, ist er sich sicher, heute zum ersten Mal zu Gesicht bekommen. Sie ist das krasse Gegenteil der blonden Hanna, und er muss zugeben, Franz hat in seinen Briefen nicht untertrieben, was deren Aussehen betrifft. Die kastanienbraunen Haare, das perfekt gestylte Äußere, die großen blauen Augen und die zierliche Gestalt hätten jedem, der vor die Wahl gestellt würde, die Entscheidung schwer gemacht, für welche der beiden hübschen Frauen er sich entscheiden sollte.

Doch so attraktiv die junge Frau auch ist, er steht auf der Seite von Hanna, mit der ihn seit Jugendtagen, wenn auch zu seinem Bedauern, nur eine platonische Freundschaft verbindet. Solange sie sich auch schon kennen, hat er in den Jahren nur ihre gelegentlich störrische Art kennengelernt, hat teilgenommen an den Zweifeln, was ihr Verhältnis mit Franz betrifft, kennt den Anblick der Melancholikerin, die in der Clique stumm vor ihrem Glas sitzt, wenn dieser wieder abgereist ist. Heute demonstriert sie ihm das Bild einer selbstbeherrschten Frau, die im Kampf widerstreitender Gefühle den Sieg davontragen will. Man lernt einen Menschen nie vollständig kennen, bestätigt sich ein weiteres Mal, denkt er verblüfft.

Tatsächlich gelingt den beiden jungen Frauen ein freundlicher Smalltalk. Wäre er ein unbefangener Betrachter, hegte er keinerlei Zweifel daran, dass sie sich sympathisch finden. Ob die Freundlichkeit der Begegnung vielleicht nur eine vorgetäuschte ist? Für diesen Fall erlebte er nicht zum ersten Mal mit, mit welcher Perfektion das weibliche Geschlecht Gefühle zu verbergen versteht, wenn es das eigene Ego schützen will. Das Lied des Herzogs von Mantua aus Verdis Rigoletto fällt ihm ein, in dem dieser über die trügerischen Frauenherzen klagt, beginnt die Melodie leise zu pfeifen und erntet prompt einen strengen Blick Hannas. Er stellt das Pfeifen ein.

Währenddessen hat Eva Franz in Gandria am Telefon erreicht, berichtet ihm von seinem unerwarteten Besuch und sie erkennt sofort, dass er mit der Entwicklung unzufrieden ist. Eigentlich hatten sie seine letzten Tage in Europa gemeinsam in dem kleinen Dörfchen verbringen wollen, doch ihr Urlaub für dieses Jahr war verbraucht. Zu ihrer Enttäuschung änderte Franz seine Pläne nicht und sie würde lügen, wenn sein Entschluss, auch ohne ihre Begleitung zu fahren, ihr gefallen hätte. Als ob er leibhaftig vor ihr stünde, sieht sie, wie er am anderen Ende der Leitung nervös das Taschentuch in seiner Hosentasche zerknüllt und unschlüssig, was zu tun sei, von einem Fuß auf den anderen tritt. Ein schadenfrohes Lächeln tritt ihr ins Gesicht, dann fühlt sie sich beobachtet und setzt wieder die gewohnte, professionelle Miene auf. Schnell weist sie den Deutschen den Weg zur Cafeteria und verspricht, sie dort wieder abzuholen, wenn ihre Arbeitszeit zu Ende ist.

Als Hanna mit Uli den Fahrstuhl zur Cafeteria betritt, weiß Hanna, dass eine Ära unwiderruflich zu Ende gegangen ist, und mit jedem ihrer Schritte fällt ein Stück Nervosität von ihr ab. Der Besuch hat seinen Zweck erfüllt, der Ausstieg aus dem Sabbatical der Liebe ist geschafft, sie hat die Prüfung gemeistert. Wenn sie wieder zu Hause ist, wird sie nie mehr darüber nachdenken müssen, ob die Entscheidung, Franz damals nicht in die Schweiz zu folgen, die richtige gewesen ist. Vor dem Verlassen des Fahrstuhls fährt sie sich mit dem Stift über die Lippen, setzt ein Lächeln in ihr Gesicht und hakt sich bei dem Freund unter. Uli hat das wunderliche Bedürfnis, sie an sich zu ziehen, ihren Kopf an seine Schulter zu drücken und sie zu trösten. Doch eine seltsame Scheu hält ihn davon ab. Wer kann schon wissen, zu welchen Verwicklungen die ungewohnte Nähe führen würde.

Sie aber durchströmen längst andere Gedanken. Noch immer gibt es den treuen, beständigen Verehrer in der Heimat, den Mann, von dem sie weiß, dass er sie vorbehaltlos liebt. In seinen Armen wird sie in Sicherheit sein. Sie muss ihn nur überzeugen, dass sie niemals wirklich etwas für einen anderen Mann empfunden hat, dass alles nur eine Rolle gewesen war, die sie für eine Weile gespielt, jetzt aber abgelegt hat, dass es nichts zu bereuen gibt.

War die Beziehung mit Franz nicht längst erodiert, als er in die Schweiz ausgewandert ist? Erodiert wie die Felswände, an denen sie vorbeigefahren sind und an deren Fuß sich Felsklumpen und Steine nach dem Weg nach unten angesammelt hatten. Seine Begegnung mit Eva war der Bergrutsch gewesen, der ihre Beziehung endgültig zerstörte.

Sie wird an der Seite ihres langjährigen Freundes aus der Heimat und in einer vertrauten Welt ihre Kinder in die Welt setzen, ein Haus bauen und in ferner Zukunft ihren Lebensweg friedlich zu Ende bringen. Ein letzter Rest Wehmut fällt von ihr ab wie ein lästiges Tuch.

Währenddessen jagen sich hinter Franz Stirn diffuse Fragen. Will seine Verflossene eine kalte Suppe aufwärmen? Dazu war es längst zu spät. Schließlich siegt der Verstand über seine Zweifel. Er muss ihr nur deutlich genug beibringen, dass er nach Südafrika auswandern wird und dass das Ganze keine vorübergehende Angelegenheit bleibt. Um Eva muss er sich keine Sorgen machen, sie ist im Vergleich zu Hanna wie ein Ozean neben einem Glas Wasser, wie ein Urwald, neben einem Garten Eden, hinreißend und unbändig. Sie würde ihn schnell vergessen haben.

Er kündigt sein Zimmer, packt seine Sachen, schließt die blauen Lamellenläden vor dem weit offenstehenden Fenster, durch die dennoch die Hitze beharrlich in den Raum einzudringen versucht, zahlt seine Rechnung. Ein schmächtiger, flinker Diener mit Schnurrbart trägt ihm die Koffer zum Auto, und er befindet sich wenig später auf dem Weg nach Zürich.

Als Franz zwei Wochen später die MS Afrika, ein Schiff der Reederei Lloyd Triestina, betritt, ahnt er nicht, dass mit ihm eine junge Frau reisen wird, die zur Frau seines Lebens werden soll.

Jennifer

Die dritte Generation der Nachkommen Williams, Jennifers im letzten Drittel des 19. Jahrhunderts ausgewanderter Urgroßvater, Sohn einer auf der Halbinsel Cornwall ansässigen Müllerfamilie, gehört inzwischen zur oberen Gesellschaftsschicht Johannesburgs, wo deren derzeit letzter erwachsener Spross, Jennifers Vater, die Farm erworben hat, auf der sie mit drei Geschwistern lebt.

Nooitgedacht, ein stattliches, zweiundzwanzig Hektar großes, ungefähr eine Autostunde von Johannesburg entferntes Landgut am Kap, liegt an einer der schönsten Stellen des fruchtbaren Tals mitten in einem riesigen Gebiet, das von den hohen Gipfeln der Drakensberge bis zur Kalahari beidseits des Flusses Vaal reicht. Auswanderer aus Europa annektierten das Reich des legendären Königs Shaka Zulu, das größenmäßig keinen Vergleich mit dem des Napoleon scheuen musste, zuerst als Kolonie für die holländische, dann für die englische Krone und machten es für ihre Zwecke urbar.

Auf der Farm gedeiht in üppiger Fülle, was der große Haushalt zum Leben braucht und was die Extreme der Natur erlauben. In einer wenige Meter vom Haus entfernten Senke, mitten im dichten Bewuchs aus Luzernen, deren tiefgründiges Wurzelwerk die Pflanze auch Dürreperioden überleben lässt, sammelt ein kleiner Teich das Wasser der Regenzeit, mit dem man Pferde, Kühe und die Beete tränkt, die von vier schwarzen Landarbeitern und zwei schwarzen Hausmädchen versorgt werden, die in bescheidenen, sauberen, von Jennifers Eltern gebauten Häusern entlang der Straße zum Herrenhaus leben. Hinter dem Lilablau der meterhoch wachsenden Blüten der Luzerne strahlt das Weiß der sorgfältig getünchten Ställe und wie eine Feuerinsel brennen zahllose Blüten der afrikanischen Ringelblume in der ansonsten nur von Bäumen und Sträuchern unterbrochenen Leere der Landschaft in einem verschwenderischen Orange. Ein wahres Paradies für Kinder und alle, die dort leben.

Jennifers Familie führt fern jeglichem staatlichen oder politischen Einfluss ein nahezu autarkes Leben auf dem weitläufigen Anwesen. Nur der Umstand, dass der Hausherr sein Geld im fünfzig Kilometer entfernten Johannesburg verdient, macht den Kontakt des kräftigen, schwarzhaarigen Mannes mit der Gesellschaft und einem System, mit dessen Vorschriften er nur in wenigen Punkten einverstanden ist, nicht gänzlich unvermeidlich.

Jahre später und in einer anderen Zeit wird Jennifer mit der Cousine ihres verstorbenen Mannes die Stätte der Kindheit ein letztes Mal besuchen. Die Farm ist verkauft, die Blumen sind verschwunden, der Badeteich mit Schilf zugewachsen und kaum noch sichtbar, das Haus, jetzt von Schwarzen bewohnt, hat sein schönes Gesicht verloren und ist zu einer hässlichen Fratze geworden, auf einem Teil des Geländes zerstört eine Betonfabrik die frühere Idylle. Nichts bleibt wie es war, auch die Erinnerung nicht. Ihre Schönheit schwindet dahin wie der Hauch des Atems auf einer Spiegelfläche, denkt sie zutiefst enttäuscht.

Jennifers Eltern, beide englischstämmig, hatten sich während des Zweiten Weltkrieges in Athen kennengelernt. Dort war der bei einem Einsatz in Italien verletzte Spitfire Pilot von seiner späteren Frau, einer im englischen Yorck geborenen Krankenschwester, gesund gepflegt worden, hatte sich auf den ersten Blick in die dunkelhaarige, hübsche junge Frau verliebt und mit seinem gewinnenden Lächeln ihre Zuneigung im Sturm erobert. Im Laufe der weiteren kriegerischen Entwicklung versetzte man das Sanitätspersonal nach Kreta und ihn nach Alexandria, sodass sie sich in den Wirren des Krieges aus den Augen verloren und Jennifers Mutter nicht an ein Wiedersehen glaubte.

Nicht so ihr Vater. Nachdem seine Verletzungen leidlich verheilt und seine Gesundheit wieder annähernd hergestellt war, was seinen baldigen Wiedereinsatz unmittelbar bevorstehen ließ, suchte er jede freie Minute sämtliche Militärkrankenhäuser Griechenlands nach seiner Angebeteten ab, bis er sie schließlich wiederfand. Kurz darauf schlossen sie den Bund der Ehe und feierten unter einem mächtigen Olivenbaum ein bescheidenes Fest im kleinen Kreis der Kameraden, dessen Höhepunkt im Genuss knuspriger gebratener Hähnchen bestand, die sie in mühevoller, geduldiger Handarbeit auf dem Spieß eines Behelfsgrills gedreht hatten. Und über allem ein blauer und grüner und weißer Himmel. Gott als Maler, unter einem solchen Gemälde kann man ein schöneres Hochzeitsfest nicht erleben", fügte ihr Vater in schöner Regelmäßigkeit seiner Geschichte an, die Jennifer so oft gehört hat, dass sie es nicht mehr zählen kann.

„Dann tranken wir ungekühlten Retsina am Feuer, genossen die herbe Süße der griechischen Nacht und den würzigen Duft der von einem lauen Wind in die Glut gewehten Olivenbaumblättchen." Wie jedes Mal schloss er genießerisch die Augen und ließ das Ende des Abends offen.

Am nächsten Tag habe er seinen Eltern per Funk mit lakonischen Worten lediglich mitgeteilt, dass er eine Überraschung nach Hause bringen werde, freut er sich noch heute über seinen Einfall, der die Eltern in monatelanger Ungewissheit über die Person seiner Auserwählten ließ.

Jennifer bezweifelt den Wahrheitsgehalt seiner Erzählung nicht, sie passt zu dem vom Krieg geformten starken Charakter des Vaters.

„Das Leben hat mich vom Philanthropen zum Misanthropen verwandelt, der Krieg formt aus den Menschen andere Charaktere, ob man will oder nicht", versuchte er seinen Kindern mit einprägsamen Worten seine Weltanschauung nahezubringen, als er befand, sie hätten die nötige Reife erreicht und fügte zugleich eine Warnung an: „Ihr müsst gewappnet sein, nichts wird sich grundlegend ändern. Die Welt ist eine Bühne, auf der die Geschichte Regie führt und die Ereignisse der Vergangenheit, lediglich in andere Gewänder gekleidet, immer wieder aufs Neue aufführen lässt. Gut möglich, dass auch ihr einen Krieg erleben werdet, wenn auch vielleicht eine ganz andere Art als jene, die man aus der Vergangenheit kennt. Seid also auf der Hut."

Seine Worte klangen ihnen wie Drohungen in den Ohren, weckten Angst vor der Zukunft. Doch noch heute wagt keines der Kinder nachzufragen oder ein Wort des Widerspruchs, wohl wissend, dass er Widerreden hasst.

„Diskussionen führen zu nichts, sind eine Art kabarettistische Demonstration der meist nur eingebildeten Wichtigkeit der Diskutanten, vermögen wenig zu bewegen, wenn sie über ein Thema geführt werden, für das ich mir nach reiflicher Überlegung meine eigene Meinung gebildet habe."

Vielleicht ist in seinen Vorhersagen auch ein wahrer Kern, und ihnen fehlt es lediglich an genügend Lebenserfahrung, um deren Richtigkeit zu erkennen, ist das Credo der Resignation ihres Verständnisses. Schließlich beweisen seine Erfolge bei allem, was er unternimmt, seine Überlegenheit.

Dank des Augenmaßes seiner geschäftlichen Aktivitäten verfügt er über ein einflussreiches Netzwerk von Kontakten. In redseligen Momenten vergleicht er sein Agieren „mit der Kunst eines Jongleurs, der das Spiel seiner Bälle beherrscht." Seine Agentur floriert und seine Familie profitiert von seinem Ruf und dem durch seine Tüchtigkeit erwirtschafteten Wohlstand.

Sein Personal behandelt er korrekt, wenn es ordentliche Arbeit macht. Auch lässt er den Menschen seines privaten Umfelds die Freiheit zu leben, wie sie es wünschen, vorausgesetzt, sie bewegen sich innerhalb moralisch bewährter Grenzen, deren Definition ausschließlich er bestimmt.

Nicht, dass Jennifer sich keine Gedanken über die ausschließlich schwarzen Beschäftigten auf der Farm machte, die sich offensichtlich mit einem Leben am Existenzminimum, jedoch bei freier Kost und Logis, zufriedengeben. Doch sie stellt keine Fragen, zumal es den Anschein hat, als ob die Schwarzen das Leben auf der Farm ihres Vaters als das Bestmögliche betrachteten, das sie erreichen konnten.

„Unsere Arbeiter sind offensichtlich zu der Überzeugung gelangt, dass ein Leben und Arbeiten bei ihresgleichen ein ungemütlicheres Dasein ist als das unter uns Weißen. „Haben die ehemaligen Leidensgenossen eine Position erreicht, die sie über andere herausragen lässt, erwacht in den Emporkömmlingen leider allzu oft eine ausbeuterische Mentalität. Mit fatalen Folgen für die Arbeiter", erzählt man sich auf der Farm. Und dies ist auch die Überzeugung des Vaters.

Die Disziplin, die er von seinem Personal erwartet, verlangt er auch seinen Kindern ab.

Ihre musikalische Erziehung überwachte er persönlich, ein Grund, warum Jennifer mit dem schwarzlackierten Flügel, der in der Diele des zweistöckigen Hauses der Eltern eine prominente Stelle einnimmt, anfänglich eine innige Abneigung verband.

Von der Galerie in der ersten Etage, die zu den Schlafräumen führt, verfolgte er das tägliche Üben, quittierte mit einem Schlag des von seinem Großvater ererbten schwarzen Stockes auf das dunkle Holz des Geländers jeden nicht korrekt gespielten Ton. Doch als den Kindern das Üben in Fleisch und Blut übergegangen war, wurde der Flügel zu einer Art Freund. Die Konsequenz ihres Vaters hat sie zu leidlich guten Spielern gemacht.

Als sie das Lesen beherrschte, lernte sie in ihren Büchern Shaka Zulu, den legendären, hochgewachsenen König der Zulus, kennen und verglich seine Taten insgeheim mit den Abenteuern des Vaters im Krieg, dem man die waghalsigsten Unternehmungen nachsagte und an dessen hohen Auszeichnungen der Wahrheitsgehalt der Geschichten unschwer nachvollziehbar ist.

Doch solche mentalen Eskapaden behielt sie besser für sich, denn über die Taten des mehr als umstrittenen Schwarzen ist unter der weißen Bevölkerung längst das Urteil gefällt. Dort wird, auch wenn das Wort Zulu Himmel bedeutet, in seiner Person nur das unmenschliche Wesen gesehen, das zu den grausamsten Untaten fähig gewesen war.

Für Jennifer aber blieb er lange der glorreiche Held, und bis ihre Kindheit in Nooitgedacht zu Ende ging, schlug im Patio, ihrem Lieblingsplatz nahe dem Esszimmer, die Fantasie des Mädchens Kapriolen. Das Holz einer lebensgroßen Statue in der Ecke hatte in ihren Augen die Farbe der ebenholzfarbenen Haut seiner hünenhaften Gestalt, in den Trauben des sich an der Wand hochrankenden Rebstocks an der Südseite des Patios glaubte sie seine seltsam-pastellblauen Augen flimmern zu sehen. Mit der Zeit aber lernte sie auch die andere, blutige Seite des schwarzen Königs kennen, und in den dicken, tiefroten Trauben zwischen dem dunklen Laub der alten Rebe sieht sie jetzt, da sie älter geworden ist, die Ströme von Blut, die dank seiner Befehle geflossen sind, weil seine Krieger ihm sogar die Seele opferten, wenn er sie von ihnen forderte.

Weshalb wurde aus einem Mann, dessen glänzende, schwarze Schönheit und Klugheit auch heute noch in den Erzählungen der Schwarzen gerühmt wird, ein Individuum, das zu all den Grausamkeiten fähig gewesen ist, die ihm die Geschichte zuschreibt, fragt sie sich. Ob Böses sich ohne Ende fortsetzt, weil eine höhere Macht Unrecht und Morde, begangen an einer Vorgängergeneration, mit ebenso bösen Taten der Nachfolgegeneration rächt? Doch wo soll sie auf diese Frage eine Antwort finden?

Jennifer verfolgt vom Fenster des Esszimmers aus dem taumelnden Flug der von reicher Ernte schwerfällig gewordenen Bienen, die es sich an den Blütenblättern des Rebstocks, übervoll mit Blütenstaub, gütlich tun. Jede von ihnen dient einer größeren Sache, dem Überleben des eigenen Volkes, duldet unzählige andere neben sich, lebt mit ihnen in friedlichem Miteinander. Weshalb gelingt den Menschen nicht Ähnliches? Es wird sich auch auf diese Frage keine Antwort finden lassen.

Dann sieht sie vom Fenster des Esszimmers aus Zeolani, das jüngere der beiden Hausmädchen, an der Spüle der Küche nadelförmige Blätter und kleine Zweige des Roiboosstrauches für den Nachmittagstee richten.

Die gebräunte, gelblich schimmernde Haut, das breite Gesicht mit seinen hervorstehenden Backenknochen, die vorgewölbte Stirn und die angewachsenen, dreieckig geformten Ohrläppchen, die geringe Größe und der auffallend hervorstehende Fettsteiß des Gesäßes des Mädchens, weisen es unzweideutig als Nachfahrin der Buschleute, der San aus.

Zeolani schichtet die roten Blätter des aus den Cedarbergen des südwestlichen Teils Transvaals stammenden Honigbaums, wie man den Roiboosstrauch gelegentlich nennt, locker in das große Sieb der gläsernen, breitbauchigen Glaskanne ein, von der es ein Wunder ist, dass sie noch keine Schäden aufweist. Im Allgemeinen teilt jede Kanne über kurz oder lang das Schicksal ihrer Vorgängerinnen, sie geht spätestens nach vier Monaten zu Bruch. Die Kanne aus massivem, getriebenem Silber, ein Erbstück des Urgroßvaters, hätte den ungeschickten Bemühungen Zeolanis besser Stand gehalten, denkt Jennifer. Doch diese prunkt nutzlos auf der massigen Anrichte im Esszimmer. Von ihrem Vater wie ein Schatz gehütet, wird sie nur an jenen Sonntagen benutzt, an denen er selbst den Tee zubereitet.

Jennifer sieht, dass das Mädchen in der Pause zwischen den Aufgüssen immer wieder aus dem Fenster starrt, und neugierig geworden, schleicht sie sich zur Küche. Ihr unerwartetes Auftauchen lässt Zeolani erschrocken zusammenzucken, doch als sie Jennifer erkennt, deutet sie lachend auf zwei afrikanische Spatzenvögel, die auf dem satten Grün des englischen Rasens, der sich am Wohnzimmerfenster entlang bis zu den Küchenfenstern zieht, ein wildes Spiel treiben. Mit hochgestelltem Hinterteil, die goldfarbene Unterseite des Bauches in der Luft gereckt, zanken die beiden Vögel um eine fette Endlosschraube, die sie sich als Spielzeug auserkoren haben. Dann, als der Leib der grünen Made endlich auseinanderreißt und die Beute verteilt ist, verlagert sich ihr spielerischer Kampf auf die ohnehin von Vogelkot befleckten steinernen Locken einer der Statuen des Brunnens vor dem Küchenfenster.

Es hatte eine Weile gedauert, bis Zeolani glaubte, dass Jennifer keine Vorurteile hegt, sondern sich brennend für die Geschichte des Volkes der San und der Hottentotten interessiert.

Als Zeolani eines Tages erzählte, dass den Frauen ihres Volkes das ausladende Gesäß auf den langen Wanderungen ihres Stammes als Sitz für die Kleinkinder dient, um den Rücken zu schonen, gab diese eine Antwort, die sie glücklich machte: „Die Geschichte Eures Volkes ist die Geschichte kleinwüchsiger schwarzer Jäger und Sammler, die tausende Jahre lang das Land besiedelten, ein genügsames Leben lebten, bis sie von den Zulus in unwegsame Gegenden vertrieben worden sind. Ein Urteil über das Aussehen eines Menschen ist niemals objektiv, sondern eine Frage des persönlichen Geschmackes und der Erfordernisse ihres Lebens. Vielleicht ist der noch immer ausladende Hintern mancher Buschmannfrauen nicht nur nützlich, sondern sichert als eine Art Sexsymbol auch heute noch das bedrohte Überleben des Stammes." Von diesem Tage an waren die beiden Mädchen Freunde.

Der Kampf der Vögel ist beendet, Zeolani widmet ihre Aufmerksamkeit wieder der Kanne, stellt den Filter in die Spüle, streicht sich durch das schüttere Haar, das in vereinzelt stehenden Büscheln zwischen ansonsten kahlen Stellen ihren Kopf bedeckt. Als sie ansetzt, eines der krausen Büschel mit den Fingern zu entwirren, weiß Jennifer, was bevorsteht. Sie hasst Zeolanis ungeniertes Wühlen im Haar und auch das Abwischen des Schweißes mit bloßen Fingern, so reicht sie ihr hastig ein Papiertuch. Zeolani betupft sich flüchtig die Stirn und wirft das feuchte Papier in den Abfall.

Zeolani hat ihr schütteres Haar verachtet, bis ihr Jennifer die angelesene Weisheit der Natur erklärte, die den San angeblich zu ihrem Haarwuchs verholfen hat.

„Auf langen Wanderungen in wasserarmen Gegenden ist es auch heute noch eine unverantwortliche Verschwendung, wenn man mit dem kostbaren Nass seine Haare wäscht. Aber unterlässt man es wochenlang, wird dichtes, krauses Haar über kurz oder lang von Läusen befallen. Durch die kahlen Stellen auf der Kopfhaut der San sind die Plagegeister rechtzeitig zu erkennen und man kann ihnen leichter den Garaus machen."

Zeolani freut sie sich über die Begeisterung, mit der die Freundin die Geschicklichkeit der kleinen Menschen im Überlebenskampf in der Savanne und der Kalahari, der roten Wüste, beschreibt, obwohl sie manches aus den Erzählungen ihres Großvaters kennt. Auch von der Kunstfertigkeit der Malereien in den Felshöhlen der Drakensberge hat Zeolani zwar gehört, sie aber noch nie zu Gesicht bekommen. So lauscht sie begeistert Jennifers Beschreibungen.

„Die Menschen hatten wohl zu allen Zeiten das Bedürfnis, etwas der Nachwelt zu hinterlassen, einen Beweis, dass sie tatsächlich gelebt haben. Die frühen Menschen malten mit großer Kunstfertigkeit gejagte Tiere an die Wand, heute kritzeln unartige Kinder in Toiletten und Unterführungen die Wände voll. Bilde dir selbst ein Urteil, wer zu den intelligenteren menschlichen Wesen zu zählen ist."

Zeolani ihrerseits unterweist Jennifer in überlieferten Fertigkeiten ihrer Vorfahren, zeigt ihr, wie man mit zwei gegeneinander geriebenen Stöcken Feuer entzündet, wie man die Glut mit Asche bedeckt, damit auch der letzte Funke kein Unheil mehr anrichten kann. Sie erzählt ihr, dass man aufgespießte Schildkröten über den Flammen brät, bis der Dampf die Panzer platzen lässt und man an das köstliche Fleisch gelangen kann oder wie man für einen Wasservorrat sorgt. Man sammelt nicht bebrütete, ausgetrocknete Straußeneier, sticht sie an und lässt sie mit dem kostbaren Nass volllaufen, verschließt dann das undichte Ei mit gebündelten Grasbüscheln.

Seit sie eines Tages jedoch vom köstlichen Geschmack über Flammen gerösteter Ochsenfrösche schwärmte, deren Fleisch wie das eines jungen Kalbes schmecken solle, gehen Jennifer die Bilder aufgespießter Ochsenfrösche, über die sich zunehmend dick- und glattbäuchiger werdende Buschmänner und ihre Frauen gierig hermachen, nicht mehr aus dem Sinn. „Die Bäuche der echten Buschleute besitzen die Eigenschaften eines Luftballons, sie dehnen sich bei reichlichem

Essen ins schier Unendliche und legen sich wieder in Falten, wenn sie die verdaute Nahrung wieder losgeworden sind", versucht Zeolani mittels ausführlicher Demonstration am eigenen Bauch zu erklären, kann aber keine außergewöhnlichen Hauteigenschaften an ihm feststellen und die beiden Mädchen brechen in lautes Lachen aus.

„Der Vater meines Großvaters hat noch Nashörner, Weißschwanzgnus, Zebras und Elanantilopen mit Pfeilen erlegt. Erinnerst du dich noch, als wir beide zusammen mit deinen Brüdern meinen Großvater besuchten und er uns von den Pfeilen erzählte? Dass die Spitzen mit einem tödlichen Gift präpariert waren, das aus den Larven eines bestimmten Käfers gewonnen wird, den man an zwei weißen Flecken auf seinem Rückenschild erkennt."

„Ja, natürlich erinnere ich mich. Auch daran, dass das Auffinden der Larven eines besonderen Geschicks und großer Erfahrung bedürfe. Und dass man, wenn man eine ausreichend große Menge gesammelt hat, die Larven in der Sonne trocknen lässt, sie dann zu Pulver verreibt und dieses mit einem Pflanzenextrakt mischt, der es in ein tödliches Gift verwandelt. Ein Gift, dessen Wirkung nur langsam eintritt, aber so stark ist, dass es Rappenantilopen und Elefanten todsicher zu Fall bringt."

Die Schilderung hatte für gruselige Spannung unter den Kindern gesorgt, sodass sie den alten Mann noch einmal aufsuchten, um zu erfahren, auf welche Weise man die Pfeile zusammensetzt.

„Die Konstruktion und das Präparieren erfordern enormes Geschick und große Genauigkeit. Ein Pfeil besteht aus drei Teilen: Der erste: ein dünner Schaft, an seinem Ende geschlitzt, den man in einen zweiten dünneren Schaft steckt, der an beiden Enden eine Manschette aus Sehnen trägt, die wiederum in den Hohlraum eines dritten, dickeren Schafts passt. Sie umhüllt einen scharfen, glattpolierten Straußenknochen, der mit dem tödlichen Gift bestrichen ist. Beim Einsetzen kann man nicht vorsichtig genug sein, die kleinste Verletzung zieht tödliche Folgen nach sich. Es ist eine Technik, die nur wenige San beherrschen und die langsam in Vergessenheit gerät, so wie die Jagd mit den Pfeilen und die Kunst des Giftmischens. Wir Alten jagten Antilopen in den wasserarmen Monaten dann, wenn die Tiere kraftlos werden, weil sie wenig Futter finden. Unsere Jäger schlichen sich gegen den Wind an sie heran, schossen ihre Pfeile ab, und die entstehende Wunde war so winzig, dass kaum Blut floss und das Tier von seiner Verletzung erst etwas bemerkte, wenn ihm die Beine nicht mehr gehorchten, was mindestens einen Tag dauerte. Fiel das Tier endlich nahezu blutleer zu Boden, öffneten wir mit der Lanze den Bauch, sodass mit den letzten Tropfen seines Blutes das Leben aus seinem Körper floss." Seine seltsame Schnalzsprache wurde von Zeolani übersetzt und die Kinder hatten atemlos zugehört.

Ein späterer Versuch ihrer Brüder, die Pfeile mit Hilfe Zeolanis nachzubauen, scheiterte kläglich, wohl weil der Vorführung ohne das tödliche Gift der prickelnde Reiz und ihnen deswegen die Geduld nach kurzer Zeit abhandenkam.

„Ich nehme dich einmal mit in die Höhlen von Sterkfontein, dort ist es interessanter als bei diesem lächerlichen Spiel", hatte Jennifer verbindlich lächelnd dem Drängen der beiden Jungen ein Ende gesetzt und Zeolani von der Fortsetzung des Versuches erlöst.

„Immer wieder entdeckt man Höhlen mit Zeichnungen, angeblich braucht man nur mit einem Tuch an die Wände zu schlagen und unter dem herabfallenden Staub tauchen neue Gemälde auf. Deine Vorfahren waren erstaunlich künstlerisch begabt, wie ihre Zeichnungen beweisen. Jagderfolge verewigten sie in Farben, die Tausende von Jahren überdauerten. Wie feiner erdfarbener Dunst überzieht das Rot die Felsen, es ist angeblich aus dem Blut von Elanantilopen gewonnen, das glitzernde Weiß der Körperlinien aus Exkrementen von Fledermäusen. Deren Kot enthält Chitin der Insekten, die sie verzehren, das Sonnenlicht bringt ihn zum Glänzen."

„Ja, die Bilder sind das einzige Zeugnis ihrer Anwesenheit, denn setzten sie ihre Wanderungen fort, zerstörten sie die aus Gras und Holz gefertigten Behausungen. Man behauptet, dass sich an Orten, an denen sich keine Höhlenzeichnungen finden lassen, niemals Buschleute aufgehalten hätten."

„Und heute? Zuerst von den Hottentotten, dann von Zulus und Xhosas, zu guter Letzt von den Holländern vertrieben, getötet oder zur Sklaverei gezwungen, ist das Volk der kleinwüchsigen Menschen auf lange Sicht dem Untergang geweiht."

„Ich verspreche, bei unserem nächsten Sonntagsausflug in eine der Höhlen bist du dabei", gibt Jennifer zur Antwort und wundert sich, dass Zeolani kühl erwidert: „Ich glaube nicht."

So gut sich die beiden Mädchen auch verstehen, Jennifer kann nicht wissen, dass Zeolani sich nur in der Gesellschaft der Kinder mit den Weißen auf Augenhöhe und als gleichwertige Kameradin fühlt. Kaum ertönt die Stimme Maams, Jennifers Mutter, oder deren Vaters, des Baas, sinkt ihr das Herz in die Hose und die Rolle der gleichberechtigten Kameradin fällt von ihr ab, wie die europäische Kleidung, deren sie sich bei ihren seltenen Besuchen ihrer Familie entledigt. Ausgerechnet sie, eine San, soll mit Jennifers Eltern durch die riesigen Höhlen der Vorfahren wandeln! Undenkbar, wenn sie sich das auch noch so wünschte. Sie ist und bleibt eine San, die dankbar sein muss, dass man sie in der Arbeit gut behandelt und ihr ein Dach über dem Kopf gewährt. Dessen ist sie sich sicher, so sicher wie sie ist, dass Jennifer etwas verheimlicht, was ihr Volk betrifft.

Was das Verheimlichen betrifft, irrt sie sich nicht. In den Berichten früherer Forschungsreisender wird behauptet, dass die Männer der San ein ständig erigiertes Glied besitzen, doch der Wahrheitsgehalt dieser Geschichten wird wohl für immer im Ungewissen bleiben, was Jennifer betrifft. Weder wagt sie das Thema bei Zeolani anzusprechen, noch den Vater darüber auszufragen. Ob er überhaupt einen der wenigen Buschleute, die im Laufe der Jahre auf der Farm arbeiteten, jemals nackt gesehen hat, war mehr als fraglich, und sie ist wohl die Letzte, mit der er über ein solches Thema redet. Ob der Irrglaube, Pulver aus Hörnern von Nashörnern und aus Stoßzähnen von Elefanten könne zu größerer Potenz verhelfen, ein Resultat dieser

Berichte und damit Ursache der Wilderei ist, die wie eine Seuche im Land grassiert? Doch auch über dieses Thema wagt sie nicht mit ihm zu sprechen. Dabei hätte sich so manche Gelegenheit ergeben.

Eine davon ist die tägliche Fahrt zur Schule in Johannesburg, seit die Vorschule der Farmen auf Nooitgedacht für sie beendet ist. Die öde Hinfahrt dauert eine langweilige Stunde und sie müssen sehr zeitig losfahren, zu einer Zeit, in der die Sonne die Horizontlinie überwindet und die Kühle der Nacht langsam der Wärme weichen muss. Nicht mehr lange, und ihre glühenden Strahlen dämpfen alle Geräusche. Die in weiten Abschnitten unbefestigte Straße besteht aus holprigem, steinigem Sand, sodass das harsche Geräusch der breiten Reifen des schweren Wagens Scharen von Tieren, die eben noch im gelbgedörrten Gras der Savanne nach einem Frühstück suchten, in die Flucht schlägt. Dann ist die Landschaft nur noch leere, unbewegte und stille Weite.

Ganz anders die spätnachmittägliche Rückfahrt. Durch die staubbedeckten Fenster des Jaguars kann Jennifer Schwärme von Vögeln in den fahlblauen Himmel steigen sehen, ebnet die von glasigen Hitzeschleiern vergrößerte Sonne auf rätselhafte Weise die wenigen, flachen Hügel in der Peripherie mit gleißendem Licht in eine glatte Fläche ein. Dann ändert sich das Farbenspiel im sich ankündigenden Abend und die Ebene erscheint wie in ein malvenfarbiges Licht getaucht. Der Sand der Savanne verblasst, und der Horizont wird von der Dunkelheit verschluckt. Wenn es dem Fahrtwind endlich gelungen ist, die Hitze des Tages aus dem Wagen zu treiben, haben sie die Farm erreicht.

Später, bei dem Versuch, mit dem Besuch Nooitgedacht's einen Hauch der verlorenen Kindheit wiederzufinden, ist die Straße zwar betoniert, aber statt schöner Natur gesäumt von Plastikmüll, Dreck und Schmutz, elenden Hütten und verwildertem Busch, dazwischen verrostete Blechruinen. Scharen palavernder Schwarzen stehen um Autos, die mit laufendem Motor Lärm und giftige Gase in die Umwelt blasen. Trauriges Resultat der Abschaffung der Apartheid, des Endes

des Kolonialismus? Ein verlorenes Paradies, hakt sie die Vergangenheit ab.

Als Jennifer in eine der weiterführenden Schulen wechseln muss, fällt die Wahl ihrer Eltern auf eine der ältesten und teuersten Privatschulen Südafrikas, in der das Tragen von Schuluniformen, grünem Blazer und Faltenrock, weißer Hemdbluse und weißem Hut Pflicht ist. Die Diocesan Schule für Mädchen liegt inmitten lieblicher Landschaft nahe dem reizvollen Städtchen Grahamstown. Vieles erinnert an England: Die Schule orientiert sich seit der Gründung im 19. Jahrhundert, am Vorbild des Cheltenham Ladys Colleges, wo die Schulleiterin, Dorothy Espin, sich die ersten Meriten verdient.

Doch die Schule liegt zwei Tages- und eine Nachtreise weit entfernt von Nooitgedacht, sodass für die nächsten Jahre das angeschlossene Internat zu Jennifers neuem Zuhause werden muss, ein Wermutstropfen im süßen Getränk des neuen Lebensabschnittes.

Tatsächlich geht die Trennung von der Farm der Familie, ihrem Pferd und von Zeolani nicht ohne Tränen vonstatten. Doch als sich im Laufe der ersten Woche zeigt, dass sich die Erziehungsmethoden der Einrichtung kaum von denen ihrer Eltern unterscheiden, und sie in einem Magazin der Schule liest, dass der Sohn des königlichen Paares, Albert Edward, im 19. Jahrhundert im zarten Alter von sechzehn Jahren Grahamstown besuchte und von dort aus zu einer Treibjagd nach Bloemfontein aufgebrochen war, ist die Phase der von Heimweh geplagten Eingewöhnungszeit überstanden.

Eine Zeit lang noch taucht in ihren Träumen das Blau des Hartbeesportstausees auf, ein künstlich geschaffener See, entstanden durch den Durchbruch des Crocodilerivers durch die Magaliesberge, ein beliebtes Ausflugsziel ihrer Familie, wo zahllose Flamingos rosa Kreise in den Himmel malen, die sich im Wasser spiegeln. Doch dann bleiben auch diese Träume aus.

Nur die Sehnsucht nach ihrem Pferd erlischt nie gänzlich. Auf seinem Rücken hatte sie die wendigen Klippspringer und Impalas beobachtet und sich an den Sprüngen der flinken Springböcke erfreut, deren sehnige Körper sie in Höhen zu katapultieren vermochten, die glauben ließen, sie besäßen verborgene Flügel. Dabei hatte es lange gedauert, bis sie den jungen Wallach zu beherrschen lernte. Erst als der sich auf Pferde verstehende ältere Bruder Zeolanis erklärte, dass es bei der Beherrschung jedes Tiers darauf ankomme, dass man die Machtfrage kläre, ihm deutlich zeige, wer wen bewegt, und Pferde in dieser Hinsicht keine Ausnahme bilden, war der Wallach zu einem gehorsamen Freund geworden.

Viele der Mitschülerinnen kennen sich aus der Vorschule und es dauert eine Weile, bis sie ihre Rolle in deren eingeschworener Gemeinschaft gefunden hat.

In den sechs Jahren im Internat entwickelt sie sich zu einem ungewöhnlich groß gewachsenen Mädchen mit dem kräftigen Haar der weißen Südafrikanerinnen, welches sie zu einem Pferdeschwanz gebunden trägt. Früh ist erkennbar, dass aus dem Mädchen einmal eine gutaussehende Frau werden wird, die ihren Charme einzusetzen weiß.

Es stand von je her außer Frage, dass sie nach Abschluss der Schule eine Europareise antreten wird und ihr Vater dem Wunsch, England und Teile Europas kennenzulernen, positiv gegenüberstehen wird. Auf dem europäischen Kontinent liegen die Wurzeln der Familie, die Wurzeln seiner eigenen bewegten Vergangenheit. So verschafft er ihr im Netzwerk seines Unternehmens in einem der Büros einer großen Agentur in Johannesburg eine Ausbildungsstelle als Sekretärin.

Zu ihrer großen Überraschung und entgegen seiner sonstigen rigiden Forderung, eine Sache zu Ende zu bringen, wenn sie einmal begonnen ist, gibt er seinen Segen, als sie ihn nach den ersten Wochen der Sekretärinnentätigkeit um die Erlaubnis bittet, die Zelte in Südafrika vorzeitig abbrechen zu dürfen, um einige Zeit in England zu leben und zu arbeiten. Die für die Überfahrt und die Kosten des Aufenthaltes in Europa nötigen Rand aber muss sie sich mit eigener Kraft verdienen. Mit alten Freunden plant sie einen Abstecher nach Venedig und eine

Reise durch große Teile Europas, was nicht geringe Mittel erfordern wird, wenn sie auch noch so sparsam mit dem zur Verfügung stehenden Geld umgeht. Nachdem Jennifer endlich das Ticket für die Überfahrt nach Europa in Händen hält, besorgt ihr der Vater Arbeit in einer der Niederlassungen seiner Gesellschaft in London.

Als die akribischen Planungen abgeschlossen sind, das Visum und die Arbeitserlaubnis besorgt und der Reisetermin festgelegt ist, stellt eine der mitreisenden Freundinnen eine beginnende Schwangerschaft fest und wirft damit alle terminlichen Planungen über den Haufen. Guter Rat ist teuer, doch nach anfänglicher Ratlosigkeit entscheidet sich die Gruppe, den Start des Vorhabens um ein halbes Jahr vorzuverlegen.

Als Folge dieser Entscheidung steht fest, dass Jennifer unmöglich ihre Arbeit in London vor Beginn der Europarundreise antreten, geschweige denn die Reise ohne familiäre Hilfe finanzieren kann. Sie bittet den Vater um einen Vorschuss, doch dieser bleibt seinen Prinzipien treu.

Großvater aber streckt ihr das Geld bereitwillig vor, und sie verspricht hoch und heilig, es mit den ersten Löhnen nach dem Ende der Tour zurückzuzahlen.

Dann ist es endlich so weit. Sie bucht für die Hin- und Rückfahrt eine Passage auf der MS Europa. Noch weiß sie nicht, dass das Schiff das Schwesternschiff jenes Schiffes ist, auf dem Franz seine erste Reise nach Südafrika und sie ihre Rückreise antreten wird.

Im Gepäck hat sie den Herzensroman ihrer Kindheit. Sein farbenprächtiges Cover zeigt den Zulukönig in einem Umhang aus gefleckten Ginsterkatzenschwänzen, die sehnigen Beine geschmückt mit Kupferringen und behangen mit Elfenbeinquasten.

Begegnungen

Die Passagiere des Schiffes, auf dem Jennifer Meile um Meile Europa näherkommt, setzen sich in ihrer Mehrzahl aus Abkömmlingen wohlhabender weißer südafrikanischer Familien zusammen. Kaum ein älterer Passagier befindet sich an Bord und die wenigen aus Europa stammenden Reisenden wirken unter den jungen Leuten wie graue Spatzen in einer Gruppe bunter Vögel.

Vom ersten Tag an verläuft die Fahrt auf dem luxuriösen Schiff kurzweilig und frei von Problemen. Auffallend aber ist das große Interesse an Jennifers Person, für das es keine Landes- oder Kontinentgrenzen zu gelten scheint. Abend für Abend ist sie eine der begehrtesten Tanzpartnerinnen, wenn im Mondschein unter der Symbiose von Musik aus der Konserve und dem Rauschen der Wellen die lustige Gesellschaft das Tanzbein schwingt. Es ist Jennifer, als spiele sie in einem Theaterstück die Hauptrolle und feiere täglich ein vierundzwanzig Stunden dauerndes Fest. Tagsüber sonnt sie sich inmitten der fröhlichen Gesellschaft auf Deck, und die Farbe ihrer Haut überzieht nach einer kleinen Weile ein goldener Glanz, der mit dem ihres Haares um die Wette schimmert. Wenn das Wetter nicht mitspielen will, vertreibt man sich die Zeit beim Bridgespiel oder schlürft in der luxuriösen Bar einen kühlen Caipirinha.

Einen Höhepunkt finden die sorglosen Tage in der Überquerung des Äquators. Unter den wärmenden Strahlen einer tief stehenden Sonne fließt der Champagner in Strömen. Die Stimmung unter dem Blau des Himmels, über das sanfte, kleine Wolken streicheln und gelegentlich die rotgoldene Kugel der Sonne berühren, ist wie von einem Magier verzaubert. Als später die ersten Sterne am Firmament erscheinen und als der Klang für Europäer ungewöhnlicher Musikstücke sich mit den Sternen zu verweben scheint, hat sie das Herz ihres glühendsten Verehrers endgültig erobert. Der junge Mann weicht von da an nicht mehr von ihrer Seite.

Am Abend des nächsten Tages kennt sie die gesamte Vita von Luis, dem Südafrikaner, deren bedrückendste Episode offensichtlich die Zeit seines Studiums in London gewesen ist. Unter dem sanften Licht in der Bar schildert er seinen Aufenthalt dort in düsteren Farben, die dem verwaschenen Bordeauxrot des Samtsofas ähneln, auf dem sie Platz genommen haben. Es dünkt ihr, als ob er die Stadt nur als Wüste der Trostlosigkeit, deren in der ganzen Welt gerühmte Pracht und Schönheit nur als bösartige Täuschung gesehen hätte. Anfänglich hörte sie ihm interessiert zu, dann zunehmend ungläubiger werdend, lauscht sie nur noch sporadisch den bildhaften Beschreibungen des schmutziggrauen Wassers der Themse, seinen Klagen über die trübe Brühe und den dichten grauen Nebel, der ständig über dem Bett des Flusses hänge und will der Sache ein Ende bereiten. So bittet sie ihn mit flehentlicher Stimme, zur Abwechslung einmal etwas Schönes von seiner Londoner Zeit zu berichten: „Du weißt doch, dass ich einige Monate in der Stadt verbringen werde."

Er zündet sich eine Zigarette an, nimmt einen Schluck Whiskey, fährt unnachgiebig mit seinem Lamento fort, und es klang wie eine Beleidigung: „Es ist, als ob die aus dem Wasser aufsteigenden Nebelschwaden unaufhörlich versuchen, selbst das Dröhnen der tonnenschweren größten Glocke des Big Ben zu ersticken, so, als sei über die gesamte Turmhaube eine Mütze gestülpt. Ich habe anfänglich tagelang nicht ordentlich arbeiten können."

Seine Stimme klingt nun weinerlich und ihr Ton ändert sich erst, als er vom Ende seines Studienaufenthalts zu erzählen beginnt, davon, wie er sich gefreut hatte über den Anblick der Weite des Ozeans, dann über die schroffe Nacktheit des Tafelbergmassivs und dass er für wenige Augenblicke glaubte, der Berg habe eigens zu seiner Begrüßung auf das Überziehen der gewohnten Wolkendecke verzichtet. „Ich habe mich gefühlt, als wäre ich dem Trümmerhaufen meines Lebens entkommen. Als Erstes nach meiner Rückkehr bin ich an die südlichste Spitze des Kaps gefahren, wo mich die donnernde Gischt zur Begrüßung mit einem Schwall Wasser überschüttete." Er legt die

Zigarette auf den Rand des Aschenbechers ab und schüttelt sich, als wäre das Wasser noch in seiner Kleidung.

„Ich war von Kopf bis Fuß durchnässt, doch mitsamt meiner Kleidung im Nu wieder trocken. In London muss man sie sich schnellstmöglich vom Leibe ziehen, wenn man in einen ihrer mörderischen Regengüsse gerät. Bei den dort herrschenden Temperaturen holt man sich sonst todsicher eine Erkältung", greift wieder nach der Zigarette und nimmt einen tiefen Zug.

Die Irritation in Jennifer nimmt immer bedrohlichere Formen an, seine Warnungen machen sie nervös. Sollten die Schilderungen der Wahrheit entsprechen, erwartet sie wenig Gutes, und sie spürte förmlich die feuchte Kälte in ihre Knochen kriechen.

Ob das Leben in London tatsächlich so unerträglich war oder ob sich hinter seinen Schilderungen in Wahrheit nur die eigensüchtige Absicht verbarg, dass sie schnellstmöglich nach Johannesburg zurückzukehren wird, womöglich an seiner Seite? Vielleicht hatte auch Heimweh zu einer Verzerrung der Erinnerungen geführt und sämtliche positiven Gefühle verdrängt. Selbst in London scheint sicherlich ab und zu die Sonne und nicht jeden Tag hält der Nebel das Zepter in der Hand.

Jennifer strafft die Schultern, jetzt beginnt sie das unaufhörliche Gejammere zu nerven. Sie setzt ein Pokerface auf, nimmt sich vor, künftig auf Distanz zu gehen und setzt den Entschluss unverzüglich in die Tat um.

„Man sucht nach den Menschen, die einem begegnen", unternimmt Luis an einem der letzten Abende der Reise noch einen Versuch, ihr wieder näherzukommen, „und man darf sich freuen, wenn man gefunden wird", reicht ihr ein Glas Sekt und will ihr tief in die Augen blicken.

Ob er mir zu verstehen geben will, dass wir füreinander bestimmt sein könnten? Diese Illusion wird sie ihm nehmen, sie interessiert sich für ihn als Mann nicht mehr als für Gemüse. Der Vergleich lässt sie lächeln. Sie nimmt das Glas, weicht seinem Blick mit einem desinteressierten Schulterzucken aus und der Sekt schwappt ihr über die Finger, als sie ihr Bild in dem Spiegel hinter der Bar sucht. Was sie sieht, gefällt ihr gut. Dann zieht sie ein spitzengesäumtes Taschentuch aus der Tasche, eine Wolke von Parfum entströmt dem sorgfältig geplätteten Tüll und aus halbgeschlossenen Augen beobachtet sie amüsiert, wie er mit vor Enttäuschung gesunkenen Schultern begierig den zarten Duft einatmet. Sie trocknet sorgfältig den Brillantring am Mittelfinger, setzt ein distanziertes Lächeln auf: „Meiner Auffassung nach sind Begegnungen im Allgemeinen reine Zufälle, sie geschehen, ohne dass man nach ihnen sucht und haben keinerlei Aussagekraft."

Er steht auf, sein Spiegelbild kommt ihr entgegen und lässt ihn um Jahre gealtert erscheinen. Er zieht mit gekränktem Gesicht von dannen.

Sie kann nicht wissen, dass er sich in seiner Kabine angekommen, in seine Kindheit zurückversetzt fühlt. In die Zeit, in der viel zu oft mit starken Halsschmerzen und hohem Fieber das Bett hüten musste und widerwillig das rosarote Gelee hinunterschluckte, das seine Mutter ihm aufzwang. Eine Zeit, in der er bei jeder Krankheit fürchtete, er würde niemals mehr gesund werden und in Selbstmitleid versank. Jennifers unfreundliche Ansprache ähnelte in ärgerlicher Weise jener Fiebermedizin. Sie schmeckte schrecklich, aber heilte, wenn man die nötige Geduld aufbrachte. Ihr Bild erscheint vor seinen Augen, und ihr Lächeln im Sinn, ist es ihm unmöglich, ihr länger böse zu sein. Er hat sie bislang als höfliche, freundliche junge Frau kenngelernt. Das ungewöhnliche Verhalten soll ihm wohl verdeutlichen, dass sie keine feste Bindung will – noch nicht. Dafür hat er Verständnis. Morgen wird er ihr gegenübertreten, als wäre nichts geschehen, aber jede Anspielung auf eine festere Bindung tunlichst unterlassen. Wenn sie ihre Freundlichkeit wiedergefunden hat, will er dies als Wink des Schicksals nehmen, dass sie sich eines Tages eines Besseren besinnt. Sein Selbstvertrauen kehrt zurück.

Auch Jennifer zieht sich in ihre Kabine zurück, als er gegangen ist. Den Geruch von Sauberkeit und seines Aftershaves noch in der Nase, runzelt sie nachdenklich die Stirn. Ob Luis sich wohl vorstellt, ihr Lebensentwurf beinhalte Heiraten und Kinderkriegen und er sei der richtige Mann, ihm Struktur zu verleihen? Zweifelsohne wäre er eine gute Partie und ein guter Ehemann. Doch leider weiß sie nicht einmal, ob sie überhaupt heiraten oder gar Kinder will. Das ewige Kümmern um Kinder und Haushalt ihrer in komfortablen Verhältnissen lebenden Mutter vor Augen, liegt ein derartiger Lebensentwurf derzeit außerhalb ihres Vorstellungsvermögens.

Warum auch sollte sie an ihrem derzeitigen Leben etwas ändern wollen? Sie verfügt über die nötigen Mittel, die Welt zu bereisen, das Flirten bereitet ihr Freude und sie kann nicht leugnen, dass der offenkundige Erfolg ihrer Person bei Männern der Eitelkeit schmeichelt.

An diesem Abend geht sie zum ersten Mal auf der Reise zeitig zu Bett, zieht das mitgebrachte Buch über Shaka Zulu aus dem Koffer und schlägt die bebilderte Geschichte der Krönungszeremonie auf, bei der ihm sein legendäres Leopardenfell umgelegt ist. Nicht lange danach ist sie eingeschlafen.

Am nächsten Morgen zeigt sich, dass die kühle Verabschiedung vom Vortag den treuen Vasallen keineswegs hindert, wieder an ihrer Seite zu erscheinen, als sei nichts geschehen. Nur sein Verhalten hat sich verändert. Zwar gewohnt höflich, wahrt er eine gewisse Art von Distanz, die noch gestern fremd an ihm war.

Am frühen Nachmittag ist die dreiwöchige Reise zu Ende.

Als das Schiff in Venedig anlegt, die Passagiere aus den Kabinen auf Deck stürmen, um wartenden Verwandten oder Freunden zu winken, und dann das Kreuzfahrtschiff verlassen, geht Jennifer als eine der letzten vom Schiff. Ihr Gepäck neben dem seinen, wartet Luis am Kai und drängt sie wild gestikulierend zur Eile. Sie wirft noch einen letzten Blick zurück zum Promenadendeck und sieht den Kapitän an der Reling stehen, als hielte er nach jemandem Ausschau. Vielleicht nach ihr? Er hat sie die Reise über mit auffallender Freundlichkeit behandelt, sogar am letzten Abend zum Abschied ihre Hand geküsst. Eine Geste, die ihr die Röte ins Gesicht gejagt hatte, als seine glattrasierte Wange die Haut berührte und ihr ein Hauch von Lavendel in die Nase stieg.

Sie hebt die Hand zu einem letzten Gruß, der hochgewachsene, bärtige Mann zieht mit einer überschwänglichen Geste seine weiße Mütze vom Kopf und auf sein von Wind und Wetter gebräuntes Gesicht tritt ein bedauerndes Lächeln. Das Gehirn ist kein geschlossenes System, sondern kommuniziert einmal stärker, einmal schwächer mit anderen Menschen, hat sie einmal gelesen und war von dieser Erkenntnis beeindruckt. Ob ihr leise Traurigkeit über das Ende der Schiffsreise mit seinem Bedauern kommunizierte? Jedenfalls erlischt sie im selben Moment, als der Kapitän die Brücke verlässt.

Auf dem Kai sind die Hinweise auf den Wegweisern in italienischer Sprache verfasst, die Schrift von Sonne und Salz verblichen, sodass Jennifer kein Wort deren Inhalts versteht. Zwischenzeitlich haben sich die bekannten Gesichter in der Menschenmenge verloren, nur Luis ist noch an ihrer Seite. Und zum ersten Mal freut sie sich über seine allgegenwärtige Präsenz, an seiner zurückhaltenden Eleganz und seiner vertrauenserweckenden Erscheinung. Als er darauf besteht, sie auf den Zug nach Paris zu begleiten, wo sie am späten Abend mit den Freunden zusammentreffen will, drückt sie dankbar seine Hand, streift mit den Lippen seine rechte Wange und nimmt sein Angebot an.

Das also ist die andere Seite der Medaille, schießt ihr durch den Sinn. Ist man in festen Händen, kann man seine Erlebnisse und Sorgen teilen. Und Kinder großziehen zu müssen, von den Schmerzen der Geburt einmal abgesehen, ist wohl nicht zwangsläufig nur Apokalypse, vielleicht sogar überwiegen die Freuden über deren Existenz die Last der Verantwortung. Unbeantwortet aber bleibt die Frage, ob sie selbst dazu beitragen will, die Menschheit aus Egoismus zu vermehren, nur um die eigene vermeintliche Einmaligkeit zu reproduzieren.

Sie verschiebt das Nachdenken auf später und wendet sich wieder den rätselhaften Holztafeln zu.

„Wie schnell sich Situationen ändern können! Gerade noch Passagier auf großer Fahrt auf dem blitzsauberen Deck eines Kreuzfahrtschiffes, wo man sich ohne Probleme zwischen verschiedenen Kontinenten bewegte, irrt man jetzt mit einem Mal über von der Sonne gebleichte Stege aus fasrigem, ausgedörrtem Holz und hat Schwierigkeiten, ein kleines Boot zu finden, das einen lediglich zum Bahnhof bringen soll", wendet sie sich an ihren Begleiter und eine kleine Falte erscheint auf ihrer Stirn, die ihr Möglichstes versucht, sich dort einen ständigen Platz zu schaffen. Sie wird in die Schranken verwiesen und muss erfahren, dass ihre Zeit noch nicht gekommen ist.

Jennifer hasst Gedränge, meidet es, wo immer sie kann. Hier aber wimmelt es von Menschen, von denen kaum einer Rücksicht auf andere nimmt. Im Gegenteil: Sie versuchen mit nahezu brachialer Gewalt, dem Gewirr von Leibern, Gepäckstücken und streunenden Hunden schnellstmöglich zu entkommen. Ein solches Verhalten kennt sie aus ihren Kreisen nicht.

Nach langen Minuten des Suchens finden sie schließlich das richtige Boot, nicht weil es durch seine Schönheit oder besondere Sauberkeit auffallen würde, sondern weil die dröhnende Drehzahl seines Motors, der die baldige Abfahrt ankündigt, allgemeine Aufmerksamkeit erregt.

Das Gitter zum Steg ist bereits geschlossen. Zu den grauen Steinen des Anlegers hat sich bereits eine Lücke gebildet, aus deren Dunkel das Wasser des Canale hochschwappt. Jennifers Begleiter drückt dem Gehilfen des Bootsführers einen kleinen Schein in die Hand, der wechselt einen Blick mit ihm, der offenbar sein Einverständnis kommuniziert und der drahtige Mann öffnet das Gitter noch einmal. Er reicht ihnen die rechte Hand, unterstützt wenig zimperlich ihren Sprung ins Boot, während er mit der linken die Taschen und Koffer packt und auf die Bootsplanken wirft.

Der Zustand seines Gebisses, dem ein Schneidezahn abhandengekommen ist, scheint ihm erstaunlicherweise keine Komplexe zu bereiten, denn er zeigt ungeniert sein breites Grinsen, als er Jennifer mit festem Druck die Hände auf die Schultern legt und, als er Widerstand fühlt, spöttisch die Miene verzieht. Doch bevor sie ärgerlich seinen Griff abwehren kann, muss sie erkennen, dass seine Fürsorge einen guten Grund hat: Der Bootsführer startet das Boot so abrupt, dass sie nach einem Halt an den Seitenplanken suchen müssen, um nicht das Gleichgewicht zu verlieren.

„Ein temperamentvoller Venetianer", deutet Jennifer auf den Mann, der in einer schmucken Uniform, die in krassem Gegensatz zum Zustand des Bootes steht, mit souveräner Lässigkeit, eine Zigarette erst im Mundwinkel, dann in der Hand, die andere am Steuerruder, seinem Ziel entgegenstrebt.

Nach kurzer Fahrt erreichen sie wohlbehalten die Haltestelle an der Kaimauer eines kleinen Seitenkanals hinter dem Bahnhof Venezia Santa Lucia, schnappen sich ihr Gepäck und zwängen sich hastig aus dem Boot, das sich bereits wieder zur Rückfahrt anschickt. Dann suchen sie nach einem der Eingänge zur Bahnhofshalle.

Als sie das Innere des Bahnhofs betreten, verkündet die in englischer und italienischer Sprache gehaltene Ansage eines Bandes in regelmäßigen Intervallen die Nachricht, dass Passagiere nach Paris den Nachtzug nehmen müssen, da sämtliche Zugverbindungen wegen eines Streiks für einige Stunden unterbrochen seien.

„Wer trägt die Schuld an dem Schlamassel? Wie so oft, die Gewerkschaften. Meines Erachtens gehören sie wegen der ständigen Streiks, mit denen sie nichts Wesentliches erreichen, da die Regierung sowieso kein Geld auf der hohen Kante hat, zum Mond geschossen." Seine Miene ist ärgerlich, doch der Ton seiner Stimme straft seine Worte und Mimik Lügen. Er wirkt eher wie jemand, dem man gerade einen langgehegten Wunsch erfüllt hat.

„Ich muss gestehen, diesmal habe ich allen Grund, den Genossen dankbar zu sein. Dieser Streik verschafft mir die Gelegenheit, dir die schönen Seiten Venedigs zu zeigen. Ich muss nur meine Pläne ändern. Doch ob ich ein paar Stunden später oder früher bei meinen Eltern eintrudele, die in ihrem Palazzo im Zentrum der Stadt den Urlaub verbringen, spielt keine Rolle, noch wissen sie nicht, dass ich angekommen bin."

Tatsächlich ist er über die Galgenfrist, die ihm der Streik gewährt, erleichtert. Jedoch nicht nur, weil ihn die bevorstehende Trennung von der plötzlich nicht mehr spröden Jennifer schmerzt! Aus einer alten und angesehenen Familie stammend, wird ihm ein tadelloses, eskapadenfreies Leben besonders während seiner Aufenthalte in Italien abgefordert, ihm aber steht der Sinn nach anderen Genüssen. Zugegebenermaßen ist der Aufenthalt in dem venezianischen Palazzo von besonderem Flair, doch die steifen Umgangsformen, die immerwährend geforderte Höflichkeit, unbiegsam wie Gusseisen, die kalten Ecken, die klamme Bettwäsche und die langweiligen Bridgeabende mit seinen Eltern machen den Reiz seines solchen Aufenthaltes zu einem zweifelhaften Vergnügen und erinnern ihn in fataler Weise an seine dröge Londoner Zeit. Viel lieber hätte er die Gesellschaft Gleichgesinnter genossen, immerhin hat er noch einige Freunde in der Stadt. Vielleicht, weil ihm der vermeintliche Duft Afrikas anhaftet oder wegen der Anziehungskraft seines Globetrotterlebens ist er zum Liebling der Frauen und begehrten Gesprächspartner auch der Männer avanciert. Mit ein Grund, warum er sich noch immer fragt, wieso seine offenkundige Attraktivität bei Jennifer so schmählich versagt hat.

„Das trifft sich ja gut", erwidert Jennifer ehrlich erfreut. „Ohne ausreichende Sprachkenntnisse, stundenlang allein in einer Stadt auf einem fremden Kontinent, käme ich mir ziemlich verlassen vor." Im Stillen denkt sie, selbst wenn sie Gefahr liefe, dass er ihre erstaunliche Zugänglichkeit auf andere Weise deutete, wäre sie nicht mutig genug, sein Angebot auszuschlagen.

Sie deponieren die Koffer in einem der Schließfächer des Bahnhofs, schlendern in bester Laune über den Markusplatz, trinken einen Espresso in einem der großen Cafés nahe der Seufzerbrücke und suchen dann das Ristorante la Cupola am Ufer des Canale Grande auf, um dort einen Imbiss zu sich zunehmen.

Noch wärmt die Nachmittagssonne das Pflaster, brechen sich deren Strahlen im Wasser und die erstaunlich gut hergerichteten Fassaden der Häuser nahe der Promenade spiegeln sich in seiner glatten, kaum bewegten Oberfläche.

„Wenn es dunkel wird, lockt der Lichterglanz der unzähligen Lampions bestimmt zahlreiche Gäste in die Restaurants, wie schön", entfährt es Jennifer unwillkürlich.

Wie ich ihre Stimme vermissen werde, wenn die Stunde des Abschieds schlägt! Ob ich das braune Gold dieser sanften Augen je vergessen kann? Luis blickt Jennifer in die Augen, reißt sich zusammen und weist auf das lichtergesäumte Ufer, um seine melancholische Anwandlung zu verbergen.

„Ja, die Lampions säumen die Häuserfronten wie Perlen einer Kette". Ein verlegenes Lächeln tritt in sein Gesicht, weicht dem professionellen eines Fremdenführers, als er fortfährt:

„Abends und in der Nacht schmückt sich die scheinbar niemals alternde Stadt wie eine Diva mit dem Glanz ihrer strahlenden Juwelen, als könne sie noch immer einer glanzvollen Vergangenheit gerecht werden. Eine schöne Illusion, wie jeder weiß, der hier zu Hause ist. Nur noch kurze Zeit, und die Schöne verwandelt sich in das, was sie wirklich ist: eine müde, alte Frau mit allerlei Gebrechen und Wasser in den Beinen, vor allem dann, wenn alle Sehenswürdigkeiten und Restaurants in den Winterschlaf fallen. Das Acqua alta aber, das Wasser der Lagune, stattet ihr in unverbrüchlicher Treue und schöner Regelmäßigkeit seine Besuche ab und hinterlässt mit seiner trüben Brühe auf Straßen und Wegen fragwürdige Geschenke. Erste

Anzeichen der traurigen Wandlung wirst du bemerken, wenn die Sonne untergeht und es empfindlich kühl am Canale wird."

Der Inhalt seiner Worte passt nicht zu ihrer Stimmung, so schiebt sie sie in die Kammer für nebensächliche Informationen und trottet nachdenklich hinter ihm her, bis er seine Schritte verlangsamt. Sie hätte ihm gern zur Antwort gegeben, dass sie den morbiden Charme schwindender Schönheit liebt und die Absage an die Beliebigkeit der neuen Zeit mit ihrer Sucht nach billig hergestellter Perfektion bewundert. Überall schlechte Nachbildungen venezianischer Masken, in den Schaufenstern Billigklamotten, produziert, um die Bedürfnisse von Herrn und Frau Jedermann zu befriedigen, die besitzen müssen, was alle haben. Nur noch der Kenner sieht den Unterschied zwischen Unikat und Replik, ist sie der festen Überzeugung. Ihr gefällt die Stadt wie sie ist, trotz oder gar wegen der altersbedingten Schrammen.

Im Restaurant angekommen, fragt Luis einen der freundlich lächelnden Cameriere nach einem Tisch im Innern des Restaurants, bevorzugt mit Blick auf das Wasser, aber weit genug entfernt von der aus dem Canale aufsteigenden abendlichen Kühle.

„Schade, die Gondeln haben den Betrieb eingestellt." Ihre Blicke folgen dem Kellner, dessen Aussehen sie auf kuriose Weise an ihren Vater erinnert.

„Der Mann kann seine römischen Vorfahren nicht verleugnen, trotz seines sauber rasierten Gesichtes und trotz der unter der Bräune rosigen Haut."

Kaum, dass sie ihre Plätze eingenommen haben, meldet sich prompt der Hunger. Sie greift nach einem der kleinen Brötchen auf dem Tisch, beißt genüsslich in die goldbraune Kruste der Panini all' olio, wie Luis sie nennt. Als der Cameriere kurz danach die Speisekarte reicht, dankt sie ihm auf Italienisch.

Der Cameriere honoriert ihre sprachlichen Bemühungen mit einem begeisterten Lächeln und Luis fragt erstaunt: „Hast du etwa auf dem

Schiff heimlich die Sprache gelernt?" Jennifer nickt, geht aber nicht weiter auf seine Frage ein, sondern gibt die Bestellung auf: Spaghetti Busera mit Lobster und Chilipfeffer für sie, während er sich mit Spaghetti Bolognese begnügt.

„Du hast zwar nicht gefragt, aber meinen Geschmack getroffen. Seit meiner Kindheit liebe ich, was das Meer Essbares zu bieten hat, das hast du dir gut gemerkt, stelle ich fest", und schenkt ihm ein Lächeln.

„Ja, vor allem, dass du Austern nicht magst."

„Du wirst es nicht glauben, ich habe tatsächlich einmal einen Versuch gewagt, aber das geschmackliche Experiment schnell wieder beendet. Ganz anders meine Bemühungen um die italienische Sprache. Von Ehrgeiz gequält, unternehme ich bei jeder Gelegenheit einen Versuch, mich zu verbessern, doch der Erfolg ist mager, um deine Frage zu beantworten."

Sie zieht einen abgegriffenen, blauen Übersetzer aus der Umhängetasche, betrachtet ihn nachdenklich: „Es wird sicher noch einiges an Zeit brauchen, bis ich mit meinen Kenntnissen glänzen kann. Heute war meine Premiere in der Öffentlichkeit."

Sie verstaut das Büchlein sorgfältig wieder in der Tasche. Das Essen wird aufgetragen, es schmeckt vorzüglich. Sie genießen ihre Mahlzeit und beobachten fasziniert, wie die untergehende Sonne die Luft über der Uferpromenade mit goldenem Glitter pudert, als die Schatten der Häuser länger werden.

Als die Teller geleert sind, verschränkt Luis die Hände hinter dem Kopf und blickt Jennifer in die Augen, als warte er auf ein Zeichen, spricht aber kein Wort. Seine Wortlosigkeit verwirrt sie, lässt sie ein Rieseln und Schmelzen fühlen, das ihr unbekannt ist.

Seit sie denken kann, wecken Erwartungen Widerstand in ihrem Innern. Sie erträgt keine Nähe, wenn sie nicht von ihr selbst eingefordert wird. Ob Luis Veränderung und seine plötzliche Zurückhaltung der Grund dieser ungewohnten Gefühle sind? Warum sonst wartet sie auf ein Zeichen der Zärtlichkeit? Sie wartet vergebens.

Schließlich ist es Zeit zu gehen und Luis winkt mit italienischer Grandezza den Cameriere herbei, begleicht die Rechnung und zahlt ein großzügig bemessenes Trinkgeld.

Am Dogenpalast angekommen, dessen mit Marmor verkleidete Wände trotz der späten Stunde gleißen, als wollten sie dem Dom Konkurrenz machen und sie mit ganzer Kraft in sein Inneres locken. Sie erliegen trotz der inzwischen knapp gewordenen Zeit seinem steinernen Werben.

Im Eilschritt durchwandern sie die prachtvollen Räume, verweilen im größten der Säle, dem Saal des Großen Rates, um die vergoldeten Schnitzereien und opulenten Gemälde an Decken und Wänden zu bestaunen, wo sich die berühmtesten Künstler jener Zeit verewigt haben.

„Auf wie vielen Leinwänden die großen Maler der venezianischen Schule die Bedeutsamkeit und den Reichtum der Stadt wohl in Öl dargestellt haben?" Jennifer bewundert vor einem Tintoretto das wilde Getümmel der Farben und Gestalten, lehnt sich an eines der vergoldeten Treppengeländer und dehnt, den Kopf in den Nacken gelegt, den Rücken. Sie hat sich zu viel zugemutet, trägt wieder einmal die falschen Schuhe und die Quittung wird offenbar umgehend präsentiert: Rückenschmerzen, die erst nach ein paar geruhsamen Stunden wieder verschwunden sein werden.

Ob Luis ihre Frage überhört hat?

Sie fragt noch einmal nach und er antwortet schließlich mit einem bedauernden Kopfschütteln: „Mir ist nicht bekannt, ob man all die Kunstwerke je gezählt hat. Auf jeden Fall hat sich im Klima der Stadt vor allem das Malen mit Öl bewährt. Wie man sehen kann, brachte man anfänglich die Fresken noch auf das blanke Mauerwerk auf. Und das hier soll das größte Gemälde der Welt sein", zeigt er auf ein

Gemälde, das Christus als Doge und Herrn aller Dogen darstellt: „Sieben Meter hoch und über zwanzig Meter breit, unfassbar! Kein Mensch kann so etwas Grandioses allein zu Wege bringen. Er bediente sich also einer immensen Zahl von Gehilfen, die sich beim Malen der Deckengemälde ständig abwechselten, um keine Genickstarre zu erleiden."

Jennifer holt ihren Blick von den Gemälden zurück und richtet ihn auf das Zifferblatt der Uhr. Es ist höchste Zeit, zum Bahnhof zu gehen.

Auf dem Bahnsteig angekommen, wartet bereits ihr Zug und sie verabschiedet den einsilbig gewordenen Mann mit einem Kuss auf die Wange. Er erwidert den Kuss mit einem höflichen Kuss auf ihre Stirn, aber sein Lächeln bleibt verschwunden. Kurze Zeit später ist der blaue Rücken seines Mantels in der Menschenmenge verschwunden und sie ist allein. So bleibt ihr verborgen, dass er sich verschämt die Augen wischt, dass er versucht, die Gedanken an Jennifer abzuschütteln wie ein nasser Hund das Wasser aus seinem Fell und sich, zum ersten Mal richtig verliebt, fragt, ob seine Liebe eine Zukunft haben kann. Ob er sie jemals wiedersehen wird? Am Palazzo seiner Eltern angekommen, hat er seine Fassung wiedergewonnen und seine gewohnte Gelassenheit zurück.

Jennifer aber bedauert jetzt ihr distanziertes Verhalten der letzten Wochen. Heute sieht sie den Südafrikaner, der ihr in diesem kurzen Venedigaufenthalt mehr zum Freund geworden ist als in den drei Wochen des gemeinsamen Aufenthaltes auf dem Schiff, mit anderen Augen. Vielleicht gibt es ein Wiedersehen in der Heimat, so jedenfalls haben sie es verabredet. Doch die Erfahrung lehrt: Versprechen lassen sich nicht immer halten oder geraten in Vergessenheit. Man muss einfach abwarten, wie sich die Dinge entwickeln. Auf jeden Fall wird sie besonders die letzten Stunden als angenehme Zeit in Erinnerung behalten.

Sie stoppt ihren Gedankenfluss und sucht in dem überfüllten Fernreisezug nach einem Platz. Die Abteile werden sich, so die Hoffnung, in Mailand leeren, solange muss sie die lärmende Enge des Abteils, das temperamentvolle Stimmengewirr und die von vielfältigen Düften geschwängerte Luft ertragen. Tatsächlich verlassen nach vier Stunden Fahrt viele der Mitreisenden den Zug. Von da an herrscht angenehme Stille und sie versucht zu schlafen. Es gelingt ihr nicht. Stattdessen kommen ihr Geschichten über ihren Urgroßvater William in den Sinn. „Ein Wanderer zwischen zwei Welten ist er gewesen", hatte ihr Vater dessen Leben und Wirken vor Beginn ihrer Europareise geschildert, und der Stolz in seiner Stimme war unüberhörbar. Jennifer hatte sofort erkannt, dass er versuchte, mit der Schilderung des ereignisreichen Lebens des Auswanderers ihrem Elan zur Eroberung unbekannter Gefilde auf die Sprünge zu helfen. Die Wahrheit war: Je näher der Tag der Abreise herangerückt war, umso aufgeregter war sie geworden.

„Der waghalsige, unruhige Geist war auf einem Frachtschiff in Port Natal, dem heutigen Durban, angelandet, wo er eine Weile mit mäßigem Erfolg nach Gold grub, dann in Pietermaritzburg mit seiner jungen Frau, die er heiratete, als er eine Wohnung gefunden hatte, ein kleines Ladengeschäft aufbaute. Die Wahl gerade dieser Frau stellte sich als richtig heraus. Die in Pietermaritzburg geborene, aus einer Einwandererfamilie aus Brighton stammende junge Frau erfüllte alle Erwartungen, erwies sich als tüchtige Hausfrau und gebar ihm neun Monate nach der Hochzeit einen Sohn, deinen Großvater."

Jennifer hatte die Geschichte längst in der Familienchronik gelesen, die vor Jahren vom Urgroßvater begonnen und von seinem Sohn, später vom Enkel fortgeführt worden war. Auch dass er das Geschäft recht erfolgreich führte, bis ihm zu Ohren kam, dass jetzt in der Gegend um Johannesburg riesige Goldvorkommen entdeckt worden waren.

„Nichts wird dringender benötigt als Sprengstoff, um an das begehrte Metall zu gelangen, es sei denn, man will es wie zu Zeiten des alten Roms mit Hammer und Meißel aus dem Gestein schlagen. Heute übernimmt Dynamit die Grobarbeit, der Mensch muss lediglich die Lunte legen," war in der Chronik nachzulesen. „Menschen spielen erst nach erfolgreicher Sprengung eine Rolle, wenn sie das Geröll mitsamt seinem wertvollen Inhalt auf hölzernen Loren aus der Mine schaffen und aussortieren. Solange der Goldgewinnungsboom anhält, sind nicht in den Minen, sondern in den Sprengstofffabriken die wahren Goldschätze zu finden. Die Fabrik wird florieren, bin ich zu 100 Prozent überzeugt. In dieser Gründung sehe ich die Zukunft unserer Familie." Und tatsächlich beschloss er, sein Ladengeschäft zu verkaufen.

Doch seine nüchtern denkende Frau ließ sich nicht so leicht überzeugen, die Sicherheit des Ladengeschäfts gegen die gefährliche Fahrt zu den Goldminen und das finanzielle Risiko des Baus der Fabrik einzutauschen. Schließlich aber gelang es ihm doch, sein Vorhaben durchzusetzen. Seine Frau stimmte dem Verkauf des Ladens zu und trat mit ihm und dem Säugling die beschwerliche Reise nach Johannesburg an.

Wenn Jennifer heute das unruhige Leben des Urgroßvaters rekapituliert, der in Witwatersrand, einem Gebiet mit den reichsten Goldvorkommen der Erde, den gesamten Erlös aus dem Verkauf seines Pietermaritzburger Geschäftes in den Bau einer Sprengstofffabrik investierte, fragt sie sich, wie er sich wohl tatsächlich gefühlt haben muss. Ob er wirklich immer überzeugt war, das Richtige zu tun und nie fürchtete, aufs falsche Pferd gesetzt zu haben? Sie bezweifelt es. Unstreitig aber war er ein Mann schneller Entschlüsse, ein Mann, der Zeitverschwendung hasste und, wie sich später zeigte, es verstand, die richtige Gelegenheit beim Schopf zu packen. Andernfalls stünde die Familie nicht da, wo sie heute steht.

Jennifer sieht durch das verschmutzte Fenster Häuser und Berge, Wiesen und Wasserflächen vorübergleiten und wird schläfrig, verbietet sich aber das Einschlafen aus Angst, man könne ihr im Schlaf den Koffer oder die Tasche rauben. Um sich wachzuhalten, schickt sie ihre Gedanken erneut auf die Reise in die Vergangenheit.

Im letzten Abschnitt seines Lebens war der alte Mann offensichtlich zu der Überzeugung gelangt, dass vor Armut nur Grundeigentum schützen kann. Zu Wohlstand gelangt, kaufte er jedem seiner Kinder ein großes Stück Land zum Bau eines eigenen Hauses, obwohl das seine groß genug für sie alle gewesen wäre. Ursache seines Pessimismus ist der Schwarzen Hass gegen die Weißen, den er angeblich in vielen Gesichtern gesehen hat und als ein Zeichen für einen bevorstehenden Aufstand bewertete, vermutete Jennifers Vater.

Eine weiße Wand im Elternhaus beherrscht seit Jahren ein in Öl gemaltes Porträt Williams, das ihn im fortgeschrittenen Alter zeigt. Die Zeit und der Rauch unzähliger dicker Zigarren hat den Firnis dunkel werden lassen. Das Grau des schütteren Haares des Mannes lässt die ursprüngliche Farbe nicht mehr erkennen und die Züge des breiten Gesichtes nicht, ob er in jungen Jahren gutaussehend gewesen war. Doch die klugen Augen hinter der rundgeranderten Brille zeugen von einem agilen Charakter, trotz der beginnenden Altersmilde, die der Maler auf dem Porträt wiederzugeben versuchte.

Ob in mir tatsächlich noch etwas von seinem Wagemut schlummert? Jennifer erinnert sich an die Erleichterung, mit der sie die behütende Begleitung von Luis in Venedig in Anspruch genommen hat: Und bezweifelt es.

Ein beängstigender Einfall stoppt die gedankliche Reise in die Vergangenheit abrupt und bringt ihre Nerven zum Flattern. Was wenn die Freunde nicht am Gare de Lyon auf sie warten, weil sie Stunden später ankommen wird als ursprünglich geplant? Die Rekapitulation des aufregenden Lebens ihres Vorfahren und die Erinnerung an seinen Wagemut noch in den Gedanken, lässt sie gelassener werden. Auch für diesen Fall wird sich eine Lösung finden, kommt Zeit, kommt Rat.

Als der Zug im Bahnhof von Paris eingefahren ist, schnappt sie ihr Gepäck und hastet durch einen der sieben Eingänge in die mit Glasfacetten eingedeckte Bahnhofshalle, wo sie, geblendet von der Sonne, die durch das Deckenglas ins Innere dringt, für einen kurzen Augenblick die Augen schließen muss. Das Blau des Himmels verspricht einen heißen Tag und sie hat die Sonnenbrille im Koffer verstaut, in diesem Gedränge aber ist das Öffnen des Gepäckstücks nicht möglich. Unmöglich ist auch, ohne strategisches Vorgehen in dem Hexenkessel der überfüllten Halle jemanden zu suchen oder zu finden, Menschentrauben, wohin man auch schaut. Mühsam drängelt und boxt sie sich durch das Durcheinander aus Schülergruppen, Reisenden und Touristen, die lediglich den Bahnhof bestaunen wollen, um nach einer Stelle Ausschau zu halten, von der sie einen besseren Überblick hat. Ihre Augen bleiben an einer für einen Bahnhof außergewöhnlich schönen Treppe aus hellem Marmor haften. Als sie mühsam zu dieser durchgedrungen ist, sieht sie, dass sie zu einem historischen Restaurant im Obergeschoss führt. Kunstvoll bemalte Wände, daneben ein Plakat mit dem lebensgroßen Abbild Sarah Bernards, auf dem die Besuche der Schauspielerin im Train Bleu geschildert sind, lassen sie für einen Augenblick den eigentlichen Zweck des erreichten Ziels vergessen. Sie schlägt den Reiseführer auf: Vom gewöhnlichen Sterblichen, als „Bahnhof der Prinzen und Könige" bezeichnet, reisten in den goldenen Zwanzigerjahren durch seine Hallen und über seine Gleise wohlhabende Engländer von Calais zur Französischen Riviera. Die Eisenbahngesellschaft, die seinen Bau in Auftrag gegeben hatte, heißt also nicht grundlos Chemin de fer de Paris-Lyon-Méditerranée, kurz PL n."

Kein Wunder, dass das „Kunstwerk" noch heute beeindruckt, denkt sie, steckt das Büchlein wieder zurück in die Tasche und ist sich gewiss, dass sie die Freunde in dem Restaurant finden wird. Auch sie werden den Text gelesen, das Bild der Schauspielerin bewundert und beschlossen haben, sich dort, wo Sarah Bernard einst dinierte, eine Pause zu gönnen. Wahrscheinlich haben sie den ersten Drink schon vor sich stehen.

Sie hat richtig vermutet. Aus einer an einem in Weiß eingedeckten Tisch sitzenden Gruppe junger Menschen leuchtet ihr schon von Weitem der rote Haarschopf ihrer Freundin Diana entgegen.

In Kindertagen eng befreundet, hat sich ihre Freundschaft in gemeinsam verbrachten Internatsaufenthalten in Grahamstown noch vertieft. „Ich erwarte mir von unserer gemeinsamen Reise nicht nur schöne Erlebnisse, sondern ein Stück Heimat in der Fremde und eine Erneuerung unserer Freundschaft", hatte Diana im letzten Brief gefühlvoll geschrieben und ihn mit einer abstrakten Zeichnung in zarten Wasserfarben kunstvoll verziert. Jennifer bewundert seit jeher deren künstlerischer Begabung, daran hatte sich Diana wohl erinnert.

Die Freunde waren über den Streik und Jennifers verspätete Ankunft informiert worden, so fehlt der Begrüßung jegliche Aufgeregtheit. Bei Jennifer aber hatten die Gefühle die unangenehmen Folgen beim Verfehlen der Freunde realistischer eingeschätzt als ihr Verstand. Sie kann nicht verhindern, dass es ein paar Tränen in ihre Augen trieb, als die Last der Ungewissheit von ihren Schultern fiel.

Nachdem die Gläser geleert sind und die Rechnung bezahlt ist, verlassen sie das Restaurant. Vor der reichverzierten Fassade des Bahnhofs wartet ein blauer VW T1 Samba nur noch auf Jennifer und ihr Gepäck. Zwar in die Jahre gekommen, hatte das Fahrzeug die Gruppe mit seinem roten, weißgrundigen Dach, seiner dunkelroten Karosserie und zehn Seitenfenstern, die einen hervorragenden Rundumblick ermöglichen, zum Kauf verführt. Sie hatten ihre Mittel zusammengelegt, nur das Notwendigste, wie abgefahrene Bremsbeläge und den porösen Auspufftopf, ersetzt und auf alle altersbedingten Schönheitsreparaturen verzichtet, um sich auf der Reise materiell nicht übermäßig einschränken zu müssen. Der Bus soll nach dem Ende ihrer Sightseeing-Tour wieder veräußert und der Erlös aufgeteilt werden.

Die Reise durch Europa wird ein Erfolg. Der Bus lässt sie nicht im Stich und fährt sie in knapp drei Monaten durch Norwegen, Dänemark und Schweden, nach einem Zwischenstopp in London durch Österreich und die Schweiz. Er streikt nie, erfüllt alle Erwartungen und findet nach dem glücklichen Ende der Reise in Venedig einen neuen Eigentümer. Seine Fahrgäste aber weht es in alle Welt.

Luis' Prophezeiungen erfüllen sich, an einem Regenmorgen kam Jennifer in London an, am nächsten Tag wacht sie bei grauem Wetter, Nebel und Nieselregen auf. Grau wie das Wetter ist Jennifers

Stimmung und bessert sich erst, nachdem sie die kleine Wohnung bezogen hat, die Freunde der Eltern gegen ein so geringes Entgelt zur Verfügung stellen, dass es gerade einmal die Unkosten deckt. Mit zwei Zimmern, hell und freundlich möbliert, liegt sie in einer guten Gegend, wenn auch in einiger Entfernung zu ihrem Arbeitsplatz. Da sich in unmittelbarer Nähe die erste Zusteigestation der Bahnlinie befindet, ist sie jeden Morgen unter den ersten Passagieren und hat bei der Wahl eines Sitzplatzes freie Hand. Einmal für gut befunden, behält sie ihn bei, bis ein gutaussehender Inder Tag für Tag seinen für europäische Augen spektakulären Auftritt zelebriert und unverhohlen sein Interesse für ihre Person bekundet.

Dass er nicht zu den Ärmsten unter seinen Landsleuten zählt, ist deutlich an der Qualität seiner Kleidung ersichtlich. Sie ist eine gekonnte Mixtur aus indischer und europäischer Mode. Anstelle des Dhotis, des traditionellen Beinkleides der Inder, das man von Ghandi kennt, trägt er eine Baumwollhose, darüber das typische Stehkragenjackett, dazu eine in einem dunklen Lila gehaltene ärmellose Weste über einem weißen Kurtahemd. In Johannesburg und Kapstadt, wo die meisten seiner Landsleute im Niedriglohnsektor arbeiten, gehören Inder seines Aussehens und Auftretens nicht zum üblichen Straßenbild. In London, wo sich vor allem Nachkommen der unter britischer Kolonialherrschaft sozialgesellschaftlich aufgestiegenen Brahmanen und Jarti niedergelassen haben, die in kaufmännischen Berufen und mit Schreibtischarbeiten gutes Geld verdienen, beanspruchen Menschen seiner Kaste die Rechte des Kastenwesens des Heimatlandes.

Dass es sich bei ihrem Gegenüber um einen Brahmanen handelt, ist sich Jennifer sicher. Nägel und Haar rundgeschnitten, trägt er am Ohr ein goldenes Gehänge, Indizien seiner Klassenzugehörigkeit.

Gerüchten zufolge stellt man in guten indischen Restaurants nahezu ausschließlich Brahmanen als Köche ein, um nicht Gefahr zu laufen, dass ein höherkastiger Inder die Annahme einer von einem Koch aus einer niederen Kaste zubereiteten Speise verweigert.

Ungeachtet seiner vermutlichen Stellung wird ihr seine Aufmerksamkeit täglich lästiger. Anfänglich versucht er sein Interesse hinter einer Zeitschrift zu verbergen, je länger der Zustand aber dauert, umso unverhohlener werden seine Blicke. Als er sie um ein Date bittet, lehnt sie seine Bitte ab.

Ob er wohl davon ausgeht, dass die Beständigkeit, mit der sie Tag für Tag denselben Platz auswählt, dem sehnsüchtigen Erwarten seiner Gesellschaft geschuldet ist? Vielleicht wartet in seiner Heimat seine erste Frau, und er sucht nach einer zweiten oder gar dritten, die ihm einen Daueraufenthalt in Südafrika verschafft und glaubt, in ihr ein geeignetes Objekt gefunden zu haben. Er hat sie vermutlich an dem Emblem auf der Tasche als Südafrikanerin erkannt.

Auf ihn wie auf europäische Männer üben Frauen wie sie offensichtlich eine seltsame Anziehungskraft aus, das hat sie inzwischen gelernt. Ob sie in den aus Afrika stammenden, weißen Frauen Exotinnen sehen, die den betörenden Duft eines fremden Kontinents auf der hellen, glatten Haut der Europäerin tragen, oder gar eine Schimäre der Genetik? Jennifer verwirft den Gedanken. Ein Inder ist trotz der in Europa stetig steigenden Zahl der Immigranten noch immer selbst ein Exot. Sein aufdringliches Verhalten muss andere Gründe haben. Vielleicht kann er sich mit der Gleichgültigkeit einer Frau gegenüber einem Brahmanen nicht abfinden, weil er es gewohnt ist, in seinem Heimatland als eine Art Gott angesehen zu werden. Dann ist es für ihn an der Zeit, in Europa etwas dazuzulernen. Sie wird ihm dabei helfen und sucht sich ein anderes Abteil, nachdem er seine Bemühungen nicht einstellen will.

Je länger sie sich in London aufhält, umso mehr hasst sie dessen Wetterverhältnisse, die noch schwerer zu ertragen sind als die ungemütlichen Temperaturen in den skandinavischen Ländern, die sie auf der wochenlangen Sightseeing-Tour durchquert haben.

Endlich im Büro angekommen, schüttelt Jennifer missmutig das Wasser aus den braunen Locken. Sie hat, wie so oft, den Regenschirm zu Hause vergessen, ein sträflicher Leichtsinn in einem solchen Land.

„Wie sehr ich Südafrikas Sonne vermisse", klagt sie einem Kollegen ihr Leid. „Ich glaube, mein Körper beginnt sich gegen die von der Themse aufsteigende Nässe zu wehren und will mir mit schmerzenden Knochen verständlich machen, dass es Zeit wird, die Zelte in diesem ungastlichen Land abzubrechen."

„Na, na, wie sprichst du vom Land deiner Väter, da muss ich wohl für Abhilfe sorgen", und fährt sie am frühen Morgen eines sonnigen Samstags zur Insel Wright. Und tatsächlich erinnern sie bereits beim Betreten des Parks die weitläufigen, akkurat gemähten Rasenflächen an die Fairways der Golfplätze ihrer Heimat, die riesigen Trauerweiden am Rand der von niedrigem Schilfgras, Günsel und Frauenmantel gesäumten Seerosenteiche an die Teichanlagen in Kapstadts Kirstenbosch Park, den Emmarentia Dam and Botanical Garden in Johannesburg, das Melville Kopies Nature Reserve, wo ihr Vater sie im Kindesalter auf einen Elefanten setzte und ihr damit nächtliche Alpträume bescherte.

Von Stechpalmen und Zedern gesäumte Alleen weisen den Weg zum majestätischen Osborn House, der ehemaligen Residenz Königin Victorias. Das Meer von rot- und weißblühenden Rosen im Park erfreut ihre Seele, die Farbenpracht der Proteen berührt in schmerzhafter Weise das Herz.

Doch so schön die Gärten Englands auch sind, es gibt nicht viel, von dem sie mit Bedauern Abschied nehmen wird, wenn die Zeit ihres Aufenthalts beendet sein wird.

„Ich bin dir so dankbar, dass du dir die Zeit genommen hast, mit mir an diesen Ort zu fahren. Die weite Fahrt hat sich gelohnt. Schließe ich die Augen, glaube ich die Düfte der Heimat zu riechen. Weißt du eigentlich, dass Proteen die sommerlichen Brände brauchen, um ihre Samen zum Platzen zu bringen?" Ihr Kollege schüttelt verwundert den Kopf, bevor er antwortet. „Das ist doch ein Widerspruch in sich, oder? Feuer zerstört, bei diesen Pflanzen soll es neues Leben schaffen?"

„Ja, ein Widerspruch, wie bei so vielem in der Welt. Ich lustwandele in englischen Gärten und es fällt mir nichts anderes ein als die Proteen Südafrikas. Die Kosten der Übernachtung übernehme selbstverständlich ich. Dank deines Verständnisses für meine Situation konnte ich neue Kraft tanken und bin zuversichtlich, dass ich die Zeit bis zu meiner Abreise unbeschadet überstehen werde."

Einen knappen Monat später geht sie in Genua für die Rückreise nach Südafrika an Bord.

Am selben Tag verabschiedet sich Franz in der Halle des Marco Polo Flughafens in Venedig von seiner Mutter.

Abschied und Begegnung

Auf der Fahrt nach Genua, wo Franz nach Südafrika übersetzen wird, will er seinen Alpha Romeo in Triest abliefern. Der Preis, den der junge Italiener Franz für den Wagen geboten hat, ist so attraktiv, dass er ohne Zögern zugesagt hatte, das Fahrzeug selbst zu überführen. Dass seine Mutter ihm bei der zeitaufwendigen Aktion behilflich sein würde, stand schon bei seiner Unterschrift für ihn außer Frage. Er irrte sich nicht, sie willigte ein.

Zufrieden, dass er das Nützliche wieder einmal mit dem Notwendigen verbinden kann, fahren sie bis Triest im Pulk, Therese im „roten Flitzer", wie sie seinen Alpha spöttisch nennt, Franz in einem fabrikneuen BMW, der im Rumpf seines Schiffes nach Johannesburg überführt werden soll.

Mit sich allein in dem schnittigen Wagen hat Therese viel Zeit zum Nachdenken. Wie Franz wohl reagieren würde, wenn sie sein Fahrzeug vor der Übergabe in den Graben führe? Besser, sie denkt nicht darüber nach! Ein Unglück zu fürchten, kann es erst recht herbeiführen, behauptet ihre Mutter bei jeder sich bietenden Gelegenheit, und so sehr sie sich auch dagegen wehrt, sie bekommt die Worte der abergläubischen Frau nicht mehr aus dem Sinn.

Auch Franz lässt die letzten Stunden und Tage in seinen Gedanken Revue passieren, denkt an seinen Großvater, der ihm bei einer seiner Stippvisiten in der Mühle einen gedeckelten Zinnbecher schenkte, der ihm beim Abschied von seinem Regiment überreicht worden war.

„Ein bayerischer Löwe in Johannesburg, ich soll also das Tier in seine eigentliche Heimat zurückbringen, ist wohl deine Vorstellung."

Er erinnert sich, dass der alte Mann mit einem Lachen in den Augen erwiderte: „Die Monarchie hat ihr Ende gefunden, die Wittelsbacher sind entmachtet, der Löwe kann also tatsächlich zurück in seine

Heimat. Halte den Krug in Ehren, dann wacht der Löwe jetzt über dich, wird vielleicht zu deinem Talisman. Wenn du die Zeit für gekommen hältst, dann gib' ihn weiter an den, den du für den Richtigen hältst."

Jetzt schlummert der Löwe auf dem zinnenen Krugdeckel thronend, in einem der Gepäckstücke im Kofferraum des BMW 1800 Ti, der auf seine Überführung wartet.

Die Fahrt verläuft reibungslos und sie erreichen die Stadt zum verabredeten Zeitpunkt der Übergabe, die ohne Probleme und zu jedermanns Zufriedenheit über die Bühne geht. Nachdem der neue Besitzer das Fahrzeug mit vor Glück strahlenden Gesicht in Empfang genommen hat und Franz deshalb darüber nachdenkt, ob er es vielleicht zu einem zu günstigen Preis verkauft haben könnte, setzt sich Therese auf den Beifahrersitz seines Wagens. Sie schlingt einen blauen Seidenschal um ihr Haar und zieht hastig ihre neue Sonnenbrille auf, eine Brille mit großen Gläsern, auf dem Bügel das Emblem von Porsche, das Abschiedsgeschenk ihres Sohnes. Doch das Täuschungsmanöver misslingt. Ihr trauriger Blick entgeht Franz nicht, rührt ihn an, beunruhigt ihn jedoch nicht weiter.

Eine starke Frau, wie sie es ist, wird die Fassung spätestens wiedergewinnen, wenn sie zu Hause angekommen, den jüngsten Sohn in die Arme schließt, so gut kennt er sie. Ob es die Fürsorge der Natur war, dass sie mit über vierzig Jahren und nach einer komplikationslosen Schwangerschaft noch einmal ein Kind geboren hatte, Liebling auch seines Vaters? Wollte die Natur ihr ein neues Objekt der Zuneigung schenken, vielleicht, um die in mentaler und örtlicher Hinsicht neu entstandene Distanz der erwachsenen Söhne zu kompensieren? Franz jedenfalls war die Geburt des Knaben gelegen gekommen, sein Heranwachsen lenkt seine Mutter ab und verschafft ihm Freiraum.

Nicht, dass ihn der Abschied nicht ebenfalls schmerzte, doch die Vorfreude auf das Neue, das ihn erwartet, auf das Abenteuer seines Lebens, ist stärker als der Trennungsschmerz.

Nach knapp zweistündiger, nahezu wortloser Fahrt erreichen sie schließlich Venedig und umarmen sich, auf dem Gelände des Marco Polo Flughafens angekommen, ein letztes Mal. Therese zwingt ein Lächeln ins Gesicht. Doch als er sagt: Das ist der große Tag, den ich hoffentlich immer als einen glücklichen in Erinnerung behalten werde, treibt sein Bekenntnis Tränen in ihre Augen.

Kinder sind nur eine Leihgabe, war ein Spruch, den sie auf einem Kalenderblatt gelesen hatte. Ihn sollten vor allem Mütter von Söhnen beherzigen, weiß sie heute, nachdem sie das Leben gelehrt hat, dass er die reine Wahrheit ausspricht. Finden Söhne die Partnerin fürs Leben, ist die Leihgabe einer anderen Frau zu übergeben.

Bevor sie der Rumpf des Flugzeugs verschluckt, dreht sie sich noch einmal um, sieht Franz klein und wie verloren vor der Abflughalle des Terminals stehen. Ob ihn der Abschied nicht stärker schmerzt, als er zugeben will, hat sie nur verlernt, in seinen Gedanken zu lesen, oder gibt es Gefühle in einem Mann, die man als Frau nicht versteht?

„Was du liebst, lass frei. Dann kommt es zu dir zurück", schrieb schon Konfuzius, die Worte trösten sie.

Zur gleichen Zeit, zu der Therese in Frankfurt landet, wo sie von einem Freund abgeholt wird, wartet Franz am Kai des Genueser Hafens inmitten lärmender, gutgelaunter Menschen auf Einlass in sein Schiff. Ein kleiner Spatz pickt in den warmen Strahlen der Nachmittagssonne Brotkrumen auf, eine Eidechse, aufgeschreckt durch das Gedränge um sie herum, verschwindet in einer der Mauerritzen am Kai, ein schnuppernder Hund streicht um den Pfahl einer Laterne, wird von einem Mitarbeiter des Hafenpersonals weggescheucht, als er das Bein heben will. Mit eingezogenem Schwanz zieht er von dannen, der kleine Vogel schwingt sich in die Lüfte und ist kurz danach hinter einer Litfaßsäule verschwunden.

Franz zückt sein silberfarbenes Feuerzeug, ein Dupont D57, dreht den Regler etwas höher, als der Wind auffrischt und die Flamme auszulöschen droht, zündet sich eine Zigarette an und beobachtet interessiert das emsige Geschehen um die ‚Africa', ein Schiff der Reederei Lloyd Triestina, deren blankgeputzter Leib in der Sonne glänzt, während die Reinigungsarbeiten auf den Decks und im Innern noch in vollem Gange sind.

Drei Wochen Fahrt! Ob man gänzlich ohne jede sinnvolle Beschäftigung eine dermaßen lange Zeit die Beine ruhig halten kann? Nicht zum ersten Mal stellt er sich diese Frage. Vielleicht erwiese sich für einen Menschen, der die Fähigkeit verloren hat, länger als eine Stunde mit Nichtstun zu verplempern, die durch einen Flug gewonnene Zeit letztendlich nicht doch als wertvoller? Aber für solcherart Überlegungen ist es jetzt definitiv zu spät.

„Das Schiff läuft interessante Häfen an und an den Haltepunkten lässt das Auf- und Abladen den Passagieren genügend Zeit, sich berühmte Sehenswürdigkeiten anzusehen," hatte ihm seine Mutter eine Reise zu Schiff schmackhaft zu machen versucht. Es war ihr schließlich gelungen, ihn zu überzeugen. Inzwischen ist er zu dem Ergebnis gelangt, dass Erfolg oder Misserfolg der langen Schiffsreise im Wesentlichen davon abhängen wird, welchen Alters und Geschlechts die Mitreisenden sind.

Er überzeugt sich, dass er sein wertvolles Feuerzeug wieder ordentlich verstaut hat, immerhin war der erste Kunde dieses Modells ein leibhaftiger Maharadscha, wenn man der Werbung Glauben schenken darf, nimmt einen letzten Zug aus der Zigarette und sieht zwei Matrosen in weißen Uniformen die Reling betreten und den Einlass zum Bauch des Schiffes öffnen. Die Zeit ist gekommen, an Bord zu gehen, zeigen ihm die goldfarbenen Zeiger des schwarzen Zifferblatts seiner Seiko. Sie stehen exakt auf sechzehn Uhr. Er wirft den Zigarettenstummel in einem weiten Bogen ins Meer, greift den prallgefüllten schwarzen Lederkoffer, reiht sich in die lange Reihe der Wartenden ein und mustert gelangweilt die lange Schlange, die sich vor ihm gebildet hat. Gut- und weniger gutgekleidete Frauen, füllige und magere, drängen zum Einlass: Keine ist darunter, die ihm gefallen könnte.

Plötzlich dringt das glockenhelle Lachen einer Frau an sein Ohr, wird übertönt vom dunkleren eines Mannes und macht ihn neugierig. Gekleidet in ein Ensemble aus Kleid in zartem Lila und leichtem Mantel, den sie lose um die Schultern gelegt trägt, überragt ein hochgewachsenes, entzückendes Wesen seinen Begleiter um mindestens zehn Zentimeter. Der Anblick der jungen Frau durchfährt Franz wie ein Blitz und setzt augenblicklich sein Herz in Flammen, fiebrige Röte steigt ihm in die Wangen.

Der Mann hat ungefähr meine Größe, also ist sie auch größer als ich! Die niederschmetternde Erkenntnis versucht auf der Stelle die Funktion eines Feuerlöschers zu übernehmen. Vergeblich! Sie weckt stattdessen ein Gefühl von Eifersucht.

„Mario, wie oft soll ich das noch wiederholen: Ich trage meinen Koffer selbst. Kümmere dich um die Formalitäten, hier, mein Pass. du kannst dich gut verständigen, ich dagegen nicht. Avanti per favore", fügt das zauberhafte Wesen mit einem warmen Lächeln hinzu und streicht sich über das in große Wellen gelegte, mittelbraune Haar, um eine Fliege zu verscheuchen, die wohl vom Duft ihrer Locken angezogen, sich gerade auf ihnen niederlassen will. Der Feuerlöscher versagt seinen Dienst endgültig beim Klang des englischen Zungenschlags, der genauso bezaubernd ist, wie alles andere an ihr.

Und Mario gehorcht und reiht sich gehorsam in die Schlange ein. Ein sympathischer Typ, muss Franz sich widerwillig eingestehen und stellt zufrieden fest, dass beide keinen Ehering am Finger tragen. Er muss die Frau kennenlernen, so viel steht fest und lässt sie nicht mehr aus den Augen, bis sie mit energischen Schritten in die Tiefen des Schiffes hinabgestiegen und ihr schmaler Rücken seinen Blicken entschwunden ist.

Wenig später ist die Reihe an ihm. Er kommt unbeanstandet durch die Kontrolle und bezieht nicht lange danach seine Kabine, die er sich mit einem jungen Mann teilen wird.

Als Erster angekommen, wählt er den oberen Teil des Etagenbettes für sich. Er klettert die steile Leiter hoch zu seinem Bett, schaut durch das Bullauge am Kopfende. Schnell schließt er die Augen. Das Meer glänzt in der Sonne und blendet sie beinahe schmerzhaft. Er zieht den braunen Vorhang vor, der erstaunlicherweise duftet, als sei er gerade aus der Waschmaschine gekommen.

Noch ist es ruhig rund um das Schiff, bald aber werden Pfiffe und der Lärm schwerer Motoren die Ruhe vergessen machen. Durch die engen Flure schallt das Lachen von Kindern und hallen die Schritte nach den Kabinen suchender Passagiere. Sie verklingen nach einer Weile im dicken Flor des graublauen Teppichbodens, mit dem die Böden ausgelegt sind.

Franz zieht den Vorhang wieder zurück, klettert die schmale Leiter seines Bettes hinunter, packt seine Hemden in eine der Schrankhälften, fährt mit dem Finger über die an der Bullaugenwand befestigte schmale Konsole. Die Prüfung fällt zu seiner Zufriedenheit aus. Dann beginnt er seine Kleidung für das Abendessen zu richten, für das ihm ein Tisch mit der Platznummer fünfzehn reserviert ist. Ausgerechnet sein Geburtsdatum, wenn das nicht Glück bedeutet, lächelt er in sich hinein und hofft inbrünstig, dass die hübsche junge Frau aus der Schlange seine Tischnachbarin sein wird.

Doch noch bleibt genügend Zeit, sich ein wenig Ruhe zu gönnen. Kurzentschlossen entschließt er sich zu einem kurzen Nickerchen und schläft sofort ein.

Gegen siebzehn Uhr weckt ihn das Klopfen des Stewards an der Tür. Franz braucht eine Weile, bis er sich in der Gegenwart zurechtfindet. Ihn schwindelt, der Schwindel gleicht der Bewegung eines Schiffes im querlaufenden Wellenschlag. Ob er etwa seekrank wird? Das fehlte noch! Ein Glück, dass er noch immer allein in der Kabine ist. Dann streckt er die Glieder, gähnt ausführlich und das Unwohlsein verflüchtigt sich. Ein Blick durch das Bullauge zeigt ihm, dass das Schiff abgelegt hat, seine Fahrt beschleunigt und das Hafenbecken bald verlassen haben wird. Die Menschen auf den Kais werden zu winzigen

Zwergen, Molen tauchen im gläsernen Rund des Fensters auf und verschwinden, Schiffe füllen die entstandene Lücke, dann nur noch die graue Eintönigkeit des Meeres.

Ein seltsamer Traum hat ihn in seinem nachmittäglichen Schlaf heimgesucht, als wolle er ihn mahnen, den Besuch seiner Mutter in der Schweiz an ihrem letzten gemeinsam verbrachten Wochenende nur ja nicht in Vergessenheit geraten zu lassen. Mütter und Kinder verbindet eine innere Fessel, die sich nie völlig löst, versucht er sich den Traum zu erklären.

Wenige Tage vor jenem Freitagabend, an dem sie in der Schweiz anreiste, hatte ihm seine Mutter mitgeteilt, dass sie sich nichts sehnlicher wünsche, als mit ihm eine letzte Fahrt zum Luganer See zu unternehmen, bevor er seine Zelte in der Schweiz abbrechen wird. Auf seine Frage, warum sie sich ausgerechnet den Luganer See als Ziel ausgesucht habe, erzählte sie, sie habe kürzlich gelesen, dass der Begründer des Dadaismus, ein Pfälzer aus Pirmasens, in einem kleinen Dorf oberhalb des Sees, in einem kleinen Palazzo lebe, von dem aus der Blick über den See bis Caslano und Ponte Tresa zur italienischen Grenze reiche. „Nicht dass du denkst, ich fände auf meine alten Tage Gefallen am Dadaismus, doch dem Bericht waren Bilder des Palazzos beigefügt, so schön, dass ich mir nichts mehr wünsche, als ihn und den Garten anzuschauen, natürlich zusammen mit dir."

„Das Tessin wurde in der Nazizeit zum Zufluchtsort Pfälzer Künstler, auch Hans Purrmann hat sich unweit des Monte Verità ins Exil zurückgezogen. Dort ist auch sein Bild ‚Frühling in Montagnola' entstanden."

„Ja, ich weiß, ein Replikat hängt schließlich über der Anrichte in unserem Esszimmer. Für unser leibliches Wohl wäre gesorgt, habe ich mich informiert. In einem Waldhaus namens Circolo Soziale in der Nähe seines Hauses, gibt es angeblich das beste Ossobuco der Schweiz."

Kaum angekommen, war eine ihrer ersten Fragen, ob er über den Palazzo Erkundigungen eingezogen habe.

„Ja, der Palazzo ist zu besichtigen, und im Waldhaus habe ich reserviert, Kalbshaxe aber ist nicht meine Sache. Auf die wirst du wohl verzichten müssen. Auch auf italienische Art zubereitet, kann ich dem Fleisch nichts abgewinnen. Es ist mir zu klitschig und Polenta, die man im Allgemeinen als Beilage reicht, liebe ich ebenfalls nicht sonderlich. Ich bevorzuge ein Restaurant, in dem ein originales Käsefondue zubereitet wird. Das muss man einmal gegessen haben, wenn man sich in der Schweiz aufhält. Und wer weiß, ob du noch einmal hierherkommen wirst."

Sie hatte ohne Diskussionen in seinen Änderungsvorschlag eingewilligt. Ohnehin war ihr Interesse am Tessin und seinen deutschen Künstlern nur vorgeschoben, um den eigentlichen Grund zu verschleiern, den Wunsch nach einem letzten Beisammensein mit ihrem Sohn, war Franz sich sicher. Doch von dieser Erkenntnis brauchte seine Mutter nichts zu wissen.

Nach dem Besuch des Dörfchen Agnuzzo bewunderten sie den Palazzo und das Waldhaus nur von außen und aßen zu Abend in einem im alpenländischen Stil eingerichteten Haus hoch über dem See.

Kaum eingetreten, schüttelte Therese verdutzt den Kopf: „Ich fühle mich geradezu nach Wolfstein zurückversetzt, in unser Wochenendhaus am Eisenknopf, sieh nur die hellen Kirschbaummöbel, der weite Blick durch die kleinen Fenster, bist du nicht auch dieser Meinung?"

Franz lachte: „Na ja, ein wenig ähnelt es ihm, wenn es auch längst nicht so geräumig wie dieses Haus hier ist. Sein Mauerwerk hat nahezu die gleiche rötlich braune Farbe wie das unsere. Man muss aber neidlos zugestehen, die Aussicht bietet einen phänomenalen Blick zum See, nicht nur wie bei uns zu zwei Burgruinen. Und wie schön muss erst das Lichtermeer am Abend sein! Unser Blick auf Häuserdächer, Wald, Wiesen und Burgen kann da wirklich nicht mithalten."

In den Jahren seiner Kindheit und Jugend hatten sie nahezu jedes Wochenende auf dem idyllisch über der Stadt gelegenen Grundstück verbracht und er und seine Brüder von dort aus die Gegend durchstreift. Obwohl das aus rotem Sandstein gebaute Häuschen bis zum heutigen Tag weder über einen Strom- noch über einen Wasseranschluss verfügt, scheuen sie heute wie damals keine Mühe, das zum Kochen und Spülen benötigte Wasser über den steilen, an vielen Stellen ausgefahrenen Weg nach oben zu transportieren. Ein gummibereifter Leiterwagen, wie ihn die Bauern zum Transport ihrer Milch benutzen, war ein unentbehrlicher Helfer.

Während des Essens schwelgten sie in Erinnerungen: „Einer der Müllergesellen schleppte mit meiner oder Karls Hilfe in einem großen Korb eine überdimensionierte Thermoskanne und frisch gebackenen Kuchen auf den Berg, insbesondere, wenn sich unsere Großeltern zum Kaffee angemeldet hatten."

„Ja, und eure Kusine kam jedes Mal mit aschfahlem Gesicht bei uns an, ihr wurde regelmäßig übel bei der einstündigen Autofahrt nach Wolfstein auf dem Rücksitz des mausgrauen Opels Olympia, den mein Vater damals gefahren hat", erwähnte seine Mutter und schüttelte den Kopf: „Angeblich hatte sie den Geruch des Autos noch stundenlang in der Nase."

Franz ist es, als befände er sich in einer Zeitblase, als hätten diese Ereignisse nicht vor Tagen, sondern erst gestern stattgefunden. Obwohl vollkommen wach, ist ihm, als sei er in einen Schacht der Erinnerungen gefallen, riecht er den Duft von Lavendel, den seine Mutter in jeden Winkel des Grundstücks pflanzte, den Duft von Rosen, ihren Lieblingsblumen, sieht sich in frisch gepflückte und vor Saft triefende Äpfel und Birnen beißen, Walnüsse zwischen kriechendem Wacholder sammeln.

Dann spuckt die Blase ihn aus. Er zwingt sich aufzustehen, tritt vor den schmalen Schrank und greift nach den gerichteten Kleidern, wählt aus zwei der herausgelegten Hemden ein blau gestreiftes mit weißem Kragen, zieht eine dunkelblaue, schmal geschnittene Hose über, legt den passenden Blazer zurecht, schlüpft in bis zur Wade reichende Strümpfe im Blau seines Hemdes, dann in dunkelblaue, handgenähte Schuhe.

Und erneut wandern seine Gedanken zu der jungen Frau an Bord. Blau ist die Farbe der Treue. Ob die Wahl der Kleidung ein Omen ist?

Nach einem letzten Blick in den Spiegel, der zu seiner Zufriedenheit ausfällt, macht er sich auf den Weg zum Speisedeck. Dort angekommen, sieht er eine kleine Weile den Matrosen zu, wie sie die Kupferteile blank putzen, beobachtet, wie sich das Schiff, inzwischen längst auf hoher See, durch graue, weißgeränderte Wellen kämpft, die klatschend den Rumpf entlang streichen und wie die bleierne Farbe des Himmels den heraufziehenden Abend ankündigt. Er geht noch einmal zurück in seine Kabine, schließt den Vorhang, und das Grau des Meeres im Panoramabild des Bullauges wird von dem schwachen Schein der anspringenden Notbeleuchtung vertrieben. Er greift nach der dicken Jacke über dem Stuhl, sie wird ihm Schutz vor der aufkommenden Kühle geben, wenn der Abend sich in die Länge ziehen sollte.

Plötzlich drängt es ihn, den Speisesaal zu erreichen, wo man ihn höflich an den für ihn reservierten Platz führt. Suchend gleiten seine Augen über die Tische, doch von seiner Angebeteten ist weit und breit nichts zu sehen, es gelingt ihm nur mühsam, seine Enttäuschung zu verbergen. Er wird den Tisch die Reise über mit zwei leidlich hübschen, glücklicherweise Englisch sprechenden Italienerinnen und einem Südafrikaner im weißen Anzug teilen.

Sein männlicher Tischnachbar hat inzwischen das Interesse der Italienerinnen so magisch angezogen, dass seine Person in gleicher Weise gegen dessen Charme verblasst, wie die blasse Farbe seines Gesichtes gegen dessen gebräunte Haut, registriert Franz mit zusammengezogenen Brauen. Unbestritten prädestiniert das kurzgeschnittene, mittelbraune Haar und das markante Gesicht des Südafrikaners den gutaussehenden Mann geradezu für Modefotos mit tropenhelmtragenden Safaritouristen, zumindest stellt Franz sich Safaritouristen genauso vor. Wenn er sich irren sollte, ist das perfekte Äußere des Schönlings die beste Werbung für sich selbst.

Letzteres trifft zu. Jobst von Giesen ist kein Model, sondern ein erfolgreicher Geschäftsmann, wie sich nach seiner formvollendeten Vorstellung herausstellt, wohnt in Johannesburg und befindet sich auf der Rückreise von einem geschäftlichen Besuch in Europa.

Wenig später verlässt der Kapitän seinen Tisch, den er mit dem 1. Offizier geteilt hat, grüßt mit einer angedeuteten Verbeugung nach allen Seiten und schlägt den Weg zur Brücke ein. Franz fragt sich, ob es einem Mann seiner Profession nicht langweilig werden muss auf der Brücke eines Schiffes, auf dem alle Fahrten sich ähneln, wenn man sie nur oft genug hinter sich bringt, wo die immer gleichen Dinge von den immer gleichen Leuten an den immer gleichen Orten des Schiffes getan werden müssen und nur nervige Passagiere diese Eintönigkeit unterbrechen.

Franz dagegen kennt weder den Verlauf seines Abenteuers noch seinen Ausgang. Er betritt Neuland, eine neue Welt, einen fremden Kontinent. Er freut sich darauf.

Reisebriefe an eine Mutter

Liebe Mama,

ich habe Dir vor meiner Abreise versprochen, dass ich versuchen werde, Dir regelmäßig eine Art Reisebericht zu schicken. Dieses Versprechen bemühe ich mich einzuhalten, wenn ich auch nur in kurzen Worten meine Erlebnisse schildern werde. Genaueres erfährst Du bei unserem Wiedersehen, vielleicht auch aus meinen Fotos, die ich reichlich knipse. Zuerst aber das Wichtigste:

Vor der Abreise bin ich auf dem Kai dem wundervollsten Mädchen der Welt begegnet und hoffe nun, dass es mir gelingt, ihr auf der langen Fahrt, die wir zusammen verbringen, näherzukommen. Leider bewegt sie sich in anderen Kreisen als den meinen, kennt im Gegensatz zu mir eine Menge junger Leute auf dem Schiff, vorwiegend Südafrikaner, wohl schon aus Begegnungen vor der Fahrt, zumindest wirken sie sehr vertraut miteinander. Bei wohlhabenden Südafrikanern ist es offenbar üblich, die obligatorische Reise ins Mutterland oder nach Europa überhaupt, vielleicht auch nur die Rückreise von dort mit einer Kreuzfahrt zu krönen. Ich glaube, es herrscht in den ehemaligen Kolonien ein ziemlicher Wohlstand unter den englischstämmigen Einwohnern.

Inzwischen kenne ich wenigstens den Namen der Schönen. Vor ein paar Tagen habe ich ihr in einem Briefchen, das ich auf der Lehne ihres Stuhles im Speisesaal angeheftet habe, mein Interesse offenbart. Ohne aber meinen Namen zu verraten, denn eigentlich müsste sie wissen, von wem die Notiz stammt. Als ihr am Pool die Perlenkette gerissen und eine Perle ins Wasser gefallen ist, habe ich mir mit einem hartnäckigen Verehrer einen Wettkampf im Tauchen geliefert. Leider ohne Erfolg für mich, denn ihm ist gelungen, die Perle vom Boden des Beckens zu bergen. Wenn ich mich nicht irre, war eine leise Enttäuschung in ihren Augen zu lesen, als nicht ich der glückliche Finder der Perle gewesen bin.

Weit hinten am Horizont aber glimmt ein Hoffnungsschimmer, ich glaube, sie tanzt gerne mit mir. Ich freue mich also, dass, wenn das Wetter es zulässt, der hintere Teil des Promenadendecks zum Tanzen freigegeben wird und ich ihr so näherkommen kann.

Tanzen auf Deck ist an sich schon eine romantische Angelegenheit, aber zusammen mit ihr um vieles mehr! Inmitten der unendlichen Weite des Ozeans und unter sternenklarem Himmel spielt es nur eine untergeordnete Rolle, dass die Musik statt von einer Bordkapelle von einem Plattenspieler kommt. Ein guter Tänzer bin ich ja, wie Du weißt, dass Jennifer ein paar Zentimeter größer ist als ich, scheint sie weniger zu stören als mich. Wahrscheinlich, weil sie ein ähnliches Größenverhältnis vom Tanz mit diesem Mario gewöhnt ist.

Zwei Wochen später

Liebe Mama,

ich erlebe eine wirklich großartige Reise und bin Dir tatsächlich dankbar, dass Du mir vom Fliegen abgeraten hast. Meine Erfolge bei meinem Schwarm dagegen sind weniger berauschend, dafür aber die Fahrt durch den Sueskanal. Die Hafenstadt Sues liegt teils auf afrikanischem, teils auf asiatischem Kontinent. Die Grenze zweier Kontinente mit eigenen Augen zu sehen, ist ein großartiges Erlebnis.

In Fuad, am nördlichen Ende des Kanals, der Anlegestelle für Kreuzfahrtschiffe, sind wir im asiatischen Teil der Stadt an Land gegangen. Der Beginn der Passage des Kanals, die Stunden dauern kann, war für drei Uhr in der Nacht angekündigt, genügend Zeit also, um uns mit dem Bus nach Kairo karren zu lassen. Von dort aus ritten wir auf dem Rücken von Kamelen zur Gizeh Pyramide und bewunderten die Sphinx. Und wie sie den Thebanern, gibt mir meine Angebetete Rätsel auf. Entweder spielt sie ein Spiel mit mir, oder sie nimmt mich auf unseren Landausflügen tatsächlich nicht wirklich wahr. Ich sie umso mehr, zumal sie mit dem großen Hut, den sie als Sonnenschutz trägt, kaum zu übersehen ist. Auch auf keinen meiner Flirtversuche geht sie ein. Vielleicht, weil sie Deutsch weder spricht noch versteht, rede ich mir ein und tröste mich damit, dass das Wirtschaftsenglisch, das ich spreche, meine Flirtversuche vielleicht nicht richtig wiedergibt.

Mit der Hygiene nimmt man es im Land nicht so genau. Ein kleines Beispiel: Auf einem Markt in Kairo präsentierte ein Einheimischer eine verlockende Riesenpyramide aus Datteln. Als deren Spitze herunterfiel, stoben Myriaden von Fliegen auf, die es sich zwischen den Datteln gütlich getan hatten. Seelenruhig steckte der Ägypter die abgefallene Spitze mitsamt dem Dreck der Straße wieder auf. Mir hat es den Appetit auf Datteln wohl auf immer verdorben. Es ist seltsam, wie Ekel sich beschwichtigen und Menschen abstumpfen lässt, wie sonst könnten sie solche Dinge essen und als normal empfinden?

Drei Tage später,

Liebe Mama,

auf der nahezu elf Stunden dauernden Fahrt durch den Golf von Sues haben wir gestern das rote Meer durchfahren. In Dschibuti, der Hafenstadt am Golf von Tadjoura, sind wir kurz an Land gegangen. Auf der anderen Seite des Meeres liegt zum Greifen nah der Jemen. Wohin man aus der Bucht auch blickt, man sieht nichts als Wüste. Die Küste liegt über hundert Meter unter normal 0, soll wegen ihrer prächtigen Korallenriffe und ihrer unterirdisch-schlafenden Vulkane ein wahres Taucherparadies sein. Schade, dass uns fürs Tauchen keine Zeit bleibt, denn hier ist das ganze Jahr über Hochsommer und das Wasser ist warm wie das in einer Badewanne, die Temperatur fällt angeblich nie unter fünfundzwanzig Grad. Morgen werden wir die Nordostspitze Afrikas umrunden. In den Gewässern um den Golf von Aden treiben Piraten ihr Unwesen, die Durchfahrt ist daher berüchtigt. Wenn wir heil herausgekommen sind, melde ich mich wieder.

Wenige Tage später

Liebe Mama,

ich hatte dir ja geschrieben, dass wir die Nord-Ostspitze Afrikas umfahren werden. Jetzt ist es so weit, wir schippern durch den Indischen Ozean. Obwohl wir in Mogadischu, einer Küstenstadt Somalias, anlegten, hat uns der Kapitän verboten, an Land zu gehen,

So blieb uns nur, von der Reling aus die unzähligen kleinen Boote der einheimischen Händler zu beobachten, die unter ohrenbetäubendem Lärm unser Schiff wie eine verlockende Beute umkreisten. Jeder bot mit lautem Schreien eine andere Ware zum Kauf an, doch all ihre Bemühungen blieben vergeblich, der Kapitän hatte ein Kontaktieren streng verboten, Sicherheit geht hier vor.

Unsere nächste Station war Mombasa, die größte Hafenstadt Kenias. Wie könnte es anders sein, auch hier haben die Engländer ihre Spuren hinterlassen. Gegründet vom Sultan von Sansibar, dann an die Imperial British Company verpachtet, gehörte die gesamte Küste zur Kronkolonie Kenia und ist erst vor vier Jahren unabhängig geworden. In Mombasa durften wir für eine Weile an Land. Wir besuchten die alte Markthalle, ein prächtiges Gebäude mit runden, verzierten Giebeln und großen Rundbogenfenstern, wo uns, glaube ich, sämtliche Gerüche des Orients und Afrikas umgaben und man den arabischen Einfluss überall spürt und sieht.

Du solltest erleben, wie hier mit Fleisch umgegangen wird! Im Rohzustand und ungekühlt zwischen Gewürzen, Gemüse und Hausrat verkauft, wird es von hunderten Fliegen belagert. Niemand stört sich daran, ich aber hatte bei dem Anblick das Gefühl, ich müsste mich übergeben.

Auch zum Wahrzeichen der Stadt, dem Fort Jesus (der Name ist reiner Zynismus), wurden wir geführt, von hier aus verschifften die Portugiesen, vor allem aber die Araber, ihre Sklaven nach Europa.

Zu unserem Glück war die Regenzeit gerade vorüber und die nächste hat noch nicht begonnen. Man findet hier die traumhaftesten weißen Strände, ich kann mir kaum vorstellen, dass es irgendwo sonst auf der Welt Schöneres geben kann. Außer natürlich meine Angebetete, aber Schönheit liegt bekanntlich im Auge des Betrachters. Ich jedenfalls werde noch einmal hierher zurückkommen, vielleicht am hoffentlich glücklichen Ende meines Auftrags, mit oder ohne Begleitung.

In den Gewässern von der afrikanischen Ostküste aus nach Durban herrscht reger Schiffsverkehr, wir durchfahren sie jetzt. Durban, der Schlusspunkt der Reise, ist maritimes Tor zu den reichen Regionen des afrikanischen Ostens, insbesondere zu Natal und Transvaal. In Durban werden mein Auto und ich das Schiff verlassen.

Meine Angebetete kümmert sich leider sehr wenig um mich, sehr bedauerlich, dass sich auf dem Schiff zwar viele junge Männer, aber nur wenig attraktive Frauen befinden. Der Not gehorchend, begnüge ich mich mit meinen beiden Italienerinnen.

Zwei Wochen später

Liebe Mama,

Du wirst meine Reiseberichte ja sicherlich aufbewahren, ich möchte sie später vielleicht einmal nachlesen. Ich weiß nicht, wann Dich dieser Brief erreichen wird, vielleicht haben wir längst wieder telefoniert. Für die Annalen trotzdem ein paar weitere Eindrücke:

Als wir nach Verlassen Mombasas Dar es Salaam erreichten, was aus dem Arabischen übersetzt, Stadt des Friedens heißt und uns die Stadt ansahen, hatten wir schnell genug vom Getümmel in den drückend heißen Straßen. Keine Strandpromenade, ohne besondere Wahrzeichen, wird in der Markthalle der Stadt unter einem nachlässig angebrachten Wellblech Obst, vor allem Orangen und Gemüse in schäbigen Kisten gestapelt und der Duft von Kardamom und Pfeffer

reizt zwar die Nase zum Niesen, aber rein gar nichts zu einem länge-
ren Aufenthalt. Dabei soll Daressalam angeblich das Epizentrum des
ostafrikanischen Handels sein.

Die einzige Erfrischung, die man hier meines Erachtens unbesorgt
genießen kann, ist die Milch der Kokosnüsse. Mit dem Saft frischge-
pressster Zitronen versetzt, kommt sie mit Menschenhänden nicht in
Berührung. Wenn ich jemals in meinem Leben einmal Tansania be-
reisen sollte, werde ich seine Städte meiden und mich mit dem Be-
such des Serengetiparks, des Kilimandscharos oder mit einem
Strandurlaub auf Sansibar begnügen.

Anschließend erreichten wir das von den Portugiesen gegründete,
schwülfeuchte Beira. An der Küste der Straße von Mosambik gele-
gen, ist es schon jetzt unerträglich heiß, dabei soll es während der
Zeit des Sommermonsuns, von Oktober bis Februar, noch viel uner-
träglicher werden.

Trotz, oder besser wegen der schwülen Hitze, besuchten wir die Ka-
thedrale, einen weißen, harmonischen Steinbau. Zu Beginn des 20.
Jahrhunderts errichtet, ist er jetzt Sitz des Erzbischofs.

Beira war lange Zeit ein gut besuchter Badeort der weißen rhodesi-
schen Farmer, es kann nur wegen des Makuti-Strandes gewesen
sein, an dem wir unseren Füßen ein Bad gönnten, bevor wir wieder
auf unser Schiff zurückkehrten.

Drei Tage später.

Liebe Mama,

so, Du kannst jetzt beruhigt sein, ich habe gerade mein Zimmer im
Residencial Hotel in Johannesburg bezogen, in dem ich nach stun-
denlanger Fahrt endlich angekommen bin.

Fazit meiner Reise: Es gab viel zu sehen, einen Kontinent, der so verschieden von Europa ist, wie man es sich kaum vorstellen kann, wenn man es nicht selbst erlebt.

Mit Jennifer bin ich bedauerlicherweise keinen Schritt weitergekommen. Sie wurde von ihren Eltern in einem Jaguar abgeholt, und die Begrüßung war so überschwänglich, dass sie keinen Blick mehr für mich hatte.

Die Enttäuschung über das Desinteresse meines Schwarms war glücklicherweise schnell verflogen, was ich vor allem der Begleitung zweier jungen Frauen zu verdanken habe, die ich in meinem BMW, der unbeschädigt den Rumpf des Schiffes verlassen konnte, nach Johannesburg mitgenommen habe. Die beiden Damen haben mir auf der langen Fahrt die Zeit vertrieben. Ob ich Jennifer jemals wiedersehe? Sehr unwahrscheinlich, doch wenn, sehe ich sie als vom Schicksal für mich bestimmt.

Einen Monat später

Liebe Mama,

ich bin das Hotelleben satt, obwohl meine Bleibe keine Wünsche offenlässt. Vor einer Woche habe ich zum ersten Mal den Deutschen Club aufgesucht und einige interessante Leute kennengelernt. Die Deutschen scheinen eine verschworene Gemeinschaft zu sein, feiern Partys untereinander, mal bei dem einen, mal bei dem anderen und führen ein Leben, ganz so, wie man es in Büchern über die Kolonialzeit lesen kann. Man nennt sie hier Overseas. Sie bleiben zehn Jahre im Land und gehen dann wieder in ihre Heimat zurück. Ich frage mich jedoch, ob man sich in der alten Heimat jemals wieder einleben kann, wenn man ein solches Leben gewohnt ist. Es gibt hier die herrlichsten Golf- und Tennisplätze, die Männer verdienen gutes Geld in den Niederlassungen der Firmen, von denen sie ausgesandt wurden, und ihre Frauen haben alle Zeit der Welt, es auszugeben.

Bezahlbares schwarzes Personal für Haus- und Gartenarbeit gibt es in Hülle und Fülle. Vor allem schwarze Männer verdienen als Hausboys ihr Geld, lassen Frau und Kind in den Townships zurück, wo diese von dem Geld leben, das die Ehemänner verdienen. Es reicht gerade, die vielen Kinder zu ernähren. Die meisten der weißen Arbeitgeber schicken den Lohn zu den Frauen in die Townships, damit ihre Ernährer es nicht in Alkohol umsetzen, oder es bei sonstigen unmoralischen Tätigkeiten verprassen. Die Versuchung ist groß in Johannesburg, besonders für alleinlebende junge Männer.

Schwarze dürfen sich nur mit Pass im Lande bewegen, viele von ihnen können nicht einmal jedes Wochenende nach Hause fahren. Aber mach Dir keine Sorgen um mich, mein Hotel liegt in einem den Weißen vorbehaltenen Viertel: Es hat sich zwar zu einem Hotspot für Schwule entwickelt, man nennt sie hier Gays – doch Du kennst mich ja, ich habe andere Neigungen. Von ihnen droht mir keine Gefahr.

Im Deutschen Club traf ich Jobst von Giesen wieder. Er bewohnt ein Haus in Kensington und ist bereit, mich als Untermieter aufzunehmen. In den nächsten Tagen ziehe ich um.

Pass' auf Dich auf, ich versuche Dich weiterhin auf dem Laufenden zu halten, wahrscheinlich nur telefonisch (wenn es mein Geldbeutel erlaubt).

Einen Monat später

Liebe Mama,

So, ich bin umgezogen und mein neues Domizil gefällt mir sehr. Ich wohne jetzt, wie ich Dir bereits geschrieben habe, in Kensington, einem hügeligen Vorort Johannesburgs, nahe dem weitläufigen Rhodes Park, benannt nach Cecil Rhodes, wie Du Dir sicher denken kannst. Die Straßen sind gesäumt von grünen Eichen und unzähligen Jacarandasträuchern. Im Frühling sollen sie in einem lilablauen Blütenrausch geradezu versinken, wie man erzählt. Natürlich hat

Kensington auch einen Golfclub und ich muss zugeben, ich könnte Spaß an diesem Sport finden, wenn ich die Zeit dazu hätte.

Doch nun das Allerwichtigste, etwas ist eingetreten, auf das ich gewartet habe, von dem ich aber dachte, dass es wohl vergeblich bleiben würde. Obwohl ich eigentlich Optimist bin, glaubte ich, für mich gelte auf ewig das Zitat Graf Draculas: „Das Leben ist nichts anderes als das Warten auf etwas anderes als das, was wir jetzt tun."

Und das kam so: Ich arbeitete einige Tage im ersten Geschoss eines Gebäudes einer Niederlassung einer Schweizer Firma, der Oerlikon-Bührle-Gruppe, die in der Waffen- und Flugzeugindustrie tätig ist. Im Erdgeschoss befindet sich das Büro der Generalagentur der Lloyds Versicherung für Südafrika. Und ausgerechnet ich war derjenige, der die Modalitäten eines Versicherungsvertrages mit ESCOM aushandeln sollte, einem Energieunternehmen, mit dem sich meine Firma in Verhandlungen befindet. Escom hat große Pläne, will sich zum größten Stromproduzenten Afrikas entwickeln und wir wollen ihm dabei behilflich sein. Ich denke, der Bau des ersten Kohlekraftwerks in Windhuk wird unser erstes gemeinsames deutsch/afrikanisches Projekt. Ein riesiger Erfolg für unsere Firma, und damit auch für mich, wenn das Geschäft zustande kommt.

Als ich das Büro der Versicherungsgesellschaft betrat, glaubte ich meinen Augen nicht zu trauen. Dort saß in einem adretten weißen Blüschen und blauer Hose, hübsch, wie ich sie vom Schiff in Erinnerung hatte, der Traum meiner schlaflosen Nächte: Jennifer. Der Chef des international agierenden Versicherungsunternehmens ist, wie sich wenig später herausstellen sollte, der Vater meiner Angebeteten. Auf unserer Beziehung muss eine höhere Weihe liegen, mit dieser Frau kann ich mir vorstellen, Kinder zu haben, und nur mit einer solchen Weihe macht Fortpflanzung einen Sinn, wenn man Nietzsche glauben will. Was sollte es sonst für einen Grund geben, warum sie mir erneut über den Weg gelaufen ist?

Anfänglich verhielt sich Jennifer, als kenne sie mich nicht, doch ich hatte ihre Absicht schnell durchschaut und entschied mich, das Spiel mitzuspielen. Ich versuchte also mein süffisantestes Lächeln und fragte sie beim Verlassen beiläufig, ob sie Jüdin sei. Ich spürte förmlich, wie es in ihren Gedanken arbeitete, drehte mich noch einmal um, sah ihren verständnislosen Blick, ging zurück und trat nahe an den Schreibtisch, um ihr in die Augen sehen zu können. Was sie offensichtlich so verwirrte, dass ihr die Röte in die Wangen stieg und auch ihr Hals rote Flecken bekam.

Auf die irritierte Frage, wie ich auf eine solche Vermutung käme, antwortete ich: „Erinnern Sie sich an den Zettel an der Lehne ihres Stuhls, damals auf dem Schiff? Jener Zettel, auf dem sie angeblich meine Schrift nicht lesen konnten, was wiederum mich vermuten ließ, dass sie entweder Analphabetin oder der lateinischen Schrift nicht mächtig sind. Was liegt näher, als in Ihnen eine Israelin zu sehen, denn Analphabetin können sie nicht sein. Dies wäre nicht kompatibel mit der Arbeit hier im Büro. Und Israelinnen halten sich viele im Land auf."

Die Röte stieg ihr jetzt bis in den Ansatz des Haares, doch bevor sie antworten konnte, hatte ich ihren Arbeitsplatz verlassen. In mir war nur noch Frohlocken, wie Du Dir vorstellen kannst.

Nach dem Ende meines Meetings betrat ich das Büro noch einmal. Und siehe da, ihr Erinnerungsvermögen war offensichtlich zurückgekehrt. Verlegen entschuldigte sie ihr damaliges Verhalten mit der Vermutung, ich hätte die Absicht, mich als weiterer Aspirant in die Schar der Verehrer einzureihen: „Die Abwehr der Zuneigungsbeweise liebeshungriger Männer, möglichst ohne deren Psyche zu verletzen, erforderte schon ohne ein weiteres Zutun ein enormes diplomatisches Geschick." Offensichtlich wieder im Besitz ihrer Selbstsicherheit, lehnte sich zurück und schenkte mir ein aufmunterndes Lächeln.

„Wie konnten Sie mir derartiges unterstellen?" konterte ich und, als ich eine gewisse Enttäuschung in ihren Augen zu erkennen glaubte, fuhr ich, einer spontanen Eingebung folgend fort: „Sollen wir noch

einmal von vorne beginnen, jetzt, da wir uns bestimmt noch öfters begegnen werden?"

Noch am selben Abend haben wir einen Drink in der Longham Bar, einem kleinen, intimen Lokal im Erdgeschoß eines Fünf-Sterne-Hotels zu uns genommen. Dann fuhr ich sie brav zu ihrem Elternhaus, es liegt immerhin dreiundzwanzig Kilometer von meiner Wohnung entfernt.

Seit diesem Tag treffen wir uns regelmäßig und demnächst will sie mich ihrer Familie vorstellen.

Das kann doch kein Zufall sein, oder? Ich glaube, ich werde sie heiraten.

Besuche Wolfstein 1969

Die Hochzeitsfeierlichkeiten in Johannisburg noch in allen Knochen spürend, treten Franz und Jennifer am dritten Tag nach dem feierlichen Ereignis, das nicht nur im Kreise von Jennifers Familie zelebriert wurde, sondern auch unter Anteilnahme der besseren Gesellschaft der Stadt, ihre Reise nach Deutschland an. Der nächtliche Flug in der 1. Klasse der South African Airways verläuft störungsfrei und verschafft ihnen eine willkommene Atempause, bevor Jennifer sich den prüfenden Blicken der Wolfsteiner Freunde stellen muss, die am Flughafen auf sie warten werden, um sie abzuholen. Die Landung verläuft reibungslos. Sie verlassen das Flugzeug zehn Minuten früher als geplant.

Zügig rollen aus dem Dunkel des Kofferlagers die beiden monströsen Koffer in die Halle, deren Leder anzusehen ist, dass sie einiges von der Welt gesehen haben und Franz unterbricht das beruhigende Tätscheln auf Jennifers Rücken. Er packt die beiden Koffer, um sie, seine schüchtern lächelnde Frau im Gefolge, die immer wieder nervös das ohnehin gutliegende Haar glattstreicht, durch das Gatter zu schleppen. Hinter dem Gatter, das die Ankunftshalle vom Wartebereich trennt, stehen drei salopp gekleidete junge Männer und Franz sieht auf den ersten Blick, dass sie ein positives Urteil über das Aussehen seiner frisch angetrauten Frau gefällt haben. Der Vergleich mit Hanna scheint nicht zu deren Ungunsten auszufallen.

„Da hat sich unser frühes Auftauchen ja ausgezahlt, immerhin sind wir zu nachtschlafener Zeit in Wolfstein weggefahren. Der Flieger ist schneller gelandet als angekündigt", eröffnet Uli mit strahlender Miene die Begrüßungszeremonie, umarmt Franz und nach kurzem Zögern Jennifer.

Etwas am Gehabe Ulis kommt Franz verdächtig vor. Die Art, in der dieser sich ständig die Nase reibt, wie er unruhig von einem Fuß auf den anderen tänzelt, lässt die Vermutung aufkeimen, dass etwas

Unausgesprochenes im Raum stehen muss und dass sich hinter der zur Schau getragenen Fröhlichkeit des Freundes etwas verbirgt, das ihm zu schaffen macht. So gut kennt er ihn.

Im Auto rückt Uli schließlich mit der Sprache heraus.

„Im Hof des Reckweilerhofes wartet eine Kutsche, mit der ihr in Wolfstein standesgemäß einfahren werdet", verkündet er mit mühsam unterdrücktem Triumph in der Stimme, dem jedoch eine Spur von Unsicherheit anhaftet.

Hat er es nicht geahnt? Die eben noch nachdenkliche Miene von Franz verfinstert sich so dramatisch, dass auch Jennifer, die kein Wort Deutsch versteht, der abrupte Stimmungswechsel ihres Mannes nicht entgeht.

„Wollt ihr mich zu einer Art Karnevalsprinzen degradieren? Diesen Plan könnt ihr ad acta legen. Ihr solltet mich eigentlich besser kennen, ich bin alles andere als ein Schauspieler, der seine Zuschauer bespaßen will", platzt es Franz heraus und sein eben noch finsterer Blick mutiert zu einem zornigen.

Verblüfft sucht Uli nach Worten. Schließlich stottert er: „Wieso Karnevalsprinz? Wir haben die Abfahrt im Reckweilerhof mit Bedacht gewählt, dir dürfte doch bekannt sein, dass das Anwesen ehemals zur Kurpfalz gehörte, an die Fürsten von Lauterecken-Veldenz verpachtet war, sich lange im Besitz einer Adelsfamilie befand, ein würdiger Rahmen also für euch, oder? Zudem hat uns die Organisation einiges an Mühe gekostet und, ihr seid beileibe nicht die Ersten, die von hier aus in einer Kutsche zu einer Festivität aufbrechen."

„Was sie sich wohl bei ihrem Vorhaben gedacht haben?" Fragt sich Franz währenddessen und starrt mit abwesendem Blick auf einen kleinen, grauen Vogel, der an einer Ampel nach Krümeln sucht und keinerlei Scheu vor dem lauten Motorengeräusch der auf Grün wartenden Autos zeigt. Noch immer wortlos, presst er die Hand auf die

Stirn, als wolle er schwere Gedanken aus seinem Gehirn herauspressen. Dann bricht es aus ihm heraus:

„Du besonders müsstest doch wissen, welche Schicksalsschläge meine Familie in der letzten Zeit getroffen haben. Mein Bruder Karl liegt noch nicht lange unter der Erde und ich soll als Prinzenpersiflage in Wolfstein einziehen? Ausgerechnet in den Ort, dem ich zu entkommen versucht habe, seit ich erwachsen bin?" Er weiß nur zu gut, dass die letzte Bemerkung sie bis ins Mark trifft. Die Heimatverbundenheit ist unter ihresgleichen ein wertvolles Gut, das es zu bewahren gilt und niemand verletzen darf. Erst recht nicht einer der ihren.

Betretenes Schweigen. Uli wirft mit gekränkter Miene seine halbgerauchte Zigarette aus dem Fenster, beobachtet die aufsprühende Glut, bis der Wagen seine Fahrt fortsetzt und wendet sich dann lächelnd Jennifer zu, die sich das Schweigen noch immer nicht erklären kann. Sein Entschluss steht fest: Über diese Sache ist das letzte Wort noch nicht gesprochen!

Franz sieht das Lächeln, das seine Frau Uli schenkt, fängt den verständnislosen Blicke auf, den sie ihm zuwirft, und kommt zur Besinnung: „Du Ärmste, was musst du wohl denken, schließlich verstehst du kein Wort." Sie lächelt ihn an und sein Zorn verraucht, wie so oft, wenn er ihr Lächeln sieht.

Kurz vor Wolfstein verlässt Uli die Bundesstraße in Richtung Aschbach, ein dreihundert Einwohner zählendes Dörfchen, biegt kurz hinter dem Dorfende in ein weit geöffnetes Tor ein, das zwischen zwei kunstvoll behauenen Sandsteinsäulen Einlass in das weitläufige Areal des Reckweilerhofs gewährt.

In der Mitte des mit grauem Basalt gepflasterten Hofes wartet ein mit blauen und weißen Bändern geschmückter Landauer. Neben dem bereits eingespannten Zweispänner vertreibt sich ein junger Mann mit in abgegriffenen Zeitungsblättern eingefangenen Banalitäten des Alltags die Zeit. In den Fenstern des langgestreckten Gebäudes und in den Türen ist keine menschliche Seele zu sehen.

An seine frühere geschichtliche Bedeutung erinnert an dem ehemaligen Hofgut nur noch seine Größe, schießt es Franz durch den Sinn und er vergisst seinen Ärger und wendet sich zum ersten Mal nach seinem Gefühlsausbruch mit einem süffisanten Lächeln an seine Begleiter: „Es hat sich nicht viel bei euch geändert, seit ich dem Kuseler Land den Rücken gekehrt habe. Der Zustand des Hofgutes passt in die Strukturschwäche der gesamten Gegend. Warum kommt keiner auf die Idee, dass nur mit dem Bau einer Autobahn von Kaiserslautern zu diesen abgeschiedenen Dörfern ein Strukturwandel herbeizuführen ist. Umso verwunderlicher, als Bauland in diesem entlegenen Teil der Pfalz noch preiswert ist. Freies Land gibt es hier mehr als genug."

„Ja, sehr wahrscheinlich, aber bislang hat sich niemand aus der Politik oder der Wirtschaft für die Nord/ Westpfalz interessiert. Oder man scheut den Konflikt mit einem der Interessenverbände, die sich die Bewahrung der Natur auf das Panier geschrieben haben."

Franz nickt zustimmend. Zum Glück ist die schlechte Erreichbarkeit nur noch am Rande sein Problem.

Für einen kurzen Augenblick hat er seine Frau aus den Augen gelassen. Jetzt sieht er sie in das geschmückte Gefährt einsteigen, will sie daran hindern. Doch als sie sich auf der mit weißen Fellen ausgelegten Sitzbank niederlässt, erkennt er beim Blick in ihre vor Begeisterung glänzenden Augen, dass er verloren hat. Er gibt seinen Widerstand auf und setzt sich an ihre Seite. Jennifer küsst ihn zärtlich auf die Wange: „I feel like a princess, thank you very much!" Seinen Freunden schenkt sie ein feines Lächeln, das diese in gleicher Weise bezaubert, wie es auch ihn vom ersten Augenblick an bezaubert hat.

Seit Tagen ist die Ankunft der Südafrikanerin das beherrschende Gesprächsthema im Flecken, wie das Städtchen von seinen Bürgern liebevoll genannt wird.

In der dem Gasthaus „Krone" gegenüberliegenden Metzgerei, aus deren Schaufenster man einen guten Blick auf die Straße hat, herrscht den ganzen Vormittag über reger Kundenverkehr. Hier wird die Kutsche mit ihrem spektakulären Inhalt noch diesen Vormittag hautnah vorbeifahren – hat sich wie ein Lauffeuer herumgesprochen. Auch jetzt, kurz vor Mittag, verweilt eine Kundin ungewöhnlich lange in dem Verkaufsraum, wirft entgegen sonstigen Gewohnheiten keinen prüfenden Blick in die prallgefüllte Tüte, in der ihr die Metzgersfrau die Einkäufe gepackt hat, sondern steckt das schwere Paket kommentarlos in die große Einkaufstasche, ohne die Straße aus den Augen zu lassen: „Ob die Afrikanerin wohl schwarze Haut hat?" Und beantwortet ihre Frage umgehend selbst: „Was sonst, schließlich kommt sie aus Afrika und Franz, diesem Draufgänger, traue ich alles zu."

Die Metzgersfrau, eine schwarzhaarige gutgebaute Frau in Thereses Alter, deren Mann die beste Reklame für seine eigenen Erzeugnisse ist, enthält sich jeglichem Kommentar. Die Irrwege der Spekulationen im Städtchen sind ihr bestens bekannt, sie aber hütet sich, ein Wort über die Vorboten des bevorstehenden Ereignisses zu verlieren. Therese hatte sie um absolute Diskretion gebeten und sie hält sich an ihr Versprechen, sie will es sich nicht mit einer der besten Kundinnen verderben. Zudem hat die bedauernswerte Frau genug an ihrem schweren Los zu tragen. Jedes überflüssige Gerede sollte ihr erspart bleiben, hätte sie das Sagen.

Das Unglück der schönen Müllerin, wie man sie im Städtchen mit spöttischem Unterton zu nennen pflegt, hatte wenige Jahre zuvor mit dem Tod ihres zwölfjährigen Sohnes begonnen, der einer Fehldiagnose eines Arztes zum Opfer gefallen war, setzte sich mit dem plötzlichen Herztod ihres Mannes fort, kurz bevor sich dieser auf den Weg zum Rathaus machen wollte, und fand seinen vorläufigen Höhepunkt ein knappes Jahr später mit dem schrecklichen Unfalltod des Zwillingsbruders von Franz.

Als sie sich einmal getraut hatte, die knapp Fünfzigjährige zu fragen, aus welchen Quellen sie die Kraft schöpfe, ein solches Schicksal zu meistern und immer wieder einen Neuanfang zu wagen, hatte Therese sich überraschenderweise auf das Gespräch eingelassen und ihre Situation zu erklären versucht. Offensichtlich tat es ihr gut, sich die Geschichte einmal von der Seele reden zu können. Sie kannte das Gerede, das im Städtchen kursierte, als ihr Mann die Mühle stillgelegt hatte.

„Mein Mann war den Versprechungen der Landesregierung auf den Leim gegangen," hatte sie aus schmalen Lippen hervorgestoßen. „Zugegeben, mit unserer Mühle war nicht mehr viel Geld zu verdienen. Das große Mühlensterben war der Erfolg einer Aktion, mit der man die Besitzer kleinerer Mühlen zugunsten der Großmühlen mit einer vorgeblich großzügigen Abfindung köderte, auf ihre meist Jahrhunderte alte Mahlberechtigung zu verzichten, damit sie ihre Mühlen stilllegten."

Als die Metzgersfrau vorsichtig nachfragte, weshalb nicht Karl, der das Müllerhandwerk erlernt und, wie sein Vater stolz am Stammtisch verkündete, als Landesbester abgeschnitten hatte, die Mühle übernehmen wollte, schwieg Therese einen Moment, um dann zögerlich fortzufahren: „Er hat es bei uns ein paar Wochen ausgehalten, dann ist das Vater-Sohn-Experiment gescheitert. Mein Mann war kein besonders versierter Geschäftsmann. Seine Interessen lagen, wohl dank der humanistisch geprägten Bildung seiner Schulzeit, auf anderen Gebieten, er hatte vor allem nicht den Mut zu notwendigen Veränderungen in seinem Gewerbe. Das aber führte zum Bruch zwischen Vater und Sohn. Inzwischen ist ja bekannt, dass Karl uns verließ und eine in der Schifferstadter Mühle ausgeschriebene Stelle angenommen, aber nach einiger Zeit wieder aufgegeben hatte. Der Lohn als angestellter Müllergeselle schien ihm nicht hoch genug, um Frau und Kind angemessen versorgen zu können."

Eine neue Kundin war in den Laden getreten und Therese gegangen. Als die Kundin den Laden wieder verließ, dachte die Metzgersfrau über das Ungesagte und die Unwägbarkeiten des Lebens nach. Thereses Sohn hatte sich in ein Transportunternehmen eingekauft, und das Geschäft lief gut. Kurz vor seinem plötzlichen Unfalltod verschuldete er sich für den Kauf eines zweiten Lastwagens, und seine hochschwangere Frau konnte das Unternehmen nicht fortführen und musste Nachlasskonkurs anmelden.

„Meinen Mann interessierte neben der Politik vor allem die Musik und die Schauspielkunst. Manchmal denke ich, er wollte das im Krieg Versäumte nachholen und dass er glaubte, das Leben sei zu kurz, um Tag und Nacht zu arbeiten. Die Abfindung für die Stilllegung der Mühle kam ihm daher sehr gelegen. Doch diese war zu versteuern und ist zwischenzeitlich verbraucht", erzählte sie der Metzgersfrau bei einem ihrer nächsten Einkäufe. „Nur die Einnahmen aus der Wasserkraft der Lauter sowie die kärgliche Rente meines Mannes haben mich bisher über Wasser gehalten."

Bei diesem Punkt angekommen, war der Metzgermeister, eine Stange mit saftig glänzenden Blut- und Leberwurstringen zwischen den ausgestreckten Armen haltend, die er in zwei Haken des Regals hinter der Theke einhängen wollte, in den Verkaufsraum getreten. Aus den Augenwinkeln beobachtete seine Frau, wie Therese amüsiert das Gesicht verzog, als sich beim Hochrecken das weiße Unterhemd über das massige Kreuz nach oben zog, sein nackter Bauch sichtbar wurde, der ihm in einer fetten Schwarte über den Gürtel quoll. Auf die ausgetauschte leere Stange gestützt, war er im Laden stehen geblieben, hatte Therese mit mitleidvollem Blick von oben bis unten gemustert, und der Ausdruck seines breiten Gesichts sprach Bände: Eine Frau, allein gegen die Welt! Ob sie sich behaupten wird und das neu begonnene Gewerbe zum Erfolg führen kann? Er glaubte nicht daran. Es müsste sich ein neuer Partner für die arme Frau finden lassen, jetzt, da sie Witwe war. Und er hatte auch schon eine Idee bezüglich eines möglichen Aspiranten. Der ebenfalls frisch verwitwete Arzt des Städtchens wäre nicht die schlechteste Lösung. Tatsächlich wurde gemunkelt, dass der grauhaarige Mann sein bebrilltes Auge auf sie geworfen habe und sich aus einer langjährigen Freundschaft eine Liebesbeziehung zu entwickeln beginne.

Als die Metzgersfrau sah, wie sich ihr Mann über die dicken Tränensäcke unter seinen Augen strich, eine seiner Angewohnheiten, wenn er zum Reden ansetzen wollte, sah, wie sich seine Augenlider hoben, was seine Augen erstaunlich größer werden ließ, wusste sie, dass es Zeit war, ihm Einhalt zu gebieten. Sie kennt die Meinung ihres Mannes, weiß, dass er die Schuld an der misslichen Lage der Mühle allein Thereses verstorbenem Mann zuwies, dass er der festen Überzeugung ist, dass man nicht das Geschäft seiner Vorfahren veräußert oder stilllegt, vor allem dann nicht, wenn ein Nachkomme zur Verfügung steht. Statt sich selbst aus dem Mühlengeschäft zurückzuziehen, hatte der Müller seinen Sohn vor die Tür gesetzt. Dabei war der Alte ohnehin öfter im Rathaus zu sehen gewesen, als an den heimischen Walzstühlen.

So versuchte sie mit einem Tritt an sein Scheinbein den beginnenden Redefluss rechtzeitig zu stoppen und er hielt tatsächlich inne. Er hatte mit einem scheuen Blick auf Therese fluchtartig den Laden verlassen.

Doch Therese hatte beileibe nicht alle Fakten erzählt, sich nur auf den Teil der Familientragödie beschränkt, der sowieso schon in der Stadt die Runde macht. Wer weiß schon, dass sie sich jedes Jahr mindestens einmal gezwungen sieht, einen Tarifkampf mit den Pfalzwerken zu führen. Die Störmanöver der Aktiengesellschaft, mit Unterstützung ihrer Hauptaktionäre, der Kommunen, sind für sie nur ein durchsichtiges Manöver, mit dem die Gesellschaft Jahr für Jahr ihre Monopolstellung als einziger Abnehmer des mit der Wasserkraft der Lauter erzeugten Stroms auszunutzen versucht. Aus Thereses Sicht mit dem Ziel, die Stromerzeugung für die Inhaber der Wasserrechte so unrentabel zu machen, dass sie auf die seit Jahrhunderten verbrieften Berechtigungen freiwillig verzichten würden. Jetzt war die Zeit, in welcher der Zeitgeist fordert, dem Götzen Atomstrom zu huldigen.

Ihrem Mann war seine jahrelange Tätigkeit als ehrenamtlichem Stadtbürgermeister von Wolfstein wenig gelohnt worden. Zu seinen Lebzeiten verhalf sie ihm zwar zu einer geringen Aufwandsentschädigung, jedoch seiner Witwe nach seinem Tod zu keinerlei

Alterseinkünften. So reicht seine schmale gesetzliche Rente weder zum Leben noch zum Sterben und sprängen nicht ihre Eltern gelegentlich in die Bresche, hätte in Thereses Kasse nicht selten gähnende Leere geherrscht.

Nach dem Tod ihres Mannes schien es, die Mühle und das Haus hätten sich gegen sie verschworen, als sei sie ein unwillkommener Eindringling, den es loszuwerden gilt. Ständig ist etwas zu erneuern und zu reparieren. Das Anwesen erweist sich als ein Fass ohne Boden.

Doch Jammern war fruchtlos, sie hatte eine Lösung finden müssen. Bei der Suche eines Auswegs aus dem Dilemma bot sich schließlich nur eine Möglichkeit an, den Notverkauf des gesamten Anwesens abzuwenden und ein auskömmliches Einkommen zu erzielen: Der Umbau des Wohnhauses und der Mühle in ein Hotel mit Restaurant. Innerhalb kurzer Zeit war das Vorhaben umgesetzt und nun zieht ihre gute Küche und der Ruf des Hotels nicht nur Gäste aus allen Teilen der Pfalz nach Wolfstein in die Stadtmühle. Ein Glück, dass sie nicht resigniert und dass sie die Kraft hatte, einen Kampf fortzusetzen, für dessen Ausgang anfänglich nicht voraussehbar war, ob sie Anerkennung ernten, er ihre finanzielle Situation nachhaltig verbessern oder sie die Schlacht verlieren würde.

Glücklicherweise hat es den Anschein, als erweise sich ihr mit Hilfe des Erbes ihres Mannes begonnenes Projekt als neuer Weg in eine erfolgreiche Zukunft. Das Hotel läuft gut, die zehn Gästezimmer im ersten Obergeschoß und in den ehemaligen Gesellenunterkünften sind rege nachgefragt und über mangelnde Nachfrage ihrer Kochkünste kann sie sich nicht beklagen.

„Man sieht den beiden Gaststuben und vor allem den Gästezimmern an, dass sie nicht nur mit Liebe, sondern auch mit Sachverstand eingerichtet sind", hatte der Abgesandte der Bischofsbrauerei in Winnweiler bei der Einweihung der Räume anerkennend gelobt, ihr tief in die Augen gesehen und einen großen Pack Streichholzschachteln mit dem Bild der Stadtmühle überreicht.

„Dafür also habe ich die Vorlage gezeichnet, um die ich von der Brauerei gebeten worden bin!"

Der schlanke, gutaussehende Mann tätschelte ihr wohlwollend die Schulter, wie sie sich erinnert, reichte ihr den Arm, um sie hinter die Theke zu führen und sie roch den Duft seines Rasierwassers, was sie ärgerlicherweise nervös machte. Vorsicht war geboten! War man mit jungen Jahren Witwe, rechnete so mancher sich Chancen für ein Techtelmechtel aus. Ein guter Ruf war schnell ruiniert und sie war nicht vor allen Anfechtungen gefeit, so viel stand fest.

Die Metzgersfrau sieht, dass aus dem Lädchen in der unmittelbaren Nachbarschaft der Metzgerei Elis, seine behäbig wirkende Inhaberin tritt, die mit kritischem Blick die Auslagen in dem übervollen Schaufenster begutachtet, in dem sich Haushaltswaren und Krimskrams aller Art stapeln.

Sie verlässt nur selten ihr Ladengeschäft, verharrt im Allgemeinen stoisch auf dem durchgesessenen Stuhl hinter der Theke, um ja keine Kundschaft zu versäumen oder die Kasse ohne Aufsicht zu lassen. Heute scheint auch sie sich das ungewöhnliche Spektakel des triumphalen Einzugs der Afrikanerin nicht entgehen lassen zu wollen, behält aber die Ladentür immer im Blick.

Die Metzgersfrau wundert das vorsichtige Agieren der Alten nicht. Wenn man wie sie in einer der vielen kinderreichen, nahezu mittellosen Familien im waldreichen Herzen der Pfalz geboren worden ist, nach dem Ende der Schulzeit in der Elmsteiner Volksschule im Haushalt des Wolfsteiner Pfarrers mit viel Glück in Lohn und Brot gekommen war, und einen der im Ersten Weltkrieg versehrten Söhne des Landes ehelichtete, noch dazu einen, der als Kirchendiener ein mageres Salär bezog und als Bürstenmacher das Familieneinkommen aufbessern musste, lernte man schnell, dass das Leben nichts zu verschenken hat. Auch der Einzug einer Exotin im Städtchen und deren viel beachtetes Hochzeitsfest vermögen daran nichts zu ändern.

Währenddessen ordnet die Metzgersfrau das Geld der neugierigen Kundin, die noch immer hinter dem Schaufenster die Straße beobachtet, in die Schubfächer der Kasse ein, beobachtet die alte Frau, die sich mühsam auf dem Sandsteinvorsprung vor dem Schaufenster niederlässt und sich die geschwollenen Beine reibt, als auch schon das lauter werdende Rasseln der Räder der Kutsche des jungen Ehepaars zu hören ist.

Wenig später hat das Gefährt das stattliche Anwesen erreicht, das das Bürstenmacherpaar zu einem günstigen Preis einst einem Seifensieder namens König abgekauft hatte. Der Lohn der sprichwörtlichen Sparsamkeit von Elis, der resoluten Bürstenmacherfrau, deren Mann sich das Geld für ein Bier in der „Krone" vom Munde absparen musste, wenn er eine derartige Geldverschwendung überhaupt einmal wagte, war mit diesem Kauf sichtbar geworden. Während der Mann schon lange das Zeitliche gesegnet hatte, erntete seine Frau die Früchte des Samens, den sie gemeinsam ausgesät hatten und baute den Kindern ein beachtliches Vermögen auf.

Doch was hatte ihm selbst das Leben außer Krieg, Frau und Kindern geboten? Viel Arbeit, trotz einer schweren Verletzung und Sorgen. Den Lohn seiner Mühen hatten andere kassiert. Für Therese aber stellt sich die Frage aller Fragen, ob ein derart karges Leben seiner Mühe wert war.

Sie wusste, ihr Ehemann jedenfalls hätte sich ein solch spartanisches Reglement nicht aufzwingen lassen, auch wenn sie in den Nachkriegsjahren nicht gerade auf Rosen gebettet waren, was Finanzen betraf. Aber rechtfertigt im Nachhinein sein früher Tod nicht das Frönen seiner Vorlieben? Immer wenn sie mit den Gedanken bei diesem Punkt angekommen ist, vergibt sie ihm sein egoistisches Verhalten, doch wenn sie den Groschen wieder einmal dreimal umdrehen muss, wendet sich wieder das Blatt.

Währenddessen hatte sich Therese nach Abschluss der Vorbereitungen der Hochzeitsnachfeier für eine Weile ins Schlafzimmer zurückgezogen. Während die Kutsche langsam in Wolfstein einfährt, erhebt sie sich von der geschnitzten Truhe unter dem Fenster, von dem aus man die ganze Straße im Blick hat und in der sie die Puppe aufbewahrt, die sie vor Jahren für ihre Nichte im Laden der früheren Bürstenmacherin gekauft hatte. Eine Schildkröt-Puppe mit rabenschwarzem Echthaar und Schlafaugen war einer der teuersten Gegenstände des Sammelsuriums aus goldgeränderten Sammeltassen, Bürsten, Blechmilchkannen und Töpfen in der Auslage. Mit einem roten Fleck auf dem zierlichen Näschen hatte das liebliche Puppenkind mit seinen knallroten herzförmigen, leicht geöffneten Lippen ihr Herz im Sturm erobert. Als sei es gestern gewesen, erinnert sie sich, dass die ‚Elis', wie man die Krämerin im Städtchen nannte, sich aus dem Stuhl hinter der Theke gequält hatte, sich die blaukarierte Kittelschürze glattstrich und prüfte, ob der Knoten, zu dem ihr straff nach hinten gekämmtes, ergrautes, glattes Haar geschlungen war, sich noch am richtigen Platz befand. Die Anstrengung rötete die runden, erstaunlich glatten Wangen, doch trotz ihres Gewichtes erreichte sie erstaunlich behend das Schaufenster, zog hinter den beiden Milchkannen die Puppe hervor, strich ihr das Röckchen glatt und überreichte sie mit forderndem Blick Therese, die widerstandslos den Geldbeutel zückte und ein paar Scheine auf die Theke blätterte, nicht ohne dass sich ihr Gewissen zu Wort gemeldet hätte.

Als ob nicht genügend Verpflichtungen zu erfüllen wären, ging es ihr durch den Sinn, doch wie so oft, wenn sie sich einen Wunsch unbedingt befriedigen wollte, gelang es ihr, die Stimme der Vernunft zum Schweigen zu bringen.

Nach dem Kauf hatte sie der Puppe einen dunkelblauen, plissierten Rock gestrickt, rosa, gelb, grün und hellblau gestreift, dazu einen weißen Pullover mit kunstvollem Lochmuster. Zu ihrer Enttäuschung interessierte sich ihre Nichte weder für Puppen noch für Puppenwägen, sodass sie das liebliche Wesen in der Truhe verstaute, wo es seitdem ein dunkles Dasein fristet und auf eine liebevolle Puppenmutter wartet. „Vielleicht verbirgt sich in der sich nähernden Kutsche auch für die Puppe die Hoffnung auf Befreiung aus dem geschnitzten Gefängnis," sinniert Therese.

In der Ringstraße hat die Kundin, unzufrieden mit der schweigsamen, offenbar in tiefe Gedanken versunkenen Metzgersfrau, endlich den Verkaufsraum verlassen und sich mit einem verärgerten: „Bald wissen auch wir so viel wie Sie", neben die alte Frau gesetzt. Kaum hat sie Platz genommen, fährt die Kutsche, gefolgt von einer Prozession aus jungen Männern, auch schon vorüber. Eine Blaskapelle in dunklen Hosen und weißen Hemden geht ihr voraus. Die beiden Frauen auf der Sandsteinbrüstung können gerade noch erkennen, dass statt der erwarteten dunkelhäutigen Afrikanerin eine weiße, mittelblonde junge Frau in der Kutsche sitzt, von der nur Kopf und Oberkörper zu sehen sind. Es macht den Anschein, als friere die Fremde. In eine dicke Decke eingehüllt, schmiegt sie sich eng an ihren Ehemann, den der noch kühle Frühlingswind nicht zu stören scheint, obwohl er nur eine dünne Lederjacke trägt. Seinen geröteten Wangen und seinen strahlenden Augen ist anzusehen, dass er glücklich ist.

Eine Weiße hätte Franz auch in Deutschland gefunden, tuscheln sich die beiden Frauen auf der Sandsteinfensterbank zu, die Kundin packt ihre Tasche und macht sich auf den Heimweg, enttäuscht kehrt die Elis in das Innere des Lädchens zurück. Die erwartete Sensation ist ausgeblieben.

Therese hat ihren Aussichtsplatz verlassen und geht bedächtig die breite, gewendelte Treppe zum Erdgeschoss hinunter, wischt mit den Fingern prüfend über die Balustrade der dunklen Holzvertäfelung und registriert, dass diese offensichtlich schon längere Zeit nicht gewischt wurde. Doch für einen Tadel bleibt heute keine Zeit. Im Erdgeschoss angekommen, überprüft sie noch einmal die im Gastraum gerichtete große Tafel. Kleine Brötchen in verschiedenen Ausführungen, in Schinken gewickelte Spargelröllchen, Bratenaufschnitt, verführerische Petit Fours auf silberfarbenen Platten verlocken den Betrachter zuzugreifen, daneben warten diverse Kuchenköstlichkeiten auf baldigen Verzehr.

Als die Kutsche um die Ecke biegt, bringt der laute Knall der Peitsche des jungen Mannes auf dem Kutschbock für einen kleinen Augenblick den gelassenen Gang des Braun'schen Zweispänners aus dem Gleichschritt, und Jennifer stößt einen leisen Schreckensschrei aus. Doch ein Ruck am Zügel des erfahrenen Handpferdes sorgt schnell wieder für Ruhe im Gespann. Die Kutsche kommt sanft vor dem breiten Portal des Hauses zu stehen, das mit roten Geranien geschmückt ist, die einen harmonischen Kontrast zu den gelben Sandsteinen der Treppe bilden.

Therese versucht ihre Aufregung zu verbergen, wendet sich ihrer Nichte zu und weist auf die Petit-Fours auf der Tafel:

„Da hat sich dein Bruder aber mächtig ins Zeug gelegt, findest du nicht?"

„Ja, er hat viel gelernt in den drei Jahren seiner Ausbildungszeit in Kaiserslautern, der Anblick der Köstlichkeiten kann einem tatsächlich das Wasser im Munde zusammenlaufen lassen." Dorothea weist auf die kleinen gefüllten Windbeutel aus Brandteig in der Mitte des Tisches, die einen mit Käse, andere mit einer grünlichen Pistaziencreme gefüllt.

„Mich aber verbinden mit der Herstellung dieses Teiges ungute Erinnerungen, weil mir der erste Versuch des Teigabbrennens im Kochunterricht so gründlich misslungen ist, dass ich nie mehr einen weiteren gewagt habe."

„Dein Bruder hatte einen guten Lehrmeister. Wenn ich es auch kleinlich finde, dass er an einem Tag wie heute arbeiten muss", bemerkt Therese beiläufig, mit kritischem Blick noch einmal die Tafel musternd. Wie heißt er noch? Wagner, oder?"

Dorothea nickt, ist aber mit der Aussage ihrer Tante nicht einverstanden: „Ich habe Verständnis für das Verhalten seines Chefs. Samstags brummt das Geschäft und jede Hand wird gebraucht, ich spreche da bekanntlich aus Erfahrung." Was sie nicht ausspricht, ist die Vermutung, dass die angebliche Forderung seines Arbeitgebers ihrem

Bruder nur als Vorwand dient. Viel wahrscheinlicher ist, dass er die Begegnung mit den vielen, ihm unbekannten Gästen des Festes scheut.

„Komm, lass uns nach draußen gehen." Seite an Seite treten sie auf das breite Podest der Treppe.

Dorothea brennt vor Neugier. Wie sie wohl ist, die Frau ihres Cousins? Ob sie sich mit ihr verstehen wird? Als Jennifer die langen Beine aus der Kutsche schwingt und sich, in eine karierte Hose gekleidet, zu der sie einen roten Pullover trägt, zur vollen Größe aufrichtet, registriert Dorothea als Erstes, dass die Südafrikanerin nicht nur schlank und rank, sondern auch ungewöhnlich groß ist. Braungebrannt und gepflegt, trotz der Fahrt in der offenen Kutsche tadellos frisiert, wirkt sie, als ob sie einer Modezeitschrift entsprungen sei.

Dorothea blickt an sich hinunter. Obwohl selbst nicht gerade klein, hält sie weder in Körpergröße noch Aussehen einem Vergleich mit dieser Frau stand, so viel steht fest. Sie fühlt eine Welle der Unsicherheit in sich wachsen, ihre Selbstsicherheit schwindet und unzufrieden mit sich selbst, fragt sie die Tante: „Es wird wohl besser sein, ich halte mich im Hintergrund, zumindest bis ich mich frisch gemacht habe, was denkst du?" Doch die, längst mit anderem beschäftigt, registriert ihre Frage nicht einmal und wendet sich an die Musiker, die gerade das Ständchen beenden.

„Drinnen ist Essen und Trinken für alle gerichtet. Bedient euch, ihr braucht nicht auf uns zu warten, wir kommen nach. Die vorgesehene Tanzfläche befindet sich im Gastraum des Untergeschosses. Wenn ihr gestärkt seid, ist noch genug Zeit, die Instrumente aufzubauen, vermute ich. Also greift zu." Als hätten die Musikanten nur auf diese Aufforderung gewartet, packen sie die Instrumente unter den Arm und drängeln sich, noch ehe Therese ausgesprochen hat, erst durch die breite Tür, dann um das Buffet.

Dorothea weist inzwischen dem Kapellmeister den Weg zu dem für seine Musiker vorgesehenen Platz an der Seite der Tanzfläche. Dann bemerkt sie, dass die Großeltern und eine große Schar Gäste angekommen sind und läuft wieder nach oben. Niemand beachtet sie und sie ergreift die Gelegenheit, von der Bildfläche zu verschwinden. Sie wirft einen letzten Blick in den Gastraum, in dem sich das Buffet langsam leert und ärgert sich, dass ihr Cousin mit keinem Wort nach ihr fragt.

Jahre später und unter in einer Weise veränderten Umständen, als lebten sie in einer gänzlich fremden Welt, hilft Dorothea in ihrem Haus in Bad Dürkheim Franz vorsichtig in den schwarzen Ledersessel am Fenster, dessen tiefe Lage es seinen von der Krankheit geschwächten Muskeln unmöglich macht, sich aus eigener Kraft in ihn hineinzusetzen oder gar sich aus ihm zu erheben. Fürsorglich umhüllt sie seine mageren Beine mit einer aus den schottischen Highlands importierten Wolldecke, einem Plaid, das trotz seines geringen Gewichts und seiner ungewöhnlichen Größe für erstaunlich angenehme Wärme sorgt. Sie hatte lange gezögert, das wertvolle Stück anzuschaffen, doch entgegen ihrer ursprünglichen Befürchtung verlor es bei der ersten Wäsche weder Form noch Weichheit und bewahrte auch bei den nachfolgenden seine ursprüngliche Qualität. Seine Bestimmung jedoch hatte eine Umwidmung erfahren, es sorgte statt für die Bequemlichkeit eines gesunden Menschen, jetzt für die eines Todkranken. So wie Ziele und Verhaltensweisen der Vergangenheit nicht mehr änderbar sind, sind wohl die der Zukunft in den seltensten Fällen voraussehbar. Und erstens kommt es anders und zweitens, als man denkt, war der oft geäußerte Ausspruch ihrer gemeinsamen Großmutter, und sie hatte Recht.

In einer renommierten Klinik in Johannesburg hatte er die Diagnose erhalten, dass seine Krankheit ihm in wenigen Monaten den Tod bringen würde, wenn nicht ein Wunder geschah. Metastasen hätten von seinen Organen Besitz ergriffen. Er ertrug die Nachricht mit erstaunlicher Gelassenheit, griff aber doch nach dem Strohhalm, der ihm in Form einer Studie in Heidelberg geboten wurde. Sie erforderte eine ambulante Teilnahme, die ein dreiwöchentliches Erscheinen in der Uniklinik notwendig machte. So war er vor zwei Tagen nach Deutschland angereist und hatte das Angebot in Dürkheim zu wohnen, dankbar angenommen.

„Ich glaube, auf meine alten Tage bin ich abergläubisch geworden, sagt man doch, dass alle großen Hotels ihr Gespenst, ihre Skandale haben. Und natürlich schlägt dort, wo so viele Menschen zusammenkommen, gelegentlich einem Gast die letzte Stunde. Wohl einer der Gründe, weshalb das gesamte Personal abergläubisch sein soll. Weshalb sonst gibt es keine Nummer 13? Warum ist gegenüber der Eingangstür höchst selten ein Spiegel aufgehängt?"

„Ich denke", antwortete Dorothea, „Letzteres hat einen profaneren Grund, man will den Qi-Fluss im Raum lenken, vielleicht mit Lehren aus der Schule des Feng-Shui den chinesischen Gästen Rechnung tragen. Du aber wirst selbstverständlich bei uns wohnen und wirst von uns nach Heidelberg gefahren. Ein kleines Dankeschön für die Zeit bei euch, in der du uns zwei Wochen durch die Gegend chauffiert hast, um uns die Schönheiten Südafrikas zu zeigen, damals, als wir euch besuchten."

„Jede gute Tat wird offensichtlich irgendwann belohnt", lächelte er. „Zöge man den Umkehrschluss, jede schlechte wird bestraft, wäre meine Krankheit die Quittung für Gutes, das ich unterlassen oder für Unrecht, das ich begangen habe."

Hinter der Ironie in seinen Worten lauert ein Quäntchen Ungewissheit, fühlt Dorothea und antwortet: „Alles wird wieder gut, du musst fest daran glauben, dass Gott dir beim Gesundwerden hilft."

Sie bemerkt, dass Franz sie so nachdenklich anblickt, als versucht er zu erkunden, ob sie ihre Worte ernst gemeint habe. Dann fragt er mit zweifelndem Ton in der Stimme: „Ob diese Tortur überhaupt einen Sinn ergibt? Sieh mich doch an und sieh, was aus mir geworden ist."

„Die Studie ist eine Studie für hoffnungslose Fälle", hatte er schon bei seiner Ankunft am Flughafen Frankfurt mit bitterem Humor seine Zweifel an der Wirksamkeit der Behandlung zu übertünchen versucht. „Entweder man krepiert an dem Experiment oder man überlebt es wegen der Nebenwirkungen als Invalide, wir werden sehen, zu welcher Gruppe ich mich nach Abschluss des Experiments zählen darf. Glaubt man den Aussagen der Herren Professoren, ist es aber die einzige Möglichkeit, dem metastasierenden Knochenkrebs Paroli zu bieten, zu dem das Monster in meiner Prostata sich entwickelt hat. Für mich steht fest: Die verabreichten Medikamente sind bestenfalls wirksame Mittel, meinen Krebs zu bekämpfen, sind wohl aber selbst schreckliche Ungeheuer, die einen Kranken für eine Weile in Sicherheit wiegen, aber später auf eigene Art und Weise zuschlagen."

Der Ausbruch seiner Krankheit hat sein Leben und das seiner Frau grundlegend verändert. So sehr, dass sogar der monatliche kurze Flug von Johannesburg zu ihrem Ferienhaus in Gordonsbay zur Last geworden war – zum Ballast, wie so vieles, was ihnen einmal wichtig erschien.

Er hatte die wichtigsten der Schönheiten der Welt erlebt, nur die Chinesische Mauer stand noch auf seiner Liste für unerledigte Fälle. Doch allein der Gedanke an Reisen in fremde Länder und durch verschiedene Zeitzonen, in guten Zeiten Teil unverzichtbar geglaubter Lebensqualität, verspricht ihm, dem Todkranken, nur noch Mühsal. Vieles hatte seinen Wert für ihn verloren, war nutzloses Beiwerk geworden, stammte aus Zeiten, wo das Leben grenzenlos schien. Und jetzt? Jetzt ist er dankbar für jeden Tag, den ihn eine höhere Macht ohne größere Schmerzen und neue Hiobsbotschaften erleben lässt.

„Sogar die lange Flugzeit nach Deutschland in der 1. Klasse der Lufthansa hat mich gepeinigt, vielleicht ein Vorgeschmack auf Qualen des Fegefeuers", spöttelte er. „Vielleicht kann ich doch noch ins Paradies kommen, dem es vorausgeht", mit diesem Gedanken tröste ich mich."

Als sich abzuzeichnen begann, dass er wohl nicht mehr genesen werde, hatten seine Frau und er beschlossen, Ballast abzuwerfen und das Feld ihres Lebens zu bestellen. Als erstes starteten sie den Verkauf des Hauses in Gordonsbay. Ein Käufer war schnell gefunden, obwohl eine große Schar der zahlungsfähigen Weißen das Land ihrer Väter verließen, um sich notgedrungen eine neue Heimat zu suchen.

Jetzt begannen die neuen Eigentümer ihres Hauses ungeduldig zu werden und Jennifer ist seit Wochen damit beschäftigt, den Haushalt des komfortablen Domizils hoch über dem Atlantischen Ozean aufzulösen. Der Not gehorchend, musste sie ihn allein reisen lassen. Den Ozean zu Füßen, vor Augen die bis zum Horizont von keinem Hindernis gestörte unendliche Weite, plagt sie sich jetzt ohne Hilfe mit der rechtzeitigen Räumung des Hauses und verschafft ihm ein schlechtes Gewissen. „Das Schicksal setzt immer neue Grenzen", schreibt sie ihm in dem Brief, den er in Händen hält.

Mit einem Seufzer streckt Franz sich auf dem Sessel aus: „Ich danke dir. Es ist höchste Zeit, dass ich mich ausruhen kann. Die Behandlung strengt mich mehr an, als ich vermutete" und setzt mit einem unterdrückten Seufzer hinzu: „Ob es mir gelingt, jemals wieder zu Kräften zu gelangen? Ich zweifele daran, ich habe mir mit der Tortur vielleicht etwas zu viel vorgenommen und fühle mich wie Don Quijote, nur kämpfe ich nicht gegen sichtbare Windmühlenflügel, sondern gegen unsichtbare Krieger in meinem eigenen Körper. Hat sich meine Mutter eigentlich in letzter Zeit einmal nach meinem Befinden erkundigt? Du hast sie doch kürzlich besucht?"

Dorothea sucht nach Worten, es wollen ihr keine geeigneten einfallen. Ein wissendes Lächeln tritt in seine ausgemergelten Züge und sie weiß, er beobachtet genau ihre Reaktion auf die Frage, deren Inhalt sie bedrückt.

Und wieder einmal bewundert sie seine innere Stärke. Er kennt den Ernst seiner Lage, bewahrt sich seine Gelassenheit, lässt es nicht zu, dass die Angst das Steuer seiner wohl letzten Monate übernimmt. Ob sich der menschliche Geist an eine latente Angst gewöhnen kann, sich mit dem Kampf im eigenen Körper, mit dessen Veränderung, irgendwann abfinden lernt? Dorothea entscheidet sich, ihm eine ehrliche Antwort zu geben.

„Ich denke, deine Mutter hat mit sich selbst genug zu tun. Ich erzählte dir ja, dass man sie unter Drogen setzt, um ihre Schmerzen zu lindern. Sie weiß, da bin ich mir sicher, dass es mit ihr zu Ende geht. Vielleicht ist man sich in einer solchen Situation nur selbst von Wichtigkeit, wichtiger sogar als die Befindlichkeiten der eigenen Kinder. Ruh' Dich jetzt aus", versucht sie von dem heiklen Thema abzulenken. „Morgen hast du Pause von Heidelberg, und übermorgen sieht die Welt wieder anders aus."

Mit spöttischem Lächeln blickt er an sich hinunter, steckt die Faust in den Bund seiner schlotternden Hose: „Ich habe die falsche Entscheidung getroffen, damals, vor Jahren, vor meiner Behandlung in Johannesburg, das ist das Einzige, was gewiss ist. Die Prognosen der Verfechter der Brachytherapie, mit radioaktiven Implantaten in der Prostata könne der Krebs besiegt werden, haben sich zumindest bei mir nicht bewahrheitet. Mindestens eine der bösartigen Zellen hat den Weg in meine Knochen gefunden. Jetzt fühle ich mich wie ein Mann, der in einen erbitterten, langen Kampf eintritt, und insgeheim weiß, dass er ihn letztendlich verlieren wird."

„Warten wir es doch einfach ab und nutzen die Zeit, die du bei uns bist. Erinnerst du dich an meinen Besuch in Flims, wo ich dich gebeten habe, mir von deinem Leben, von deiner Anfangszeit in Südafrika zu erzählen?"

Dorothea nimmt das blaue Notizbuch, ihren ständigen Begleiter für müßige Stunden, aus der Schublade des kleinen geschnitzten Schrankes, der von den Großeltern stammt: „Ich habe versucht, deine Geschichte in eine Art Roman zu fassen, mich in die Gedanken der Protagonisten hineinzuversetzen. Ob mir das gelungen ist, können nur du und Jennifer beurteilen, da ihr die einzigen Überlebenden der Geschichte seid, von deiner Mutter einmal abgesehen. Soll ich dir nachher etwas aus dem vorlesen, was ich aus deinen Erzählungen fabriziert habe?" Eine Ablehnung durch ihn will sie als Wink des Schicksals nehmen und die Schreiberei aufgeben.

„Natürlich erinnere ich mich an die Tage in Flims. Damals ging es mir gesundheitlich um einiges besser als heute und wir hatten eine schöne Zeit zusammen. Und ich empfand Freude beim Erzählen, denn ich denke gerne an mein Leben zurück, das mir viel

Außergewöhnliches geschenkt hat. Doch lass' mir noch etwas Zeit, du kannst später mit dem Vorlesen beginnen."

Er nickt ihr zu, schiebt die Decke von den Knien, versucht mühsam aufzustehen, resigniert und ergibt sich schließlich ihrer Hilfe. Dann durchquert er mit tapsigen Schritten die Diele, wirft noch einmal einen Blick über die Schulter zurück und schlürft die Treppe hinunter, die zum Gästezimmer im Gartengeschoß führt, das sie ihm hergerichtet hat.

Dorothea legt das Büchlein wieder auf der breiten, tiefliegenden Fensterbank ab. Sie holt sich in der Küche ein Glas Orangensaft, kehrt ins Wohnzimmer zurück und setzt sich in einen der Clubsessel, die sich Therese vor Urzeiten vor ihrer Hochzeit gekauft und vor ein paar Jahren aussortiert hatte. Dorothea aber liebt die Sessel heiß und innig und hat sie herrichten lassen.

Gleißendes Licht fällt durch die Oberlichter der bodenhohen Fenster ins Wohnzimmer und lässt den Saft in ihrem Glas in einem golden angehauchten Orange aufleuchten, als wäre er ein Spiegelbild der Sonne selbst. Noch immer mit den Gedanken bei ihrem Cousin, erinnert sie sich der von der Sonne durchstrahlten, farbenprächtigen Tiffanyfenster im renommierten 5-Sternehotel in den Graubündner Bergen, das nur durch eine am Berg klebende Serpentinenstraße erreichbar ist. In einer dem Hotel angeschlossenen Villa hatte Franz, als ihn die Schweiz für würdig befand, Eigentümer im Paradies der Reichen und Schönen zu werden, eine großzügig angelegte Wohnung mit einmaliger Aussicht erworben. Tatsächlich bieten sich atemberaubende Ausblicke auf von Seilbahnen erschlossene Gipfel und schroff gezackte Spitzen, die wie schlanke, sonnenumspielte Silhouetten in den Himmel ragen. Gut begehbare Wanderwege durchziehen wie dicke Adern grüne Täler mit sanft aufsteigenden Hängen und machen die Gegend so auch für Sommerurlauber attraktiv. In einem ihrer Urlaube hatte Dorothea mit Familie ein paar Tage bei freier Logis in der Flimser Wohnung verbracht und gönnten sich gelegentlich sogar ein Essen im angeschlossenen Hotel. Bei der Erinnerung an die glücklichen Stunden jenes Sommers sieht sie sich in die elegante Lobby zurückversetzt, auf einem der bequemen Sessel dem Stimmengewirr der vielen Gäste lauschen und gutgekleidete Menschen ein und ausgehen, beobachtet eifrige Hotelpagen, die beflissen schwere Koffer zu glänzenden Limousinen tragen, und Tränen treten ihr in die Augen. Ob aus wachsender Angst vor der Zukunft, in der das Leben ihres Cousins infrage gestellt ist, oder ob des verlorenen Paradieses der Vergangenheit, sie kann es nicht beantworten.

Als Franz eine Stunde später wieder das Wohnzimmer betritt, trägt er den dunkelblauen Trainingsanzug, den sie gemeinsam in einem Dürkheimer Geschäft gekauft haben und wirkt um einiges erholter. Doch schnell dämpft er ihre offensichtliche Euphorie: „Ich hatte einen schlimmen Traum, und wie die Geschehnisse in Kinofilmen, laufen schlimmen Träume langsamer ab als gute. Lass' uns aber von etwas anderem reden, von deinem Roman zum Beispiel."

Die Krankheit verändert ihn, denkt Dorothea, nicht unbedingt zum Negativen. In seinen gesunden Tagen ist in vielen seiner Worte ein Fünkchen Ironie angeklungen, und er hätte das Manuskript wohl als Geschreibsel bezeichnet.

„Du weißt ja, in dem Ersten meiner Bücher ist vor allem die Geschichte deiner Mutter niedergeschrieben. Jenen Entschluss habe ich nach dem Lesen eines Buches von Anja Rosenberg gefasst, die einen ihrer Romane mit der Frage begann: ‚Fängt man an zu schreiben, weil es jemanden gibt, dem man alles erzählen will? Fängt man an zu erzählen, weil der Gedanke, dass alles einfach verschwinden soll, unerträglich ist?' In meinen Augen eine beeindruckende Frage, die ich für meine Person mit ‚Ja' und jetzt mit dem Beschreiben deines Lebens zu beantworten versuche, denn seine Außergewöhnlichkeit ist es in meinen Augen wert, vor dem Vergessen bewahrt zu werden."

Er wiegt nachdenklich den Kopf, dann antwortet er und aus seinen Worten klingen Zweifel: „Ja, da hast du sicher recht. Ob aber das beschriebene Leben gesellschaftlich kaum bekannter Menschen jemanden interessiert? Selbst wenn, ein Erfolg deines Vorhabens wird wohl wegen mangelnder Öffentlichkeitsarbeit zum Scheitern verurteilt sein."

„Das wäre sehr von Nachteil für meinen Elan. Wenn man schreibt, muss ein anderer daran Gefallen finden, sonst ist es sinnlos."

„Werbemaßnahmen, wie sie in Talkshows für Prominente geleistet werden, stehen dir nicht zur Verfügung. Du musst selbst wissen, was du kannst. Aber vielleicht hilft mir das Erzählen bei der Suche nach dem Sinn meines Lebens, eine Frage, die sich mir vor meinem vermutlich nahenden Ende immer drängender stellt. Der Dalai-Lama zum Beispiel beantwortet die Sinnfrage: er bestünde allein in dem ständigen Streben nach Glück, also der ständigen Suche danach. Wenn man seine Meinung teilt, steht fest, dass man den Sinn niemals herausfindet. Als die Zeit kam, wo ich mir jeden Wunsch erfüllen konnte, hatte das Streben nach ursprünglich vermutlich Unerfüllbarem ein Ende, auch das Glück? Nein, schließlich strebt man in jedem Lebensabschnitt nach einer anderen Art von Glück. Für mich zum Beispiel bedeutet es derzeit das Gesunden meines Körpers, bleibt also wohl vergebliches Streben, – oder das Glück eines gnädigen, menschenwürdigen Todes. Wird er mir vergönnt, hat sich die Frage nach dem Sinn des Lebens beantwortet, nur das Ergebnis erfahre ich nicht, zumindest nicht auf dieser Welt. Und welche Bedeutung hat es für dich? Das Wohlergehen deiner Kinder, oder die Fertigstellung deines Manuskripts? Früher, als wir unsere Wohnung in Flims noch nicht gekauft hatten, in meinem anderen, jungen, gesunden Leben, sah ich für mich Glück in der Möglichkeit, mir einmal im Hotel Waldhaus ohne größeres Überlegen und ohne finanzielle Bedenken eine Übernachtung leisten zu können. Dort, so stellte ich es mir vor, würde ich einmal durch die Fenster der Präsidentensuite goldgeränderten Wolken über schneebedeckten Berggipfeln nachträumen, und eine eigene Wohnung in der Schweiz mein Eigen nennen. Dieses Ziel zu erreichen, war mein Streben, die Erfüllung meines Glücks. Ich habe inzwischen in so vielen großartigen Hotels mit grandiosen Panaromafenstern gewohnt, dass es mir nichts Besonderes mehr bedeutet. Ist also letztlich nur das Streben nach Glück, nach dem temporär Unerreichbaren, der Sinn des Lebens? Eigentlich ein trostloses Ergebnis.

In diesem Zusammenhang erinnere ich mich an den Besuch meiner vier Freunde aus Wolfstein. In Luxemburg abgeflogen, landeten sie mit Ehefrauen am frühen Vormittag mit einer Maschine der Luxair in Johannesburg. Vermutlich hatten sie all ihre Ersparnisse zusammengekratzt, um die Afrikarundreise unternehmen zu können. Sie waren jung, keiner von ihnen schwelgte damals im Überfluss seiner finanziellen Mittel. In Deutschland lag das Gold nicht auf der Straße. Wir holten sie am Flughafen ab und fuhren sie mit zwei kleinen VW-Bussen in ihr Hotel: City Lodge Sandown. Es war ein gutes Hotel, doch mit dem Sandton Sun nicht zu vergleichen, in das ich sie anschließend eingeladen hatte. Jennifer und ich spielten für sie eine Art Fremdenführer, zeigten ihnen ein speziell für Touristen als Freizeitpark hergerichtetes ehemaliges Bergwerk. Fasziniert lauschten sie den Erläuterungen eines schwarzen Führers. Heute ein Ort wo man in angenehmer Umgebung Essen und Trinken zu sich nehmen kann, konnte es einen gruseln bei den drastischen Schilderungen der Bedingungen, unter denen einst dort gearbeitet werden musste. Nicht ohne Grund übersetzt sich der Name der heutigen Provinz Gauteng in ‚Ort aus Gold'. Am dritten Tag fuhren wir in drei Autos unserer Firma auf die Harmony Game Lodge. Die Fahrt dauerte länger als üblich, denn den Linksverkehr nicht gewohnt, schlichen die ‚German Snails' im Schneckentempo durch die Gegend. Sie waren natürlich begeistert von unserer Farm, hatten ähnlichen Luxus noch nicht erlebt. In absoluter Wildnis servierte ich ihnen als Sundowner ein Glas Champagner auf unserer Aussichtsplattform weit draußen in der Savanne, auf der sie am liebsten die Nacht verbracht hätten, bis eine Black Mamba sie in Angst und Schrecken versetzte. Dabei glaubten sie ihre ‚German Angst' nach dem langen und aufregenden Flug überwunden zu haben, der ohne die geringsten Schwierigkeiten mit dem Zoll in Johannesburg zu Ende gegangen war. Immerhin hatte es mich enorme Überredungskunst gekostet, sie davon zu überzeugen, dass die verbotene Einfuhr eines Nachtsichtgerätes sie nicht den Kopf kosten würde. Von der Farm aus ging es nach Tzaneen, dann zum Blyde River Canyon und in den Kruger National Park. Sie genossen die Annehmlichkeiten des „Blue Train", dessen Schlafabteile bereits zu jener Zeit über Duschen verfügten, was die Wolfsteiner aus dem Staunen nicht mehr herauskommen ließ, so wie der Luxus überhaupt, mit dem der Gesellschaftswagen ausgestattet war. Ich hatte zu diesem Zeitpunkt gerade meinen zweiten größeren Auftrag an Land gezogen und mein Stolz einen mächtigen Schub erhalten."

Er hält eine Weile im Erzählen inne, hängt seinen Erinnerungen nach. Er hatte die Freunde als Erstes in das phänomenale Apartment in Plettenberg Bay auf Beacon Island eingeladen, wo aus den großen Fenstern der Blick fast senkrecht nach unten fiel und man das Gefühl hatte, man schwebe in einem Schiff ohne Reling über den Wellen oder sitze auf dem Rand einer Wolke, unter sich nichts als Wasser. Prickelnder Champagner im Glas, vor den Augen der faszinierende Rundumblick auf den Indischen Ozean, hatte sie sprachlos werden lassen.

„Bedauerlicherweise mussten Jennifer und ich früher nach Johannesburg zurückkreisen. Gegen Ende der Reise war Möllemann, der damalige deutsche Wirtschaftsminister, zu Gast im Land und ich in meiner Eigenschaft als Deutscher und aufstrebende Wirtschaftsgröße zu dessen Empfang eingeladen." Und erneut hält er inne, verscheucht das leise Schamgefühl bei dem Gedanken, dass er die Freunde nach dem Ende des Empfangs im Smoking am Flughafen abgeholt hatte. Er ist sich nicht sicher, ob er sie mit seiner Kleidung hatte beeindrucken wollen oder nur nicht mehr genügend Zeit gewesen war, die Kleider zu wechseln. Jedenfalls erregte er mit dem für einen Flughafen ungewöhnlichen Outfit große Aufmerksamkeit, erinnert er sich. Er fährt fort:

„Monatelang hatten meine Freunde ihre Reise geplant, und das Glück, endlich die in bunten Bildern angepriesenen Schönheiten des Landes genießen zu können, brachte ihre Augen zum Strahlen, als sie zum ersten Mal afrikanische Erde betraten. Ob sich einer von ihnen damals Gedanken gemacht hat, dass erfülltes Glück vergangenes Glück ist? Wohl nicht, ebenso wenig wie ich. Derartige Gedanken entwickeln sich nur, wenn man weiß, dass das, was man als Glück ansieht, sich aller Wahrscheinlichkeit nach nicht mehr erfüllen wird. So wie mein Wunsch, meine Gesundheit wiederzuerlangen. Bedauerlicherweise erkennt man deren Wert erst, wenn sie den Körper im Stich lässt."

Er bemerkt Dorotheas prüfenden Blick, senkt hastig die Lider und wartet auf ihre Antwort. Dorothea sucht nach Worten und weiß, seine Meinung ist durch keinen Einwand mehr zu beeinflussen.

„In meinen Augen ist erfülltes Glück nicht nur vergangenes Glück, schließlich bleibt das Erlebte in der Erinnerung haften: der Blick in die Natur Graubündens, auf den Zusammenfluss der beiden Quellflüsse des Rheins, die Erinnerung an eine Fahrt auf den Voralbgletscher, oder auch nur an den Genuss der einfachen Graupensuppe im Hotelrestaurant, deren Preis mein Glücksgefühl nach Erhalt der Rechnung jedoch etwas dämpfte."

Als er aber mit ironischem Lächeln abwinkt, wechselt sie das Thema: „Da wir gerade beim Thema Essen sind: Glück wäre es heute für mich, wenn du jetzt oder zum Abendbrot nach einem Bissen Essen oder einer Graupensuppe verlangen würdest."

Franz seufzt. „Später vielleicht, ob du mir Palatschinken backen könntest? Oder macht die Zubereitung zu viel Mühe?"

Dorothea schüttelt den Kopf, läuft dann zur Küche, um den Teig für die Pfannkuchen so frühzeitig zuzubereiten, dass der Stärke im Mehl ausreichend Zeit zur Verfügung steht, um mit Eiern, einer Prise Salz und Zucker, Milch und Mineralwasser ein perfekter Pfannkuchen zu werden. Mit einer Füllung aus Aprikosenmarmelade, zum guten Schluss mit Puderzucker bestäubt, schafft es der Palatschinken hoffentlich, dem Appetit des Kranken auf die Sprünge zu helfen.

Franz greift nach der Tageszeitung und beginnt zu lesen. Das Donnern der Düsenjets, die zwischen Ramstein und Spangdahlem regelmäßig Übungsflüge machen, hat aufgehört. Erstaunlich, wie still es hier oben auf dem Ebersberg ist, wenn die Maschinen schweigen, denkt er. Als hätte sich eine Decke über den Berg gebreitet, die lediglich das schwache Säuseln des Windes durch ihr Gewebe dringen lässt.

Dorotheas Hoffnung wird enttäuscht. Als Franz später einen ersten Bissen zu sich nimmt, einen zweiten versucht, legt er die Gabel wieder zur Seite: „Stell' die Pfannkuchen warm, ich habe genug fürs Erste. Aber nicht, dass du denkst, sie schmeckten mir nicht: Das Gegenteil ist der Fall. Ich versuche es später noch einmal." Er sieht die Besorgnis in ihren Augen und will sie mit einem zuversichtlichen Lächeln hinwegwischen. Doch seine Zuversicht ist Betrug. Jeder Bissen brennt auf den Aphten im Innern seines Mundes wie Feuer, Nebenwirkungen der Behandlung, ist die lapidare Erklärung der Ärzte.

Während Dorothea den Tisch abräumt, schlurft er mit langsamen Schritten ins Wohnzimmer und es gelingt ihm dieses Mal, sich ohne ihre Hilfe im Sessel niederzulassen. Als sie ihm wenig später folgt, sind aus den Zügen seines abgemagerten Gesichtes die Spuren der Tortur des gestrigen Tages verschwunden.

Er hat sich offensichtlich erholt, denkt sie erleichtert. Ob sie es wagen kann, ihr Vorhaben fortzusetzen?

Als lese er ihre Gedanken, nickt er ihr aufmunternd zu und sie setzt zum Reden an: „Damals, am Tag nach eurer Hochzeit, bei der Nachfeier in Wolfstein, hat in meinen Gefühlen ein ziemlicher Tumult geherrscht, von dem niemand etwas ahnte. Du hattest nur Augen für deine junge, schöne Frau. Aber du warst nicht allein mit deiner Begeisterung. Heute habe ich Verständnis für deine junge Liebe und auch für das Interesse deiner Freunde an der Fremden, dem Geheimnisvollen, das sie umgab. Damals aber war ich gekränkt und, peinlich darauf bedacht, mir ja nichts anmerken zu lassen, habe ich mich beleidigt in mein Zimmer zurückgezogen. Tatsächlich hat niemand meine Abwesenheit wahrgenommen: Es schien, als sei ich plötzlich unsichtbar geworden und versank in einem Meer aus Trübsinn. Erst am späten Nachmittag habe ich mich wieder nach oben gewagt, wo in dem jetzt menschenleeren Gastraum bereits alle Tische abgeräumt waren. Durch die schwere, schmiedeeiserne Tür, die zum unteren Gastraum führte, drang Tanzmusik, die Musiker hatten zu spielen begonnen. Zögerlich lief ich die Treppe hinab und sah unseren Großvater, wie er die Frau seines Enkels, deine Frau, formvollendet zum ersten Tanz aufforderte. Ob er das gleiche auch mit mir tun würde, hatte ich mich gefragt und nicht die geringste Hoffnung. Doch dies kam mir sogar gelegen: In seinen Armen hätte ich vor Aufregung meine sämtlichen tänzerischen Kenntnisse vergessen. Während er mit Jennifer die ersten Schritte des Hochzeitswalzers tanzte, wanderten meine Augen zu deiner Mutter, und ich sah, dass sie den Tanz aufmerksam verfolgte. Ob sie wohl eifersüchtig ist, war mein erster Gedanke. Wie jeder weiß, war sie bis dahin der Augapfel ihres Vaters. Musste sie sich jetzt mit einem Platz in der zweiten Reihe begnügen? Dann war der Tanz zu Ende, und ich vergaß meine Gedanken, fand einen Tanzpartner im Sohn eines guten Bekannten meiner Tante, und der Abend war gerettet."

„Ja, es war ein schönes Fest und natürlich war ich mächtig stolz auf meine hübsche Frau. Während des Tanzes mit meiner Mutter wuchs in mir die Gewissheit, dass die beiden Frauen, die meinem Herzen am nächsten standen, sich bestens verstehen würden, obwohl sie gegensätzlicher nicht sein könnten. Jennifer war aus einem weicheren Holz geschnitzt, erkannte ich bereits nach den ersten Wochen unserer Liebe."

Franz überlegt eine Weile, fährt dann fort: „Während der Wochen vor und an unserem eigentlichen Hochzeitstag war in Südafrika Fastenzeit, und die anglikanische Kirche, der Jennifer damals angehörte, erlaubt während dieser Zeit weder Musik noch Tanz. Einen Tag nach unserer Trauung und dem anschließenden Festbankett traten wir dann unsere Europareise an. Die Reisevorbereitungen hatten mit einer lebhaften Diskussion über Kleiderfragen begonnen. Welche Art Kleidung sollte sie für ihren möglichst glamourösen Deutschlandauftritt und das in der Stadtmühle ausgerichtete Fest wählen? Beim Empfang im renommierten Johannesburg-Club sorgte sie mit einem weißen Etuikleid für Furore. Weshalb sollte ihr Ähnliches nicht auch in Deutschland gelingen? Ich aber wusste, sie würde sich zu Tode frieren, ist doch das Wetter im kalten Europa während der Monate März und April mit dem ihrer Heimat nicht vergleichbar. Nach längerem Hin und Her ist es mir schließlich gelungen, ihr das Kleid aus- und ein rosafarbenes Chanelkleid mit kurzem Jäckchen einzureden. In Deutschland angekommen, stellte sich sehr schnell heraus, dass mein Einwand berechtigt gewesen war."

Dorothea nickt: „Ich erinnere mich gut an jenes Kleid, vor allem an die goldfarbenen Knöpfe des Revers, in meinen unerfahrenen Augen das typische Indiz eines Chanelkleides. Es hätte mich brennend interessiert, ob sie es bei euerer Trauung getragen hat. Doch es ergab sich keine Gelegenheit, sie danach zu fragen. Überhaupt war eine Verständigung kaum möglich, Jennifer sprach kein Wort Deutsch und ich nur mein ungeübtes Schulenglisch, zudem wart ihr ständig von Menschen umringt und für mich gab es kaum ein Durchkommen. Hatte ich richtig geraten, war das Kleid tatsächlich von Chanel oder nur ein Plagiat?"

Franz zuckt mit den Schultern, mokiert sich innerlich über die seltsamen Interessen der Frauen und ein mitleidiges, irritiertes Lächeln tritt auf sein Gesicht, als Dorothea fortfährt: „Wie sehr ich euch beneidete! Beneidet wegen eures Lebens, das so gänzlich anders verlief, als das meine. Ich hatte gerade das Abitur in der Tasche, meine Ausbildung in der Justiz begonnen und war jedes Wochenende in der Bäckerei meiner Eltern tätig, um meiner rheumakranken Mutter unter die Arme zu greifen."

„Na ja, auch bei mir war der Anfang alles andere als leicht und unser Europaaufenthalt und Wolfsteiner Intermezzo war schließlich nach zwei Wochen beendet. Nach dem Fest, das bis weit in die Nacht dauerte, hatten wir in Arosa noch einen Freund besucht, mit dem wir ebenfalls fleißig feierten. So brauchten wir nach unserer Rückkehr ein ganzes Wochenende, um uns von den Anstrengungen unserer Aktivitäten zu erholen. Auf mich aber wartete in Johannesburg eine Menge Arbeit und der Jetlag nach dem langen Flug machte mir zu schaffen."

Dorothea greift nach ihrem Notizbuch und mustert prüfend die verhärmten Züge von Franz: „Bist du bereit, meinen Aufzeichnungen zu folgen oder bereits zu müde?"

„Nein, fang' nur an, die Nacht dauert sonst zu lange, außerdem bin ich gespannt, wie viele meiner Geheimnisse ich dir damals preisgegeben habe."

„Meine Aufzeichnungen deiner Erinnerungen beginnen im Jahr 1969, dem Jahr, in dem auch ich meine berufliche Laufbahn gestartet habe. Doch gegensätzlicher könnten unsere beiden Leben nicht verlaufen sein, so viel steht jedenfalls fest."

Franz lächelt: „Nicht jeder kann sein Glück in der Ferne finden, dir brauche ich nicht zu sagen, dass ich über die Jahre immer wieder gerne nach Deutschland gekommen bin, wenn auch meine Aufenthalte meist in Verbindung eines geschäftlichen Besuches erfolgt waren. Ich liebe es nun mal, das Nützliche mit dem Angenehmen zu verbinden."

Dorothea räuspert sich, nimmt das abgegriffene Büchlein von der Fensterbank und beginnt zu lesen.

Als die ersten Worte in sein Ohr dringen, schließt er die Augen. Er sieht sie durch die geschlossenen Lider auf den alten Sesseln seiner Mutter sitzen, den weißen Kragen ihrer Bluse, nur schemenhaft ihr dunkelblaues Kleid. Ihre Stimme klingt belegt, das Vorlesen ist monoton, so als habe sie Hemmungen, ihm die niedergeschriebenen Erkenntnisse zu präsentieren. Nach den ersten Sätzen jedoch normalisiert sich die Stimme, die Aussprache wird deutlicher, und mit fortschreitender Sicherheit gelingt es ihm, tiefer in vergessene Episoden seiner Vergangenheit einzutauchen. Schließlich ist der Klang ihrer

Stimme nur noch Begleitmusik seiner Gedanken. So werden die Episoden real, als erlebe er sein Leben noch einmal neu.

Mit der Umsetzung des ursprünglich vagen Planes, Stationen seines Lebens und Wirkens aufzuschreiben, hat Dorothea während eines Kurzurlaubs mit Franz und Jennifer in Flims begonnen. Es war in einem Sommer um die Jahrtausendwende, aber sie erinnert sich, als wäre es gestern gewesen, als sie am frühen Vormittag zu einer Kurzreise in die Schweiz aufbrechen.

Vom Rücksitz des bequemen, angenehm temperierten Jeep Cherokee aus beobachtet sie im Spiegel die aufmerksamen Blicke ihres Cousins, mit denen er das Geschehen auf der Straße verfolgt, registriert, dass er dem schnurrenden Motorengeräusch des schweren Wagens lauscht, von Zeit zu Zeit das Armaturenbrett mit beinahe wissenschaftlicher Genauigkeit kontrolliert, wohl um Unregelmäßigkeiten festzustellen. Dann, als er die Technik seines Wagens für in Ordnung befunden hat, verändert sich seine Miene von der prüfenden in eine anerkennende. Sein Blick ist der Blick eines Fachmanns, konstatiert Dorothea und, dass sein Verhalten zu all dem passt, was sie vor Kurzem von dritter Seite über ihn erfahren hat: „Trotz seines Alters ist er ein weltweit gefragter Spezialist, was den Kraftwerkbau betrifft", hat einer seiner Bekannten, selbst sachkundiger Ingenieur, mit achtungsvollem Ton in der Stimme berichtet. Bündel schriftlicher Anfragen renommierter Firmen erreichen ihn noch immer.

Auf der B 272, der zweispurigen Umgehungsstraße, die entgegen aller Vernunft nicht dreispurig ausgebaut ist, was seit ihrer Inbetriebnahme einige Todesopfer gekostet hat, werden sie von einem Sportwagen überholt. Es gelingt Franz gerade noch rechtzeitig, einem entgegenkommenden Laster auszuweichen. Wenn Dorothea sich richtig erinnert, hatte die Straßenbaubehörde einen mindestens dreispurigen Ausbau geplant, war aber am Widerstand von Umweltaktivisten gescheitert. Wurden diese jemals von ihrem Gewissen geplagt, als sich nach Fertigstellung der Straße die Unfälle häuften? Wohl nicht. Egal, früher oder später wird sie sowieso Radfahrerstraße, Zeitgeist eben. Ha, ha, entfährt ihr unwillkürlich ein Lachen und sie erntet verwunderte Blicke.

Entgegen den Prognosen wird das Wetter schlechter. Vor der langgestreckten Hügelsilhouette des Haardtgebirges zu ihrer Rechten, taucht ein ungewöhnliches Naturphänomen auf. Wie aus dem rauchenden Supervulkan der Phlegräischen Felder Kampaniens, steigen in nahezu regelmäßigen Abständen senkrechte Nebelsäulen aus den Einschnitten zwischen den Bergrücken auf, als brodelten dort Vulkane, schweben ein Stück weiter eine Weile als zerrissene Nebelfetzen vor dem Bergpanorama. Sie zieht ihr Handy aus der Tasche, bannt das ungewöhnliche Bild in den Fotoordner und ist insgeheim erleichtert, dass die Aufnahme nur eine Art Fata Morgana wiedergibt.

Die vierstündige Fahrt verläuft störungsfrei. Gelegentlich wirft Franz einen Blick in den Rückspiegel, signalisiert mit einem Lächeln, dass er sich über ihre Begleitung freut. Nach der Hälfte der Strecke beginnt es zu regnen. Trotzdem wagen sie einen Abstecher an die Rheinschlucht, „dem Swiss Grand Canyon", wie Franz die Klippen nennt. Doch sein zur Schau getragener Zweckoptimismus zahlt sich nicht aus.

„Die Strudel schlagen heute ungewöhnlich hoch, das habe ich noch nie so erlebt." Er weist auf den durchnässten hellen Kalksandstein der steilwandigen Schlucht, doch Dorothea hat keinen Blick für das gewaltige nasse Spektakel, sondern nur den Wunsch, wieder in das trockene Innere des Jeeps zu gelangen. Der Regen wird stärker, so nehmen sie schließlich vom Besuch der Aussichtsplattform Abstand und verzichten notgedrungen auf den „spektakulärsten Alpenblick überhaupt", wenn man Franz' Worten Glauben schenken will.

Am Tag nach ihrer Ankunft in Flims jedoch scheint die Sonne. Es ist zehn Uhr, als Jennifer eine doppelwandige Glastasse mit Rooibos-Tee auf Franz' Schreibtisch stellt.

Er lässt einen Löffel Zucker in die heiße Flüssigkeit rieseln, rührt sie sekundenlang um. Dann fordert er Dorothea mit einer Handbewegung auf, neben ihm Platz zu nehmen. Es hätte keiner Aufforderung bedurft, sie hält das blaue Notizbuch, noch neu und fast jungfräulich, sowie ihren Kugelschreiber, einen weißen Stift, der die Aufschrift ‚eppgroup.eu in the european parliament' trägt, bereits in Händen. Der Stift ist das Überbleibsel einer von ihrer Partei organisierten Studienfahrt zum Europäischen Parlament.

Seltsamerweise erinnert sie sich, als sei es gestern gewesen, dass ihr Blick aus dem Fenster nach Süden auf in einen hellgrünen Schleier gehüllte Kronenäste der Maronenbäume fällt, wo man förmlich die frische Sauberkeit der vom Regen noch sauberer gewaschenen, ohnehin schon reinen Luft riecht. Sonnenstrahlen küssen das Grün mächtiger Fichten und Lärchen, streicheln den dunklen Schimmer, den der Regen auf die Nadeln gemalt hat, mit ihrer Wärme hinweg.

Ob sie dem Kapitel den Übertitel „Schweizer Reise" verleiht? Sie stellt die Beantwortung der Frage fürs Erste zurück und beginnt mit der Niederschrift seiner Erzählung – Neuland –.

Neuland Johannesburg 1969

Als der Einstieg in ihren Flieger endlich freigegeben ist, und Jennifer und Franz beim Heimflug von der Reise nach Europa die nüchterne Abflughalle des Frankfurter Flughafens verlassen dürfen, sehnen sie sich nach nichts mehr als nach einem ruhigen Flug. Das Zurechtfinden in der Weitläufigkeit des Airports der Zukunft, wie der Betreiber den Flughafen vollmundig lobt, überfordert einen unerprobten Passagier: Selbst Franz, inzwischen zum reiseerfahrenen Vielflieger mutiert, ist den technischen Pannen des neuartigen Leitsystems zum Opfer gefallen. „Der Flughafen in Johannesburg ist geradezu eine Oase der Gemütlichkeit im Vergleich zu diesem Monsterflugplatz. Ob das Prozedere nach dem Bau der Startbahn West einfacher wird? Dort", er weist auf die an den Wänden ausgehängten Planzeichnungen der wegweisenden Visionen der umstrittenen neuen Startbahn, und leise Zweifel klingen in seinen Worten an, als er fortfährt: „Erlebten wir heute hoffentlich nicht ein Stück der künftigen Realität."

Das Innere der Großraumkabine im Bauch der spitznasigen Boeing 747, einem Jumbo-Jet der Lufthansa, lässt einen angenehmen Flug erwarten, der ruhige Start der Maschine die Erfüllung der Sicherheits- und Schnelligkeitsversprechen. Sie nehmen ihre Plätze ein und kurz darauf hört Jennifer leises Schnarchen, ihr Mann ist eingeschlafen. Beneidenswert, sie kann keinen Schlaf finden, seit sie auf der Fahrt zum Flughafen aus dem Autoradio die Berichte über die unmittelbar bevorstehende Landung der Apollo 11 auf dem Mond verfolgt hat. Der Gedanke, dass annähernd zur gleichen Zeit, zu der Neil Armstrong seinen Fuß auf den Mond setzte, sie das Innere des Flughafens betreten haben, will ihr nicht mehr aus dem Sinn gehen. Soll sie die Parallelität der Ereignisse als gutes Zeichen deuten für das Wagnis, das sie eingegangen ist? Dass die Heirat mit Franz unzweifelhaft ein solches ist, hatte ihr Vater ihr mehr als einmal zu verstehen gegeben, sie immer wieder mit seinen kritischen Worten in neue

Unsicherheiten gestürzt, bis er endlich resigniert hatte und ihre eigenen Zweifel kapitulierten.

Zu ihrem Erstaunen interessiert sich Franz nur am Rand für das spektakuläre Ereignis im Weltraum. Den Gedanken, den Schritt auf den Mond als Parallele für den Schritt in die Ehe anzusehen, würde er allenfalls wohlwollend belächeln, wenn sie ihn zu äußern wagte. Er ist von den Nachrichten fasziniert, die aus der Computerschmiede IBM den Weg in die Welt angetreten haben, nachdem es firmeneigenen Spezialisten gelungen ist, mit einer Computerdiskette die üblichen Lochkarten zu ersetzen.

„Diese Technik wird die Welt revolutionieren und mehr bewegen, als es jede gelungene Mondlandung der Zukunft vermag", hat er ihrer Apollo 11 Begeisterung einen Dämpfer versetzt.

Doch als sie am frühen Vormittag auf dem Jan Smuts-Airport in East Rand in Johannesburg landen, es ungewöhnlich lange dauert, bis die Koffer ausgeladen sind, sie quälend langsam die Pass- und Zollkontrolle passieren und endlich die nüchterne Halle des Gebäudes verlassen können, ist er auf dem Boden der Realität zurück: Die computergesteuerte Weltrevolution wird noch etwas auf sich warten lassen.

Die Stadt empfängt sie mit schwülwarmer Luft. Es musste geregnet haben, denn auf der grauen Karosserie des Jaguars ihrer Eltern, wo Jennifers jüngerer Bruder William auf sie wartet, glitzern ein paar Regentropfen wie kleine Brillanten in der Sonne.

William klopft seinem frischgebackenen Schwager zur Begrüßung lässig auf die Schulter, umarmt seine Schwester und küsst sie auf die Wange: „Mam und Dad warten bereits auf euch, die Betten sind gerichtet, Nooitgedacht freut sich auf ein Wiedersehen". Ein breites Grinsen tritt in sein Gesicht, als seine Schwester seine Umarmung mit den Worten erwidert:

„Gut zu wissen, dass wir hier Zwischenstation machen und unsere Wäsche reinigen können, in Jobsts Wohnung wären wir uns doch zu nahe auf die Pelle gerückt. Für drei Personen ist sie nicht gedacht. Wenn alles gewaschen und getrocknet ist, fahren wir in unser neues Zuhause. Vielleicht hat es ja inzwischen weitere Fortschritte gegeben. Die Arbeiten gehen nicht allzu zügig voran."

„Lasst euch Zeit, bei uns ist genügend Platz für euch und mich", erwidert William mit generösem Lächeln.

„Wie großzügig von dir, bist du jetzt der Herr des Hauses?"

„Na, was dachtest du denn, zumindest wenn Dad nicht daheim ist." Jennifer schenkt ihm ein mildes Lächeln und zischelt Franz leise zu: „Angeber." William konzentriert sich auf den Autoverkehr und tut, als habe er die Bemerkung nicht gehört.

Als sie Nooitgedacht erreichen, parkt er den Wagen vor der Garage des weitläufigen Grundstücks. Ein Hausboy schließt das große Tor.

„Die Koffer bringen die Boys später, wenn es nicht mehr ganz so heiß ist, ins Haus." Jennifer zieht ihre blaue Kosmetiktasche aus dem Wagen, dann beeilt sie sich, mit den Männern Schritt zu halten, die der mittäglichen Hitze schnellstmöglich entkommen wollen. Sie aber stört die Hitze nicht, nach der Kälte Europas lechzt sie geradezu nach Wärme.

Die Tür ins Haus steht weit offen.

„Übrigens, Zeolani hat uns verlassen und geheiratet. Nachdem sie ihr Hochzeitsgeschenk abgeholt hatte, ließ sie sich nicht mehr blicken," erwähnt William in beiläufigem Ton, als er den suchenden Blick seiner Schwester bemerkt.

„Es scheint, als ob man uns geradezu sehnsuchtsvoll erwartet habe", versucht Franz angesichts der offenstehenden Tür mit süffisantem Grinsen den Blick seiner Frau einzufangen. Doch sie registriert weder den Ton seiner Worte, noch bemerkt sie seine spöttische Miene.

William aber ahnt, womit sich die Gedanken seiner Schwester beschäftigen, weiß, dass sie sich fragt, ob Zeolani bereits schwanger sein könnte und sie deshalb ihre Stelle bei den Eltern aufgegeben hat.

Er hat den Inhalt der Gespräche der beiden jungen Frauen zur Genüge verfolgt, kennt die unterschiedlichen Sichtweisen unter Schwarzen und Weißen bezüglich des Kindersegens. Sind die zahlreichen Geburten mehr Segen oder mehr Fluch? Die offenkundige Nachwuchsexplosion vor allem in schwarzen Kreisen ist die Ursache allen Übels, ist nicht nur Jennifers Überzeugung, die sie Zeolani mehr als einmal nahezubringen versucht hat.

Kinder müssen ernährt werden, oft eine unlösbare Herausforderung. Desungeachtet bedeutet in den Augen der Mütter, welche die Hauptlast der Erziehung zu tragen haben, eine große Kinderzahl Prestigegewinn und zeugt vom Reichtum der Familie.

„Gibt dir nicht zu denken, dass sich viele Väter aus dem Staub machen, wenn ihnen Kinderschar zu groß und ihre Frauen zu alt geworden sind, eine neue Familie mit wiederum vielen Kindern gründen und die alte im Elend zurücklassen?"

Offensichtlich führen die Beispiele keineswegs zur Einsicht der notwendigen Beschränkung des Fortpflanzungstriebes, weder bei der Allgemeinheit noch bei Zeolani. William erinnert sich, dass Zeolani geantwortet hatte: „Kinder sind ein Geschenk Gottes, ich möchte mindestens vier, so wie meine Mutter", und dass Jennifer schließlich resigniert ihre Mission einstellte.

Am Abend erzählte sie ihm, dass sie sich zum ersten Mal seit Beginn ihrer Freundschaft Zeolani entfremdet gefühlt hatte: „Es war, als stünde eine gläserne Wand zwischen uns, wir redeten, doch unsere Worte kamen auf uns zu, ohne dass man ihren Inhalt hören konnte."

Vielleicht belehrte das Leben das Mädchen doch noch eines Besseren, zuckte William die Schultern. Wer weiß, vielleicht lernt sie doch noch, dass Familienplanung unverzichtbar ist, dass die Wirtschaft nicht proportional mit steigender Kinderzahl wächst, auch wenn es die weitverbreitete Meinung unter denjenigen ist, die auf dem afrikanischen Kontinent das Sagen haben. Die Gleichung, mehr Kinder bedeute mehr Reichtum, geht hier genauso wenig auf, wie sie im Europa des Mittelalters aufgegangen ist, war seine feste Überzeugung. Wo es Realteilung gibt, verändert sich die Größe des Grundeigentums der Bauern negativ in Relation zur Anzahl ihrer Nachkommenschaft, soviel ist sicher.

William reißt sich aus seinen Gedanken, tritt an Franz' Seite und der flüchtige Hauch eines wohlriechenden Aftershaves und die Strenge abgestandenen Zigarettenrauchs steigt ihm in die Nase:

„Erinnerst du dich, wie gänzlich anders die Begrüßung ausgefallen ist, als du den ersten Schritt über diese Schwelle gesetzt hast?"

„Sicherlich, wie könnte ich diesen Tag und die zu Eis erstarrte Miene eures Vaters je vergessen! Als er mich, den ‚Deutschen' zum ersten Mal leibhaftig zu Gesicht bekommen hat, war es mir, er glaube, den Teufel leibhaftig vor sich zu haben. Schade, dass ich die Szene nicht mit meiner Kamera festgehalten habe. Glücklicherweise bin ich kein Mann der ängstlichen Sorte, doch wäre da nicht das freundliche Lächeln eurer Mutter gewesen, ich hätte vielleicht auf der Stelle kehrtgemacht. Schließlich soll man nicht bleiben, wo man nicht willkommen ist. Auf jeden Fall verhielt sich die Dame des Hauses um einiges klüger als ihr Mann. Sie freute sich einfach, dass sich die Tochter wieder einmal zu Hause blicken ließ, und dekorierte mit charmantem Lächeln die Enttäuschung über deren Begleitung. Oder, wie die Juristen es gerne ausdrücken; sie nahm sie sozusagen billigend in Kauf."

Jennifer hört seine Worte und wieder einmal schämt sie sich über das Verhalten ihres Vaters, aber auch über ihr eigenes Fremdschämen, so mischt sie sich hastig ein: „Ja, zugegeben, mein Vater hatte große Vorbehalte gegen die Liebe seiner Tochter zu einem deutschen Auserwählten, und eine Heirat war völlig undenkbar. Aber ist das verwunderlich? Seine eigenen Kriegserfahrungen und die Kenntnisse der Gräueltaten der Nazis haben sein Bild über die Deutschen nachhaltig geprägt."

Jetzt ergreift auch William Partei für seinen Vater: „Für General Rommel, gegen den er in El-Alamein gekämpft hat, findet er heute noch anerkennende Worte, wenn er schon einmal von seinen Kriegserlebnissen erzählt, was selten genug vorkommt."

„Wenn man ein zu gutes Gedächtnis hat, läuft man Gefahr, einsam zurückzubleiben und ist gezwungen, unaufhörlich im Tagebuch der Erinnerung zu lesen. Erinnert euch, dass erst die Vermittlung eures Großvaters die Situation schließlich zum Guten geändert hat," will Franz das Gespräch zu Ende bringen.

„Wundert es euch wirklich, dass Vater Zeit brauchte, seine Erlebnisse zu verarbeiten?" lässt Jennifer nicht locker. „Im Gegensatz zu ihm hat Großvater Europa nicht im Krieg, sondern während seines Studiums in England bereist und lernte ein anderes Deutschland kennen und lieben. So sehr, dass er mehr als einmal in das Land zurückgekehrt ist. Vater ist zu sehr stolzer Engländer, als dass er diese Auffassung teilt: Gerade wir Engländer aber sollten uns nicht anmaßen, allzu selbstgerecht über eine andere Nation zu urteilen. In unserer ruhmvollen Vergangenheit waren wir keineswegs zu allen Zeiten besser als andere Nationen, ist Großvaters stetes Credo. Und, schließlich hat Vater seine Meinung über dich, Franz, geändert."

Die guten Gedanken zaubern ihr ein liebevolles Lächeln ins Gesicht: „Immerhin steht unser neues Haus auf viertausend Quadratmeter bestem Baugrund in Bryanston, die er gekauft hat".

William, der sich nicht sonderlich für Politik interessiert, sich der Tradition des Mutterlandes aber verpflichtet fühlt, überlegt einen kurzen Augenblick, ob er einen Kommentar beisteuern soll, zieht es dann aber vor, zu schweigen. Der schließlichen Akzeptanz seiner Familie war eine Dinnereinladung des Großvaters der Braut vorausgegangen, der er, so wie sein Vater, zu einem so frühen Zeitpunkt kein Verständnis entgegengebracht hatte. Doch als er damals sein Unverständnis zu äußern wagte, hatte ihn der alte Mann mit so deutlichen Worten zurechtgewiesen, dass er keinen Widerspruch mehr wagte: „Man soll nicht über einen Menschen urteilen, wenn man sich nicht einmal die Mühe machen will, ihn kennenzulernen. Heinrich Heine, zumindest in meinen Augen einer der größten Dichter Deutschlands, schreibt in seinem „Wintermärchen": ,Franzosen und Russen gehört das Land, das Meer gehört den Briten, wir aber besitzen im Luftreich des Traums die Herrschaft unbestritten'. Du solltest darüber nachdenken, was der Dichter mit dieser Charakterisierung der Nationen ausdrücken wollte.

William hatte zum damaligen Zeitpunkt von einem „Wintermärchen" weder gehört noch gelesen und dass ausgerechnet die Deutschen Träumer sein sollen, hält er noch heute für ein Gerücht. Er erinnert sich, dass er verlegen die Schale einer riesigen Muschel betrachtete, die, innen weiß, außen perlmuttfarben mit violetten Schatten, noch heute auf einem Ehrenplatz auf der Kommode prangt.

Jennifer liebt ihren Großvater, dessen erste Frau, ihre Großmutter, starb, als sie sechzehn Jahre alt war. Zu deren Lebzeiten hatte das Großelternpaar die Familie des Sohnes jeden Sonntag in Nooitgedacht besucht, nie ohne Schokolade und Eiscreme im Gepäck. Bevor aber die Leckereien unter den Enkeln verteilt werden durften und der geruhsame Teil des Nachmittags beginnen konnte, mussten die Kinder ihre Fortschritte am Klavier beweisen. Dann lauschte der Großvater auf dem Sessel seines Sohnes mit geschlossenen Augen eine Weile den Darbietungen, bis er mit einer generösen Handbewegung die Aufführung zum Ende kommen und die Mitbringsel verteilen ließ.

Als sie Franz später einmal von dem sonntäglichen Ritual erzählte, das der Witwer bis zu seiner zweiten Hochzeit fortsetzte, war seine prompte Reaktion: „Wahrscheinlich war er es, der das Fundament für deine Schokoladenleidenschaft gelegt hat! Erinnere dich an Arosa, wo du nicht genug bekommen konntest von Schweizer Schokolade? Ich dachte damals sogar, du seist schwanger."

Das sonntägliche Ritual in Nooitgedacht fand sein Ende, als der reife Mann ein zweites Mal heiratete und sich bei den Frischvermählten Kindersegen einstellte.

Jennifer hat keine Ressentiments gegen die zweite Frau, doch seit der Heirat des ungleichen Paares vermeidet sie Besuche, ohne eingeladen zu sein. Ihrem Vater, selbst schon fortgeschrittenen Alters Halbgeschwister zu bescheren, ihr selbst Onkeln und Tanten, die um vieles jünger sind als er und auch als sie selbst es ist, erscheint ihr noch immer als ein nahezu unerträglicher Fauxpas.

Zwei Wochen nach ihrem kontroversen Gespräch hielt die Familie die Einladung in dessen Haus in Sandown in Händen.

„Oh Gott", stöhnte Jennifer leise. Sie kannte die Mahlzeiten ihrer Stiefgroßmutter, die deftig und alles andere als gut verträglich waren, zur Genüge und hatte mehr als einmal unter deren Üppigkeit gelitten.

„Sie wird uns vermutlich Bobotje servieren lassen. Das Gericht wird aus fettem, gehacktem Lamm- und Rindfleisch, gemischt mit Curry und Zwiebeln, gehackten Mandeln, übergossen mit in Milch zerschlagenen Eiern zubereitet und muss nach dem Anbraten der Fleischmasse, gemischt mit den übrigen Zutaten, eine volle Stunde in einer Kasserolle schmoren. Man kann darüber streiten, ob man es mag. Unstreitig aber ist, es liegt schwer im Magen und hat mit der englischen Küche meiner Eltern nicht das Geringste gemein. Meine „Stiefgroßmutter", hatte sie süffisant gelächelt, „kocht das Gericht bei fast jeder ihrer Einladungen. Es ist gut vorzubereiten."

Franz aber freute sich über die Einladung, und so rückte der große Tag der Einführung in die Großfamilie unaufhaltsam näher. An einem regnerischen Sonntag war es so weit.

Der Hausherr hatte sie mit großer Herzlichkeit in der geräumigen Diele seines Anwesens in der Westendstreet empfangen. Er führte sie als Erstes in das Wohnzimmer, den Mittelpunkt des aus fünf

Häusern bestehenden, in einem Halbrund gebauten Gesamtkomplexes. Fenstersimse und Wandverkleidungen sind aus makellosem Holz geschreinert, dicke, unverputzte Wände aus hellem Sandstein und die Esse eines bis zur Decke reichenden Kamins verleihen dem Raum eine trotzige Würde. Der Kontrast des Mauerwerks mit dem dunklen Holz der Fensterverkleidung verschafft dem Besucher dennoch ein behagliches Gefühl.

Jennifer beobachtete wachsam ihren Großvater, der Franz mit neugierigen Blicken musterte und offensichtlich mit Wohlgefallen feststellte, dass dieser sich interessiert in dem großen Raum umsah. Jedenfalls trat er an dessen Seite mit den Worten: „Wie du ja sicher gesehen hast, ist das Anwesen in fünf Häuserbereiche aufgeteilt, jeder für sich zwar autark, aber doch durch Flure mit den anderen verbunden. Es handelt sich dabei um eine typische Bauweise der Gegend, die dem Vorbild der Wagenburgen der Buren nachempfunden ist. Jeder Bereich hat seine eigene Funktion, gliedert sich in die Küche mit allem was dazugehört, einen Arbeitsbereich, Schlaf- und last but not least, den Wohnbereich." Mit weit ausholender Geste wies er in den Raum und fuhr fort: „Auch die Konstruktion der Dächer hat eine zweifache Funktion. Man zieht die Traufe zum Schutz vor der sommerlichen Hitze weit und tief über die Fenster hinaus. So kann das in dicke Bündel gepresste und mit starken Seilen auf dem Gebälk festgezurrte Savannengras das Wasser während der Starkregenzeit schnell zur Erde leiten, wo man es in Rinnen auffängt und zum Brunnen führt. Gleichzeitig spendet sie Schatten in heißen Tagen. Wenn du länger im Land bist, wirst du schnell bemerken, dass wir dazu neigen, Schönes und Praktikables der Natur nachzuempfinden und für unsere Zwecke anzuwenden. Die Dächer unserer Rondavels, wie man diese Art Häuser nennt, gleichen so nicht nur in der Form, sondern auch in der Farbe den Kuppen der „Drei Schwestern", den riesigen Felsspiralen aus Dolomitgestein am Blyde River. Diese Schwestern lernst du sicher irgendwann kennen."

Er hielt einen Augenblick inne, rümpfte die Nase und sah Franz bedeutungsvoll an: „Dieses Verfahren macht sich offensichtlich auch unsere Regierung zu eigen, die gerade Bryanston und Sandown zu Sandton vereinigt, in dem sie eine gemeinsame Verwaltung schafft, wenn man etwas Fantasie walten lässt. Diese gemeinsame Verwaltung ist wohl den verbindenden Fluren unserer Häuser nachempfunden, ob sie selbst aber als „Wohnzimmer" positive Gefühle weckt, wenn man sie aufsucht, wird sich zeigen. Man plant, die beiden wohlhabenden Orte zu einem Finanzplatz zu entwickeln, mit Johannesburg als Zentrum, sozusagen als Innenhof der Wagenburg."

Großvaters Lippen umspielte jetzt ein schmales Lächeln: „Irgendwann werden wir uns alle in einem Moloch namens Johannesburg wiederfinden, der kaum zu regieren sein wird."

Franz hatte sich auf die breite Fensterbank an einem der erstaunlich kleinen, bleiverglasten Fenster gelehnt, und fragte mit verwunderter Stimme angesichts der Dicke der Mauern der Laibung: „Die Mauern des Hauses sind, schätze ich, einen halben Meter dick. In Deutschland haben wir kalte Winter, aber hier? Selbst bei uns ist ein derart massives Mauerwerk längst nicht mehr üblich. Was ist der Grund dafür?"

„Dicke Mauern bieten zweierlei Schutz, nämlich vor der Hitze in den Sommermonaten und vor allem vor den heißen Monsunwinden, deshalb auch die kleinen Fenster. Das grelle Licht des monatelangen hohen Sonnenstandes kann so nicht ins Innere der Räume gelangen."

Franz strich mit einer fast zärtlichen Geste über das makellos glatte Holz der Wandverkleidung und der Fensterbank, die nahtlos ineinander übergingen. Noch ehe er die Frage stellen konnte, beantwortete sie der alte Mann: „Das ist das typische Holz Afrikas, Stinkholz, sein botanischer Name lautet Ocotea Bullata." Er zog ein zerfleddertes botanisches Büchlein aus der Lade des Schrankes: „Dieses botanische Werk hat mein Vater aus England mitgebracht. Hier kannst du nachlesen, wie das Holz zu seinem Namen kam. Doch am frischgeschlagenen Holz kannst du es sogar riechen, es verströmt einen äußerst unangenehmen Geruch, mit dem sich der lebende Baum vor seinen Fressfeinden schützen will. Gut getrocknet und gelagert, verschwindet der Gestank vollständig. Das Holz verrät so, dass es sachgerecht behandelt und getrocknet wurde und macht einen Betrug unmöglich. Du wirst später keinen Riss finden, wenn bei seiner Vorbereitung nicht geschlampt worden ist."

Ein paar Jahre später, am Antrittstag bei seiner neuen Familie noch eine Art Fata Morgana, macht sich Franz beim Bau seines Farmhauses das Gehörte und Gesehene zunutze, verwendet nicht nur einen gleichfarbigen Sandstein, sondern auch das Holz der Ocotea Bullata, wo immer das möglich ist, obwohl dessen Verarbeitung sich alles andere als einfach herausstellt. Alle notwendigen Löcher mussten vorgebohrt werden, ein zeitaufwendiges Verfahren, das bedachtes Planen und genaues Arbeiten verlangte.

Dann war der alte Mann zu dem mächtigen Schrank aus blassgrauem Holz an der Stirnseite des Raums getreten, dessen Füße den Tatzen von Löwen ähnelten und den auf seinem oberen Abschluss eine reich geschnitzte, geschwungene Krone zierte, beides Meisterwerke der Schnitzkunst, selbst für einen Laien wie Franz erkennbar.

„Auch dieser Schrank ist aus Stinkholz gebaut", streichelte er das glatte Holz liebevoll. „Man findet derlei Möbel in allen Häusern, die etwas auf sich halten, auch auf Trianon, einem Weingut, welches du bestimmt noch besuchen wirst. Sein Erbauer hat ihm den Namen eines Lustschlosses im Park von Versailles gegeben, und es ist tatsächlich fast ein solches geworden."

Damals glaubte Franz in seinen Worten ein leises Bedauern zu hören, vermutete einen Anflug von Neid, wohl weil sein eigenes Haus nicht die gleiche Qualität und Architektur vorweisen konnte. Inzwischen ist er zu der Erkenntnis gelangt, dass er sich geirrt haben musste. Dieser Mann verfügt heute wie damals über eine Selbstüberzeugtheit, die solcherart Gefühle unmöglich macht. Und er hört sich offensichtlich gerne reden, was im aktuellen Fall von Vorteil war. Alles besser als die leidige Diskussion über das deutsch-britische Verhältnis oder das Fehlverhalten seiner deutschen Landsleute. So lauschte er seinen weitschweifigen Ausführungen mit dankbarem Interesse.

„In unserem Land gibt es vielerlei Holz- und Baumraritäten. Der Baobaobaum zum Beispiel: Er sieht aus, wie ein mächtiger Koloss, der im unbelaubten Zustand den Anschein erweckt, er stecke mit dem Kopf in der Erde und strecke seine zarten Wurzeln zum Himmel. Unter den Schwarzen geht die Legende, dass die Götter dem Baum starke, kräftige Äste verliehen hätten, der Baum aber zu bequem gewesen sei, Früchte zu tragen. Die Götter wurden zornig, sie rissen ihn heraus und steckten ihn umgekehrt wieder in die Erde. Sticht man in seine Rinde, unter der schwammartige Fasern so viel Wasser speichern, dass sie sich weich anfühlt wie das Fell von Tieren, können die herauslaufenden Tropfen einen Verdurstenden vor dem Tode retten. Und aus der getrockneten Rinde flechten die Schwarzen Seile, aus zermahlenem Samen brauen sie ein angeblich prickelndes Getränk. Ob es stimmt? Ich habe es noch nie gekostet."

Dann klopfte er Franz auf die Schulter und wendete sich Jennifer zu: „Der junge Mann gefällt mir, er wird es hier zu etwas bringen und du machst sicher keinen Fehler, wenn du ihn heiratest. Du musst nur noch deinen Vater überzeugen, dir seinen Segen zu geben, den meinigen hast du jedenfalls. Ich werde dafür sorgen, dass deine Eltern uns zu einem gemeinsamen Dinner in seinem Haus einladen."

Jennifers Stiefgroßmutter hatte sich überraschender Weise mit ihrem Essen, das in angenehmer Stimmung verlief, selbst übertroffen. Ein Eklat blieb aus, obwohl Jennifers Vater mit Sohn und Frau gerade noch so rechtzeitig erschienen war, dass sie in den Genuss der Suppe kamen.

Während sie aßen, übertönte plötzlich laute Musik aus dem kleinen Röhrenradio auf der Anrichte die Melodie, die Jennifer auf dem Plattenspieler aufgelegt hatte, ihr Lieblingslied, seit sie Großvater zum Film Dr. Schiwago ins Kino eingeladen hatte. „Diesen Tag werde ich niemals vergessen, wir hielten uns den ganzen Film über an den Händen. Großvater tat, als sähe er es nicht, warf uns nur gelegentlich ein Lächeln zu."

„Musik aus den Townships, man hört das Wummern der Bässe zuweilen, man kann es kaum glauben, selbst im Hillbrowviertel. In meinen Augen erste Zeichen des Abstiegs des jetzt noch noblen Stadtteils", kommentierte der alte Mann das Geschehen, stand auf und drehte mit einer unwirschen Handbewegung die Musik ab.

Franz erinnert sich, dass ihn diese Aussage verwunderte. In den ersten Wochen seiner Anwesenheit im Land war ihm das auf einem Bergrücken gelegene Stadtviertel als Inbegriff der Eleganz und Weltoffenheit, als erste Anlaufstelle gut betuchter Einwanderer geschildert worden. „Sogar die Mutter der Queen ist im Fünf-Sterne-Hotel Casa Mia abgestiegen", ist ihm die Begeisterung Jobsts im Gedächtnis, als der von dem glanzvollen Ereignis erzählte. Und jetzt sollte dessen Abstieg begonnen haben? Doch ehe er nachfragen konnte, warf Jennifer ihm einen Blick zu, der ihm das Herz anrührte, sodass er sich zärtlich über ihren goldbraunen Scheitel beugte und den süßen Duft ihres Haares einatmend, die Frage vergaß.

Damals, nach dem Kino, waren sie zu Kaffee und Kuchen ins Market Theatre am Mary-Fitzgerald-Platz gegangen, wo zu seiner Verblüffung Weiße und Schwarze im selben Raum Kaffee tranken. Nicht alle Weißen Südafrikas sind also Rassisten, war die erste Lehre, die er aus diesem Besuch gezogen hatte, es gab mindestens ebenso viele Liberale unter ihnen. Eine beruhigende Erkenntnis.

Wie vom Großvater vorhergesagt, folgte wenige Wochen später die erste Einladung der Eltern.

Erwartungsgemäß herrschte zu Beginn eine angespannte Stimmung. Doch glücklicherweise war der alte Mann mit seiner Frau nur kurze Zeit später eingetroffen und gleich darauf wurde das Essen serviert. Wie gewöhnlich beteiligte sich die inzwischen zu einer üppigen Matrone gereifte Frau des Großvaters nur spärlich an den Gesprächen, widmete sich stattdessen so hingebungsvoll ihrem Teller, dass es offenkundig war, dass sie die ungewohnte Kost ausgiebig zu genießen beabsichtigte. Sie setzte ihr Vorhaben in die Tat um, legte sich immer wieder ein Stück würzigen Lammbraten auf den Teller, klatschte einen gehörigen Klecks Minzgelee auf das Fleisch, bis ihr Mann mit scharfem Blick Einhalt gebot.

Entgegen allen Erwartungen unterhielten sich Franz und Jennifers Vater, einen Whiskey genüsslich im Glas schwenkend, nach dem Essen so gut, dass es anfänglich nach einem Waffenstillstand aussah, dann, als öffne sich ein Fenster der Erkenntnis, als entwickele sich eine Verbindung, die einem ständig sich verlängernden Faden ähnelte, der seinen Ursprung in einem Knäuel gemeinsamer Interessen haben musste. Am Ende reichte der Ältere dem Auserwählten seiner Tochter die Hand, drückte sie, bis seine Knöchel weiß wurden und ließ sie erst wieder los, als er vergnügt sagte: „Bei Saint-Exupéry ist nachzulesen: Die Erfahrung lehrt, dass Liebe nicht darin besteht, einander anzusehen, sondern dass man gemeinsam in eine Richtung blickt. Dass diese Aussage auf euch zutreffen wird, wenn der erste Rausch der Liebe verflogen ist, wünsche ich von ganzem Herzen. Mir bleibt keine andere Wahl, Jennifer hat ihre Entscheidung getroffen und ich werde dich, den Deutschen als Ehemann akzeptieren. Ihr habt meinen Segen."

Jennifers Großvater war vor das Fenster getreten, wo er die Worte seines Sohnes schweigend verfolgt hatte. Als dieser endete, meldete er sich plötzlich in harschem Ton zu Wort: „Du hättest auch keinen Grund, dich auf ein hohes Ross zu setzen, wie es die Engländer gerne tun. Du kennst die Aussage Oskar Wildes, der da sagte: ‚Selbst der Gerechte wird ungerecht, wenn er selbstgerecht wird'."

Er unterbrach sich, als warte er, bis sein Sohn sein missbilligendes Lächeln einstellen wird, fuhr dann fort: „Dir habe ich nicht ohne Grund die Namen Frederik William gegeben, es war zu Ehren des damaligen deutschen Kaisers und meines Vaters. Bis zum Tag deiner Namensgebung waren keinem Deutschen ähnliche Grausamkeiten nachzusagen, wie sie von uns Engländern begangen worden sind. Dass sie später einen schlimmen Krieg begonnen, Hitler die Vernichtung eines ganzen Volkes mit nie da gewesener Perfektion betrieben und unzähligen Menschen den Tod gebracht hat, war damals nicht abzusehen."

Wieder düngte Franz, von dem bodenlosen Schwindel befallen zu werden, der sich stets seiner Scham und Verlegenheit als Begleiter zugesellte, wenn das Thema angeschnitten wurde, das er fürchtete, wie der Teufel das Weihwasser.

Er hatte die Nazizeit als kleiner Junge erlebt, das polternde Gehabe der Nazigrößen war ihm unangenehm gewesen, hatte später in der Schule die Gräuel aufgearbeitet, wie er glaubte, und dass die Sache damit für sein Leben erledigt sei. Doch wohin er auch kam, stets sah er sich mit dem Versagen der Väter konfrontiert.

Auch an diesem Tag machte er sich auf das Schlimmste gefasst, doch zu seiner Verblüffung kam aus dem Munde des alten Mannes anderes: „Auch die Historie unserer Nation ist keineswegs frei von Schuld, man nennt uns Engländer nicht grundlos Seeräuber und Landpiraten. Unsere Vorgängergeneration hat die Buren gepeinigt, sie in Concentration Camps gesteckt, in denen viele verhungert und elend krepiert sind, wenn sie nicht vorher ihr Heil in der Flucht nach Nordwesten gesucht hatten. In den Lagern starben die Frauen und Kinder nicht nur an Hunger. Man sagt, zermahlenes Glas, das man ihnen ins Essen gemischt hat, sei der Grund gewesen, oder der Typhus, die Folgen der Fußtritte und Kolbenstöße. Wer weiß, vielleicht sogar waren diese Lager hier im Land, ich nenne nur: Crisiesmeer, eine der Blaupausen für Hitlers Untaten. Die NSDAP hatte eine Niederlassung hier und unsere Historie war ihnen sicher zugänglich."

Erneut legte er eine Pause ein, trank einen Schluck Wein, öffnete sein abgegriffenes Brillenetui aus Büffelleder, schloss es wieder, wohl um ein wenig Zeit zu gewinnen und den warnenden Blicken seines Sohnes zu entkommen, fuhr dann mit fester Stimme fort:

„Ich war 1937 dabei, als der mächtige Grundstein für das Voortrekkerdenkmal gelegt worden ist, dessen Sockel allein mehr als vierzig Meter hoch werden sollte. Eine Kette von Ochsenwagen, sie reichte von Kapstadt bis Pretoria, hatte sich zu diesem Zug versammelt, um der Tausenden zu gedenken, die sich der Not gehorchend, auf den Weg machten. Mit dem mächtigen Monument aber haben die Buren nicht nur ihren Toten und denen, die sich auf den großen Treck auf-machten, ein Denkmal gesetzt, nein, es ist auch ein Mahnmal für un-sere Gräueltaten, mit denen wir sie vertrieben haben.

Die, welche die Rettung im großen Treck gesehen haben, vertrieben ihrerseits wiederum die Bantus. Auch das ist Geschichte.

Ich will die Buren nicht in Schutz nehmen, aber durch die von uns abgeschaffte Sklaverei hatten die Buren eine ihrer Existenzgrundla-gen verloren, das ist die andere Seite der Medaille.

Ich bin heute der festen Überzeugung, es gibt weder ein Volk, das frei von Schuld ist, noch einen Menschen. Selbst der verehrte Gandhi, die große Seele, wie er in seinen späten Jahren in Indien genannt wurde, war es nicht. Zweiundzwanzig Jahre lebte er nach Abschluss seines in London absolvierten Jurastudiums in unserem Land. Du kannst in der von ihm herausgegebenen Wochenzeitschrift Indian Opinion all das nachlesen, was er in jenen Jahren niedergeschrieben hat: Auch er war nicht frei von Vorurteilen. Hier, explizit in dieser Ausgabe des Jahres 1905."

Er hatte in die Tasche seiner derben Lederjacke gegriffen, deren brü-chiger Aufhänger nachlässig über den Fenstergriff geworfen war und vorsichtig eine sorgfältig verpackte, vergilbte Zeitschrift hervorgezo-gen: „Der Eingeborene hat ein Recht auf faire Behandlung, aber so, wie er von Natur aus ist, benötigt er eine spezielle Gesetzgebung, die möglicherweise einen restriktiven Charakter hat. Dies kann jedoch nicht für alle Asiaten und Afrikaner gelten."

Der alte Mann machte wiederum eine, diesmal abwartende Pause, doch keiner in der Runde ergriff das Wort.

Man erinnert sich an die seltsamsten Dinge, denkt Franz und sieht die Szene so deutlich vor sich, als spielte sie gestern. Er weiß noch, dass er zwar zugehört hatte, ihm dennoch aber immer wieder nur eine Frage durch den Sinn gegangen war, für was der alte Mann wohl eine

Brille mit sich herumtrug. Er las die Zeitung schließlich ohne sie und auch seine Fernsichtsehvermögen schien noch in Ordnung zu sein.

„Selbst er, ein Hindu, war nicht frei von Ressentiments gegen andere Nationalitäten und Rassen, kämpfte in erster Linie für die indische Minderheit im Land, wenn auch mit friedlichen Mitteln."

Mit spitzen Fingern reichte er das fragile Blatt Franz, der aus den Augenwinkeln registrierte, dass sein künftiger Schwiegervater mit bösem Blick den Kopf schüttelte und schließlich mit verhaltenem Zorn in der Stimme zischte: „Das hättest du dir sparen können, es ist längst Geschichte. Lass' dem Mann seinen Frieden, er hat seine Liberalität und Weltoffenheit mit seinem Leben teuer genug bezahlt. Und, wie du richtig erwähnt hast: Es waren wir Engländer, welche die Sklaverei im gesamten Empire abschafften."

Und zu Franz gewandt: „Mein Vater sucht immer wieder Entschuldigungen für deine Landsleute, er würde Deutschland zu gerne noch einmal besuchen. Doch dazu ist er jetzt definitiv zu alt. Um auf Gandhi zurückzukommen, Vater: ‚Ich bin Christ, Hindi, Muslim und Jude in einer Person', hat er einmal geschrieben, diese Weltoffenheit war es, die ihm letztendlich zum Verhängnis geworden ist. Mir ist kein Deutscher bekannt, der seine Weltanschauung in dieser Weise artikuliert hätte." Franz begann zu schwitzen, die Diskussion schien sich wieder in die gewohnte Richtung zu bewegen.

„Du kannst doch nicht leugnen, dass aus den Protesten Gandhis nicht auch eine gehörige Portion Hochmut spricht. Wo ist der große Unterschied zwischen seiner Einstellung und der der Afrikaander? Er und seine Landsleute wehrten sich gegen eine Gleichstellung mit den Schwarzen, sehen sich noch heute als etwas Besseres an, fühlen sich der einheimischen schwarzen Bevölkerung überlegen. Als auch den Ehen der Inder die Legalität abgesprochen werden sollte, man sogar plante, auch ihnen eine Art Kopfsteuer aufzuerlegen, wehrten sie sich vor allem gegen den drohenden Verlust ihrer eigenen Privilegien, nur am Rande galt ihr Interesse der Abschaffung der Benachteiligung der Schwarzen. Ich jedenfalls habe mich mit meinem Urteil über die

Deutschen in bester Gesellschaft befunden," fuhr er fort und legte jetzt einen Hauch von Spott in seine Worte: „Oswald Pirow, unser ehemaliger Verteidigungsminister, hat Deutschland gleich mehrmals, auch privat, besucht. Und trotz der britischen Dominanz in unserem Land, bestehen seit den zwanziger Jahren beste Handelsbeziehungen gerade mit Deutschland. Die Nachfrage nach deutschen Exportgütern war damals und ist auch heute noch groß, ganz zu schweigen vom deutsch-südafrikanischen Kulturaustausch, der vom ehemaligen Kap-Konsul Bruno Stiller maßgeblich gefördert wurde. Er sprach sogar Afrikaans, welches du noch immer nicht beherrschst."

Jennifers Vater ignorierte seine letzten Worte geflissentlich, sagte, ohne auf die Bemerkung einzugehen: „Der Mann gehörte bis ins Jahr 1945 der Auslandsorganisation der NSDAP an. Deshalb sein enger Kontakt auch zu Pirow. Sie hatten viel gemeinsames Gedankengut."

„Es waren andere Zeiten. Hinterher ist man immer schlauer." Der Alte war wieder in die englische Sprache zurückgefallen und Franz hatte Mühe, dem Gespräch, dessen Englisch nur wenig Ähnlichkeit mit dem Englisch aufwies, das in seinem Crashkurs gelehrt worden war, zu folgen.

„Immerhin gab es in unserem Land nicht wenige achtenswerte Menschen unter seinen Landsleuten." Er wandte sich an Franz, nickte ihm anerkennend zu. „Ich nenne nur Rudolf Krahmann, den weltbekannten Geophysiker, der mit seinen magnetometrischen Untersuchungen in Witwatersrand die Linienführung der Goldader in Richtung Südwesten gefunden und mit dieser Entdeckung die Goldausbeute um ein halbes Jahrhundert verlängert hat. Dann Professor Bohle, ihn habe ich während seiner drei Jahrzehnte dauernden Lehrtätigkeit im Fach Elektrotechnik an der Kapstädter Universität kennengelernt. Ein beeindruckender Mann, der von seinen Studenten nahezu vergöttert wurde. Dass sein Sohn später eine maßgebliche Stelle in der NSDAP bekleidete, wofür er in den Nürnberger Prozessen erst verurteilt, dann vom amerikanischen Hochkommissar begnadigt wurde, wirst du seinem Vater hoffentlich nicht anlasten wollen. Immerhin hat der

Sohn sich für seine Aktivitäten im Naziregime entschuldigt, als er im Kriegsverbrechergefängnis eingesessen ist, was man nicht von jeder Nazigröße behaupten kann. Und in den Nachkriegsjahren, der Zeit des Aufbaus des zerstörten Deutschlands, gab er den Anstoß für den Ausbau wirtschaftlicher Beziehungen zwischen Deutschland und Südafrika, woraus immerhin die Deutsch-Südafrikanische Gesellschaft entstanden ist".

Für Franz' deutsche Seele waren die Worte wie Balsam. Kritiker, die über das Handeln von Menschen in der Vergangenheit urteilten, ohne selbst in einer ähnlichen Situation gelebt zu haben, waren ihm von jeher suspekt. Ob sie nicht auch den Weisungen der Mächtigen gefolgt wären, wenn ihr Leben oder ihr Wohlstand bedroht gewesen wäre? Es gab schon immer eine schweigende Mehrheit und wird sie immer geben, ist er der festen Überzeugung. Nur eine Minderheit ist als fanatischer Verbrecher geboren.

Jennifer hatte damals das Zimmer verlassen. Ihr Entschluss, sich auf keinerlei Diskussionen zu Themen einzulassen, die immer wieder einen ähnlichen Inhalt hatten, stand seit langem fest. Sie kannte den Fortgang der Reden, zu oft hatte sie ihrem Vater bei seinen monatelangen Versuchen, die Verbindung mit Franz zu torpedieren, Paroli bieten müssen, wenn er nicht davor zurückscheute, die Geschichte ihres Urgroßvaters als Argumentation zu nutzen: „Dein Urgroßvater hat auf der Seite der Schwachen gekämpft, den Underdogs, wie man Inder und Schwarze nennt, nicht auf der Seite der Afrikaander, der weißen Afrikaner. Das Kruger Regime hat ihn als Gegner betrachtet, vor allem, als er an der Seite Gandhis mit Tausenden indischer Bergleute und deren Frauen gegen die Rassengesetze der Regierung protestierte. Wie viele unter den Deutschen bewiesen diesen Mut, als es galt, Hitler und seine Rassengesetze zu verhindern"?

„Und, was hat es ihm genutzt? Gibt es etwa heute keine Rassengesetze?" Ob sie wollte oder nicht, ihr war nur die Möglichkeit geblieben, die Leistungen ihres Urgroßvaters herabzuwürdigen, der statt ins Parlament, wohin er eigentlich wollte, in Pretoria ins Gefängnis kam. So war es Teil der Wahrheit, dass er mit seinen Protesten gegen ihm unliebsame Gesetze seine Familie in Gefahr gebracht hatte. Kaum war er aus dem Gefängnis entlassen, explodierte eine Bombe vor den Schlafzimmern ihres Hauses und es war reines Glück, dass sie keinen größeren Schaden anrichtete.

Was sie damals nicht ahnte, war, wie sehr Franz unter solcherart Diskussionen litt. Erst viel später erzählt er ihr, dass er bei dem Disput immer öfter den unwiderstehlichen Drang verspürt hatte, die Flucht zu ergreifen.

„Dass die Nazizeit und die Kriegsjahre noch nachwirken, ist offensichtlich, man spürt als Deutscher eine latente Aggression, wohin man auch immer reist. Doch dass die langen Schatten der Verachtung und Anklage sogar bis in die Familien der Südafrikaner reichen und zu heißen Diskussionen zwischen engen Verwandten führen, hätte ich nicht vermutet. Man muss mit seinen Äußerungen vorsichtig sein, ist die Lehre, die ich aus der Unterhaltung dieses Tages zog. Man lebt in einer Zeit, in der so mancher nur den Balken im Auge des anderen, aber nicht den im eigenen Auge sieht."

Franz hatte damals zwar nach der Zeitschrift gegriffen, einen kurzen Blick hineingeworfen und sie dann mit verlegenem Blick zurückgegeben: „Ich lese die Rede, wenn mein Englisch besser geworden ist."

Letztendlich hatte der Abend doch ein friedliches Ende gefunden.

Vieles hat sich inzwischen zum Guten gewendet, denkt Jennifer, als ihre Mutter im sonnengelben Sommerkleid in der Tür auftaucht und ihnen mit offenen Armen entgegenkommt, sie umarmt und küsst, umhüllt von einer pudrigen Wolke vertrauten Lavendeldufts. Zum ersten Mal, seit sie den europäischen Kontinent verlassen haben, tritt das Gefühl, eine Wanderin zwischen zwei Welten zu sein, den Rückzug an und verflüchtigt sich schließlich ganz.

Beim Eintreten ins Haus sieht sie neben der Garderobe eine uralte Ausgabe der „Drum" liegen, ein buntes Heft, das man als „Zeitung für

Eingeborene" bezeichnete, weil es mit seinen Reportagen über alles berichtete, was die üblichen Medien verschwiegen.

In den Redaktionsräumen soll, so erzählt man sich, des Öfteren ein junger Anwalt namens Mandela aufgekreuzt sein, stets im dunklen Anzug mit breiten Aufschlägen und blütenweißem Hemd, das passende Tuch zur geschmackvollen Krawatte eingesteckt, der in der Nachbarschaft seine Kanzlei betrieb. Herausgegeben von einem deutschen Einwanderer, der in seinen Redaktionsräumen Weiße und Schwarze nebeneinander arbeiten ließ, wurde das Blatt nach Erlass des Umsiedlungsgesetzes und der Umsiedlung Sophiatowns eingestellt, und sein Herausgeber musste Südafrika verlassen.

Das Heft muss inzwischen Seltenheitswert haben, überlegt Jennifer. Warum Vater es wohl aufgehoben hat? Vielleicht bewahrt es ihm die Erinnerung an seine wilden Zeiten? Angeblich hat er in jungen Jahren im „Ritz" auf Jife-Partys ausgiebig das Tanzbein geschwungen. Wenn sie ihn so vor sich sieht, distinguiert und wohlbeleibt, eine irreale Vorstellung.

Sie bleiben bis zum nächsten Tag. Nach dem Dinner gibt Franz Jennifer, die sich mit ihrer Mutter im Patio zu einer Tasse Tee zurückgezogen hat, mit einem Wink zu verstehen, dass es Zeit ist zu gehen. Schnell steckt sie noch ein goldbraunes Rusk in den Mund, ein süßes Gebäck, das ihre Mutter eigens für ihre Ankunft hat zubereiten lassen. Da der Teig acht Stunden bei geringer Temperatur im Backofen trocknen muss, bedarf es stundenlanger Vorarbeit, so wird das Gebäck nur zu besonderen Anlässen hergestellt. Ihre Mutter packt ein paar Stücke in eine blütenweiße Stofftasche und Jennifer nimmt sie dankbar an. Es ist Ewigkeiten her, dass sie zum letzten Mal von dieser Köstlichkeit gegessen hat.

Zum Abschied erklärt Franz seiner Schwiegermutter: „Ich habe für nächste Woche eine Reise nach Südwestafrika geplant und werde mich voraussichtlich drei Wochen lang an verschiedenen Orten aufhalten, um ein paar lukrative Geschäfte vertraglich unter Dach und Fach zu bringen, es wird also sicher keine Vergnügungsfahrt. Ich hoffe, dass ich mir dennoch etwas Zeit für die Besichtigung einiger der Schönheiten unserer ehemaligen Kolonie freischaufeln kann."

Mit leisem Vorwurf im Ton wendet er sich Jennifer zu: „Ich hätte dich gerne an meiner Seite gehabt." Dann erklärt er seiner Schwiegermutter: „Leider hat sie abgelehnt. Und das, obwohl ich Jobst als ihren persönlichen Reiseleiter engagieren wollte, damit sie nicht allein durch die Gegend ziehen muss, wenn ich durch meine Verhandlungen gebunden bin."

Doch zu seinem Erstaunen, lässt weder das Gesicht seiner Frau noch das ihrer Mutter eine Regung erkennen.

„Man weiß nie, was im Kopf eines Mannes vor sich geht, Gelegenheit macht bekanntlich Diebe", hat Jennifer ihrer Mutter beim Tee erzählt. „Jobst ist Junggeselle, Franz war Mitbewohner seines Hauses und sein Golfpartner, sogar Freund. Durch ihn werden ihm die Tore zur besseren Gesellschaft Johannesburgs geöffnet, wie peinlich, wenn ich vielleicht seine Avancen abweisen müsste. Franz muss also nicht erfahren, dass ich davor zurückscheue, das süße Leben mit Jobst allein zu genießen, während er seiner Arbeit nachgeht." Und die Mutter pflichtet ihr bei.

„Wir müssen unsere Sightseeing-Tour somit auf spätere Zeiten verschieben. Kurz und gut, wir können uns heute nicht länger aufhalten, ich muss mich vorbereiten und meinen Koffer packen."

Wenig später summt der BMW über die sandige, von Schlaglöchern übersäte Straße nach Johannesburg. Das Ruckeln des Wagens lässt Jennifers Magen rebellieren, mindestens eines der Rusks ist zu viel gewesen. Es drängt nach oben, scheitert jedoch an ihrem eisernen Willen. Der Würgereiz ebbt ab, doch die Übelkeit bleibt.

Kaum sind sie durch die Haustür des nahezu fertiggestellten Hauses getreten, klingelt das Telefon im provisorisch eingerichteten Arbeitszimmer. Franz nimmt den Hörer ab und vom anderen Ende der Welt meldet sich sein Chef aus Deutschland. Ist es Täuschung oder liegt es

an der schlechten Verbindung, dass er sich des Eindrucks nicht erwehren kann, die Stimme des gewöhnlich ruhigen, gelassenen Mannes zittere vor Aufregung? Es ist Erregung, die für das seltsame Vib-
rieren verantwortlich ist, wie sich schnell herausstellt.

„Es zeichnet sich immer deutlicher ab, dass die Bochumer den Zuschlag für den Bau der Turbinen der Kühltürme des Stadtkraftwerks
in Windhuk erhalten. Damit kann sich unsere bisher ohnehin schon
gute Zusammenarbeit in den kleineren Projekten nun richtig auszahlen. Wir sollen ein Stück des riesigen Kuchens abbekommen, der Abschluss der Verträge des Unternehmens mit Escom steht unmittelbar
bevor und wenn alles gut läuft, kann auch für uns nichts mehr schief
gehen. Es gibt aber ein Problem: Es fehlt uns in Konstruktion und im
Bau luftgekühlter Kondensatoren an der nötigen Erfahrung. Und ob
unsere Partner schon jemals ein Projekt in diesem Umfang realisiert
haben, bezweifele ich.“

Das Bochumer Vorhaben ist Franz bestens bekannt Er hat die Ausschreibungsunterlagen durchgesehen und erkennen können, dass
das Projekt von wahrhaft gigantischem Ausmaß ist.

Aus dem kleinen Wohnzimmer dringt die melodische Weise der un-
garischen Tänze von Brahms, die seine Frau wieder einmal aufgelegt
hat und geht mit den Worten seines Chefs eine seltsame Symbiose
ein. In Franz' Ohren klingt Escom, der Name der größten staatlichen
Energiegesellschaft Südafrikas, schöner als die Musik von der Platte,
weckt in ihm eine Siegesgewissheit, für die es keinen wirklichen
Grund gibt.

„Es soll eines der größten Kraftwerke in Südwestafrika werden,
Escom will einhundertzwanzig Megawatt erzeugen. Es wäre gut,
wenn Sie sich schnellstmöglich ein Bild von der Gegend und dem geplanten Standort des Werks machen würden, zumal ich sicher bin,
dass der Vorstand unseres Partnerunternehmens in den nächsten
zwei Wochen in Windhuk auftauchen wird. Dann liegt es an Ihnen,
ihn von unserer Kompetenz zu überzeugen.“

„Das wird mir gelingen. Was dieses Projekt betrifft: Ich habe sowieso eine Reise nach Windhuk und Umgebung geplant, will aber über das rein Geschäftliche hinaus etwas Zeit in der Gegend verbringen. Soweit ich informiert bin, ist für das Kraftwerk ein Gelände im nordöstlichen Teil der Stadt vorgesehen, am Rande eines Industriegebietes, das sowohl von Leicht- als auch von Schwerindustrie dominiert ist. Das Gelände soll riesig sein, glaubt man dem mir vorliegenden Lageplan."

Er kramt in der Schreibtischschublade, zieht ein sorgfältig zusammengefaltetes Papier heraus, entfaltet es und zieht eine imaginäre Linie über den aufgezeichneten Plan: „Abnehmer des dort erzeugten Stroms gäbe es allein in diesem Industriegebiet mehr als genug."

„Was hören Sie denn für eine Musik? Schön, aber ungewöhnlich, sie klingt für meinen Geschmack etwas schräg."

„Eine alte Aufnahme aus dem Jahr 1903. Ich glaube, den schrägen Ton, wie Sie ihn nennen, setzte man bewusst als Gesangsersatz in Form eines hörbaren Lagewechsels ein. Das ist sicher nicht jedermanns Geschmack, meine Frau aber ist von ihm fasziniert."

„Luftgekühlte Turbinen sind unabdingbare Bedingung der Ausschreibung. Das Land muss mit sehr geringen Niederschlägen zurechtkommen, wie jedermann weiß."

Hinter Franz' Stirn jagen sich die Gedanken, als er antwortet:

„Ohne Zweifel, die Gegend soll sogar die trockenste der Welt sein, es verdunstet mehr Wasser in einem Jahr, als Regen fällt. Durchschnittlich nur zehn Millimeter, habe ich kürzlich gelesen. Ich werde mir einen Fahrer und einen Wagen mieten, meine Tage nutzen und mir ein Bild von den Gegebenheiten verschaffen. Ich finde, das gehört dazu, wenn ein Engagement in einem unbekannten Land sich auszahlen soll."

„Kümmern Sie sich vor den Gesprächen um eine geschickte Strategie, vielleicht holen Sie kompetenten Rat für die Vertragsverhandlungen ein. Afrikaner, auch die weißen, haben nicht die Mentalität von uns Europäern, sagt man ihnen nach."

Franz schluckt eine Antwort hinunter, holt tief Luft, atmet unhörbar aus und verbietet sich, sofort wieder einzuatmen. Wenn er eines seit dem Ende seiner Studienzeit gelernt hat, dann war es, dass man im Geschäftsleben Emotionen unterdrücken und beherrschen muss. Sein Chef scheint seinen familiären Hintergrund nicht zu kennen und hat daher keine Kenntnis von den Vernetzungen und dem Wissensstand seiner angeheirateten Familie, durch die er in wenigen Monaten mehr über Land und Leute erfahren hat, als es dem Mann aus dem fernen Deutschland je möglich sein wird.

„Nach ihrer Rückkunft erwarte ich schnellstmöglich einen Bericht. Gelingt unsere Beteiligung, werde ich mich in naher Zukunft auch einmal im Land sehen lassen, um die Lage zu sondieren. Windhuk und seine Umgebung sollen ja eine Reise wert sein."

Franz ist sich sicher, dass sich die Kenntnisse seines Chefs über das Land im rudimentären Wissen über die Machtverteilung zwischen Weiß und Schwarz erschöpfen. Dass sie vor allem zwischen Engländern und Buren aufgeteilt ist, dass das große Krokodil, wie man den Verteidigungsminister nennt, weil er seine Feinde unnachsichtig bekämpft, stets für eine Überraschung gut ist und für Geschäfte landesfremder Firmen unter seiner Regierungsbeteiligung nie absolute Sicherheit besteht, davon hört man im fernen Deutschland nur wenig. Sein Chef macht da keine Ausnahme.

Franz aber hat Informationen aus erster Hand. Jennifers Vater kennt die Gefahren, die von diesem Mann ausgehen. „Man munkelt, das große Krokodil will die Verteidigungsausgaben erhöhen und dabei weder auf den Handel, noch die Diplomatie Rücksicht nehmen. Er will an anderer Stelle Mittel streichen, welche, ist noch ungewiss."

Schlimmstenfalls betreffen die Pläne auch die staatlichen Energieunternehmen und: Damit auch Escom, ist sich Franz im Klaren. Streicht man dem Energiegiganten die Mittel, fällt auch der Umsatz der

Subunternehmen, auch der aus Deutschland. Und das Wirtschaftswachstum bricht ein.

Das Telefonat hat in ihm Hunger nach Macht und Einfluss geweckt, den Motor seines Ehrgeizes gestartet, der augenblicklich mit hoher Drehzahl zu laufen beginnt. Komplizierte Sachverhalte haben ihn von jeher zu Höchstleitungen angespornt. Wie die wirtschaftliche Lage auch immer sich entwickelt, er wird erfolgreich sein. Niederlagen gehören von nun an nicht mehr zu seinem Weltbild.

Dann ertönt aus dem Hintergrund eine ungeduldige Frauenstimme und sein Chef beendet nach ein paar unverbindlichen Floskeln das Gespräch. Franz legt den Hörer sorgfältig auf der Gabel des weißen Telefonapparats ab, wischt mit seinem Brillenputztuch über die Wählscheibe, um eine Fluse zu entfernen. Dann gießt er sich in der Küche ein Glas Shiraz ein und schlendert zum Wohnzimmer, wo Jennifer gerade die Platte zum zweiten Mal auf den Plattenspieler legt, weil sie selten beim ersten Mal genug von ihrer augenblicklichen Lieblingsmusik hat.

Carpe Diem

In Windhuk angekommen, lässt sich Franz als erstes einen Mietwagen reservieren, engagiert den vom Hotel empfohlenen Chauffeur, einen jungen Schwarzen, der pünktlich zur vereinbarten Zeit in einem nagelneuen Land Rover mit offenem Verdeck auf dem Parkplatz des Hotels vorfährt. Zum Halten gekommen, lässt er die Scheinwerfer aufblenden und ein breites Grinsen überzieht sein Gesicht. Schwungvoll springt er aus dem Wagen und nimmt zur Begrüßung die helle Mütze von der krausen Haarpracht, die seinen Schädel wie eine schwarze Wolke bedeckt. Dann blickt er sich unauffällig um, stellt sich mit den Worten: „Ich bin Joseph" vor und jetzt strahlt aus seinen wachen Augen in dem runden Gesicht mit außergewöhnlich dicken Ohrläppchen erwartungsvolle Freude.

Franz unterzieht ihn einer eingehenden Musterung und hat schnell sein Urteil gefällt, der Mann macht einen vertrauenswürdigen Eindruck. Die farbenfrohe Kleidung des Afrikaners ist allerdings gewöhnungsbedürftig, denkt er und dass er noch nie einen derart stark behaarten Oberkörper gesehen hat, wie den des jungen Mannes. Aus dessen gelbrot kariertem Hemd, das sich lose und zerknittert über khakifarbenen Shorts beult, versuchen kräftige schwarze Haarbüschel das Sonnenlicht zu erreichen.

Als Joseph ihm eine Rundfahrt durch die Stadt empfiehlt, wandern Franz' Blicke zu den olivbraunen abgetragenen Sandalen an den nackten Füßen des Afrikaners, deren Sohlen sich in der Farbe kaum von der dicken Hornhaut der Fersen unterscheiden. Sollten ihm die Sandalen während der Fahrt von den Füßen fallen, wird ihm die Hornhaut ohne Weiteres das Schuhwerk ersetzen, selbst wenn er auf einen Nagel tritt, grinst Franz in sich hinein und stimmt nach kurzem Zögern dem Vorschlag des Mannes zu. Bevor er auf dem Beifahrersitz Platz nimmt, wischt er nach kritischem Blick imaginären Staub von dessen abgewetztem Kunstleder, das erstaunlich sauber ist.

Dann taucht plötzlich ein schwarzer, struppiger Straßenköter aus einer Seitenstraße auf und umstreift mit lautem Gekläff den Land Rover. Joseph zieht ein Stück Biltong aus der Tasche seiner Hose, wirft ihm das Trockenfleisch in weitem Bogen entgegen. Es landet im Müll der engen Gasse und das Gekläff verwandelt sich in ein freudiges Jaulen. Offenbar ein eingeübtes Ritual, der Köter verliert augenblicklich das Interesse an dem Fahrzeug und widmet sich hingebungsvoll dem fleischigen Brosamen.

Joseph kennt sich aus und beherrscht sein Fahrzeug, so viel steht nach den ersten gefahrenen Kilometern fest. Nach diesem Erkenntnisgewinn widmet sich Franz ausschließlich den Sehenswürdigkeiten Windhuks.

„Ein schönes Städtchen, es sieht ganz danach aus, als hätte man die Periode der deutschen Kolonialzeit in wohlwollender und nicht nur negativer Erinnerung. „Überall deutsche Namen, sogar eine Lindenapotheke gibt es hier", wendet sich Franz an seinen Fahrer angesichts der erstaunlich gut erhaltenen Fachwerkhäuser.

„Ja, wir bewahren unsere Geschichte, nicht alles war schlecht unter der Herrschaft der Deutschen."

Franz hat sich sein eigenes Bild über jene Zeit geschaffen, ein Bild, das im Wesentlichen durch die Filme des Afrikaliebhabers Hans von Stromburgk geprägt ist. Er stelle die Kolonialzeit verklärt und nur aus der komfortablen Sicht eines Weißen dar, warf man dem Mann vor allem vor. Er habe für seine Expeditionen Schwarze als Lastenträger engagiert, die zu Fuß durch die Flüsse waten mussten, während er selbst auf dem Rücken eines Pferdes trockenen Fußes hindurchgeritten sei.

Eine lächerliche Behauptung! In Franz' Augen waren solcher Art Maßnahmen der Natur der Sache geschuldet. Weiße Europäer sind den Temperaturen und den Gefahren der Tropen auch heute noch gesundheitlich nur ungenügend gewachsen, das hat ihn sein eigener Körper in der vergleichbar kurzen Zeit seiner Anwesenheit auf dem afrikanischen Kontinent gelehrt, als ihn ein fiebriger Kampf gegen eine heftige Malariainfektion tagelang aufs Krankenlager gefesselt hatte. Und, soweit er das beurteilen kann, hatte Stromburgk seine Männer wohl so gut behandelt und entlohnt, wie es seine begrenzten Mittel erlaubten.

Nachdem Franz das in der Planung befindliche Gelände und den Fortschritt der regen Bautätigkeit begutachtet hat, starten in Windhuk die ersten Verkaufsgespräche.

Staunend betritt Franz das sorgfältig restaurierte Gebäude aus dem 18. Jahrhundert, wo ihn ein Hausdiener über eine breite, Würde ausstrahlende Treppe zu den Räumen im Obergeschoss begleitet. Die Wände des Treppenhauses und die des Saales, in dem die Verhandlungen stattfinden sollen, sind bis unter die hohen Decken mit afrikanischer Kunst ausgestattet.

Die Geschäfte müssen florieren, sonst könnten sie sich solchen Luxus nicht leisten, ist sein erster Gedanke angesichts der gemalten Pracht, ganz zu schweigen vom Umfang des in Angriff genommenen Projekts.

Obwohl die Gespräche in angenehmer Atmosphäre und offensichtlich erfolgreich verlaufen, verlangen seine potenziellen Geschäftspartner am Ende der Gespräche Bedenkzeit. Genug Zeit also für seine private Sightseeing-Tour.

Als Franz aus den kühlen Räumen der Villa wieder ins Freie tritt, überfällt ihn die Hitze wie ein wildes Tier. Er winkt Joseph herbei, der allem Anschein nach, sein Mittagessen im Jeep eingenommen hat, denn sein am Morgen noch frisches Hemd ist bekleckert.

„Schnell raus aus diesem Backofen! Ich habe ein paar Tage Zeit zur Verfügung. Was schlägst du vor, wohin unsere kleine Reise gehen könnte? Aber zieh dir ein frisches Hemd über!" Josef nestelt aus einer Plastiktüte unter dem Sitz tatsächlich ein sauberes Hemd heraus, schlüpft hinein und wirft das schmutzige mit kräftigem Schwung hinter den Rücksitz. Ein freudiges Strahlen tritt währenddessen auf sein

Gesicht, als habe er seit Stunden nur auf diese Gelegenheit gewartet. Franz jedoch entgehen die sandigen Spuren von Schuhen im Fahrzeug nicht und er könnte schwören, dass der Schwarze zwischenzeitlich einen anderen Transport eingeschoben hatte. Bevor er nachfragen kann, zieht Joseph ein Foto aus der Tasche seines Hemdes und präsentiert ihm mit stolzgeschwellter Brust ein zerknittertes Bild:

„Auf diese Lodge, wenn Sie mich fragen. Sie liegt zwar weit ab von der nächsten Ansiedlung, am Rande der Kalahari, ist aber trotz ihrer abgeschiedenen Lage zu allen Zeiten gut besucht. Der Wirt lässt sich täglich eine Überraschung einfallen, und man kann dort mit allem Komfort den Abend und die Nacht verbringen. Auch gutes Essen und Trinken wird geboten. Ich bin sicher, Sie werden die Lodge mögen."

Und Franz beschließt, der Sachkunde seines Fahrers zu vertrauen.

Es ist später Nachmittag, als sie auf der Lodge eintreffen. Auf der im Schatten liegenden Terrasse wartet bereits eine kleinere Gruppe Gäste, um zu einem Sundowner auf einem Hochsitz in der Savanne gefahren zu werden.

„Und, habe ich Ihnen zu viel versprochen? Sie müssen sich beeilen, wenn Sie an der Fahrt teilnehmen wollen." Joseph wehrt einen der umherflatternden Falter mit rotgefleckten Flügeln ab, die in großen Schwärmen um die Büsche taumeln. Dann versucht er einen lobenden Blick von Franz einzufangen. Doch die harten Verhandlungen, die Hitze auf der holprigen Fahrt über sandige und von Schlaglöchern übersäte Wege sind nicht ohne Wirkung geblieben. Franz ist zu erschöpft, um die Begeisterung des Schwarzen zu teilen. Sein ohnehin empfindlicher Magen rumort, als versuche er eine Ladung Steine zu verarbeiten. Am Morgen noch hat er sich vorgenommen, den Abend in Ruhe ausklingen zu lassen und entgegen seinen sonstigen Gewohnheiten früh zu Bett zu gehen. Soll er diesem Vorsatz untreu werden und sich der Gruppe anschließen?

Nichtstun und zu viel Schlaf ist Zeitverschwendung. Besser, man nutzt die Zeit zu einem Mehrwert der Erkenntnisse, hatte er seiner

Frau halb im Spaß, halb im Ernst einmal erwidert, als diese sich über seine Umtriebigkeit beschwerte. Wie erwartet, erntete er ein unwilliges Kopfschütteln und die Warnung, er solle seinen Körper besser schonen.

Gelegentlich kommt ihm der beunruhigende Gedanke, dass sie recht haben könnte. Vor allem, wenn er wieder einmal über die Stränge geschlagen hat, wie in der Nacht vor jenem Morgen, an dem er nach dem Aufwachen befürchten musste, sein Arm sei in der Nacht abgestorben oder er hätte einen Schlaganfall erlitten. Wie ein Fremdkörper hingen Arm und Hand über die Bettkante, und erst nach einem zweitägigen Aufenthalt im Krankenhaus fügten sie sich wieder seinem Willen.

Dem beängstigenden Ereignis war ein tagelanger Arbeitsmarathon vorangegangen. Es war Erschöpfung und reichlicher Alkoholgenuss, die ihn in einen komaähnlichen Schlaf hatten fallen lassen, sodass er nicht einmal registrierte, dass durch das Gewicht seines Körpers der Arm nahezu völlig von der Blutversorgung getrennt war.

Damals, nach seiner Entlassung aus dem Krankenhaus, hatte er nach Ermahnung seiner Ärzte, sein Schlafverhalten zu ändern und mehr zu schlafen, den festen Vorsatz gefasst, besser auf seinen Körper zu achten. Doch bald war er wieder seinem gewohnten Lebensstil und dem Glauben an die Unverwüstlichkeit seiner Gesundheit verfallen. Diesmal wird er nicht den gleichen Fehler begehen.

So winkt er mit bedauerndem Lächeln ab, will eilig ins Haus fliehen, um den enttäuschten Blicken seines Fahrers zu entkommen, doch dann mischt sich der Wirt der Lodge ein und lässt nicht locker, bis Franz schließlich nachgibt.

„Ein unvergessliches Erlebnis steht Ihnen bevor", setzt der Wirt seinen Bemühungen die Krone auf, als die Gästeschar in dem dunkelgrünen Jeep Platz genommen hat und dieser über sandige Wege ungeachtet der zahlreichen Schlaglöcher seinem Ziel entgegen braust.

Schon auf der Fahrt bereut Franz seinen Wankelmut. Der staubtrockene Sand schleicht sich durch jede Öffnung, legt sich auf Brille, Haar und Kleidung, die Schlaglöcher schütteln die Menschen auf ihren Sitzen wie Puppen hin und her, und die fehlende Schutzfunktion der hochgezogenen Plastikfrontscheibe scheint nur die Fahrgäste zu stören, den Fahrer aber unbeeindruckt zu lassen.

Endlich am Hochsitz angekommen, wo, unweit von einem als Toilette bezeichneten Häuschen auf schmalen Tischen Kaffee, Whiskey, Kuchen und ein klebriges Fettgebäck, vom Boy hinter der provisorischen Theke Koeksister genannt, auf sie wartet, bereut Franz seine Entscheidung. Was, wenn sein empfindlicher Magen rebelliert? Argwöhnisch mustert er die seltsame Konstruktion der Wasserspülung. Von einem liegenden Fass auf einer hölzernen Plattform führt eine Leitung zu dem gemauerten, schmalen Bau, wo sie, so Gott will, auf abruptem Zug eines fasrigen Seils im Bedarfsfall ihre Schleusen öffnet. Hinter dem Häuschen tollen auf Bäumen und Dach neugierige Affen und lauern auf Leckerbissen. „Füttern strengstens verboten", warnt der Inhaber der Lodge: „Die Biester sehen zwar niedlich aus, beißen aber gerne zu."

Glücklicherweise scheint Franz' Magen ruhig zu bleiben, sodass er die Funktion der abenteuerlichen Konstruktion nicht testen muss.

Doch er muss seine ursprüngliche Meinung revidieren. Über eine schmale Leiter auf der ausladenden Holzterrasse des Hochsitzes angekommen, ein Glas Champagner in der Hand, stellt er schnell fest, dass der Wirt keineswegs übertrieben hat.

Und als der hoch über der Savanne stehende rotgoldene Ball der Sonne sich im Gold des in dicken Gläsern funkelnden Whiskeys spiegelt, ist der Aufenthalt purer Genuss.

Zebras, Springböcke und Strauße genießen das Nachlassen der Hitze, verweilen, als ob sie den Fotografen Modell stehen wollten, für eine kleine Weile ruhig grasend, und ihre Silhouetten zeichnen sich vor dem sich mehr und mehr verfärbenden Himmel wie Scherenschnitte ab. Pure Schönheit, wohin man auch blickt, auch wenn die Wildnis voller Gefahren ist, wie der Wirt eindringlich warnt.

In Franz aber erwacht die Sehnsucht nach Jennifer mit der Kraft eines wilden Tieres, die Sehnsucht nach ihrem begeisterten Lächeln, das der Anblick von Schönheit in ihrem Gesicht entstehen lässt, wo auch immer sie gegenwärtig ist. Und erst ihre Grübchen! Sie entzücken ihn wie am ersten Tag ihrer Begegnung. Noch immer beeindruckt ihn die Gelassenheit, mit der sie seine Blicke beobachtet, die er nicht zügeln kann, wenn ihm eine hübsche Frau über den Weg läuft, ihr Verständnis, mit dem sie seine häufige Abwesenheit von zu Hause erträgt. Manchmal kann er sein Glück nicht fassen, dass ausgerechnet er, ein Habenichts aus Deutschland, der mit dem Makel der Geschichte seines Landes behaftete Außenseiter, ein schwarzer Schwan im Teich der weißen Schwäne, eine Frau ihres Formats für sich gewinnen konnte. Ich bin mit ihr glücklich, auch wenn unser Wunschkind noch auf sich warten lässt, sinniert er, während das Spiegelbild der Sonne auf dem Boden seines Glases langsam erlischt und sie mit einem letzten dunkelroten Eklat ihr faszinierendes Finale beschert.

Der Wirt mahnt zum Aufbruch: „Es wird früh dunkel in der Savanne und die Nacht bricht hier unvermittelt herein. Es ist besser, die Lodge zu erreichen, bevor man Gefahr laufen kann, den Jägern der Nacht in die Quere zu kommen."

Und tatsächlich glaubt Franz auf der Rückfahrt im sandfarbenen Halbdunkel zwischen dunklen Büschen eine Löwin zu erkennen, die, als ob sie in Stein gehauen wäre, reglos auf ahnungslose Opfer wartet. Ob es ein Kudu oder eine Antilope ist, deren letzte Stunde bald schlagen wird? Er wird es nicht erfahren, denn gleich darauf ist das Tier seinem Blickfeld entschwunden. Aus der Ferne aber tönt ein qualvoller Schrei.

Wie nahe der Tod, das Verderben und die schönen, sanften Stunden des Glücks beieinander liegen und wie viel wertvolle Zeit man im Gewebe der Ereignisse, dem Netz eines Lebens, mit Unnützem verschwendet, geht es ihm durch den Kopf. Er hatte mit Jennifer eine

Fahrt durch die Trockenflusstäler geplant, sich ausgemalt, wie sie in der unendlichen Stille der roten Kalahari-Dünen den heißen Sand unter den Füßen fühlen. Sand, so hat er in einem Reiseführer gelesen, der Hügel und Senken ineinander rutschen lässt, Horizonte verwischt und verschluckt, was sich ihm in den Weg stellen will. Eine der großen Wildwanderungen im Fish-River-Canyon, dem großen Bruder des Grand-Canyons, wollte er mit ihr erleben. Doch sie hatte ihm einen Strich durch seine Pläne gemacht. Bevor er sich weiter im Schmerz seiner enttäuschten Hoffnungen verlieren kann, sind sie zurück auf der Lodge.

Auf der Terrasse lädt sie der Hausherr zu einem letzten Drink ein. Umschmeichelt von der samtenen Luft des Abends und vom Zirpen unzähliger Grillen schlägt keiner der Gäste die Einladung aus.

Auch diesmal werden sie reichlich belohnt: Als der Mond hinter einer Wolke hervortritt, an einem von Sternen übersäten Himmel seinen Glanz entfaltet, mit Sternen in einer Größe, wie Franz sie noch nie gesehen hat, wird die Nacht noch schöner, als sie ohnehin schon ist. Und wieder vermisst er seine Frau, weiß, dass seine aufgewühlten Gefühle ihn nicht einschlafen lassen werden. So sucht er mit vom langen Sitzen steifen Gliedern als einer der letzten Gäste sein Bett auf.

Als hätte er seine Gedanken gelesen, schlägt ihm Joseph auf der Rückfahrt nach Windhuk vor: „Wenn Sie einmal wiederkommen, sollten Sie unbedingt die Trockenflusstäler befahren, aber ja nicht auf eigene Faust. Sie haben ihre Tücken und man muss schon einiges an Erfahrung mitbringen, um zu wissen, wann man sie passieren kann. Es regnet selten, doch wenn es regnet, regnet es richtig, und dann ist die Passage gefährlich. Ich fahre Sie gerne, wenn Sie sich einmal dazu entschließen."

Der Mann ist geschäftstüchtig, amüsiert sich Franz innerlich, aus ihm kann noch etwas werden. Laut erwidert er:

„Warum nicht, du bist ein guter Fahrer und kennst dich aus, das Hotel hat ja deine Telefonnummer. Fürs Erste würde mich aber eine andere

Sache interessieren." Er macht eine Pause, wartet, bis Joseph den Wagen sicher um ein riesiges Schlagloch manövriert hat:

„Ein Zuviel an Wasser ist im Allgemeinen hier ja nicht das Problem. Dass aber alle Zimmer der Lodge mit funktionierenden Duschen ausgestattet waren, hat mich doch sehr erstaunt. Wie ist die Versorgung im täglichen Leben überhaupt geregelt im Land?"

Joseph nickt, seinem Gesicht ist anzusehen, dass er zufrieden mit seinen Fahrkünsten ist und sich über die Anerkennung in den Augen seines Fahrgastes freut, als er antwortet:

„Richtig, eher ist zu wenig Wasser das Problem. Doch wir haben mit dieser Wasserknappheit leben gelernt, schon seit ewigen Zeiten. Um ihre Frage zu beantworten: Unsere Wasserversorgung ist dezentral geregelt. Das Wasser für den täglichen Gebrauch beziehen wir aus Brunnen, die von Regenwasser aus der Eiszeit gespeist werden und bis in eine Tiefe von einhundertfünfzig Metern reichen sollen, so sagt man wenigstens. In Zeiten der Dürre, die fünf, manchmal bis zu zehn Jahre andauern kann, sind diese Brunnen für uns lebensrettend."

Kein Wunder, dass man auf luftgekühlte Kondensatoren für die Kondensation des Turbinenabdampfs nicht verzichten kann, wenn nicht an einem Fluss oder einem anderen Gewässer gebaut wird. Man benötigt dann kein Kühlwasser, sinniert Franz und denkt weiter: Ein Glück, dass unsere Partnergesellschaft ein Patent für das ovale Rippenrohr besitzt und einiges an Erfahrung mit der Technologie der Luftkühlung aufweisen kann. Doch wo geeignete Mitarbeiter hier im Land finden, die über die nötigen Sachkenntnisse verfügen? Ich werde mich wohl demnächst an der Universität in Stellenbosch umsehen müssen. Sie soll die führende Kaderschmiede im Land sein und über junge Ingenieure verfügen, die sich einem guten Angebot nicht verweigern werden.

Zurück in Windhuk, sind die Verträge tatsächlich unterzeichnet. Dem umfangreichen Werk liegt eine schriftliche Einladung zu einem Dinner in einem nahe der Stadt gelegenen Golfclub bei. „Der Club punktet nicht nur durch das Green seiner Plätze, sondern auch durch seine spektakuläre Lage mitten in der Savanne", preist der Verhandlungsführer das Etablissement an und seine wasserblauen Augen blitzen vor Begeisterung, während er sich durch das strohblonde Haar fährt, was einen verstrubbelten Wirbel entstehen lässt, der dem eben noch distinguiert aussehenden Engländer ein jungenhaftes Aussehen verleiht.

Der Club entspricht in allem den Vorstellungen, die Franz von einem typischen englischen Upper-Class-Club hat, nämlich dunkel getäfelte Wände und schwere Möbel, ein eleganter offener Kamin und eine Bar. Als er sich auf einem der hohen Hocker niederlässt, bestellt er sich als Erstes ein Bier. Erstaunlicherweise ist es gut gekühlt und er trinkt das halbe Glas mit einem Zug aus. Dann widmet er sich dem Inhalt der Speisekarte, liest sie zum zweiten Mal, kann sich aber noch immer nicht entscheiden, welche der Köstlichkeiten er bestellen soll, von denen er die wenigsten kennt. Er grinst, die Worte seines Bruders fallen ihm ein, der sich nicht nur einmal über seine Unentschlossenheit in kulinarischen Angelegenheiten mit den Worten mokierte: „Anscheinend ist es eine Wahl, die so schwer ist, wie die Entscheidung zwischen zwei Frauen, von denen die eine die Schönere ist, wenn sie schweigt, die andere, wenn sie spricht."

Seine Frau, die hübsch ist, wenn sie schweigt und hübsch, wenn sie redet, hat es sich zur Gewohnheit gemacht, ihm immer dann die Kalorien eines Gerichtes vorzurechnen, wenn er sich den Teller ein zweites Mal füllen will. Ihrer Mahnung eingedenk, wählt er ein Carpaccio von wilden Pilzen als Starter, als warme Vorspeise ein Springbockrahmsüppchen.

Um die Wartezeit bis zum Dinner zu überbrücken, überschlägt er die Summe der Fettmacher der ausgesuchten Genüsse und glaubt beim Erhalt des Ergebnisses, das Wachsen der kleinen Speckröllchen über den Hüften buchstäblich greifen und Jennifers tadelnde Worte hören zu können. Ob er es nicht doch bei zwei Gängen belassen soll? Er schüttelt innerlich den Kopf, zu verlockend ist das Angebot. „Alles stammt aus regionalen Quellen, das Wild, die Früchte des Meeres und der Felder", flüstert ihm sein innerer Schweinehund zu, gewinnt, weist das kalorische Gewissen seines Körpers in seine Schranken und vertreibt das imaginäre Lachen seiner Frau. Er entschließt sich also zu einem weiteren Gang, wählt als Hauptspeise eine „Etoshapfanne", die aus Rinderfilet, magerem Kudu- und Zebrafleisch in einer würzigen Sauce und mit Kichererbsenblinis serviert werden soll. Als Begleitwein ist ein trockener Chardonnay empfohlen, Spezialität eines bekannten Weingutes aus der Gegend um Stellenbosch. Ein junges attraktives Mädchen erscheint und notiert seine Bestellung, weist ihm dann den Weg zum Speisesaal.

Als es den gut temperierten Wein eingießt und Franz prüfend den ersten Schluck im Mund bewegt, sieht er aus den Augenwinkeln einen lässig gekleideten, bebrillten Herrn mit aschblondem Vollbart eintreten, dessen Bart und zerzaustes Haupthaar geradezu hechelnd einem Friseurbesuch hinterherhinken. Ungeachtet dessen füllt das Charisma seiner Persönlichkeit augenblicklich den Raum und zieht die Aufmerksamkeit der Gäste auf sich. Doch ehe Franz sich mit Überlegungen über dessen Herkunft beschäftigen kann, weist man dem Zausel den noch freien Stuhl an seiner Seite an. Wenig später stellt sich heraus, dass der schlanke, eine beeindruckende Selbstsicherheit ausstrahlende Mann nicht nur zum Vorstand der Bochumer Zentrale der Partnergesellschaft seines Arbeitgebers gehört, sondern zusammen mit seiner Mutter auch deren Eigentümer ist.

In Habitus und Kleidung entspricht er eher dem Bild eines besser gestellten weitgereisten Touristen als dem eines Industriemagnaten, der zigtausenden Menschen Lohn und Brot verschafft, geht Franz durch den Sinn, der sich mit der Historie des Unternehmens vor geraumer Zeit vertraut gemacht hat. Zu beachtlicher Größe entwickelt, wurde es nach dem frühen Tod des Firmengründers, einem genialen Ingenieur, von dessen Witwe allein weitergeführt, bis der Sohn nach erfolgreichem Abschluss seines Maschinenbaustudiums in die Fußstapfen des Vaters trat. Nicht nur, dass er dessen Interesse an der Entwicklung und Perfektionierung der Luftkühlung von Transformatoren in den Genen zu tragen scheint, soll er zudem ein ausgezeichneter Geschäftsmann sein. Jetzt sagt man ihm nach, glaubt man der Fachpresse, dass er die Gesellschaft an die Börse bringen will. Seine Mutter habe sich weitgehend aus dem Unternehmen zurückgezogen, ziehe aber noch immer die Fäden aus dem Hintergrund und lebe inzwischen allein in der mit kostbaren Möbeln ausgestatteten Familienvilla.

Vom ersten Augenblick des Zusammentreffens an weiß Franz, dass das unerwartete Erscheinen des einflussreichen Unternehmers sich zum Glücksfall entwickeln kann, wenn er die Begegnung für sich zu nutzen versteht und es ihm gelingt, ihn von seiner Person und seinen Projekten zu überzeugen. Unstreitig verfügt der Mann über einen klaren Verstand und ein scharfes Urteilsvermögen, wie nicht nur an seiner Vita, sondern auch am wachen Blick seiner Augen und seiner interessierten Distanziertheit erkennbar ist.

Ist man in eine Gründerdynastie hineingeboren, deren Erfolgsgeschichte man fortzusetzen vermag, verleiht wohl das Schicksal der Person eine Aura des In-sich-Ruhens, die keiner Außendarstellung mehr bedarf, es einfach überflüssig macht, mit Stil und Aussehen zu punkten. Das beweist sich für Franz keineswegs überraschend, auch an seinem Tischnachbarn.

Nicht lange danach sind sie in ein anregendes Gespräch verwickelt, das erst eine Pause macht, als das Essen serviert wird. Wie so oft, kann er seine Neugier nicht zügeln, was die Essensmanieren seiner jeweiligen Tischgenossen betrifft. Er registriert aus den Augenwinkeln, wie gekonnt und dennoch lässig dieser das Besteck zu bedienen versteht und mit jedem der zum Munde geführten Löffel des Süppchens wächst die Zuversicht, dass der Zusammenarbeit seiner Firma mit dem Unternehmen wenig im Wege stehen wird. Bereits nach dem Verzehr der sogenannten Etoshapfanne hat sich herauskristallisiert, dass sie beide Zeitverschwendung hassen, und noch vor dem Dessert ist die Verabredung eines Treffens am nächsten Tag zum Besprechen des weiteren Vorgehens unter Dach und Fach.

Auf dem Fairway, in unmittelbarer Nähe ihres Tisches, taucht eine kleine Gruppe offensichtlich Menschen gewöhnter Antilopen auf, gefolgt von zwei Warzenschweinen, die ohne jegliche Scheu zu grasen beginnen, aber schnell von den lauten Rufen der aufmerksamen Boys verscheucht werden.

„Schade" seufzt Franz' Tischnachbar und es scheint, als habe das Auftauchen des Wildes eine Art Damm in seinem Innern brechen lassen. Aus dem Mund des kurz zuvor noch rational argumentierenden Geschäftsmannes sprudeln jetzt Worte voller Leidenschaft: „Der größte Traum meines Lebens ist eine eigene Wildfarm, wenn möglich in der Nähe des Kruger-Parks". Als sehe er das Objekt seiner Begierde bereits in voller Blüte vor sich, ist ein heißes Begehren in seine Augen getreten.

Dann, als bemerke er, dass er in unkontrolliertes Reden verfällt, versucht er seinen Redefluss zu stoppen und pausiert für einen Moment. Doch schon bahnt sich die Begeisterung wieder ihren Weg: „Wenn man eine solche Farm für Firmenzwecke zu nutzen versteht, kann sie sich als äußerst nützlich erweisen. Alfred Hoheisen, ein guter Bekannter meines verstorbenen Vaters, hat das mit seiner Wildfarm eindrucksvoll bewiesen. Sie haben von dem Mann oder zumindest seinen Namen schon gehört?"

Er blickt Franz fragend an, und fährt, als dieser verneinend den Kopf schüttelt fort: „Er hat in der Bergbauindustrie ein Vermögen angesammelt und ist, wie nach seinem Tod sein Sohn Otto, vernetzt mit allen Honoratioren, die zur Elite der Gesellschaft im Land gehören. Beste Kontakte sind hier, wie überall auf der Welt, ein wichtiger Faktor, um gute Geschäfte zu machen. Meine Mutter hat nach dem Tod meines Vaters unsere Firma durch mancherlei Untiefen der Wirtschaftsgeschichte gesteuert, doch ein solches Netzwerk fehlte ihr, um die höchsten Gipfel der Wirtschaft zu erklimmen. Wobei ich mir zwischenzeitlich nicht mehr sicher bin, ob sie es überhaupt will oder jemals wollte. Seit einiger Zeit fechten wir gelegentlich diesbezüglich firmeninterne Kämpfe aus."

Er nimmt sein Glas, trinkt einen Schluck, spricht dann weiter: „Wenn Sie lange genug in diesem Land bleiben, wovon ich ausgehe, stelle ich Sie Hoheisens Sohn einmal vor, vielleicht bei einem Besuch auf einer seiner Farmen in Transvaal. Mit dem Tod seines erst kürzlich verstorbenen Vaters hat er riesige Ländereien geerbt."

„Mein Aufenthalt hier endet mit der Abwicklung meiner Aufträge, wie es aussieht", erwidert Franz und denkt, dass die Einladung vermutlich nur eine der üblichen Höflichkeitsfloskeln ist, deren Versprechen niemals realisiert werden. Doch sein Gegenüber lässt sich nicht beirren: „Die Schönheit der Natur des afrikanischen Busches wird Sie nicht mehr loslassen, das garantiere ich Ihnen. Sind Sie Jäger?"

Bevor Franz antworten kann, wird das Dessert, eine Schokoladen-Creme Brûlée, serviert. Rum, ein Hauch von Sternanis, Kardamom, in Grenadine gebadete Orangenschalen verleihen ihr einen so außergewöhnlichen Geschmack, dass der Genuss die ungeteilte Aufmerksamkeit der beiden Männer fordert.

Die Serviererin erscheint am Tisch, räumt die geleerten Dessertteller ab, gießt ein weiteres Glas Wein ein, dieses Mal einen Pinot Noir, und das Gespräch nimmt seinen Fortgang: „Vielleicht aber haben Sie schon einmal die Namen Nordhoff und von Oertzen gehört?"

Franz ist bekannt, dass Nordhoff als Generaldirektor eine führende Rolle in den Volkswagenwerken in Wolfsburg spielte, der Name von Oertzen aber ist ihm gänzlich unbekannt.

„Beschäftigen Sie sich gelegentlich einmal mit der Vita dieses Mannes. Eine ähnliche Position zu erreichen, müsste zu Ihrem Ziel werden, wenn ich mir einen Rat erlauben darf."

Er zögert einen Augenblick, als wolle er nachdenken, ob die folgende Äußerung nicht zu weit gehen und der Vorschlag, der gerade eben erst in seinen Gedanken gereift ist, in Franz Hoffnungen wecken wird, die sich letztendlich doch nicht erfüllen lassen. Die Realisierung der Idee erfordert Rückendeckung aus Bochum und die Reaktion seiner

Mutter kann er sich so lebhaft vorstellen, als säße sie mit am Tisch. Hinter seiner Stirn jagen sich die Gedanken. War sie gegen seine Pläne, würde er im Kampf mit ihr gewinnen können?

Seltsam, man kann noch so alt werden, es gelingt offensichtlich nie, sich völlig vom Einfluss der Eltern zu befreien, vor allem, wenn diese durch ihren Erfolg enorme Lebensleistung bewiesen haben, schüttelt er, über sich selbst verwundert, den Kopf und nimmt einen tiefen Schluck aus seinem Glas. Dann drängt ihn ein undefinierbares Etwas in seinem Innern auf kuriose, ungewohnte Weise zum Reden, so, als verpasse er eine unwiederbringliche Gelegenheit, wenn er den vermutlichen Kampf nicht aufnehmen würde. Also fährt er fort: „Was halten Sie davon, für uns tätig zu werden? Nicht als einer unserer Angestellten, wir tragen uns mit dem Gedanken, eine Tochtergesellschaft in Johannesburg zu gründen. Die steuerlichen Aspekte sind auf jeden Fall verlockend. Ich denke, Sie könnten der richtige Mann sein, um die Gesellschaft als eine Art selbstständiger Unternehmer zu führen."

Ich muss den Verstand verloren haben, versucht er sich noch einmal Zügel anzulegen. Wie komme ich dazu, eine eben erst geborene Idee zu einem so frühen Zeitpunkt in die Welt hinauszuposaunen, ohne den fakultativen Aufsichtsrat konsultiert zu haben, dem auch Mutter angehört? Doch dann entschließt er sich, die Gelegenheit beim Schopf zu packen. Vielleicht ist es ja gar der geeignete Augenblick, um klarzustellen, wer künftig das Sagen in der Firma hat.

Franz hat das wechselnde Mienenspiel seines Gegenübers aufmerksam beobachtet, seinen Worten kommentarlos zugehört, und kann sich noch immer keinen Reim auf dessen Andeutungen machen. Ob der Mann wirklich meint, was er da sagt? Sie kennen sich kaum. Woher resultiert dieses Vertrauen in seine Fähigkeiten? Ob die Begegnung geplant war, der kürzlich noch Unbekannte von Franz' Ausflug in den Club wusste? Er muss der Ungewissheit ein Ende bereiten und entschließt sich zum Angriff: „In welchen Tätigkeiten sehen Sie in Ihren Planspielen meine hauptsächlichen Aufgaben?"

Sein Gesprächspartner starrt ihn unverwandt an, bleibt aber stumm, lässt erkennen, dass sein Schweigen von Wellen sprudelnder Ideen erfüllt ist, die glitzernd hochschlagen bis in seine bebrillten Augen:

„Man kann den Wert von Aktien steigern, in dem man eine größere Menge erwirbt und so den Kurs in die Höhe treibt. Warum sollten geschäftliche Entwicklungen in unserem Firmengeflecht sich nicht in gleicher Weise verhalten? Vergrößert man das Auftragsvolumen und erhöht die Produktion unter den richtigen Bedingungen, ist ein Wachstum nahezu unausweichlich. Auf längere Sicht möchte ich unser Unternehmen an die Börse bringen, auch wenn noch nicht alle im Aufsichtsrat damit einverstanden sind."

Er verschweigt, dass mit „Aufsichtsrat" vor allem seine Mutter gemeint ist.

„Ihre Aufgabe ließe sich vielleicht so beschreiben: Sie werden Hauptgesellschafter und Geschäftsführer einer Gesellschaft, deren Gegenstand es ist, Aufträge zu requirieren und die bestellten Maschinen mit von uns zugelieferten Teilen zu produzieren. Unsere Firma stellt Ihnen einen Teil des zur Gründung erforderlichen Kapitals zur Verfügung, hat ein Mitspracherecht bei allen Entscheidungen, natürlich auch über die Verwendung des Gewinns. Vielleicht sehen Sie sich das Konstrukt der Niederlassung von Volkswagen in Uitenhagen einmal genauer an. Die Wolfsburger produzieren dort für den südafrikanischen Markt unter der Verantwortung ihres General Export Managers, Herrn von Oertzen. Über lange Jahre führte der lediglich deren Generalvertretung hier im Land und hat bereits mit dieser Tätigkeit glänzend verdient. Dann wurde Volkswagen Anteilseigener der von ihm gegründeten SAMAD, die man jetzt unter Volkswagen of South Africa Ltd. kennt. Man sagt, er sei ein enger Freund Nordhoffs, dem unangefochtenen Herrscher im Mutterunternehmen gewesen."

Jetzt steht er auf, schlendert zu einem zierlichen Rauchertischchen in der Ecke, nimmt sich eine Zigarette, gießt sich einen Whiskey in eines der bereitgestellten Gläser, ergreift dann ein zweites, schenkt ein und bietet es Franz an.

„Ein Konstrukt dieser Art ist meine Vision einer derartigen Gesellschaft, mit Ihnen als Verantwortlichem, denn was ich bislang von Ihnen zu hören und zu sehen bekommen habe, war durchweg positiv."

Also doch, nichts an unserem Zusammentreffen war Zufall, er hat mich schon längere Zeit beobachten lassen, denkt Franz verblüfft und erstaunt, dass seine beruflichen Anstrengungen sich in diesen illustren Kreisen herumgesprochen haben. Er lächelt geschmeichelt, hebt sein Glas, prostet seinem Gegenüber mit gespannter Aufmerksamkeit zu. Und dieser fährt fort: „Ich bin sicher, wenn Sie gute Abschlüsse machen, und davon bin ich überzeugt, werden Sie in diesem Land, das die Zukunft noch vor sich hat, ein reicher Mann werden. Und da ich eine ehrliche, aber kompromisslose Seele bin, für die das Prinzip Hoffnung gilt, gebe ich noch etwas zu bedenken: Ihre steuerliche Position wäre um einiges positiver als in Deutschland, wo Leistungsträger bekanntlich mit einer Steuerlast bestraft werden, die geradezu nach Auswegen giert."

„Ja, ich konnte in Pretoria in Erfahrung bringen, dass die burisch dominierte Regierung die Maxime ausgegeben hat, Südafrika unabhängig von ausländischen Wirtschaftsgütern werden zu lassen, sogar beabsichtigt, alle seit 1962 getroffenen Maßnahmen noch rigider auszugestalten, als sie es bisher schon tut. Das Ziel der zweiten Phase des Nationalisierungsprogramms ist bereits erreicht und es wird künftig tatsächlich unumgänglich werden, möglichst viel im Land selbst zu fertigen. Nur so können meiner Meinung nach hohe Zölle und Steuern auf Importe vermieden werden, die zu einem Wettbewerbsnachteil für Südafrika führen", erwidert Franz, „was wiederum Ihren Plänen zuarbeitet".

Die Antwort lässt nicht auf sich warten: „Sehen Sie, es besteht also durchaus Handlungsbedarf. Und Sie, da bin ich mir sicher, werden im Land bleiben. Haben Sie sich Pretoria einmal näher angesehen? Sie müssen die Stadt in der Zeit der Jacarandablüte besuchen. Tausende lilafarbene Blüten verzaubern dann die Straßen, ein unvergessliches

Bild. Sollten Sie bleiben, werden wir gemeinsam nach meiner Farm in Afrika suchen und sie auch finden. Es wird Ihr Schaden nicht sein, wenn die Geschäfte so gut laufen, wie ich es mir vorstelle."

Seine Begeisterung ist ansteckend, der Gedanke, sein eigener Herr zu werden, verlockend, Franz' Gesichtszüge entspannen sich.

„Glauben Sie mir, wenn das Afrikafieber Sie einmal gepackt hat, lässt es Sie nicht mehr los. Nordhoff, der sonst so nüchterne Manager, schrieb einmal in einem seiner Briefe: ‚Wenn ich an Afrika denke, höre ich die Trommeln der Eingeborenen, die die Geister um Regen bitten, sehe ich die unendliche Schönheit der Nächte vor mir, fühle die Freiheit und Ungebundenheit'. Diesen Worten schließe ich mich vollinhaltlich an."

Franz beobachtet fasziniert, wie der Unternehmer von der Rolle des Verführers in die Rolle des Verführten wechselt. Dann verschwindet die Sonne für einen kurzen Augenblick hinter einer Wolke, und in seinen Brillengläsern spiegelt sich jetzt die Savanne, lässt das Sprühen der Begeisterung aus seinen Augen im Spiegelbild der Wogen gelben Grases erlöschen. Mit dem Erlöschen kehrt die Nüchternheit in Franz' Gedanken zurück. Er atmet hörbar aus und tippt sich mit dem Zeigefinger an die Stirn, als er in gewollt beiläufigem Ton antwortet:

„Wie Sie wissen, stehe ich bei Escher-Wyss unter Vertrag und im Allgemeinen stoße ich meine Vertragspartner nicht vor den Kopf. Ohne meinen jetzigen Arbeitgeber hätte ich afrikanische Erde wohl nie betreten."

Sein Gegenüber schüttelt den Kopf. „Das glaube ich kaum", und in seiner Stimme klingt eine Spur Ungeduld an, die seinen Worten einen entschiedenen Klang verleiht:

„Ich jedenfalls habe schon seit Längerem ein Auge auf Sie geworfen. Sie wissen ja, wir arbeiten in einigen Projekten mit Ihrem Arbeitgeber zusammen. Loyalität ist immer löblich, doch das Prozedere eines möglichen Wechsels lassen Sie meine Sorge sein. Escher Wyss ist daran interessiert, bei weiteren afrikanischen Projekten unser Zulieferer zu bleiben, die Verantwortlichen für das Afrikageschäft werden sich daher hüten, mir und unserem Unternehmen in den Rücken zu fallen, wenn ich ihnen mein Vorhaben unterbreite. Wenn Sie also zu dem Wagnis bereit sind, regele ich alles Weitere. Doch vergessen Sie nicht, der Wechsel vom gesicherten Einkommen eines Angestellten zum ungewissen Erfolg eines Unternehmers ist für einen jungen Mann, wie Sie es sind, eine weitreichende Entscheidung, sie birgt ein gewisses Wagnis, das darf nicht verschwiegen werden. Nehmen Sie sich Zeit, um mit sich und Ihrer Frau ins Reine zu kommen. Nach dem hoffentlich erfolgreichen Abschluss des Windhukgeschäftes könnten wir Nägel mit Köpfen machen".

Hätte ich doch die visionäre Begabung, die Zukunft lesen zu können, bedauert Franz insgeheim, wohl wissend, dass er allein seinem Verstand vertrauen muss. Laut sagt er: „Diese Zeit werde ich auch benötigen, ich habe ja noch kaum Fuß gefasst im Land. Vorab jedoch: Ihr Angebot ist verlockend, ich denke darüber nach."

Sie sehen noch eine Weile den in der Ferne vorbeiziehenden Springböcken zu, staunen über die übermütigen, fast zwei Meter hohen Sprünge, mit denen die Tiere über das Gras der Savanne fliegen. Dann ziehen am Horizont Gewitterwolken auf und sie sich in ihre Zimmer zurück.

Als Franz wenige Tage später Jennifer den Inhalt des Gesprächs erzählt und mit vorsichtigen Worten zu erkunden versucht, wie sie seine Ankündigung aufnimmt, kann er keine Opposition feststellen. Im Gegenteil: Sie scheint nicht sonderlich berührt. Nach einer Weile erwidert sie mit ruhiger Stimme:

„Was er dir vorgeschlagen hat, klingt gut: natürlich birgt es Gefahren, aber verspricht auch gewaltige Chancen."

„Ja, das stimmt. Ich würde hier weitgehend auf eigenes Risiko wirtschaften und zumindest am Anfang von den Finanzspritzen seines Unternehmens abhängig sein. Auch verlangt die Regierung bei jedem

Geschäft konkrete vertragliche Regelungen, um den Veränderungen, die im Land im Gange sind, Rechnung zu tragen. Gewinne sollen im Land erzielt werden und bleiben, liest man in der Presse. Wie sich dies mit den bei einem solch hohen finanziellen Einsatz berechtigten Erwartungen eines möglichst großen, abzuführenden Gewinns verträgt? Ausgang ungewiss."

„Du hast gesagt, wenn der Auftrag in Windhuk in drei Jahren beendet ist, müssen wir wieder zurück in die Schweiz. Mir gefällt es dort, doch hier ist meine Heimat. Wenn ein solcher Wechsel Voraussetzung unseres Hierbleibens ist: Ich bin zu jedem Wagnis bereit. In dieser Hinsicht pulsiert in mir wohl das Blut meiner Vorfahren."

Er durchschaut den wahren Hintergrund ihres Plädoyers. Das drohende Verlassenmüssen der angestammten Familie, die europäische Kultur, die fremde Sprache macht ihr Angst.

„Dein Wagemut rührt aus der Tatsache, dass du im Grunde deines Herzens Südafrika nicht verlassen willst, sei ehrlich. Und, du fürchtest das Beherrschenlernen der deutschen Sprache. Mit dem Sprechen funktioniert es ja schon ganz gut, seit wir uns bemühen, unter uns meine Sprache zu sprechen, obwohl auch mein Englisch noch nicht das beste Englisch ist. Doch ein weiteres nicht unbeachtliches Gegenargument muss bedacht sein: Im Alter sind wir auf eine magere Rente aus Deutschland angewiesen, wenn die Sache schiefgehen sollte. Man muss aus der deutschen Rentenversicherung ausscheiden, wenn man für immer die heimatlichen Gefilde verlässt."

„So hilf – und sprachlos wie ich es bei unserer Hochzeitsfeier in Deutschland war, bin ich schon lange nicht mehr", versucht Jennifer abzulenken.

Tatsächlich fühlt Jennifer keinerlei Angst. Das Wagnis des verlockenden Angebots erscheint ihr vielmehr wie ein Licht am Ende eines langen Tunnels, der vor ihnen liegt. Wenn alle Stricke reißen und die Firmengründung ein Misserfolg werden sollte, ihr Vater wird sie über Wasser halten, dank seines Netzwerkes sich schnell ein neuer

Arbeitgeber für seinen Schwiegersohn finden lassen. Und wenn Franz es schafft, das Escher-Wyss Projekt Kraftwerkbau Windhuk erfolgreich abzuschließen, stehen ihm sowieso alle Wege offen.

Nach ein paar Tagen intensiven Nachdenkens entschließen sie sich, das Angebot anzunehmen.

Wagnisse

Drei Jahre später ist das Kraftwerk bis auf wenige Kleinigkeiten fertiggestellt und Jennifer begleitet ihren Mann zu einem Empfang anlässlich dessen Inbetriebnahme. Die Feierlichkeiten finden in der großen Halle des Offices of the Prime Minister in Windhuk, dem Sitz des Landrats für Weiße statt. Sämtliche Honoratioren des Landes sind eingeladen, und sie hat lange gebraucht, bis sie sich für die richtige Garderobe entschieden hat.

Franz war ihr keine Hilfe, er ist noch immer schlecht gelaunt und unzufrieden. Hätte er den Ort der Veranstaltung auswählen dürfen, wäre seine Wahl auf den Tintenpalast gefallen. Vor allem, weil der Palast über eine Innenausstattung verfügt, die als eine Art Essenz der Wesensart des Landes verstanden werden will. Alle seine Stockwerke und Räume sind mit Exponaten mehr oder minder wertvoller Schätze und Kunstwerke aus allen Landesteilen ausgestattet, sodass man den Eindruck gewinnen kann, man befinde sich auf einer Rundreise, wenn man sich durch die Räume bewegt.

„Der Palast verdankt angeblich seinen Namen der Schreibfreudigkeit eines deutschen Kolonialbeamten, der eine derart enorme Menge an Tinte verbrauchte, dass die Verschwendung seinem Arbeitsplatz zum Namensgeber geworden ist. Durch die Ablehnung meines Vorschlags habe ich bedauerlicherweise keine Gelegenheit, jedem, der es hören will oder auch nicht, zu erklären, dass der Name noch immer nicht das Geringste an Aktualität eingebüßt hat. Mit den Dokumentationen meiner eigenen, einschlägigen Erfahrungen bei den Antragstellungen der zahllosen Genehmigungsverfahren könnte ich Bücher füllen."

Den Ärger über die Ignoranz mancher Sachbearbeiter, die kein Jota von ihren Vorschriften abweichen wollten, wenn diese auch noch so unsinnig waren, konnte auch Jennifer nicht beschwichtigen.

„Diese unsägliche kleine, füllige, schwarzhaarige Frau hat zwar ein hübsches Gesicht, ist aber die Schlimmste von allen. Man hatte den Eindruck, sie hätte jedes Komma der einschlägigen Gesetzestexte auswendig gelernt. Ein Paradebeispiel dafür, wie man jeglichen Fortschritt verhindern kann."

„Jetzt beruhige dich doch. Es ist ja vorbei," versuchte Jennifer erneut ihr Glück, doch bei der Erinnerung an seine spezielle Freundin verschlechtert sich seine Stimmung noch weiter.

Sie streicht ihm sanft über die Falte, die sich inmitten seiner Stirn gebildet hat: „Du musst dich dringend bemühen, den Gedanken an sie loszuwerden, um keine schlechte Stimmung zu verbreiten. Niemand verstünde das, denn eigentlich hast du allen Grund, eine fröhliche Miene aufzusetzen."

Doch auch ihr ist nicht gerade zum Lachen zu Mute. Viel lieber wäre sie in ihrem Haus in Bryanston geblieben, dessen Garten in dem riesigen Grundstück noch nicht vollständig angelegt ist. Nur Franz zuliebe ist sie schließlich doch mitgekommen, ein ungutes Gefühl aber bleibt. Vor allem, weil sie den Gartenbaukünsten und der Zuverlässigkeit ihres Hausboys nicht vorbehaltslos vertraut. Und es gibt gute Gründe, vorsichtig zu sein. Einige Zeit nach der Anstellung des jungen Schwarzen war dessen Frau aus Phokwane angereist und hatte flehentlich gebeten, das Gehalt ihres Mannes nicht mehr bar auszuzahlen, sondern auf das Familienkonto bei einer Bank seines Townships zu überweisen.

„Der größte Teil seines Lohnes verschwindet auf dem Heimweg in den Bierhallen, wo unsere Männer sich lieber das staatlich gebraute Bier in die Kehle schütten als das traditionelle Selbstgebraute von uns Frauen, welches nur einen Bruchteil des Brauereibieres kostet. Zu ihrer Entschuldigung tragen sie als Argument die Behauptung vor, dass die Regierung das Selbstbrauen demnächst verbieten würde und dass das Verbot unmittelbar bevorstünde."

Franz, der sich am Bau des kleinen Hauses der Familie finanziell beteiligt und einen Sparvertrag für die Kinder abgeschlossen hat, zahlt dem Familienvater seit jener Unterredung nur noch ein Taschengeld aus und überweist, zur Zufriedenheit aller Beteiligten, den Rest seines Lohnes auf ein Konto in Phokwane.

Kaum haben sie in Windhuk das Flugzeug verlassen, überfällt sie die heiße Luft der Stadt mit voller Wucht. Der von der Mittagssonne erhitzte Asphalt fühlt sich unter den Füßen an wie heißer Brei und als gäbe er unter den Sohlen ihrer Schuhe nach. Jennifer bereut ihre Entscheidung, noch bevor sie das Haus der Veranstaltung auch nur betreten hat. Auch im Inneren des ‚Office of the Prime Minister' bessert sich ihre Stimmung nicht, im Gegenteil. Schon bricht das Stimmengewirr der Eingeladenen erbarmungslos über sie herein, klingt und surrt es wie in einem Bienenstock, dazwischen grelles Lachen, laut wie Walgesänge.

Die Hitze des späten Vormittags hat von dem großen Saal bereits völlig Besitz ergriffen und man glaubt, den Schweiß unter den weißen Hemden der Männer förmlich fließen und Dunstschwaden über den in Grüppchen zusammenstehenden Gästen wabern zu sehen.

Franz ist längst in der Menge verschwunden, und kurz darauf sieht sie ihn einige Meter entfernt, in ein eifriges Gespräch mit einem Trio weiß behemdeter Männer verwickelt. Das ist sein Terrain, er unter Männern, die ihre Kräfte messen, ihre Fronten abstecken und sich gelegentlich kleine geschäftliche Scharmützel liefern. Fasziniert beobachtet sie einen der beiden, einen hochgewachsenen Geschäftsmann, der, eigentlich gutaussehend, einen Bauch sein Eigen nennt, der einer Hochschwangeren Konkurrenz machen könnte. Ein Zipfel seines durchnässten Hemdes ist ihm aus dem Bund der Hose gerutscht und hängt ihm über die Schließe seines Gürtels. Jennifer versucht noch eine kleine Weile den zu ihr dringenden Gesprächsfetzen über das Wetter, über Preise und gute Geschäfte zu folgen, dann gibt sie resigniert auf.

Plötzlich ist ihr, als werde ihr aufgeheizter Körper von einer unsichtbaren Macht bewegt, von dieser in Schwingungen versetzt. Sie versucht sich mühsam einen Weg in die Waschräume zu bahnen, was ihr schließlich gelingt. Erschöpft benetzt sie sich die Wangen, taucht Hände und Arme bis zu den Ellenbogen ins Wasser, aus dem Spiegel blickt ihr ein bleiches, gestresstes Gesicht entgegen. Sie versucht sich zusammenzureißen, als eine alte Frau stöhnend den Raum betritt und auf offensichtlich schmerzenden Beinen in der Toilettenkabine verschwindet. Nach ein paar Minuten bessert sich Jennifers Zustand, und ihre Energie kehrt zurück. Was sich nicht bessert, ist die Sehnsucht nach ihrem stillen Zuhause, wo Jalousien der Hitze das Eindringen in die großzügig geschnittenen und mit englischen Mahagonimöbeln ausgestatteten Räume verwehren, sodass sie angenehm kühl bleiben, auch wenn in der Sommerzeit die Temperaturen des südafrikanischen Binnenhochlands die dreißig Grad Grenze weit überschreiten.

Doch, tröstet sie sich, zwei unangenehme Tage gehen vorüber, ihr Opfer zählt wenig, betrachtet man den triumphalen Erfolg ihres Mannes.

Sie verlässt den mit gelben Fliesen gekachelten Waschraum, schlendert zurück in den Saal. Rauchringe schweben über den Stehtischen und heizen die Temperatur zusätzlich auf, rauchgeschwängerte Luft steht im Raum. Doch Fensteröffnen schafft keine Besserung, lehrt die Erfahrung, denn die Höhe der Außentemperatur läuft der des Raumes den Rang ab. Jemand reicht sein Zigarettenetui in die Runde und bietet auch ihr eine an. Sie lehnt ab. Sie hat noch nie geraucht.

Auf einem Beistelltischchen mit geschwungenen Beinen und einer aus Silber getriebenen, als Serviertablett nutzbaren abnehmbaren Tischplatte stehen reichlich Flaschen Weißwein in mit Eis gefüllten Glasbehältern bereit. Jennifer lässt sich ein Glas eingießen, setzt sich in einen der weichen Ledersessel und versucht herauszufinden, was sie für einen Wein gerade trinkt. Es gelingt ihr wie immer nicht. Der in adrettes Schwarz-Weiß gekleidete Boy kann den Blick nicht von ihrer Hand wenden, an deren Ringfinger der Einkaräter im Licht der Kronleuchter mit der Flüssigkeit im Glas um die Wette funkelt. Sie stellt das Glas ab, verbirgt ihre Hand unter ihrer Handtasche, um keine Begehrlichkeiten zu wecken. Franz hat ihr den Ring zur Geburt ihres Sohnes geschenkt, als sich abzuzeichnen begann, dass der Einstieg in eine große berufliche Zukunft geschafft war, denn der Bau des Kraftwerks ging zügig und ohne größere Zwischenfälle, der Probelauf ohne Störungen über die Bühne.

Bei dem Gedanken an ihren Sohn kehrt die Sehnsucht nach ihrem Zuhause zurück, ihr Herz will weinen, sie versucht sich abzulenken. Vergeblich. Immer wieder kehren ihre Gedanken zu ihrem Augapfel zurück, den sie unter der Obhut einer Hausangestellten zurücklassen musste. Wie gerne würde sie mit ihm in ihrem Swimmingpool plantschen, ihre Bahnen schwimmen, wie sie es jeden Tag tut, um ihre gute Figur wiederzugewinnen. Seit sie Mutter geworden ist, hat sich nicht nur ihre Figur verändert, sondern auch ihre Psyche: Das Geschäft ihres Mannes interessiert sie nur noch am Rande. Franz scheint die Veränderung nicht weiter aufzufallen, er hat ohnehin wenig Zeit für seine junge Familie, dafür umso mehr für seine neu gegründete Gesellschaft, GEA Aircooled Limited, die seit Kurzem in aller Munde ist. Der Name der Muttergesellschaft, sie nennt sich inzwischen GEA, ist auch Bestandteil des Namens seiner Firma geworden.

Inzwischen wimmelt es im Saal von Menschen. Von allen Seiten dringt Stimmengewirr auf sie ein. Ein guter Grund zum Trinken, noch dazu mitten in der Woche, sorgt für ausgelassene Stimmung. Franz steht mitten im Trubel mit der Gelassenheit einer deutschen Eiche — eine deutsche Redewendung, die auch Jennifer in ihr Gedankenrepertoire übernommen hat, weil das Bild einer mächtigen, grünen Eiche ihre Fantasie beflügelt.

Er wirft ihr einen schnellen Blick zu, sie erwidert ihn. Er ist ein glücklicher Mensch, fährt ihm durch den Kopf. Seine Frau ist die Liebe seines Lebens, es macht ihn froh, sie gerade heute an seiner Seite zu wissen. Menschen kommen und gehen, sie muss ihm bleiben bis zum

Ende seiner Tage. Geschäftlicher Erfolg ist erstrebenswert und wichtig im Leben eines Menschen. Doch ihm ist nicht nur der Erfolg zugefallen wie eine reife Frucht, sondern auch die Liebe einer besonderen Frau.

Der Erfolg hat seinen Preis – darüber machte sich Franz von Anfang an keine Illusionen, und das ist das Kreuz, das sie beide tragen müssen. Im Wettbewerb des geschäftlichen Lebens siegt der Beste, Stärkste und Gesündeste. Die Konkurrenz ist groß, und will man einen großen Fisch an Land ziehen, muss man im Meer der Haifische mitschwimmen.

Dank seines Verhandlungsgeschicks und der Fähigkeit, komplexe Sachverhalte exakt zu analysieren, weiterzudenken und weiterzuentwickeln, gedeihen die Geschäfte des jungen Unternehmens in einem Maße, wie es weder er noch die Muttergesellschaft in Bochum für möglich gehalten hatten. Seine firmeninternen Verträge mit den Bochumern verschaffen ihm großzügige Provisionen für jeden seiner neuen Abschlüsse, der Inhalt der Gewinnabführungsverträge berücksichtigt die tatsächlich eingetretene verschärfte Gesetzgebung in Südafrika, die eine Reinvestition im Land fordert.

Jetzt, da seine Reisetätigkeit immer größeren Umfang angenommen hat, stellt sich ihm zunehmend die Frage, ob es richtig sein kann, Frau und Kind so oft sich selbst zu überlassen. Zwar scheint es, als ob Jennifer seinen Lebenswandel akzeptiere, doch ist er sich sicher, dass sie sich im Grunde ihres Herzens wünscht, dass er kürzertritt. Zumindest glaubt er manchen ihrer Äußerungen erste Zweifel am Sinn seiner zahlreichen Aktivitäten entnehmen zu können und vor allem, dass die Frage, ob sein Körper die Strapazen auf Dauer überstehen kann, ihr Sorge bereitet.

Vielleicht kompensiert sie seine Abwesenheit mit dem Luxus, den er ihr verschafft, bringt er sein Gewissen zum Schweigen

Aus den Augenwinkeln sieht er, wie seine Frau zärtlich die glatten Perlen der Akoya-Kette durch ihre Finger gleiten lässt und offensichtlich den Hauch von Luxus genießt, den sie zum ersten Mal zu spüren bekam, als er seine Unterschrift unter die Verträge mit SASOL gesetzt hatte, dem größten staatlichen Unternehmen der Petrochemie. Die bisher wenig attraktive Technik SASOLS, in den eigenen Minen Kohle zur Herstellung synthetischer Kraftstoffe abzubauen, sie in Reaktoren mittels Kohleverflüssigungsverfahren zu Kraftstoff umzuwandeln, war durch die wirtschaftliche Ächtung Südafrikas infolge seiner Rassengesetze plötzlich attraktiv geworden und hatte ihm ein neues lukratives Geschäftsfeld eröffnet.

Nach der Vertragsunterzeichnung saßen sie bereits im Auto, als er aus einer Tasche auf dem Rücksitz eine graue Schatulle herausnahm und sie ihr mit den Worten überreichte: „Und das ist die Belohnung für deine Geduld." Nie würde er vergessen, wie sich ihr anfänglich verstörter Blick beim Öffnen der flachen Box in einen begeisterten verwandelte. Er hatte ihr dann die Kette mit den Worten um den Hals gelegt hatte: „Für dich ist nur die Mutter aller Perlen gut genug. Man bezeichnet diese Art Perlen gerne als die Urperle, die Mutter aller Perlen. Jede Perle der Kette ist ausgesuchte acht Millimeter groß, größere gibt es nicht."

Seine Gedanken kehren in die Gegenwart zurück und er greift nach einem zweiten Glas Wein, leert es mit einem Zug und lässt sich sofort wieder nachgießen.

In seinem Kopf herrscht ein Tohuwabohu der Gefühle. Seltsam, auf welch' verschlungenen Wegen das Schicksal zuweilen durch das Leben führt. Während seines Studiums hatte er sich über die Vorgaben des Studienplans hinaus aus rein persönlichem Interesse ausgiebiger mit der Methode der Kohleverflüssigung beschäftigt. In Deutschland bereits zu Beginn des 20. Jahrhunderts im industriellen Umfang angewendet, lohnte sich das Verfahren nicht mehr, als das Öl aus den Emiraten immer billiger geworden war. Und ausgerechnet jetzt, hier in Afrika, kommen ihm seine damals erworbenen Kenntnisse zugute und verschaffen ihm einen beachtlichen Wissensvorsprung. Der mit der Ölkrise verbundene Preisschock hat Rohöl so verteuert, dass SASOL seine Kapazitäten mit zwei weiteren, größeren Verflüssigungsanlagen in Mpumalanga auszubauen beschloss. Damit aber wächst der Bedarf an Kohle und für deren Förderung braucht es leistungsfähige Kraftwerke und – entschlossene Tatkraft.

Als Erstes stellte er den Kontakt zur Lurgi AG her, einem deutschen Unternehmen, dann startete er seinen ersten Versuch, die Muttergesellschaft zu überzeugen, sich an den Projekten zu beteiligen: „In den neunzehn Kohlefeldern, das größte der Welt in Witbank, ist in der Hälfte der Felder der Abbau im Tagebau möglich, ein günstiger Kostenfaktor bei der Energieerzeugung. Und ich weiß: Man scheut keine Kosten auch ältere Minen am Leben zu erhalten, für deren Förderung man ebenfalls Energie aus Kraftwerken benötigt, insbesondere nach den enormen Goldfunden der letzten Jahre. Für den Betrieb des Kraftwerks Duva hat man mit dem Stauen des Olifantrivers eigens einen Stausee geschaffen, ein unvorstellbarer Kraftakt", berichtete er nach Bochum.

In diesem Augenblick bemerkt er, dass die Festredner mit ihren Reden beginnen. Als sie langsam zu einem Ende kommen, wendet er sich seinem Nachbarn zu, der seiner Freude unverhohlen Ausdruck verleiht, dass der Empfang in Kürze sein Ende finden wird. Er teilt seine Meinung.

Auf dem Rückweg zum Hotel ist Jennifer schlecht gelaunt. Seine plötzliche Schweigsamkeit stört sie, aber sie zeigt ihm ihre Befindlichkeiten nicht. Die Liebe bringt ihre eigene Herausforderung mit, und seine Schweigsamkeit wird ihre Ursache haben, denkt sie und stört ihn nicht in seinen Gedanken. Der Wind trägt das laute Lachen der Festgäste, die noch längst nicht feiermüde sind, zu ihnen heran.

Im Hotel zurück, fallen sie in einen erschöpften Schlaf.

Am frühen Morgen machen sie sich auf den Weg zum Flughafen. Als Franz zur Arbeit fährt, findet Jennifer im Wohnzimmer eine frische rote Rose auf dem Tisch. Für was sie wohl steht? Beweis seiner Liebe? Oder ist sie eine Entschuldigung für sein ungewöhnliches Verhalten vom Vortag? Was auch immer, sie hat ihm längst verziehen.

Zurück im Alltag, kommt Franz ungewöhnlich zügig mit geeigneten Unternehmen ins Geschäft, gewinnt mit den Konstruktionen der in Wärmekraftwerken notwendigen Kondensationskühlung die Ausschreibungen.

Von nun an reihen sich lukrative Folgeverträge wie die Perlen in Jennifers Collier an seine Erfolge. Der Kundenstamm seiner Firma wächst und wächst. Die in regelmäßigen Abständen erforderliche Reinigung der Wärmetauscherflächen in den Kondensatoren führt zu Wartungsverträgen, mit denen der Firmenprofit für Jahre gesichert ist.

Dann ergeht Escoms Entscheidung, nicht nur das nahe Johannesburg gelegene Kraftwerk Kendal auszubauen, sondern im Kohleabbaugebiet Waterberg ein neues Kohlekraftwerk namens Matimba zu errichten, in dessen Kühltürmen ausschließlich luftgekühlte Kondensatoren, die für die Kondensation des Turbinenabdampfs kein Kühlwasser benötigen, eingesetzt werden dürfen.

Für Matimba, ein Name, der in der Bantusprache Energie bedeutet, ist der Bau von sechs Blöcken geplant. Jeder soll eine Leistung von sechshundertfünfundsechzig Megawatt erbringen. Für den Betrieb ist ein Verbrauch von zweitausendeinhundert Tonnen Kohle in der Stunde kalkuliert.

In endlosen Stunden wühlt sich Franz mühsam durch den Wust von Papieren der Ausschreibungsunterlagen, bis er schließlich ein hartumkämpftes Remis zwischen seinen vorhandenen Kenntnissen und dem neuerworbenen Wissen erreicht hat. Zur Gewissheit gelangt, dass er vor der größten Chance, aber auch der größten Herausforderung seines Lebens steht, entschließt er sich, die Firmenzentrale in Bochum zu kontaktieren.

Er hat in seiner Laufbahn geschäftliche Unterredungen in allen Schwierigkeitsgraden geführt, doch diese ist von anderer Qualität. Er fühlt sich als Spieler in einem Schachspiel und weiß nur eines: Aus diesem Spiel muss er als Sieger hervorgehen, koste es was es wolle.

Während des Studiums der Unterlagen ist er schmal geworden, Essen interessiert ihn wenig, er ernährt sich vorwiegend von den Sandwiches, die ihm seine Sekretärin in der kleinen Küche neben dem Büro bereitstellt und die er heißhungrig hinunterschlingt, ohne zu registrieren, welchen Belag sie gewählt hat.

„Der Name des Bauwerks ist im wahrsten Sinne Programm. Doch derart gigantische Projekte hat selbst unsere Muttergesellschaft noch nicht gewagt. Und, in den Unterlagen ist eine unabänderliche Verpflichtung eingebaut, die Kondensatoren im Land zu fertigen", berichtet er Jennifer an einem der wenigen Abende, die er zu Hause verbringt, verschweigt aber die Herausforderung, die gerade mit dieser Bedingung verbunden ist.

Wenn er den Auftrag erhalten will, führt am Bau einer eigenen Fabrik hier im Land kein Weg vorbei. Und das wird der schwierigste Teil seiner Überzeugungsarbeit bei der Führungszentrale in Bochum. Ohne deren Zusage ist sein Engagement zum Scheitern verurteilt. Die Beteiligung an einem Projekt dieses Umfangs verlangt von potenziellen Investoren eine gehörige Portion Wagemut. Zudem ist mächtige, internationale Konkurrenz interessiert, die es auszuschalten gilt. Doch nicht allein das finanzielle Risiko will bedacht sein. Um eine optimale Lösung zu finden, bedürfen die Planungen umfangreicher Projektarbeit. Ob seine Argumente für Bochum überzeugend genug sein werden, um sie zu einem Engagement zu bewegen? Er muss sich Klarheit verschaffen.

Jennifer beobachtet sein Mienenspiel und versucht ihn aufzuheitern.

„Erinnere dich an dein Zusammentreffen mit dem Chef der Muttergesellschaft auf der Lodge", versucht sie ihm Mut zuzusprechen: „Hat der Firmeneigner dir damals nicht Volkswagen und das Werk in

Uitenhagen als nachahmenswertes Beispiel vor Augen geführt? Was sollte ihn daran hindern, dich zu unterstützen?"

Franz düstere Miene hellt sich auf. Ob der visionäre Geschäftsmann zu diesem frühen Zeitpunkt bereits ahnte, welche Entwicklung die Geschäfte auf dem afrikanischen Kontinent einmal nehmen würden? Dann stünden seine Chancen gut. Wenn dem tatsächlich so sein sollte, muss der Mann über ein Netzwerk verfügen, das bis in die höchsten Kreise reicht. Einen solch' einflussreichen Mann in der Welt der Industriemagnaten zum Freund und nicht zum Feind zu haben, kann sich nur als hilfreich erweisen.

Es hat eine Zeit gegeben, da war er überzeugt, es komme nur auf das geschäftliche Geschick, oder ein außergewöhnliches Können an, um wirklich erfolgreich zu werden. Weit gefehlt, wie er heute weiß. Es spielen ganz andere Kriterien eine wichtige Rolle: Ein alter, guter Name, Kontakte, vielleicht in der Politik erworben, das Einfordern von Gefälligkeiten, oder die Macht, die ein großes Vermögen verschafft. Man braucht sich nur auf einem der Empfänge umzusehen, zu denen er immer öfter eingeladen wird. Kaum einer der Politiker setzt seine Leistungen ausschließlich uneigennützig für das Wohl seines Vaterlandes ein, nutzt stattdessen seine Tätigkeit als Sprungbrett in höhere Sphären künftigen außerpolitischen Lebens, oder schließt in einflussreichen Kreisen komfortable Freundschaften, die beim Abschied aus der Politik den neuen Weg mit Wohlwollen begleiten. Wobei der Begriff „Freundschaft" ein vielschichtiger ist. Manchmal währt sie nur für die Zeit des Erfolges, oder solange sich der schwächere Part den Weisungen des stärkeren möglichst widerspruchslos fügt, macht Franz sich keinerlei Illusionen. Letztendlich gilt in der Welt der Großen das Motto: Schuster bleib bei deinen Leisten. Im Privaten bleibt man sowieso unter sich. In diesem Punkt unterscheidet sich der Geldadel nur wenig vom Blutadel, ist das Fazit seiner Beobachtungen.

In den nächsten Wochen stellt sich Siemens als gefährlichster Konkurrent heraus. Seit der Jahrhundertwende im Land etabliert, sitzt das britisch/ deutsche Firmenkonsortium beim Ausbau der elektrischen Energieversorgung fest im Sattel in Johannesburg. Alle Aktivitäten für Übersee sind in einem eigens gegründeten Firmensitz in der Stadt gebündelt, was schnelles Handeln ermöglicht und zeitraubende Reisen nach Europa erspart. Den Zuschlag für den Ausbau Kendals hat Siemens für das komplette Kraftwerk bereits erhalten, die Erteilung des Zuschlags für Matimba wird als sicher angesehen, der zur Schau getragenen Selbstsicherheit der agierenden Personen nach zu urteilen. Als Hauptzulieferer für die Kühlsysteme sei Birwelco vorgesehen, macht in gut unterrichteten Kreisen inzwischen die Runde. So viel steht fest: diese Konkurrenz auszuschalten, wird ein schwieriges Unterfangen.

Einen Feind, den man nur schwer besiegen kann, soll man umarmen, darf ihm nicht ablehnend oder gar Neid demonstrierend entgegentreten. Besser ist es, ihm mit distanziertem Interesse zu begegnen, um seine Pläne durchschauen zu können, hat er sich zur Maxime gemacht und greift zu einer List. Er wird während der Zeit der Verhandlungen mit Hilfe seiner Frau das Vertrauen der Konkurrenz zu gewinnen versuchen.

So verlegt er heikle Besprechungen in die angenehme Atmosphäre seines Hauses, wo sich in dem britisch geprägten Personenkreis das englische Blut Jennifers, die sich zu einer glänzenden Gastgeberin entwickelt hat, mehr als hilfreich erweist. Im Laufe der meist feuchtfröhlichen Abendessen stellt sich schnell heraus, dass das britisch/deutsche Konsortium wenig Bereitschaft zeigt, lokale Investitionen im Rahmen des vom Staat und Escom geforderten Wertschöpfungsanteils zu tätigen. Franz aber verfolgt einen anderen Weg. Er will den Großteil der Zubehörteile im Land fertigen lassen, was den Bau der eigenen Fabrik dringend erfordert. Eine Mammutaufgabe, mit der so schnell wie möglich begonnen werden muss und die er nur mit Hilfe Bochums bewältigen kann. Doch kann ihm ein solches Vorhaben rechtzeitig gelingen?

Was Bochum betrifft, hat sich seine Vermutung bestätigt. Der Weg zu der gewünschten Entscheidung ist weit, kostet Zeit, die er nicht hat, und es ist fraglich, ob sie zu seinen Gunsten ausfallen wird. In Bochum ist offensichtlich nicht einmal entschieden, ob man dem Abenteuer der Beteiligung an einem Projekt in der Größenordnung des geplanten Kraftwerks überhaupt zustimmen wird, geschweige denn, dafür eine eigene Fabrik auf dem schwarzen Kontinent zu finanzieren.

Er versucht die Gedankengänge seiner Managerkollegen nachzuvollziehen und kann das vorsichtige Agieren sogar verstehen. Allein die Entwicklungsarbeit für die Gewinnung einer Leistung, die zehnmal größer ist als die bislang in trockengekühlten Kühltürmen erzielte, gleicht einem Sprung ins kalte Wasser. Für die Firma und nicht zuletzt für die Gesellschafter, kann das Engagement Ruin oder Glorie bedeuten. Eine positive Entscheidung erfordert also ein gehöriges Maß an Vertrauen und die Kooperation mit einem Mann, der sich seine Meriten in diesem riskanten Geschäft noch nicht lange verdient. Ob sie ihm diesen Vertrauensvorschuss gewähren? Ob die Entscheider in Bochum erkennen, dass ihre Zustimmung Fortschritt bedeutet? Er kann es nur hoffen. Kooperation ist das eine, der Wettbewerb das andere. Setzt man ihn außer Kraft, bremst man jeden Fortschritt. So stellt sich für ihn immer mehr die Frage, ob er wagen kann, den Bau ohne die Zusage der Muttergesellschaft zu beginnen und auf sein Glück zu vertrauen.

Als die Tage vergehen und die Reaktion aus Bochum noch immer auf sich warten lässt, gelangt er zu der Erkenntnis, dass die Kosten-Nutzenbilanz unter dem Strich nur positiv ausfallen kann, wenn sich der Bau nicht mehr länger verzögert.

Er beginnt frei nach seinem eigenen Drehbuch zu handeln, macht die Zusage zum Bau der Fabrik im Land zum Vertragsbestandteil, legt diesem den Entwurf der unterschriebenen Kaufoption für ein passendes Fabrikgrundstück bei und überzeugt mit seinem Husarenstück die

Escommanager. Der Vertrag wird unterschrieben. Doch nur Franz weiß, dass die Finanzierung nicht gesichert ist.

Als der Auftrag unter Dach und Fach ist, hat der Nervenkitzel jedoch noch längst kein Ende, denn die Tage verstreichen und die Sprachlosigkeit der Firmenzentrale dauert an. Franz ist erschöpft. Wieder hat er bis in die Nacht gearbeitet, hat das Telefon nicht aus den Augen gelassen.

Müde tritt er vor die Tür seines Arbeitszimmers, schlurft dann zur Küche und gießt sich eine Tasse Minz-Tee ein. Der Tee ist lauwarm und schmeckt schal. Angewidert stellt er die Tasse zurück und greift nach dem Rest Rotwein, der nach dem Abendessen in der Flasche verblieben ist, als er versuchte, seine wachsende Verzweiflung damit zu betäuben. Er nimmt das Glas, tritt wieder vor die Tür und lenkt den Blick zum Himmel. Der Mond zeigt seine silbrige Hälfte, als Franz beschließt, dem Drama ein Ende zu bereiten und nach Bochum zu fliegen. Morgen wird er einen Besuchstermin vereinbaren.

Im Glas der Tür sieht er sich mit seinem Spiegelbild konfrontiert. Den Rücken gekrümmt, die Knie leicht gebeugt, gibt er eine Figur ab, die kurz vor der Resignation zu stehen scheint. Augenblicklich richtet er sich auf, streckt die Beine, und mit der körperlichen Ertüchtigung kehrt sein Mut zurück. Es müsste mit dem Teufel zugehen, wenn es ihm nicht gelänge, seine Vorstellungen durchzusetzen. Und sicher kann er mit der Fürsprache des Juniorchefs für sein riskantes Vorhaben rechnen. Beim Rest der honorigen Truppe wird es aller Voraussicht nach intensiver Überzeugungsarbeit bedürfen. Die gutbezahlte Führungsmannschaft, zwei davon über sechzig Jahre alt, ist ihm schon bei früheren Sitzungen mit weitschweifigen Ausführungen ihrer Bedenken negativ aufgefallen. Er muss nach Bochum reisen.

Am nächsten Morgen kommt es anders als gedacht, denn Bochum kommt ihm zuvor und zitiert ihn nach Deutschland.

Jennifer ahnt noch immer nichts von seinem Vabanquespiel, das in die Katastrophe führen kann. Weshalb soll er auch ihr schlaflose Nächte bereiten? Mit seiner Sekretärin Karin aber, die das Drama hautnah miterlebt, redet er Tacheles: „Wenn Bochum mein Vorhaben nicht unterstützt und keine Finanzierungszusage erteilt, kann mein eigenmächtiges Vorpreschen unseren Untergang bedeuten, dessen bist du dir doch bewusst, oder?"

Seine Stimme wirkt rau, sein Blick ist unstet und sie weiß, sie muss ihre Worte vorsichtig wählen. In ihrem Gehirn spielen die Gedanken Fangen. Ob sie ihr Bild von Franz neu arrangieren muss? Sie senkt betreten den Blick.

Ob er mir tatsächlich unterstellt, dass ich die Gefahr nicht erkenne? Natürlich habe auch ich Ängste, die mir Schmerzen bereiten, schließlich geht es um meinen Arbeitsplatz. Doch ist es nicht meine Aufgabe, ihm Mut zuzusprechen? Die Würfel sind schließlich gefallen, jetzt gilt es vorwärtszublicken und spricht laut aus: „Warum sollten sie deine Pläne nicht unterstützen? In Deutschland ist die wirtschaftliche Lage alles andere als berauschend, und der Vertragsentwurf enthält, soweit ich das beurteilen kann, eine ähnlich großzügige Vorauszahlung, wie sie die Vereinbarung für das Kraftwerk in Windhuk beinhaltet hat. Hast du mir nicht berichtet, dass der Firmenmiteigentümer dir Volkswagens Uitenhagen als Pilotprojekt vorgestellt hat? Er wird sich sicher noch an die Unterredung erinnern."

Dann streicht sie sich eine Strähne aus der Stirn, entfernt ein Haar von der selbstgebatikten Bluse, ein Produkt ihrer neuesten Freizeitbeschäftigung, nimmt ein Tuch aus der unteren Schublade des Schreibtisches, wischt über die ohnehin staubfreie Oberfläche des Möbelstücks und er erkennt, als er ihren Blick auffängt, dass die demonstrierte Zuversicht nicht so groß ist, wie sie ihn glauben machen will.

Karin: „Zuallererst heißt es, Munition für das Gespräch zu sammeln. Unsere Standortplanung ist schließlich optimal und inzwischen von behördlicher Seite abgesegnet." Franz denkt an die Höhe des

Bakschisch, das er dem zuständigen Behördenangehörigen zugesteckt hat, und ein spöttisches Lächeln tritt in sein Gesicht. Je länger er im Geschäft ist, umso stärker verachtet er die grassierende menschliche Gier.

Franz: „Wenn sie zustimmen, hat sie der Passus im Vertrag bezüglich der günstigen Gleitpreiskonditionen überzeugt, bin ich mir sicher. So unbeweglich sie sich manchmal auch zeigen, gewiefte Geschäftsleute sind sie allemal und werden schnell erkennen, dass dessen Inhalt für dieses Engagement größtmögliche Sicherheit bedeutet. Es braucht nur etwas Zeit, bis sie diese Erkenntnis verinnerlicht haben."

Mit nervösen Fingern rollt er den tiefschwarz glänzenden Lamy-Kugelschreiber zwischen den Handflächen, legt ihn zur Seite, packt seine Tasche und ruft ihr im Hinausgehen zu: „Buch' mir für morgen einen Flug nach Kapstadt. Von dort aus fahre ich nach Stellenbosch, um der Universität einen Besuch abzustatten. Vielleicht kannst du herausfinden, wer der Leiter der technischen Fakultät ist und mir bei ihm einen Termin reservieren, am besten für übermorgen."

In Kapstadt angekommen, nimmt er den Zug nach Stellenbosch und erreicht nach einer guten Stunde die von Bergen und Reben umgebene Stadt. Es ist später Nachmittag, als er auf den staubtrockenen Sand des eingleisigen Bahnsteiges tritt, den Bahnhof durch das mit seinen hohen, stuckverzierten Giebeln beeindruckende, im kapholländischen Stil errichtete Mittelgebäude wieder verlässt und in einer der schönen Eichenalleen, flankiert von strahlend weißen Häusern, ein Zimmer in unmittelbarer Nähe des Bahnhofs bucht.

Dann sucht er in einem der mit Reet eingedeckten Häuser nach einer Gelegenheit, eine Kleinigkeit zu essen. Kaum jemand ist auf den Straßen um diese Zeit. Lediglich eine seltsam goldfarbene Katze absolviert ihre tägliche Inspektionsrunde: Ein Bild, das nicht friedlicher sein könnte. Eine Weile schaut er dem schönen Tier zu, bis sie schließlich durch die Gitter des Hofeingangs in einer der Villen verschwindet.

Ob es dem Übermaß an Sonnenstunden zu verdanken ist, dass Moos und Flechten hier keine Chance haben, überlegt Franz, eingedenk des immerwährenden Kampfes seiner Mutter, die Nordseite des Mühlengebäudes von dem verhassten Grün freizuhalten. Er landet schließlich in einem Restaurant im Erdgeschoß einer im viktorianischen Stil gebauten Villa.

Nachdem er seine Mahlzeit beendet hat, sucht er sein Zimmer auf und schläft tief wie ein Stein.

Gegen zehn Uhr am nächsten Morgen steht er vor dem neoklassizistischen Gebäude der Victoria-Universität. Als er sich wenig später in dem prachtvollen Hauptgebäude des „Oxford Südafrikas", zu dem von Karin vereinbarten Termin anmeldet, spürt er einen Adrenalinschub, der ihn zu Höchstleistungen anspornt und seine Zuversicht wachsen lässt.

Kurz darauf eilt ihm über die breite, imposante Treppe ein mittelgroßer, bärtiger, gutgelaunter Mann entgegen und stellt sich als Professor Kröger vor. Augenblicklich verlässt Franz die Anspannung. Dieser Mann wird mich nehmen, wie ich bin, und ich habe mir seine Aufmerksamkeit durch meine Vorarbeit schließlich verdient, schießt es ihm durch den Kopf.

Professor Kröger: „Wollen wir zuerst eine kleine Erfrischung zu uns nehmen? Ich habe uns etwas vorbereiten lassen". Er führt Franz mit freundlichen Worten in einen kleinen, gemütlichen Raum, wo er ihm Gelegenheit gibt, sein Vorhaben zu erläutern.

Je länger Franz redet, umso aufmerksamer hört ihm der Professor zu und es ist deutlich erkennbar, dass dessen Interesse in gleichem Maße wächst, wie er ihm Einblicke in seine Pläne gewährt.

Professor Kröger: „Dieses Projekt entspricht den Plänen der Regierung. Es wäre vielleicht eine gute Gelegenheit für unsere Fakultät, der Welt unser Wissen zu demonstrieren."

Franz: „Ich bin mir sogar sicher, dass unsere Zusammenarbeit ihrer Universität nur Vorteile und enormen Kenntnisgewinn bringt. Zusammen können wir einen Weg finden, die notwendige Technik zufriedenstellend zu realisieren."

Kröger: „Reden Sie weiter, ich bin sehr interessiert."

Als Franz seinen Vortrag beendet hat, hält er kurze Zeit später die Zusage Krögers in Händen, dass dieser ihm sowohl bei der Konstruktion der Transformatoren und Kondensatoren, als auch bei der Rekrutierung der jungen Ingenieure behilflich sein wird.

Von draußen klingt lautes Stimmengewirr durch die Tür, aus irgendeinem Grund bricht Applaus unter den Vorübergehenden aus, der jedoch nicht lange anhält. Dann herrscht wieder Stille.

Kröger: „Studenten, sie haben wohl die Examensarbeiten ausgehändigt bekommen. Für den Fall, dass mich ihr Projekt interessieren sollte, hatte ich mir vorsorglich den ganzen heutigen Tag reserviert, damit wir uns besser kennenlernen können. Und siehe da, ich habe gut daran getan. Jetzt werde ich ihnen ein paar der Sehenswürdigkeiten Stelleboschs zeigen."

Er packt seine schwarze Ledertasche zusammen, lächelt, klopft Franz beinahe freundschaftlich auf die Schulter und führt ihn in die Dorp-Street.

Kröger: „Zwar ist es eine schmale Straße mit kleinen Ladengeschäften, aber die eigentliche Hauptstraße der Stadt."

Franz: „Ich will meiner Frau ein hübsches Mitbringsel kaufen."

Kröger: „Dann ist hier der richtige Ort". Er weist auf einen der kleinen originellen Läden und Franz tritt durch eine niedere Tür in das Geschäft. Der Laden erinnert ihn an den Krämerladen der Elis in Wolfstein und bei dem Gedanken an die Heimat tritt unwillkürlich ein Lächeln in sein Gesicht.

Das Angebot ist tatsächlich reichhaltig, es gibt ziemlich alles, was man sich denken kann, neben Souvenirs, Küchengeräten, Kerzen, Körben mit Lebensmitteln, Getreide, sogar ein paar Weine der Gegend.

„Wolfstein ist überall, zeig' mir deinen Heimatort und ich erkenne in ihm die Welt", erinnert er sich, einmal gelesen zu haben. Etwas Wahres ist an diesen Worten.

Eine ovale Schatulle aus Gelbholz hatte schon beim Eintreten sein Interesse geweckt, und die Erfahrung der zurückliegenden Jahre hat ihn gelehrt, dass, was seine Person betrifft, der erste Eindruck ein sicheres Indiz für eine richtige Entscheidung ist.

Er geht noch einmal zurück und betrachtet das kleine Kunstwerk genauer. Trotz der in Teilen rudimentär ausgeführten Schnitzereien in Deckel und Seitenteilen, aus denen Elefanten, Giraffenköpfe und blühende Jacarandabäume scherenschnittartig herausgeschnitzt sind, wirkt es filigran und anziehend.

Franz: „Meiner Frau wird die Schatulle gefallen, sie liebt afrikanische Volkskunst, insbesondere, wenn sie einen Gebrauchswert hat."

Das Geschäft ist schnell abgewickelt und die beiden Männer treten auf die Straße. Ein plötzlicher, starker Windstoß treibt Franz eine Wolke von Blütenstaub in die Nase, so intensiv, dass er heftig niesen muss. Kröger weist stirnrunzelnd auf das von dichten, weißen Wolken umhüllte Plateau des Tafelbergs: „Wenn der Südostwind weht und das Plateau nicht zu sehen ist, lohnt es sich nicht, mit der Seilbahn hochzufahren, wie ich es geplant hatte. Sie müssen sich für dieses Highlight leider einen anderen Zeitpunkt aussuchen."

Er überlegt eine Weile und bittet ihn schließlich, einen Augenblick zu warten. Dann sucht er die Telefonzelle auf der anderen Seite der Straße auf und führt ein kurzes Gespräch.

Kröger: „Ich habe uns soeben in einem nicht allzu weit entfernt liegenden Weingut eine Weinprobe organisiert, man wird uns dort einen kleinen, und, wie ich denke, feinen Imbiss servieren. Vielleicht haben Sie schon etwas von Gut Vergelegen gehört? Ich bin sicher, es wird Ihnen dort gefallen."

Auf dem Gut angekommen, weist er auf die mächtigen Bäume, die unweit vor der Eingangstür des langgestreckten Herrenhauses breit und riesig in den Himmel ragen:

„Dreihundert Jahre alte Kampferbäume, der Erbauer des Gutes, der damalige Kapgouverneur Willem van der Stel, hat sie pflanzen lassen. Auch ein paar der alten Weinstöcke aus jener Zeit haben bis heute überlebt. Es gibt in der Kapregion einige dieser traditionsträchtigen Weingüter, die meisten freuen sich über Gäste. Man kann hier regelrecht auf eine Art Weinsafari gehen. Groot Constantia, Paarl, Franschhoeck, und hier, ganz nah bei Stellenbosch, das Weingut Hoheisen."

Franz: „Mir wird wohl vorerst nicht viel Zeit bleiben, all diese Schönheiten und Genüsse kennenzulernen. Wie heißt es so schön? Erst die Arbeit, dann das Vergnügen."

Kröger, nach einem Moment des Zögerns: „Der alte Hoheisen hatte das Gut noch als Obstfarm erworben, sein Sohn das „Dri Sprong" in den letzten Jahren in ein respektables Weingut verwandelt. All diese prächtigen Güter liegen auf fetten, fruchtbaren Böden in Tälern, welche von europäischen Auswanderern urbar gemacht worden sind. Heute ist man einen Schritt weiter, angeblich wächst der beste Wein dort, wo sich früher nur Fynbos ausgebreitet hat, also auf den ärmeren Böden. Von den ersten Siedlern, sie kamen aus den Niederlanden, Frankreich, England, Deutschland, noch als unbrauchbar verschmäht, sind sie heute heiß begehrt."

„Die Ureinwohner haben es den Europäern ziemlich schwer gemacht, Fuß zu fassen, wie man liest," wirft Franz ein. „Ob die Einwanderung immer in deren Interesse lag?"

Der Professor übergeht die Frage mit den Worten: „Heute werden die Nachkommen der Siedler aus Europa an der Universität von Stellenbosch zu exzellenten Winemaker ausgebildet."

Dann schweigt er, atmet tief ein, als wolle er seine Lungen mit dem intensiven, eukaliptusähnlichen Duft verwöhnen, den die Kampferbäume verströmen, fährt schließlich fort:

„Am Kap, in Paarl, ist der Sitz der derzeit größten Weinbauerngenossenschaft der Welt, immerhin arbeiten heute im Weinbau hunderte Menschen und in Vergelegen kultivieren unzählige Schwarze die Reben. Wo sollten sie sonst Lohn und Brot finden, um auf ihre Frage zurückzukommen." Seiner Miene ist deutlich anzusehen, dass er versucht von dem heiklen Thema abzulenken: „Auf all diesen Gütern lohnt sich ein Besuch."

Zwischenzeitlich sind sie auf einem breiten, geschotterten Weg, gesäumt von Rabatten aus Mittagsblumen und Gerbera, mächtigen Aloen und Kakteen, vor einem prächtigen Haus angekommen. Rechts und links des Eingangsportals unterbrechen weißbegitterte Fenster die Fassade, eine Wolke winziger Mücken tanzt und wirbelt über einem mit Wasser gefüllten Bottich. Vor der Remise, aus einer der geöffneten Türen klingt der gutgelaunte Singsang eines Mannes.

Kröger: „Auf jeden Fall darf man mit Fug und Recht behaupten, dass jene Menschen vieles bewirkt haben und die Nachkommen, die hier im Land zu Wohlstand gelangt sind, noch immer bewirken. Es geht das Gerücht, dass Hoheisen beabsichtigt, fünfzehntausend Hektar seines Landes dem World Wildlife Fund zu übereignen, wenn es ihm gelingen sollte, Spenden und Zuschüsse für ein gemeinnütziges Wildlife-College zu akquirieren, eine langwierige Sache. Für mich ist schön mitzuerleben, dass er nicht unbedingt auf den Spuren der Jagdleidenschaft seines Vaters wandelt, sondern auf seinen ererbten Farmen einen sicheren Zufluchtsort für wilde Tiere schaffen will."

Beim Gedanken an den Gründer der Dynastie seines Arbeitgebers fragt sich Franz, welchen Weg dieser wohl einschlagen wird, sollte es ihm tatsächlich gelingen, eine Wildfarm zu erwerben. Der Mann hatte auf ihn bei ihrem ersten Zusammentreffen nicht den Eindruck gemacht, als könne er an der Jagd auf Wildtiere besondere Freude empfinden.

Im Innern des Haupthauses angekommen, weist man ihnen im Kaminzimmer Plätze an einem Tisch aus Kapteakholz an und serviert kurze Zeit später eine Vorspeisenplatte mit verschiedenartigen Fischzubereitungen.

Kröger: „Zu unserem Gespräch und zu dem Punkt, an dem Sie sagten, dass ihnen wohl nicht viel Zeit bleibe, die Schönheiten des Landes zu genießen. Hören Sie auf einen lebenserfahrenen, wenn auch schon etwas älteren Mann: Vergessen Sie nie, dass das Leben endlich ist. Man muss, soweit man es sich leisten kann, Arbeit und Genuss in Einklang zu bringen versuchen. Meine Tätigkeit an der Universität ist anspruchsvoll und zeitfordernd, ich habe mir daher den notwendigen Ausgleich in Bettys Bay geschaffen, wo ich für mich und meine Familie zu Beginn meiner Laufbahn ein kleines, einfaches Häuschen erworben habe. Ein paar Schritte über die Dünen, und der Atlantische Ozean liegt vor unseren Füßen. Das Häuschen ist so bescheiden, wie ich es mir damals leisten konnte, erfüllt aber noch immer all unsere Ansprüche. Wenn ich wirklich einmal etwas Abwechslung benötige, besuche ich eines der Naturreservate, ich nenne nur das oberhalb von Hermanus gelegene Fernkloof, nicht sehr weit von uns entfernt. Dort leben mehr als hundert Vogelarten und wachsen fast zweitausend Pflanzenarten. Oder die Kolonie der Pinguine, vielleicht haben Sie ja schon davon gehört. Ich glaube, sie ist die größte Südafrikas. Und, an der Küste der Bucht von Hermanus kann man von Mai bis Oktober Wale beobachten. Sie kommen aus der Antarktis hierher, um hier ihre Jungen zu gebären." Aus den Worten des nüchternen Wissenschaftlers klingt pure Begeisterung.

Franz: „Ich merke, Sie lieben diesen ganz persönlichen Rückzugsort."

Doch sogleich schränkt der Professor seine Schwärmereien ein:

„Im Leben gibt es nichts, was ohne Fehl und Tadel ist. Man muss stets vorsichtig sein, vereinzelt finden sich in den Dünen Schlangen, vor allem Puffottern, die zu den giftigsten überhaupt im Land zählen."

„Waren Sie schon auf dem europäischen Kontinent, Professor?" Franz unterbricht den Redefluss des Wissenschaftlers in der Absicht, einen kleinen Teil zu dem Gespräch beitragen zu können.

Als hätte er auf dieses Stichwort gewartet, zögert der Professor keinen Augenblick mit der Antwort:

„Summa summarum, glaube ich, ähnlich Schönes hat weder Europa noch Asien zu bieten. Vielleicht ist das der Grund für das fehlende Bedürfnis bei meiner Frau und mir, andere Länder zu bereisen. Nein, ich war noch nicht einmal in den Niederlanden, wo mein Vater geboren ist."

Franz unternimmt einen erneuten Versuch: „Bei allem, was ich vom afrikanischen Kontinent bisher zu sehen bekommen habe, und das ist angesichts seiner Größe beileibe nicht viel, stimme ich Ihnen zu. Es gibt Berge und Meer, Wüste und die verschiedenartigsten Gärten Edens. Kein Wunder, dass Sie Afrika verfallen sind. Ähnliches habe ich vom Chef meiner Muttergesellschaft zu hören bekommen. Er will sogar eine Wildfarm erwerben, wenn sich ihm eine passende Gelegenheit bietet."

Kröger: „Ich kenne den Mann, ein kluger Kopf, fast so klug wie der seines Vaters. Der Senior hat das elliptische Rippenrohr erfunden, wie Sie sicher wissen, heute beim Bau von Kraftwerken mit Trockenkühltürmen unverzichtbarer Bestandteil. Wir an unserer Universität forschen unter anderem auf diesem Gebiet und ich denke, wir können Ihnen mit unseren Projektarbeiten sehr wohl bei deren Konstruktion, aber auch bei den Problemen der nassgekühlten Kühltürme durchaus nützlich sein."

Franz: „Mit dieser Hoffnung bin ich hierhergekommen. Doch zuerst fliege ich in den nächsten Tagen nach Bochum, wo es einiges zu klären gibt. Kaum hatte ich meine Unterschrift unter den Kaufvertrag des Grundstücks gesetzt, wurde mir statt einer Zusage der Finanzierung meines Vorhabens dringend angeraten, zu einem Besprechungstermin dort zu erscheinen, verbrämt mit einer Einladung zum Essen in der Unternehmervilla. Bis nach Europa dröhnen die Buschtrommeln, könnte man glauben. Vielleicht soll an diesem Tag dort meine Hinrichtung stattfinden und das Essen wird meine Henkersmahlzeit". Er versucht ein zuversichtliches Lächeln. Das Lächeln misslingt, doch schnell hat er seine Mimik wieder im Griff.

„Jetzt, wo ich mit dem Pfund solch profunder Unterstützung wuchern kann, bin ich etwas hoffnungsvoller. Das Schlimme ist: Ich habe wegen meines eigenmächtigen Verhaltens keinerlei schlechtes Gewissen, bin mir absolut sicher: Das Geschäft steht und fällt mit der Bereitschaft, die Fertigung der Wärmetauscher für die Kondensatoren hier vor Ort vorzunehmen. Und genau dies war der Grund für den vorzeitigen Kauf des Grundstücks zum Bau der Fertigungshalle."

Nur ungern erinnert er sich seiner letzten Einladung in die Firmenzentrale, die im Beisein der Seniorchefin stattgefunden hatte. Die resolute Dame examinierte ihn damals, als sei er ein Student im mündlichen Examen. Nur der stoische Gesichtsausdruck des Sohnes hinderte ihn letztendlich daran, die Schwelle guten Benehmens zu überschreiten und den Raum vorzeitig zu verlassen.

Laut sagt er: „Ich hoffe, dieses Mal fehlt die Seniorchefin beim Lunch. Mit dieser Dame verbinden mich aus der Zeit früherer Verhandlungen wegen der Verträge für Windhuk eher unangenehme Erinnerungen.

„Sie werden nicht scheitern, da bin ich mir ganz sicher, sondern überzeugen, wie sie auch mich überzeugt haben", klopft der Professor Franz aufmunternd auf die Schulter.

Franz: „Jetzt soll die alte Dame ernsthaft erkrankt sein und sich aus den Geschäften zurückgezogen haben. Ich vermute, dass ihr Sohn eher bereit sein wird, den neuen Weg mit mir zu beschreiten. Er muss es einfach! Was um Himmelswillen soll ich mit dem Grundstück anfangen, wenn sie mich feuern und ich die Fabrik nicht bauen könnte? Nicht nur, dass ich das Wagnis ohne einen solventen Partner nicht stemmen kann, all meine Geschäftsbeziehungen fänden sicher ein unrühmliches Ende."

Als Franz eine Woche später die Villa in Bochum betritt hält er einen Strauß Kamelien in Händen. Er wird von einer livrierten jungen Dame empfangen, die ihm Tee anbietet.

„Ein Glas Champagner wäre mir lieber", denkt er für einen Augenblick. „Letztendlich ist es wohl besser, einen klaren Kopf zu bewahren". So nimmt er das Angebot an.

Nicht lange danach bringt die junge Frau auf einem aus Silber getriebenen Tablett eine Teekanne aus blank geputztem Silber und zwei zierliche Tassen, stellt beides auf einem Servierwagen ab und gießt heißen, goldfarbenen Tee in das vergoldete Innere der Tassen ein.

Ganz sicher ein antikes Service, glaubt Franz am bauchigen Körper der Kanne, am Griff und am Halteknauf des Deckels aus Elfenbein zu erkennen. Dem geübten Blick Jennifers wäre die Provenienz des Services wohl auf den ersten Blick bekannt gewesen.

In diesem Augenblick betritt die Dame des Hauses die Bühne und begrüßt ihn mit einem zurückhaltenden Lächeln, dem das Bevorstehende nicht im Geringsten anzusehen ist.

„Vielen Dank für die wunderbaren Blumen. Wollen Sie mich damit bewegen, auf eine negative Intervention bezüglich der Pläne zu verzichten, so wie die Kameliendame auf ihre Liebe verzichtet hat?"

Franz gelingt es nur mühsam seiner Verblüffung Herr zu werden. Eines steht fest, das ist keine vielversprechende Eröffnung. Aber war Optimismus nicht der Schlüssel zum Erfolg? Er registriert die große Veränderung, die seit seinem letzten Besuch mit der Frau vorgegangen ist. Bei ihrem ersten Zusammentreffen von vollschlanker Figur und mit vollem, ergrautem Haar, ist es jetzt weiß und licht und ihr

Gesicht abgemagert. Die Haut hat das Aussehen dünnen Pergaments, lange Ärmel bedecken die vermutlich spindeldürren, faltigen Arme.

„Es muss etwas Wahres an dem Gerücht sein, dass sie an einer schweren Krankheit leidet", denkt er bei sich und Hoffnung keimt in ihm auf. Doch die Stimme ist fest wie eh und je. Zeugnis enormer Willenskraft oder Starrköpfigkeit des Alters? Er hat nicht lange Zeit, sich Klarheit zu verschaffen, denn schon fährt sie fort:

„Mein Sohn ist verhindert, er hält sich derzeit auf Frégate auf, und ich wollte den Termin nicht absagen. Stellen Sie Ihre Pläne mir vor. Ich werde die Informationen weiterleiten."

Diese Besprechung hat er sich völlig anders vorgestellt. Innerlich zutiefst unzufrieden, vermeidet es Franz, sich seine Bedenken anmerken zu lassen, und breitet zögerlich seine Unterlagen aus, erklärt den Bauplan der Fabrik, schildert die Chancen der geplanten Projekte für das Unternehmen und weist auf den von Regierungsseite geforderten Wertschöpfungsanteil hin, den der Bau der Fabrik erfüllen würde.

Doch so sehr er sich auch bemüht, in ihm wächst das Gefühl, seine Erläuterungen dringen nicht in die Gedankenwelt der Frau vor, ihr Gesicht zeigt keinerlei Emotionen. Sein Verdacht wird bestätigt, als sie bereits nach einer halben Stunde das Gespräch so rigoros für beendet erklärt, dass er keinen Widerspruch wagt und seine Unterlagen zusammenfaltet. Sie ergreift den Wust von Papier mit spitzen Fingern, schichtet ihn zu einem akkuraten Paket auf der Lade des barocken Sekretärs am Fenster, das zu einem parkähnlichen Gelände weist, welches sich nach Süden an die Villa anschließt. Sonne dringt durch das Glas, macht sekundenlang wirbelnden Staub sichtbar.

Ob sie wohl fürchtet, sich mit meinen Papieren die Hände schmutzig zu machen? Er verkneift sich wohlweislich eine ironische Bemerkung.

„Ich werde alles, was Sie mir berichtet haben, meinem Sohn weitergeben, er kann das Ganze der Geschäftsleitung vortragen, wenn er es für richtig befindet. Dann wird man sehen, was geschieht. Lassen Sie uns jetzt zum Lunch gehen, Sie haben sicher Hunger, es ist ja schließlich schon spät."

Als wolle sie ihn vor sinnlosen Hoffnungen bewahren, hat sich die Sonne hinter die Bäume zurückgezogen, der Sekretär liegt jetzt im Schatten. Franz wirft einen letzten Blick auf die Früchte seiner wochenlangen Arbeit, die er jetzt schutzlos auf der Lade des Sekretärs zurücklassen wird, während ihr Schöpfer seiner Gastgeberin folgen muss, die ihm aufrechten Ganges in ein großes, mit kostbaren alten Möbeln ausgestattetes Esszimmer vorausgeht.

Dort beherrscht ein prachtvoller Schrank aus Indien das Szenario, und das bemalte, kunstvolle Schnitzwerk lässt keinen anderen Rückschluss zu, als dass es aus einem Fürstenpalast stammen muss. Ein wertvoller Biedermeierschrank aus Kirschbaum, in einer anderen Umgebung für sich allein ein Blickfang, wirkt unter der Präsenz des indischen Schrankes geradezu bescheiden. Die hohen Wände des Raumes sind mit zwei großen Gemälden dekoriert, über dem Tisch glänzt ein mit elektrischen Kerzen bestückter gläserner Kronleuchter.

In der Mitte des Raumes steht ein ausladender Esstisch aus hochglänzendem Holz, dessen Hälfte mit einer weißen Damastdecke überzogen ist, auf der zwei Gedecke gerichtet sind.

Meißen, dem Dekor nach zu schließen, denkt Franz. Jennifer hatte sich vor Wochen für das Dekor gerade dieses Services interessiert und es zu seiner damaligen Erheiterung „reicher gelber Löwe" genannt. Ohne Zweifel aber handelt es sich bei dem aufgemalten Tier um einen Tiger, was selbst für einen Laien wie ihn erkennbar ist.

Die Hausherrin registriert seine interessierten Blicke und richtet zum ersten Mal, seit sie den Raum betreten haben, das Wort an ihn: „Dieses Geschirr ist im 18. Jahrhundert von Meißen für den sächsischen Hof kreiert worden, nach ostasiatischem Vorbild. Wie Sie sehen, habe ich eine Passion für diesen Teil der Welt. Das Service gefällt Ihnen?"

„Ja, sehr, ich kenne das Original des Porzellans vom Besuch eines Museums, in dem es ausgestellt war, und wo es von meiner Frau sehr bewundert wurde."

Die alte Dame nickt und ihrem verhaltenen Lächeln ist anzusehen, dass ihr seine Worte schmeicheln. Dann bittet sie das weißbeschürzte Mädchen, das Essen aufzutragen.

„Ich habe eine leichte Mahlzeit gewählt. Wie Sie vielleicht erfahren haben, fühle ich mich in der letzten Zeit nicht sonderlich wohl. Sie essen doch sicher Fisch, oder?"

Als er nickt, fährt sie fort: „Sie werden den Wein allein trinken müssen, ich habe mir das Alkoholtrinken abgewöhnt. Ich musste mir auch eine andere Köchin suchen, eine, die sich auf die Zubereitung leichterer Mahlzeiten versteht. Meine frühere Küchenfee, deren korpulenter Körper von ihren Kochkünsten zeugte und wohl den Beweis erbringen sollte, dass sie sich und ihre Herrschaft ordentlich ernährt, musste ich notgedrungen entlassen. Ich vertrug das Essen nicht mehr und zu einem Richtungswechsel war sie nicht zu bewegen." Auf den abgemagerten, scharfen Zügen der alten Frau erscheint ein missbilligendes Lächeln.

Währenddessen hat das Mädchen eine kristallene Karaffe abgestellt, schenkt Franz einen weißen Burgunder aus Frankreich ins Glas und stellt sie zurück in einen silbernen, mit Eiswürfeln gefüllten Kübel.

Die junge Frau bewegt sich, als probe sie vor Publikum. Ob sie Künstlerin ist? Franz scharfen Blick entgeht nicht, dass sie Ringe unter den Augen hat. Ob sie ihr Brot noch in einem weiteren Job verdienen muss? Vielleicht aber spielt sie das Hausmädchen auch nur als eine Art Nebenrolle und strebt in Wirklichkeit eine Hauptrolle auf einer Bühne an, der Professionalität der Bewegungen nach zu schließen. Er bemerkt, dass ihn die Hausherrin beobachtet und sich offensichtlich keinen Reim auf seinen abwesenden Gesichtsausdruck machen kann. Er ruft sich verlegen zur Ordnung.

Dann reicht das Hausmädchen eine klare Suppe mit einer Einlage aus Eierstich, die köstlich schmeckt. Er isst mit gutem Appetit, doch seine Tischdame nimmt nicht nur von der Suppe, sondern auch von dem mit einem Nest aus Nudeln begleiteten Filet vom Loup de mer nur die Hälfte zu sich. Die Crème Brûlée rührt sie gar nicht erst an.

Während des Essens ist die Stille im Raum nur von den Schritten des Hausmädchens, dem leisen Klappern der Bestecke unterbrochen. Ist es eine ungute Stille oder eine nachdenkliche? Noch zum Ende des Lunchs liegt die Lösung des Rätsels, ob das wortkarge Verhalten seiner Gastgeberin als schlechtes oder gutes Zeichen zu deuten ist, im Dunkel.

Angesichts der offensichtlichen Erschöpfung der alten Dame zeigt sich immer deutlicher, dass die Gelegenheit vertan ist, der Angelegenheit einen Schub zum Guten zu geben. Was aber führte sie mit dieser Besprechung im Schilde? Will sie den Sohn vorerst außen vor lassen, um sich erst einmal selbst ein Bild von dem Projekt machen zu können? Oder stand ihre Ablehnung bereits vor seinem Erscheinen fest und sie will sich nur bestätigt sehen und Nägel mit Köpfen machen, die Sache beenden, bevor er von seiner Reise zurück ist? Nichts ist unmöglich bei dieser Frau. Vor allem aber, was kann der Grund für die Abwesenheit des Sohnes sein? Und wer war es, der sie von Franz' Vorhaben in Kenntnis gesetzt hat, wenn es nicht der Sohn gewesen sein kann? Fragen über Fragen, von denen nur eine zu beantworteten ist: Es wäre vorteilhafter gewesen, das Treffen hätte in dessen Anwesenheit stattgefunden.

Er kann nicht wissen, dass einer ihrer treuesten Vasallen sie zwei Tage zuvor in der Villa aufgesucht hat, um sie mit den neuesten Firmengerüchten zu versorgen. Der Inhalt hatte sie zutiefst beunruhigt und eine Welle des Ärgers in ihr ausgelöst. Schon die Investition auf der kürzlich gekauften Insel Frégate, wo ihr Sohn Luxusressorts für die Reichen und Schönen bauen will, hält sie für ein größenwahnsinniges Projekt. Ein zweites dieser Art kann die Firma in den Ruin führen, ist sie sich sicher. Für solcherart Eskapaden im Namen der Firma hat sie nach dem Tode ihres Mannes nicht wertvolle Lebenszeit geopfert.

Folglich brachte die heutige Darstellung des Projekts ihres Gegenübers das Fass ihrer Bedenken zum Überlaufen und zu der Entscheidung, es rigoros abzulehnen. Doch Eile mit Weile, er würde erst bemerken, was die Stunde geschlagen hat, wenn er wieder in Südafrika zurück ist.

Nach einer letzten Tasse Kaffee in der Bibliothek, einem dem Esszimmer angeschlossenen Raum mit Büchern vom Boden bis zur Decke und Folianten, denen man ihren Wert ansah, ohne dass man sie in die Hand nehmen musste, wird Franz verabschiedet. Unverrichteter Dinge fliegt er am nächsten Abend nach Johannesburg zurück und sucht nach der Ankunft am frühen Morgen nichtsahnend als Erstes sein Büro auf, ohne sich vorher zu Hause sehen zu lassen.

Als Franz die Nüchternheit seines karg möblierten Büros betritt, prüft er kurz die Stimmung Karins, die ihn mit einer Miene empfängt, die erwarten lässt, dass sie keine guten Neuigkeiten zu berichten hat. Er setzt sich, fühlt mit einem Mal, dass er müde ist bis zur Grenze des Erträglichen, stellt seine Aktentasche neben einen kleinen Tisch, auf dem eine Flasche Wasser in einem Eiskübel und ein Tablett mit Gläsern gerichtet ist, schenkt sich ein Glas ein, stützt den Kopf auf die linke Faust und fragt mit tonloser Stimme:

„Du hast eine schlechte Nachricht, oder warum machst du sonst ein solch betretenes Gesicht?"

„Gestern Abend, kurz vor Feierabend, habe ich einen Anruf aus Bochum angenommen. Am anderen Ende der Leitung war die Seniorchefin persönlich. Sie teilte mir mit kalter Stimme mit, dass ich ausrichten solle, das geplante Projekt sei viel zu riskant, und dass sie ihm deshalb die Zustimmung verweigere. Du sollst dich darauf einstellen und alle bereits getroffenen Unternehmungen unverzüglich beenden."

Franz Miene versteinert, in seinem Kopf jagen sich die Gedanken. Unmöglich, dass sie dem Sohn alle Informationen und Unterlagen schon weitergeleitet, geschweige denn, die Geschäftsleitung informiert hat.

Karin beobachtet ihn aufmerksam. So niedergeschlagen hat sie Franz noch nie erlebt. Nichts ist mehr vorhanden von seinem sonstigen Tatendrang, den sie im gleichen Maße bewundert, wie seinen Intellekt. Ob er davon jemals etwas bemerkt hat? Er ist verheiratet, wäre er es nicht, hätte sie den Versuch gewagt, ihn für sich zu gewinnen. So aber zieht sie es vor, die gute Zusammenarbeit auf keinen Fall zu gefährden, will ihm lieber eine Art Freundin bleiben.

Er lebt in einer glücklichen Ehe, vor allem, nachdem er Vater eines Sohnes geworden ist. Vom ersten Tag seiner Vaterschaft an war er fasziniert von dem „hübschesten Kind der Welt" konfrontierte sie wöchentlich mit Bildern seines Familienlebens in dem großzügigen Haus, in dem seine Frau die Tage verbringt. Gelegentlich gibt er eine Kostprobe seines ehelichen Lebens preis, mokiert sich über Jennifers Bemühungen, mit Hilfe eines Rotkäppchenbuches die deutsche Sprache zu erlernen, darüber, wie mangelhaft ihre Kochkünste früher einmal waren. Der Zustand hatte sich schnell geändert, als er einen deutschen Kochkurs für sie buchte, weil er das Essen seiner Mutter vermisste. Bei solchen Gelegenheiten fragt sie sich, ob es ihr gefallen hätte, immer an der wohl unerreichbaren Perfektion einer Schwiegermutter gemessen zu werden. Wahrscheinlich nicht.

Jennifer lebt das Rollenbild einer Frau, die gewohnt ist, dass Dienstboten billig zu haben sind, und dies nicht nur unter der schwarzen Bevölkerung. Warum also sollte sie sich selbst die Hände schmutzig machen? Doch Karin stellt sich die Frage, ob ein Leben, dessen Sinn sich in der Erziehung eigener Kinder, der Führung eines Haushaltes, Aufenthalten auf Golf- und Tennisplätzen erschöpft, ein ausgefülltes Leben sein kann. Sie hat Zweifel, ob das das richtige Leben für sie wäre, aus Gründen, über die sie sich selbst nur bedingt im Klaren ist.

Ob sich einer der wohlhabenden Bürger Johannesburgs jemals Gedanken darüber macht, unter welchen Bedingungen die Mehrzahl der Schwarzen ihr Leben fristen muss? Nach der Arbeit müssen sie die Stadt verlassen und jeder muss in sein Homeland zurück, sodass die Züge in der Rushhour brechend voll sind. Und wehe, man wird ohne Pass angetroffen, jeder Farbige hat ihn ständig mitzuführen.

Aber selbst sie, die die Rassengesetze als ungerecht empfindet, muss sich eingestehen, dass das Ganze unstreitig auch seine guten Seiten hat. Kriminalität in der Stadt ist nahezu unbekannt, und selbst als alleinstehende weiße Frau kann man sich am Abend oder in der Nacht ohne Angst in den Straßen bewegen, wenn man sich nicht gerade in einem der Elendsviertel aufhält, wo das Proletariat aus Schwarzen und auch Weißen sein Leben fristet.

Ihren Chef interessieren solche Fragen offensichtlich nicht. Warum auch? Er ist mit seinem Leben vollkommen zufrieden, er gehört zu den Privilegierten im Land und es fehlt ihm an nichts, auch nicht an Arbeit. Billige Arbeitskräfte gibt es im Überfluss, und über die Arbeitsmotivation der Schwarzen hat er sich seine eigene Meinung gebildet.

„Sie arbeiten gut und willig, aber nur so lange, bis sie genügend Geld verdient haben. Dann verschwinden sie von einem Tag auf den anderen, ohne das Verschwinden vorher anzukündigen. Und gibt man ihnen den Lohn in die Hand, kommt er in den wenigsten Fällen ihren Familien zugute, meist wird er prompt in Alkohol umgesetzt", hat er ihr in einem ihrer Gespräche verständlich gemacht.

Anfänglich hat sie erwidert, dass ein solches Verhalten zum Teil in den Lebensumständen der meist jungen Männer begründet sein könnte.

Er hat nur geantwortet: „Hast du eine andere Lösung unter der derzeitigen Gesetzgebung? Ich bin hier, um für meine Firma Geld zu verdienen und nicht, um den Retter der Welt zu spielen. Ohne Leute wie uns hätten die meisten wohl gar keine Arbeit. Schau dich doch einmal in Soweto um, wie sie dort hausen. Und, es gibt Weiße, denen es nicht viel besser geht."

Tatsächlich hatten viele Weiße, vorwiegend Buren, im letzten Jahrhundert ihr Auskommen in den Goldminen gefunden. Als sie sich in Gewerkschaften organisiert und höhere Löhne durchgesetzt hatten, waren sie den Minenbesitzern zu teuer geworden, und eine Welle von Entlassungen folgte. Sie wurden zuerst durch einheimische Schwarze ersetzt, dann durch eine Art importierter Sklaven aus dem Ausland. „Man kann nicht das Leid der ganzen Welt beseitigen, solange sie so viele Kinder in die Welt setzen, dass sie sie selbst nicht mehr zählen können."

Damals wie heute hatte sie keine Gegenargumente parat.

Neu in der Firma, hatte sie einmal den Versuch unternommen, sich in die komplizierten Sachverhalte der Projekte einzuarbeiten, mit denen er sich beschäftigt, sich vertraut zu machen mit den Konstruktionsbestandteilen der Kraftwerke, mit den verschiedenen Modellen von Kühltürmen, geplant und gebaut nach den Vorgaben der herrschenden Gegebenheiten. Sie hatte das Vorhaben schnell wieder aufgegeben. Immerhin aber führten die Bemühungen, seine Arbeit zu verstehen, zu dem Ergebnis, dass sie sich ein Urteil erlauben konnte, welches Risiko er immer wieder einzugehen gezwungen war, und dass der Anruf aus Bochum den Untergang des Unternehmens bedeuten kann.

Auf dem struppigen Kopf der vom Wind gebeutelten Raphia-Palme vor dem Fenster des Büros hat es sich ein Nektarvogel gemütlich gemacht und wiegt sich auf den braunen Spitzen der langen Wedel, die sacht in den Böen des leichten Windes schwingen. Der rote Streifen um den Hals des Vogels glänzt wie Kupfer im Licht der Sonne.

Karin: „Was willst du jetzt unternehmen?"

Franz hebt matt die Hand und die trockene Leere in Karins Innern will sich mit Tränen des Mitleides füllen, die ihr in die Augen zu steigen drohen, doch sie weist sie gerade noch rechtzeitig als bedenkliche Emotionalität in die Schranken.

Als er sich ihr zuwendet, erkennt sie an seiner Miene und der tiefen Falte auf seiner Stirn, dass die anfängliche Enttäuschung unaufhaltsam einer zornigen Wut weicht. Jetzt hebt er den Arm, als ob er die Peitsche schwingen wolle.

Inzwischen fällt leiser Nieselregen vom Himmel. Der gebogene Schnabel des Vogels hackt eine verirrte Blüte von einem der Wedel, dann verschwindet das Tier zwischen den blinkenden Lichtpünktchen aus den Fenstern der Büros in der nebelfeuchten Luft.

Franz: „Mich auf keinen Fall mit dieser Auskunft zufriedengeben, darauf kannst du dich verlassen. Ich werde mich unverzüglich mit der Geschäftsführung in Verbindung setzen, mal sehen, ob das wirklich das Ende unseres gemeinsamen Firmenweges ist. Es kann nicht sein, dass eine alte, kranke Frau, welche die Zeichen der Zeit nicht erkennt und risikoscheu geworden ist, die Geschicke eines Weltunternehmens derart beeinflusst, dass mein Schicksal in ihren Händen liegt." Er macht eine wegwerfende Geste, greift zum Telefonhörer und wählt die Nummer der Firmenzentrale.

Als Fazit der Gespräche kristallisiert sich heraus, dass diese mehrheitlich auf seiner Seite steht und die Seniorchefin nach ihrer einsamen, illegitimen Entscheidung als nicht mehr geeignet angesehen wird, in der Unternehmensführung mitzuwirken.

Und die Zentrale handelt unverzüglich! In einem Telegramm wird der Juniorchef unmissverständlich aufgefordert, den Kaufvertrag abzusegnen und seine Mutter von ihren Aufgaben zu entbinden. Für den Fall, dass er den Vorschlag ablehnen sollte, kündigen die Manager unisono den Rücktritt an.

Nach dieser Nachricht fällt Franz ein Stein vom Herzen. Der erste, wichtigste Teil der Schlacht ist gewonnen. Jetzt hängt das Weitere von der Entscheidung des Juniorchefs ab, fällt sie negativ aus, steht ihm sein ganz persönliches Waterloo bevor. Er klappt seine Unterlagen zu und legt die Ordner auf die Seite. Seine Hände sind ruhig, doch Karin kann seine Nervosität spüren.

Nach einer langen Woche des Schweigens erscheint der von der Sonne der Seychellen braungebrannte Globetrotter persönlich, begutachtet das für die Fabrik geplante Grundstück, vertieft sich ein paar Stunden in die Ausschreibungsunterlagen, studiert die Finanzpläne und verzieht keine Miene, als ihm der bereits unterschriebenen Vertrag in die Hände fällt, enthält sich sogar jeglichen Kommentars. Als er fertig ist, steckt er sich eine Zigarette an und macht einen tiefen Lungenzug. Der Qualm verschleiert für einen Augenblick sein braungebranntes Gesicht.

Ich wusste gar nicht, dass er raucht, denkt Franz, und dass der Mann einen inneren Konflikt mit sich austragen muss. Jetzt wirkt er unter der Bräune seiner Haut erschöpft und aufs Äußerste angespannt. Trotz seiner eigenen Nervosität kann er sein Gegenüber verstehen. Der Mann liebt und achtet seine Mutter, die nach dem Tode des Gatten die Firma weiterführte, sie nicht nur bewahrte, sondern sie sogar vergrößerte. Jetzt soll er ihr den Stuhl vor die Tür setzen. Eine schwere Entscheidung, für die man ihm Zeit zugestehen muss. Er reicht ihm ein Glas Ginger Ale, das er durstig leert und sich dann verabschiedet. Seine Unterschrift setzt er erst am Abend vor seiner Abreise unter den Vertrag.

Der Bau kann beginnen.

Karin steht an Franz Seite, als der Aushub der Grube für ein zwanzig Meter langes Tauchbecken beginnt, das zum Verzinken der riesigen Bauteile der Kühltürme benötigt wird, um sie korrosionsfest zu machen. In letzter Zeit war sie des Öfteren seine Begleitperson. Im Gegensatz zu Jennifer trank sie gern ein Glas Wein und er war froh, jemanden zum Reden zu haben, der sich nicht nur über technische Fragen unterhalten wollte.

Tränen der Rührung und der Erleichterung stehen ihm in den Augen.

Tatsächlich war es Franz, als baggerten die Schaufeln der riesigen Maschine den Schutt der Vergangenheit aus den Tiefen der Erde, um Neues, Besseres zu schaffen, etwas, was sein Leben überdauern wird. Unvermittelt und ohne sich zu verabschieden, verlässt er die Baustelle, um zu seiner Frau zu fahren.

Nach achtzehn Monaten ist die Fertigungshalle errichtet und der Bau der gesamten Anlage fertiggestellt.

Familienbande 2018

Als Dorothea die nächste Seite der Niederschrift der Schweizer Notizen aufschlagen will, bemerkt sie, dass Franz die Augen geschlossen hat und dass um seine Lippen ein Lächeln spielt. Die blasse Haut seiner ausgemergelten Wangen hat eine leichte Röte angenommen und seine Atmung ist regelmäßig und entspannt. Ob er eingeschlafen ist, oder sich in einem Zustand zwischen Wachen und Schlafen befindet? Vielleicht ist es der Monotonie des Vorlesens zu verdanken, dass er zurückgefunden hat in eine andere Welt, in seine Welt, in die Welt der Erfolge, der Kraft und der Gesundheit, die ihm im Kampf gegen den Krebs abhandengekommen ist; für eine Weile von seinen Qualen erlöst, bis er erneut in seine ödende, schmerzende Welt erwacht. Sie entschließt sich für eine Pause, klappt das Heft zusammen, verlässt leise das Zimmer, zieht vorsichtig die Tür hinter sich zu, tritt ins Esszimmer und ans Fenster, das genügend Licht hereinlässt, um sich im Halbdunkel zurechtfinden zu können.

Der Glanz der Lichterkette der Stadtperipherie ist im Widerglanz der Fensterscheiben das einzig Sichtbare im Tal, alles Vordergründige des Tages verschwunden. Sie schaltet die Lampe über dem Esszimmertisch ein, setzt sich auf den Stuhl gegenüber dem hellen Eichenschrank, das Schnitzwerk der in acht Segmente unterteilten Türen im Blick. Der Schrank stammt aus dem Nachlass der Großeltern, hütet jetzt in ihrem Haus in der dritten Generation Stapel von früher einmal wertvollem Geschirr zwischen seinen tiefen, geräumigen Regalbrettern. Wie sich Wertschätzungen ändern im Laufe der Zeiten! Handbemaltes Geschirr ist aus der Mode gekommen, kaum noch gefragt, da es nicht spülmaschinengeeignet ist, die Teller zu klein für Kocharrangements, wie man sie heute gerne präsentiert, wertlos gewordene Kostbarkeit, doch zu schade zum Wegwerfen.

Wenn sie die Türen des Schrankes öffnet, denkt sie nahezu immer an die, die vor ihr waren, die nicht vergessen, aber für immer gegangen sind.

In vier der acht Segmente der Türen sind mit gekonnten Schnitzereien Symbole der vier Jahreszeiten eingearbeitet:

Der Frühling, verkörpert durch zwei Vögel auf einem knospenden Ast, Schneeglöckchen und Schmetterling, der Sommer durch reiche Ähren, Gräser und die Sonne, der Herbst durch Trauben, Birnen und Äpfel, der Winter durch einen Schneemann, schneebedeckte Tannen, einen frierenden Raben und einen Weihnachtstern. Zwischen ihnen der reiche Blütenschmuck der vier mittleren Segmente: üppig blühende Rosen, Sonnenblumen, Margeriten und Astern.

Als sie sich an dem Anblick zu erfreuen begann, nach Jahren jugendlicher Missachtung, in denen helles Eichenholz außer Mode, Möbel in dunklem P 43 der letzte Schrei waren, fing sie damit an, in den einfachen Motiven nach einem verborgenen Geheimnis zu suchen, einer geheimnisvollen Sprache des Schnitzers, einer Metapher seiner Gedanken und begann mit der Zeit den Schrank zu lieben. Schließlich war sie sich sicher, dass der Schnitzkünstler durch die Wahl seiner Motive seinem Werk Bedeutung verleihen wollte – über seinen Tod hinaus. Heute ist ihr die Fantasie der jungen Jahre abhandengekommen, kann sie über solche Gedanken nur müde lächeln.

Auf einer der beiden Seitenwände des Möbelstücks ist der jeweilige Vorname des Großelternpaars, auf der gegenüberliegenden Seite eine Art Wappen eingeschnitzt. Seine Form ist einem Tier nachempfunden, dessen Namen ihre Familie trägt.

Der Schöpfer des Werkes ist lange schon tot, auch seine Auftraggeber. Das Werk hat sie alle überlebt, hat dreimal den Besitzer gewechselt und seine zeitlose Schönheit wird aller Voraussicht nach auch sie, als vorerst letzte Besitzerin überleben, das ist die Realität.

Doch fällt sie zurück in die Gedankenwelt der frühen Jahre, stellt sie sich die Frage, ob der ihr unbekannte Künstler vielleicht doch mit den Motiven die Vergänglichkeit, die Flüchtigkeit des Schönen, Guten oder auch des Negativen im Leben darstellen und dem Betrachter das Entstehen, das Wachsen, das Bestehen und das Vergehen vor Augen führen wollte, ihm zeigen, wie zart und empfindlich die Kettfäden sind, in die der Mensch sein Leben webt. Schließlich lebt das eigene Ego, wenn man Glück hat, eine begrenzte Zeit in der Erinnerung lieber Menschen fort, oder auch auf schnödem Papier, wenn irgendjemand die Kettfäden eines Lebens als der Erinnerung wert beurteilt und aufgeschrieben hat. Alles ist im Fluss, jeglicher Besitz ein flüchtiges Gut.

Sie betrachtet nachdenklich die abgegriffene Hülle des Notizbuches. Sie hatte die Schreiberei nach ‚Mutterkorn' und Das ‚Auge des Bösen' einmal frustriert aufgeben wollen. Doch als sie das Notizbuch entnervt zur Seite legte und sich aus dem Bücherregal wahllos ein Buch griff, von dem sie gar nicht mehr wusste, dass es sich in ihrem Besitz befand, war ihr ein Bild Thereses entgegen geflattert: Aufgenommen an ihrem achtzigsten Geburtstag. Verblühtes Leben lachte ihr entgegen. In eine blaue Bluse gekleidet, neben einer ebenso blauen Hortensie sitzend, brachte der Anblick des altersschönen Gesichtes Dorotheas Motivation zurück. Blau ist die Farbe der Treue – war dies eine Aufforderung aus dem Jenseits, ihre Idee nicht aufzugeben, hatte sie sich damals gedacht. Sie glaubt an die Existenz solcher „Zeichen", versucht in den Aussagen der Horoskope verschlüsselte Botschaften zu lesen, fühlt Beunruhigung, wenn Negatives und Zuversicht, wenn Positives vorausgesagt wird. Ihr Mann belächelt den Aberglauben. Es stört sie nicht.

Als der Roman über das Leben ihrer Tante nach zahllosen Verbesserungsversuchen endlich fertiggestellt war, hatte ihr ältester Sohn sie gefragt, warum sie nicht einmal über ein gewöhnliches deutsches Leben in den aktuell herrschenden Zeiten schreibe oder sich Fantasien über die Zukunft ausdenke, vielleicht sogar Sciencefiction Romane.

„Schreib' doch mal über dein Leben, inzwischen hast du ja ein gewisses Alter erreicht." Sein spitzbübisches Lächeln ist ihr im Gedächtnis geblieben, doch sie fragt sich noch heute, ob er sie auf den Arm nehmen wollte oder sein Vorschlag ernst gemeint war.

Sie legt das Notizbuch zur Seite, entkrampft die Finger. Sie zieht die Stirn kraus, erinnert sich im selben Moment an die tiefe Prägung der Falte über der Nase, die inzwischen die Form eines Zackenblitzes angenommen hat. Spuren des Lebens, Störfaktor der über Jahre gewohnten Optik.

Nach dem Besuch ihres Sohnes ist ihr sein Vorschlag nicht mehr aus dem Sinn gegangen und seit wenigen Tagen ahnt sie, dass sie eine Bestandsaufnahme ihres Lebens machen und sie der ihres Cousins gegenüberstellen wird. Es fehlt ihr nur die Kraft für die anstrengende Analyse.

Sie tritt ins Bad, mustert ihr Gesicht im Spiegel. Eine Zeit lang war das Spiegelbild ihr fremd geworden. Es war, als blicke aus dem Spiegel das Bild einer Unbekannten. Ob sich der Zustand ihres Seelenlebens in ähnlicher Weise verändert hat? Ob jede der Falten einem Lebensabschnitt zuzuordnen ist? Zuerst waren wenige zu wenig ausgeprägt, sie hat sie nicht beachtet. Jetzt, da die Sache aus dem Ruder gelaufen ist, sind die Anlässe vergessen und damit die Frage nicht mehr zu beantworten.

Sie verlässt das Bad. Wenn sie sich zu lange mit ihren Luxusproblemen beschäftigt, treten andere Faktoren in den Hintergrund, werden vergessen, weiß sie aus leidvoller Erfahrung. Die Zeit ist gekommen, die inneren Ärmel hochzukrempeln und sich an der Beantwortung der Frage zu versuchen, was es eigentlich Erinnernswertes aus ihrem persönlichen Lebensumfeld zu berichten gäbe. Haben die Erinnerungen ihres Cousins und ihre eigenen Erinnerungswelten einen ähnlich hohen Stellenwert? Um das zu erfahren, muss sie Fakten sammeln. Jetzt oder nie, sie wird auf der Stelle beginnen:

Punkt 1: Beruflicher Lebensabschnitt. Der Beginn der Ausbildung in der Juristerei, ähnelte ersten Schritten in fremdes Terrain und startete annähernd zum gleichen Zeitpunkt wie Franz' Leben auf dem afrikanischen Kontinent. Geschichten aus fremden Ländern kontra Geschichten aus bundesdeutscher Normalität: Wer den Sieg in diesem Wettstreit davontragen wird, steht außer Frage.

Punkt 2: Aktionsradius: In den sechziger und siebziger Jahren, der Zeit des Heranwachsens und der Zeit der Familiengründung, reichte er gerade einmal bis in die bayerischen Berge. Zwar war sie nach dem Abitur stolzer Besitzer eines VW-Käfers geworden, ein Geschenk der Eltern, doch fürs Reisen fehlte es an Mitteln und an Zeit. In einem Geschäftshaushalt oder der Landwirtschaft aufzuwachsen, lässt keine Langeweile aufkommen, es gibt immer etwas zu tun.

Ganz anders Franz: In jungen Jahren in ein Internat gesteckt, lernte er Fremdes von Kindheit an kennen, verbrachte seine Ferien in Italien und war nie von häuslichen Verpflichtungen belastet.

Punkt 3: Lebensplan: Lehrerin zu werden, war der ihre. Doch die Pädagogische Hochschule für katholische Studenten war in Landau und für ihr damaliges Empfinden zu weit entfernt von ihrem Heimatort. Statt Lehrerin zu werden, hatte sie sich für ein duales Studium bei der Justiz entschieden, vor allem, weil der praxisbezogene Teil der Ausbildung in Kaiserslautern absolviert werden konnte.

Ganz anders Franz, ihn drängte es schon als Kind, die Welt zu erobern. Er, der seine Berufung in der Autoindustrie gesehen hatte, starke Motoren damals wie heute liebte, dessen berufliche Ausbildung an einer meilenweit von Wolfstein entfernten Fachhochschule für Ingenieurwesen stattfand, landete schließlich auf gänzlich anderem Terrain, dem Kraftwerkbau.

Das Schicksal folgte eigenen Regeln, sowohl bei ihm als auch bei ihr.

Einst nichtakademischer Ingenieur darf er sich inzwischen Diplomingenieur nennen. Aus der Pädagogischen Hochschule ist Universität geworden, aus Dorotheas Schule für Rechtspflege eine Hochschule der Justiz. Gleichmacherei, wohin man auch blickt.

Einmal im Hamsterrad der Erinnerungen, beginnt sie die selbstauferlegte Analyse zu langweilen, doch sie kann den Gedankenfluss nicht stoppen.

Sie schlendert zur Terrasse. Kaum hat sie die große Schiebetür einen Spalt geöffnet, schwirren drei schwarze, nervöse Mücken in die Diele. Es ist seltsam, seit sie gegen das Virus geimpft ist, kribbelt ihre Haut, wenn ein Insekt sich nur nähert. Sie kann deren beklagtes Verschwinden, was ihren Garten betrifft, nicht bestätigen. Um sie herum wimmelt es nach wie vor von allerlei Getier: Stechmücken, Schnaken, Bienen, Wespen, Eidechsen, Eichelhäher, Wildtauben. Ameisen und Zecken geben sich ein Stelldichein und lauern heimtückisch auf Beute.

Am Tag belagern Hummeln und Bienen in großer Schar die lilafarbenen Blüten des üppig wachsenden Lavendels, den sie im letzten Frühling in eine Nische zwischen Betonplatten pflanzte und dessen freudiges Wachsen inzwischen die steinigen Grenzen der angrenzenden Terrasse überwunden hat. Auf einige der lästigen Plagegeister hätte sie gerne verzichtet, ist der festen Überzeugung, die Welt würde ohne sie nicht untergehen. Tatsächlich Insektensterben? Ihrer Ansicht nach schaukelt sich das Weltuntergangsscenario immer weiter in die Höhe, nährt sich aus sich selbst heraus, mit ständig neuen Theorien.

Seit sie am Haardtrand lebt und sehen kann, wie aus jeder noch so kleinen Ritze ein Baumsprössling drängt, ist sie gewiss: Auf lange Sicht wird die Natur siegreich bleiben. Aus nicht jedem Pflänzchen wird ein großer Baum, manches stirbt jung oder fällt den Wildschweinen zum Opfer, die auch auf ihrem Gelände in unregelmäßigen Abständen das Erdreich durchwühlen. Warum auch sollte das Leben der Bäume einem anderen Rhythmus unterliegen als das der Menschen? Der eine stirbt jung, der andere erreicht ein hohes Alter, wieder ein anderer siecht kränklich dahin oder fällt einer Art Pandemie der Bäume zum Opfer.

Will man der Mär über sprechende Bäume Glauben schenken, von einem Förster erfolgreich vermarktet, müsste auch Lavendel über eine Seele verfügen. Dann stellt sich die Frage, ob er, umschwärmt von Bienen, Hummeln und sonstigem Insektengetier, Gefühle kennt und wenn, ob er sich wohlfühlt bei dieser Belagerung. Freut er sich über seinen Erfolg bei all den Insekten oder ist ihm das Gesummse lästig?

So wie das rüpelhafte Benehmen mancher männlichen Kollegen lästig war, das sie als junge, berufstätige Frau, damals nahezu allein unter Männern, ertragen musste. Der Alkohol, der auch in Behörden reichlich floss, riss den Schleier von angelernter Höflichkeit. Sich als Frau zu behaupten erforderte Mut und sie hatte ihn.

Auch Franz führte einen mutigen Kampf, einen Kampf anderer Art, den erbitterten Kampf um Anerkennung, um den Abschluss guter Geschäfte als Fremder in der Fremde. Setzte sie die Auflistung des Vergleichbaren fort, wäre in diesem Punkt das Ergebnis wohl ein Pari.

Ob sie sich den Mut in den tiefen, so schien es ihr damals, dunklen Räumen des Untergeschosses der Mühle, in der sie aufgewachsen ist, angeeignet hat? Den Mühlenkanal unter den Füßen, dröhnt das Wasser dumpf und unheimlich rauschend durch die rostige Eisenplatte, die den Zugang zum Kanal noch heute sichert. Sie erinnert sich, wie ihr das Herz vor Angst pochte, wenn sie die ersten Schritte auf die hölzerne Treppe setzte, die ins von unheimlichen Geräuschen erfüllte Dunkel führt, wie sie sich jede Woche zwang, in die Tiefe hinabzusteigen, und wie erleichtert sie war, wenn sie die selbst auferlegte Mutprobe wieder einmal bestanden hatte. Vielleicht hatte ihr Cousin sich in der Wolfsteiner Mühle einer ähnlichen Mutprobe ausgesetzt?

Sie geht vor einem der großen Blumentöpfe auf die Knie, freut sich an den drei kleinen roten Blüten des vierblättrigen Klees, ein Überbleibsel von Silvester, den sie aus Mitleid über sein kurzes Leben in einen ihrer großen Töpfe mit Sukkulenten gepflanzt und dann aus den Augen verloren hat. Nach dem mühevollen Schleppen der schweren Gefäße ins Atrium, wie jedes Jahr nach den Eisheiligen, hat das winzige Pflänzchen seine Größe unter dem Schutz des saftigen Grüns der Sukkulente nahezu verzehnfacht. Jetzt gleichen die Blüten Paternosterbeeren, wie sie in Franz' Geschichte mit Ossi, seinem Ranger, eine unheilvolle Rolle spielten.

Als es zu nieseln beginnt, verlässt sie die Terrasse.

In ihrer eigenen Geschichte könnte die Stelle Ossis, dem Ranger von Franz, ein bis dahin geachteter Kollegen einnehmen, der sich in eine Putzfrau verliebte, eine nicht sonderlich attraktive Frau, die für die Reinigung des Büros des Fünfzigjährigen zuständig war.

Als der fachlich äußerst gewiefte Mann schließlich seine bedeutend ältere, wohlhabende Ehefrau mit einem Kissen erstickte, wäre es ihm beinahe gelungen, sein Verbrechen zu vertuschen. Doch ein Gespräch der Hausfriseurin seiner ermordeten Frau mit einer Stammkundin, einer Staatsanwältin, weckte deren Verdacht. Sie ließ die Leiche exhumieren und das Verbrechen kam ans Tageslicht. Der Skandal war perfekt.

Der Kollege wurde schuldig gesprochen und saß seine Strafe im Gefängnis ab. Weder der Verlust seiner Beamtenrechte noch ein Gefühl von Scham hinderten ihn, aus dem Gefängnis heraus immer wieder einen Wiedereinstieg in den Beruf zu versuchen. Abgelehnt!

Ein Arbeitsplatz ist, wenn man Augen und Ohren offenhält, eine Blaupause des Lebens, „me too" keine Erfindung des 21. Jahrhunderts. Es gab zu allen Zeiten Frauen, die Schwächen der Männer schamlos für ihre Zwecke auszunutzen verstanden, und Männer, die ihre Macht missbrauchten. Frauen sind keineswegs die besseren Menschen, ist sie der festen Überzeugung.

Wieder im Wohnzimmer, bemerkt sie, dass sie das Notizbuch auf der Terrasse vergessen hat und holt es herein, drückt es an die Brust. Es ist zu einem Teil ihrer selbst geworden, wird eine Lücke hinterlassen, wenn sie es nicht mehr mit sich tragen muss. Sie legt es auf den in Leinen gebundenen Grundbuchband, der überflüssig geworden war, als das digitale Zeitalter auch in den Grundbuchämtern anbrach und den sie vor dem Zerschreddern gerettet, und ihn in die gehobene Laufbahn eines Gästebuches befördert hat.

Vor dem Fenster dreht, gerade noch rechtzeitig, eine dicke Wildtaube ab. Sie und ihr Partner haben sich das bequeme Flachdach des Hauses als Landeplatz auserkoren, genießen von dort die Aussicht über das Meer von Baumwipfeln im Tal, lassen den Kot hinunterfallen, treffen Scheiben und Wände. Jeder Versuch, die Vögel zu vertreiben, misslingt. Nur der rote Milan, der an manchen Tagen seine Kreise über dem Ebersberg zieht, flößt ihnen Respekt ein und sie verschwinden für eine Weile.

Ihr erster Arbeitsplatz war das Grundbuchamt der boomenden Industriestadt Ludwigshafen am Rhein, Franz bezog sein Büro auf einem fremden Kontinent und sah sich wie sie von Arbeit überhäuft, wie er erzählte.

Nie wird sie den Anblick des für zwei Mitarbeiter vorgesehenen Büros vergessen, an dessen vier Wänden vom Boden bis zur Decke sich unerledigte Akten stapelten. In der Stadt der Chemie wie in der Stadt des Goldes florierte die Wirtschaft in jenen Jahren, belebten die Jahre des Kraftwerkbaus in Afrika das Geschäft ihres Cousins, in Ludwigshafen die Werke der chemischen Industrie das ihre. Die Pendlerströme vor allem aus der Westpfalz erforderten den Bau von Hochstraßen, um sie aus der Gefangenschaft der ewigen Staus zu befreien.

Überhaupt Ludwigshafen! Sie hatte die Stadt, in der zeitnah zum Bau der Hochstraßen die ersten Hochhäuser der Pfalz gebaut wurden, die angeblich hässlichste der Pfalz, in der man ein ganzes Stadtviertel für preiswertes Wohnen schuf, das man Pfingstweide nannte, lieben gelernt. Die Stadt, in der ein „hochgeehrter" Oberbürgermeister zugunsten eines Einkaufszentrums mit Rathaus einen gut frequentierten Kopfbahnhof an einen anderen Ort verlegen ließ, wo er abseits der Menschenströme jede überörtliche Bedeutung verlor und den Bau eines Innenstadtbahnhofs erforderlich machte.

Für Grundbuch- und Vermessungsämter war die Umsetzung der politisch geforderten Maßnahmen eine Mammutaufgabe. Zusätzliches Personal stand nicht zur Verfügung.

Inzwischen sind die Hochstraßen durch jahrelange Schlampereien in der Wartung marode geworden, werden in Teilen wieder abgerissen. Das Einkaufszentrum samt Rathaus teilt das Schicksal der Eliminierung, der Oberbürgermeister ist zum Ehrenbürger der Stadt ernannt. Alles ist im Fluss.

Dann war ihre Mutter längere Zeit erkrankt, für das Geschäft ihrer Eltern bezahlbarer Ersatz nicht zu finden, so musste sie für ein paar Wochen die Arbeit der Mutter übernehmen. Urlaubnehmen beim Amtsgericht wäre kontraproduktiv, befand der Direktor und suchte nach neuen Wegen, der Arbeit Herr zu werden. Für seine Zeit ungewöhnlich progressiv denkend, gewährte er keinen Urlaub, sondern ließ mit ihrem Einverständnis durch einen Pendler aus der Westpfalz die zu erledigende Grundakten nach Hochspeyer transportieren und am nächsten Tag wieder abholen.

Anschließend vollzogen Angestellte von dringend auf die Eintragungen wartenden Wohnungsbaufirmen die in Heimarbeit bearbeiteten Eintragungsverfügungen in den Räumen der Behörde, da behördeneigenes Personal nicht in ausreichender Zahl zur Verfügung stand. Die zur Fertigstellung zahlloser Bauten benötigten Mittel konnten fließen, Firmenkonkurse wurden vermieden. Homeoffice im Jahr 1970, Datentransfer in Form eines Pendlers aus der Westpfalz, Leiharbeit kostenlos für die Behörde.

Und dann die Kehrseite der Medaille: übergeordnete Behörden verlegten in Kaiserslautern Behördensitze aus geräumigen, ehrwürdigen und intakten Gebäuden in Hochhauskäfige. Ministerien ließen in Amtsgerichten wertvolle Holztüren gegen billige Massenware austauschen, in allen Büros vorhandene Waschbecken entfernen, statt einer Sanierung der Wasserleitungen den Vorzug zu geben.

Dann hatte die Digitalisierung Einzug in die Amtsstuben gehalten. In der Digitalisierung schlugen der Föderalismus und die Geltungssucht der sogenannten Entscheider seltsame Kapriolen. Jedes Bundesland, jede Oberbehörde wollte sich selbst verwirklichen, entwickelte eigene Systeme, die sich selbst überholten. Viele der Einführungsprojekte verschlangen Unsummen an Geld und erwiesen sich wenig später als sinnlos. Steuergelder verschwanden im Nirwana der Unfähigkeit oder im Beutel der Raffgier. Eine Geschichte, die sich immer wieder und in allen Sparten wiederholt.

Ihr eigener jahrelanger Kampf für eine freier zu gestaltende Arbeitszeit ähnelte über lange Jahre dem Kampf Don Quichotes gegen Windmühlenflügel, eine Schlacht, die heute geschlagen ist. Homeoffice, damals in der Justizverwaltung als krasser Fall von Unordnung gescheut wie vom Teufel das Weihwasser, ist zur Selbstverständlichkeit geworden. Inzwischen sind die Freiheiten Selbstverständlichkeit geworden, nach der Kapitulation der Stechuhr ist Ruhe eingekehrt. Doch nicht ihrer Generation ist der Erfolg des Kampfes beschieden gewesen, sondern der nachfolgenden. Die Zeiten haben sich zu Gunsten der Frauen verändert, nur anerkennen diese die Tragweite der Veränderung nicht.

Franz, ist sie sich sicher, war ein guter Vorgesetzter gewesen. Ein Mann, der ein offenes Ohr für sein Personal hatte, wenn er sich auf es verlassen konnte, der seiner Zeit voraus war, nicht hinterherhinkte. Sie hat ihn als guten Freund seiner Freunde erlebt, als sie ihn besuchte und gesehen, dass er keinen Unterschied machte, ganz gleich, ob es sich um Jugendfreunde oder im Rahmen seines Berufslebens hinzugewonnene Freunde handelte.

In die Stille des Nachmittags und in die Flut der Gedanken platzt ein Geräusch. Franz ist aufgewacht. Sie hört ihren Namen rufen und läuft in den Nebenraum.

„Na, hast du etwas Schönes geträumt?" Erwartungsvoll blickt sie ihm so intensiv in die Augen, als könne sie darin die neuesten Nachrichten über seine Krankheit lesen. Er hat meine Augenfarbe, grünblau, denkt sie, die Bindehaut ist gerötet, das Weiße gelblich verfärbt. Menetekel der Krankheit oder nur des Alters?

Er erwidert ihren Blick mit einem schwachen Lächeln. Ihr Herz krampft sich zusammen, als er mit verhaltenem Ton in der Stimme antwortet: „Ja, das Vorlesen hatte mich wohl von meinen schweren Gedanken befreit. Du kannst jetzt fortfahren, ich bin bereit." Doch seine Stimme ist matt wie die gefangene Biene, die sich auf der Terrasse im halbleeren Glas verirrt hat.

Sie fragt sich, ob man ihn über den Stand der Metastasen in seinen Knochen informiert hat, oder ob er deren Wachsen oder Vergehen fühlen kann. Nichts ist unmöglich. Sie hat in einem Roman ihrer derzeitigen Lieblingsschriftstellerin den Satz gelesen: „Es gibt verschiedene Arten des Wissens. Wahrscheinlich können Nichtwissen und Wissen nebeneinander existieren, ohne sich im Geringsten zu stören." Dieser Satz birgt die ganze Wahrheit in sich.

Von Wehmut befallen, senkt sie den Blick. Dann blättert sie in den Notizen des blauen Notizbuches, wo zwischen vollgeschriebenen Blättern ein Lesezeichen die Stelle markiert, die sie als Letzte vorgelesen hat. Diese Niederschrift seiner Erzählungen soll als Überschrift Zenit erhalten.

Zenit

Das nur von Spuren zarter weißer Federwölkchen durchbrochene klare Blau des Himmels verspricht einen schönen Tag, überzeugt sich Franz bei einem kurzen Blick aus dem Fenster. Ob Petrus nach tagelangem Nieselregen und bevor sich der nächste Regen wieder auf den Weg machen wird, der in Kürze beginnenden Feier einen Tag schenken will, der ihr den passenden Rahmen verleiht? Vor der großen Halle jedenfalls haben sich lange vor der Zeit zahlreiche Menschen eingefunden, wohl auch um den Aufenthalt im Freien möglichst lange zu genießen.

Ihn aber zieht es an diesem siegreichsten Tag seines Lebens nicht nach draußen, er würde sich am liebsten wieder in sein Bett verkriechen. Nach einem langen Abend mit Kollegen aus der Muttergesellschaft, die am Vortag angereist waren, sowie einem Vertreter der Bauherrin Escom ist ihm flau im Magen, im Kopf schwindelig und das Dröhnen in seinem Kopf lauter als das Knallen der Champagnerkorken, die ein Boy, wie seinem breiten Grinsen anzusehen ist, gewollt geräuschvoll in die Luft fliegen lässt. Oder ist es die Höhe der in Aussicht gestellten Provisionen, die ihm den Schwindel beschert? Er ist mit seiner Firma als einer der großen Sieger des Rennens der Zulieferer aus aller Welt um den Bau des derzeit weltgrößten Kraftwerks hervorgegangen, ein Erfolg, der das Ansehen seiner Person in der Bochumer Zentrale in einem Maße steigerte, das niemand vorausgesehen hat. Unwillkürlich kommt ihm die Seniorchefin in den Sinn. Was sie jetzt wohl fühlt? Ob sie ihre Ängste losgeworden ist? Wahrscheinlich nicht, denkt er mit einem Anflug von Schadenfreude und quält sich ins Bad. Über das Waschbecken gebeugt schaufelt er sich eine Handvoll Wasser ins Gesicht, wischt sich die Augen, sieht allmählich klarer und wagt sich ins Herz des Geschehens.

Dort angekommen wogen ihm begeistertes Klatschen und lautes Gejohle entgegen, der tumultartige Empfang ist zweifelsohne seiner

Person geschuldet. Verlegen winkt er ab, wirft einen flüchtigen Blick auf den langen, weiß eingedeckten Tisch vor der nüchternen Fertigungshalle, auf dem durch ausladende Sonnenschirme vor der Sonne geschützt, Snacks aus belegten Broten, Gemüse, Wurst und Käse gerichtet sind. Mit klopfendem Herzen flüchtet er sich in den Schatten der lichtgrauen Wand auf der Nordseite des langgestreckten Gebäudes, um Kraft zu sammeln. Noch immer ist er das Gefühl nicht gänzlich losgeworden, dass sein Körper schwanke, doch außer ihm selbst scheint niemand etwas von seiner Schwäche zu bemerken. Er gönnt sich noch eine kleine Weile des Zögerns, dann tritt er aus dem Schatten der Wand heraus und beginnt seine Rede in der inbrünstigen Hoffnung, sie zu einem guten Ende bringen zu können, mit den einfachen Worten:

„Wir haben die Ausschreibung für Matimba gewonnen."

Bereits nach dem ersten Satz wird seine Rede erneut von lautem Klatschen unterbrochen, das das Vorherige in den Schatten stellt. Er nutzt die Gelegenheit und fächelt sich mit seiner Vorlage die Schweißperlen von der Stirn. Seine Oberlippe schmeckt salzig und eine unbändige Lust nach einem Glas Wasser überfällt ihn. Soll er einen Boy heranwinken? Besser nicht, er muss sehen, dass er die Situation schnellstmöglich beendet. Je länger sie dauert, umso heißer und unerträglicher wird es auf seinem Platz, denn der von den Sonnenschirmen geworfene Schatten erreicht ihn nicht. Er winkt beschwichtigend in die Menge, der Beifall ebbt ab. Als er fortfährt, registriert er dankbar, wie das sanfte Streicheln des aufgekommenen Windes seine Stirn kühlt. Glücklicherweise hat sein Körper sein Gleichgewicht wiedergefunden, und er setzt seine Rede ohne Zwischenfälle bis zum Ende fort.

„Jetzt beginnt unsere eigentliche Arbeit! Das Projekt ist in fünf Abschnitte aufgeteilt und wird uns enorme geistige und körperliche Kräfte abverlangen. Auch ist unsere allgemeine Auftragslage glänzend, wie bekannt ist. Eigentlich ein Paradoxon, dass dies in unserem Fall erschwerend hinzukommt. Ich sage nur: Personalmangel."

Er hält einen Augenblick nachdenklich inne, die zahlreichen Anfragen, die täglich auf seinen Schreibtisch flattern, und die unerledigten Pläne, die sich auf den Konstruktionstischen stapeln, vor Augen, schiebt die Bilder zur Seite und setzt, auf den Neubau der Halle weisend, seiner Rede hinzu:

„Das Gebäude ist rechtzeitig fertiggestellt, doch mit der Kontrolle der Abschlussarbeiten habe ich noch immer alle Hände voll zu tun, sodass nicht viel Zeit für unser eigentliches Geschäft bleibt. Drückt die Daumen, dass Professor Kröger sich an seine Zusage hält und uns ausreichend geeignete Leute zur Verfügung stellt, damit wir unsere Verpflichtungen fristgerecht erfüllen können."

Er sucht den Blick des Professors, der unter den geladenen Gästen weilt und ihm aus der ersten Reihe freundlich zunickt. „Heute Vormittag wollen wir uns die Stimmung aber nicht verderben lassen und erst einmal feiern! Morgen werden wir uns an die Arbeit machen. Es gibt viel zu tun!"

Er hebt sein Glas und spricht einen Toast, nippt einen symbolischen Schluck und stellt unauffällig den halbgeleerten Champagner auf dem kleinen Tisch hinter seinem Rücken ab, greift sich ein Glas Orangensaft und trinkt das halbe Glas auf einmal aus. Heute wird er sich vom Alkohol fernhalten, so viel steht fest. Sein Blick verliert sich in den weißen Wölkchen am Himmel und mit ihm verliert sich die Zeit. Er lässt die vergangenen Monate wie einen Bilderreigen an sich vorüberziehen und repetiert die Ereignisse.

Als die Pläne für Matimba beinahe fertiggestellt waren, verhängten die Außenminister Europas und einige außereuropäische Staaten Sanktionen über Südafrika, mit dem Verbot jeglicher Investitionen in die Wirtschaft des Landes. Kurze Zeit später fand der Boykott im Verbot des Imports von Kohle, Stahl und Eisen seinen Höhepunkt. Vor dem Hintergrund dieser Maßnahmen erweist sich jetzt der Bau der Fertigungshalle geradezu als Segen, und im Krisenland Deutschland ist die Muttergesellschaft inzwischen froh über die Brosamen, die vom Tisch der südafrikanischen Tochter fallen. Sie bewegen sich im mehrstelligen Millionenbereich.

Als sich abzeichnete, dass sich der Höhenflug des Unternehmens fortsetzen oder zumindest konstant bleiben würde, war Franz ein Joint-Venture-Abkommen mit einem belgischen Anlagenbauer eingegangen. Die von zwei Brüdern gegründete Hamon Sobelco existierte seit einem halben Jahrhundert und hatte sich seit den frühen Siebzigerjahren hauptsächlich in der Entwicklung von Kühltürmen engagiert. Seltsamerweise misstraute Jennifer schon zu Beginn der geschäftlichen Beziehung der Redlichkeit der Absichten des Unternehmens, Franz dagegen sah in der Partnerschaft eine ideale Verbindung zur Realisierung seiner Vorhaben und ignorierte ihre Bedenken.

Schon nach kurzer Zeit zeigte sich jedoch, dass die Belgier sich tatsächlich nicht als loyale Partner, sondern in erster Linie als Konkurrenz verstanden und das Joint-Venture als eine Art Undercover-Tätigkeit zu nutzen versuchten, um sein Unternehmen und das der Muttergesellschaft auszuspionieren.

„Die Wirtschaft ist ein Haifischbecken, man wird aufgefressen, wenn man nicht aufpasst, bewahrheitet sich wieder einmal", klagte er seiner Sekretärin und kündigte, um eine Enttäuschung reicher geworden, den Vertrag auf.

„Ich habe es versucht, wirklich versucht, doch ich musste dem Ganzen ein Ende bereiten, ihre Reaktion war unangenehmer als erwartet", berichtete er vom Verrat der Belgier mit kaltem Zorn in der Stimme wenig später Professor Kröger, der im Verlauf der Zusammenarbeit Franz zum Freund geworden war. Es hatte sich zur guten Gewohnheit entwickelt, dass der Professor Johannesburg in regelmäßigen Abständen einen Besuch abstattete, um in der auf über fünfhundert Personen angewachsenen Belegschaft, unter der sich inzwischen eine beachtliche Zahl seiner ehemaligen Studenten befand, nach dem Rechten zu sehen.

Die freundschaftliche Beziehung der beiden Männer war auf den ersten Anschein verwunderlich, denn nicht nur ihre Charaktere, auch ihre Ansichten in nichttechnischen Fragen hätten nicht gegensätzlicher sein können. Beide verband eine gemeinsame Eigenschaft: Arbeit und Vergnügen war für sie ein- und dasselbe. Damals wie heute aber war Streitpunkt ihrer Diskussionen meist die Beurteilung der Auswirkungen der Rassengesetze.

Der Professor hatte sich intensiv mit den Thesen des aus dem Exil in Lagos, Kenia und Sambia zurückgekehrten Pädagogen und Literaten Mphahiele auseinandergesetzt und teilt viele der Ansichten des an der Witwatersrand Universität lehrenden schwarzen Wissenschaftlers, der sein Studium im St. Peters College in Johannesburg absolvierte. Inzwischen waren dessen Thesen in den geistigen Eliten bekannt und fanden sowohl in denen der Schwarzen als auch in denen der Weißen zunehmend Anklang.

Eines Tages gerieten die beiden Männer nach einer Tanzvorführung anlässlich einer Sight-Seeing-Safari mit gemeinsamen Gästen in die Fänge eines ernsthaften Disputes.

Als sie nach Ende der Tour die Fahrt rekapitulierten und Franz eine Flasche Shiraz vom Western Cape öffnete, kam Kröger auf afrikanische Sitten und Bräuche zu sprechen und bezeichnete sie als „afrikanisches Bauerntheater, schön anzusehen für Touristen und in meinen Augen Indiz der kindlichen Naivität der Schwarzen".

„Ich bin im College meines Erbes entfremdet worden, insbesondere der Pflege der afrikanischen Bräuche meiner Vorfahren. Der Kolonialismus ist in erster Linie in den Köpfen der schwarzen Bevölkerung abzubauen, um einen Wandel herbeizuführen", hat Mphahiele in einem seiner zahlreichen Interviews einmal erklärt: „Alle kolonialisierten Völker besitzen zwei Ichs: Das ursprüngliche (indigene) und jenes, dem die westliche Kultur übergestülpt worden ist. Diese Kultur ist aggressiv, kommt daher mit Technologie, Ökonomie und christlicher Erziehung. Wenn sie mit uns fertig ist, stellen wir fest, dass sie uns gespalten hat: in eine gebildete Elite und in ungebildete Massen. Eine ihrem Erbe entfremdete Persönlichkeit ist entstanden."

„Also für einen gebildeten Mann bist du manchmal unglaublich leichtgläubig und hast die Worte des schwarzen Professors wohl geradezu aufgesogen", spöttelte Franz, der den Namen des Wissenschaftlers zum ersten Mal gehört hatte, als dieser erfolglos für den Literaturnobelpreis vorgeschlagen worden war.

Und fuhr im gleichen Tonfall fort: „Ja, ja, die lieben freundlichen Schwarzen, ich kann das Gerede nicht mehr hören. Man muss sich nur an die Kriege der Hereros und der Namas oder an die Orlamkriege erinnern, gerade einmal seit hundert Jahren Geschichte. Und nicht zu vergessen Shaka Zulu, der die ehemals ritualisierte, nur auf minimalen Verlust von Menschenleben ausgerichtete Kriegführung der Stämme in ein Instrument der Unterjochung durch brutales Gemetzel umgewidmet hat. Man spricht von bis zu einer Million Menschen, die seinen Fehden zum Opfer gefallen sind. Zu welchen Grausamkeiten die angeblich naiv-kindlichen Schwarzen sowohl in der Vergangenheit als auch in der Gegenwart fähig waren und sind, reflektiert jedoch kaum jemand".

Kröger aber hatte nur höflich gelächelt, das Kinn in die Hände gestützt und mit offensichtlich tiefem Interesse den Wein in seinem Glas studiert. Sein demonstrativ zur Schau getragenes Desinteresse ließ Franz sich in Rage reden:

„Aus Anlass des Todes seiner Mutter forderte Shaka Zulu den Tod von siebentausend seiner Untertanen, sie mussten sterben, damit ihre Angehörigen in gleicher Weise trauerten wie er. Und welche Gräueltaten fügten sie den Burenfrauen, Kindern und Männern zu, die auf der Flucht vor den Engländern im sogenannten Großen Treck in die Wildnis zogen? Untiere des Hochlands nannte man die Riesenhorden der Zulus, die ganze Trecks bis auf den letzten Säugling abschlachteten, bis endlich zwölftausend ihrer Krieger von vierhundertsechzig Burenreitern mit Feuerwaffen besiegt werden konnten. Und, das Schlimme ist, sein Stamm, die Zulus, verinnerlichte die von ihm gelernten Taktiken und übte sie ein halbes Jahrhundert nach seinem Tod noch aus."

Er bemerkte, wie ihm die Röte ins Gesicht stieg, schämte sich seiner Unbeherrschtheit, suchte nach einem Ausweg aus der Misere und fand ihn in einer Passage aus Arnold Kriegers Buch ‚Der dunkle Orden', die ihm unvergesslich geblieben war: „Selbst die Geier und Hyänen, die zu diesem Festmahl aus allen Weiten herbeigeeilt waren, wandten sich voll Ekel ab, da der Tisch zu reich gedeckt war."

Kröger war offensichtlich mit seinen Überlegungen am Ende und beteiligte sich wieder am Gespräch mit der Frage: „Was denkst du, war früher da, die Henne oder das Ei? Sind die Rassengesetze Afrikas aus der Angst vor der zahlenmäßigen Übermacht der Schwarzen geboren, schlummert in den Genen der Weißen noch das Wissen um all die an den Buren verübten Grausamkeiten, in den Genen der Schwarzen aber noch heute das Wissen um die Grausamkeiten der Sklaverei? Du siehst, verschiedene Menschen können verschiedene Interessen und Meinungen haben, die auf wechselnden Seiten immer wieder zu Untaten führen. Selbst Morde lassen sich rechtfertigen, für mich aber bleibt ein Mord ein Mord, ganz gleich, ob Schwarz, Weiß oder Gelb ihn ausführt."

Nach dem Ende dieses Gesprächs waren sie übereingekommen, bestimmte Themen nicht mehr anzusprechen. Wie ein Arzt eine unheilbare Krankheit nicht heilen kann, sie aber mit etwas Glück und Können beherrschen lernt, wird in absehbarer Zeit ein einhelliges Urteil über das Entstehen, die Auswirkungen und die Art der Lösung der jahrhundertealten afrikanischen Probleme voraussichtlich nicht gefällt werden können, war ihr schließlich gefundener gemeinsamer Nenner.

Im tiefsten Innern bezweifelte Franz schon damals, dass sich die Dinge bessern würden, wenn die Regierungsgewalt allein in die Hände der Schwarzen gelegt wird, ist sich Dorothea sicher. Die Entwicklung hat ihm teilweise Recht gegeben, so traurig diese Tatsache auch ist.

Als Franz bei diesem Punkt seiner Erzählungen angekommen ist, war es früher Nachmittag in Flims, erinnert sich Dorothea. Auch dass sie den Kugelschreiber auf den Rand der Schreibunterlage des Sekretärs legt, ein Putztuch aus dem silberfarbenen Etui zieht und eine Fluse von einem der Gläser ihrer Brille entfernt, was eine ihrer üblichen Übersprungshandlungen ist, wenn sie nach einer Antwort sucht.

Sie teilte damals in vielem seine Meinung, hat sich in anderen offenen Fragen noch keine eigene gebildet. Je älter sie aber wird, umso mehr gelangt sie zu der Überzeugung, dass der Mensch, ob weißer, schwarzer oder gelber Haarfarbe, einem Raubtier gleicht, der für sich und die Seinen stetig nach Beute sucht und sie mit allen Mitteln verteidigt. Ist er nicht durch ein bequemes Leben in Zeiten ohne Mangel und Not humanisiert und domestiziert, versteht er nur die Sprache der harten Hand. Stets aufs Neue werden Angreifer geboren, verführt, angelockt vom Duft der Schwäche der humanisierten Spezies, immer zum Angriff bereit. Tier oder Mensch, der Stärkere probiert sich aus, das ist das ewige Spiel.

Von ihrem ersten dreiwöchigen Besuch in Johannesburg zusammen mit Franz' Mutter in einer Zeit, in der man in Deutschland Gefahr lief, schief angesehen zu werden, wenn man in das Land der Rassisten reiste, wie man Südafrika nannte, hatte sie sich ein vom Mainstream ungefärbtes Bild der im Land herrschenden Zustände versprochen. Zu hitzig waren die Diskussionen über die drastischen Schilderungen der Realitäten in seiner neuen Heimat, die Franz bei seinen Besuchen zum Besten gab und die in krassem Gegensatz zu den Berichten in der deutschen Presse standen.

Doch mit dem Wunsch, Soweto zu besuchen, hatte sie, gerade angekommen, seinen Unmut und sein Unverständnis erregt. Sie hatte ihren Willen dennoch durchgesetzt.

Wie naiv sie gewesen war! Sehr schnell stellte sich heraus, dass ihr Vorhaben nur in einer Reisegruppe unter Führung eines ANC-Mitglieds überhaupt möglich war, und was sie zu sehen bekam, hatte nichts mit dem Afrikabild des gewöhnlichen Touristen gemein.

Auf der langgezogenen Straße zum Township sah sie durch das Fenster des Minibusses in leeren Benzinfässern offene Flammen lodern, auf dem in Dosen aus Blech gegartes Essen zum Verkauf angeboten wurde. Musliminnen, verhüllt in schwarze, unförmige Gewänder, boten Waren zum Kauf an und die Hitze schien ihnen nicht das Geringste anhaben zu können. Die Fahrt führte am Universitätsgelände vorbei, wo leere Bänke im Park auf schwarze Studenten warteten. Die aber zogen es offensichtlich vor, die gut gekleideten Körper auf dem Sand am Rand des weitläufigen Geländes zu betten. Ob sie vielleicht die leeren Müllcontainer an der Straße im Blick behalten wollten, neben denen sich der Unrat bergeweise stapelte? Dann passierte der Bus Papayafelder, wo junge schwarze Männer mit zügigen Schritten die schmalen Wege entlangeilten, um zur Arbeit zu gelangen, vom Staub der monatelangen Trockenheit umschwebt wie von einer gelben Wolke. Wie verschiedenartig die Menschen sind, dachte sie damals, und wie sinnlos es ist, den einen von der Sinnhaftigkeit des Lebens des anderen überzeugen zu wollen, denkt sie noch heute.

Als der Bus schließlich Soweto erreichte, in dessen riesigem Areal zwei- bis drei Millionen Menschen in einem grauen Meer von bescheidenen Ein- und Zweifamilienhäusern hausten, dazwischen viereckige Zweckhütten mit Wellblechdächern und aus Holzresten und Müllsäcken zusammengeschusterten Anbauten, war kaum eine der Hütten ohne Fernsehantenne. Im Staub und Dreck der Straßen spielten Kinder, lagerten nachlässig hingeworfener Müll und Steine. Allmorgendlich strömten von hier aus zahllose Menschen ins Zentrum Johannesburgs zur Arbeit, wie der Führer berichtete.

„Habe ich nicht immer behauptet, die Afrikaner besäßen andere Gene als Europäer? Sei ehrlich, ihr habt mich als verkappten Rassisten gesehen", ist die erste Frage, die Franz ihr nach dem Ende ihres Ausflugs stellte. Diese Ansage galt es zu verdauen, bevor sie eine Antwort wagte:

„Das Konzept der Rasse ist das Ergebnis von Rassismus, ist der Titel einer Publikation einiger Zoologen und Evolutionsbiologen der Max-

Planck-Gesellschaft. Ich habe sie mit Interesse gelesen und nicht alles verstanden, aber lass mich versuchen, dir mit meinen Worten das Wichtigste wiederzugeben: In dem Wertebuch für das 21. Jahrhundert kannst du nachlesen, dass der mit Abstand größte genetische Unterschied nicht zwischen verschiedenen Gruppen existiert (wie zum Beispiel zwischen der Gruppe der schwarzen Afrikaner und der der weißen Norddeutschen), sondern zwischen den einzelnen Mitgliedern einer Gruppe selbst. Neuere molekularbiologische Untersuchungen wollen bewiesen haben, dass in keinem der Gene rassische Unterschiede begründet sind."

Franz hatte nur spöttisch gelacht und dann resignierend abgewunken:

„Ich bin zwar ein Mann der Praxis und kein Wissenschaftler, aber anderer Meinung. Eines habe ich gelernt: Worte wie Rassismus und Rasse verbannt man besser aus seinem Vokabular, denn man kann schnell in Schlagzeilen geraten, die ihnen einen Sinn verleihen, den man nicht beabsichtigt hat. Besser man verbirgt seine Gedanken in den Geheimkammern seines Gehirns, denn jeder bleibt doch bei seiner eigenen Perspektive des Weltgeschehens. Also beenden wir unser Thema."

Sie war froh, das heikle Gespräch nicht fortsetzen zu müssen. Ob es je eine Antwort auf die Frage geben kann, wie sich der schwarze Kontinent ohne Kolonialisierung entwickelt hätte, ob die unzähligen Stammeskriege, das unbarmherzige Abschlachten der Besiegten und der Voodoozauber ohne das Auftauchen der Weißen im Afrikageschehen irgendwann einmal ein Ende gefunden hätten? War die erworbene Vormachtstellung der weißen Migranten tatsächlich Ursache der desolaten Lebensumstände eines Großteils der schwarzen Bevölkerung? Nicht alle Weißen im Land gehören zur Gruppe der Wohlhabenden, sondern leben in ähnlichen Verhältnissen wie die Schwarzen, hat sie mit eigenen Augen gesehen. Vielleicht stehen sie nur deshalb weniger auffällig im Focus des Betrachters, weil ihre Zahl der Relation ihres Bevölkerungsanteils entspricht. Dann aber wäre die Ursache allen Übels vielleicht der Unwille, das Leben einer gewissen Konstante zu unterziehen, weil man einfach kein anderes Leben will.

Das Schweigen dauerte an, Franz schien nicht weiter interessiert, den Faden erneut aufzunehmen. So sagte sie schließlich erleichtert: „Was macht es jetzt noch für einen Sinn zu diskutieren, die Weichen auf dem schwarzen Kontinent sind gestellt, in Zeiten der Globalisierung schwappen seine Probleme nach Europa über und die Zeit wird zeigen, ob wir auf lange Sicht mit deren Bewältigung nicht überfordert sein werden."

Abgesehen von den Erfahrungen in Soweto hatte sie drei wunderschöne Wochen in seinem komfortablen Haus verbracht. Vor allem der Abstecher nach Kapstadt, die Fahrt auf den Tafelberg und als Krönung, ein Aufenthalt auf der Farm Harmony Lodge waren unvergessliche Erlebnisse.

Auf der Fahrt zur Lodge fuhren sie vorbei an verwilderten Feldern und Gärten, die, von Fynbos und Wildbuchs erobert, ungehindert demonstrierten, wer der wahre Herr im Land ist, wenn die Menschen seinen Besitz aufgeben.

In krassem Gegensatz zum Zustand der fortgeschrittenen Verwahrlosung zeigte sich dagegen die Lodge. Luxus in allen Räumen, jedes der bis zum Boden reichenden Fenster, jedes Bett durch Moskitonetze geschützt, Türe und Fenster mit verschließbaren Gittern ausgestattet, um unliebsame tierische und menschliche Gäste abzuwehren. Rundum gepflegtes Gelände mit gezähmter Natur, die sich an Regeln hält.

Am sehr zeitigen Morgen chauffierte Franz seine Besucher in einem offenen Jeep zur Tierbeobachtungssafari durch den Busch. Niedliche Erdmännchen wagten sich bei den ersten Sonnenstrahlen aus den Löchern, in der Ferne reckten sich Giraffenhälse in den Himmel und Zebras ergriffen die Flucht, als das laute Motorengeräusch des Jeeps durch die sanfte Kühle des jungfräulichen Morgens drang.

Dorothea erinnert sich, dass Franzens Blicken keine noch so winzige Glasscheibe in Sand und Gras entgangen war: „Jedes Stückchen Glas wird in der Sonne zu einem Brennglas und lässt das zundertrockene Buschwerk in Minutenschnelle zu riesigen Bränden auflodern. Sie breiten sich in rasender Geschwindigkeit aus und zerstören in kurzer Zeit alles, was in mühevoller Arbeit über lange Zeit geschaffen wurde. Und immer wieder gibt es Zeitgenossen, die keinerlei Regeln beherzigen." Er bückte sich und verstaute das aufgelesene Glas in einer schäbigen Tasche, die er unter dem Fahrersitz hervorzog. Dorothea hatte das Funkeln des Glassplitters nicht einmal bemerkt.

Als die Sonne höher stieg, beendeten sie die kleine Safari gerade noch rechtzeitig vor Beginn der großen Hitze. Im Gästehaus der Lodge der Muttergesellschaft servierten zwei schwarze Mädchen ein reichhaltiges englisches Frühstück. Ein erfrischendes Bad im Pool vervollständigte das Urlaubsglück.

Jetzt ist die Lodge nur noch eine schöne Erinnerung, Franz hat sie verkauft.

„Inzwischen bin ich froh über unseren Verkauf. Immer öfter liest man von Überfällen auf weiße Farmer. Nicht selten werden ganze Familien von den Schwarzen ermordet. Viele verkaufen ihr Anwesen. Wie schmerzhaft es sein muss, das von ihren Vorfahren der Wildnis abgerungene Land zu verlassen, in dem diese Bäume pflanzten, deren Stämme inzwischen dicker als Elefantenbeine sind, auf dem sie Häuser bauten, in denen ihre Kinder geboren wurden und die zwei Weltkriege unbeschadet überstanden haben, die jetzt aber verfallen."

Nach den Tagen in der Schweiz war das Notizbuch vollgeschrieben und die Aufgaben ihrer selbstauferlegten Mission fürs erste erfüllt. Franz und Jennifer hatten Dorothea zum Bahnhof nach Zürich gefahren, sie selbst verbrachten die letzten Wochen bis zum Rückflug nach Südafrika in der Schweiz.

In Dorothea meldet sich der Hunger. Damals in Flims hatte Franz sie zum Lunch ins Hotel Waldhaus eingeladen, heute muss sie selbst für ihre Verköstigung sorgen. Dorothea setzt die Lesebrille ab, räuspert sich und schließt das blaue Buch.

Franz ist eingeschlafen. Er hat die Beine, deren krankheitsbedingte Magerkeit sogar unter den weiten Hosenbeinen erkennbar ist, auf einen neben dem Sessel stehenden Hocker gelegt, und wieder erfüllt sie sein erbärmlicher Anblick mit Wehmut. Die Behandlung verändert sein Aussehen dramatisch, kein Vergleich zu den Tagen seines letztjährigen Aufenthaltes in Deutschland. Sie läuft in die Küche, richtet einen Teller mit Brot und Wurst und fragt sich, als sie den ersten Happen zum Mund führt, ob auch er sich an den Tag in Deidesheim erinnert, wo er sie zu einem Essen auf der Außenterrasse des Deidesheimer Hofes, seinem Lieblingsrestaurant in der Pfalz, eingeladen hatte. Damals erzählte er, dass er sich bei Beginn seiner Karriere entschloss, seinen steuerlichen Wohnsitz in die Schweiz zu verlegen.

„Auf keinen Fall kann ich akzeptieren, dass von fleißigen Händen und klugen Köpfen über Jahrzehnte Erwirtschaftetes in mäandernden parasitären Kanälen versickert und man diejenigen auszubluten versucht, die die für den Erhalt des Gemeinwesens benötigten Mittel erarbeiten, statt ihnen wenigstens die Hälfte ihres Einkommens zu belassen. Viele, so auch ich, haben über Jahre keine Risiken und Mühen gescheut, um sich Vermögen zu schaffen. Wen wundert es, dass diese Menschen nach Schlupflöchern suchen, um einen angemessenen Teil davon dem Zugriff des Staates zu entziehen, wenn dieser selbst ein schlechtes Vorbild für Moral und Redlichkeit liefert."

Anfänglich hatte sie den Sinn seiner Worte nicht verstanden.

„Oder hast du es etwa als gesetzeskonform empfunden, dass ein Finanzminister gestohlene Bankinformationen erwirbt und teuer bezahlt? In meinen Augen war das eine staatlich sanktionierte Hehlerei, die, um den Skandal perfekt zu machen, von der Öffentlichkeit beifällig beklatscht wird? Dabei sind viele der Claqueure selbst Steuerhinterzieher, wenn auch in kleinerem Maße. Als ob es einen Unterschied machte, gestohlene Sachen oder das Wissen eines Datenstehlers anzukaufen. Hehlerei bleibt Hehlerei. Wäre es nicht richtiger gewesen, das Geld, wie es der ursprüngliche Plan seines Vorgängers vorgesehen hatte, im Wege einer Amnestie wenigstens zu einem Teil ins Land zurückzuholen? Wie kann es sein, dass das Gesetz Steuerhinterziehung größeren Umfangs, also den nicht legalen Einbehalt eigenen, selbstverdienten Geldes, in vielen Fällen stärker bestraft als Verbrechen an Leib und Leben? Man könnte die Liste der Skandale beliebig fortsetzen, wenn man wollte. Nur ein Beispiel noch: Aus welchem Grund erließ man Gesetze, die dem Adel Entschädigungen für den Verlust ihrer Güter zusprachen, ungeachtet der von ihnen initiierten Kriege? Man macht die Täter, die ihren Reichtum auf Kosten und mit dem Blut der Untertanen erwirtschaftet haben, zum Opfer, spricht ihnen das Recht zu, rechtmäßig erfolgte Enteignungen einzuklagen, sodass man sich des Eindrucks nicht erwehren kann, der Gesetzgeber habe auf den Schößen der Vornehmen gesessen. Ich nenne nur die Hohenzollern und die Familie Otto von Bismarcks, eine gierige, unersättliche Meute, seit sie existieren, vom Reichspräsidenten selbst einmal abgesehen."

Dorothea hatte sich damals eines Kommentars enthalten. Erst einige Zeit später fiel ihr wieder ein, dass sie die Richtigkeit der These Machiavellis: „Der Zweck heilige die Mittel", vor langer Zeit in ihrer Abituraufgabe verneint hatte. Thema verfehlt, so viel steht fest, wenn man ein solches Handeln als legitim ansieht. Eine junge Autorin, deren Name ihr entfallen ist, ließ die Protagonistin erklären: ‚Man muss sich mit Prinzipien vor der Welt retten'. Dies ist auch Dorotheas Meinung.

Sie erinnert sich, dass Franz sie beobachtete und einen Augenblick abwartend schwieg, dann fortfuhr: „Doch das ist nicht die einzige Fehlentwicklung im Land. Auch der in einigen Fällen begründete Widerstand gegen legal genehmigte Bauvorhaben, gegen den Bau von Straßen ohne den Ausgang des Rechtswegs zu akzeptieren und gegen die Interessen der Menschen, die auf ein Auto angewiesen sind, zeugt in meinen Augen von moralischer Verirrung. Durch ein solch fast anarchistisches Verhalten kleiner Gruppen wird jegliche Innovation erschwert, wenn nicht gar verhindert. Mich hat das Leben gelehrt, dass es nur einen Weg gibt, der gesamten Welt zu Wohlstand zu verhelfen und den Hunger zu besiegen: der Weg des Strebens nach Wachstum. Und ob das Gerede vom Untergang der Erde durch übermäßige Ausnutzung der Ressourcen Unsinn oder Wahrheit ist, muss sich erst noch herausstellen. Ich wage zu bezweifeln, dass wir Winzlinge mit unserem Tun wesentlich zu einem beschleunigten Ende der derzeitigen erdgeschichtlichen Episode beitragen. Die Erde geht unbeirrt ihren vorgezeichneten Weg, und der Anfang des Endes hat längst begonnen, unbeeindruckt vom Tun und Lassen der Menschen, die irgendwann von ihrer Oberfläche verschwunden sein werden".

Franz hatte einen Schluck Wein genommen, dann seinen Diskurs fortgesetzt und seiner Stimme fehlte jegliche Spur von Erregung: „Die Erde hat mächtige und wehrhafte Streitgenossen, die sie zu Hilfe holen kann, wenn sie von uns genug hat, einschlagende Kometen, Erdbeben und ausbrechende Vulkane auf dem Feuergürtel, der sie in weiten Teilen umspannt, sich verlagernde Pole und Ströme. Auch die Dinosaurier wurden unbestritten einmal zur Plage, ähnlich uns Menschen, für unseren Planeten. Irgendwann wird er uns abschütteln und uns von seinem Antlitz tilgen."

Dorothea weiß längst nicht mehr, wem oder was sie glauben soll. Nur eines ist sicher, in Deutschland hat der Umweltschutz eine neue, aggressive Form angenommen, seine Aktivisten dulden keine abweichende Meinung, und das Ergebnis läuft Gefahr, zu einem riesigen Geschäft zu verkommen, zu Kosten zu führen, die sich viele nicht mehr werden leisten können. Wohin diese Trift politisch führen wird, wenn sie den allgemeinen Wohlstand nachhaltig gefährdet, hatte die Elterngeneration leidvoll erleben müssen, als ein vermeintlicher Heilsbringer sie fürs Erste aus der Arbeitslosigkeit befreite, dann aber ins Verderben führte. Ob sich die Aktivisten, deren Kinder und Enkelkinder, nicht schwindelnd am Krater eines Abgrunds, eines brodelnden Vulkans bewegen, ohne es zu wissen?

„Ich für meinen Teil bin froh, wenn alles so bleibt, wie es ist", hatte sie ihre Gedanken laut zusammengefasst.

„Nichts bleibt, wie es ist, und das ist gut so." Franz blickte ihr eindringlich in die Augen. „Nur durch Zerstörung entsteht Neues, behauptete schon der Wirtschaftsphilosoph Josef Schumpeter, wenn er seine Aussage auch nur auf schöpferische Zerstörung bezog. Der Mensch will und muss Dinge verändern, Neues erschaffen, selbst um den Preis der Zerstörung dessen, was einen guten Lauf hat."

Ob er den Wandel der Zeit verkennt, fragte sich Dorothea damals. Als Agent einer Wegwerfgesellschaft wird ihn der Mainstream beschimpfen, als egoistischen Klimaleugner, als strafwürdigen Verfechter des Automobils, dem seine ganze Leidenschaft gilt, als verurteilungswürdigen Vielflieger. Wen interessiert es, dass seine Flüge beruflich bedingt waren? Die Meute der Mehrheit duldet keinen Widerspruch beim Kampf um die Meinungshoheit. Sie zog es vor, zu schweigen.

Franz hatte mit zusammengezogenen Brauen in sein Glas in der Hand gestarrt, es mit einer ruhigen, gelassenen Bewegung auf den Tisch zurückgestellt, sich mit leisem Stöhnen langsam von seinem Stuhl erhoben, um die Toilette aufzusuchen. Dorothea verfolgte seinen Weg, der ihn an fröhlich plaudernden, gutgekleideten Menschen vorüberführte, auf dem ihn höfliche Ober mit huldvollem, ehrerbietigem Lächeln grüßten, mit nachdenklichem Blick. Wie könnte es auch anders sein, er ist als guter Gast bekannt, der am Trinkgeld niemals spart.

Mit einem Mal durchfuhr sie der Gedanke, dass ein bedeutender Teil ihres eigenen Lebens sich dem Ende zuneigte. Noch nie hatte sie sich so hilflos, ratlos und einsam gefühlt, es war ihr, als sei sie aus der Zeit gefallen.

Nach einer kleinen Weile war Franz wieder an den Tisch zurückgekehrt, der Rest des Weines in der Flasche getrunken und die Zeit zum Aufbruch gekommen.

„Und was Afrika betrifft, wir Südafrikaner lebten in Wohlstand, verglichen mit dem großen Rest des Kontinents. Wir hatten mithilfe unserer Technik für Energie und industriellen Fortschritt gesorgt. Ich nenne nur Matimba, ein Bauwerk, an dessen Erfolg ich nicht unwesentlich beteiligt war. Jetzt verkommt die Energiewirtschaft. Korruption und Inkompetenz führen zu stundenlangen Strom- und Wasserausfällen. Für unsere Familie habe ich vorsichtshalber ein Notstromaggregat angeschafft. Wenn sich kein Ausweg aus diesem Sumpf der Misswirtschaft findet, ist das Land zum völligen Niedergang verurteilt und verloren, was wir aufgebaut haben. Und ich fürchte, dass er früher oder später eintreten wird. Alles kehrt wieder im Windspiel der Ewigkeit, habe ich kürzlich ein Zitat gehört und ich bin inzwischen überzeugt, dass Menschen nie aus den Erfahrungen der Vorgängergenerationen lernen".

Plötzlich wirkte er müde, ein Zeichen der Krankheit, die seinen Körper in den Klauen hielt, wie sie heute weiß. Sie umarmten sich zum Abschied, und er ging langsam, aber mit geradem Rücken in sein Zimmer im oberen Geschoss des Deidesheimer Hofes, wo er und seine Frau Quartier beziehen, wenn er in der Vorderpfalz ein Glas zu viel getrunken oder er sich die zeitraubende Fahrt nach Wolfstein ersparen will.

Deidesheim ist Vergangenheit, jetzt liegt er in weit erbärmlicheren Zustand vor ihr und sie erkennt zum ersten Mal in alle seiner Grausamkeit ihren Irrtum, da sie an seine Gesundung glaubte und überzeugt war, dass sie ihn noch einmal in Afrika besuchen wird.

Jahre später, kurz nach der Pandemie und nach Franzens Tod, wird Dorothea das Land, in dem er begraben ist, ein drittes Mal besuchen. Mit seiner Witwe, die sich in ein gepflegtes Ressort für Senioren eingekauft hat, wird sie auf dem Weg zu den Victoriafällen die Grenze Sambias überqueren, im Devils Pool hoch über Wasserfällen baden, auf Safaris durch die Savanne und zu Boot auf den Fluten des Sambesi Tiere beobachten. Schönheit und Grausamkeit, wohin man blickt, doch die Zeichen des Verfalls sind unübersehbar. Auf jedem Meter der Straße bieten bettelnde Schwarze mit Handys in den Händen auf lästige Weise beliebige Volkskunst zwischen verwahrlosten Häusern an, Victoria-Stadt ist ein Sammelsurium von Hässlichkeit.

Unwillkürlich fällt ihr ein Zitat aus Saint-Exupérys kleinem Prinzen ein:

„Was vergangen ist, ist vergangen, und du weißt nicht, was die Zukunft dir bringen mag. Aber das Hier und Jetzt, das gehört dir." Wahre Worte, nur, wer beherzigt ihren Inhalt? Je älter man wird, umso mehr sehnt man sich nach der Zeit der Jugend zurück, anstatt das Schöne der Gegenwart uneingeschränkt zu genießen. Nicht alles war früher besser gewesen. Im Grunde sogar ziemlich wenig. Jennifer hätte sich den Ausflug in die Vergangenheit ersparen können.

Sie und Jennifer werden im Rovos-Rail nach Pretoria zurückfahren, vorbei an zerstörten Häusern, einst Domizile weißer Farmer Simbabwes, und Jennifers Enttäuschung ist riesengroß. Vieles hat sich geändert, kaum etwas zum Besseren. Per Gesetz der schwarzen Regierung ihres Eigentums beraubt oder getötet von marodierenden Schwarzen, verrotten die Maschinen der betrogenen Farmer auf verwildertem, einst fruchtbarem Land. Hunger in Afrika? Wer trägt die Schuld? Allein der Klimawandel?

Ob die Worte von Franz damals in Deidesheim prophetisch waren, wird sie sich fragen, aber keine Antwort mehr erhalten.

Im Hier und heute treten Tränen in ihre Augen, und sie entscheidet sich für Ablenkung, das Soll des Vorlesens und der schmerzhaften Erinnerungen ist erfüllt.

Sie geht in den Garten, um die Rosen auf Verblühtes zu kontrollieren, das Verblühte abzuschneiden, damit sich neue Blüten bilden und auf diese Weise die Vergreisung der Pflanze verhindert wird. Doch wohin sie auch tritt, die Vergangenheit holt sie ein. Rosen sind die Lieblingsblumen ihrer Tante, die jetzt auf den Schnitter des Lebens wartet. Auch der Mensch ist Teil der Natur, knospt auf, blüht und verwelkt wie die letzte Rose des Herbstes, wenn der Winter sich ankündigt. Manchmal aber wird ihm eine kurze Zeit neuer Blüte gewährt, ein neues Kapitel aufgeschlagen. Bei Dorothea trägt es den Titel: „Eine Farm in Afrika".

Eine Farm in Afrika

Am späten Vormittag eines heißen, sonnigen Tages mit kristallklarem Himmel erhält Franz den Anruf des Maklers aus Kapstadt, der seit Wochen mit der Suche nach einem geeigneten Anwesen für die Wildfarm seines Chefs betraut ist. Die Gesellschaft, in deren Namen das Landgut erworben werden soll, ist gegründet und hat bereits die Seychelleninsel Frégate, früher nur ein Paradies für Tiere, künftig auch ein Paradies für Menschen, zu Eigentum erworben.

Franz, der den Hörer persönlich abgenommen hat, da Karin, seine Sekretärin noch nicht erschienen ist, stöhnt vor Hitze. Die ganze Woche über war es trübe und ungewöhnlich windig gewesen, hatte eine Art Weltuntergangsstimmung geherrscht. Der Wind hatte stärker geblasen als all die Jahre, an die er sich erinnern konnte, und war durch Ritzen und Fugen gedrungen. Er ist daher für kühlere Tage gekleidet, hatte den Vorhersagen der Wetterfrösche nicht getraut, dies ist die Quittung. Jetzt ist das Gebrause und Gezerre an all dem, was nicht niet- und nagelfest ist, verstummt, und er hört das Klackern sich von weitem nähernder Absätze. Nicht lange danach betritt Karin das Büro. In einem blauweißgestreiften Pollunder über einer weißen Bluse, wirkt sie frisch wie der frühe Morgen.

„Hat er mir nicht einen Lageplan zukommen lassen? Er muss doch irgendwo zu finden sein", murmelt Franz ärgerlich wegen des Durcheinanders auf seinem Schreibtisch und in dem Stoß unerledigter Papiere wühlend. Karin erkennt seine Nöte, greift nach ihrem Notizblock und beginnt in akkuratem Steno den Verlauf des Gespräches zu notieren.

Eine Fliege summt durch die Luft, macht Franz noch nervöser, als er ohnehin schon ist. Entweder war sein Murmeln nicht leise genug, oder der Makler hat seine Gedanken aufgefangen, denn er fährt fort: „Ich hatte Ihnen vor Tagen einen Lageplan übermittelt. Wenn Sie ihn zur Hand haben, schlagen Sie bitte die Seite drei auf." Karin legt den Stift zur Seite, ihr Mund formt sich zu einem beruhigenden Lächeln, als sie mit dem ersten Griff und immer noch mit warmem und einfühlsamem Blick den Plan aus der Schublade hervorzieht. Endlich! Wie gut, jemand wie sie an seiner Seite zu wissen. Franz faltet das noch säuberlich gefaltete Papier auseinander und signalisiert dem Makler, dass er fortfahren kann.

„Ich persönlich glaube, wir haben das Richtige für ihr Vorhaben gefunden!" Franz hatte die Bilder und den Plan gründlich studiert und erinnert sich der Welle von Glück, die durch seinen Körper lief, als er die Unterlagen zum ersten Mal zu Gesicht bekommen hatte.

„Die Farm liegt im nördlichen Teil Transvaals, in der Nähe des Kruger Nationalparks, aber: Es ist keine Wildfarm! Der jetzige Eigentümer, ein Bure, hat bis vor Kurzem auf dem Land Viehzucht betrieben", berichtet der Mann am anderen Ende der Leitung. „Seine Tierhaltung endete in einer Katastrophe. Marodierende Löwen und Elefanten aus dem Park sind nun einmal Raubtiere und scheren sich nicht um Grenzen und darum, dass eine außerhalb des Naturparks gelegene Farm für sie tabu sein muss. Wenn man dem Mann einen guten Preis bietet, wird er verkaufen. Und das Stück Land bringt alle Voraussetzungen für eine Wildfarm mit, davon gehe ich aus."

Über den Lageplan gebeugt reibt Franz seinen schmerzenden Hals, richtet sich auf, fühlt sich steif wie ein Stück Holz und verfolgt einen Augenblick eine Wolke kleiner Mücken, die vor dem Fenster hartnäckig um ein unsichtbares Etwas kreisen.

„Der Farmer, ich habe ihn noch nicht persönlich kennengelernt, besitzt auf der anderen Seite der nach Hoedspruit führenden Straße noch ein riesiges Stück Land, hat offenbar keine Nachkommen und wohl ein Alter erreicht, in dem einem die Arbeit nicht mehr ganz so leicht von der Hand geht, seiner Stimme nach zu urteilen. Er sieht auf jeden Fall müde und abgespannt aus."

Franz wendet seine Aufmerksamkeit wieder dem Plan zu, auf dem das mit rotem Farbstift eingekreiste Stück Land kurioserweise die Form eines Herzens hat. Das Gelände ist riesig groß, durch eine Straße zweigeteilt und beim Nachverfolgen der roten Linie, unterbrochen durch die Trennlinie der Straße, kommt ihm unwillkürlich ‚Broken heart' in den Sinn. Hoffentlich kein Synonym für das Herzensprojekt seines Interessenten.

„Kennt man sich mit den Gegebenheiten einer Viehfarm aus, finden sich auf dem Gelände jetzt wohl überwiegend Fruchtfelder und Weidewiesen. Ich weiß, das ist nicht gerade ein idealer Bewuchs für ihre Zwecke", schränkt der Makler seine Anpreisungen ein.

„Sie meinen, da käme also einiges an Arbeit auf uns zu."

„So ist es, tatsächlich wird es Sie einiges an Mühe kosten, bis das Farmland artgerecht umgestaltet ist. Aber ich bin der Meinung, die Mühe lohnt sich, und der Preis berücksichtigt diese Faktoren. In der Gegend findet zudem derzeit eine Art Schlussverkauf statt, Boden ist preiswert geworden. Auf dem Gelände steht nichts als eine schäbige graue Hütte, eingeschlossen von einer riesigen Hecke des afrikanischen Weißdorns. Ich habe mir das Ganze vor Ort angesehen. Der Platz, auf dem die Hütte steht, ist ein Traum und bietet außer einem grandiosen Blick auf die Drakensberge, in südlicher Richtung auf das Ufer des Olifant-Rivers. Berge und Wasser, was will das Herz mehr, es gibt kaum einen schöneren Platz, um ein Haus zu bauen in dieser Gegend. Eine einmalige Gelegenheit."

„Und wie ist der Zustand der Straße", fragt sich Franz bang, der das, was man hier Straße nennt, inzwischen zur Genüge kennengelernt hat: steinige Pisten mit tiefen Furchen, notdürftig mit Brettern egalisiert oder versehen mit einer Decke aus Asphalt, der von der Hitze in Wellen und zu riesigen Schlaglöchern geschmolzen ist. „Gibt es überhaupt eine Zufahrt zu der Hütte?"

„Sie werden eine Straße schieben lassen müssen, um sie einigermaßen komfortabel von der von Hoedspruit nach Phalaborwa führenden Hauptstraße aus zu erreichen. Schauen Sie sich das Ganze doch einfach selbst einmal an. Dann wird das Objekt für sich selbst sprechen – ebenso sein Preis."

Seltsam, die Vorstellung, siebentausend Hektar, ohne jegliche Parzellierung und weitgehend menschenleer in Besitz zu nehmen, hat etwas Abenteuerliches. Welche Größe wohl der Gesamtbesitz des Verkäufers hat? Er selbst, der mit den Grundstücksgrößen seiner alten Heimat vertraut ist, wo schon seine Mutter zu den Größeren der Kleingrundbesitzer in Wolfstein zählt, wo sich das Gros der Bauern mit zehn Hektar Land begnügen muss, um für den Unterhalt seiner Familie sorgen zu können, hat bislang noch nie den Wunsch verspürt, Grundbesitz zu erwerben. Ödes, nicht zum Bauen geeignetes Land bringt keine Rendite, wenn man es nicht selbst bewirtschaftet, war bislang seine Überzeugung gewesen. Jetzt aber spürt er überraschenderweise das Entstehen einer seltsam fiebrigen Begierde in seinem Innern. Ob ein solches Stück Land auch für Einwanderer, wie er einer ist, taugen könnte, ob auch ihm und seiner Familie eine Wildfarm gut zu Gesicht stünde? War dies vielleicht die Verheißung der Verheißungen, die all sein Sehnen zusammenfasst? Mehr als der Erfolg seiner Firma? Und dass er irgendwie ein Heimkehrer ist, wenn er ein Stück dieses Landes kauft.

Er wird das Projekt mit seiner Frau besprechen.

Wenige Tage später befinden sich Franz, Jennifer, Jamy, ein Israeli und ein von Escom freigestellter Architekt, mit dem er seit Jahren zusammenarbeitet, sowie ein technischer Zeichner im firmeneigenen Helikopter auf dem Flug nach Nord-Transvaal.

Jamy, dessen Eltern in der Nazizeit gerade noch rechtzeitig nach Südafrika ausgewandert waren, wo er das Licht der Welt erblickt hat und der Franz inzwischen zum Freund geworden ist, hält den Lageplan auf den Knien, um die Flugstrecke und die Landemöglichkeit einzuschätzen.

Er deutet auf die kurz vor dem anvisierten Landeplatz vor den Fenstern des Helikopters vorbeifliegenden Stümpfe abgeholzter Büsche: „Wenn ich mich nicht irre, können wir auf einem freien Platz, der wohl eigens für Interessenten gerodet worden ist, einigermaßen bequem landen. Von dort aus geht's nur noch durch wilde Natur."

Am tatsächlich kahlgeschlagenen Landepunkt wartet ein über und über von gelbem Sand bedeckter Land-Rover auf sie.

„Der hat wohl schon ein paar Jährchen auf dem Buckel", murmelt Franz, doch als er den kritischen Blick seiner Frau registriert, fügt er, um sie nicht zu beunruhigen, hastig hinzu: „Keine Bange, die Dinger halten was aus, Hauptsache, unser Chauffeur versteht sein Handwerk, und davon gehe ich aus."

Als sie von der Hauptstraße abbiegen und der ortskundige Fahrer in einen schmalen, holprigen Weg mit großen Schlaglöchern und breiten Fahrrinnen donnert, zeigt sich, dass der Makler die Erforderlichkeit des Straßenschiebens richtig eingeschätzt hat. Ihren Fahrer aber scheinen die Löcher und Rinnen des steinigen Bodens nicht weiter zu beunruhigen, er sieht offensichtlich keine Notwendigkeit, seine Geschwindigkeit dem ungewöhnlichen Parcours anzupassen.

„Als Erstes gilt es tatsächlich, die Zufahrt in einen einigermaßen befahrbaren Zustand zu versetzen."

„Ja, denn wirklich schlimm wird er erst in der Regenzeit. Dann sammelt sich in den breiten Rillen und Löchern schlammiges Wasser und ein Durchkommen ist nahezu unmöglich", mischt sich der Fahrer ins Gespräch: „Die eisenbereiften Rädern der schweren Fuhrwerke der Farmer, mit denen sie die Ernte einbringen, rammen solch tiefe Rillen brachial in den Boden."

Nach einer schier endlos scheinenden Fahrt taucht tatsächlich die Weißdornhecke vor ihnen auf, durch die ein schmaler freigeschlagener Zugang zu einer baufälligen Hütte führt. Vor einem windschiefen, rostigen Drahtzaun wartet der Verkäufer, ein Bure und schüttelt jedem so kräftig die Hand, als habe er schon stundenlang auf sie gewartet.

Dann zieht er einen Schlüssel aus der Tasche und schließt die Hütte auf.

„Warten sie einen Augenblick, ich muss noch für unsere Sicherheit sorgen." Aus einem Bündel Stroh in der hinteren Ecke zieht er eine Schusswaffe heraus, alt, aber ersichtlich gut gewartet und hängt sie sich mit liebevoller Sorgfalt über die Schulter.

Das muss ein Museumsstück sein, denkt Franz und betrachtet das seltene Stück fasziniert. Der Bure bemerkt seinen Blick: „Es handelt sich um eine Lee-Enfield 303, in England produziert, eine Waffe aus dem Burenkrieg. Sie wird längst nicht mehr hergestellt, mir aber leistet sie noch immer gute Dienste. Doch nun zu unserem Geschäft!"

Er weist mit weit ausladender Geste in das Gelände, deutet dann auf den Plan: „Sie bekommen den richtigen Eindruck von der Größe der Farm am besten von hier. Falls es sie interessiert, die Nachbarfarm steht ebenfalls zum Verkauf. Auch sie grenzt an den Fluss."

Er nimmt Jamy das Papier aus der Hand, benässt mit seiner Spucke die Spitze seines Zeigefingers, dessen verhornter gelblicher Nagel entweder Zeugnis von schwerer Arbeit oder massivem Pilzbefall ablegt, tippt auf eine Stelle des eingezeichneten Areals, zieht eine imaginäre Linie um ein Stück des zu Papier gewordenen Landes. Der Finger hinterlässt eine bräunliche Linie und Franz überlegt fieberhaft, wie er später den Plan am wirksamsten desinfizieren kann, ohne ihn zu beschädigen.

„Man sieht, dass hier schon längere Zeit nicht mehr für Ordnung gesorgt wird, wenn man von Ordnung überhaupt einmal sprechen konnte", zischt Jennifer leise und deutet auf das Gerümpel neben der Hütte, in dem sich Teile zerbrochener Leiterwagen ein Stelldichein geben.

„Du darfst das Gelände nicht mit der gepflegten Farm deiner Eltern vergleichen. Natürlich muss sich hier vieles ändern."

„Ja, es gäbe wahrlich viel zu tun", ist das Einzige, was ihr von da an noch über die Lippen kommt.

Den Farmer scheint der Tadel wenig zu berühren. Er führt seine Gäste mit stoischer Ruhe zu einer kleinen Anhöhe. Von dort, kaum fünfzig Meter entfernt, gleißt das träge fließende Wasser des Olifant-Rivers aus seinem von Büschen und Dickicht gesäumten Bett. Nach wenigen Minuten haben sie das Ufer erreicht.

„Wasser ist reichlich vorhanden." Franz greift einen der zahllosen Steine zu seinen Füßen, wirft ihn ins Flussbett, wo er trudelnd untergeht. Zwei schwarzweiße Reiher, die auf einem mächtigen Felsstein auf das Mittagessen warten, fliegen auf und sind, die mächtigen Flügel weit aufgespannt, gleich darauf über dem Buschwerk auf der anderen Seite des Flusses den Blicken entzogen. In einem schlammigen Tümpel zwischen den Steinen suhlen sich drei mächtige Büffel und starren unverwandt zu ihnen herüber.

„Ja, Wasser haben wir im Allgemeinen genug", antwortet der Bure, dreht mit knotigen Fingern eine Zigarette, zündet sie an und steckt sie in eine Zahnlücke seines maroden Gebisses. „Doch der Fluss zeigt nicht immer ein derart friedvolles Gesicht. Wenn er Hochwasser führt, wird er zu einem stürmischen Gesellen. Auch gibt es hier reichlich Hippos, man muss sich vor ihnen in Acht nehmen. Sie sind gefährlich. Insbesondere in der Dunkelheit betrachten sie den Fluss und seine Umgebung als ureigenes Reich. Man sollte wissen, dass mit Flusspferden nicht zu spaßen ist, wenn man hier überleben will."

Franz hört den Worten des Mannes eine Zeit lang aufmerksam zu, dann schweifen seine Gedanken ab und wandern von den blauen Bergen im Hintergrund zu Matimba, wo das Wasser des Limpopo und die Küste fern ist, erkennt seine Unhöflichkeit und wendet seine Aufmerksamkeit wieder seinem Gegenüber zu, als dieser ungerührt weitererzählt: „Ein großer Zoo aus Hamburg hat bis nach dem Zweiten

Weltkrieg einen schwunghaften Handel auch mit diesen Tieren betrieben und mit dem Einfangen in unserer Gegend begonnen. Und, es gab einen Konkurrenten, einen Deutschen, der bis in die Sechzigerjahre den Wildtierhandel fortgesetzt hat. Auch mein Vater hat für ihn noch Tiere in Lebendfallen eingefangen."

Der Mann gibt Franz Rätsel auf. Zwar zählt der Kettenraucher offensichtlich zu den Großgrundbesitzern des Landes, trägt aber Hosen mit großen schmutzigen Flecken, die um die Knie von Löchern übersät sind, oder der Wahrheit näherkommend, in denen sich in den Löchern noch Reste von Stoff befinden. Er ist Fachmann auf vielen Gebieten, hat aber offensichtlich die Flinte ins Korn geworfen, was sein Land betrifft. Vielleicht ist der Kauf einer solchen Farm in der heutigen Zeit eine Art Schritt über den Rubikon, ein unübersehbares Risiko?

Und wieder hat eine Zigarette ihr endgültiges Ende in der sandigen Erde gefunden, wird mit fahrigen Fingern eine neue angesteckt.

„Handelte es sich bei dem deutschen Zoo um den von Hagenbeck?" Der Farmer nickt und Franz fragt nach: „Diese riesigen Tiere lebend einzufangen, wie ist ihnen das gelungen? Erzählen Sie, vielleicht kann ich ja solche Kenntnisse später einmal nutzen."

Der Farmer lässt sich leise ächzend auf einem großen Stein im Schatten eines Baumes nieder, nicht ohne ihn vorher auf Schlangen oder Ungeziefer untersucht zu haben, reißt einen stachligen Zweig von seinem Hosenbein und ignoriert den neu entstandenen Riss:

„Man stellt Holzfallen neben Wildwechseln auf oder versperrt sie mit Dornenbüschen, um das Wild zu einer Stelle zu zwingen, wo eine Holzkiste mit zwei Falltüren deponiert ist. Die Falltüren werden durch eine Wippe ausgelöst, die hinter Büschen verborgen ist. Oder man gräbt eine Grube, deckt sie ab und kontrolliert sie regelmäßig. Mein Vater hat in guten Zeiten ein gutes Einkommen mit seinen Fängen erzielt. Zehntausend Mark zahlte man damals für Elefanten und Nashörner in Europa, bis zu sechstausend für einen Leoparden. Heute arbeiten auf diese Weise nur noch Wilderer, wenn sie die Tiere lebend fangen und sie nicht mit großkalibrigen Waffen und Maschinengewehren erschießen wollen. Meist aber sind sie nur an dem begehrten Horn der Nashörner oder an den Zähnen der Elefanten interessiert."

Franz kickt mit der Spitze seines Fußes eine seltsame, ihm unbekannte Frucht über den Sand. Sie steigt auf, beschreibt eine hohe Parabel und landet ohne zu zerplatzen im Gebüsch.

„Da lobe ich mir die Einheimischen in den Dörfern der Nationalparks. Auch sie jagen, wie man hört, aber in den meisten Fällen ausschließlich, um ihre Familien satt zu bekommen. Eines steht fest: Es muss ein guter Verwalter eingestellt werden, der mit einer Waffe umgehen kann, wenn sie kaufen sollten und Wild ansiedeln wollen. Dann muss man die Wilderer das Fürchten lehren."

Der Farmer weist dann mit dem Kinn auf Jennifer: „Ihre Frau ist im Land und auf einer Farm geboren, ich vermute, sie ist mit der Natur und deren Gefahren vertraut."

„Ja, wir finden uns zurecht, wenn unser Auftraggeber sich für den Kauf entscheiden sollte." Franz wischt sich eine aufdringliche Stechmücke aus dem Gesicht und hofft, dass sie keine Trägerin des Malariavirus ist.

„Am geschicktesten engagiert man einen ehemaligen Fremdenlegionär. Einige haben sich hier niedergelassen, als der Algerienkrieg der Franzosen zu Ende gegangen ist und die Armee eine große Zahl der Legionäre aus dem Dienst entlassen hat, unter ihnen auch Deutsche, die in der Heimat nicht mehr Fuß fassen konnten."

„Ich werde diesen Vorschlag weitergeben, er ist interessant. Doch eines möchte ich gerne noch wissen: Auf welche Weise bekommt man solch ein schweres Tier aus der Grube wieder heraus? Und wie transportierte man es ab?"

„Ganz einfach, man betäubt das Ungetüm mit einem harmlosen Gift, baut eine Holzpalisade um die Falle, fesselt es zwischen Brust und Vorderbeinen und zurrt es am Holz der Palisade fest. Dann treibt man einen schrägen Gang in die Wand des Verlieses, verfrachtet das Tier auf eine Bahre, schlägt mit der Machete eine Bahn durch das Gestrüpp und rollt das ganze Paket auf nebeneinanderliegenden Holzknüppeln zum Olifantriver, von wo aus man es verschifft."

„Wenn es bis dahin keinen Herzinfarkt erlitten hat", erwidert Franz und denkt erneut mit einem unbehaglichen Gefühl an die Mücke, die ihm einen Stich versetzt hat, der jetzt unangenehm juckt.

Die Augen im bartlosen Gesicht des schlanken, ausgemergelten Mannes, dessen Wangenknochen in einem blauroten, ungesunden Braun aus dem schmalen Gesicht hervorstechen, können offensichtlich in seinen Gedanken lesen: „Nur trächtige Fiebermückenweibchen lechzen nach Blut. Wenn sie befruchtet sind, brauchen sie das Eiweiß des Blutes als Nahrung für die Brut und sind nicht wählerisch in der Wahl ihres Wirtes. Es ist ihnen gleich, ob sie ihn in einem Tier oder einem Menschen finden. Ansonsten begnügen sie sich mit Pflanzensäften. Zwar ist die Strömung im Fluss meist zu stark für eine Eiablage, doch die Gefahr droht durch die unzähligen Tümpel, wohin viele Tiere in der Trockenzeit zum Trinken kommen." Er zeigt auf die andere Seite, wo die Büffel inzwischen verschwunden sind: „Tümpel sind Sammelstätten von Wild, also ideal für ihre Zwecke, doch überleben in ihnen leider auch Larven."

Er nimmt einen tiefen Zug aus seiner Zigarette, rückte seine schäbige Mütze zurecht und fährt fort: „Doch wenn man die Dämmerung und die Nacht in mit Netzen geschützten Räumen verbringt, ist die Gefahr, ausgerechnet von einer infektiösen Mücke gestochen zu werden, relativ gering. Wie ich sehe, tragen sie die richtige Kleidung, sprich: Helle. Unbedeckte Körperteile dagegen sind nicht empfehlenswert, insbesondere nicht in einer Welt, in der immer mehr Naturreservate geschaffen werden."

Auf dem Weg zurück zur Hütte ist kein einziges Stück Vieh zu sehen. Franz fragt verwundert:

„Haben Sie ihre Tiere alle abgeschafft oder wo sind ihre Herden?"

„Ich hatte einmal Fettschwanzschafe und Kühe. Auf Letztere und bis auf zwei Schafe habe ich länger verzichtet. Sie machen zu viel Arbeit und müssen zudem von Viehhirten gehütet werden. Doch trotz aller Vorsichtsmaßnahmen fielen sie ständig Angriffen von Hyänenhunden zum Opfer. Einem ganzen Rudeln dieser Bestien sind sie trotz langer, spitzer Hörner nicht gewachsen. Jetzt habe ich nur noch Brahman-Bullen auf meinen Weiden, drüben, auf der anderen Seite der Straße. Eigentlich sind sie ja Amerikaner", erklärt er lachend: „Ihre Vorfahren stammen aus den Vereinigten Staaten, haben sich hervorragend heißen Regionen, sogar den Tropen angepasst und sind zudem insektenresistent. Sie geben gutes Fleisch und man kann sie sich selbst überlassen.

„Hyänenhunde, davon habe ich noch nie etwas gehört, geschweige denn, sie zu Gesicht bekommen."

„Man bekommt die scheuen braun-schwarz gefleckten Tiere mit der weißen Schwanzspitze auch äußerst selten zu sehen, kann sie aber riechen, denn sie sondern einen stechenden Geruch aus ihren Duftdrüsen ab. Sie könnten in gewisser Weise für uns Farmer sogar nützlich sein, regulieren sie doch übermäßigen Wildbestand. Ich jedenfalls mag Hyänenhunde nicht. Sie hetzen Antilopen, Impalas, Streifengnus, Hasen und sogar Kaffernbüffel. Letztere nur so zum Spaß, zur Strecke bringen können sie die wehrhaften Riesen nämlich nicht. Das Schlimmste aber ist in meinen Augen, sie töten die Beute nicht, bevor sie sie fressen, sondern zerreißen sie bei lebendigem Leib. Es gibt nur ein Tier, das sie fürchten, das ist der Löwe. Doch wollte man sich als Farmer der Hilfe der Löwen bedienen, sie herbeizuwünschen, wäre, als wolle man den Teufel mit Beelzebub austreiben."

„Das sind ja schöne Aussichten" wirft Franz mit bedenklicher Miene ein.

„Glücklicherweise benötigen sie ein enorm großes Streifgebiet und es kann Monate dauern, bis sie erneut auftauchen", erwidert der Bure beruhigend. „Und erst wenn sie ihren Aufenthaltsplatz leer gefressen haben, suchen sie woanders nach Nahrung. Dann aber Gnade Gott jenem Vieh. Wie bereits gesagt, könnten nur Löwen dem blutigen Gemetzel der Fressmaschinen Herr werden. Hyänenhunde aber jagen am Tag, der König der Savanne in der Nacht, so kommen sich die beiden selten in die Quere. ‚Tötungsmaschinen und Feind aller Wildtiere', nannte sie der Chefaufseher des Kruger Parks daher einmal. Wir jedenfalls schießen sie ohne schlechtes Gewissen ab, wenn sie sich blicken lassen."

Doch aus Franz' Miene will die Nachdenklichkeit nicht weichen. Bei dem Vorhaben gibt es offensichtlich vieles zu beachten und eines ist sicher: Seine Realisierung braucht Zeit und erfordert großes Engagement.

„Die Interessen der Wildfarmer und der Viehzüchter liegen offenbar meilenweit auseinander. Die Zukunft wird zeigen, wer das Rennen in der Savanne gewinnt, Wildfarmen oder Farmen mit landwirtschaftlicher Nutzung. Ich glaube, dass die Landwirtschaft touristischer Nutzung in noch größerem Umfang weichen wird. Diese bringt wohl eine größere Zahl Menschen in Lohn und Brot, bei vielleicht sogar besserem Einkommen."

Der Farmer nickt bedächtig, zündet sich erneut eine Zigarette an, achtet aber akribisch darauf, dass keine Funken mit dem braunen, trockenen Buschmanngras in Kontakt kommen. Franz legt die von kontrollierter Vorsicht geprägte Gestik in einer Schublade seiner Erinnerungen ab. Er wird sie bei Bedarf dort hervorholen.

„Mit dieser Beurteilung treffen Sie den Nagel auf den Kopf, doch mit was soll man die Bevölkerung ernähren, wenn das Land dem Wild vorbehalten ist? Zumal die Lage für uns Weiße hier immer gefährlicher wird. Die Überfälle der Schwarzen nehmen zu, so dass es manchmal scheint, sie führten mit uns eine Art Krieg. Man wird sehen, was aus unseren florierenden Farmen wird, wenn sie die Schwarzen eines

Tages übernehmen, man braucht sich nur die Veränderungen in Simbabwe und in Mugabes Rhodesien zu betrachten, dann bekommt man eine Ahnung von dem, was uns und dem Land vielleicht bevorsteht. Afrika wird verhungern, das ist meine ureigene langfristige Prognose. "

Dann bemerkt er, dass seine Aussage ein schlechtes Verkaufsargument ist und schweigt, versucht seine unbedachten Worte mit einer beschwichtigenden Geste und ein paar Sätzen zu entkräften: „Ich sehe wahrscheinlich zu schwarz, noch haben wir Weiße das Sagen im Land und Mandela und seine Streitgenossen arbeiten bekanntlich noch immer im Steinbruch auf Robben Island. Einen Trost gibt es für ihn, er hat von dort einen spektakulären Blick übers Meer. Aber dass er ihn genießen kann, bezweifele ich. "

Franz will noch einmal mit dem Farmer zum Fluss, Jennifer und die anderen treten den Rückweg zum Helikopter an. Wieder am Ufer angekommen, erlebt er eine Art Deja-vu. Er legt den Kopf in den Nacken, lauscht dem leisen Plätschern der über den Sand zwischen den großen Steinen leckenden Wellen. Es ist ihm, als ob das Raunen, Gurgeln und Sprudeln ihm jene Melodie vorgaukeln wolle, die er vor Tagen zum ersten Mal gehört hat, als er sich vor einem unscheinbaren Musikladen die Zeit vertrieb. Er hatte mit seiner Sekretärin einen Termin bei Sasol wahrgenommen und wie meistens, wenn sie zusammen unterwegs waren, wollte Karin noch ein paar Einkäufe erledigen, und er hatte nicht die geringste Lust, den Begleiter zu spielen.

Die Klänge eines Klaviersolos waren aus dem Halbdunkel des Lädchens gedrungen, dessen Auslagen er betrachtete. Nach anfänglich zarten, leise plätschernden Wellen ähnelnden Tönen endete die romantische Weise mit einem wirbelnden Stakkato so abrupt, wie sich vor ihm die Trägheit des Olifant-Rivers durch die großen Steine in seiner Mitte in ungestüme Stromschnellen verwandelt. Die Melodie hatte ihm in einer Weise das Herz berührt, dass er die Schallplatte mit Carl Goldmarks op.52 kaufte.

Seltsame Synopsen entwirft das Gehirn, denkt er bei sich und hebt einen herzförmigen Stein aus dem nassen Sand: „Ein kleines Geschenk für meine Frau, ein Mitbringsel aus ihrem vielleicht künftigen Tätigkeitsfeld", erklärt er dem verwundert blickenden Farmer, steckt den Stein in die Tasche seiner Hose, streift sich ein paar Kiefernadeln vom Haar und verabschiedet sich mit einem kräftigen Druck seiner noch feuchten Hände, um zurück zum Helikopter zu gehen.

Wenig später befinden sie sich auf dem Flug nach Hause, zuerst in wolkenlosem, blauem Himmel, unter den Füßen unendliche Bushveldsavanne, dann tauchen die vom Sonnenlicht purpurgefärbten Spitzen der Kette der Strydpoortberge aus dem milchigen Grau des aufsteigenden Dunstes auf, als seien sie eine Kette weißer Zähne.

Zurück in Johannesburg greift Franz zum Hörer, um nach Bochum Bericht zu erstatten. Es dauert keine zwei Minuten, und sein Boss ist am Apparat.

Franz hat den festen Vorsatz, neutral, aber detailgenau das Gelände und die sich darauf bietenden Möglichkeiten zu schildern, sich keinerlei Emotionen anmerken zu lassen oder gar über sein eigenes Interesse am Nachbargrundstück zu berichten. Um keinen Preis will er sich eines Tages dem Vorwurf ausgesetzt sehen, dass er den Eigner der Muttergesellschaft zu seinem Engagement überredet hat.

Doch er wird seinen Vorsätzen untreu und kann nicht verhindern, dass seiner Stimme Begeisterung anzuhören ist, als er seiner Schilderung hinzufügt: „Das Interessante ist, auch die neben der Harmony Game Farm liegenden siebenhundert Hektar stehen zum Verkauf. Sollten Sie selbst an einem Zukauf nicht interessiert sein, mache ich mich gerade mit dem Gedanken vertraut, ebenfalls einzusteigen, das Gelände hätte eine gute Größe für unsere bescheidenen Verhältnisse."

Aus der Leitung klingt spöttisches Lachen, bevor sein Telefonpartner antwortet: „Können Sie sich noch an unser Gespräch bei unserem ersten Treffen erinnern? Ich habe vorausgesagt, dass Sie das

Afrikafieber packen wird." Franz fährt unbeirrt fort: „Natürlich nur, wenn Sie keine Einwände erheben. Ich möchte Ihnen keineswegs in die Quere kommen oder zu nahetreten."

Es bleibt eine Weile still, dann: „Bei einer Fläche von siebentausend Hektar, die ich mein Eigen nennen könnte, hätte ich wegen dieser siebenhundert keinerlei Bedenken, im Gegenteil. Es scheint mir eine gute Idee, wenn wir uns beide hier engagierten. Sie leben im Land, könnten meine und ihre Bauarbeiten im Auge behalten und wir uns die Kosten für die Baufirma, den Straßenbau und die erforderlich werdende Verwaltung entsprechend unserer Nutzung teilen. Eine Win-win-Situation also, leisten können Sie sich das Ganze ja inzwischen."

Franz sieht sein mehrdeutiges Lächeln so deutlich vor sich, als stünde er ihm in Person gegenüber. „Hier, mein symbolischer Handschlag!"

Franz hört das Klatschen zweier Hände am anderen Ende der Leitung und dann die Worte: „Schlagen Sie ein, schließen Sie die Verträge ab, die Vollmacht in meinem Namen zu handeln, wird in den nächsten Tagen übermittelt."

Zwei Wochen später ist der Eigentumsübergang der Farmgrundstücke vollzogen und Franz, nach dem Kauf der riesigen Flächen von einer unerklärlichen Sehnsucht nach der Enge seiner ehemaligen Heimat befallen, überlegt, Wolfstein eine Stippvisite abzustatten, wappnet sich für das heikle Gespräch mit Jennifer und ist sich gewiss, dass ihm ein überzeugender Grund bestimmt noch einfallen wird.

Er fällt ihm tatsächlich vor dem Frühstück am nächsten Tag ein.

„Du hast meinen Bekannten, den Förster aus Wolfstein, ja bereits kennengelernt, erinnerst du dich?", leitet er das vermeintlich heikle Gespräch mit Jennifer ein, greift sich einen Toast aus dem kleinen, aus aufgefädelten Perlen gefertigten Brotkorb, bestreicht ihn mit Butter und Orangenmarmelade und fährt vor dem Hineinbeißen fort: „Ich will versuchen, ihn zu einem Besuch in Südafrika zu bewegen.

Vielleicht ist er bereit, uns ein paar Tage mit fachkundigem Rat zur Seite zu stehen. Hast du Lust, mit mir nach Deutschland zu fliegen?"

Er bemerkt ihren verwunderten Blick, sieht, wie sie die Stirn in Falten zieht, doch beim Biss in die mit Orangenmarmelade bestrichene Toastscheibe schiebt sich das Bild einer dunklen, knusprigen Schwarzbrotscheibe, wie es sie nur in Deutschland zu essen gibt vor das Gesicht seiner Frau, und die Sehnsucht des gestrigen Tages kehrt mit voller Kraft zurück. In einem Land, wo Toasts und Sandwiches in allen Ausführungen zum unverzichtbaren Repertoire gehören, wird deutsches Schwarzbrot nur von wenigen vermisst, dafür von ihm umso mehr.

Wenn er ehrlich gegen sich selbst ist, zöge er es dieses Mal vor, den Heimatbesuch ohne sie zu absolvieren, erwartet aber, dass sie keinen Augenblick zögert, ihn zu begleiten. Zu seiner Überraschung zeigt sie sich nur wenig begeistert, zögert einen Augenblick mit der Antwort und wendet das Gesicht hingebungsvoll der Sonne entgegen. Nach einer kleinen Weile antwortet sie: „Ob du dir da nicht zu viel versprichst? Otto, auch wenn er wirklich so kompetent ist, wie du ihn schilderst, kennt sich in der Pflanzenwelt unseres Landes wohl wenig aus."

Kein Wort, dass sie ihn begleiten will. Was den Förster betrifft, gibt ihr Franz insgeheim recht, doch die Sehnsucht nach heimatlicher Erde, nach heimatlichem Brot, nach den Menschen am Stammtisch in der kleinen Kneipe lässt ihm gegenteilige Worte über die Lippen kommen: „Es gibt gewisse Grundregeln, die man als Förster und Jäger beherrschen muss. Ich bin mir völlig sicher, sein Besuch wird hilfreich sein."

Ob sie seinen Worten die Unsicherheit anhört? Es sieht nicht danach aus, denkt er erleichtert.

Jennifer kennt ihren Mann besser als er glaubt. Das lilafarbene Blau der Malven, die in geraden Reihen und in üppiger Fülle in den Beeten wachsen, ähnelt der fahlblauen Sehnsucht in seinen Augen. Sie erhebt sich langsam, rückt die rotgestreiften Kissen des Sessels zurück, schlendert zu den Geranienstecklingen, die Thomas, der Boy, sorgfältig hegt und pflegt, zupft vorsichtig ein gelbes Blatt von den immer kräftiger werdenden Stängeln.

Ihre Entscheidung ist gefallen, sie wird keinen Widerstand leisten.

„Flieg, aber ohne mich. Ich kann und will William nicht ohne Aufsicht lassen und mitnehmen können wir ihn nicht. Es sind schließlich keine Ferien. Aber wird man es in Wolfstein nicht als Prahlerei werten, wenn bekannt wird, dass du eine Wildfarm erworben hast? Vermutlich kennen sie alle den Film „Jenseits von Africa" und stellen sich die Wildnis als ein Paradies vor, in dem wir als weiße Könige künftig residieren wollen."

Er schüttelt den Kopf. „Ein Paradies soll es zwar werden. Aber gerade dieser Film wird sie vom Gegenteil überzeugen und sie lehren, dass eine Farm Mühe und Arbeit bedeutet, man den Launen der Natur ausgeliefert ist, auch wenn es sich bei unserer Farm nicht um eine Kaffeeplantage handeln wird. Wenn Otto einverstanden ist und mit mir kommt, wird er nach seiner Rückkehr Fehlinterpretationen zurechtrücken, bin ich mir sicher."

„Ob nicht dennoch auf irgendeine Weise Neid und Missgunst geweckt werden", versucht Jennifer ein letztes Argument, räumt das Brotkörbchen auf das Tablett und wundert sich wieder einmal über die Kunstfertigkeit der Schwarzen, die sich mit der Herstellung der hübschen Körbchen ein geringes Zubrot verdienen. Sie sind zum Verkaufsschlager bei den Touristen geworden.

„Nicht bei meinen Freunden, dessen bin ich gewiss. Wenn die Farm erst einmal fertiggestellt ist, werden wir sie einladen, diesen Teil Afrikas kennenzulernen, sie gut bewirten. Ihre Dankbarkeit ist uns gewiss."

Zwei Tage später setzt er sein Vorhaben in die Tat um.

Noch während seiner Abwesenheit schlägt eine in der nahen Stadt ansässige Baufirma eine Schneise durch das Gestrüpp aus Disteln, Weißdorn und Unkraut, das sich zwischen der Hauptstraße und dem geplanten Standort des Hauses ungezähmt breit gemacht hat, ebnet das Gelände auf einer Breite von sechs Metern ein, befüllt die sandige, mit unzähligen Steinen übersäte Fläche mit einem lehmigen Gemisch aus dem nahen Olifantriver. Die Sonne wird die glitschige Piste nach der Regenzeit trocknen und in eine feste, glatte Fläche verwandeln, die leidlich befahrbar ist.

Die Verwandlung der Viehfarm in eine Wildfarm mit Lodge hat begonnen.

Stippvisiten

Als Franz mit dem motormäßig nur durchschnittlich ausgestatteten BMW, einem der wenigen, halbwegs akzeptablen Mietwagen, die am Flughafen zur Verfügung gestanden hatten, auf die B 67 nach Mannheim auffährt, überlegt er für einen Augenblick, ob er an der nächsten Raststätte bei Darmstadt einen Bissen zu sich nehmen und seine Blase entleeren soll.

Beim Durchfahren der Zufahrt zum Rasthof verleidet ihm der Anblick der staubigen Limousinen in den Parkbuchten, der abgewirtschafteten Kombis mit offenstehenden Schiebetüren, die einen Blick in das kofferbepackte Innere gewähren, der Lärm herumjagender, weil gestresster Kinder und das Gekläffe der auf dem Rasen neben dem Platz ausgeführten Hunde den Stopp. So entscheidet er sich, ohne Halt durchzufahren, in der Hoffnung, es nicht bereuen zu müssen. Notfalls folgt er eben dem unrühmlichen Beispiel vieler Hundebesitzer, die ihre Tiere pinkeln lassen, wo immer diese wollen, und verrichtet seine Notdurft im Freien, falls er Hochspeyer nicht mehr rechtzeitig erreichen sollte, wo ihm eine Toilette zur Verfügung steht.

Ab Darmstadt zählt das Teilstück der Autobahn zu den ältesten Reichsautobahnen und ist somit nahezu ein historisches Denkmal, hat er kürzlich im Heft eines Automobilclubs gelesen. Die Planung der tatsächlich ersten Autobahn Bonn-Köln hatte bereits in Adenauers Schreibtischschublade auf Umsetzung gewartet, kam aber wegen dessen Absetzung durch die Nazis nicht zur Realisierung und so war der Ruhm, wie so oft im Leben, einem anderen zugefallen. Wenn man wie er aus der Ferne kommt, darf man sich zu Denkmälern fragwürdiger Historie durchaus hingezogen fühlen, zu dieser Erkenntnis hat ihm seine englischstämmige Familie verholfen, die im Allgemeinen keine Schwierigkeiten mit Geschichtsklitterung hat, war das historische Ereignis auch noch so problembehaftet.

Seltsamerweise ist in seiner Fahrtrichtung so wenig Verkehr, dass ihn das monotone Fahren zu langweilen beginnt. Und wie so oft, wenn ihn die Langweile packt oder er einmal nicht einschlafen kann, holen ihn die Erinnerungen an Geschehnisse seiner jüngeren Vergangenheit ein.

Als erstes erscheinen Bilder der Feier der Inbetriebnahme Matimbas vor seinen Augen und lassen sein Herz noch heute vor Freude schneller schlagen. Er sieht sich an der Seite seiner Sekretärin inmitten einer buntgemischten Menschenmenge vor der Bühne stehen, die in respektvollem Abstand vor den Kühltürmen des mächtigen Kolosses aufgebaut ist.

Die drei Männer der Blaskapelle, weiße Buren, stimmen ein Musikstück an, das sein ganz persönlicher Wunsch gewesen war und dessen Text er in- und auswendig kennt: „Sarie Marais." Das Lied erzählt von dem sehnsuchtsvollen Verlangen eines Mannes, der nach Transvaal zurückkehren will, jedoch durch seine Furcht vor der Heimtücke der Briten an der Heimkehr und dem Wiedersehen mit seiner jungen Frau gehindert wird. Ungeachtet des wenig schmeichelhaften Inhalts für Jennifers Vorfahren: er vergleicht sie mit einem Krokodil, das gierig Menschen ins Wasser zu ziehen versucht, wann immer sie seinen Weg kreuzen, ist das Musikstück zum geheimen Ritual zwischen ihm und seiner Frau geworden. Es soll ihn daran erinnern, dass sie in Gedanken bei ihm ist, auch wenn sie ihn nicht begleitet.

Währenddessen reicht ein schwarzer Boy den geladenen Gästen Sekt und Orangensaft. Franz greift vorsichtig zwei der Gläser von dem silberfarbenen Tablett, und noch heute erinnert er an die Wohltat des eisgekühlten Getränkes für seinen vor Aufregung trockenen Mund.

Die weitläufige Gartenanlage bedürfe der ständigen Aufsicht, da der Gartenboy stur seinem eigenen System der Gartenpflege folge, welches „leider nicht mit meiner Vorstellung übereinstimmt. Ich möchte auf keinen Fall, dass die Neuanpflanzungen Schaden nehmen", war Jennifers Erklärung, warum sie nicht an der Veranstaltung teilnehmen kann. William, der sich untadelig benähme, wenn Franz zu

Hause ist, sich während seiner Abwesenheit jedoch wie ein pubertärer Halbwüchsiger aufführe, bedürfe eigentlich der häufigeren Anwesenheit eines konsequenten Vaters, damit er nicht über die Stränge schlage, zumindest aber der konstanten Aufsicht seiner Mutter, hatte sie hinzugefügt und er sich gefügt. Er weiß, seine ständige Abwesenheit war ihr gegenüber nicht fair, doch was soll er tun? Die Arbeit lässt ihm wenig Zeit für seine Familie und er hat das Gefühl, sie klebe selbst dann noch an seinen Händen, wenn er nach Hause kommt.

Der Gedanken, vielleicht kein guter Vater zu sein, verschafft ihm wieder einmal ein schlechtes Gewissen. Er verzieht das Gesicht zu einer gequälten Grimasse, bringt das Glas zu Karin und ist dankbar für deren Begleitung, die ihn sein Schuldbewusstsein vergessen lässt.

Er hat in Karin nie etwas anderes gesehen als die Frau, die seinen Terminkalender führt, seine Post erledigt, Telefongespräche entgegennimmt, kurz, die den Laden, wie er sein Büro nennt, in Ordnung hält.

An diesem brütend heißen Sommertag bemerkt er zum ersten Mal in all den Jahren ihrer Zusammenarbeit, dass sie in Aussehen und Kleidung erstaunlicherweise nicht einer grauen Maus gleicht, sondern dass viele Blicke der attraktiven Frau folgen, die sich durch die Menge drängt, um zu ihrem Sitzplatz in der ersten Reihe zu gelangen.

Ein hellgrünes, enggeschnittenes Kleid mit schmalem, weißem Kragen, der breitkrempige, weiße Hut und die Sonnenbrille im Audrey Hepburn-Stil, verleihen ihrem nicht übermäßig hübschen Gesicht ein fast geheimnisvolles Aussehen und erregt Aufsehen, besonders unter den vorwiegend männlichen Festgästen.

Sie hat eine bemerkenswerte Figur und schöne Beine, denkt er, während eine leichte Brise aufgekommen ist. Ihr Säuseln lässt die um die Bühne gespannten Girlanden aus geflochtenen bunten Blüten und Zweigen schwanken und bringt die glänzenden Plättchen der langen Kette aus Perlmutt zum Klingen.

Erst als die zahlreichen Lobreden seinen Anteil am Erfolg des Projekts ausführlich gewürdigt hatten, treten in seine Augen Tränen. Keiner der Anwesenden, nicht einmal Karin, kann ermessen, welche Nervenkraft ihm die Misserfolge und Durststrecken auf dem steinigen Weg zur Vollendung des Werkes abverlangten, wie viele Panikattacken ihn mehr als einmal um den Schlaf gebracht haben. Als sich abzuzeichnen beginnt, dass das Projekt erfolgreich enden würde und die ersten Abschlagszahlungen nicht nur das Konto der Gesellschaft, sondern auch sein privates wachsen lassen, ist ihm ein ganzer Berg vom Herzen gefallen, und seine erste Handlung ist, seiner Sekretärin eine kräftige Gehaltserhöhung zu spendieren.

„Nicht dass du denkst, ich honoriere dir etwa außergewöhnliche Leistungen als Sekretärin! Das Geld ist in erster Linie als Dank für die unzähligen Tassen Kaffee gedacht, die mir nach durchwachten Nächten zu neuem Leben verholfen haben", versucht er seine Verlegenheit mit spöttischem Sarkasmus zu kaschieren und fügt ein Zitat Nietzsches hinzu: „Seit ich des Suchens müde ward, erlernte ich das Finden. Seit mir der Wind hielt Widerpart, segle ich mit allen Winden." Wir haben unser Ziel erreicht. Das Strahlen in ihren Augen wird er so schnell nicht vergessen.

Jennifer hatte sich seit einer Weile einer neuen religiösen Gruppierung zugewandt, die Genussgifte jeglicher Art, darunter auch Kaffee, ablehnt und sich der Lehre der ‚Kirche Christi' angeschlossen. Anfänglich hatte er sich mit ihrem Religionswechsel zu den Mormonen, wie er sie nennt, nicht abfinden wollen, mit der Zeit aber festgestellt, dass viel Gutes an den Regeln dieser Kirche ist. Zwar stimmt er mit vielen der ungewöhnlichen Theorien der Glaubensgemeinschaft bis zum heutigen Tag nicht überein, insbesondere nicht, was die Art der Erschaffung der Welt und die Form des Lebens nach dem Tod betrifft. Aber wenn der neue Glaube ihr Schlüssel zum Glück ist, was soll er dagegen einzuwenden haben?

Als er in Wolfstein einfährt und das rote Sandsteingebäude der Polizeistation passiert, kehren seine Gedanken in die Gegenwart zurück.

Als er durch die nahezu menschleere Straße an seiner ehemaligen Stammkneipe vorüberfährt, regnet es, und plötzlich fühlte er sich aufgeregt wie ein kleiner Junge, der in eine längst vergessene Welt zurückkehrt.

Welch ein Unterschied zu den quirligen Straßen Johannesburgs. Prallvolles Leben in allen Farben, wohin man auch schaut, lässt Trübsinn allenfalls in der Regenzeit aufkommen. Ein bisschen Rambazamba statt Beschaulichkeit könnte dem Städtchen nicht schaden. Ob er sich an das behäbige Leben in Wolfstein gewöhnen könnte? Eher nicht.

Währenddessen veranstaltet der Hunger in seinem Bauch ein wildes Konzert. Außer dem spärlichen Tramezzino und einem dünnen Café au Lait, von einer rothaarigen, hellhäutigen Stewardess mit blauen Augen im Flugzeug serviert, hat er heute noch nichts zwischen die Zähne bekommen, und der Sättigungseffekt weicher Weißbrotscheiben ist bekannterweise kein nachhaltiger. Trotz flauem Magen verwirft er den Gedanken, zuerst seiner Mutter einen Besuch abzustatten, um einen Bissen zu sich zu nehmen, im selben Augenblick, in dem er entsteht. Er wird Otto nicht warten lassen.

Nicht, dass nicht sofort heimatliche, vertraute Gefühle in ihm erwacht waren, als er durch das Lautertal und an Helgas Elternhaus vorbeigefahren ist, von der er weiß, dass sie inzwischen geheiratet hat. Doch dass sich seine Persönlichkeit durch das Hineinwachsen in die Kultur der Familie seiner Frau verändert hat, dass er Abstand vom deutschen Leben gewonnen hat, ist ihm bereits vor seinem Flug deutlich geworden.

Seit seiner Heirat hat er sich viel mit der Historie der Briten befasst und hat über deren Charakter sowohl Positives, als auch Negatives erfahren. Das Verhalten untereinander und gegenüber Fremden, und dazu zählen sie absurderweise auch die südafrikanischen Buren, unterscheidet sich vom Verhalten der Deutschen, als wären sie auf einem anderen Planeten geboren.

Lange hat er nach einer Erklärung gesucht. Ob ein Zusammenhang mit der Weite des Landes Südafrika und der Notwendigkeit jeder Art von Mobilität besteht, oder ist der Unterschied der Charaktere dem jahrhundertelangen Eroberungsdrang und dem Drang nach Macht geschuldet, dass es den englischstämmigen Einwohnern in der Heimat seiner Frau gelingt, in jeder Situation Contenance und Höflichkeit zu wahren, auch wenn man nie sicher sein kann, dass diese freundliche Höflichkeit tatsächlich ihren wahren Gefühlen entspricht? Auf jeden Fall war Tyr, der germanische Gott des Sieges, meist auf ihrer Seite. Selbst aus dem Kampf gegen die grobschlächtigeren Buren waren sie als Sieger hervorgegangen, trotz aller vordergründigen Verbindlich- und Höflichkeit.

In Frans de Waals ‚Der Affe in uns' hat Franz einmal gelesen, dass der ranghöhere Schimpanse unaufhörlich um das Vertuschen seiner Schwächen bemüht sein muss, nie vergessen darf, dass Rangniedrige stets nach einer Möglichkeit suchen, die Macht zu ergreifen. Ein Anführer in der Welt der Schimpansen muss, wenn er verletzt wird, ein Doppeltes seiner Energie darauf verwenden, seine Gegner glauben zu lassen, er sei in ausgezeichneter Verfassung.

Für sich selbst hat er aus den Betrachtungen des Primatologen ein persönliches Fazit gezogen:

Durch die jahrhundertelangen Eroberungskriege der Engländer zu Wasser und zu Land ist den Nachfolgegenerationen wohl ein gleichartiges Verhalten in die Wiege gelegt und mit den Jahren in Fleisch und Blut übergegangen. Auf jeden Fall ist es den Insulanern auch in den Kolonien immer wieder gelungen, mehr zu scheinen als zu sein, was ihnen letztendlich die Macht gesichert hat.

Am Gasthaus zum Königsberg angekommen, herrscht im Vorhof des langgezogenen Gebäudes bereits hektische Betriebsamkeit.

Eine dickliche, ältliche Frau in beigen, ausgetretenen Schuhen und in einem grauen, nichtssagenden Wollmantel überquert plötzlich die Straße, ohne auf den Verkehr zu achten, sodass er scharf abbremsen muss. Sie scheint den Vorfall nicht einmal zu bemerken, er beißt sich auf die Lippen, will im ersten Schreckmoment die Hupe bedienen, unterlässt es dann. Durch den Anblick des Treibens am Gasthaus abgelenkt, fühlt er sich nicht gänzlich unschuldig an der gefährlichen Situation und ist über den glimpflichen Verlauf erleichtert. Irgendetwas im Gesicht der Frau erinnert ihn an eine Frau, die er früher kannte, aber an wen? Ihre Identität will ihm nicht einfallen.

Wie sehr man sich verändert, wenn man altert, denkt er beklommen und fragt sich, ob das eigene Aussehen nach langer Abwesenheit in ähnlicher Weise beurteilt wird. Es hat den Anschein, als fühle man sich in keinem Lebensalter so alt, wie man den Jahren nach tatsächlich ist. Fotografien von früher aber sind schonungslose Zeugen der eingetretenen Veränderungen.

Er überquert den Bahnübergang und erreicht kurz darauf die Hefersweilerstraße, fährt an der scharfen Kehre vorbei, von der aus man über einen engen und steilen Weg das vor wenigen Jahren neugebaute Haus erreicht, in dem seine Mutter wohnt, seit sie die Stadtmühle verkauft hat. Das Wochenendhaus, Urzelle des Anwesens, hat die Baumaßnahmen überlebt, es dient seinem nachgeborenen Bruder als eine Art Spielplatz. Erneut zögert er, ob er sie nicht doch als erstes aufsuchen soll, überwindet seine Schwäche und parkt den Wagen vor dem letzten Haus der Straße, dem Haus des Försters.

Eine Woche später befinden sich die beiden Männer auf dem Flug nach Johannesburg in der Business-Class der South-African Airways.

Ein duitse Bosbauer in die Afrika-bos

Noch am Tag ihrer Ankunft in Johannesburg nehmen die beiden Männer den Anschlussflug nach Hoedspruit. Dort soll sie ein Arbeiter der mit dem Bau der beiden Häuser betrauten Baufirma mit dem firmeneigenen Landrover abholen, um sie zu ihrer Unterkunft zu bringen.

Den Jetlag in allen Knochen spürend, warten sie im Schatten einer Boswellia, an die staubige Scheibe einer Bushaltestelle gelehnt, auf den angekündigten Chauffeur, der sich offensichtlich verspätet hat.

Nach einer Weile kramt Franz aus einem kleinen Rucksack zwei Dosen deutsches Bier sowie ein Schweizer Messer hervor und stellt mit zufriedener Miene fest, dass seine Fürsorglichkeit sich ausgezahlt hat. Das dünne Blech der Dosen ist noch erfreulich kalt. Er hat sie am Flughafen vorsorglich in silberfarbenen Sektkühlhaltetüten verstaut.

Vorsichtig öffnet er die beiden Dosen, überreicht eine davon Otto, prostet ihm zu und nimmt selbst einen kräftigen Schluck: „Ungeduld hilft hier nicht das Geringste. Man muss aus jeder Situation das Beste machen, du wirst es erleben. Zuerst einmal: schön, dass du hier bist."

„Na, ich habe davon ja nicht nur Erkenntnisgewinne", erwidert Otto und leert die Dose nahezu auf einen Zug.

Von ihrem Fahrer ist noch immer nichts zu sehen und Franz murmelt eine kleine Verwünschung, während Otto nur die Achseln zuckt und den kläglichen Rest seines Bieres schwenkt, als handele es sich um einen kostbaren Calvados in einem Glas aus Kristall.

Erst als die Dosen völlig geleert sind, das Messer wieder sorgfältig in den Tiefen der Taschen verstaut ist, taucht in einer Staubwolke der erwartete Transporter auf. Das über und über mit Schmutz bedeckte und alles andere als vertrauenserweckend aussehende Fahrzeug kommt mit quietschenden Bremsen vor ihnen zum Stehen. Eine Wolke von Staub wirbelt in die Luft, legt sich auf Schuhe und Mützen, doch froh, endlich der Hitze entkommen zu können, verkneift sich Franz eine ärgerliche Bemerkung. Er will nur noch möglichst schnell die Unterkunft erreichen, die Karin im Pafuri Camp, einem gediegenen Motel mitten in der Wildnis, gebucht hat.

Auch er kennt das Etablissement. Mitten in Afrikas Natur gelegen, versteht es das reizvolle Anwesen, die Gäste in seinen Bann zu ziehen, sie zu einem weiteren Besuch zu verführen. Auch ein deutscher Förster wird sich dem Reiz der Wildnis nicht entziehen können, ist Karin der festen Überzeugung und, dass er auch nach der Rückkehr in seine Heimat bereit sein würde, Franz weiterhin mit gutem Rat zur Seite zu stehen.

Im Camp angekommen, begrüßt sie die Wirtin, eine magere, braungebrannte Frau mit strohblondem Haar auf Afrikaans: „Duitse Bosbauer in die Afrika-bos und übersetzt sogleich: „Ein deutscher Förster im afrikanischen Busch", als Franz Otto vorgestellt hat. Dann, als sie hinzufügt: „Wenn daraus kein Erfolg entsteht, gebe ich meinen Beruf auf", huscht ein freundliches Lächeln über ihr asketisches Gesicht.

Mit einem Wink ihrer kräftigen Hand, an deren Ringfinger ein glasklarer Stein im Sonnenlicht blitzt, lässt sie den beiden Männern auf der mit ausladenden Sesseln möblierten Terrasse von zwei Mädchen Whiskey servieren und weist ihnen für später mit einer ausholenden Geste im weitläufigen Innenraum, der unmittelbar an die Terrasse anschließt, einen Tisch für den Lunch an. Mit einem tiefen Seufzer lassen sich die beiden Männer in die weichen Polster gleiten. Die Anstrengungen des Tages weichen langsam einer angenehmen Müdigkeit.

Wie Karin vermutete, ist auch Otto vom Ambiente des Hauses und seiner Umgebung tief beeindruckt. Jeder Raum wirkt in Szene gesetzt, als befinde man sich in einem afrikanischen Abenteuerfilm, als plauderten in den aus gelben Steinen gemauerten Nischen mit der bis unters Dach sichtbaren Lattung hinter dunklem Gebälk schöne Frauen mit kernigen Großwildjägern, dazu der grandiose Blick aus allen Fenstern auf Sträucher, sattes Grün und nichts als Himmel.

Ein sanfter Wind weht den Duft von Akazie und Lorbeer zur Terrasse, und urplötzlich meldet sich Ottos Magen zu Wort und schickt vor seine inneren Augen das Bild einer sanft gebräunten Toastscheibe und einer heißen Tasse Tee, seiner üblichen Abendmahlzeit, seit er immer öfter nach üppigem Essen über Schmerzen im Magen zu klagen hat.

Dann erklingt aus dem Hintergrund leise Musik. „Die lustigen Weiber von Windsor! Ich habe mit vielem gerechnet, mit europäischer Musik in dieser Umgebung jedoch nicht", vergisst Otto mit ungläubigem Kopfschütteln seine Diät-Fata Morgana.

„Hast du gedacht, man kenne hier nur das Wirbeln von Buschtrommeln? Deren Genuss wird dir zu einem späteren Zeitpunkt nicht erspart bleiben. Diese Art Musik ist schließlich international. Manchmal friedlich und wohltuend, dann stürmisch und unberechenbar, ist sie wie das Leben selbst."

„Du wirst doch nicht zum Philosophen werden? Denkst du auch manchmal darüber nach, wie gut es uns geht in dieser Zeit, in die wir hineinwachsen durften? Wenn man wie wir die Unwägbarkeiten des Lebens kennt, Krieg und Zerstörung am eigenen Leib miterlebt hat, weiß man, wie dankbar man für eine Zeit wie die unsere sein muss."

Franz: „Meine Familie ist noch relativ gut über die Runden gekommen. Es gab bedauernswertere Menschen als uns."

Otto: „Es gab auch Menschen, denen es nicht so gut ging. Ich kenne genug davon. Einen Freund zum Beispiel Sein Vater war von der Anilin 1938 in eines der Partnerwerke nach Pölitz versetzt worden, wo man in den Hydrierwerken aus Braunkohle Kraftstoff für die Ostfront herstellte. Als dann der Krieg verloren ging, setzte man den Fünfjährigen mit seinem älteren Bruder und seiner Mutter in einen Sonderzug nach Mannheim, den in Berlin ein Fliegerangriff stoppte und fahruntauglich machte. Nach notdürftiger Instandsetzung in den dortigen Gleisanlagen leitete man ihn über Neubrandenburg, Stralsund, Rostock, Schwerin, Lübeck, Kiel und Flensburg ins dänische Aalborg um. In den Kasernen eines Segelfliegerhorstes, einem Flughafen für Wasserflugzeuge, die Kasernen noch besetzt mit deutschen Soldaten, wurden die Neuankömmlinge erst einmal mit einer dicken Nadel gegen Typhus geimpft. Seit jener Zeit habe er ein unbehagliches Gefühl, wenn sich ihm eine Spritze auch nur nähere, wird er nicht müde zu wiederholen.

Sein Vater hat sich dann mit dem Fahrrad von Pölitz aus erst in sein Heimatdorf in der Pfalz, dann auf den Weg nach Aalborg gemacht, um seine Familie abzuholen. An der dänischen Grenze wurde ihm jedoch die Einreise verweigert, weil sich die Lage inzwischen zu Ungunsten der Deutschen verändert hatte. So musste er sich unverrichteter Dinge wieder auf den Rückweg machen und seine Frau und Kinder ihrem Schicksal überlassen."

„Aber die Geschichte ist gut ausgegangen, oder? Sie kamen doch wieder nach Deutschland zurück?"

„Ja, aber das war nicht so einfach. Es bedurfte einer Repatriierungserlaubnis und die wiederum einer Wohnsitzbescheinigung aus der Heimat. Du kannst dir vielleicht vorstellen, wie schwierig sich dieses Unterfangen gestaltete in den Wirren jener Tage. Als die Formalitäten endlich erledigt waren, wurden sie von den Dänen in Güterwaggons verfrachtet, jeder mit 15 Personen besetzt und der Boden mit Stroh ausgelegt. Bei minus 20 Grad sei es so kalt gewesen, dass der Mantel seines Bruders an der Seitenwand festfror. Und musste jemand seine Notdurft verrichten, wurde die Schiebetür geöffnet, der Unglückliche von zwei Personen festgehalten, bis das Geschäft erledigt war. Schließlich aber landeten sie doch wohlbehalten in einem Auffanglager bei Koblenz, dann in Osthofen, einem ehemaligen Konzentrationslager, wo sie auf den Abtransport in die Heimat warteten und ihren Vater wiedersahen. Auf den Pritschen von Lastwagen erreichten sie schließlich den Bahnhof von Worms. Von dort aus schlugen sie sich durch zerstörte Dörfer in die Heimat durch und kamen bei Verwandten unter."

„Ja, derartige Ereignisse vergisst man niemals. Doch sie sind Vergangenheit, lass' uns in diesen Tagen die Gegenwart genießen."

Otto schweigt, lauscht der Musik und wiegt sich unmerklich im wirbelnden Rhythmus der Blechbläser, deren Lautstärke ein Gespräch unmöglich macht. Erst als das Personal die Musik leiser stellt, fährt er mit rätselhaftem Unterton in der Stimme fort: „Hoffen wir, dass der aktuelle Zustand unser ganzes Leben lang währt, wie lange es uns auch immer zu leben vergönnt sein wird."

Auf keinen Fall darf Franz wissen, dass auf seinen Wunsch neben dem Bett ein Spucknapf mit Wasser und Lavendelblüten gerichtet ist. Vorsichtshalber, für den Fall der Rebellion seines Magens in der Nacht, denkt er melancholisch. Dann schämt er sich seiner Melancholie, räuspert sich verlegen und Franz bemerkt, dass er seinem fragenden Blick ausweicht und nach einem anderen Thema sucht.

Sie vertiefen sich in die bescheidene Auswahl der Abendkarte, auf der weder Tee noch Toast zu finden ist. So überlässt er Franz die Wahl der Gerichte. Dieser bestellt Bunny Chow, kleine ausgehöhlte Weißbrotlaibe mit einer Füllung aus würzigem Curry. „Lamm, Rind und Bohnen, ein typisches afrikanisches Gericht", und in Ottos Brust beginnt der vertraute Kampf zweier Seelen. Sollte er nicht besser die Vernunft siegen lassen, auf seinen schwachen Magen verweisen und sich mit einem Stück Brot zufriedengeben?

Doch die Unvernunft siegt und er ergibt sich seinem Schicksal. Beim Servieren der kleinen Laibe reicht ein junges, dunkelhäutiges Mädchen zwei Schüsselchen Chakulaka, ein scharfes Relish aus Karotten, grünem Paprika, Zwiebeln, Essig, Chili und Kurkuma, deren Duft ihm das Wasser im Mund zusammenlaufen und seine Bedenken verschwinden lässt.

Als die junge Frau ein zweites Mal an den Tisch tritt und eine Karaffe mit Wein abstellt, dann leichtfüßig wieder verschwindet, mustert Otto die drei Bedienungen, die an den Nachbartischen gerade das Essen auftragen. Das Gesicht der Serviererin unterscheidet sich von dem der anderen Mädchen wesentlich. „Eine schöne junge Frau mit ungewöhnlich hellem Teint!"

„Ja, sie ist Mulattin, vielleicht haben die Gene eines indischen Vaters zu ihrem Aussehen beigetragen, unter ihnen finden sich ausnehmend attraktive Menschen."

Otto will etwas erwidern, doch ein Nachtfalter von seltener Größe umflattert die Lampe über dem Tisch und er verfolgt das angestrengte Bemühen des Insekts, den Tod unter der aus einem dunklen Leder geflochtenen Lampenglocke zu finden. Schließlich fängt ihn ein Boy ein, bewahrt ihn vor dem Flammentod und beschert ihm vor der Tür einen weniger spektakulären unter dem Tritt seiner Schuhsohlen:

„Da siehst du mal wieder, man kann dem Tod nicht von der Schippe springen, er bleibt immer Herr des Geschehens."

Franz kostet den roten Cabernet Sauvignon aus Boekenhoutskloof, geht nicht auf die Bemerkung ein, sondern nickt wohlgefällig, nimmt einen größeren Schluck und prostet Otto zu: „Bei der nächsten Gelegenheit bestelle ich uns Bobotje, einen Hackfleischauflauf aus verschiedenerlei Fleischsorten, meist Lamm, Rind und Kudu, für ein Dinner am Abend erschien es mir aber zu mächtig. Ich habe es zum ersten Mal beim Großvater meiner Frau gegessen."

Otto streicht sich über den Magen, als er erwidert: „Es würde einige Whiskeys brauchen, bis ich danach Schlaf finden könnte." Auch er probiert den Wein:

„Sehr kräftig und intensiv, mit einem ausgewogenen, langanhaltenden Nachgeschmack, doch sicher ganz schön teuer."

„Qualität darf eben einen angemessenen Preis haben. Die Beeren der Reben sind klein und hartschalig. Wenig ergiebig, bringen sie jedoch viel Aroma und verleihen dem Wein die kräftige Farbe. Ich habe ein paar Flaschen davon in meiner Sammlung, die ich vor ein paar Jahren begonnen habe. Wenn wir nach unserer Rückkehr nach Johannesburg noch Zeit finden, veranstalten wir in meiner Bar eine Probe."

Als die Teller geleert sind, registriert Otto voller Erleichterung, dass seine Beschwerden offensichtlich ausbleiben. Ob es an den afrikanischen Gewürzen liegt und das Essen ihm tatsächlich bekommt? Es wird sich zeigen.

Der Himmel ist sternenklar, in fensterfüllender Größe überstahlt die goldene Kugel des Mondes das Kreuz des Südens.

„Wie schön unser Erdtrabant sich heute zeigt. Doch wirft er seinen Schatten, verschwindet in ihm all das, was gerade noch schön gewesen ist. Jedes Ding hat seine zwei Seiten, leider." Auf Ottos Stirn vertieft sich die tiefe Falte, die in seinem sonnengebräunten Gesicht seltsam weiß geblieben ist. Er kneift die Lider zu, als blende ihn der helle Schein, legt die Hände auf sein Gesicht und denkt an die unzähligen dunklen Stunden, in denen er allein mit seiner Angst und seinen Albträumen ist und sogar die Vorstellung, dass er in Kürze seine Tochter wiedersehen wird, vertieft seine Traurigkeit. Er befreit sein Gesicht von den Händen, zieht aus der Brusttasche seines Hemdes ein blaukariertes Taschentuch und wischt sich über die Wange.

„Trink' noch ein Glas Rotwein, das ist die beste Medizin gegen vielerlei Beschwerden, auch gegen Melancholie. Weißt du noch, wie du in Wolfstein vorzeitig die Kneipe verlassen musstest, wenn du Sauerkraut mit Bratwürsten gegessen hast? Damals hast du dich von Lappalien wie Magenschmerzen nicht beeindrucken lassen, im Gegenteil. deine lustigen Geschichten ließen uns das Zwerchfell schmerzen."

„Dabei war mir damals oft nicht zum Lachen zumute. Meine geschiedene Frau war gerade mit unserer älteren Tochter nach Amerika ausgewandert und ich musste sehen, wie ich mit der jüngeren allein zurechtkommen und sie bei Laune halten konnte, besonders bei der Hausaufgabenbetreuung. Aus ‚Manus manum lavat', eine Hand wäscht die andere, war bei mir ‚Manus manum Lavamat' geworden. Eine Art Eselsbrücke, die meine Tochter bis heute nicht vergessen hat."

„Eijo – hast du vergessen anzufügen, es gab kaum eine deiner Geschichten, in der diese pfälzische Art der Zustimmung nicht die Schlusspointe war. Übrigens hat auch bei mir diese Eselsbrücke bis heute dem Vergessen standgehalten, umso erstaunlicher, wo ich doch kein Lateiner bin."

Nach einer Weile ist die Karaffe geleert. Schon im Aufstehen begriffen, kredenzt ihnen die Wirtin noch einen Whiskey als, wie sie freundlich anmerkt, Betthupferl der besonderen Art, den sie nicht ablehnen können. Einem zweiten aber verweigern sie sich und nutzen einen unbeobachteten Augenblick, um sich davonzustehlen,

Wenn Franz Jahre später an dieses Gespräch zurückdenkt, ist er sich sicher, dass Otto damals bereits ahnte, dass er ernsthaft erkrankt war. Kurz nach seiner Rückkehr vom afrikanischen Kontinent erlag er seiner schweren Krankheit.

Nach einem deftigen Frühstück am nächsten Morgen packen sie ihre Sachen. Dem verführerisch dargebotenen Genuss von Speck, Eiern, gebackenen Bohnen, getoastetem Weißbrot und kleinen, mit klebrigem Sirup gefüllten Pfannkuchen widerstehen sie. Wenn sie die die knapp zwei Stunden entfernt liegende Farm über holprige Straßen und mit dem wenig vertrauenserweckenden Mietwagen erreichen wollen, bevor die Hitze der Mittagszeit über sie hereinbricht, können sie sich keine unnötige Unterbrechung durch eine Rebellion ihrer ohnehin vom reichlichen Alkoholgenuss gestressten Mägen leisten.

Die ganze Fahrt über beobachtet Otto aufmerksam die vorbeifliegende Landschaft: „Strauchsavanne nennt man Gelände mit einem Bewuchs unter vierzig Zentimeter Höhe, im Gegensatz zur Baumsavanne, die höheren Bewuchs aufweist. Sie wird wohl vermutlich entlang des Flusses in der Nähe der geplanten Farm zu finden sein, oder?"

Er scheint sich mit der afrikanischen Pflanzenwelt bereits zu Hause beschäftigt zu haben, konstatiert Franz befriedigt und wenn er sich nicht bereits sicher gewesen wäre, dass sich die Auslagen der

Einladung, unterzog man sie einem Vergleich mit dem voraussichtlichen Nutzen, rechnen würden, wäre er es jetzt.

„Als Erstes muss das Unkraut entfernt werden, das sich mit den Samen des Viehfutters angesiedelt hat. Wenn das gelungen ist, hilft sich die Natur mit der Zeit weitestgehend selbst, man braucht sie nur zu unterstützen. Dann kommt auch das Wild zurück."

Er weist mit ausgestrecktem Arm auf das niedrige Buschwerk des trockenen Streifens neben der Straße, wo die Kerzen mächtiger Wolfsmilchgewächse in Form und Größe heimatlichen Weihnachtsbäumen ähneln.

„Man sieht, hier wurden Bäume gefällt, Busch abgeholzt, um Platz für Ackerflächen zu schaffen, wahrscheinlich zum Anbau von Viehfutter oder Fonjahirse. Diese verträgt trockenes Klima und wächst auch auf nährstoffarmen Böden wie den unseren", versucht Franz mit seinen Kenntnissen der Pflanzenwelt zu punkten, in der Hoffnung, dass die wenigen Ähren, die hier und da auf dem Gelände seiner künftigen Farm sprießen, nicht doch einen völlig anderen Namen haben.

„Es kann kein irreparabler Schaden entstanden sein. Für mich ist ein gefallener Baum eine Art Revolutionär. Lässt man ihn verrotten, gibt er dem Boden zurück, was er ihm entnommen hat. Die Kehrseite der Medaille aber ist, dass er gleichzeitig Methan in die Luft entlässt. Sollte es tatsächlich Hirse sein, was du erkannt haben willst, wäre das nicht das Schlechteste. Sie verfügt über viele Nährstoffe, Vitamine und Spurenelemente, so nennt man sie nicht ohne Grund Getreide der Pharaonen. Durch ihre starke Wurzelbildung selbst in Trockenzeiten, beugt sie sogar der Wüstenbildung vor. Aber bist du sicher, dass nicht eher Mais als Hirse auf deinem Gelände wächst? Mais hat die Hirse aus vielen Gebieten verdrängt, da er leichter zu verarbeiten ist als Hirse, diese hat leider nur winzige Körner."

Franz hebt unschlüssig die Schultern und stoppt den Wagen: „Da drüben, schau, eine Herde Grasantilopen." Hinter vereinzelt stehenden Büschen grast auf einer weiten Grasfläche friedlich eine beeindruckende Herde. Otto zückt hastig die Kamera. Es gelingt ihm tatsächlich, ein paar Erinnerungsfotos zu schießen, bis die schmalköpfigen Tiere ohne Eile hinter den Büschen verschwunden sind.

„Überall Savanne, doch sieh, hier wird der Busch bereits höher", mit ausholender Geste beschreibt Franz einen weiten Bogen und schubst dann mit der Spitze seines Schuhs eine der unregelmäßig geformten, weißen Kugeln in eine Kuhle im Boden: „Hier, der Kot von Hyänen. Man erkennt ihn an seiner weißen Farbe, denn sie zerbeißen sogar Elefantenknochen, um an das Mark in deren Innern zu gelangen. Das damit aufgenommene Calcium macht ihn nicht nur hart, sondern färbt ihn auch weiß." Im dürren Gras bestätigt ein kläglicher Rest des mächtigen Kopfes eines Elefanten mit vielen centgroßen Löchern seine Aussage. „In diesen Löchern verliefen einmal seine Blutgefäße und das war, wie du sehen kannst, die Stirn des Riesen."

Als sie die Fahrt fortsetzen, schießt Otto aus dem fahrenden Wagen das Foto eines Baumes, der aussieht, als hätte ein Riese seine Krone in den Boden gesteckt und seine Wurzeln ragten in den Himmel. „Ein Baobabbaum, richtig?"

Franz nickt. „Oder auch Affenbrotbaum genannt. Er ist einer der wenigen Bäume, die ich kenne. Angeblich soll in den Ästen das Gemurmel des Urvolks zu hören sein." Er lächelt spöttisch: „Als ob Bäume sprechen könnten! Ein Unsinn, den nur eine seltsame Fantasie gebären kann."

„Natürlich haben Bäume keine Sprache und können wohl auch nicht murmeln. Dafür verfügen sie nachgewissenermaßen über andere Fähigkeiten. Wenn es der eigenen Sicherheit dient, sind sie in der Lage, ihre Düfte zu verändern. Die Naturvölker waren überzeugt, dass ihre Sprache ihr Duft ist." Franz lächelt abschätzig, enthält sich aber eines weiteren Kommentars.

Als sie schließlich das Gelände der Farm erreichen, sind fünf braungebrannte Bauarbeiter, dem Aussehen nach Buren, und unter ihnen der Mann, der sie in seinem Lastwagen abgeholt hat, mit den letzten

Arbeiten am Dach des Rohbaus beschäftigt. Zahlreiche Bündel aus Gambagras liegen bereits eng aneinandergepresst auf dem auf einem mächtigen Ringanker ruhenden Gebälk aus Moaholz.

„Die Steine des Rohbaus stammen aus dem Karoobecken, das Holz des Gebälks ist aus dem Baum Acacia gewonnen und das Gambagras benutzen auch die Schwarzen, zu Matten verflochten, als Schutzdach für ihre Hütten", erklärt Franz und Stolz auf sein Eigentum steht ihm in den Augen. „Je weiter die Fertigstellung des Hauses voranschreitet, umso intensiver denke ich an meinen ersten Besuch im Anwesen von Jennifers Großvater zurück. Damals, als ich das mächtige Mauerwerk des Häuserrondells und das für die Fenster verwendete Holz zum ersten Mal zu Gesicht bekommen hatte, stand für mich bereits fest: Sollte ich jemals ein eigenes Haus bauen, ich würde die gleichen Materialien verwenden."

Sie verfolgen eine Weile die Arbeit der Männer, dann drängt Franz plötzlich zur Eile: „Lass uns den Weg bis hinunter zum Fluss gehen, hier wird es ziemlich früh dunkel und vor den Flusspferden, die es hier gibt, sollte man sich am besten fernhalten. Auch müssen wir uns noch nach einer Unterkunft umsehen. Ich denke, für heute geben wir uns mit einer Bed and Breakfast Pension zufrieden, eine Rückfahrt zum Camp wäre zu zeitaufwendig."

Er winkt einen Bauarbeiter vom Dach, drückt ihm einen Geldschein in die Hand: „Für ein Feierabendbier, lasst es euch schmecken."

Dieser legt den Schein auf die Fensterbank des künftigen Wohnzimmers, bedankt sich mit einem kaum sichtbaren Nicken und klettert unter dem bewundernden Blick Ottos flink wie ein Affe wieder aufs Dach.

Franz wählt die Nummer einer kleinen, an der Hauptstraße nach Phalaborwa gelegenen Pension, die sie bei der Anreise passiert hatten.

„Die Pension gefällt mir, weil sie günstig gelegen, sauber und im Karoostil gebaut ist. Sie verfügt somit über eine umlaufende Veranda, die von jedem Zimmer aus erreichbar ist, für frische Luft ist also gesorgt", erklärt er, als das Gespräch zufriedenstellend verlaufen ist.

Auf halber Strecke zum Fluss verlangsamt Otto seine Schritte, bleibt stehen und deutet auf eine nahezu kahle Stelle im Gras, wo zwischen staubtrockenem Sand ein paar magere, von einer klebrigen Substanz überzogene Ähren sprießen. Käfer, kleine Fliegen und Stechmücken tun es sich in großer Zahl an den Körnern gütlich.

„Claviceps africana, also auch hier", stellt er stirnrunzelnd fest.

Franz entgeht die Veränderung im Gesichtsausdruck Ottos nicht, und er wartet gespannt auf eine Erklärung. Sie folgt auf dem Fuß:

„Die afrikanische Form des Mutterkorns, falls dir der Name etwas sagt, was ich vermute, du bist schließlich in einer Mühle aufgewachsen. Der Pilz befällt anscheinend sogar auch Hirse, obwohl sie der Gattung nach nicht zu den Getreiden zählt. Meines Wissens fand man den Pilz bislang vorwiegend in Asien, jetzt hat er seinen Siegeszug offensichtlich auch in Afrika angetreten."

Er reißt eine Ähre vom Halm: „Honigtau, der lockt die Insekten an, die seine Sporen verbreiten." Dann wirft er die Ähre zurück, sie landet auf einer mit blaugrünem Gras bewachsenen Stelle: „Unglaublich! Hier, Claviceps paspali, der Pilz infiziert selbst wilde Gräser, sogar dieses salzresistente Paspalum, das man bevorzugt auf Golfplätzen aussät, weil es als äußerst widerstandsfähig bekannt ist. Das Schlimme ist, wenn Gräser von ihm befallen sind, auf denen Bienen Blütenstaub sammeln, wird auch der Honig kontaminiert. Übermäßiger Verzehr eines solchen Honigs führt zu einer Art Trunkenheit und zu Schwindelgefühlen, schlimmstenfalls zum Tode. Nur ein sachkundiger, aufmerksamer Imker, der weiß, dass man den Befall am scharfen Geschmack erkennt, kann dies verhindern und wird seinen Honig vernichten."

„Das ist ja nicht gerade eine positive Nachricht. Ob der Pilz Exzesse solcher Art auch im Gehirn wilder Tiere auszulösen vermag?"

„Mag sein, ich aber weiß nur eines: Um den Pilz zu vernichten, hilft nur eine radikale Säuberung, also Brandrodung. Wenn du Getreideanbau betreiben wolltest, könnte man seine Eindämmung mit der Anlage von Scheibenfeldern versuchen, aber du verfolgst ja andere Ziele. Das macht die Sache einfacher. Jetzt sind Bäume hier zwar rar, aber du wirst feststellen: Nach der Brandrodung dauert es nicht lange, bis Pionierpflanzen, genährt von der Asche ihrer Vorgänger, das Land erobern. Der Pilz ist dann schnell Vergangenheit."

Nach Ottos beruhigenden Worten kehrt Gelassenheit und Zuversicht in Franz zurück: „Wir werden den Kampf gewinnen, auch wenn uns Woche harter Arbeit bevorstehen, um das Problem dauerhaft loszuwerden, so viel steht fest. Die Pilzverseuchung ist wohl auch der wahre Grund für den Verkauf gewesen. Wie auch immer: Wir werden diese Schlacht erfolgreich schlagen."

„Wie gesagt, wenn du dich für Brandrodung entscheidest, wächst in der Regenzeit schnell wieder frisches, grünes Gras nach. Dieses lockt Antilopen und sonstige Grasfresser an, was wiederum die Einwanderung von Fleischfressern zur Folge hat. Das Wild kehrt zurück."

Otto bückt sich vor einem mächtigen Baum mit hohen, breiten Brettwurzeln, um eine Klette zu entfernen, die sich auf sein rechtes Bein verirrt hat und deren feine Härchen die Haut seines Knöchels jucken lassen. Eine Schar unscheinbarer Vögel, die sich offenbar von der Anwesenheit der beiden Männer gestört fühlen, beginnt in der mächtigen Krone des Baumveteranen ein hysterisches Gezeter.

„Dieser Kapokbaum, man nennt ihn auch Wollbaum, ist mindestens 200 Jahre alt, sonst verfügte er nicht über derart breite Brettwurzeln. Und dennoch ist er ein Jüngling seiner Art, denn er kann bis zu 1000 Jahre alt werden. Für diesen Fall kann eine solche Stütze im Alter nicht schaden. Hast du gewusst, dass es purer Egoismus ist, wenn Bäume mit dem Nektar ihrer Früchte Tiere anlocken? Sie tun das zu dem einzigen Zweck, nämlich um für die eigene Vermehrung zu sorgen. Tiere fressen die Früchte, scheiden den Samen weit entfernt wieder aus, die Bäume ersparen sich so einen mühsamen, energieintensiven Fortpflanzungsakt, wie auch immer der aussehen könnte."

Er lacht, während er die Blättchen und Samen der Klette von seinen Hosenaufschlägen entfernt: „Man kann mit Fug und Recht behaupten, fast jeder Baum im Wald hat den Körper eines Tieres durchwandert."

Franz aber ist perplex: „Was man als deutscher Förster so alles weiß, über einen derartigen Kreislauf habe ich mir noch nie Gedanken gemacht."

Otto zögert einen Augenblick, sagt dann: „Da geht es dir wie so manchem, der sich ein Haus auf dem Land kauft, aber von den Wegen der Natur nur wenig Ahnung hat. Ich habe schon als Kind meine Zeit am liebsten in Baumkronen zugebracht. Für mich waren von jeher Bäume zwar statisch, aber durchaus lebendig."

Franz: „Da ähneltest du ja als Kind unseren haarigen Vorfahren vor Millionen von Jahren."

Otto: „Mag sein, doch mein Wissen habe ich mir im Wesentlichen im Laufe meiner beruflichen Tätigkeit angeeignet. Nachdem ich von deinen Auszuwanderungsplänen erfahren habe, erhielt mein Wissensdrang einen neuen Schub, mein Interesse für jenes gelobte Land und seine Fauna wurde geweckt."

Franz: „Da bezweifele einer die Nützlichkeit von Stammtischrunden! Hätte ich mich bei meinen Aufenthalten in Deutschland von euch ferngehalten, wäre dein Interesse für meine neue Heimat wohl niemals entstanden und du wärst heute nicht in Afrika."

Beim Gedanken an die feuchtfröhlichen Abende in der kleinen, spartanisch eingerichteten Kneipe des Städtchens, wo man Abend für Abend die Probleme der Welt zu lösen versuchte und die meist erst endeten, wenn der Wirt die Polizeistunde ankündigte, weil die Dienststelle der Ordnungshüter nur wenige Meter entfernt lag, tritt ein liebevolles Lächeln in die Gesichter der beiden Männer.

„Ja, wir haben interessante Gespräche geführt", spöttelt Franz. „Weißt du noch, wie du uns erzählt hast, dass einer deiner Forstarbeiter dich auf eine dürre Fichte mit den Worten hingewiesen hat: Färschter, ich wäß e Därrie. Und du hast ihm angeblich geantwortet, e klänie Dickie wär mer liewer." Otto winkt verlegen ab und wendet sich wieder den Bäumen zu.

Vereinzelt stehende Avocadobäume und Bananenstauden sind überwuchert von Kletterpflanzen, die sich hoch in die Kronen hangeln. Stacheln streifen den Männern im Vorübergehen die Arme, bis sie schließlich auf einem schmalen Trampelpfad das Ufer des Flusses erreichen. Unter einer einsam nahe dem Wasser stehenden Schirmakazie, um deren Stamm sich eine Pflanze mit roten Beeren windet, halten sie an.

„Dies ist das berühmte, harte Moaholz, aus dem die Dachbalken meiner Farm gefertigt sind."

„Ja, und der Baum ist zudem ein ausgezeichneter Bodenverbesserer und reichert ausgelaugte Böden mit Stickstoff an. Er wächst nicht nur schnell, sondern pflanzt sich auch rasant fort, der richtige Baum also für deine Zwecke. Hat sich das Land erholt, siedelt sich schnell ein Mischwald an, du wirst es erleben."

„Aber was sind das für rote Beeren? Sie sehen aus wie die Beeren, die die Schwarzen auffädeln, um Ketten und Armbänder herzustellen."

„Dann sollen sie besser nicht auf diesen Kunstwerken herumkauen, wenn sie ein solches Schmuckstück tragen. Eine einzige Perle der Paternostererbse, so nennt man das Gewächs, kann tödlich sein, das Gift hat eine ähnliche Wirkung wie Rizin. Es geht das Gerücht, man mische in den Basaren gelegentlich gemahlene Beeren unter den Pfeffer, um größeren Profit zu erzielen, ohne Rücksicht auf die Folgen. Glücklicherweise wird das Gift beim Kochen zerstört und Pfeffer isst man zum Glück meist nur in gekochten Gerichten, doch wehe, wenn man ihn in größeren Dosen und ungekochtem Zustand verzehrt.“

Franz wird sich zu einem späteren Zeitpunkt an dieses Gespräch erinnern und der Vorsehung danken, dass es stattgefunden hat.

Am nächsten Morgen erwacht Otto ungewöhnlich früh in der kleinen Pension. Er hat gut geschlafen, fühlt sich frisch und ausgeruht und beschließt aufzustehen. Noch im Schlafanzug tritt er auf die Terrasse und saugt den jungfräulichen Duft der frühen Stunde begierig in sich auf. In zwei Stunden werden sie nach Kapstadt fliegen und er freut sich auf die Überraschung, die einen seiner sehnlichsten Wünsche erfüllen soll, wie Franz ihm mit einem verschwörerischen Lächeln bei seiner Ankunft in Johannisburg angekündigt hat.

Zurück im Zimmer kleidet er sich an, greift nach der leichten Jacke, die über der Lehne des Stuhls die Nacht verbracht hat, tritt vor das Haus, wo die Kühle noch in der Luft steht, der Duft der verschiedensten Pflanzen wie Girlanden von den Blättern und Ästen hängt und das morgendliche Kreischen der Vögel langsam verstummt. Jemand hat einen Teich angelegt, an seinem von Schilf überwachsenen Ufer treiben Affen unter den mächtigen Blättern einer riesigen Bananenpflanze ein wildes Spiel. Afrika! Nie hätte er gedacht, dass ihm einmal ein Besuch hier vergönnt sein würde, dass er ein solches Land in seiner Vielfalt erleben darf. Mit einem Mal ist es ihm, als wäre ihm diese afrikanische Episode als Schlussfeuerwerk seines Lebens geschenkt.

Seine Stimmung verdüstert sich schlagartig. Nach seiner Rückkehr muss er der Ursache seiner plötzlichen, schneidenden Magenschmerzen endlich auf den Grund gehen. Er hat den Arztbesuch schon viel zu lange aufgeschoben.

Eine junge Schwarze kreuzt seinen Weg. Ihr Gesicht ist fröhlich, sie lächelt ihm freundlich zu und vertreibt seine trüben Gedanken für einen kurzen Moment.

Jetzt tritt auch Franz vor die Tür seines Zimmers, wirft einen flüchtigen, missbilligenden Blick auf die Zigarette in Ottos Hand: „Komm endlich, das Frühstück wartet." Otto wirft die noch ungerauchte Zigarette mit bedauerndem Blick in den neben der Tür stehenden Behälter und trottet, erneut in Gedanken an sein Magenleiden, mit schweren Schritten in den Frühstücksraum.

„Und nun zu meiner Überraschung: Einer meiner Freunde besitzt seit Jahren ein Ferienhaus in Bettys Bay, nahe dem Zusammenfluss des indischen und atlantischen Ozeans. Von dort aus ist es nicht weit bis nach Hermanus, der viel gerühmten „Walhauptstadt". Ich habe unseren Besuch angekündigt und man freut sich auf uns. Professor Kröger ist nicht nur ein Fachmann in Elektrotechnik, als den ich ihn kennengelernt habe, sondern auch im Whale-Watching." Schlagartig hellt sich Ottos Stimmung auf.

Sie packen ihre Sachen und machen sich auf den Weg nach Bettys Bay.

Im Haus des Professors angekommen, empfängt sie der große, grauhaarige Mann mit großer Herzlichkeit. Seine Frau, eine freundliche, ältere Dame mit dickem, noch braunem, nur von ein paar grauen Strähnen durchzogenem Zopf, auf der Nase eine goldgerändete Brille, führt sie zu einem runden Tisch aus Oregon-Fichte an einem der vier Fenster des rechteckigen Raums, die einen Rundumblick auf die Dünen erlauben. Auf dem Tisch ist ein schlichtes Teeservice gerichtet, auf seiner Mitte leistet ihm eine verlockend aussehende Tarte Gesellschaft.

„Geschirr wie bei uns zu Hause", fällt Otto ein Stein vom Herzen. Seine heimliche Sorge, einem jener intellektuellen Wissenschaftler begegnen zu müssen, deren elitäres Gehabe einen Menschen schlichteren Gemütes in Verlegenheit zu bringen vermag, stellt sich als unbegründet heraus. Dabei hätte er es besser wissen können. Kröger ist Naturwissenschaftler, Menschen dieser Profession bleiben sich selbst treu, auch wenn sie, wie der Professor, in Amt und Würden gelangen, wohl weil ihnen ihre Studien immer wieder die Begrenztheit ihres Wissens vor Augen führen.

Die Skala des Thermometers hat inzwischen die dreißig Grad Marke überschritten, dennoch herrscht eine angenehme Temperatur in dem großen Raum, dessen Fenster geöffnet sind. Die leichte Brise aus Richtung Ozean sorgt für einen erfrischenden Gegenzug.

Sie nehmen Platz und Franz übersetzt die Erklärungen der englischsprechenden Dame des Hauses: „Melktert, Milchtorte, nennt man diese Tarte, ein Boden aus Mürbeteig wird mit einer Puddingmasse bestrichen und dann gebacken. Frisch aus dem Ofen, wird das Ganze mit Zimt bestreut. Die Tarte schmeckt köstlich, aber das wirst du gleich selbst feststellen können!"

„Danke für die Übersetzung, doch ganz so schlecht sind meine englischen Sprachkenntnisse dank unserer ‚Besatzungsmacht' in der Pfalz dann doch nicht. Mit den Amerikanern habe ich von Berufswegen öfters zu tun, da verlernt man sein Schulenglisch nicht gänzlich."

Frau Kröger schenkt den Tee ein, packt jedem ein Stück der noch warmen Tarte auf den Teller und tatsächlich schmeckt sie noch besser, als der Anblick versprochen hat.

Beim Angebot eines zweiten Stückes zögert Otto einen kurzen Augenblick, denkt an seinen empfindlichen Magen und lehnt dann mit einer kurzen Erklärung seines inneren Konfliktes ab. Während er sich mit dem Anblick der letzten Krümel auf dem farbenfrohen Dekor seines leeren Kuchentellers zu trösten versucht, gibt Franz eine seiner launigen Geschichten zum Besten. Otto kennt sie zur Genüge aus der Stammtischrunde.

„Weil wir gerade von Sprachkenntnissen reden, kürzlich hatte ich ein Meeting mit deutschen Siemensmitarbeitern, in Englisch natürlich, wie das in der Geschäftswelt so üblich ist. Doch meine Landsleute taten sich sichtlich schwer mit der Sprache. Ihr hättet die verblüfften Gesichter sehen sollen, als ich mich ihnen am Schluss der Sitzung als

Deutscher offenbarte, im wahrsten Sinne des Wortes sehenswert! Eine kleine Revanche für all die Schwierigkeiten, die mir ihre Konkurrenz gelegentlich verursacht."

Professor Kröger schüttelt den Kopf: „Er ist und bleibt im Grunde seines Herzens ein Schlingel, man muss ihn ab und zu in seine Schranken verweisen, sonst wird er zu übermütig."

„Seine Frau hat inzwischen dieses Handwerk besonders gut erlernt, zum Glück für sie", entschließt sich Otto, die Ergründung des bekrümelten Dekors seines Kuchentellers zu unterbrechen und seine Fingerspitzen im Zaum zu halten, damit sie die winzigen Reste nicht aufnehmen und sie in den Mund befördern.

„Weißt du noch, wie Jennifer dich während der Zeit ihrer mehr als mangelhaften Deutschkenntnisse nach der Übersetzung für das Wort Toilette gefragt hat, sich dann bei der Serviererin des Restaurants nach dem Scheißhaus erkundigte und ratlos war, weil die gerade noch freundlich lächelnde Frau sie plötzlich konsterniert anstarrte und, offensichtlich fassungslos, den Kopf schüttelte? Eleganz und Habitus der freundlichen Dame standen in zu krasser Differenz zu ihrer Wortwahl."

Franz' gezwungenem Lächeln haftet ein Hauch von Verlegenheit an, als er zögerlich erwidert. „Ja, das war nicht besonders edelmütig von mir. Es hat auch etwas länger gedauert, bis sie mir meine Interpretation des Wortes Toilette verziehen hat. Und dennoch, ich finde die Geschichte auch heute noch lustig und auch meine Frau kann inzwischen über die Episode lachen, so, wie über eine meiner weiteren Untaten, aber diese Geschichte behalte ich lieber für mich."

„Nichts da, wer A sagt, muss auch B sagen", Frau Kröger tritt an den Tisch und blickt ihn so erwartungsvoll an, dass er schließlich doch nicht widerstehen kann: „Na gut, wenn es denn sein muss: Wir übernachteten in einem Hotel und vereinbarten, dass sie bei einem Glas Sekt an der Bar auf mich warten solle, da ich noch eine Kleinigkeit zu erledigen hatte.

Pass auf meinen Schlüsselbund auf, lass' sie am besten neben dir liegen, damit du sie im Auge behältst und sie nicht plötzlich mitsamt der Tasche verschwinden, hatte ich sie gebeten und auf ihre Tasche gezeigt, die hinter ihrem Rücken über der Lehne des Stuhles hing. Natürlich wusste sie nicht, was es bedeuten kann, wenn eine Frau am Abend allein an einer Bar einen Schlüssel zeigt. Als ich zurückkam, erzählte sie mir entrüstet, dass sie von ein paar Männern angesprochen worden sei. Nach der Aufklärung hing der Haussegen eine Weile ziemlich schief."

Frau Kröger streicht sich eine graumelierte Strähne ihres kräftigen Haares aus der Stirn, droht ihm mit dem Finger, kann aber ein Lächeln nicht unterdrücken, als sie scherzhaft fragt: „Wieso eigentlich kanntest du die Bedeutung der offenliegenden Schlüssel"? Sie erhält keine Antwort.

Angesichts des inzwischen leergeräumten Tisches schlägt Kröger vor: „Wir könnten unser Glück versuchen und an unserem Strand nach Walen Ausschau halten, sie erscheinen dort nicht gerade selten. Meist handelt es sich zwar um Walkühe, nicht um Bullen, denn wie Flusspferde leben sie in einer Art Matriarchat," fügt er erklärend hinzu, greift nach seinem Strohhut am Garderobenständer und fächelt sich die Stirn. „Nur halb so schwer wie Bullen, ist die Größe der Walkühe meiner Meinung nach ein ausreichend spektakulärer Anblick, erst recht für Touristen wie ihr es seid." Er steht auf, setzt den Hut auf und, als seine beiden Gäste zustimmend nicken, fährt er fort, und nun merkt man ihm den im Dozieren geübten Professor an:

„Das Wasser des Ozeans ist in den Walniederkunftsmonaten in unserer Gegend besonders fischreich, so ist die Aufzucht der Kälber auch bei uns einfach. Immerhin benötigt jedes Tier täglich zwischen vier und fünfhundert Kilo Fisch, eine enorme Menge, auch für die Gewässer von Simons Town, wo sich jedes Frühjahr eine riesige Gruppe Walkühe ein Stelldichein gibt. Zu meinem ganz persönlichen Bedauern haben sie wie ich eine Vorliebe für Tintenfische und minimieren den Bestand beträchtlich, ohne Rücksicht auf die Speisekarte unserer Küche."

Franz verzieht angewidert das Gesicht, Tintenfische gehören zu den Meeresfrüchten, deren Verzehr er meidet. Sie wurden ihm so oft in Form ledriger Gummiringe oder mit einer dicken Panade serviert, dass er seit langem keinen Versuch mehr gewagt hatte, Geschmack daran zu finden.

„In der Haut verendeter Wale hat man runde Narben gefunden, die von den Zähnen der Saugnäpfe der Tintenfische stammen, doch den Kampf ums Überleben verlieren sie regelmäßig, die Wale lassen sich nicht von der Jagd ihrer köstlichen Beute abhalten."

Der Professor holt einen Augenblick Luft, fährt dann fort: „Ich schlage vor, wir versuchen erst einmal hier unser Glück. Und unter den jungen Tieren findet sich sicher auch ein halbwüchsiger Bulle, der sich noch nicht von seiner Mutter gelöst hat."

Ein starker Wind ist aufgekommen, eines der Fenster klappt mit lautem Knall zu und sie ziehen sich die Jacken über. Kaum haben sie den Schutz des Hauses verlassen, wirbelt ein starker Windstoß den Sand der Dünen auf, legt ihn ruhelos an anderer Stelle wieder ab, nur um ihn gleich darauf erneut wieder aufzuwirbeln, und treibt den Hut des Professors durch die Lüfte. Nach einer kleinen Weile beruhigt sich das wilde Treiben, der Professor hat seinen Hut wieder eingefangen und sie treten in einen schmalen, unbefestigten Weg, der mitten durch eine mit struppigem, graugrünem Gras getüpfelte Dünenlandschaft zum Wasser führt. Nach kurzem Zögern ziehen sich Otto und Franz die Schuhe von den Füßen, laufen auf nackten Sohlen durch das sandige Gras und ernten prompt einen missbilligenden Blick des Professors, der seine enganliegenden, knöchelhohen Lederschuhe an den Füßen behält.

„Veldskoene, Schuhe aus feinem Kuduleder, fühlt mal, welch' geschmeidigen Schaft sie haben. Der lässt keinerlei Getier an die Haut gelangen, und was das Beste ist, man läuft in ihnen bequemer als barfuß." Er weist mit sichtlichem Stolz auf seine Füße. „Schuhe dieser Fabrikation sind atmungsaktiv und absorbieren Feuchtigkeit und Hitze perfekt, besonders angenehm, wenn man unter Schweißfüßen zu leiden hat. In dieser Gegend kann man nie wissen, was sich im Gras und unter Sand so alles verbirgt. Deshalb, immer den Boden im Blick behalten, besonders wenn man mit nackten Füßen unterwegs ist."

Er setzt sich an die Spitze der kleinen Gruppe und steuert auf einen schmalen Holzsteg zu, der auf fünf Schraubpfählen ruht und zusätzlich mit Stahlketten wie ein Ponton am Ufer befestigt ist: „Setzen wir uns doch da vorne auf den Steg."

Dort krempelt er die weiten Hosenbeine seiner blauen, abgetragenen Jeans hoch bis zum Knie, lässt sich mit einer in Anbetracht seines Alters erstaunlichen Beweglichkeit auf dem Steg nieder.

„Ich habe diesen Zugang zum Wasser vor langen Jahren in erster Linie für meine Kinder bauen lassen, alle Rohre sind aus verzinktem Stahl und ausgestattet mit höhenverstellbaren Rohrhalterungen. Sie halten ewig, hoffe ich doch. Erfüllt man sich den Traum vom einsamen Sandstrand, stellt man schnell fest, dass es neben lästigen Mücken noch allerlei Getier gibt, das den Strand liebt und gefährlich werden kann und dass man selbst im seichten Wasser wachsam bleiben muss. Haie wagen sich nicht selten bis in die Buchten und manchmal sogar in die Nähe der Strände. Es gibt eben nirgendwo das perfekte Paradies, also sorgte ich, so gut es eben ging, dass meine Kinder ins Wasser springen konnten, ohne auf Sandspinnen, Skorpion, Kap Kobra oder Puffotter zu treten. Heute ist unser Nachwuchs erwachsen und der Steg dient vorwiegend mir und meiner Frau als Beobachtungsposten in langweiligen Stunden oder um dem Meer ganz nahezukommen, wenn wir keine Lust zum Schwimmen haben."

Dann zieht er seine Veldskoene aus und stellt sie sorgsam zur Seite, damit die Schuhe, deren abgetragener Zustand deutliches Zeugnis seiner Liebe ablegen, nicht mit dem Wasser in Berührung kommen können, senkt dann seine von Sommersprossen übersäten, braungebrannten Beine vorsichtig ins Meer: „Jetzt heißt es abwarten."

Der Wind hat seine Ruhepause beendet und ist mit neuer Kraft zurückgekehrt. Für eine Weile ist das tosende Peitschen der Wellen zu hören, das die Brandung bis zu ihrem Sitzplatz steigen lässt, der Ponton versucht an seinen Ketten zu ruckeln, doch die Stahlpfähle hindern ihn daran. Noch überspülen die Wellen nicht den Steg, offensichtlich hat der Professor die erforderliche Höhe genau kalkuliert.

Der Professor deutet auf das Wasser hinter den auflaufenden Wellen, das seltsam ruhig erscheint, als ob der Wind einen Bogen um die sechs Wale machen wolle, die mit aufgerichteten Körpern und dem Himmel zugewandten Köpfen wie riesige, graue Kerzen nahezu unbeweglich im Wasser stehen. Dann übergibt sich einer nach dem anderen sanft den Fluten, und sie umkreisen sich spielerisch. Zwei der kleineren Tiere drängen sich liebkosend aneinander.

„Wow, so etwas habe ich ja noch nie gesehen", entfährt es Otto. Im selben Augenblick peitscht eine der Kühe mit einem mächtigen Schlag der riesigen Schwanzflosse das Wasser und er weiß, der explosive, klatschende Knall wird ihm für immer im Gedächtnis bleiben: „Bei einem solchen Schlag fällt mir die Geschichte von Moby Dick ein, der angeblich ja ein reales Geschehen zugrunde liegen soll."

„Ja, das ist richtig." Franz überlegt einen Augenblick, denkt an das Buch, das er in jungen Jahren gierig verschlungen und das seine Liebe zu den Tieren geweckt hatte, sodass er alles las, was ihm über Wale unter die Finger kam.

„Im 19. Jahrhundert, als man die Wale so rücksichtslos abschlachtete, dass ihnen am Ende über zweihunderttausend Tiere zum Opfer gefallen sind und sie im Atlantik fast ausgerottet waren, begannen sie angeblich, sich zur Wehr zu setzen und Walfangschiffe anzugreifen. Unter Nutzung einer Art körpereigenen Radars rammten sie genau die Stelle mit der mächtigen Nase, an der beim Wal das rechte Auge sitzt. Und ihre Nase ist der härteste Knochen in der Tierwelt überhaupt! Man kennt einen Ort, wo hundert Schiffe auf dem Meeresgrund liegen, von denen vermutet wird, dass sie durch derartige Angriffe havariert sind."

Der Professor schaltet sich ein: „Gut möglich. Ein ausgewachsener Bulle bringt bis zu achtzig Tonnen Lebendgewicht auf die Waage. Einer solchen Wucht konnte kein Schiff der damaligen Zeit standhalten. Doch trotz aller Gegenwehr hatte das Morden erst ein Ende, als Erdöl auf den Markt gekommen ist und man Walöl nicht mehr benötigte."

Nach Minuten der Stille, in denen die Männer sich dem Spiel der Wale hingeben, löst der Professor als Erster den Blick vom Wasser.

„Da wurde uns tatsächlich ein seltenes Schauspiel geboten. Man lernt immer mehr über diese wunderbaren Tiere. Vermutlich leben sie in Clans, in denen nur die Kühe ein Leben lang zusammenbleiben. Die geschlechtsreifen Bullen sondern sich ab und lassen sich nur einmal im Jahr blicken, um ihre Fortpflanzungspflicht zu erfüllen, Walkühe werden nur alle sechs Jahre trächtig. Das für mich Bemerkenswerteste ist, dass die Kühe, solange sie zum Fang unter Wasser gehen, die Jungtiere immer in der Obhut einer Art Kindermädchen zurücklassen, bis sie das Tiefseetauchen beherrschen."

„Was sind das für ein seltsame Klicklaute?"

Anstelle des Professors antwortet Franz: „Das sind Laute, mit denen sie sich wohl verständigen. Jeder Clan soll angeblich seine eigenen haben, manche klicken achtmal hintereinander, manche vier oder fünfmal. Vielleicht erkennen sich die Mitglieder einer Familie an der Anzahl dieser Klicks." Und an Professor Kröger gewandt: „Ich habe das letzte Mal gut aufgepasst, oder?"

Kröger lacht: „In der Tat. Sollen wir nach diesem Spektakel überhaupt noch nach Hermanus fahren, oder habt ihr genug gesehen?" Sie sind sich schnell einig, dass es für heute genug Whale-Watching gewesen ist.

Franz greift nach einem der neben dem Steg liegenden Steine und wirft ihn mit weitem Schwung ins Wasser, wo sein Eintauchen kreisförmige Wellen zieht.

„So wie die Schwere und der Schwung des Steins das Wasser in Bewegung versetzt, bewegt das Rotieren der Erde die Metalle ihres inneren Kerns. Man vermutet, dass die Wale diese Gravitationswellen spüren können und diese mit dem ungewöhnlichen ‚auf dem Schwanzstehen' genießen."

Nach einem letzten Blick auf das Wasser, in dem jetzt nur noch mächtige Atemfontänen zu sehen sind, die wie riesige Springbrunnen weit in den Himmel steigen, laufen sie zum Cottage zurück und verabschieden sich wenig später, um das Flugzeug nach Johannesburg rechtzeitig zu erreichen.

Nach einer weiteren Woche kommt der Tag des Abschieds für Otto.

Der bessere Teil seines Lebens ist mit dieser Abreise unwiederbringlich vorüber, fühlt er mit großer Gewissheit und dass er den afrikanischen Kontinent niemals mehr betreten wird.

So steht er verloren neben Franz in der nüchternen grauen Halle des Flughafens, hat die Hände überkreuz unter die Achseln geklemmt, trägt die Mütze auf seinem Kopf tief in die Stirn gezogen. Er hat sich die braune, lederne Newsboy-Cap von Stetson in einem Laden in Johannesburg gegönnt und der Schatten ihres weit hervorstehenden Schirms verbirgt die Wehmut in seinen Augen. Dann reißt er sich zusammen, setzt eine fröhliche Miene auf und klopft Franz auf die Schulter:

„Hemingway soll einmal gesagt haben: ‚Wir hatten Afrika noch nicht einmal verlassen, aber wenn ich nachts aufwachte, befiel mich bereits das Heimweh nach dem Land.' Ich denke, dem muss ich mich anschließen. Kaum sehe ich den Flughafen von innen, hat es auch mich bereits befallen."

„Du bist jederzeit wieder herzlich willkommen. Es waren für mich nicht nur aufschlussreiche, es waren auch schöne Tage mit dir."

Otto seufzt: „Du weißt sicher, wie das ist. Man nimmt sich etwas vor, dann hat man keine Zeit und so schwinden die Jahre dahin, bis es zu spät ist. Nicht ohne Grund lautet ein hinduistisches Sprichwort: ‚Zeit wartet auf niemanden'."

Eine blecherne Stimme tönt den Aufruf seines Fluges durch die grauen Wände der Halle. Gleich darauf entschwindet Otto in die Tiefen des Terminals und zwängt sich wenig später durch den engen Gang des Flugzeugs, bis er seinen Platz gefunden hat. Er verstaut sein Gepäck und, als die Vibrationen des Flugzeugs stärker werden und die Sonne von den Tragflächen des Fliegers aus grellen Reflexionen in das Innere werfen, zieht er seine Sonnenbrille auf.

Dann befällt ihn tiefe Müdigkeit, doch das schmerzhafte Rumoren im Magen hindert ihn am Einschlafen. Er bestellt bei der freundlichen Stewardess einen Cognac. Das Glas in der Hand, verfolgt er gebannt das Eintauchen der Flügel der Maschine in die Wolken, sieht, wie sie mit leichtem Schwanken wieder zum Vorschein kommen und weiß, nicht mehr lange, und die Erde Afrikas wird auf Nimmerwiedersehen unter ihm verschwunden sein. Bevor er den Schwenker leergetrunken hat, fallen ihm die Augen zu.

Dorothea braucht eine Pause, räuspert sich, nimmt einen Schluck Wasser und fragt Franz, ob er ebenfalls ein Glas trinken wolle. Er zieht eine Tasse Pfefferminztee vor.

Sie brüht das frisch geerntete Kraut, das in einem kupfernen Bottich im Garten wächst, in der Porzellankanne auf, einem Erbstück ihrer Großmutter, stellt sie in die versilberte Warmhaltehülle und füllt im Wohnzimmer vorsichtig seine Tasse. Er ergreift die Tasse und einige Tropfen des Tees schwappen über den Rand und landen auf dem Glastischchen neben seinem Stuhl, wo sie zu einer bräunlichen Schliere mutieren. Erschrocken wegen seiner Ungeschicklichkeit sucht er den Blick ihrer Augen, sie entfernt das Verschüttete mit einer Serviette.

„Greif mal in meine Tasche, sie steht dort in der Ecke. Im vorderen Fach steckt ein Brief eines alten Freundes aus Wolfstein, den du lesen kannst. Er hat ihn geschrieben, kurz nachdem er von meiner

Krankheit erfahren hat. Man hat ihn mir übergeben und ich bewahre ihn seitdem auf, sozusagen als Erinnerung an bessere Zeiten und an alte Freunde. Doch ich glaube, wenn ich in naher Zukunft nicht mehr auf Erden weile, interessiert sich niemand mehr für seinen Inhalt. Du kannst ihn also behalten und nach Gutdünken verwenden."

Dorothea zieht den Brief aus der Tasche, der ohne Flecken und Knicke noch so perfekt aussieht, als sei er erst gestern geschrieben: „Noch immer der alte Pedant", versucht sie Franz aufzumuntern, „sauber und wie neu." Er antwortet nicht.

Sie nimmt den Brief, faltet ihn sorgfältig wieder zusammen und legt ihn in ihren Notizordner.

Als Franz sich in sein Zimmer zurückgezogen hat, liest sie den Brief. Ob sie ihm und damit Otto ein eigenes Kapitel widmen wird, weiß sie noch nicht. Sie wird sich entscheiden, wenn die Geschichte ihres Cousins zu Ende geschrieben ist.

Am Tag vor seinem Heimflug nach Johannesburg isst Franz zum ersten Mal nach langer Zeit zwar mit gutem Appetit, aber wenig wie ein Spatz. Den Teller halb geleert, legt er seufzend die Serviette zur Seite und kommentiert nach verlegenem Räuspern sein Unvermögen das Essen aufzuessen: „Der Spargel war gut, aber etwas zu weich gekocht für meinen Geschmack, und an den in gebräunter Butter gebratenen Rollkartoffeln, die sowieso zu meinen Lieblingsspeisen zählen, gab es nichts zu kritisieren. Doch Schwarzwaldschinken ist für meine Zähne, die durch die Behandlung marode geworden sind, nicht das Richtige. Auch meinem Gebiss zuliebe bin ich heilfroh, dass die Tortur erst einmal ein Ende gefunden hat."

„Ja, der Kauf war unbedacht von mir. Dabei hatte ich gehofft, dir mit dem Schinken eine Freude zu machen. Keine Sorge, ich bin mir sicher, dass sich ein anderer Abnehmer finden wird."

Ob ihm seine Teilnahme an der Studie, die verspricht, sein Leben um mindestens ein Jahr zu verlängern, einen tatsächlichen Nutzen bringt, berücksichtigt man den Preis, den sein Körper dafür zahlen muss? Nicht nur die Zähne, auch seine Bronchien sind inzwischen massiv geschädigt. Doch ein Jahr erscheint in der Vorschau lang. Wenn das Ende droht, greift der ernsthaft Erkrankte nach jedem Strohhalm. Ohne Studien kein Fortschritt in der Medizin, ist die Rechtfertigung der forschenden Medizin für die unangenehmen Begleiterscheinungen, die in vielen Fällen mit zweifelhaftem Erfolg einhergehen.

In Gedanken versunken, pickt sie sich eine der dünnen, fettmarmorierten Scheiben von der Servierplatte und dreht Franz den Rücken zu, um sie aufzuessen.

Ob sie ihm besser vegetarische Wurst hätte kaufen sollen? Eigentlich kann sie es sich nicht vorstellen, dass das weiche, klebrige Gebilde ihm, dem Feinschmecker, ein Genuss sein kann. Oder hat ihre Voreingenommenheit einen ganz anderen Grund? Passt er eher in ihre persönliche Weltanschauung, für die der Trend völlig unverständlich ist, ohne medizinische Notwendigkeit unter der Prämisse des Tierwohls einen undefinierbaren Mix zu verzehren, der wie Wurst aussieht, aber außer seinem Aussehen nichts mit dieser gemein hat, dass man gleichzeitig aber Katze und Hund vermenschlicht und sie ihrer natürlichen Instinkte zu entwöhnen versucht, sogar mit ihnen das Bett teilt?

„Wer mit den Hunden zu Bett geht, steht mit Flöhen auf", kommt ihr unvermittelt ein angebliches Zitat Buddhas in den Sinn.

Franz, der mit amüsiertem Blick den Schinkenteller mustert, auf dem inzwischen zwei Scheiben verschwunden sind, unterbricht ihre Gedanken:

„Interessiert dich der Krimi, den ich selbst erlebt habe? Soweit ich weiß, habe ich dir damals in der Schweiz nicht von unserem fast dramatisch zu nennenden Erlebnis mit Ossi, unserem ehemaligen Ranger, erzählt. du hast ihn doch kennengelernt, erinnerst du dich?"

Und ob sie sich erinnern kann. Sie ist Ossi auf der Harmony Farm begegnet, und außer dem guten Eindruck, den sie von dem drahtigen, sportlichen Holländer in Erinnerung behalten hat, ist ihr der funkelnde Blick seiner blauen Augen unter ungewöhnlich dichten, blonden Brauen unvergesslich geblieben, so wie das lange Haar, das er zu einem Knoten hoch im Nacken zusammengebunden hatte, was ihm ein verwegenes Aussehen verlieh. Er hatte sie so überschwänglich begrüßt, als sei er der wahre Chef der Farm. Und, er schenkte ihr zum Abschied einen wertvollen, authentischen Gürtel aus Büffelleder. Oder war es Elefantenleder? Sie war sich nicht sicher.

„Was hat er denn verbrochen? Ich fand ihn eigentlich ganz sympathisch."

„Typisch für ihn, er wickelte fast jeden um den Finger, wenn er es darauf anlegte. Und wir hatten nach dem Ende der Affäre beschlossen, den Mantel des Schweigens über seine Taten zu ziehen und die Erlebnisse mit ihm für immer in die Gruppe der ruhmlosen Annalen der Geschichte zu verbannen. Doch wenn ich an die Zeit mit ihm zurückdenke, kocht bis zum heutigen Tag eine gehörige Portion Ärger in mir hoch."

Dorothea wartet eine Weile, doch als er noch immer nicht fortfährt, läuft sie ins Schlafzimmer, nimmt den noch nie getragenen Gürtel aus der Vitrine für wahrscheinlich wertlose, aber erinnerungsträchtige Mitbringsel ihrer Reisen, um enttäuscht festzustellen, dass das Leder in den langen Jahren, die zwischenzeitlich vergangen sind, hart geworden ist.

Zurück im Wohnzimmer hält sie ihm das lederne Kunstwerk unter die Nase. „Hier schau mal, welch schöne Verzierungen in sein natürliches Narbenbild geprägt sind, sogar auf die Schließe ein Löwenkopf."

Franz greift nach dem Gürtel: „Ja, das geschieht in einem ziemlich aufwendigen Verfahren. Beim Punzen wird mit dem Hammer eine Art Stempel in das angefeuchtete Leder geschlagen. Diese Methode kann man natürlich nur in festem Material anwenden. Warum hast du den Gürtel nicht getragen, wenn er dir so gut gefällt, er wäre sicherlich geschmeidiger geblieben. Ich denke, es handelt sich um die Haut eines Wasserbüffels oder eines Elefanten, hoffentlich legal erlegt. Ossi war, wie sich später leider herausstellte, so manches zuzutrauen."

Er legt den Gürtel zur Seite und quält sich vom Stuhl, reckt sich und vorsichtig einen Schritt vor den anderen setzend, schlurft er in Richtung Treppe zum Souterrain.

Offensichtlich hat er es sich anders überlegt und will den Mantel des Schweigens doch nicht lüften, denkt sich Dorothea. Doch dann wendet er sich noch einmal um:

„Ja, eines hat der große Schauspieler gut verstanden: sich einzuschmeicheln und zu täuschen. Auch die Frau meines Kompagnons ist ihm lange Zeit auf den Leim gegangen, was mich beinahe in Schwierigkeiten gebracht hätte."

Dann kehrt er doch noch einmal zurück und beginnt zu erzählen: „Wir hatten in monatelanger Arbeit das Gelände der Farm endlich saniert und schon begann sich Fynbos auszubreiten. Wenige Zuckerbüsche, wie man die auch in Deutschland so beliebten Proteen nennt, hatten sich in dem dichten Bewuchs aus Kräutern, Büschen und Blütenpflanzen angesiedelt und sogar Affen kamen zurück, leider. Denn kaum waren unsere beiden Häuser fertiggestellt, auf den Dächern das Gambagras gebündelt festgezurrt, nahmen sie sie in Beschlag und nutzten sie als willkommene Rutschbahn. Nur weil ich schleunigst von der kleinen Baufirma, die an den Häusern letzte Hand anlegte, ein Drahtgitter überziehen ließ, fand der Spuk sein Ende. Wie Otto vorausgesagt hat, folgten im Laufe der Zeit Flusspferde, Antilopen und sogar Elefanten, aber leider weder Löwen noch Giraffen. Plänen meines Partners, sie aus einem der anderen Reservate überzusiedeln, habe ich für mein Anwesen eine Absage erteilt. Doch davon und meinem Krimierlebnis später mehr. Jetzt muss ich erst einmal meinen Mittagsschlaf halten."

Er setzt ein entschuldigendes Lächeln auf und schlurft zur Treppe, die zum Gästezimmer führt.

Unten angekommen, legt er sich erschöpft auf das mit einem weißen, gesmokten Baumwollbezug überzogene Bett, kann aber nicht einschlafen. Stattdessen jagen ihm Episoden seines Lebens durch die Gedanken. Die Bilder seiner Erinnerungen werden ungewöhnlich plastisch, steigen wie aus unergründlichen Tiefen aus dem See der Vergangenheit auf, so, als grabe sie dort eine unsichtbare Hand aus dem Schlick der Erlebnisse, die er längst vergessen glaubte.

Er sieht sich in Flims inmitten seiner Familie die Weihnachtsfeiertage verbringen, wo er eine große, dem Hotel Waldhaus angeschlossene Wohnung in der nahen historischen Villa erworben hat.

In den schneesicheren Gletschern Graubündens ist das Hotel an manchen Wintertagen von der Wohnung aus nur durch einen unterirdisch angelegten Tunnel erreichbar. Oder wie er es vorzieht, über einen schmalen, täglich freigeschaufelten Pfad oberhalb des Tunnels, an dessen Seiten sich von Zeit zu Zeit bis zu zwei Meter hohe Schneewände auftürmen konnten. Er ist Frühaufsteher, liebt den Anblick seiner Spuren in der jungfräulich weißen Landschaft, das Knirschen seiner Schritte auf der Schneedecke, wenn noch kein Mensch rund um das Hotel unterwegs ist, und den scharfen, lauteren Schmerz, den die Kälte in die Wangen brennt. Doch mit diesen Vorlieben bleibt er allein in seiner Familie.

Während vieler Jahre genießen Freunde und Verwandte großzügige Gastfreundschaft unter Schweizer Sonne, gemütliche Abende nach einem erfüllten Tag auf Skiern, Racletteessen in der kleinen Skihütte am Gletscher, wo der Alkohol in Strömen fließt, den Heimweg mit dem Schlitten ins gletschernahe Tal. An der Villa angekommen hat es die kalte Luft geschafft, jede Stufe der Trunkenheit zu vertreiben.

Jetzt erscheinen ihm die Tage in Flims wie hinter durchsichtigem Eis verborgen, das sie zwar sichtbar, aber nicht mehr erlebbar macht. Ob Erinnerungen eine Art Rückblick sind, um die Gegenwart begreifen zu können? Ist es der Rückblick, der ihm zu der Erkenntnis verholfen hat, dass er trotz seiner Krankheit ein erfülltes und schönes Leben hatte? Er ist an seinem Leiden gereift, hat größere Angst vor dem gedämpften Licht in den Krankenzimmern als vor der Krankheit selbst, hasst die Pieplaute der Geräte, an denen er bei seinen Aufenthalten angeschlossen ist. Nur die Gewissheit, dass er am Ende der Behandlung nach Hause darf, lässt ihn seine Krankenhausaufenthalte ertragen und verdrängt die Sehnsucht nach dem Tod, wenn Schmerzen und Heimweh unerträglich werden.

Franz schreckt auf, sein Blick aus dem Fenster an der Seite seines Bettes fällt in den hinteren Garten seiner Kusine. Der Himmel über den Bäumen, die hinter der dunklen Wand einer Hecke Jahr für Jahr an Höhe zunehmen und den Blick in die Ferne verhindern, wenn sie nicht bald jemand im Zaume hält, hat sich von einem wässrigen Weiß in ein klares Blau verwandelt. Die Sonne ist um das Haus gewandert, der Garten liegt um diese Tageszeit im Schatten der Eibenhecke, die der Nachbar verwahrlosen lässt.

Sein Schweizer Domizil hat keinen Garten, seine Wohnung liegt im ersten Geschoß der Villa. Um das Wohnzimmer und alle Räume zieht sich ein Balkon, der bei jedem Sonnenstand des Tages entweder das Bad in der Sonne oder aber das Zurückziehen in den Schatten ermöglicht. Tränen treten ihm in die Augen. Nach seinem Schweizer Zuhause oder nach dem in Johannesburg? Wird ihm seine Krankheit erlauben, eines von beiden noch einmal wiederzusehen? Wird er den langen Flug überstehen, oder in der alten Heimat begraben werden? Fragen über Fragen, für die es keine Antwort gibt.

Im Haus seiner Kusine ist es still. Er liegt mit angezogenen Beinen im Bett, seine Hände verkrampfen sich ineinander, sodass die Knöchel weiß hervortreten.

Wie schön wäre es, noch einmal mit seinem Sohn, einem begeisterten und verwegenen Skifahrer, die klare, sonnige Luft der Schweizer Berge zu atmen, auf dem Balkon in der Sonne zu sitzen, unbeschwert von Sorgen und Ängsten seiner Krankheit. Doch der Sohn lebt jetzt so weit von ihm entfernt, als befände er sich auf einem fernen Planeten, sodass einerseits sein eigener Gesundheitszustand und andererseits dessen Lebensumstände ein Wiedersehen in diesem Leben wohl unmöglich machen. Ob seine Frau das Haus in Johannesburg verkaufen wird, wenn er stirbt? Es ist ein schönes Haus, sie haben sich in ihm wohlgefühlt. Was soll er ihr raten? Er kennt die Antwort, will sie sich nicht eingestehen.

Ein leises Klopfen an der Tür, Dorothea steckt den Kopf ins Zimmer und ihr Erscheinen zwingt ihn, von den Bildern der Erinnerung und den Sorgen der Zukunft Abschied zu nehmen.

„Ich habe uns eine gute Tasse Kaffee gekocht, damit dir das Erzählen und mir das Schreiben leicht von der Hand geht."

Sie hilft ihm aus dem Bett und stützt ihn auf dem Weg zur Treppe. Im Atrium kämpft sich die Sonne die letzten Meter über das Dach und die hohen Bäume des über der Straße gelegenen, hügeligen Geländes, das der Kirchengemeinde gehört. Nicht mehr lange und sie wird hinter dem Ebersberg unsichtbar werden. Doch zu dieser Stunde noch Sieger im Kampf gegen die langen Schatten des Berges, füllt sie das Arial mit ihrer wohltuenden Wärme und da kein Lüftchen sich regt, entschließen sie sich, den Nachmittagskaffee im Freien zu trinken. Dorothea richtet die Kissen in den bequemen Klappstühlen zurecht, hilft Franz auf einen Stuhl in der Sonne, gießt den Kaffee in die blaugeblümten Tassen, ein Geschenk seiner Mutter, und greift nach ihren Notizen und dem Kugelschreiber.

„Zeit für den Krimi", lächelt sie ihm aufmunternd zu und weiß in diesem Augenblick, dass sie dem nächsten Kapitel den Namen Ossi geben wird.

‚Die Welt ist ein Würfel, dessen Wurf man selten in der eigenen Hand hat', beginnt Franz seine Geschichte mit einem Zitat Wiegand-Lasters. Und fährt fort:

„Was Ossis Vergangenheit betrifft: Er hat mir die Stationen seines Lebens an einem alkoholgeschwängerten Abend gebeichtet. Wie sich unser Verhältnis später entwickeln sollte, war an diesem denkwürdigen Abend nicht voraussehbar."

Ossi

Auf einem weitläufigen Anwesen an der Küste Hollands aufgewachsen, hat Ossi seinem Vater das Versprechen geben müssen, niemals im Leben Gewalt anzuwenden. Als ihn als Halbwüchsiger die Abenteuerlust packt, schließt er sich den Fremdenlegionären an, gerät, ehe er sich versieht, in einen Strudel der Gewalt. Es dauert nicht lange, bis er lernt, dass Gewaltverzicht in einer Welt voller Gewalt eine Absurdität ist.

Er hat mit der Légion in der Schlacht von Dien Bien Phu gekämpft, einem ‚zweiten Stalingrad‘, wie man die Verluste der Franzosen mehr oder minder treffend bezeichnet. Die Legionäre haben „bis zum letzten Erdloch und bis aufs Messer gekämpft", ist in der Dokumentation über den dreißig Jahre dauernden Indochinakrieg nachzulesen, die er in einem schäbigen kleinen Koffer verwahrt, den er immer mit sich trägt. Noch heute dröhnt das teuflische Krachen der in das Dickicht einschlagenden Bomben in seinen Ohren, sieht er das blendende, grelle Licht der Scheinwerfer, mit deren Hilfe der unsichtbare Feind sichtbar gemacht werden soll, fühlt er seine dampfende Haut in der Tarnkleidung und die unangenehm warme Nässe des tropischen Klimas, Eindrücke, die er wohl nie vergessen wird.

Später gibt er in den Kämpfen in Algerien sein Bestes. Für ihn bricht daher eine Welt zusammen, als nach dem Ende des Algerienkrieges die Franzosen die ‚Légion étrangère‘ auflösen und von den fünfunddreißigtausend Legionären aus aller Herrenländer nicht einmal siebentausend Männer in ihren Diensten behalten. Ossi ist nicht unter ihnen.

Dann hofft er, in einer der Truppen unterzukommen, die nach Dschibuti verlegt werden sollen. Vergeblich! Etwas in ihm zerbricht nach dieser erneuten Enttäuschung.

So sieht er sich nach dem erzwungenen Ende seiner Legionärszeit vor die Frage gestellt, ob er überhaupt in seine Heimat zurückkehren soll. Sein Vater lebt nicht mehr, doch wie soll er seinem Bruder erklären, dass er getötet hat? Ein unmögliches Unterfangen. Geschichte wiederholt sich, doch sie lässt sich nicht zurückdrehen und er erkennt, dass ein Leben in Europa für einen Mann seines Schlages nicht mehr infrage kommt. Aber hätte er noch den geringsten Zweifel gehabt, wären sie wie Schnee in der Sonne geschmolzen, als er Berlin eine Stippvisite abstattet und mitten in die Massenaufläufe der studentischen Auseinandersetzungen gerät.

Wohin er auch blickt, Spruchbänder mit Pamphleten einer bunten Mischung linker und ultrarechter Studenten der Freien Universität, die zum Widerstand gegen das angeblich moralisch bankrotte, kapitalistisch-imperialistische System aufrufen und Amerika verantwortlich machen, für alles, was in der Welt verkehrt läuft.

Er aber fragt sich auch heute noch, mit welchem Recht eine junge Generation, die von den Segnungen des Kapitalismus profitiert und die Grausamkeit des Sozialismus niemals am eigenen Leib verspürt hat, Kapitalismus, weil er Wachstumsstreben nicht verteufelt, als eine Form des Bösen ansieht. Selbst weder Hunger noch Krieg kennengelernt, das Böse der Nazizeit nicht am eigenen Leib erfahren, wagt sie es dennoch, ein Urteil über die Vergangenheit zu fällen, sieht nur die Schuld der eigenen Eltern, aber nicht den Balken im Auge des Restes der Welt. Ob sie irgendwann erkennen werden, dass es nicht nur im eigenen Land Individuen gibt, die, gelangen sie mit Hilfe einer marodierenden Menschenmasse an die Macht, das Gefühl für Anstand, Moral und Mitgefühl verlieren, weil ihnen das Gewissen verloren gegangen ist? Ist nicht auch er der Moral seiner Kindheit verlustig gegangen durch die Ereignisse seiner kämpferischen Jahre? Niemand weiß es, für einen Mann wie ihn, dem ein kapitalistisches System keineswegs als ein verwerfliches erscheint, ist kein Platz unter Zeitgenossen linker und rechter Agitation.

So beendet er seine Berliner Visite schneller als ursprünglich gedacht und überlässt das Ziel seiner Weiterreise dem Zufall. Auf seinem Weg zum Bahnhof findet er die Stadt seltsam leer, sieht durch die Fenster einer Gaststätte nur wenige Touristen vor ihrer Berliner Weiße sitzen. Ob sich alle Einheimischen den Demonstrationen angeschlossen haben oder in wohlweislichem Abstand den Parolen lauschen? Wahrscheinlich! Neugier ist bekanntlich der Juckreiz der Massen, das gierige Starren das Kratzen des Juckens.

Er schlendert am Schaufenster eines Reisebüros vorbei, das auf einem Plakat einen Besuch Indiens bewirbt. Fasziniert betrachtet er das farbenfrohe Bild, auf dem vor einem prachtvollen Palast ein indischer Königstiger mit schwarz-gestreiftem, rot-goldenem Fell abgebildet ist. Kurzentschlossen bucht er eine Stunde später einen Flug mit der Air India von Frankfurt nach Delhi und lässt sich eine Schlafkoje reservieren, noch verfügt er über die für diesen Luxus notwendigen Mittel. Vielleicht kann ein Mann wie er, dem Kampf und Jagd zum Lebensinhalt geworden sind, in Indien finden, was er sucht,

Drei Tage später fährt sein Zug in den im viktorianisch-gotischen Stil gebauten Bahnhof von Bombay ein. Er ist der englischen Königin und Kaiserin von Indien anlässlich ihrer goldenen Hochzeit von der Kolonie zum Geschenk gemacht worden. Ob sie es zu würdigen weiß? Lange nicht mehr gedachte Gedanken erwachen angesichts des prachtvollen Gebäudes wieder in ihm. Letztendlich ist der ganze Prunk durch das Plagen ihres Volkes erwirtschaftet.

Doch bei diesem Punkt seiner längst vergessenen Moral angelangt, erinnert er sich seines Vorsatzes, die Geschehnisse in der Welt mit Pragmatismus zu betrachten, darauf zu verzichten, sich über unabänderliche Tatsachen zu echauffieren. Für sein eigenes Leben hat er Konsequenzen gezogen: Von den Wohlhabenden wird er nehmen, was er glaubt, dass es ihm zusteht, ist heute sein Motto.

Von Bombay aus reist er weiter in die dichten Mangrovenwälder der Sundabans, wo es Wild in Hülle und Fülle gäbe, wie ihm ein Mitreisender auf dem Flug nach Kalkutta erzählt hat.

Doch als er auf den Inseln ankommt, stellt er fest, dass es zwar Königtiger, Salzwasserkrokodile, seltene Hirsche und Wildschweine gibt, aber Nashörner und asiatische Rinder ausgerottet sind, die Inseln längst sind zum Naturschutzgebiet erklärt wurden und der Abschuss der Tiger lange Zeit schon verboten ist.

Zufällig muss er mitansehen, wie Krokodile und Schweine sich über im Fluss bestattete Leichen hermachen und dass kein Mensch sich an dem entsetzlichen Fressen stört.

Zunehmend bereitet ihm ein von Indochina mitgebrachtes Leiden Probleme, die schwülen Temperaturen nehmen ihm auch hier die Luft zum Atmen. So gelangt er schließlich zu der Erkenntnis, dass er für das Leben in einer derartigen Klimazone nicht geschaffen ist.

Doch einmal im Land, will er seine Ausgaben rechtfertigen, besucht die indische Mauer in Rajasthan, den aus rotem Sandstein und weißem Marmor gebauten Palast der zehntausend venezianischen Spiegel in Amber Fort, den „Palast der Winde" in Jaipur, den sagenhaften Damenpalast der Maharadschas, von dessen Familie ein Nachkomme noch in der Stadt residiert.

Wieder in Bombay zurück, lässt er sich zur Insel Elephanta übersetzen und bucht sich einen Reiseführer. Der dünne, zierliche Inder mit einer erstaunlich kräftigen Stimme und seltsam blutunterlaufenen Augen, führt ihn durch sechs riesige, in den Fels gehauene Höhlentempel, in jedem thront eine mächtige, aus Stein gehauene Statue.

„Der dreiköpfige Gott Shiva, ein Wesen zwischen Mann und Frau", weist er auf eine steinerne Figur und erklärt dann die zu Füßen Shivas liegende heilige Kuh: „Sie ist Symbol für die Macht Gottes, der schafft, erhält und zerstört."

Daher also rührt die Verehrung der heiligen Kühe, schüttelt Ossi den Kopf, zieht aus der Brusttasche seines Leinenhemdes ein Taschentuch hervor, wischt sich über die Stirn und die Wangen, die noch immer schweißbedeckt sind. Religion ist auch hier die Wurzel allen

Übels, oder korrekter ausgedrückt, sind es die Konsequenzen, die Menschen aus deren Lehren ziehen. Zahllose Kühe hinterlassen Kot auf Straßen und Wegen, stoßen schädliche Gase aus, ruinieren die Gesundheit der Menschen und keiner der Gläubigen stört sich daran.

Am Ende der Reise ist er zu der Erkenntnis gelangt, dass Glanz und Elend in diesem Land der Gegensätze sehr nahe beieinanderliegen. Schmutz und Dreck in den Städten, dazwischen Straßen, in denen es stinkt wie in einem Raubtierkäfig, verwahrloste Kinder und Bettler, deren Haut man die Krankheiten schon von weitem ansehen kann, zwischen all dem streunende Katzen und Hunde mit struppigem Fell. Daneben aber der krasse Gegensatz, die Pracht der Paläste, die kostbare Kleidung der Reichen und Schönen, der Prunk des Maharadschas von Jaipur.

In all den Jahren seines Legionärsdasein hat er solcherart Missstände niemals bewusst wahrgenommen. Ob das ungewohnte nachdenkliche Mitgefühl ein Vorbote des nahenden Alters ist, eine der letzten Etappen eines Pfades, der sich langsam dem Dunkel entgegenneigt und irgendwann darin verschwindet? Wenn es so sein sollte, ist für ihn die Zeit gekommen, seßhaft zu werden. Nur wo, ist die Frage aller Fragen.

Sein nächstes Ziel ist Südafrika, das er aus den Berichten seiner Kameraden kennengelernt hat. Nach allem, was er gehört hat, muss das Land, verglichen mit Indien, ein wahrer Garten Eden sein. Viele der Kämpfer suchten nach der Entlassung aus der Armee ihr Auskommen in den Apartheid-Killerbataillons der südafrikanischen Regierung und kämpften in Angola und Namibia gegen den ANC. Doch diese Gelegenheit ist inzwischen so gut wie Vergangenheit. Zum Ende der Apartheid ist das geheimnisvolle Image der Legion erodierendem Schwund ausgesetzt, die einstige Glorie der Heldentaten der Legionäre in den Augen der neuen Generation zum krassen Gegenteil geworden oder im Meer vergessener Vergangenheit versunken. So wählen nicht nur wenige der rauen Gesellen, das nach wie vor außergewöhnlich gute Salär für Auslandseinsätze, das sich monatlich zwischen siebentausend und zehntausend US-Dollar bewegt. Das große Geld kompensiert die zunehmende Missachtung der Gesellschaft und die Gefahren der gewagten Einsätze.

Ossis aber hat genug von kriegerischen Auseinandersetzungen.

In Johannesburg sei Objektschutz angesichts der ausufernden Kriminalität nach dem Ende der Apartheit ein boomender Markt, hat er sich informiert. Besonders in Soweto wäre die staatliche Polizei mit der Fülle ihrer Aufgaben überfordert und das Verbrechen, einem streunenden Werwolf ähnelnd, habe das South-Western-Township zur gefährlichsten Stadt der Welt werden lassen.

Er entschließt sich, in einer der zahlreichen privaten Sicherheitsfirmen anzuheuern und sich im Objektschutz einsetzen zu lassen, wo ehemalige Söldner noch gerne gesehen sind. In Johannesburg angekommen, setzt er seinen Plan in die Tat um, bewirbt sich und wird eingestellt.

Wie zu erwarten war, dauerte es eine Weile, bis er von den rauen Burschen seiner Truppe als einer der ihren anerkannt wurde. Als es soweit war, dachte er, er habe eine neue berufliche Heimat gefunden. Bis ihm einige Zeit später ein Einsatz in der Nähe des Bahnhofs Phefeni beinahe zum todbringenden Verhängnis geworden wäre.

Mit zwei seiner Kollegen befindet er sich auf der Patrouille durch eine trotz der Dunkelheit nur spärlich ausgeleuchteter Straße, um nach einem gestohlenen blauen Lexus Ausschau zu halten, der aller Wahrscheinlichkeit nach längst in seine Einzelteile zerlegt ist. Auf der Fahrt passieren sie Häuser und Hütten, meist mit schäbigem Wellblech eingedeckten Flachdächern, deren Straßen im fahlen Licht der Straßenlaternen wirken, als wären sie ein riesiger Müllabladeplatz. Seit er für die Sicherheit dieser Gegend mitverantwortlich ist, fragt er sich, wie man auf eine solch erniedrigende Weise sein Leben verbringen kann. Ob er die Menschen bedauern soll, oder ob man einfach kein anderes Leben will und aus diesem Grund nicht selbst Hand anlegt und wenigstens den Müll zur Seite räumt? Und tatsächlich, je länger er sich in der Gegend aufhält, umso mehr wächst in ihm die Gewissheit, dass ein Teil der Bewohner des Townships nicht nur bedauernswert, sondern auch faul und bequem ist, dass in dieser Gegend nicht nur die Armut, sondern auch das Verbrechen herrscht. Selbst während der Fahrt müssen sie die Kalaschnikows schussbereit auf den Knien halten, lautet die strikte Anweisung.

So auch an diesem Abend eines brütend heißen Tages. Collin, der Fahrer, hat die Fenster heruntergedreht, um dem kühlen Abendwind die Chance zu geben, aus dem Innenraum des Lancers die Ausdünstungen des Essens zu vertreiben, das sie, wie jeden Tag an den dunklen Tischen und auf den unbequemen Sitzbänken einer kleinen Bar am Rande des Slums zu sich genommen hatten. Obwohl weder das Aussehen noch das Essen der Lokation besonders ansprechend war, hatte der von den verschmutzten Fenstern aus gut einsehbare Parkplatz den Ausschlag gegeben, die Kneipe zu ihrem Stammlokal zu küren.

Im Lancer siegt der Fahrtwind über die Ausdünstungen des Essens für eine kurze Weile, unterliegt jedoch der Macht der von Rauch und Fäkalien geschwängerten Luft, die durch die geöffneten Fenster ins Innere des Wagens dringt und wird an manchen Stellen so unerträglich, dass sie die Fenster wieder schließen.

Collin, ein kraftstrotzender Schwarzer mit militärischem Haarschnitt, einem groben Gesicht mit dicken Brauen und immer eine Zigarette im Mundwinkel, fährt wie der Teufel, verfällt jedoch in Schritttempo, wenn er eine der Hütten passiert, die als Umschlagplätze für gestohlene Kraftfahrzeuge einschlägig bekannt sind.

Kurz hinter einem Schlagloch liegt plötzlich ein Körper auf der Straße, Collin stoppt den Wagen so abrupt, dass Ossis Kopf beinahe in die Windschutzscheibe geknallt wäre.

Collin: „Trägst du deine Schutzweste? Ossi nickt.

„Stelle fest, was da los ist und nimm Dan mit.“

Kaum haben die Männer den Wagen verlassen, knallt ein Schuss und wird unverzüglich von Collin aus dem Auto heraus erwidert. Dem ersten Schuss folgt ein gellender Schrei.

Aus einer Wunde in der Stirn von Dan quillt Blut, sieht Ossi und die Erfahrungen seines Legionärsdaseins haben ihn gelehrt, dass für Dan jede Hilfe zu spät kommen wird. Dann der mächtige Schlag eines dritten Schusses, der Ossi an der Brust trifft und ihn zu Boden wirft. Der Gangster hat auf den Kopf gezielt, da ihm offensichtlich bekannt ist, dass sie mit Schusswesten unterwegs sind. Noch während er fällt, fährt es ihm durch den Kopf, dass es sich bei dem Schützen um einen eiskalten Profi, einen Meister seines Faches handeln muss, es erfordert einiges an Geschicklichkeit, die Mitte der Stirn eines Menschen zu treffen, wenn man sich auf der Flucht befindet.

Ossi weiß, er muss sich in Sicherheit bringen. Ungeachtet der Schmerzen in seiner Brust, wälzt er sich hinter die Beifahrertür.

Auch Collin hat inzwischen den Wagen verlassen und hinter der Fahrertür Schutz gesucht. Nachdem er es bis hierhergeschafft hat, setzt er hastig mit einer Art Polizeifunkgerät den vorgeschriebenen Notruf ab. Dann heißt es warten und zu verfolgen, ob der schießwütige Gangster sich aus der Deckung wagt oder ob es Collin mit seinem Schuss gelungen ist, ihn unschädlich zu machen.

Sekunden vergehen im Zeitlupentempo, es rührt sich nichts. Plötzlich schießt ein schwarzer Golf um die Ecke, stoppt kurz neben der schäbigen Baracke, kaum zwanzig Meter von ihnen entfernt, jemand stößt die Beifahrertür auf und ein in der Dunkelheit nicht identifizierbares schwarzes Etwas kriecht in das Auto, das mit aufheulendem Motor und offenstehender Tür davonbraust.

Collin und Ossi feuern Kugelsalven auf die schlingernden Räder des Wagens, doch die Kugeln verfehlen ihr Ziel. Schließlich verschwindet der Golf hinter einer scharfen Kurve.

Endlich jaulen in der Ferne Polizeisirenen auf und nach wenigen Sekunden preschen zwei Polizeifahrzeuge heran und kommen mit
quietschten Reifen am Tatort zum Stehen.

Die Polizisten durchsuchen die gepflegte Kleidung der Leiche, der jemand erfolglos versucht hatte, die Designerjacke auszuziehen. Einer
der Polizisten deutet auf einen breiten weißen Streifen auf dem gebräunten, rechten Arm und auf zwei schmale an Ring und Mittefinger
des Getöteten. „Man hat ihm Uhr und Ringe geklaut, auch sind weder
eine Brieftasche noch ein Geldbeutel zu finden."

„Wir müssen die Uhren- und Goldhändler befragen, ob ihnen in den
nächsten Tagen Ware angeboten wurde. Ich bin sicher, unser Toter
trug eine Rolex am Handgelenk. Vielleicht führt uns diese Befragung
auf die Spur des Mörders."

„Was der wohl hier zu schaffen hatte, er passt seiner Kleidung nach
überall hin nur nicht in diese Gegend." Auf Collins Gesicht tritt ein
Grinsen, als er Ossis' Frage beantwortet: „Was wird er hier wohlge-
wollt haben? Wahrscheinlich suchte er am Bahnhof nach einer Pros-
tituierten, hier gibt es bei guter Bezahlung ungeschützten Sex. Und
Geld hatte er allem Anschein nach genug."

Er betrachtete das Etikett im Jackett des Toten. Es war wie die jetzt
zerrissene Designer-Jeans, die er über einem T-Shirt mit einem ihm
unbekannten Label trug, in einem teuren Laden an der Waterfront
gekauft, den Collin dank seines mageren Securitygehalts bei einem
seiner seltenen Besuche in Kapstadt lediglich von außen kennengelernt hatte. Er fühlte, wie noch warmes Blut über seinen Zeigefinger
lief, wischte es an einem Lappen ab, der neben der Leiche lag und
erntete einen bösen Blick von einem der Polizisten. Das hatte ihm
gerade noch gefehlt, einen offiziellen Tadel einzuheimsen. Er war sowieso schlecht gelaunt, hatte schlecht geschlafen, die schwüle Au-
gusthitze hatte die Straßen und Wohnungen aufgeheizt wie ein Backofen und lauerte, zum Angriff bereit, auch über dem Asphalt der engen Straße, in der der Tote lag.

„Im Allgemeinen töten die Gangster nicht, wenn man ihnen Rolex und Kamera und sonstige Wertgegenstände widerstandslos aushändigt. Entweder hat sich der Freier gewehrt oder sie wollten auch den Wagen und haben ihn anderenorts niedergeschlagen und lediglich hier abgelegt."

Collin amüsierte sich über die Weisheiten, die der Polizist zum Besten gab. Als ob er das nicht selbst festgestellt hätte. Schließlich war es nicht sein erster Toter. Doch besser, er zeigte sich höflich und kooperativ, dann war die Angelegenheit schneller beendet.

„Tatsächlich! Seine Finger sind gebrochen und blutig, es muss einen Kampf gegeben haben. Das wirklich Schlimme aber ist, dass der arme Dan daran glauben musste."

„Und ich hatte eine gehörige Portion Glück, dass ich die Schutzweste getragen habe. Ansonsten wäre dieser Tag wohl mein letzter gewesen", antwortete Ossi statt seiner und wusste beim letzten Wort seiner Rede, dass dieser Tag alles in seinem Leben ändern würde.

Seine Entscheidung fällt am nächsten Tag. Er wird seinen Dienst quittieren und sich nach einer neuen Arbeit umsehen, bevor der Dämon des Verbrechens ihn auffressen kann. Ein Mann wie er, der Kriege überlebte, wird sein Leben nicht auf den Straßen Johannesburgs verlieren.

Der Dämon des Verbrechens? Wieder einmal ist er verwundert über sein eigenes Ego. Seit seinem Besuch der Tempelhallen in den Höhlen der Insel Elephanta ist er sich nicht mehr sicher, dass Dämonen nur ein Märchen sind und in der realen Welt nicht existieren.

Nachdem er mit einem Kollegen am nächsten Vormittag der Witwe des Erschossenen einen Kondolenzbesuch abgestattet hat, die kleine, zarte Frau bedrückt und wenig getröstet zurücklassen muss, lässt Ossi sich seine Papiere aushändigen.

Als wolle ihm das Schicksal einen Wink geben, springt ihm am nächsten Tag in der Tageszeitung eine Annonce ins Auge. Man sucht einen

Ranger für eine Wildfarm unter klarer Definition der Erwartungen, die der Bewerber erfüllen muss.

Eine Tasse Tee in der Hand, fällt es Ossi wie Schuppen von den Augen: Diese Stelle ist die Lösung, nach der er gesucht hat. Auf einer Wildfarm kann er endlich sein eigener Herr sein!

„Mein Salär wird zwar um einiges geringer ausfallen als mein jetziges Gehalt, doch ich finde sicher eine Möglichkeit, den Verlust auszugleichen", rechtfertigt er seine Entscheidung vor sich selbst und seinen Kollegen.

Ossi erfüllt die Erwartungen, versteht es im Vorstellungsgespräch, sich als sachkundiger Rancher darzustellen und hat Erfolg. Er wird eingestellt.

Paternosterbeeren

Dass Karin mit der Aufgabe betraut worden war, eine Annonce zur Suche eines Rangers für die Farm aufzugeben, dass dieser bereits gefunden und sogar schon eingestellt ist, erfahren Franz und Jennifer erst nach ihrer Rückkehr von Flims. Auch die Tatsache, dass der Mann sich um beide Farmen kümmern soll, war über ihren Kopf hinweg entschieden worden.

Doch sie hatten einen langen Tag hinter sich, der Flug steckte ihnen in den Knochen und nach der Kälte der letzten Tage in Flims waren die Temperaturen hier erst einmal gewöhnungsbedürftig. So nahmen sie die Neuigkeiten mit stoischer Gelassenheit zur Kenntnis. Auch beschloss Franz, das Thema nicht auf die Tagesordnung zu setzen, wenn die Eigentümerfamilie ihnen demnächst einen Besuch abstatten würde, wie angekündigt war. Man konnte es drehen und wenden wie man wollte, sein Chef saß am längeren Hebel. Vielleicht hatte Karin die richtige Person ausgesucht, sodass sie alle zufrieden sein können, besänftigte er den Anflug von Ärger. Er kann es nun einmal nur schwer ertragen, wenn über seinen Kopf hinweg Entscheidungen gefällt werden, die seine Angelegenheiten betreffen.

Kurze Zeit später werden sie zusammen mit dem neubestellten Verwalter zu einem Essen auf das Weingut Trianon nach Franschhoeck einbestellt.

Franz: „Der Abend verlief harmonisch und es war offensichtlich, dass Ossi das Herz seiner Chefin aus Guatemala im Sturm eroberte, vor allem, als er von seinem Abstecher nach Indien berichtete, dem Land, das sie so sehr liebt, dass sie nicht nur den indischen Prachtschrank ihrer Schwiegermutter behielt, sondern sich auch noch einen zweiten anschaffte."

Die Worte sprudeln wie Wasser aus einer kräftigen Quelle aus seinem Mund. Dorothea hat Mühe, mit dem Schreiben nachzukommen, die

Erinnerung an jenen Abend vermag es offensichtlich noch immer, sein Blut in Wallung zu versetzen.

Er hat sich von Dorothea abgewandt, verschränkt die Arme über der Brust und verfolgt mit den Augen ein Flugzeug, das im wolkenlosen blauen Himmel einen weißen Kondensstreifen zurücklässt, der noch immer sichtbar ist, als die Maschine längst nicht mehr zu sehen ist. Schließlich fährt er, ruhiger geworden fort:

„Ich kannte das Gut bis zu diesem Tag nicht, es muss aber schon zu seinen besten Zeiten eines der schönsten Anwesen auf dem besten Boden in Stellenbosch gewesen sein. Ein Franzose hat im 18. Jahrhundert Reben aus seiner Heimat in die überwiegend von Holländern besiedelte Gegend geschmuggelt, die französischen Reben mit den holländischen gekreuzt und die Weinstöcke so gepflanzt, dass sie nicht gegen den Wind und die Sonne ankämpfen mussten. Auf diese Weise hat er nach und nach einen Wein ausgebaut, der mit dem der alten Welt konkurrieren kann. Der Merlot, den sie dort erzeugen, braucht auch heute keinen Vergleich zu scheuen. Dann heiratete er die Witwe des Nachbargutes, deren Mann der vergifteten Pfeilspitze eines Buschmannes zum Opfer gefallen war und brachte seine Kenntnisse im Weinbau auch in die Weingärten des angeheirateten Anwesens ein. An den Hauptbau des Gutes ließ er Flügel anbauen, verwandelte seine ursprüngliche T-Form in die eines H's. So war es leicht, in den Innenhöfen Gärten anzulegen in denen alles wächst, was man sich wünschen kann. Die Pflanzen sind gut geschützt vor gierigen Fressfeinden und starken Winden. Zum guten Schluss schuf er am Ende der Gebäude einen riesigen Weinkeller. Im spanischen Stil gebaut, wurde er zur Attraktion der Gegend."

Franz macht eine Pause, isst eine der kleinen, aromatischen Tomaten, die Dorothea auf den Tisch gestellt hat, verzieht das Gesicht: „Meine angegriffene Schleimhaut verträgt offensichtlich keinerlei rohes Gemüse oder Salat mehr."

Dann fährt er fort: „In den Gebäuden verwendete man oft Kuhmist zum Polieren der Fußböden, auch bestrich man die Wände damit, so auch in Trianon. Die Sonne verbackt das Gemisch zu einem steinharten Schutz, der dann mit weißem Kalk verputzt wird."

Er kehrt zum Thema Ossi zurück und seine Stimmlage ändert sich.

„Alle am Tisch waren bester Laune, nur Jennifer verhielt sich auffallend reserviert. Wie sich viel später herausstellte, zu Recht.

Nach Beginn seiner Tätigkeit lief anfänglich alles bestens. Die schwarzen Angestellten fühlten sich gut behandelt, die Außenanlagen waren in tadellosem Zustand, die beiden Häuser gut gepflegt und auf unseren morgendlichen Safaris stellten wir fest, dass von Besuch zu Besuch immer mehr der verschiedensten Tierarten zurückgekehrt waren. Sogar seltene, stattliche Rappenantilopen mit weißen Blessen und säbelförmigen Hörnern ließen sich gelegentlich sehen. Sie gehören für mich zu den schönsten Tieren des Kontinents. Und, sie zeigten kein schreckhaftes Verhalten, was im Allgemeinen darauf schließen lässt, dass sie keine unliebsamen Begegnungen mit Wilderern fürchten mussten".

Er zieht ein Bild aus seiner Brieftasche, vergilbt und mit einem Knick in der Mitte, auf dem eine Gruppe der Tiere zu sehen ist, zeigt es Dorothea und steckt es wieder zurück.

„Zwar leben auch Menschen in den Winkeln des hügeligen Geländes und in dessen versteckten Plätzen. Im Allgemeinen erlegen die Eingeborenen aber nur kleinere Tiere wie Mungos, ganz selten größere. Früher, als es noch keine Schutzzonen gab und die Einheimischen noch keine Schusswaffen besaßen, war das Jagen eine gefährliche Kunst und erforderte großen Mut."

Dorothea: „Ich habe gelesen, gingen sie auf Nashornjagd, deuteten sie aus ihrer Gruppe einen als Köder heraus. Dann, wenn das Opfer das Horn bereit zum Stoß senkte und in wütender Gegenwehr mit seinen kurzen Beinen die Erde stampfte, die Schnauze drohend öffnete und mit seiner gewaltigen Kraft zum Angriff auf den „Köder" überging, griff die Truppe an und versetzte ihm den Todesstoß."

Franz: „Ja, das stimmt. Heute jedoch werden Nashörner aus anderen Gründen gejagt". Er macht eine Pause, trinkt einen Schluck und fährt dann fort:

„Man muss wissen, das kräftige, kegelförmige Horn der Nashörner wird nahezu in Gold aufgewogen, wenn man es verkauft. Alte Männer aus China versprechen sich aus dem aufbereiteten, pulverisierten Material eine neu erwachende Potenz. Dabei besteht es nur aus profanen, verklebten Haarmassen. Ein lohnendes Geschäft also."

Dorothea: „Und bei euch? Gab es auch Wilderer auf eurer Farm?"

Franz: „Lange Zeit bemerkten wir nichts und wir dachten, das wäre das Verdienst unseres Rangers. Weit gefehlt, wie sich später herausstellte. Doch es gab auch gute Zeiten mit ihm, das soll nicht verschwiegen werden."

Dann erzählt er von den Picknicks, die Ossi ausrichtete, an denen nicht nur die Belegschaft, sondern auch Jennifer, William und er regelmäßig teilgenommen hatten.

Dorothea: „Schade, dass ich um diese Zeit nie bei euch war, das hätte mir auch gefallen."

Franz: „Die richtige Zeit für ein Picknick ist die Zeit nach dem Ende der Trockenzeit. Dann, wenn der aufkommende Wind ersten Regen ankündigt, die großen wespennestähnlichen, graubraunen Nester der Webervögel in den Baumkronen schwanken, das kostbare Nass das Gras saftig grün sprießen lässt, wenn Dutzende von Antilopenarten und Strauße vorüberziehen, wenn man aus der Ferne das Gebrüll der Löwen hört. In diesen Wochen verwandelt sich die steinige, durstige Savannenlandschaft in ein millionenfaches Blütenmeer und die Natur ist so schön wie zu keiner Zeit sonst."

„Waren auf der Farm Zulus oder Menschen aus anderen Stämmen beschäftigt?" unterbricht ihn Dorothea gespannt.

Franz: „Bis zum heutigen Tag weiß ich nicht, ob unsere Schwarzen dem Stamm der Xhosa, der Zulus, der Pondo, der Tembu, der Fingo oder der Zizi angehörten oder wie sie auch alle heißen, es gibt schließlich mehr als zweihundert solcher Sippen. Damals waren sie für uns einfach Kaffer, und das Wort war bestimmt nicht als Schimpfwort gedacht. Für einen gewöhnlichen Europäer ist eine Unterscheidung der Stammeszugehörigkeit nahezu unmöglich, genauso unmöglich, wie es im Allgemeinen für einen Schwarzen die Unterscheidung zwischen Deutschen, Engländern oder anderen Nationen auf dem europäischen Kontinent ist. Bei uns auf der Farm jedenfalls führte der Mix von Schwarz, Weiß oder gar die unterschiedlichen Stammeszugehörigkeiten zu keinerlei Diskriminierung oder gar Streitigkeiten. Man saß beim Picknick zusammen, aß in kleine Würfel geschnittenes geröstetes Gemüse, Kartoffeln oder Kürbis, frisch gebackenes Brot, Biltong aus Kudufleisch, das Wochen vor dem Ereignis in Essig, Zucker, Salz, Koriander und Pfeffer mariniert, dann getrocknet wurde. In dünne Scheiben aufgeschnitten, schmeckt es wie roher Schinken."

Wie schön, denkt Dorothea, und welches Pech, dass, dies alles Vergangenheit ist.

„Zum Braai Bap, dem mit Hueguenotkäse und Speck gemischten Maisbrei, gab es auf Holz gegrillten Springbock, Kudu oder auch Strauß, als würziger Abschluss wurde meist Huguenotkäse gereicht, eine Mischung aus holländischem Gouda und englischem Cheddar, den ich aus der Stadt mitgebracht hatte. Das Fleisch, versicherte mir Ossi glaubwürdig und mit unschuldiger Miene, hätte er bei einem befreundeten offiziellen Jäger gekauft. Das zur Verfügung stehende Budget war reichlich genug bemessen, sodass er sich zumindest in der Anfangszeit seiner Tätigkeit nichts hatte zuschulden kommen lassen, bin ich mir sicher."

Ob er zu leichtgläubig war? Er weiß nicht, wie oft er sich diese Frage schon gestellt hat.

„Zum krönenden Abschluss unserer Tage auf der Farm reisten wir mit einem zufriedenen Glücksgefühl wieder ab oder schlossen ein paar

Tage Urlaub an den Victoriafällen an. Während der Regenzeit erwachen die Zuflüsse des Sambesi zu stürmischem Leben und die Gicht der Wasserfälle ist an klaren Tagen noch aus dreißig Kilometern Entfernung zu sehen. Nicht zu Unrecht wird der Fluss von den Eingeborenen ‚Rauch, der donnert', genannt".

Franz räuspert sich und nimmt einen Schluck Wasser. „Ja, es waren glückliche Tage damals. Dann aber kam der Tag, an dem wir wegen kleinerer Probleme in Matimba unseren gewohnten dreiwöchigen Weihnachtsurlaub in Deutschland und der Schweiz verschieben mussten. William hatte Ferien, Jennifer und ich waren übereingekommen, statt des üblichen Skiurlaubs ein paar Tage auf der Farm zu verbringen. Unserem „Mitfarmer" kamen wir nicht in die Quere, wir wussten damals, dass er andere Pläne hatte, Frégate war zu jener Zeit seine erste Wahl.

Wie bei unseren sonstigen Besuchen kündigten wir unseren geplanten Aufenthalt zwei Tage vorher an, um Ossi ausreichend Zeit zu verschaffen, das notwendige Personal zu organisieren.

Auf der Harmony Game Farm angekommen, erschien er mir bei der Begrüßung seltsam aufgeregt, hatte sich aber schnell wieder unter Kontrolle und ich führte seine Nervosität auf die zusätzliche Arbeit zurück, die unser unerwarteter Besuch verursachte. Wie gewohnt, brach ich nach einem kleinen Frühstück zur Rundfahrt durch das Gelände auf."

Er erinnert sich, als sei es gestern gewesen, dass Jennifer sich mit William am Pool vergnügte und dass das frohe Lachen der beiden und das Klatschen spritzenden Wassers bis zur Garage zu hören war.

„Auf den ersten Blick schien alles in Ordnung zu sein", erzählt er weiter. „Doch ich sah keinerlei Wild. Nicht einmal eine Tüpfelhyäne ließ sich blicken, geschweige denn eines der Jungen, die in diesen Tagen geboren werden und sich in den ersten Wochen fast ausschließlich in der Umgebung der Erdlöcher aufhalten. Zwar hatte ich ein paar dieser Erdlöcher entdeckt, doch von den Kleinen, die wegen ihres rabenschwarzen Fells auf dem Gelb des grünfleckigen Savannenbodens eigentlich kaum zu übersehen sind, keine Spur. Anschließend fuhr ich zu der kleinen Pension, in der ich mit Jennifer übernachtete, als unsere Farm sich noch im Bau befand und setzte mich in dem gut besuchten Restaurant an einen der wenigen leeren Tische, um einen Tee zu trinken. Er wurde mir mit drei frittierten Teigbällchen, den Vetkoek, serviert, eine mit süßem Obstgelee und Rosinen gefüllte Süßigkeit. Sie sättigt ungemein. Kurz darauf erschien die Wirtin an meinem Tisch und nahm ungefragt Platz."

Franz sieht die unscheinbare, grobknochige Frau mit den breiten Schultern und eng beieinanderstehenden Augen vor sich, wie sie leibt und lebt. Auch an das hellblaue, bis zur Wade reichende Kleid erinnert er sich seltsamerweise, sowie an das Gefühl, dass sie sein Erscheinen erwartet hat.

Dorothea registriert verwundert, dass er wieder ins Präsens verfällt, als er weiterspricht:

„Sie beginnt das Gespräch mit scheuem Blick, als befürchte sie, dass ihre Worte mich verärgern könnten. „Sie haben einen Oeynbergen als Verwalter eingestellt, wohl ein Sohn des früheren Besitzers? So ein glücklicher Zufall, dass ihnen ein sachkundiger Mann zur Seite steht, der die Farm kennt."

Sie reibt sich die breite, lange Nase, zupft das Kleid über der flachen Brust zurecht und sieht mich erwartungsvoll an.

Ich muss meine Gedanken sortieren, bis mir der Inhalt der Worte erklärbar werden: Ossi trägt denselben Familiennamen wie der Vorbesitzer der Farm. Dass mir dies nicht aufgefallen ist, als er mir seine Papiere gab, verwundert mich noch heute. So lasse ich mir Zeit, bis ich antworte:

„Ich denke, dass es sich nur um einen seltsamen Zufall handeln kann. Er hätte uns sicherlich über seine Verwandtschaftsverhältnisse aufgeklärt, wenn dem tatsächlich so wäre."

Mein Gegenüber schweigt, knetet die schmalen, aber kräftigen Hände: „Ist ihnen bei ihrer Ankunft auf der Farm irgendetwas Ungewöhnliches aufgefallen? Vielleicht eine Änderung im Verhalten des Mannes, das Ihnen merkwürdig vorgekommen ist?"

„Nein, nicht dass ich wüsste", erwidere ich, aber erinnere mich an die merkwürdige Nervosität Ossis nach unserer Ankunft.

Betretenes Schweigen. Schließlich sagt sie mit einem Lächeln, das um Verständnis wirbt: „Dann sind die Gerüchte, die man ab und zu hört, wohl falsch. Sie hätten doch sicher eine Veränderung bemerkt, wenn etwas Wahres an dem Gerede wäre."

Sie zeigt für eine Sekunde die Spitze einer grau-rosafarbenen Zunge und führt sie mit nervöser Hast über die Lippen, als wolle sie ihren Mund verschließen, damit er nicht weiter etwas preisgeben kann, was vielleicht zum Schaden gereichen könnte. Es scheint mir, als ob sie es bedauere, überhaupt etwas gesagt zu haben.

„Ich weiß es zu schätzen, wenn Sie mir ihre Beobachtungen berichten und versichere ihnen, dass ich sie vertraulich behandeln werde", gebe ich zur Antwort.

„Ich möchte unbedingt vermeiden, dass Sie mich für eine Klatschbase halten", beginnt sie zu sprechen, stockt und kann sich offensichtlich nicht dazu durchringen, weiterzureden.

Dann steht sie auf, streckt mir die schmale, abgearbeitete Hand entgegen, die sich erstaunlich weich anfühlt: „Es geht das Gerücht, auf dem Gelände ihrer Farm sind in manchen Nächten Schüsse zu hören. Zugegeben, es hat uns nur wenig verwundert, da ja der Sohn des Besitzers dort wohnt, dachten wir wenigstens."

Noch während sie redet, zieht sie die Rechnung aus der Tasche ihrer Schürze. Ich zahle, sie öffnet die Tür und ohne mir noch einmal Gelegenheit zu einer Nachfrage zu geben, schließt sie sie leise hinter mir."

Dorothea schreibt und schreibt, merkt plötzlich, dass das soeben noch real Erlebte wieder zu einer Erzählung über längst Vergangenes mutiert ist.

„Auf dem Weg zum meinem Landrover blickte ich zum Himmel hinauf. In der Ferne kämpften zwei riesige Geier mit mächtigen Flügeln wütend miteinander, als stritten sie um eine fette Beute am Boden. Mein Verdacht war geweckt, wo man Rauch sieht, ist meist auch Feuer. Ich wusste, ich würde der Sache auf den Grund gehen müssen."

Franz überlegt eine Weile, trinkt einen Schluck, und spricht in ruhigem Ton weiter, jetzt wieder im Präsens. Inzwischen verdichtet sich in Dorothea der Verdacht, dass ihn das Erinnerte in unterschiedlichem Maße berührt, was sich wohl im Gebrauch unterschiedlicher Zeitformen äußert.

„Auf der Farm zurück, läuft mir Ossi in die Arme. Er hat einen dicken Schlüsselbund in der Hand und versucht, das Tor zu dem vom Küchentrakt ein paar Meter entfernt liegenden Vorratshäuschen aufzuschließen, das einmal die schäbige Hütte des Viehfarmers gewesen ist. Ich habe sie nicht abreißen, sondern notdürftig herrichten lassen. Trotzdem gleicht das Häuschen, wohl durch sein abgeflachtes Dach und die wegen der Hitze geschlossenen Läden, in meinen Augen einem grauen Kasten, denke ich für einen Moment, registriere aber mit Wohlgefallen, dass das Gebäude frisch gesäubert sein muss. Weder tote Fliegen liegen auf den Fensterbänken noch hängen Spinnweben von den Fensterrahmen und auf der Außenlampe.

Aber lese ich nicht in den Augen Ossis eine Spur schlechten Gewissens, als ich zu ihm trete und er hastig ein braunes Säckchen hinter seinem Rücken zu verbergen sucht? Oder versteckt er etwa seine Hände, weil seine Finger rot und gichtig geschwollen sind, was für übermäßigen Alkoholgenuss sprechen könnte? Ich verhalte mich so, als bemerke ich seine Unsicherheit nicht. Was soll sich auch Verbotenes in dem Säckchen befinden, und einen alkoholisierten Eindruck macht er nicht auf mich.

„Na, alles in Ordnung, für welche Zeit ist der Lunch gerichtet?" Mein Ton ist unschuldig, man kann ihm meine Überlegungen nicht anmerken.

„Für zwanzig Uhr!" Ossi zieht das Säckchen hinter seinem Rücken hervor, hebt es hoch: „Rosmarinnadeln und Koriander", dann, nach einem kurzen Nicken, verschwindet er eilig im Innern des Häuschens.

Der Wind weht stärker, treibt mir das Haar in die Stirn und eine flüchtige Wolke bratenden Fleisches in die Nase. Ich beeile mich, ins Innere des Hauptgebäudes zu gelangen. Im Vestibül schnuppere ich tatsächlich den herben Duft des Rosmarins, der sich mit dem würzigen eines Bratens mischt, und der Hunger meldet sich. Süße Teigbällchen haben keinen nachhaltigen Sättigungseffekt, bestätigte ich wieder einmal.

Ich trete ins Wohnzimmer, wo William auf der breiten Couch, mit ausgezogenen Schuhen und die Füße auf dem Couchtisch, sich einen Wildwestfilm zu Gemüte führt und mit einem so völlig ausdruckslosen Blick kurz aufschaut, als ob er mein Hereinkommen nicht einmal bemerke. Am Arm trägt er sein Armband aus bunten, ledergefassten Jaspissteinen, das er sich zum Geburtstag gewünscht hat, nachdem in der Schule die Runde machte, dass Jaspis ein Heilstein sei, der die Energiefelder des Körpers wieder auflade. Wenn man aber Jennifers Worten Glauben schenken will, besteht in dieser Beziehung eigentlich kein Handlungsbedarf, doch er liebt sein Armband und legt es nur zum Schwimmen und Duschen ab.

Ich erinnere mich, dass ich mir ein Buch über Wilderei aus dem Regal greife und mich in meine Lektüre vertiefe, bis es Zeit zum Lunch ist.

Wie bei jedem unserer Besuche schmeckt auch an diesem Abend das Essen köstlich. Auf dem Tisch ist der für mich unverzichtbare rote Pfeffer gerichtet, mit dem ich das Fleisch nachwürze, ohne es zuvor probiert zu haben, zum ständigen Missfallen meiner lieben Frau. Ich aber bin überzeugt, dass roter Pfeffer reine Medizin und der Verdauung so zuträglich ist, dass man nie genug davon verzehren kann.

Nach dem Essen kündige ich Jennifer an, dass ich am nächsten Tag die Gegend genauer inspizieren und zu jener Stelle fahren will, über der die Geier kreisten. Allein und vor allem, ohne Ossi.

Nach einem guten Glas Merlot gehen wir nicht lange danach zu Bett."

Dorothea beobachtet, wie Franz sich über die Magengegend streicht, sein Hemd zurechtrückt und die Sorge um seine Gesundheit reckt sofort den Kopf. Ob die Medikamente jetzt die Schleimhäute seines Magens angreifen? Bleibt ihm denn nichts erspart? Doch ehe sie sich erkundigen kann, ob er wieder einen dieser Magenkrämpfe habe, die ihn von Zeit zu Zeit plagen, erzählt er weiter:

„In der Nacht bemerke ich ein leichtes Unwohlsein, das sich bis zum Morgen zu einem veritablen Brechdurchfall ausgewachsen hat. Das Essen konnte nicht die Ursache gewesen sein, soviel war sicher, der Rest der Familie und auch das Personal verspüren keinerlei Beschwerden. Natürlich ist an eine Inspektion der Farm nicht zu denken, denn mein Unwohlsein bessert sich erst gegen Abend. Vorsichtshalber lasse ich mir zum Lunch Braai Bap ohne den üblichen Käse und Speck zubereiten, trinke ein Glas heißes Bier und bin am frühen Morgen des nächsten Tages wieder genesen.

Um mein Vorhaben endlich umzusetzen, verzichte ich auf mein Frühstück, versuche den Wagen unbemerkt aus der Garage zu fahren, und beim Herausfahren aus dem Grundstück sehe ich Ossi mit verdrossener Miene und hinter dem Rücken verschränkten Armen in der Einfahrt stehen."

Franz steht auf, streckt seine Glieder, fährt sich mit der Hand über das Haar und die Erregung über das Geschehene lässt ihm die Worte fast druckreif aus dem Munde fließen:

„Nach einigen Irrfahrten fand ich zwar die gesuchte Stelle, aber außer ein paar großen Flecken von getrocknetem Blut lediglich ein paar Knochenreste und ein ausladendes geringeltes Horn, das nur von einer männlichen Rappenantilope stammen konnte. Die männlichen

Tiere leben als Einzelgänger und der Zustand des Grases ließ nicht auf eine ganze Herde schließen. Hyänen hielten sich offenbar nicht in der Gegend auf. Da sie in der Lage sind, mit ihren schraubstockähnlichen Kiefern starke Knochen zu zerkleinern, hätten sie keinerlei Reste zurückgelassen. Der Wildbestand musste aus irgendeinem Grund so stark dezimiert sein, dass sich die in Rudeln lebenden Tiere andere Jagdgefilde gesucht hatten. Tatsächlich entdeckte ich bei genauerer Untersuchung der Umgebung der Blutflecke im Gras einen Fetzen Fell und dann die Schleifspur, die an einem Platz endete, auf dessen trockenem Sand Reifenspuren zu erkennen waren.

Ich ging zum Wagen zurück und war mir sicher, dass hier Wilderer am Werk gewesen waren und ich Ossi zur Rede stellen musste. Doch als Erstes wollte ich das Ganze mit meiner Frau besprechen."

Dorothea kommt kaum mit dem Schreiben nach. Das Papier geht ihr aus, und sie holt ein Pack frischer Blätter aus dem Sekretär. Franz nutzt die Gelegenheit, einen Blick in die Tageszeitung zu werfen, legt sie zur Seite, als sie, den Kuli gezückt, wieder Platz genommen hat.

„Zurück auf der Farm, überrasche ich meine Frau mit dem Vorschlag einer Fahrt nach Phalaborwa. Es ist noch früh genug am Tag, zumal es in der Stadt nicht sonderlich vieles gibt, was zum längeren Verweilen einlädt. Außer einem der Eingänge zum Kruger Park und dem klaren Stadtbild mit breiten, schachbrettartig angelegten Straßen und nichtssagenden Geschäften, hat die Bergbaustadt wenig zu bieten. Vor allem, wenn man das Freilichtmuseum bereits kennt, dessen Erlebnis wir uns bereits bei einem früheren Besuch gegönnt hatten. Mir ist es seit diesem ersten Besuch ein Rätsel, weshalb die Buren die Stadt „besser als der Süden" nannten, ein Name, der sich bis heute erhalten hat. Wahrscheinlich, weil sie sich hier vor den Engländern sicher fühlten, die sie am Kap nicht in Ruhe ließen, sodass sie im großen Treck das Weite suchen mussten.

Zu meinem Erstaunen willigt Jennifer ohne Diskussion ein, womit sich mir der Verdacht aufdrängt, dass sie ihr Haarshampoo und einen

Kamm vergessen haben muss und die Stippvisite in den eigenen Plan passt.

Auf der Fahrt erzähle ich von meiner Beobachtung. Sie schweigt eine Weile, verschränkt die nervösen Finger, um sie zur Ruhe zu bringen, legt, wie es ihre Art ist, nachdenklich die Hände in den Schoß.

Am Horizont flattert ein riesiger Schwarm Stare aus einem Getreidefeld auf, formiert sich zu wellenförmigen, synchronen Bewegungen und sie folgt mit den Blicken den Flug der Vögel einen Augenblick. Dann antwortet sie zögerlich und aus dem leisen Ton ihrer Stimme klingt enttäuschtes Vertrauen: „Ich vermute, die Angelegenheit ist noch um ein Vielfaches schlimmer als du denkst. Ich war heute im Vorratshäuschen, um zu checken, was nachgekauft werden muss. In einem Leinensäckchen habe ich dies gefunden."

Sie zieht ein Beutelchen aus der Tasche. Es ist mit kleinen, rotbraunen Pflanzenperlen gefüllt.

„Seinen Inhalt werde ich heute in der Apotheke in der Stadt analysieren lassen. Ich habe auch roten Pfeffer aus unserer Küche dabei. Wenn es das ist, was ich vermute, besteht tatsächlich Handlungsbedarf."

„Was vermutest du denn, sag' es ruhig."

Jennifer zögert einen Augenblick, dann sagt sie: „Ich fürchte, bei den Kügelchen handelt es sich nicht um Pfeffer, sondern um Paternosterbeeren. Auf unserer Farm zu Hause mussten diese Pflanzen zum Schutz der Kinder herausgerissen werden. Vielleicht hat man dir eine gehörige Prise davon in den Pfeffer gemischt. Bevor ich mir aber nicht sicher bin, sollten wir nichts weiter unternehmen, zumal ich mir überhaupt nicht vorstellen kann, weshalb jemand so etwas tun sollte. Jeder hier weiß doch, wie giftig die Beeren sind, wenn sie ungekocht gegessen werden."

„Das weshalb werden wir klären, wenn es sich wirklich um Gift handeln sollte. Vorerst gehen wir mal nicht von dem Schlimmsten aus.

Und wenn doch, müssen wir uns überlegen, ob wir die Polizei verständigen."

Der Apotheker, ein gedrungener Mann mit schütterem Haar, setzte bedächtig seine Brille auf, als wir ihm die Beeren präsentierten.

Dann gibt er sehr schnell sein Urteil ab: „Eindeutig Paternosterbeeren, es gibt keinen Zweifel. Vorsicht also, niemals ungekocht essen."

An dem Glas mit dem roten Pfefferpulver jedoch schnuppert er nur und schüttelt den Kopf: „Das kann ich hier unmöglich analysieren, dazu braucht es ein anderes Labor als das bescheidene, das mir in meiner kleinen Apotheke zur Verfügung steht. Es gibt aber eine andere Möglichkeit, die Substanz zu identifizieren. Im Township Namakgale, ganz in der Nähe, betreibt eine der sogenannten Heilerinnen ihr Geschäft, ich bin sicher, sie erkennt allein am Geruch des Pulvers, ob es sich tatsächlich ausschließlich um reinen Pfeffer handelt."

Dorothea unterbricht Franz: „Erinnerst du dich, wie uns in einem der schäbigen Läden in Johannesburg, wo es tote Schlangen, Affenschädel, Tierblasen, Schwänze von Weißschwanzgnus und alle möglichen Pülverchen zu kaufen gab, eine Gruppe von Heilerinnen über den Weg gelaufen ist, die ihren Vorrat ergänzen wollte? Die Haare der Frauen waren mit roter Paste eingestrichen, an den Gürteln trugen sie Tierhautstreifen in den verschiedensten Farben neben ebenfalls mit Tierhaut bespannten Trommeln. Seltsam – unheimliche Erscheinungen für eine Europäerin wie mich."

„Ja, ich erinnere mich, doch das ist in Johannesburg kein allzu seltenes Bild. Meist kommen die Magierinnen aus den Drakensbergen, aus Natal zu einem Kurzbesuch in die Stadt, um ihre Raritäten einzukaufen. Wir haben den Rat des Apothekers befolgt, obwohl eine Fahrt in die Nähe eines Dorfes, in dem Sangomas, schwarze Heilerinnen leben, nicht zu meinen bevorzugten Zielen gehört. Die Seelen der Ahnen fahren angeblich in ihre im Tanz zuckenden Körper, in denen die schwarze, die unheimliche Seele Afrikas brodelt.

Doch weiter in meiner Geschichte: Die Frau, die uns die Tür öffnet, entspricht in allen Punkten dem Klischee, das man solchen Frauen zuspricht. Sie hat wohl gerade eine ihrer Sitzungen abgehalten, denn auf einer Art Altar in der Ecke des stickigen Raumes, in der Nähe der Tür, qualmt noch eine verlöschende Kerzenflamme zwischen allerlei Tiegelchen und Fläschchen, in denen sie wohl Arzneien aufbewahrt.

Wir sind froh, dass sie uns nicht ins Innere bittet, schon die wenige Luft, die aus der Hütte ins Freie dringt, raubt uns den Atem. Sie hört uns aufmerksam zu, greift die Phiole mit Pfeffer und zischt: „Ich muss Makhulukhulu befragen". Jennifer hat mir später erklärt, dass dies in der Sprache der Zulus Gott bedeute. Dann schließt sie die Tür bis auf einen Spalt und ist für eine Weile verschwunden.

Aus dem Inneren des Hauses klingt leises Gemurmel und der Geruch brennender Zweige mischt sich mit der abgestandenen Luft des Raumes und treibt ihn zu unseren Nasen.

Nach einer Weile erscheint die Magierin wieder in der Tür: „Dem Pfeffer ist i-paternoster Berry Powder untergemischt, nur in geringer Menge, gerade so viel, dass es einem gesunden Mann übel werden kann", erklärt sie in einem schwerfälligen Afrikaans, übergibt meiner Frau die Phiole und streckt mir mit forderndem Blick ihrer runden Augen die Hand entgegen. Ich überreiche ihr einen reichlichen Obolus und sie scheint zufrieden damit, denn der eben noch scharfe Blick hat sich in einen wohlwollenden verwandelt, als sie die Tür der Hütte hinter uns zuzieht.

Jetzt war guter Rat teuer. Auf der Fahrt zurück fassten wir den Entschluss, Ossi am nächsten Vormittag zur Rede zu stellen.

Nach dem Frühstück erscheint Ossi pünktlich und in voller Rangermontur, um uns mit unschuldiger Miene auf das Stück Land zwischen Swimmingpool und Olifantriver zu führen. Auf dem kurzen Stück Weg soll uns ein riesiger Fußabdruck eines Flusspferdes mit den typischen tellerartigen runden Ballen und vier breiten klauenartigen Zehen beweisen, dass die Tiere sich abends hier ein Stelldichein geben.

Die „gefährlichsten Tiere Afrikas", nennt Ossi die Hippos, nimmt sein Gewehr von der Schulter und setzt eine bedeutsame Miene auf. Mit dieser Demonstration will er uns vorgebliche Laien wohl von seiner Sachkenntnis überzeugen, mich aber bestärkt seine Angeberei in der Gewissheit, dass er es war, der das Gift in den Pfeffer gemischt hat. Er wollte mich wohl für eine Weile außer Gefecht setzen, damit ich seinem Treiben während der kurzen Zeit unseres Aufenthaltes nicht auf die Schliche kommen kann und vielleicht auch, um Spuren zu beseitigen. Ich kam daher gleich zur Sache:

„Man sieht so gut wie kein Wild auf unserem Gelände, musste ich bei einer ersten Inspektion des Bestandes feststellen, und das wenige, das man zu Gesicht bekommt, ist dermaßen scheu, dass man den Eindruck gewinnen könnte, auf die Tiere würde geschossen. Komm' nachher mal in die Lobby, ich glaube, von meiner Seite besteht Gesprächsbedarf."

Hinter der Stirn des Rangers jagen sich offensichtlich die Gedanken, auf Oberlippe und Stirn bilden sich kleine Schweißperlen. Sein mühsamer Versuch, uns eine ungezwungene Miene zu präsentieren, misslingt ebenso wie der, seiner Stimme wieder einen unbefangenen Ton zu verleihen: „Ist elf Uhr genehm? Dann hätte ich die Truthähne und die zwei Pferde auf der Nachbarfarm versorgt."

Ich akzeptierte ohne weiteren Kommentar die Uhrzeit und man sah Ossi förmlich an, dass er sich fragte, ob man ihm eine Falle stellen wollte. Schließlich trottete er mit erhobenem Kopf, aber eingezogenen Schultern von dannen," fährt Franz fort.

„Ich erinnere mich, dass ich meine Hände in das Brunnenwasser des kleinen Bassins im Hof tauchte und dann meine Stirn benetzte, um meine zornige Stimmung herunterzukühlen. Eine der von mir seit Kindheitstagen ungeliebten Neuanschaffungen, ein hässlicher Truthahn, näherte sich kollernd mit hochrotem Kopf. Ich verscheuchte den Puter mit einem Besenstiel, der rote Hautlappen zwischen seinen Augen schwankte aufgeregt über seinem Schnabel, als ich ihm mit dem Schlauch eine Ladung Wasser hinterherschickte. Eine rabenschwarze Katze flüchtete fauchend auf die Mauer und verfolgte den sich trollenden Vogel wütend mit den Blicken.

Die typischen dreizinkigen Spuren der Füße der großen Vögel waren mir bereits bei unserer Ankunft auch auf unserem Teil des Geländes aufgefallen, desgleichen ihre klitschigen Hinterlassenschaften. Auf meine Nachfrage antwortete Ossi, dass sie auf Geheiß unseres Nachbars angeschafft worden seien und ich ließ es dabei bewenden.

Ob er ihm deren Ansiedlung mit dem Versprechen eines leckeren Puterbratens schmackhaft gemacht hat oder ob gar in unserer Abwesenheit illegale Hahnenkämpfe stattfinden, fragte ich mich jetzt. Inzwischen traute ich Ossi jede Schandtat zu.

Als er pünktlich zur verabredeten Zeit an der Lobby erschien, noch einmal hastig an seiner halbgerauchten Zigarette zog, sie dann zu Boden warf und mit einem Dreh seiner Stiefelspitze zerquetschte, war kein Zweifel mehr möglich, es war ihm nicht wohl in seiner Haut. Ich beschloss, ihn nicht weiter auf die Folter zu spannen und mir jedes höfliche Geplänkel zu sparen: „Ich habe in Erfahrung gebracht, dass auf der Farm des Nachts nicht alles mit rechten Dingen zugehen soll. Man erzählt von Schüssen, quietschenden Reifen und lauten Männerstimmen."

Sein Gesicht verfärbte sich hochrot, er schwitzte wie ein fiebernder Malariakranker und es hatte den Anschein, dass er unter Aufbietung all seiner geistigen Kräfte herauszufinden versuchte, wie weit meine Kenntnisse seiner Machenschaften reichten. Dass er in solche verwickelt ist, war ihm deutlich anzumerken. Schließlich setzte er zum Reden an, ich aber unterbrach sein Stottern und trieb ihn weiter in die Enge:

„Ich weiß Bescheid, ich habe meine zuverlässigen Quellen."

Mit diesen Worten war ich ihm zum Feind geworden, wie an der aufsteigenden Wut in seinen Augen erkennbar war. Doch ich ließ mich nicht beirren und fuhr fort:

„Du bist jetzt schon ein paar Jahre hier und ich habe dir immer vertraut. Ich könnte ja vielleicht ein gewisses Verständnis aufbringen, wenn ich den Grund deiner Illoyalität kennen würde. Ist dir das einfache Rangerdasein nach deinem bewegten Leben auf einmal zu langweilig geworden oder brauchst du Geld, weil du an illegalen Spielen teilnimmst, vielleicht pokerst, dir deshalb mit illegalen Jagden schlechtes Geld auf unsere Kosten verdienst?" Ich blickte ihm intensiv in die Augen, als könne ich in seinen Gedanken lesen: „Doch dass du mir Gift in den Pfeffer gemischt hast, um mich am genaueren Hinsehen zu hindern, das kann ich nicht verzeihen."

Es war, als ob ihn in Kürze der Schlag träfe. Meine Versuche, in seinen Augen nach der Wahrheit zu suchen, blieben erfolglos. Er senkte den Kopf, starrte zu Boden und zerknüllte eine leere Zigarettenschachtel in seinen schweißtriefenden Händen. Dann stürzte er ohne ein weiteres Wort zur Tür hinaus.

Am Nachmittag reisten wir ab, ohne dass wir ihn noch einmal zu Gesicht bekommen hatten. Offenbar wollte er eine erneute Begegnung vermeiden, denn dass seine Entlassung bevorstand, konnte er sich ausrechnen."

Franz holt tief Luft und man sieht ihm an, dass ihn das Reden ermüdet. Er überzeugt sich, dass der Akku seines tragbaren Beatmungsgerätes, das er stets wie eine kleine Tasche mit sich tragen muss, noch geladen ist, erzählt dann aber weiter:

„Doch die Kündigung war nicht meine Aufgabe, Gott sei Dank, es gibt Dinge, mit denen ich mich ungern befasse. Im Büro angekommen, verständigte ich Otto, seinen und meinen Chef, der, wie ich vor wenigen Tagen, aus allen Wolken fiel. Doch als er die fristlose Kündigung in Auftrag geben will, hinderte ihn seine zweite Frau, die er kurz nach seiner Scheidung geheiratet hatte, an seinem Vorhaben.

„Auch sie war Ossis Charme erlegen, so wie Du", Franz lächelt Dorothea spöttisch an.

„Es hielt sich in Grenzen", antwortet Dorothea. „Erzähl' lieber weiter, die Zeit drängt, es sei denn, du bist zu erschöpft".

Er nickt mit dem Kopf: „Komm' lass uns aufhören, ich habe langsam genug. Sehr viel gibt es ohnehin nicht mehr zu berichten, vor allem nicht sehr viel Schönes."

Doch dann überlegt er es sich anders, stört mit einem Schlag seiner Zeitung eine dicke Fliege, die an der Schiebetür erfolglos versucht, vor ihnen ins Haus zu gelangen, während er weiterspricht: „Erst als das Management der beiden Farmen sich hinter mich stellte und seinerseits mit seiner eigenen Kündigung drohte, falls Ossi nicht entlassen wird, gab die werte Gemahlin nach und willigte in die Kündigung ein.

Ossi hatte im Laufe der Zeit seiner nahezu unbeschränkten Herrschaft ein selbstherrliches Gehabe, eine besondere Art von Rassismus entwickelt, sich die Belegschaft zum Feind gemacht, den ihm Untergebenen bei jeder sich bietenden Gelegenheit seine Missachtung gezeigt, berichtete man mir später. Es stellte sich auch heraus, dass das Hausmanagement schon geraume Zeit seinen Stern sinken sehen wollte und auf eigene Faust Nachforschungen über seine Aktionen betrieb. Der Erfolg hatte nicht lange auf sich warten lassen und das Resultat der Ermittlungen ließ sich sehen. Ossi verdiente sich mit arrangierten Jagden auf unseren Farmen ein erkleckliches Zubrot, und sein Einkommen war gewachsen, so wie er es sich vor seinem Abschied bei den Cops in Johannisburg zum Ziel gesetzt hatte.

Der ‚Giftanschlag' auf meine Person konnte ihm natürlich nicht nachgewiesen werden und, um keinen weiteren Staub aufzuwirbeln und die beiden Farmen nicht in die Schlagzeilen zu bringen, haben wir die Angelegenheit im Sand verlaufen lassen".

Dorothea: „Waren also Querelen dieser Art der eigentliche Grund für den Verkauf der Farm?"

Franz: „Nur zum Teil. Als das Kapitel Ossi abgeschlossen war, kehrte unter der Belegschaft Ruhe ein und alles ging wieder seinen normalen Gang. Ein junger Bure wurde als Ranger eingestellt, ein nüchterner zurückhaltender Mann, der sein Handwerk verstand und aus der Gegend stammte.

Zurück zu deiner Frage: Für den Verkauf gab es mehrere Gründe. Zum Ersten nutzten wir die Annehmlichkeiten des Anwesens viel zu wenig, wir hatten ganz einfach keine Zeit, zum Zweiten hatte sich das Interesse meines Chefs aus Bochum an seiner Wildfarm nach der Fertigstellung der Bauten auf seiner Insel Frégate offensichtlich etwas abgekühlt, auch wegen massiver Querelen in Deutschland. Ein Vorstand in Bochum stellte die firmengerechte Nutzung der Farm in Frage, und die Presse schlachtete das Thema genüsslich aus. Zum Dritten kann man nicht auf zu vielen Hochzeiten tanzen, auch unser Haus in Johannesburg erforderte unsere Aufmerksamkeit. So entschieden wir uns letztendlich, wenn auch schweren Herzens, die Farm abzustoßen, ein Grundstück in Gordonsbay zu erwerben, dort ein weniger arbeitsintensives Haus zu bauen und es zu unserem Altersruhesitz zu küren.

Wie zu erwarten war, entwickelte sich auch dort die Urbarmachung der mit Fynbos, Robinien und sonstigen armdicken Stämmen bewachsenen Wildnis und der Bau des Hauses zu einer zeitraubenden Unternehmung. Bevor aus der Wildnis ein blühender Garten mit grandiosem Blick auf den Ozean geworden war, sind Spaten und Hacke zu Jennifers ständigen Begleitern geworden. Sie rodete um den Preis ihrer gepflegten Hände zusammen mit einem Arbeiter das Gelände und die Nägel meiner gepflegten Frau waren für lange Zeit ruiniert."

Er betrachtet nachdenklich seine mageren Beine, hebt die noch mageren Arme, die seine Hände zu groß für seinen Körper erscheinen lassen, streicht sich tastend über das schüttere Haar, das durch die intensivmedizinische Behandlung gelitten hat.

„Wir hatten dort eine schöne Zeit. Jetzt aber kannst du hautnah miterleben, dass alle Mühen letztendlich vergeblich gewesen sind. Die

Würfel des Lebens sind in eine andere Richtung gefallen. Doch ein Trost ist uns geblieben, es waren uns ein paar Jahre unbeschwerten Genusses vergönnt."

Seine Kehle ist trocken und brennt wie nach einem Marsch durch die Wüste und er verlangt nach Wasser.

Dorothea holt ein gefülltes Glas aus der Küche und fragt sich, ob er tatsächlich Durst hat oder ob er sie nur ablenken will. Sie weiß, der Verlust seines Haares belastet ihn, auch wenn er es nicht ausspricht und es zu verbergen sucht. Als sie zurück ist, versucht er das Plaid über seine Beine zu ziehen, verheddert sich und sie zieht es zurecht.

Wieviel Zeit werden ihm seine verkrampften Bronchien noch gewähren? Sein Atem geht schwer, sein Herz hämmert, er muss sich beeilen, mit seiner Geschichte zum Ende zu kommen, denkt Franz und sammelt seine Kräfte, um weiterzureden.

„Als William und ich, den Ozean vor Füßen, eine kleine Jacht kaufen wollen, ist Jennifer nicht für den Plan zu begeistern. Sie bangt um unsere Sicherheit, befürchtet, wir enden als Fischfutter. Bedauerlicherweise gibt es zwischen unserer Küste und der von Somerset West, der Deutschen liebster Ferienort, Haie. Und da die Gefahr des Kenterns immer besteht, war sie dagegen."

Am Himmel haben sich die Wolken verzogen. Von der Sonne geblendet, schließt Dorothea die Augen und unversehens tauchen die großen Panoramafenster des Hauses am Meer vor ihnen auf, sieht sie die unendliche Weite des blauen Ozeans, wo nichts den Blick verwehrt. Am Tag des Besuches hatte der Wind die Gewalt eines Sturmes angenommen, dröhnte das Tosen der Wogen bis ins Innere des Hauses und die See jagte bis zur Küstenstraße herauf. Wogen rollten heran, kleinere mit weißen, sich in sich krümmenden Kämmen eilten voraus und verloren sich an der Küste im gelben Schaum des aufgewühlten Sandes. Jennifer hatte ihren bedenklichen Blick gesehen und sie lachend beruhigt:

„Wir sind hier oben in Sicherheit, obwohl ein Wind in solcher Stärke selten ist auf dieser Seite der Küste, ganz anders als in Sommerset West. Ich verstehe die ausländischen Touristen nicht, sie bevorzugen jene Küstenseite, obwohl der Wind dort kaum Pause macht."

Dorothea: „Für mich war es ein folgenreicher Besuch, er hat eine tiefe Sehnsucht nach einem Haus mit freiem und ungehindertem Blick ins Weite in mir geweckt, ein Verlangen nach einem Haus wie dem euren. Leider fehlt unserem der Blick aufs Wasser, trotz aller Fernsicht, die zunehmend von Bäumen torpediert wird, die zudem große Schatten werfen, zum Nachteil der Effizienz aller Photovoltaikanlagen in der Umgebung."

Franz: „Manche Träume bleiben eben unerfüllt, aber sei gewiss, sie verlieren ihre Kraft mit der Zeit."

Die dicke Fliege hat inzwischen den Kampf mit der Schiebetür aufgegeben, taumelt eine kleine Weile über die warmen Dielen des Atriums, dann ist sie verschwunden.

Dorothea: „Euer Nachbar, wie ihr sagtet, ein wohlhabender Starfriseur aus London, hat uns damals durch sein Haus geführt, ein solches Interieur habe ich bis zu diesem Zeitpunkt noch bei keinem Privatmann zu Gesicht bekommen, wobei natürlich mein Leben sich im Allgemeinen nicht in sonderlich elitären Kreisen bewegt. Ich erinnere mich, dass der rundgesichtige, blonde, stämmige Mann erzählte, dass das große Portal mit dem reichgeschnitzten Türrahmen, das in sein Saunaparadies führte, was natürlich auch über eine ebenfalls prachtvoll ausgestattete Bar verfügte, eigens aus Indien eingeflogen worden sei".

Franz: „Ja, mit den Köpfen der Damen lässt sich offensichtlich viel Geld verdienen. Ihm selbst aber stand das Haar in wilden Wirbeln um den Kopf, kein Aushängeschild für einen Friseurmeister. Aber bei so manchen Frauen und wohl auch Männern spielt das Aussehen eine untergeordnete Rolle, wenn der Geldbeutel des begehrten Objekts den Ansprüchen entsprechend gefüllt ist. Ich möchte nicht wissen, welche Orgien in der Villa gefeiert wurden, ich habe ihn nämlich nie mit derselben Frau anreisen sehen, obwohl er angeblich verheiratet war. Ich persönlich vermute, er war homosexuell oder hatte vielleicht auch Interesse an beiden Geschlechtern.

Doch zurück zu unserer Farm. Als wir uns zum Verkauf entschlossen hatten, fanden wir nach kurzer Zeit einen Käufer, einen Deutschen, der uns einen sehr guten Preis bot. Doch die Transaktion hatte einen Haken. Wir hatten uns gegenseitig beim Kauf ein gegenseitiges Vorkaufsrecht eingeräumt mit dem Ziel, dass jeder von uns im Falle eines Verkaufs in den Kaufvertrag des anderen eintreten konnte, leider nur zum ursprünglichen Kaufpreis, der aktenkundig gemacht war. Der Wert der zu berücksichtigenden Bauten war gutachterlich festgestellt. Zwischenzeitlich waren die Immobilienpreise enorm gestiegen und der gebotene Kaufpreis war folgerichtig bedeutend höher als der dokumentierte Betrag. So verringerte sich mein Gewinn um ein Drittel, denn mein Chef erwarb meine Farm zu seiner eigenen hinzu und war zu keiner Änderung der Regelung bereit. Seit diesem Geschäft war die Stimmung in unserer Beziehung verständlicherweise etwas getrübt. Dennoch durfte ich es mir nicht mit ihm verderben, schließlich war er der Hauptgesellschafter meines Mutterunternehmens.

Als einige Zeit später die in Deutschland die Zeitungen gefüllt waren von den Nachforschungen jenes Aufsichtsrats, war ich froh, nicht mehr als Eigentümer in die Sache verwickelt zu sein. du siehst, der Lauf des Schicksals ist nur begrenzt berechenbar, wie war die von unserer Oma gerne gebrauchte Redensart?"

Dorothea: „Und erstens kommt es anders und zweitens als man denkt".

„Richtig, andererseits, der penible Vorstand hat seinen Posten schnell wieder verloren, womit sich einmal aufs Neue bestätigte, man soll sich besser nie mit den ganz Großen anlegen. Inzwischen sind die Anteile an der Muttergesellschaft verkauft und mein ehemaliger Chef lebt, wie könnte es anders sein als Milliardär in der Schweiz."

Dorothea schließt den Ordner, schüttelt die rechte Hand, bewegt vorsichtig die vom Schreiben schmerzenden Finger. Dann sagt sie: „Schluss für heute. Nach dem Abendbrot trinken wir zusammen ein Glas Wein zum Abschied und morgen fahren wir dich zum Flughafen."

Am nächsten Tag reist er ab und lässt sie nicht nur mit seinen Erinnerungen, sondern auch mit einem latenten Unbehagen und ihren Notizen zurück. Ob dieser Besuch die letzte Etappe ihres gemeinsamen Lebensweges gewesen war? Würde sie ihn jemals wiedersehen?

Gottes Wege sind nicht voraussehbar, Bittgebete ein vielleicht naiver Versuch, deren Verlauf zu beeinflussen. Und dennoch sind sie auch für sie das oft einzige Mittel seelischen Schmerz zu ertragen. Meist ein plappernder Gedankenschwall, aber wenn man sie in Zeiten des Schmerzes und der Not aber gen Himmel schickt, weit mehr. Ob Franz betet? Sie hatten sich über vieles unterhalten, seltsamerweise nie über Religion oder gar das Thema Gott. Sie muss sich mit dem, was er ihr preisgegeben hat, zufriedengeben, für das Thema Gott ist in ihrem Roman kein Raum. Sie darf die Essenz seiner Geschichte nicht mit Unwahrheiten füllen.

Am nächsten Tag schreibt sie seine Notizen ins Reine.

Als das letzte Kapitel geschrieben ist, erinnert sie sich an den Brief, den Franz zurückgelassen hat. Er stammt von einem seiner Freunde aus der Heimat und sie ist unschlüssig, welcher Verwendung sie ihn zuführen will, jetzt, da sein Adressat in Johannesburg gestorben ist. Vielleicht taugt er zur Veröffentlichung im Heimatblatt? Es gibt immer wieder Menschen, die sich für Ereignisse der vergangenen Zeiten interessieren und für jene Menschen, deren Originalität es zu bewahren gilt in einer Welt, in der ihre Art zu leben und die Eigenheiten ihre Sprache keinen Platz mehr finden.

Sie greift nach dem Zinnbecher auf der Kommode, steckt den Brief zwischen ein Büchlein aus dem Regal, steckt ihn zwischen die Seiten, wo sie ihn für gut aufgehoben befindet und führt in den Becher so einer neuen Bestimmung zu. Jennifer hat ihn ihr geschenkt, nachdem sie zur Witwe geworden ist.

Ursprünglich nicht für sie gedacht, ist der Becher auf seinem Weg von der Pfalz über die Schweiz und Südafrika zurück nach Deutschland und in ihre Hände gelangt. Warum? Nur, um künftig zur Buchstütze zu werden? Sie betrachtet den Becher nachdenklich. Was will er von ihr? Sie weiß, der Gedanke, dass ein Becher etwas sagen will, ist kompletter Unsinn und doch seltsam richtig. Ist er eine Art Schierlingsbecher oder eine Botschaft aus dem Jenseits? Der Becher schweigt. Niemals wird sie aus ihm trinken, das ist sicher. Der Gedanke, dass er ein Gruß aus einer anderen Welt sein könnte, ist ihr angenehm.

Auszugsblatt aus „DAS AUGE des Bösen

„Die Lichtelfen, vor hunderten von Jahren als Boten der mächtigen Erzengel in die Welt gesandt, um die Menschen vor Unheil zu bewahren und ihnen zu jenen Erkenntnissen zu verhelfen, die ihnen nach ihrem Tod die Tür zum Paradies öffnen sollten, waren zur Zeit Christi Geburt mit überirdischen Kräften ausgestattet, so dass kein Unglück die Welt getroffen hätte, wenn sie ihrem Auftrag immer gerecht geworden wären. Doch im Laufe der Jahrhunderte führte die Vernachlässigung der ihnen auferlegten Pflichten zu einem schleichenden Schwinden ihrer überirdischen Kräfte und sie wurden den Menschen immer ähnlicher. Allein ihre Unsichtbarkeit und die Fähigkeit, das Geschehen der Ereignisse vorherzusehen, die der Erfüllung Gottes Ewigen Plans dienen, ist ihnen geblieben."

Der Fluch des Erzengels

„Die Tür des Paradiesgartens wird euch bis zum Tage des Jüngsten Gerichts verschlossen bleiben. Erinnert ihr euch an mein Gebot am Tag eurer Aussendung? Du, Lovelia, hast dich der Liebe hingegeben! Entgegen dem ausdrücklichen Befehl deines Herrn, jeder Kreatur dieselbe Gerechtigkeit, Hilfe und Liebe widerfahren zu lassen und niemanden zu bevorzugen oder zu benachteiligen. Deshalb wirst du fortan in der Gestalt eines unschuldigen Mädchens auf der Erde bleiben und menschliches Glück und Unglück erdulden müssen, bis dein Vergehen gesühnt ist. Deine Kinder aber werden als Wesen, halb Elfe, halb Tier, ihr Dasein auf Erden fristen, dazu bestimmt, den Menschen so zu dienen, wie es dir einst befohlen war. Man wird ihnen den Namen „Elfentritschen" geben. - Du aber Coronus, der du Hass und Wut in dir hast wachsen lassen und aus Hass und Wut gemordet hast, sollst auf ewig verdammt sein. Du bist das Böse! Dein Streben ist das Böse, dein Sein auf Erden dessen Kampf. So, wie du Martin den Tod in den Flammen brachtest, wirst du das Feuer des Verderbens zu denen bringen, die sich dem Willen unseres Gottes entziehen. Du bist dazu verdammt, Wut, Hass und Tod in die Welt zu bringen, solange, bis kein Mensch mehr auf Erden lebt. Lovelia aber, für die du gemordet hast, wirst du für immer verlieren."

Wie aus einem Engel Coronus wurde

Epilog 1.Teil 2018

Therese hat Dorotheas Abschied registriert, ihr Hinausgehen berührt sie jedoch nicht weiter, ist nur eine Randerscheinung im Abspann ihres Lebens; so wie das Kommen und Gehen des Pflegepersonals, das sie mit professioneller Sanftheit, aber auch mit Rigorosität versorgt und sie anspricht, wie ein hilfloses Kind.

Es gibt in Thereses fiebriger Leidenszeit Phasen voll geträumter Episoden, aus deren Erwachen sie sich von Gurten fixiert wiederfindet. Als wäre sie in einem Meer längst vergangener Ereignisse versunken, läuft Tag für Tag, Nacht für Nacht nicht nur ihr eigenes Leben wie ein bunter Film vor ihrem inneren Auge ab, so als ob sie es noch einmal durchlebe, sie hatte sich auch, in den Tagen vor Dorotheas Besuch im Leben ihres Vaters und ihrer Großeltern bewegt, war durch den langen, schmalen Flur im Obergeschoss des Hohenecker Hauses gelaufen, hatte begierig den Duft der geölten Fußbodendielen eingesogen, den Geruch des Eichenholzes der Treppe, das seine über die Grenzen der Pfalz hinaus bekannte Güte dem langsamen Wachsen im Pfälzer Wald verdankt. Menschen brauchten Abstand voneinander, hatte ihr Großvater nie zu betonen versäumt. Er muss es wissen, dachte sie damals, schließlich hatte er seine Kindheit und Jugend in einem bescheidenen Anwesen und als Sohn einer großen Familie verbracht.

Nach seiner Heirat hatte der gelernte Zimmermann das zweistöckige Sandsteinhaus mit eigenen Händen gebaut, inmitten von Wiesen und weit entfernt vom eigentlichen Dorf.

Oder es gibt Phasen, in denen Therese auf seltsame Weise an längst vergangenem Leben der Familie ihrer Schwiegertochter teilnimmt, sich in einem anderen Land, auf einem anderen Kontinent wähnt. Obwohl sie den Urgroßvater Jennifers nie kennengelernt hat, sieht sie ihn aus England auswandern und eine Existenz in Südafrika gründen, teilt seine Gefühle und Nöte, sein Glück.

415

War es möglich, dass sie das alles nur träumte? Es gab Zeiten in diesen Wochen des Leidens, in denen sie ihre Träume nahezu jede Nacht heimsuchten, Träume, aus denen sie nassgeschwitzt, mit stechenden Kopfschmerzen und rasendem Herzen aufgewacht war, obwohl sie den ganzen Traum über wusste, dass das Erlebte nur ein Traum war. Hat jetzt eine neue Serie dieser Traumwelt begonnen?

Das Haus der Großeltern, das ihr als Kind beeindruckend groß erschien, war lange schon verkauft. Bei einem Versuch, die Erinnerung zurückzuholen, hatte sie bei einem späteren Besuch vor der morbiden Kulisse eines unaufgeräumten Hofes nur noch eine bröckelnde Hausfassade vorgefunden. Von der einstigen Idylle zeugte lediglich eine alte Eiche. Umschlungen von den kräftigen Armen einer Glyzinie, war sie im Laufe der Jahrzehnte zu einer Baumschönheit gewachsen.

In der Erinnerung sieht sie Großvaters Ohrenbackensessel vor sich, dem mit abgewetztem Samt bezogenen Ungetüm steht ein kleines Tischchen zur Seite, auf diesem ein gläserner Ascher. Sein Zigarrenablagerand ist in Silber gefasst und versehen mit einem imposanten Griff, der aus dem Hauer eines Keilers gefertigt ist. Bei Einbruch der Dämmerung zieht sich der alte Mann auf den Sessel zurück, wo eine kleine Lampe für das zum Lesen oder Nachdenken notwendige Licht sorgt. In der Schale des Aschers liegt stets eine gereinigte Tabakspfeife für ihn bereit.

In wachen Minuten stellt sich Therese die Frage, was die Ursache des Erlebens eigener und fremder Vergangenheit sein könnte. Vermischten sich Erzählungen, die ihre Nichte in einem Familienroman vor allem über ihre Person niedergeschrieben hat, mit der Erinnerung an tatsächlich Geschehenes? Oder ist dieses Erleben mit der Wirkung der Opiate zu erklären, mit denen man ihre Schmerzen betäuben, sie vom Heimweh nach ihrem Haus, ihrem Garten befreien will? Und ob sie es den Opiaten zu verdanken hat, dass die Personen, die jetzt die Regie über ihr Leben übernommen haben, zu nebensächlichen Randfiguren degradiert sind?

Anfänglich hat sie die Wochen im Pflegeheim als eine in Kürze vorübergehende Zeit der Verbannung betrachtet, die enden wird, wenn der Beckenbruch, den sie sich beim Unkrautjäten im Garten zugezogen hat, ausgeheilt ist. Doch der pochende Schmerz in ihren altersspröden Knochen ist geblieben, der Aufenthalt zu einem Daueraufenthalt und ihre Welt eine andere geworden.

Blickt sie aus dem Fenster, sieht sie die verblassten Farben des Himmels, verblasst wie die Tage ihres alten Lebens, die dunkler und grauer werden, je weiter sie sich seinem Ende nähert, so wie das Licht auf der Erde, wenn sie sich dreht und um die Sonne wandert. Doch im Gegensatz zu ihrem Leben kommt auf der Erde das Licht zurück.

Eine der Pflegerinnen, eine kräftige Frau mit den braungebrannten Händen und dem Geruch einer Bäuerin, tritt ins Zimmer. Ihre stämmige Gestalt füllt prall die weiße Tracht des Pflegepersonals aus, spannt die Nähte des Kittels, verstärkt so den ohnehin vorhandenen Eindruck, sie sei jeglicher Arbeit gewachsen.

Therese stößt einen Seufzer aus, die Erfahrung hat sie gelehrt, dass die resolute Person auch heute nicht lange fackeln und sanft, aber energisch, ihren Widerstand brechen wird, mit dem sie sich gegen das schmerzhafte Windelwechseln zu wehren versucht.

Wie zum Ende jedes der Martyrien schüttelt die Frau auch heute die Bettdecke auf und betupft Thereses Mund mit in Watte getunktem Kamillentee.

Dass Therese sie in ihren gesundheitlich besseren Zeiten einmal eine resolute Bäuerin genannt hat, scheint sie nicht weiter gestört zu haben. Ihr freundliches Lächeln ist geblieben.

Kaum, dass die Frau nach einem letzten Blick aus wasserblauen Augen das Zimmer wieder verlassen hat, versinkt die Greisin erneut in der geträumten Welt. Dieses Mal sieht sie hinter einer imaginären Nebelwand das Grabmal ihres Sohnes Franz auf dem Friedhof Johannesburgs in der Sonne liegen. „My beloved husband" ist mit schwarzen Lettern in den grauen Stein gemeißelt. Gegenüber dem Monument hat seine Witwe eine gleichfarbige Ruhebank aufstellen lassen. Ein bescheidenes Grab verglichen mit den Monumentalgrabmälern der Umgebung. Viele zieren in die Steine eingelassene lebensgroße Gesichter der Verstorbenen.

Franz, ihr Sohn, ist vor knapp einem Jahr gestorben, kurz nach Abschluss der Studie in Heidelberg und seiner Rückkehr nach Südafrika, wo er friedlich in seinem Bett eingeschlafen sein soll, hat Jennifer über seine letzten Stunden berichtet. Nur noch Nebensächlichkeiten, so, als wäre eine Mauer um ihr Herz errichtet, die ein Durchdringen des Mitgefühls verhindert.

Sie spürt, wie das Fieber in heißen Wellen in ihren Ohren rauscht, und der Kamm dieser Wellen schwemmt die Gedanken ihrer einst frischgebackenen Schwiegertochter aus dem tausende Kilometer entfernten afrikanischen Kontinent in Thereses Träume. Mit einem Mal fühlt sie die enormen Herausforderungen, denen sich die behütete Tochter aus wohlhabendem Hause in den Tagen um ihre Hochzeit ausgesetzt sah.

Selbst beim Tod ihrer Kinder hatten sich Therese die Tränen verweigert, jetzt, zur eigenen Verwunderung, rinnen sie über die dunkelvioletten Ringe unter ihren vom Fieber geröteten Augen und verlieren sich in den tiefen Falten der Wangen.

Damals verschwendete sie keinen Gedanken mit Überlegungen, wie es einer jungen Frau wohl zumute sein könnte, die sich aus der frühlingssamtenen Luft eines weitläufigen Parks rund um den renommierten Golfclub von Johannesburg binnen weniger Tage ins vorfrühlingshafte Europa versetzt sah. Damit nicht genug, sie tauschte von einem Tag auf den anderen im englischen Kolonialstil eingerichtete Räume ihres Elternhauses gegen ein gutbürgerliches Pfälzer Gasthaus mit rustikalen Möbeln und ebenso rustikalen deutschen Gästen, die mächtigen Flüsse, die ungeheuren Weiten der afrikanischen

Heimat gegen die engen Straßen eines unbedeutenden Städtchens an einem ebenso unbedeutenden Fluss namens Lauter. Jetzt erkennt Therese, eine solche Frau hatte außergewöhnlichen Mut bewiesen, als sie sich mit Haut und Haaren einem Mann aus Wolfstein auslieferte, dessen Herkunft ihr so fremd war, wie seine Sprache.

Nach dem Lesen seines ersten Briefes, der bereits zwei Wochen nach seiner Abreise eingetroffen ist, war sie überzeugt, dass Franz' begeisterte Schwärmereien übertrieben sein mussten, nach seiner Verlobung sah sie in der jungen Frau lediglich ein schmückendes Beiwerk der steilen Karriere ihres Sohnes und hatte voller Stolz wegen seiner geschäftlichen Erfolge nur Augen und Ohren für ihn. Dann aber musste sie erfahren, dass eher er das Beiwerk dieser Ehe war. Er sorgte mit seinem Vermögen lediglich für den passenden Rahmen eines schönen Bildes. Sie hatte sich geirrt, so wie sie sich geirrt hatte, dass man seinem vorgegebenen Schicksal entkommen könne.

Wenige Monate vor der Eheschließung des jungen Paares war Thereses Mann völlig unerwartet einem Herzinfarkt erlegen, nicht lange danach fand Karl, Franz Zwillingsbruder, den Tod bei einem Verkehrsunfall. Eine dunkle Stille lastete nach den schicksalhaften Ereignissen monatelang über dem großen, leeren Haus am Ring, das sie mit dem jüngsten der Söhne nun allein bewohnte.

In der verzweifelten Hoffnung, sich aus dem Sumpf der Traurigkeit zu befreien, suchte sie Trost in einem Buch des Philologen und Archäologen Otto Kern, der sein geistiges Wirken in großem Maße griechischer Religion gewidmet hatte.

„Der Neid der Götter ist allzeit zu fürchten, ihr Neid ein Dämon, er raubt die Blüte der Jugend, rafft besonders begabte junge Menschen dahin und schreitet bei allzu großem Glück ein", war das Ergebnis ihres literarischen Ausflugs und damit der Versuch, neue Zuversicht zu erlangen, gründlich misslungen.

Doch die Lektüre des Philosophen hatte ihr Wege zu einer eigenen Gedankenwelt eröffnet. Existierte Gott überhaupt oder bewies ihre

Unglücksserie nicht gar die Nicht-Existenz Gottes? Immer mehr verdichtete sich die Gewissheit, dass ihr Leben von einer Art Virus des Unglücks befallen sein musste. Ein Virus, das lange Zeit unbemerkt, aber latent anwesend blieb, von Zeit zu Zeit zu neuem Leben erwachte und einen schmerzhaften Schub auslöste – ein Virus, gegen das es kein wirksames Gegenmittel gibt.

Jetzt, hier auf ihrem Totenbett, sieht sie plötzlich ihren Verdacht bestätigt. Als hätte sie mit der Kraft der Gedanken in ihrem vom Fieber wattierten Kopf einen Dämon gerufen, sieht sie ein seltsames Wesen das einer feurigen Kugel mit stacheligen Tentakeln gleicht, über den abgenutzten Linoleumboden des Zimmers rollen und ihr Herz zum Stolpern bringt. Ob das schreckliche Wesen ihr Gewissheit verschaffen will, dass tatsächlich ein Dämon ihr Leben begleitet hat, dessen unheimliche Macht sie all die Jahre gefühlt, nur nicht wahrhaben wollte? Hat er mit seinem erstmaligen Auftreten eine Unglücksserie ausgelöst, die ihren Anfang mit dem schrecklichen Ende ihres damals jüngsten Kindes nahm?

Es war Krieg, den Kindern das Spielen auf der Straße am Abend verboten, und die zwölfjährigen Zwillinge hatten sich noch eine Weile im Kinderzimmer die Zeit vertrieben, als der siebenjährige Dieter über starke Schmerzen im Bauch zu klagen begann. Therese brühte einen Kamillentee auf, den der Kleine willig schluckte und der ihm Erleichterung zu verschaffen schien. Doch die Schmerzen kamen wieder und wurden schließlich so heftig, dass ihm die Tränen aus den Augen schossen und Therese in panischer Angst nach dem Hausarzt der Familie schickte. Doch nicht der Freund, dem sie vorbehaltlos vertraute, erschien am Krankenbett, sondern sein ortsfremder Stellvertreter aus der nahegelegenen Stadt. Nach oberflächlicher Untersuchung diagnostizierte der arrogant auftretende junge Mann eine Magen-Darm-Infektion, gab dem Kind ein Beruhigungsmittel und war schnell wieder verschwunden.

Die Diagnose war falsch, stellte sich als Erstes heraus, als Zweites, dass es für eine Rettung nach menschlichem Ermessen zu spät war.

„Wir mussten ihrem Sohn fünf Meter seines Darmes entfernen, sie waren bereits abgestorben und die austretenden Giftstoffe haben seinen Körper überschwemmt. Seine Chancen zu überleben sind gering, sie sind einfach zu spät gekommen."

Sie sieht sich mit dem Stationsarzt den großen Raum der nüchternen Intensivstation betreten, sieht ihr Kind an Schläuchen angeschlossen und auf einer Bahre liegend, wo man ihm Infusionen zur Kreislaufunterstützung und schmerzlinderndes Morphium zuführt, hört, wie es mit schwacher Stimme nach Wasser bettelt. Doch sie darf ihm die aufgesprungenen Lippen nur mit einem Wattestäbchen benetzen.

Um seine Leiden zu beenden, hatten sie schließlich zugestimmt, die Infusionen zur Kreislaufstärkung einzustellen.

Mit zitternder Hand benetzte sie das Innere seines Mundes mit Kamillentee drückte ihm ein letztes Mal einen Kuss auf die heiße Stirn, bevor sein Leben zu Ende ging. Blass und durchsichtig lag seine kleine Hand wie ein entkräfteter Schmetterling reglos auf der weißen Bettdecke, als die Schwester vorsichtig die Schläuche der Kanüle entfernte.

Dämon, Virus oder Neid der Götter, das Ergebnis blieb sich gleich. Die Büchse der Pandora war seit damals über ihr Haupt ausgeschüttet und hatte nichts zurückgelassen, nicht einmal einen Funken von Hoffnung.

Ob sie ihre Habe auf ein Schiff hätte laden und das Weite suchen sollen, um dem Fluch, dem Neid der Götter zu entkommen, wie ein griechischer Philosoph vor Urzeiten die Bräuche alter Zeiten beschrieb? Vielleicht wäre damit wenigstens Karl, der zweite Sohn, zu retten gewesen.

Nach dem Tod des Kindes wirkten Franz und Karl auf eigenartige Weise verstört. Es schien, als hätten sie etwas so Bedrückendes zu verbergen, dass es den Schmerz über den Tod des kleinen Bruders überwog. Sie aber war in eine tiefe Depression versunken und hatte nicht die Kraft, der Sache auf den Grund zu gehen. Doch seltsamerweise fühlt sie jetzt den Schmerz über das Sterben ihres Kindes nur noch als schwache Erinnerung an die abgrundtiefe Verzweiflung.

Ein lautes Klopfen schreckt Therese auf und eine der Pflegerinnen tritt ins Zimmer, wischt ihr mit einem weichen, angefeuchteten Tuch die Stirn und die Bilder aus der Vergangenheit verschwinden und weichen einer angenehmen Müdigkeit. Kurz darauf sinkt sie in einen ruhigen, traumlosen Schlaf. Doch dieser Zustand dauert gerade einmal eine Nacht. In den frühen Morgenstunden des nächsten Tages steigt das Fieber erneut und die Träume kehren wieder, intensiver und grellfarbener denn je zuvor.

Die Unglücksserie hatte sich fortgesetzt, als Karl sich vom ersten großen Geld, das er verdiente, einen weißen Porsche 356 SC kaufte und seine junge Frau mit dem zweiten Kind im sechsten Monat schwanger war.

Auf dem Weg zu seinen Eltern schleuderte der schnelle Wagen an der roten Mühle aus der Kurve, dann der Fahrer aus dem Auto und kam gegenüber dem großen Gehöft an der Lautertalstraße schwerverletzt zum Liegen.

Er muss zu schnell gefahren sein, war die Vermutung aller, die den schweigsamen, attraktiven Mann gekannt hatten.

Hier, in ihrem Krankenbett, lässt das Fieber Therese den tatsächlichen Verlauf der schicksalhaften Geschehnisse in ihrer Familie wie einen Film auf einer Leinwand verfolgen. Ist es der Gluthauch des Fiebers oder der Gluthauch des Höllenfeuers, der über den Tentakeln eines hämisch grinsenden Dämons wabert, als er, auf seiner Suche nach einem neuen Betätigungsfeld, Karls Sportwagen heranpreschen sieht?

Ihre Nichte hat einen Roman verfasst, in dem ein Dämon eine unheilvolle Rolle spielt und die Schuld an allem Unheil trägt, das jahrhundertelang über ihre Heimat und deren Menschen hereingebrochen ist. Sie hat die regen Fantasien Dorotheas insgeheim belächelt und – sich geirrt. Es gibt den Dämon, ist sie sich jetzt gewiss.

Ungefähr in der Hälfte der Strecke zwischen Kaiserslautern und Wolfstein treffen Dämon und Opfer zusammen. Mit den Gedanken bei seiner jungen Familie, passiert Karl die langgezogene Kurve bei Sulzbach, als plötzlich vor ihm ein rotglühendes schreckliches Wesen, das einem rotierenden Feuerwirbel ähnelt, über die Straße rollt. Zu Tode erschrocken versucht er das Steuer herumzureißen und auszuweichen, doch mitten in der Feuerkugel erscheint ein fürchterliches Auge, dass ihm in einer bedrohlichen Weise entgegenstarrt und seinen Willen lähmt. Er fühlt seine Zunge am Gaumen kleben und Schweiß auf seine Hände triefen, hört die gellende Hupe seines Porsches, dann ein unheilvolles Krachen und verliert jegliches Gefühl für Zeit und Raum. Um ihn ist nichts als Schwärze, die ihn weder das durchdringende Signal des Martinshorns wahrnehmen lässt, noch dass man ihn auf eine Bahre legt. Er erlangt das Bewusstsein auf der Fahrt ins Krankenhaus nicht mehr wieder.

Eine kleine genüssliche Weile weidet sich Coronus am Anblick des demoliert im Straßengraben liegenden Fahrzeugs, am Blut des Mannes, das sich in einer Lache am Fuß der Böschung auf der Bankette sammelt. Der grelle Ton der Hupe des Porsches, die nicht mehr aufhören will, klingt schrill durch das stille Tal, doch wie Schalmeien in seinen Ohren.

Während der Dämon befriedigt seinen Weg fortsetzt, im Vorbeirollen einen Heuschober am Straßenrand in Brand setzt und in der Hitze des Feuers seine Kräfte auffrischt, genießt er ein letztes Mal den Anblick der Stätten seines früheren Wirkens, die kläglichen Überreste des Lauterer Schlosses, die Ruine der Hardenburg und der Klosteranlage der Limburg. Er war es, der an ihrem Untergang vor langer Zeit mitgewirkt hat und jetzt kämpft im Krankenhaus sein vorerst letztes Opfer mit dem Tod! Sein Kampf wird vergeblich sein, es wird ihn verlieren.

Auf der Intensivstation des Krankenhauses hatte man Karl in ein barmherziges Koma versetzt. Dennoch glaubt er jede Faser seines Körpers zu spüren. Schemenhaft registriert er, dass seine Mutter und seine Frau sich an seinem Krankenbett abwechseln, es interessiert ihn nicht, in seinem Kopf ist kein Platz mehr für Sorgen um seine Familie. Es ist ihm, als sei er in einem riesigen Spinnennetz gefangen, als wären seine Glieder von klebrigen Fäden umschlungen und je mehr er sich aus den Fesseln zu befreien versucht, umso mehr verstrickt er sich. Auch sein Kopf, bis auf die Augen von Fäden umwickelt, steckt inmitten des riesigen Netzes, eine schwarze, weißumrandete Pupille funkelt ihm aus dessen Mitte mit grellem Licht entgegen. Ein einer Wolke gleichendes Etwas kommt von Zeit zu Zeit über ihn, versetzt ihm blitzartig einen schmerzhaften Stich, verschwindet dann wieder und der brennende Schmerz in seinen Eingeweiden, in seinem Körper, lässt nach.

Gerade als er glaubt, alle Kraft zum Kampf gegen das Versinken im Netz seiner Leiden verloren zu haben, überrollt ihn eine Woge berauschenden Glücks, umspült seine Sinne wie das samtene Wasser im Meer in einer lauen Sommernacht. Plötzlich weiß er, von nun an ist er frei, jetzt steht er an der Schwelle eines neuen Abenteuers in einer anderen Welt.

Dann wandelt er auch schon durch eine geschmückte Straße mit wunderbaren Blumen mitten durch friedlich grasende Tiere, erreicht ein kunstvoll geschnitztes, goldfarbenes Tor und tritt in einen mit Alabastersteinen gepflasterten Hof. Aus Springbrunnen und Wasserspeiern in schimmernden Marmorbecken schießen kristallklare Fontänen, plätschern schillernde Kaskaden in Kelche von prächtigen Lilien und Orchideen und weisen ihm mit magischem Licht den Weg, wohin er auch tritt.

Er durchschreitet das Tor. Aus dem Hof führt eine steile, schmale Treppe ins Irgendwo. Er wagt den Aufstieg und folgt einer von dunklen Zypressenbäumen gesäumten Allee, als sei er von einer Marionette gezogen, bis er zu einer zierlichen Pforte gelangt. Er zögert einen Augenblick, ob er eintreten soll und die überwunden geglaubte kalte Angst vor dem Unbekannten will erneut nach seiner Seele greifen. Doch herrliche Düfte strömen auf ihn nieder und das warmgoldene Licht, das durch die offene Pforte zu ihm dringt, vertreibt die Kälte der Ungewissheit. Ob sich hinter der Pforte der Garten Eden verbirgt? Für eine Sekunde, für die Dauer eines Blitzes, glaubt er eine wunderschöne Gestalt im Inneren eines unendlichen Raumes zu erkennen, und weiß, so etwas Schönes hat er noch nie gesehen und dass er ohne dessen Anblick nicht mehr leben will. Dann tritt er ein.

Es ist Therese im Fiebertraum, als ginge sie glücklich an seiner Seite, bis eine unsichtbare Schranke den Eintritt verwehrt und er allein weitergeht.

Mit einem Mal taucht vor ihren Augen das Bild ihrer Nichte auf. Sie sieht, wie sie sich an der Seite Jennifers auf nackten Füßen über die vom Wasser des Sambesi benässten Felsen kämpft, wie sie auf dem beschwerlichen Weg von einem Schwarzen durch die Strömung eines der wilden Sambesizuflüsse geschoben wird, ihr Kopf unter Wasser und sie in Panik gerät, sie gurgelnd von dem Wasser schluckt, das wenig später über die Felsen in die Schlucht donnern wird, sie dann, am ‚Devils Pool' angekommen, schaudernd einen Blick in den Abgrund wagt.

Den Blick in den Abgrund ihres persönlichen Sambesis hat Therese oft in ihrem langen Leben getan. Jetzt aber steht der Schritt in den Abgrund unmittelbar bevor. Ob sie beim Fall zerschellen wird, wie die vom Wasser des Sambesis in die Tiefen der Victoriafälle gerissenen Steine und nichts von ihr bleibt? Oder wird sie wie Karl in ihrem Traum auf sanfte Weise in einen Garten Eden treten und den Söhnen wiederbegegnen, ihren Mann wiedersehen, dessen Begräbnis eines der würdevollsten gewesen war, das man in dem Städtchen bislang erlebt hatte?

Den tiefschwarzen, mit Blumen und prächtigen Kränzen bedeckten Kutschenwagen, hinter dem Kutschbock eine vergrößerte, kolorierte Fotografie mit dem lächelnden Gesicht des Verstorbenen, hatten

Rappen mit schwarz lackierten Hufen gezogen. Eine Prozession von Menschen folgte dem Gefährt zum Familiengrab, wo Honoratioren aus der Politik bereits warteten, um ihrem Mann die letzte Ehre zu erweisen.

Nach dem Ende der Zeremonie hatte Therese stumm am Grabesrand gestanden, den Männern zugesehen, wie sie die Erde in der Grube verteilten, sie festtraten, ihr Werk zufrieden begutachteten, nicht wissend, dass es nur kurze Zeit später wieder zerstört werden würde, um den Körper des Sohnes aufzunehmen.

Nach seinem Begräbnis hatte sie sich gefragt, weshalb ihr das Schicksal so grausam mitspielte. Heute weiß sie, dass sie den Dämon im Gepäck aus Italien mitgeschleppt hatte, wo sie während des Krieges in Crado mit den Zwillingen einen kurzen Erholungsurlaub verbrachte.

Epilog 2.Teil

Als Mussolini an der Seite Hitlers in den Krieg eintrat, dann sein Regierungsamt verlor und schwer erkrankte, hatte der Dämon mit seinen Überlegungen begonnen, nicht nur das glücklose Italien, sondern auch seinen längst nicht mehr rührigen Spießgesellen zu verlassen. Doch dann geschah das Unerwartete, der Duce erholte sich und ließ sich wiederwählen, avancierte zu Hitlers williger Marionette und durfte sich von da an den blutigen Tod tausender italienischer Soldaten auf's Panier schreiben. Als nicht mehr zu übersehen war, dass die Ernte auf der italienischen Seite der Alpen von Woche zu Woche schlechter ausfallen würde und sich das Zentrum des Grauens auf die deutsche Seite, in Hitlers „Tausendjähriges Reich" zu verlagern begann, ein Name der Coronus ein spöttisches Lachen entlockte, wann immer er ihn hörte, der Duce einen gewaltsamen Tod fand, fasste Coronus den Entschluss seinen Wirkungskreis zu verlegen. Er hatte mit wohlgefälliger Aufmerksamkeit den blutigen Werdegang des deutschen Despoten, der mit wachem Geist und einer ausgezeichneten Witterung für erfolgversprechende Intrigen und Geschichten, die das Volk liebt, nicht erst seit dessen Machtübernahme verfolgt. Schnell war er zu der Überzeugung gelangt, dass dieser Mann zu einer beachtenswerten Größe in seinem eigenen ‚Reich des Bösen' heranwachsen würde, wenn er ihn unter seine Fittiche nahm. Schon jetzt war in der Karriere des „Führers", wie die Deutschen den schwarzhaarigen Mann nannten, ein gewaltiger Fortschritt erreicht. Sein Volk fraß ihm mehrheitlich aus der Hand, nachdem er mit kalkulierten Wohltaten die Not linderte, die über es gekommen war, als der letzte Krieg sein Ende gefunden hatte.

Jetzt kann es nicht mehr lange dauern, bis er und seine engste Gefolgschaft mit Haut und Haaren seine Geschöpfe geworden sind, die jeden Kampf bis zur bitteren Neige, bis zum letzten Blutstropfen führen. Daran gibt es für Coronus nicht den geringsten Zweifel: Sie und ihr unheilvolles Werk würden in die Geschichte eingehen. Er aber würde sich auf den Weg machen. Die Zeit des Duce war vorüber, die Zeit Hitlers angebrochen.

Noch einmal das Meer sehen, bevor er Italien verließ, hatte er sich gedacht und lief in Crado einer blonden Frau über den Weg, deren Haar in der Sonne glänzte. Ob sie aus Deutschland kam? Ihr Aussehen jedenfalls war das einer Deutschen. Vielleicht war sie das geeignete Transportmittel für seinen Weg dem Weg über die Alpen. Und tatsächlich, das Glück war ihm hold. Das Namensschild auf dem ledernen Kofferungetüm, das sie mit sich führte, wies sie tatsächlich als Deutsche namens Therese aus. So versteckte er sich in der Taucherbrille eines ihrer Kinder und verließ sein wohlig warmes Versteck erst wieder in dem kleinen Ort, in dem sie zuhause war, einem kleinen Städtchen namens Wolfstein.

Schon nach den ersten Tagen registrierte er enttäuscht, dass die Grauen des Krieges die militärisch nicht sonderlich interessante Gegend bis auf kleinere Scharmützel verschonten. Doch auf der durch die Ortsmitte führenden Straße kündigte sich das unheilvolle Ende des „Tausendjährigen Reichs" mit einem ständig stärker werdenden Strom von der Westfront abziehender Soldaten überdeutlich an. Nicht lange, und es stand für ihn fest, dass er dem kleinbürgerlichen Städtchen früher als geplant den Rücken kehren musste.

So machte er sich auf den Weg ins Herz des blutigen Geschehens, wo er gerade zur rechten Zeit angekommen war. Niemals in seiner tausende Jahre alten Geschichte hatte er ein solch' grandioses Feuerwerk erlebt, wie es die Bomber der Alliierten, vor allem die der Royal Air Force unter Luftmarschall Harris den Deutschen bescherten. Es war ein Feuerwerk, das nicht nur die Häuser der Städte dem Erdboden gleich machte, sondern auch unzählige Menschen erbarmungslos vernichtete. Köstlicher als die in den Städten Würzburg, Magdeburg, Leipzig, Stuttgart, Augsburg und Berlin wütenden Höllenfeuer aber waren die Feuerwalzen in den Straßen Dresdens. Das Blut Alter und Kranker, von Kindern und von unzähligen Flüchtlingen floss in die Trümmer und färbte das Wasser der Flüsse und Meere rot.

„Erlöse uns von dem Bösen", hatten die Verzweifelten in ihrer Not gebetet und er sich gefragt, was sie noch an ihrem Glauben hielt. Sie mussten büßen für die Sünden des Volkes, das seinem Führer willig in den Krieg gefolgt war, da konnten sie beten, so viel sie wollten. Ihn aber, die Inkarnation des Teufels, hatte die Erbarmungslosigkeit der Zerstörung in einer Weise beindruckt, dass er sich eine kleine Weile mit dem Gedanken trug, sich dem Geschwader von Harris anzuschließen. Dann aber entschloss er sich, an der Seite seines Geschöpfes auszuharren, bis Hitler sein Werk vollendet haben würde.

Er wurde für seinen Entschluss fürstlich belohnt, als er die toten Körper des „Führers" und seiner frisch angetrauten Ehefrau in den Flammen auflodern sah und von den Träumen des Wahnsinnigen nichts blieb außer verkohlten Leichen und einem Land, dessen Verwüstung nahezu vollkommen ist.

Doch die glänzende Medaille hatte eine zweite Seite. In einer solchen Wüste würde sich für einen Feuerteufel, wie er es war, lange Jahre kein geeigneter Platz mehr finden. Das Ausmaß der Zerstörung ließ in den Köpfen der Überlebenden des Fiaskos weder Zeit noch Raum für neue blutige Planspiele. Doch wer kennt den Charakter der Menschen besser als er? War die Zeit des Wiederaufbaus der Ruinen vorüber, begann das große Vergessen der Apokalypse. Der Übermut der Nachfolgegenerationen würde zu neuen Taten drängen, das hatte der Lauf der Geschichte ihm immer wieder bewiesen, wenn er als Sieger zurückgekehrt war.

Doch wohin soll er seine Tentakel richten, war die Frage aller Fragen. Möglichkeiten gibt es viele, das Böse ist und war allgegenwärtig in der Welt. In den blutigen Jahren des dreißig Jahre dauernden Krieges in Europa und während der Jahre der Revolutionen in Frankreich und Russland war er es, der in den Köpfen der gefürchteten Führer der Nationen nistete, der ihre Gedanken und Pläne kannte und ihnen den Weg ins Fiasko aufzeigte.

Schließlich erinnerte er sich seiner sporadischen Aufenthalte auf dem afrikanischen Kontinent in den ersten Jahren des 19. Jahrhunderts.

Und das Wüten Chakras, des legendären Anführers der Zulus vor seinem Feuerauge, bebte ein böses Lachen durch seine Tentakel. Oder das kranke Hirn Mzilikazis, des Führers der Metabele, dessen Ideengeber er gewesen war in einer Zeit, die man von da an die Zeit der ‚Mfecane‘, oder ‚Zermalmung‘ nannte.

Es war Mzilikazi, der König des riesigen Metabele-Reiches, das sich Simbabwe nennt, der sich den Überfall auf die Voortrekker auf die Fahne schreiben durfte. Nur wenigen der Unglücklichen gelang es, ihr Leben zu retten auf dem Zug nach Norden, kurz vor den Drakensbergen, indem sie sich hinter Wagenburgen verschanzten und nur durch den Gebrauch ihrer Feuerwaffen ihren vollkommenen Untergang verhindern konnten.

Mehr als eine Million Menschen waren dem grausigen Moloch der blutigen Auseinandersetzungen zum Opfer gefallen, durch Hunger, Kannibalismus und Krankheiten unzählige zu Tode gekommen, als die Zulu-Taktik der verbrannten Erde ganze Stämme ehemals friedlich miteinander lebender Menschen ausgerottet hatte.

Auch in der Zeit des Zulukönigs Dingaan, der eine Abordnung friedlicher Buren mit dem Versprechen täuschte, ihnen Land in Natal zu schenken, ihr Vertrauen missbrauchte, sie ihre Waffen ablegen und die Waffenlosen töten ließ, nahm das blutrünstige Morden kein Ende, schwelgt Coronus in einer Welle köstlichster Erinnerungen. Immer wieder aufs Neue hatte der schreckliche Herrscher die Lager der Buren überfallen, bis es nach Jahren des Grauens endlich gelang, ihn in der Schlacht am Blutfluss vernichtend zu schlagen.

Auch damals war er es, der Dämon, der seinen Opfern perfide Mordmethoden in die Hirne pflanzte, sie ihre Feinde pfählen und schwangeren Frauen die Bäuche aufschlitzen ließ.

Mit dem Ende der Zulukönige Shaka, Dingaan und Mzilikazi aber war die Ära der blutrünstigen machtgierigen Könige zu Ende gegangen, eine Zeit des Schreckens hatte ihr vorläufiges Ende gefunden. Coronus' Ernte war eingebracht und, dem Beispiel der Tüpfelhyäne folgend, stand ein Revierwechsel bevor. Doch bevor es soweit gewesen war, wollte er sich den Abschied versüßen und fand den gesuchten Leckerbissen in Mhlakaza, einem angesehenen Propheten und Seher im Land der Xhosa.

„Drei Geister haben meiner Nichte befohlen, dafür zu sorgen, dass alles Vieh unseres Volkes geschlachtet und die Ernte vernichtet wird! Nur auf diese Weise kann es gelingen, die Stämme der Xhosa zu vereinigen und die Buren, Engländer und alles andere, was sich sonst noch bei uns herumtreibt, aus unserem Land zu entfernen", war die tägliche stereotype Wiederholung des alten Mannes. Anfänglich verfehlten seine Worte ihre Wirkung und lösten blankes Entsetzen in den Hirtenfamilien aus, deren ganzer Stolz ihre Herden waren.

Doch er ließ nicht nach: „Die Geister haben erneut gesprochen. Für jedes getötete Tier wird euch die zehnfache Menge zurückgegeben, aus den Wellen des Meeres werden riesige Herden mit fetten Rindern emporsteigen, die ihr nur zu eurem Kral führen müsst, nie mehr werdet ihr Felder bestellen müssen, um satt zu werden. Es ist das heilige Versprechen unserer Ahnen, die sich uns durch den Mund meiner Nichte mitteilen. Dies alles geschieht im Jahr 1857, wenn ihr die Ratschläge befolgt".

Schließlich überzeugten seine Worte den Stammesführer der Xhosa von der Verlässlichkeit der Weissagungen des fünfzehnjährigen Mädchens Nongquawuse und auch die Hirten gaben schweren Herzens jeglichen Widerstand auf.

Als alles Vieh in den Siedlungen getötet war und das Volk der Xhosa mit gläubigem Herzen auf die Erfüllung des Versprechens der Ahnen wartete, tauchten zum versprochenen Termin keine Rinderherden aus den Fluten des Meeres auf, stattdessen begann das große Hungern und Verhungern.

Auf den brachliegenden Feldern und Wiesen verwesten Knochen und Teile von Kadavern unzähliger Tiere, die von Hyänen und Löwen zurückgelassen worden waren. Der Geruch brennenden Getreides vermischte sich mit dem Gestank der Verwesung, doch das versprochene Wunder blieb aus.

Danach verfaulten auf dem einst fruchtbaren Land neben den Kadavern des Viehs auch die Leichen von Menschen und hungernde Überlebende wurden zu Kannibalen.

Er, der Dämon des Bösen, hat sich seit jeher in die Köpfe der Menschen eingeschlichen, in Afrika, Europa und allen Kontinenten und sie ihnen ihre Untaten eingeflüstert. Doch kaum jemand glaubt an seine Existenz. Manchmal aber gelingt es ihm, Beweise seiner Existenz in die Träume von Menschen zu schleusen, die Unglücklichen mit fürchterlichen Bildern zu quälen, ihn zwischen Flammenzungen tanzen zu sehen, bis sie verstört erwachen. Einer dieser Menschen ist Therese.

Als Therese sich in Schweiß gebadet nicht inmitten eines brennenden Scheiterhaufens wiederfindet, sondern in ihrem Bett, sucht ihr verwirrter Geist in ungewöhnlicher Klarheit verzweifelt nach einer Erklärung für den schrecklichen Albtraum. Ob er seinen Ursprung in Geschichten aus Afrika und Erzählungen ihres Sohnes Franz hat und so ein peinigendes Sammelsurium des Schreckens entstanden ist? Sie fühlt mit einem Mal, dass ihr Herz zu stolpern beginnt. Dem Stolpern folgt ein leichter Schwindel, der sich zusehends verstärkt und ihr die Luft knapp werden lässt. Sie zwingt sich, die Augen zu öffnen und ruft, von plötzlicher Angst erfüllt, nach der Pflegerin. Sie starrt zur Tür des Krankenzimmers, doch anstelle des weißlackierten Türblattes hat sie ein breites Gitterportal aus eisengrauen Stäben mit messingfarbenen Spitzen vor Augen. Ist es das Tor ihres Hauses, das Franz kurz vor seinem Tod hatte anbringen lassen, um sie und das Anwesen vor Einbrechern zu schützen? Das Bild tröstet sie, das Herz wird ihr leicht, ihre Sinne geraten in einen taumelnden Trudel und mit ihrem Schwinden spürt sie das Nachlassen der Macht des Dämons. Sein unheilvoller Einfluss endet an diesem Tor, sie muss es nur noch durchschreiten, weiß sie mit untrüglicher Sicherheit.

Sie entfaltet die kalten Hände, die man ihr unter die Decke gesteckt hat und spannt die Muskeln der dünnen Waden, um sich auf den Weg zu machen. Ob auf der anderen Seite der Abgrund oder ihr Mann und ihre verloren gegangenen Kinder auf sie warten? Nur noch Sekunden, dann wird sie es wissen.

Neben dem riesigen Mammutbaum im Garten, den sie gemeinsam mit ihrem Vater beim Bau des Hauses gepflanzt hat, erhebt sich ein bronzefarbener Adler mit goldfarbenen Schwingen von seinem Sockel, dem mächtigen Mühlstein aus der Stadtmühle, wirft sich mit majestätischen Flügelschlägen hoch in die Lüfte, bis er im wolkenlosen Himmel, der das Blau ihrer Lieblingsbluse hat, verschwunden ist.

Ist das nicht der Adler, den Franz für sein Haus in Afrika von einem Künstler gießen ließ?

Sie geht dem Gedanken nach, sieht, wie das Wurzelgespinst des Mammutbaumes unter der Erde seine Finger nach dem Rohr ausstreckt, welches das Haus mit Wasser versorgt und es umschlingt, sich in Kürze durch einen Riss in sein Inneres zwängen wird.

Seltsam, Therese kümmert sein bedrohliches Wachsen nicht. Ihre südafrikanische Schwiegertochter wird ihm Einhalt gebieten und das Rohr in Ordnung bringen lassen, so wie sie den riesigen Adler aus dem afrikanischen Garten nach Wolfstein überführen ließ, nachdem Franz gestorben war.

Bedeutet der Flug des Adlers seine Metamorphose und wird ihrem eigenen Körper und Geist eine ähnliche widerfahren? Ist Thereses letzter Gedanke.

Wenige Tage nach ihrer Beerdigung besucht Dorothea die Urnengrabstätte ihrer Tante. Statt unter dem Mammutbaum auf ihrem Grundstück die letzte Ruhe zu finden, wie es ein langes Leben lang ihr Herzenswunsch war, liegt ihre Asche nun vor einer Mauer inmitten einer Wiese begraben. Einer Wiese mit Ausblick über die Stadt, doch vom eintönigen Zweckgebäude einer Schule gestört. Junges Leben und Tod, nahe zusammen und doch keine schöne Symbiose, weder als Metapher noch als Ansicht. Doch diejenigen, deren Asche hier ruht, stört weder eine verbaute Aussicht noch eine ungepflegte Wiese. Blumenschmuck ist auf dem Gelände verboten, Samen wilden Mohns kehrten sich nicht um das Verbot und sind in einer Ritze der Mauer zum Erblühen gekommen. Jetzt leuchten sie glutrot aus grauem Stein.

„Wir Kinder im Juli geboren, wir lieben den Duft des weißen Jasmin.

Wir wandern an blühenden Gärten hin, still und in schwere Träume verloren.

Unser Bruder ist der scharlachene Mohn, der brennt in flackernden roten Schauern im Ährenfeld und auf den heißen Mauern. Dann treibt seine Blätter der Wind davon.

Wie eine Julinacht will unser Leben traumbeladen seinen Reigen vollenden, Träumen und heißen Erntefesten ergeben, Kränze von Ähren und rotem Mohn in den Händen."

Und Dorothea denkt, die Verse Hermann Hesses könnten für ihre Tante geschrieben worden sein, sie war im Juli geboren. Ob ihr Sohn Franz den roten Mohn als letzten Gruß zur Erde sandte, bevor er sie wiedergesehen hat?

Es wäre ein schönes Ende seiner Geschichte, denkt Dorothea, verlässt den Friedhof, sucht nach dem Brief des Freundes aus Wolfstein und findet ihn an den zinnernen Krug gelehnt, der Stelle, wo sie ihn zu Franz Lebzeiten verwahrt hatte.

Ende

Brief an einen Freund

„Lieber Franz, bei unserem letzten Treffen hattest Du mich gebeten, Ottos Geschichten und Episoden aufzuschreiben, er war ja Teil unseres gemeinsamen Lebens. Nicht lange, nachdem er von dem Besuch bei Dir zurückgekommen ist, verstarb er an den Folgen seines Magen-Darm-Leidens. Ich hatte über die Gespräche unserer Stammtischrunde eine Art Protokoll geführt, wenn ich sie für erinnerungswert erachtete, vor allem dann, wenn es besonders lustig zugegangen war. An dieser munteren Runde will ich Dich mit diesem Brief teilhaben lassen. Ich hoffe, meine Niederschriften bringen Dich, wenn auch im Nachhinein, so zum Lachen, wie es seinen humorigen Einfällen bei uns gelang, wenn auch der Alkohol ein wenig an unserer Begeisterung mitgewirkt haben dürfte. Doch es gibt ja derzeit wenig Erfreuliches in Deinem Leben, vielleicht tragen die Geschichten etwas Sonne in die Trostlosigkeit Deiner Tage.

Otto ist, wie Dir sicherlich bekannt ist, in Kaiserslautern geboren und aufgewachsen. Die Menschen der Pfälzer Kleinstadt pflegen einen besonderen Lokalpatriotismus, auch Otto machte da keine Ausnahme. Doch er war nicht nur Lokalpatriot, begeisterter Förster, nein, er war auch ein Mann mit ausgeprägtem Sinn für Humor, einer, mit dem man es gerne zu tun hatte, aber das brauche ich Dir ja nicht zu erzählen. Die Jahre seiner beruflichen Ausbildung hat er, wie alle seine Berufskollegen aus der Pfalz in der damaligen Zeit, in Trippstadt durchlaufen. Seine Schulzeit war im Wesentlichen vom Krieg geprägt, dennoch verfügte er über eine ungewöhnliche Allgemeinbildung, später erwarb er sich großes Wissen in seinem gelernten Metier und war als ausgesprochener Fachmann weit über die Grenzen des Pfälzerwalds hinaus bekannt. Zudem verfügte er über ein gehöriges Maß an Herzensbildung und jede Art von Standesdünkel war ihm fremd. So war fester Bestandteil seiner Erinnerungen aus der Forstelevenzeit der Forstarbeiter Dicko, der in der Erdgeschoßwohnung eines alten Hauses gegenüber der Kaiserslauterer Stiftskirche wohnte, über ihm zwei ältliche Jungfern. Schmeichelhafte Reden waren Dicko fremd und er bezeichnete die Bedauernswerten in bestem Pfälzisch als „die mit denne Bischeleisefieß", auf Deutsch: Die mit den Bügeleisenfüssen. Der wohlbeleibte Waldarbeiter schien auch ein kleiner Masochist zu sein, wovon eine seiner heute undenkbaren Geschichten zeugt:

In der Nachkriegszeit hatten Forstleute das Recht, eine Waffe zu tragen, da auf den Friedhöfen der Stadt die Karnickel überhandgenommen hatten, die abgeschossen werden mussten. Wenn man Ottos Erzählungen Glauben schenken kann, und ich habe da keine Zweifel, schoss Dicko gelegentlich in die Holzdecke seines Wohnzimmers und hat, so seine Worte: „die Mäd iwer mir hupse geloss", auf gut Deutsch: die Mädchen über mir hüpfen lassen. Damals waren halt andere Zeiten.

Eine seiner freundlicheren Geschichten über Dicko spielte im Trippstadter Wald, wo er mit seiner Forstarbeitertruppe mit Baumfällarbeiten beschäftigt war. Am fraglichen Tag war Otto mit einem Kollegen für das Vorbereiten des Mittagessens eingeteilt und so richteten die beiden Männer um die Mittagszeit mit Steinen, die es im Pfälzer Wald bekanntlich reichlich gibt, neben einer Bank eine Feuerstelle her, in der die hungrigen Arbeiter ihr blechernes Essenkännchen aufwärmen konnten. Als sein Kollege ein Glas Birnenlatwerge aus seinem Rucksack auspackte, hatte Otto, die braune, glitschige Masse vor Augen, eine in seinen Augen zündende Idee. Sie würden Dicko einen Streich spielen. So zerknüllten sie eine alte Zeitung, drapierten sie sorgfältig auf der Bank und leerten den Inhalt des Glases in die Kuhle der zerknüllten Blätter.

„Schaute man nicht allzu genau hin, kann man wirklich den Eindruck gewinnen, jemand hat seine Notdurft verrichtet. Mal sehen, wie Dicko auf Späße die auf seine Kosten gehen, reagiert," hatte Otto seinem Kollegen zugezwinkert. Sie zündeten das Feuer an und als das strohtrockene Abfallholz zu Glut mit der nötigen Hitze geworden war, riefen sie zum Mittagessen.

Dicko erschien, wie immer, als Erster. Er wischte sich die Hände an der speckigen Hose ab, stellte das Essenkännchen in die Glut und wollte sich auf die Bank setzen, sprang dann, wie von der Tarantel gestochen mit einem lauten Schrei wieder auf: „Oaah, ehr Deppe, hanner dann net g'sieh, dass do änner hingeschiss hat?" Was aus dem Pfälzischen übersetzt bedeutet: Seht ihr nicht, dass hier jemand seine Notdurft verrichtet hat. Aber so viel Pfälzisch kannst Du sicher noch.

Otto setzte eine verblüffte, angeekelte Miene auf, lief zu dem Corpus Delecti und roch daran: „Riecht ganz gut." Dann zögerte er eine Weile, zog den Zeigefinger durch die klebrige Masse und, nach erneutem Innehalten, leckte seinen Finger ab. Er verdrehte die Augen, leckte erneut genüsslich am Finger und sagte schließlich mit verzücktem Gesicht: „Und schmeckt auch noch."

Am hochroten Gesicht Dickos sah man, dass dieser die Welt nicht mehr verstand. Schließlich stieß er hervor: „Sind wir in Deutschland so weit, dass wir bereits Scheiße essen müssen?" Es hatte Stunden gedauert, bis er sich wieder mit seinen Kollegen aussöhnte, die sich vor Lachen krümmten.

Überhaupt nahm Otto gerne Leute auf die Schippe und machte keinen Unterschied, ob es Bekannte oder Fremde waren, wie Du vielleicht noch weißt.

Was Dir aber vielleicht nicht bekannt ist, die Firma Braun hielt regelmäßige Stammtische ab. Die folgende kleine Geschichte handelt von einem dieser Zusammentreffen, das in der einzigen Pizzeria des Städtchens stattgefunden hatte und bei dem außer den einheimischen Betriebsangehörigen ein fremder Gast der Firma anwesend war. Die Pizzeria gibt es längst nicht mehr, doch noch immer erzählt man sich folgende Geschichte: Otto betrat das Lokal und füllte mit seiner Präsenz wie immer, wenn er einen Raum betrat, nicht nur die Tür, sondern das komplette Restaurant aus. Er zog höflich seinen Hut und trat an den Tisch eines fremden Gastes, schaute ihm auf den Teller und fragte mit unschuldiger Miene „Was essen sie denn da?" Der Gast, verwundert über die Pfälzer Zutraulichkeit, antwortete mit vollem Munde wahrheitsgemäß: „Saltimbocca", worauf Otto eine verblüffte Miene aufsetzte und meinte: „Was für eine Sauerei." Welches Urteil der Gast sich über den Intellekt der Pfälzer gebildet hat, wage ich mir nicht vorzustellen.

Ich hoffe, ich konnte Dir ein wenig Freude in Dein derzeit nicht besonders angenehmes Leben bringen und wünsche Dir, dass Du bald wieder unter uns weilen kannst. Bis bald

In enger Verbundenheit, Dein alter Freund.

Dorothea wird dem Freund den Brief zurückgeben. Es sind seine Erinnerungen.

Danke

Den lieben Menschen, deren Leben ich den Stoff meines Romans verdanke und die mir einen großzügigen Rahmen für künstlerische Freiheiten gewährten,

den Freunden und Sympathisanten, Hermann Dietrich, der mir mit seiner profunden Kenntnis des bäuerlichen Lebens in der Pfalz Denkanstöße lieferte und der der erste Lektor der Geschichte gewesen ist,

meinem Bruder, meiner Familie und allen, die mir mit ihrem Lektorat und ihren gestalterischen Fähigkeiten behilflich waren, insbesondere Karin Vogt für die künstlerische Umsetzung der Coveridee.

Ein Buch zu schreiben, ist ein langwieriges und einsames Unterfangen, vor allem dann, wenn man unbekannt ist, von keiner Werbung profitiert und von Agenten und Verlagen keiner Rückmeldung für würdig gefunden wird.

Daher: Danke!

Allen Lesern, die mein Buch trotzdem mit Interesse lesen und akzeptieren, dass ich auf eine gendergerechte Sprache verzichtete.